教育部人文社会科学重点研究基地重大项目"东方文学与文明互鉴：东方史诗的翻译与研究"（项目号22JJD750001）阶段性成果

十方圣主格斯尔可汗传

上册

● 陈岗龙　玉兰　哈达奇刚　译

内蒙古人民出版社

图书在版编目（CIP）数据

十方圣主格斯尔可汗传：全2册／陈岗龙，玉兰，
哈达奇刚译. --呼和浩特：内蒙古人民出版社，2024.7
（格斯尔普及读物系列）

ISBN 978-7-204-16909-2

Ⅰ．①十… Ⅱ．①陈… ②玉… ③哈… Ⅲ．①蒙古
族–英雄史诗–中国–蒙古语（中国少数民族语言）Ⅳ.
①I222.7

中国版本图书馆 CIP 数据核字（2021）第 215819 号

十方圣主格斯尔可汗传（全 2 册）

译　　者　陈岗龙　玉　兰　哈达奇刚
责任编辑　王　静　段瑞昕
封面插画　那顺孟和
封面设计　徐敬东　吉　雅
出版发行　内蒙古人民出版社
地　　址　呼和浩特市新城区中山东路 8 号波士名人国际 B 座 5 楼
网　　址　http://www.impph.cn
印　　刷　内蒙古爱信达教育印务有限责任公司
开　　本　710mm×1000mm　1/16
印　　张　34.5
字　　数　500 千
版　　次　2024 年 7 月第 1 版
印　　次　2024 年 7 月第 1 次印刷
书　　号　ISBN 978-7-204-16909-2
定　　价　198.00 元（全 2 册）

如发现印装质量问题，请与我社联系。联系电话：(0471)3946120

北京木刻版《格斯尔》的价值及其翻译
（代译序）

陈岗龙

清康熙五十五年（1716 年），有人在北京木刻刊行了一部特殊的蒙古文书籍。这部蒙古文书籍，版式是标准的梵夹装佛经：扉画（卷首画）右侧绘霍尔穆斯塔腾格里，左侧绘格斯尔可汗[①]；拖尾画不是绘威武凶猛的四大天王来护经，而是绘制格斯尔可汗的四位英雄，叉尔根、嘉萨–席克尔、伯通、安冲，而且伯通的形象被画成诸葛亮；扉画和拖尾画均为红印版画。该经共七章，每章首页文字朱墨二色（黑 3 行+红 4 行+黑 5 行+红 4 行+黑 3 行）；正面板框分两栏，正栏纵书蒙古文 25 行，右一栏，纵书蒙汉文一行，从上到下依次为汉文"三国志"、蒙古文章回和页码、汉文页码；背面板框一栏，纵书蒙古文 26 行，板框内右下角汉文写页码，如"七卷下四"。共计 178 叶。规格 14×46.5 公分。这种版式和规格与当时在北京木刻刊行的其他蒙古文佛经基本一致。中国国家图书馆、中国民族图书馆、内蒙古自治区图书馆、中央民族大学图书馆等国内重要图书

---

① 蒙古族崇右，因此霍尔穆斯塔腾格里在右，格斯尔可汗在左。

馆和国外的蒙古国、俄罗斯等国家的图书馆均有收藏。

这部书就是《十方圣主格斯尔可汗传》（Arban jüg-ün ejen Geser qa-gan-u tuguji orusiba），学界简称北京版《格斯尔》（Begejing bar-un Geser）。北京木刻版《格斯尔》自刊行以来，在蒙古族当中和国内外学术界产生了广泛影响。一方面，蒙古族文人纷纷收藏和阅读《格斯尔》，并有诸如19世纪初著名红学家哈斯宝这样的文人在自己的文章中借鉴和评论格斯尔的故事；一方面，更多的蒙古族民众则把《格斯尔》当成佛经供奉起来，认为诵读和供奉《格斯尔》能够禳灾祛祸。20世纪40年代，德国著名蒙古学家海西希（Walther Heissig）在内蒙古东部做调查时遇到一个蒙古人在家中收藏《格斯尔》手抄本，便借来阅读和对照北京版《格斯尔》，不料还没有到约定的借阅期限主人就把书要回去了，原因是他把《格斯尔》借出家，牛羊就染上了疾病。而北京版《格斯尔》刊行不久（从1776年开始）就被一些国外旅行家和学者发现，被带回国去翻译成德文和俄文，从而西方学界知道了关于英雄格斯尔的故事和史诗。随着藏族《格萨尔》和蒙古族《格斯尔》日益受到国内外学术界的关注，形成"格萨（斯）尔学"，北京木刻版《格斯尔》也越来越得到学界的重视，成为辨析蒙古族《格斯尔》和藏族《格萨尔》的关系和梳理蒙古文《格斯尔》版本源流的关键性文献，并且"北京木刻版《格斯尔》是所有藏族《格萨尔》和蒙古族《格斯尔》中最早形成文字刊刻印行的版本"已经成为学界不争的共识。

今年正逢北京木刻版《格斯尔》刊印300周年（1716—2016），为了迎接内蒙古自治区民族事务委员会、全国《格斯（萨）尔》工作领导小组、内蒙古自治区《格斯尔》工作领导小组联合主办的"第八届《格斯（萨）尔》国际学术研讨会暨纪念北京木刻版《格斯尔传》刊行300周年学术研讨会"，我们经过两年的努力终于完成了这部重新翻译校注的汉译本。在即将这部汉译本奉献给广大读者和国内学术界同仁之际，我谨代表课题组谈一谈北京版《格斯尔》的价值和翻译的一些基本问题。

一、北京木刻版《格斯尔》的价值

迄今为止，在我国和蒙古国已经整理出版了蒙古文《格斯尔》的各种重要版本。① 北京木刻版《格斯尔》是诸多蒙古文《格斯尔》中唯一一部雕版印刷的版本。据一些学者的研究，就语言修辞的优美、故事情节的完美等方面来讲，北京版《格斯尔》不一定是蒙古文《格斯尔》中最好的版本，但是因为木刻印刷术，北京版《格斯尔》是蒙古文《格斯尔》中流传最广、影响最大的版本却是实事。蒙古国著名学者呈·达木丁苏伦（Ts. Damdinsuren）院士是第一位对蒙古文《格斯尔》各种版本进行校勘整理的学者，他以北京版

① 国内蒙古文《格斯尔》最早的现代铅字本是内蒙古人民出版社1956年出版的《格斯尔的故事》，上册为北京木刻版七章本《格斯尔》，下册为六章本《隆福寺格斯尔》，构成首尾一贯的十三章本。没有任何修改和校勘注释，今天重新与木刻版核对，发现有不少错误，在本书中我们已经指出。20世纪80年代内蒙古自治区《格斯尔》工作领导小组和办公室的"蒙古《格斯尔》丛书"中出版了一批珍贵的蒙古文《格斯尔》抄本。这些蒙古文《格斯尔》是：格日勒扎布校勘注释：《诺木其哈敦格斯尔》，内蒙古文化出版社，1988年。巴·布和朝鲁、图娅校勘注释：《隆福寺格斯尔传》，内蒙古人民出版社，1989年。龙梅校勘注释：《乌斯图召格斯尔传》，内蒙古少年儿童出版社，1989年。乌云巴图校勘注释：《咱雅格斯尔传》，内蒙古文化出版社，1989年。斯钦孟和主编的《格斯尔全书·第一卷》（民族出版社2002年）收入了北京木刻版《格斯尔》和《隆福寺格斯尔》，拉丁字母转写并做详细注释，而且影印出版了这两种《格斯尔》。在蒙古国，1959年宾·仁钦院士撰写序言，出版了《诺木齐哈屯格斯尔》和《雄狮大王传》（CAMLING ŠENGƐIN Ü NAMTAR ORUSIBA）。1960年，呈·达木丁苏伦院士整理出版了《札雅格斯尔》。今年正逢北京版《格斯尔》刊行300周年，内蒙古自治区《格斯尔》办公室组织专家学者整理校勘影印出版了包括北京木刻版《格斯尔》在内的重要蒙古文《格斯尔》文献。

《格斯尔》为底本，参照蒙古国发现的三个重要版本，校勘整理出版了九章本《格斯尔》，是当今最流行的蒙古文《格斯尔》文学读物，与《蒙古秘史》《江格尔》并称为"蒙古文学三大高峰"。据呈·达木丁苏伦的研究，1960年在乌兰巴托出版的《诺木齐哈屯格斯尔》实际上就和北京木刻版《格斯尔》同属一个底本的再录本。而《札雅格斯尔》的内容比北京版《格斯尔》和《诺木齐哈屯格斯尔》还详细而完整，因此达木丁苏伦用《札雅格斯尔》的相关内容补充了北京版《格斯尔》中意义不明的地方。呈·达木丁苏伦在解释他为什么选择北京版《格斯尔》做底本的时候说道："一是，1716年的北京版《格斯尔》是蒙古人中流传最广的版本，广大蒙古读者主要是通过这个版本知道了格斯尔的故事；二是，在所有蒙古文《格斯尔》中，1716年北京版《格斯尔》的蒙古特色最浓厚，与藏文《格萨尔》的区别最明显。"而且，呈·达木丁苏伦认为北京版《格斯尔》不是翻译作品，而是蒙古人重新创编的作品。呈·达木丁苏伦也对北京版《格斯尔》《诺木齐哈屯格斯尔》和《札雅格斯尔》的相关段落的内容和文字做了对照和比较，指出了互相之间的联系和区别。

在我国，齐木道吉、斯钦孟和、巴雅尔图、格日勒扎布等从事《格斯尔》研究的学者也对北京版《格斯尔》与其他蒙古文《格斯尔》抄本之间的关系做了版本比较和探讨，提出了各自的观点和看法。譬如，斯钦孟和的《蒙古文〈格斯尔传〉版本比较研究》对北京版《格斯尔》《隆福寺格斯尔》《策旺格斯尔》《鄂尔多斯格斯尔》《诺木齐哈屯格斯尔》《乌素图召格斯尔》《札雅格斯尔》《托忒文格斯尔》《蒙古文岭格斯尔》等蒙古文《格斯尔》各种抄本的章节和内容进行了详细的比较研究，并制作了章节内容对照表。从对照表可以看出，北京版《格斯尔》的七章实际上就是各种蒙古文

《格斯尔》抄本中的核心章节，被誉为北京版《格斯尔》续书的《隆福寺格斯尔》的部分章节与其他手抄本《格斯尔》相对应。齐木道吉先生也指出，各种蒙古文《格斯尔》抄本都是与北京版《格斯尔》和《隆福寺格斯尔》持有密切依存关系的异本。我们暂且不讨论这些版本中哪一部比北京版《格斯尔》更古老，但就内容来讲，北京版《格斯尔》的七章是所有蒙古文《格斯尔》的核心章节，这个事实已经说明了北京版《格斯尔》在蒙古文《格斯尔》版本源流中的关键地位。

而北京版《格斯尔》与其他蒙古文《格斯尔》抄本之间的版本源流的梳理，只有逐字逐句地精心对勘和汇校才能彻底解决问题。目前，学界基本上梳理了各抄本章节和内容之间的异同，但是我认为蒙古文《格斯尔》版本源流的彻底梳理，必须落实到逐字逐句的文字层面的版本校勘，才能得出最后的科学结论。《格斯尔》虽然是英雄史诗，但是蒙古文《格斯尔》的各种版本都是古代蒙古文文献，而文献版本之间的源流关系，必须按照文献版本的科学整理规则进行。我认为，蒙古文《格斯尔》各种版本之间的校勘和比较，需要采取诸如《红楼梦》版本校勘整理的古典文学版本学研究方法，对北京木刻版《格斯尔》与其他蒙古文《格斯尔》手抄本之间进行逐字逐句的文字层面的考证和校勘。我认为，可以把蒙古文《格斯尔》中的北京版《格斯尔》比喻为《红楼梦》版本中的脂砚斋评本。而《隆福寺格斯尔》作为北京版《格斯尔》的续书，其中一些章节不同程度地被收入其他蒙古文《格斯尔》抄本中，和《红楼梦》后四十回有一些类似的地方。当然，这只是版本校勘和比较的角度做的比喻，而真正的格斯尔史诗的口头传统则是另一种情况了。

也有一些学者对北京版《格斯尔》与藏文《格萨尔》之间做过比较论述。王沂暖先生的《蒙文北京本〈格斯尔传〉读后记》中说："藏文《格萨尔》贵德分章本与蒙文北京本对勘起来，结构顺序，大体相同。"① 齐木道吉先生的《蒙文〈格斯尔〉与藏文〈格萨尔〉异同辨析》也对北京版《格斯尔》和藏文《格萨尔》贵德分章本进行了内容比较，得出了和王沂暖先生相同的结论②。而北京版《格斯尔》与藏文《格萨尔》的详细比较实际上就是蒙古族《格斯尔》和藏族《格萨尔》"同源异流"关系的最有说服力的依据。

在这里要提一下有关北京版《格斯尔》形成的口头传说，主要涉及到章嘉呼图克图阿噶旺罗布桑却拉丹（1642—1714）。传说讲，一世章嘉呼图克图在青海从厄鲁特五位史诗艺人口中听了《格斯尔》的史诗，记录下来后带到北京木刻刊行，就形成了北京版《格斯尔》③。蒙古国学者呈·达木丁苏伦、俄罗斯学者涅克留多夫等都比较倾向于这个传说，北京版《格斯尔》中的卫拉特方言词汇特征也体现出了故事讲述者的部族身份。但是，也有一些学者反对一世章嘉呼图克图促成北京版《格斯尔》木刻刊行的说法④。对此，我不想多加评论，根据自己在翻译过程中的观察，把一些问题提出来供大家参考，这也许对北京版《格斯尔》与藏族《格萨尔》之间关系的讨论有参考价值。

首先，北京版《格斯尔》的语言特征说明，七章的内容不是直

---

① 《民间文学论坛》1982 年第 2 期。后收入赵秉理编《格萨尔学集成》第二卷，甘肃民族出版社，1990 年，第 1097—1101 页。具体内容也可以参考王沂暖、华甲译：《格萨尔王传》，中国国际广播出版社，2016 年。

② 赵秉理编：《格萨尔学集成》第三卷，甘肃民族出版社，1990 年，第 1963—1971 页。

③ ［蒙古］呈·达木丁苏伦校勘整理并撰写导论和注释：《蒙古格斯尔传》（基里尔蒙古文），蒙古国教育文化科学部、蒙古国科学院语言文学研究所，乌兰巴托，2008 年，导论第 14 页。

④ 巴雅尔图：《北京木刻版〈格斯尔〉编者传说质疑》，见赵秉理编《格萨尔学集成》第二卷，甘肃民族出版社，1990 年，第 1244—1252 页。

接根据藏文《格萨尔》书面文本翻译的，而是由记录了口头演唱或者讲述的文本而形成的。呈·达木丁苏伦也指出了北京版《格斯尔》的语言是西蒙古卫拉特的口语，不是蒙古语书面语。我们在根据木刻本翻译过程中也观察到了这个事实，有很多不符合蒙古文正字法的词汇基本上都是因为记录口语引起的问题。

其次，北京版《格斯尔》是通篇散文体，既不像口传蒙古英雄史诗的自始至终韵文演唱，又不像藏族《格斯尔》的韵散结合。但是，北京版《格斯尔》有时候在人物对话前都有"dugulaju"，我认为这"dugulaju"就是"唱"。如果这个判断正确，那么作为北京版《格斯尔》底本的口头表演文本也是讲述和演唱相结合的韵散相间的形式，那就是藏族《格萨尔》的典型表演形式。由此可见，北京版《格斯尔》底本的最初记录来自于很可能是厄鲁特史诗艺人的口头表演文本，而这种表演文本还保留着藏族《格萨尔》的说唱特征。

再次，北京版《格斯尔》木刻刊行过程中的一些问题值得我们认真讨论。就板框栏内"三国志"字样，有学者提出《格斯尔》的刊行者假托《三国志》躲避清朝的审查制度。而且扉画左侧的格斯尔可汗的图像带有明显的《三国演义》人物特征，特别是格斯尔可汗红脸长须，让人马上联想到关公；伯通的形象被画成诸葛亮。而《格萨尔》在西藏被誉为《藏三国》是众所周知的。

北京版《格斯尔》除了上述蒙古文《格斯尔》版本源流中的关键地位和蒙藏《格萨尔》关系中的纽带作用外，其本身的文学艺术水平也达到了很高的水准。格斯尔与传统蒙古英雄史诗的主人公不同，他具有典型的"狂欢国王"①的性格，尤其在北京版《格斯尔》

---

① 法国著名藏学家石泰安（R. A. Stein）在其研究《格萨尔》史诗的学术名著《西藏史诗与说唱艺人的研究》中对格萨尔所具有的"狂欢国王"的特征进行了深入研究。

中表现得淋漓尽致。而晁通诺彦的小丑形象和茹格姆–高娃的形象给人深刻印象。对这些形象的塑造实际上已经超越了口传英雄史诗的类型化形象，已经多少有了明确的小说形象个性化特征。我认为，这是北京版《格斯尔》从口头传统到文字文本的过程中，对史诗主人公形象做了进一步提炼和提升的结果。我们知道，荷马史诗虽然是口头起源的，但是已经变成了经典，其中经过了精雕细琢的升华过程是不可置疑的。同样的道理，北京版《格斯尔》也经过了类似的过程，从而格斯尔才具有了幽默但不失庄严的史诗英雄性格；晁通和其他人物也有了各自个性鲜明的形象。所有这些，都反映了北京版《格斯尔》的艺术成就。这次，我们重新翻译北京木刻版《格斯尔》特别注意了千万不能降低《格斯尔》本身所具有的艺术水平。

二、北京木刻版《格斯尔》的翻译问题

从 19 世纪初开始，北京木刻版《格斯尔》先后被译成多种语言。不同译本的性质和风格也体现出译者对《格斯尔》这部作品的理解。

著名蒙古学家施密特（Isaac Jacob Schmidt）是第一位把北京版《格斯尔》翻译成外文的人。1839 年，他把北京版《格斯尔》翻译成德文，在圣彼得堡出版。[①] 但据说是用古典德语翻译的，因此，至

---

① Die Thaten des Vertilgers der zehn Übel in den zehn Gegenden, des verdienstvollen Helden Bogda Gesser Chan：eine mongolische Heldensage：nach einem in Peking gedruckten Exemplare / Podvigi ispolnennago zaslug geroja Bogdy Gesser Chana, St. Petersburg 1836. Die Thaten Bogda Gesser Chan's, des Vertilgers der Wurzel der zehn Übel in den zehn Gegenden：eine ostasiatische Heldensage, St. Petersburg, Leipzig 1839.

今没有人对施密特的德译本做过评论。

俄罗斯著名蒙古学家科津院士于 1936 年把北京版《格斯尔》翻译成俄文出版。1960 年，人民文学出版社出版《格斯尔》汉译本时曾经参照过科津的俄译本。

蒙古国学者苏赫巴托尔（Tsegmidin Soukhbaatar）和阿兰·德雅克（Alain Desjacques）合作翻译的法译本（La geste de Ghesar）由卡斯特曼出版社于 1991 年出版。包括"格斯尔的出生和少年时期""格斯尔消灭黑斑虎""格斯尔安慰汉地国王""格斯尔征服蟒古思""格斯尔征战黄河沿岸之国""格斯尔救活战死的勇士""格斯尔征战昂多拉姆蟒古思""格斯尔变驴""格斯尔地狱救母"九章。书中交代本书直接根据 1716 年北京木刻版《格斯尔》翻译，但是"格斯尔救活战死的勇士""格斯尔征战昂多拉姆蟒古思"两章是呈·达木丁苏伦根据《隆福寺格斯尔》增加的。两位译者在尽可能忠实于原文的基础上为适应西方读者做了一些改编。他们对次要情节和大量的重复进行了删减和缩写，仅仅保留了原本的精华内容。对西方读者来讲，格斯尔治理汉地贡玛汗朝政时为什么需要一角砚虱子腿？格斯尔的母亲死后为什么住在比地狱还深的地方？译本对遵循蒙古人思想的逻辑，避免遵循西方思维做出解释。

日本著名蒙古学家若松宽先生把蒙古文《格斯尔》翻译成日文，收入东洋文库，于 1993 年由平凡社出版。若松宽先生翻译的底本是吉日木图改编的《格斯尔的故事》（内蒙古人民出版社 1985 年），是根据内蒙古人民出版社 1956 年出版的《十方圣主格斯尔可汗传》上下册改编的。若松宽先生同时参考了纳日苏翻译的《格斯尔的故事》（内蒙古人民出版社 1989 年）。

英国著名蒙古学家鲍登（Charles Bawden）翻译了北京版《格斯尔》中的第三章"格斯尔治理汉地贡玛汗朝政"和第六章"格斯尔

变驴"两章，收入其编选翻译的《蒙古传统文学作品选》，于 2003 年出版。① 鲍登的英文翻译基本遵循了忠实于原文的原则，几乎可与原文一一对应。其中少许增添或变动之处，可分为几种情况：①蒙古文《格斯尔》原文是中古蒙古语书面语和口语混合写成的，鲍登将其统一译成现代口语式英文。②鲍登把一些蒙古语敬词（kündüdkel üge）根据语义翻译成一般词语，如 "burqan bolba" 译为 "died"（死去），"yasun-i bariqu" 译为 "bury her remains"（埋葬）。③蒙古文原文中省略主语、谓语、宾语等句子成分的句子，鲍登按照英文的语法习惯，添加了必要的句子成分。如："lama nar-i quriyaju"（收集喇嘛们）译为 "We shall..."（我们应该收集喇嘛们），加了主语 "我们" 和情态动词 "应该"；"olbau?"（找到了吗？）译为 "Have you found anyone?"（你们找到人了吗？），加了主语 "你们" 和宾语 "人"；"bosugsan kümün bosugsagar uyila" 译为 "of my people, let those who are standing weep standing"（我的人民中，让哭着的人站着哭），加了状语 "我的人民中"；这种情况较多。④鲍登对原文进行分段，有时将一句切分为两句，分入不同段落中。如 "erilkejü olon yadan sagutal-a tere qagan-u dolugan qojigir darqan ajugu." 这句话在翻译时根据语义断开并分入两个段落中，成为 "... searched without success. Now, there were..."

迄今为止，国内先后翻译出版了蒙古文《格斯尔》的几种汉译本。纳日苏翻译的《格斯尔的故事》根据的是吉日木图改编的本子。② 白歌乐和特古斯巴依尔翻译的《鄂尔多斯格斯尔》收入 "格

---

① Mongolian Traditional literature An Anthology, Selected and translated by Charles R. Bawden, Kegan Paul, Longdon · New York · Bahrain, 2003, pp623—636.
② 吉日木图改编、纳日苏译：《格斯尔的故事》，内蒙古人民出版社，2014 年。

斯尔文库第二卷",于 2000 年由内蒙古人民出版社出版。韦弦、额尔敦昌、陈羽云翻译的《南瞻部洲雄狮大王传》于 1993 年由内蒙古人民出版社出版。相比之下,《南瞻部洲雄狮大王传》的汉译本更忠实于蒙古文原文,是可以直接引用的科学版本。

迄今为止,严格意义上的北京版《格斯尔》汉译本只有一种,那就是桑杰扎布先生的汉译本,1960 年由人民文学出版社出版。虽然也有一些其他的汉文文学读物,但都是根据北京版《格斯尔》改编本编译的,因此不能算作北京版《格斯尔》严格的汉译本。人民文学出版社出版桑杰扎布先生汉译本的当时,因为出版社方面"不谙蒙文",所以用 1936 年科津翻译的俄文本进行校对,并根据俄译本对每一章划分了小节。不可否认,半个多世纪以来,人民文学出版社的这个译本(下面简称"旧汉译本")对国内一般读者和学术界了解北京版《格斯尔》发挥了重要的历史性的作用。但是,因为当时的客观条件、时代局限和译者本人的一些主观认识等原因,北京版《格斯尔》旧汉译本中存在不少问题。概括起来主要是两个方面的原因造成的。一是,20 世纪五十年代,国内蒙古族《格斯尔》和藏族《格萨尔》的研究刚刚开始,相关的研究成果还不能给汉译工作提供更多的学术支持,而今天,史诗《格斯尔》的研究在国内外已经取得了重大的成就,相关的基本问题已经得到了比较好的解决;二是,当时包括译者在内的学术界对北京版《格斯尔》的认识基本局限在文学作品的范畴,这种认识从指导思想上导致了旧译本的一些局限性。通读旧汉译本,其翻译问题可以概括为三个方面:一、专有名词的翻译,存在误译和有意误译现象;二、错误翻译了一些重要的情节内容;三、编译和增加译者的主观理解。

读旧汉译本,首先让人联想到中国古代小说《西游记》。旧汉译本的第一章把原文的人物和场景翻译成玉皇大帝及其三个皇子和佛祖在西天雷音寺宝莲台和凌霄宝殿发生的故事，从而为读者营造了诸如《西游记》的古代中国小说的叙事空间。在第一章，还有一个重要情节，盛筵将近结束的时候，善观自在菩萨端着一个煮熟的婴儿——人参果送到茹格姆-高娃面前。而原文中根本没有"人参果"这个词汇，是译者有意添加和更换的，让人联想到《西游记》的相关情节。另外，第七章的内容是格斯尔地狱寻母。旧汉译本翻译成"（格斯尔）径直从凌霄殿飞入阴曹地府。他走进阎罗殿一看，只见十八层地狱的门紧紧关闭。"实际上，《格斯尔》中的这一章是受到《目连救母经》的影响产生的，其中格斯尔游历的是藏传佛教的十八层地狱，而译者在这里完全翻译成汉地的阴曹地府，从宗教信仰和地狱观念的角度讲，这是不正确的。旧汉译本在第三章的翻译中将蒙古语的"yamun"（衙门）翻译成"午朝门"，"qatun"翻译成"妃子"。蒙古文的"qatun"指的是王或达观显贵的妻子，而汉文"妃子"专指皇帝的除皇后之外所娶妻子。

除了有意译成古代汉语小说风格的名词和概念之外，《格斯尔》中的大量人名、神名以及相关的词汇都存在不同程度的问题。如格斯尔的人间生母的名字旧汉译本翻译成"格格莎-阿木尔吉勒"。而 bgog bza 是藏语部落名，汉译"苟"，藏文《格萨尔》汉译本中格萨尔生母的名字翻译为苟萨拉姆。因此，我们认为翻译成"苟萨-阿木日吉拉"比较恰当。同样，苟萨-阿木日吉拉的父亲是古代部落"苟"（bgog）的首领，旧汉译本翻译成"侯巴彦"，应该翻译成"苟巴彦"。而格斯尔的父亲是 Seng blon，现在的翻译逐渐统一于僧伦。旧汉译本翻译成"桑伦"。这里，存在一个导致读音不正确的问题，就是回鹘体蒙古文的"a/e"元音和"g/h""t/d"辅音在字形上不易区分，从而读音上容易混淆。只有对照藏文《格萨尔》的相关词汇才能准确把握蒙古文的相关读音。

旧汉译本以上两类专有名词的翻译说明了两个问题：一是，译者把北京版《格斯尔》看成是类似于《西游记》的中国古代小说作品，因此，尽量向古代中国小说靠拢，从凌霄宝殿、雷音寺、宝莲台到阴曹地府，故事发生的场景都置换成中国古代小说的叙事空间，而从霍尔穆斯塔腾格里到格斯尔的所有神灵和英雄人物都变成了中国古代小说中的玉皇大帝、帝王将相①。而且，人参果等具体母题和相关文化元素也在字里行间加强了中国古代小说的特征。其结果，实际上把北京版《格斯尔》纳入了中国古代小说的体系之中，无意中伤害了北京版《格斯尔》作为一部英雄史诗的本质特征。二是，大量藏语词汇和与藏语相关的专有名词的把握不够精确，不能将责任全部推卸给译者个人，而是要结合当时的蒙藏《格斯（萨）尔》学术研究背景做客观的分析才是公平的。实际上，北京版《格斯尔》的内容中藏传佛教和藏族文化的内容贯穿始终，抛开佛教和藏族文化，只凭蒙古族语言和文化知识完全翻译好北京版《格斯尔》是不可能的。

北京版《格斯尔》故事内容曲折有趣，而且口语化特征明显，可读性很强。但是，这并不意味着北京版《格斯尔》的内容完全通俗易懂和透明无遗。实际上，表面叙事的背后还隐藏着深层的宗教文化内涵。因此，翻译北京版《格斯尔》的时候，还不能仅仅停留在字面意义的翻译，还应该充分考虑其蕴藏的深层文化含义。旧汉译本对北京版《格斯尔》的翻译基本上是正确而顺畅的，但是也有一些内容的翻译因为没有能够进一步探究宗教文化内涵而导致了翻译错误。

---

① 实际上，这种把《格斯尔》当作古代小说的观点一直影响到今天。如内蒙古人民出版社 2014 年再版吉日木图改编、纳日苏翻译的《格斯尔的故事》时插图绘制依然是中国古典文学的插图，譬如第 143 页插图。

《格斯尔》的第一章有一个故事。觉如和两个哥哥在外面放羊的时候，觉如从羊群里挑选九只两岁羊羔杀掉，把羊肉煮熟后献祭给诸神，并最后自己享用羊肉。旧译本中，诸方众神说道："我们的尼速该已经降生在黄金世界，我们的鼻子已闻到祭奠的香味，这是他降生之后向我们显示吉祥之兆啊。"侏儒（觉如）把众神请来，使他们变作凡人，把肉食全部享用。而原文是："Joru saqigulsun-ian quriyaju olan kümün bolugad boltu idejü orqiba."意思是觉如收了魔法，变成很多人，把（羊肉）全部吃掉了。而旧汉译本把这句话翻译成觉如请来了众神，众神变成凡人，把羊肉全部享用了。实际上，这段内容有两个层面的意思：第一个层面是格斯尔杀了九只两岁羊羔，向天神、地上十方众神和地下龙神献祭，而且众神闻到了献祭的香味便知道了格斯尔降生人间向他们献祭；第二个层面是，格斯尔完成献祭之后收回了魔法，自己变成很多人吃掉了献祭的羊肉。实际上，包括霍尔穆斯塔腾格里在内的诸神闻到献祭的香味就已经享用了格斯尔的献祭，他们是不会在格斯尔收回魔法之后再变成一群凡人下降到人间来吃掉羊肉的。如果进一步探究，格斯尔献祭的这段内容和古希腊荷马史诗中的献祭是同样性质的。英雄给诸神的献祭，包括宙斯在内的诸神都是闻到香味就等于享用了献祭，而不是亲自降临到大地上和凡人一起享用祭品。一些学者也提出《格斯尔》史诗与古代希腊史诗之间存在联系，虽然国内学界持反对态度，但是我认为《格斯尔》史诗与荷马史诗之间存在文化渊源的说法是有一定道理的。从献祭仪式的逻辑来推断，格斯尔收回魔法就是完成了献祭仪式，而献祭仪式结束之后享用供品的是普通凡人而绝对不会是诸神。

　　不管是学术文献的翻译还是文学作品的翻译，都应该重视原文，忌讳译者主观的加工和擅自增删，否则会降低被翻译文献的价值。

而旧汉译本中译者却在不少地方增加了新的内容，这些内容都有一个共同的特征，就是为了便于读者的理解，增加了解释性内容的文字，还有个别地方添加了译者的价值判断。蒙古文原文中"Qojigir darqan yabuba. Geser qaγan du kürčü baγuba."一句话，旧汉译本翻译成"这位秃头使臣带领随从和官员离开契丹国，便奔向土伯特部。"蒙古文原文中只说"秃子去了"，而旧汉译本增加了"随从"和"官员"，并且让他们离开"契丹国"，去了"土伯特"。这些，实际上都是译者主观的改动。

旧汉译本也有一些注释，这些注释今天无法判断完全出自译者之手，还是编辑所加。但是，一些注释是不准确的，反而误导读者。譬如，对敖包的注释就是，"即土堆，古代祭祀图腾的人工土堆或天然山岗。"另外，对"qitad"一词的翻译上，译者翻译成"契丹人"，并注释说"此处根据故事的历史背景，以译为契丹人较确。"而实际上，北京版《格斯尔》中出现的"qitad"就是汉人或者汉地，今天在蒙藏《格斯（萨）尔》的研究中已经变成共识。这些在翻译中增加的内容和解释性文字，其目的都是为了方便不熟悉蒙古文化的读者的理解，出发点是善意的，确实也发挥了一定的方便读者的作用。但是，今天我们从更高要求的角度来看，这种做法有其不妥的地方。这首先违背了忠实翻译的原则和对等翻译的原则，没有区分好正文翻译和注释的界限。而且，一些学术观点和认识，今天已经有了根本性变化，应该做相应的与时俱进的修改。

无论是学术研究也好，文献翻译也好，我们都应该认真思考"后来者居上""青出于蓝而胜于蓝"的深层内涵。我们不是全盘否定桑杰扎布先生翻译的北京版《格斯尔》旧汉译本，而是总结和吸取桑杰扎布先生翻译的经验，更好地完成新译本。

首先，翻译就是研究。翻译好北京版《格斯尔》，首先要研究好北京版《格斯尔》。半个世纪以来，北京版《格斯尔》的研究有了突飞猛进的进展，而且出版了很多高水平的校勘本和注释本，一些疑难问题也得到了很好的解决，也有了一些可供参考的其他语种译本。同时，多种蒙古文《格斯尔》版本的刊布和研究以及《南瞻部洲雄狮大王传》等译本和多种藏文《格萨尔》汉译本，为我们提供了半个世纪之前的前辈翻译家们无法想象的可供参考的学术资源和翻译借鉴资源。因此，我们充分利用和吸收这些丰富的学术研究成果和翻译成果，认真地完成了新的翻译。

其次，北京版《格斯尔》在本质上是英雄史诗，而且与佛教文化无法分开。这两点，要求我们必须把北京版《格斯尔》翻译成庄严神圣的英雄史诗（虽然带点幽默），而且正确无误地把佛教文化内容和信息翻译出来。吸收国内外《格斯尔》研究成果，对1716年北京木刻版《格斯尔》七章内容中的名词术语和疑难词汇做详细的学术校注，为今后的研究提供可靠的科学资料。

再次，北京版《格斯尔》的新译本是学术资料本，目的是为国内蒙藏《格斯（萨）尔》研究的学术界提供准确的科学资料本，因此史诗文献正文准确科学的翻译和学术校注是新译本翻译价值和学术价值的两个重要标准。我们坚持忠实翻译和对等翻译的原则，尽量准确而科学地翻译了北京版《格斯尔》七章的全部内容，在正文翻译中不增加任何主观内容，也不删除任何内容，出于研究和阅读便利的解释性内容一律当作注释处理。这样既保证正文翻译的严肃性，又保证全书的学术性。1716年北京木刻版《格斯尔》的语言距今已经有三百多年历史，而且与佛教密切相关，并包含大量藏语词汇，因此逐字逐句准确翻译《格斯尔》的基本内容将是本译本成功的关键，也是难点所在。

我的导师钟敬文先生1984年在全国第四次《格萨尔》工作会议

上的讲话中指出："从更高的翻译文学的要求来看，（《格萨尔》）汉译的本子不能使我们满足，翻译要求信、达、雅，雅是很难做到的，人民的雅和作家的雅也不完全一样。但汉译本是一定要出的，我想应该有两种本子，一种是文学性的、艺术性较高的、经过相当整理的本子；另一种是科学版本，应该是最忠实的版本。"① 我们的这部北京版《格斯尔》新译校注本就是科学版本，没有整理和改编，直接根据木刻本逐字逐句翻译了原文，目的就是为了给国内读者和《格斯尔》《格萨尔》研究者提供一个可信的汉译本。我们相信，研究相关问题和蒙藏《格萨（斯）尔》的学者可以逐字逐句直接引用这个汉译本，可以通过汉译本的引文直接找到对应的木刻本的原文。同时，我们忠实原文的同时，也尽量保留了北京版《格斯尔》的语言风格，那就是朴实、幽默，但不失史诗的庄严。至于"雅"和译本所达到的艺术水平，我们就交给读者和学术同行去品评了。

2016 年 5 月 20 日星期五
于北京大学燕北园

---

① 《钟敬文同志在全国第四次〈格萨尔〉工作会议上的讲话》，赵秉理编《格萨尔学集成》第一卷，甘肃民族出版社，1990 年，第 61 页。

目　录

第一章
根除十方十恶之源的圣主
格斯尔可汗享誉天下

在古代的一个时候，释迦牟尼佛涅槃之前，霍尔穆斯塔腾格里①去拜见佛祖。顶礼膜拜之后，佛祖对霍尔穆斯塔下旨说道："五百年之后世界将会大乱。那时强者捕食弱者，动物互相蚕食。你回家后，过五百年，应派你三个孩子中的一个下凡，做人间可汗。你三个儿子中的一个将会成为那里的可汗。你可千万不要耽于享乐，忘了五百年之后该做的事。要按照我说的，速速派你的一个儿子下凡。"霍尔穆斯塔腾格里满口答应道："是"，就回家来了。

回来之后，霍尔穆斯塔腾格里却忘了佛祖说的话，一晃就过去

---

① 霍尔穆斯塔腾格里——霍尔穆斯塔是古代印度神话中的雷神，汉译为天帝释、帝释、帝释天，梵语作"Šakra-devānām-indra"，简称"indra"，汉语音译"因陀罗"；出现在《吠陀经》《摩诃婆罗多》等神话史诗中。在佛教中，因陀罗是三十三天之主，住在须弥山顶上的善见城，并经常与阿修罗（非天）作战。而蒙古语中的"霍尔穆斯塔"一词是由中世纪传进来的波斯语"Ormusd"演变而来的。本书中的霍尔穆斯塔代表佛教最高神灵。

了七百年。他正在享乐时，善见城①西北角一万逾缮那②的城墙突然坍塌了。霍尔穆斯塔腾格里带领着三十三天③，带着全部武器来到坍塌的城墙前，互相说道："谁摧毁了这城墙？我们没有仇敌啊！不会是阿修罗④的军队来推倒了这城墙吧？"他们来到城墙前仔细查看，发现原来城墙是自行坍塌的。霍尔穆斯塔腾格里带领三十三天寻找城墙坍塌的原因。"这城墙到底为何自行坍塌？"大家正百思不得其解的时候，霍尔穆斯塔腾格里突然想起了一件事。"在释迦牟尼佛涅槃之前，我去顶礼膜拜过佛祖。佛祖曾经降旨对我说，五百年之后，人间将会大乱，强者捕食弱者，动物互相蚕食，应派你三个儿子中的一个下凡。我忘了佛祖的法旨，耽搁了七百年了。"

霍尔穆斯塔腾格里带领三十三天回去后就开始商议此事。霍尔穆斯塔腾格里派使者去传召三个儿子。使者对长子阿敏萨黑克齐⑤

---

① 善见城——蒙古语原文作"sudarasun balgasun"，梵语作"Su-daršana"，藏语作"ita nasdung"，在须弥山顶上，霍尔穆斯塔腾格里居住。城楼高一个半逾缮那，黄金铸成，有六万柱各种宝物铸成的柱子。

② 逾缮那——蒙古语原文作"ber-e"，古印度长度单位，梵语作"yujana"，汉语音译"俞甸""由甸"等。按照《俱舍论》的说法，三节（人中指的中节）等于一指；二十四指等于一肘；四肘等于一弓；五百弓等于一俱庐舍；八俱庐舍等于一逾缮那。

③ 腾格里，蒙古语意为"天"。在佛教用语中"天"由下而上分为欲界天、色界天和无色界天。欲界天又分四天王天、忉利天、焰摩天、兜率天、乐变化天、他化自在天六重天。其中，忉利天即是"三十三天"，三十三天之主就是霍尔穆斯塔腾格里。

④ 阿修罗——梵文"Asura"的音译，也译作"阿须罗""阿素罗""阿素洛""修罗"等，意译"不端正""非天"等。六道之一，天龙八部之一。该神在古印度原为与因陀罗争夺天界权力的恶神，经常与天神因陀罗进行战争。

⑤ 阿敏萨黑克齐——蒙古语原文作"amin saqigči"，"amin"是生命，"saqigči"是守护。阿敏萨黑克齐，意为守护生命。

说："阿拜①！你的父亲霍尔穆斯塔腾格里叫你下凡当人间可汗，你意向如何？"阿敏萨黑克齐回答说："我是霍尔穆斯塔腾格里的儿子。但是去了有什么用？我不能当人间可汗。如果霍尔穆斯塔腾格里的儿子下凡当不好人间可汗，反而会贬损敬爱的父亲霍尔穆斯塔腾格里的名声。我并不是不想作可汗，而是实在是没有能力才这么说的。"

记住了这句话，使者去找霍尔穆斯塔腾格里的次子威勒布图格齐②。使者对威勒布图格齐说："阿拜！你的父亲霍尔穆斯塔腾格里叫你下凡当人间可汗，你意向如何？"威勒布图格齐回答说："我不是霍尔穆斯塔腾格里的儿子吗？在大地上奔走的不是自有金色世界的凡人吗？即使我去了，也坐不了可汗的宝座。如果说要下凡做人间可汗，上有比我年龄大的哥哥阿敏萨黑克齐；下有比我年龄小的弟弟特古斯朝克图。与我有何相干？"

于是使者去找特古斯朝克图③。使者说了同样的话。特古斯朝克图说："若说大哥，是阿敏萨黑克齐，若说二哥，是威勒布图格齐，与我有何相干？我不是不想去，而是去了如果当不好人间可汗，反而对父亲的名声不好。"三个儿子都对使者说了拒绝的言辞。

使者记住了他们的话，回来对霍尔穆斯塔腾格里和三十三天说："这就是您三个儿子的原话。"

霍尔穆斯塔腾格里派使者招来了三个儿子。三个儿子到达后，霍尔穆斯塔腾格里说："并不是因为天下大乱，我才专门派使者去传

---

①　阿拜——蒙古语"abai"，这里当作表示爱怜的感叹词用。除此之外，"abai"一词过去还指贵妇人、姐姐和爸爸，布里亚特《格斯尔》经常冠以《阿拜格斯尔》就是沿用这种用法。

②　威勒布图格齐——蒙古语原文作"Üyile bütügegǒi"，"üyile"意为事业，"bütügegǒi"意为完成者、成就者。威勒布图格齐意为成就事业者。

③　特古斯朝克图——蒙古语原文作"Tegüs ǒogtu"，意为完美吉祥。

召你们的。而是遵照佛祖的法旨，派你们下凡去。我以为你们是我的好儿子，不想原来你们是我的父亲，我才是你们的儿子。你们三个既然窥视我的可汗宝座，那么你们就当天神可汗吧。所有的事情都交给你们，我撒手不管了。"

三个儿子听了急忙脱下帽子，跪下来向父亲顶礼叩首。阿敏萨黑克齐说道："哎呀，父汗您为什么给我们下达这样的旨意？父汗的圣旨，我们能违抗不从吗？只是怕去了也当不好这个人间可汗。如果下界凡人取笑说，霍尔穆斯塔腾格里的儿子阿敏萨黑克齐来了却没有做好可汗，那可是关系到您的名声啊！不能因为我是霍尔穆斯塔腾格里的儿子，就轻易下凡人间。我也不是要把责任推给弟弟威勒布图格齐，但这威勒布图格齐可是无所不能，在梵天①和十七个腾格里天神相聚而召开的那达慕②上，论射箭，没有一个人能够超过威勒布图格齐，他是全能全胜；在我们的三十三天自己举办那达慕的时候，无论是射箭还是摔跤，也没有一个人能够胜过他；即便是在下界龙神那里举办的那达慕比赛中，也没有人能够和他匹敌。一切本领，就属威勒布图格齐学得最全。不能仅凭我们是霍尔穆斯塔腾格里的儿子，就下凡当人间可汗。如果一定要去，也只有他能做好。"

于是，三十三天齐声说道："阿敏萨黑克齐说的这些话确实有道理。一切全胜者非威勒布图格齐莫属。举凡射箭、摔跤比赛，都是他全胜。阿敏萨黑克齐说的都是真话。"三十三天对霍尔穆斯塔腾格里说完这些话后，特古斯朝克图也附和三十三天，对父亲说道："他

① 梵天——蒙古语原文作"eseru-a"，梵语作"Brahman"，藏语作"tshangs pa"。婆罗门教、印度教的神，是创世之神。

② 那达慕——蒙古族传统节日，由最初的娱神活动发展成为全民族的娱乐活动。那达慕上主要举行赛马、射箭和摔跤等男儿三项比赛。

们说的话确实是都对。"

霍尔穆斯塔腾格里便对威勒布图格齐说道："威勒布图格齐！他们说的这些话你都听到了，现在你还有什么要说的？"

于是，威勒布图格齐回答霍尔穆斯塔腾格里说："我还能说什么呢？遵照父汗的命令，下凡就下凡吧。霍尔穆斯塔腾格里父亲啊！请把您那露珠般耀眼的黑青铠甲赐予我。请把您的闪电护背旗赐予我。请把并列镶嵌着太阳和月亮的白银头盔赐予我。请把装在绿松石箭筒里的三十支白箭赐予我。请把您的黑色硬弓赐予我。请把三庹长的青钢神剑赐予我，享誉四方的黄金索套也赐予我。将九十三斤重的大金刚斧赐予我，六十三斤重的小金刚斧也赐予我。将九股铁索套赐予我。当我下凡投胎时，请把所有这些武器一并赐给我。"

"好的，全都给你。"

"我要三十三天中的三尊天神和我同胎投生于人间。给我降下三位神姊护佑我。我要一尊天神下凡投胎为我的兄长。其他天神选派自己身边的从臣下凡投胎作我的三十名勇士。我之所以提出这些要求，并不是因为你们要派我下凡，就趁机过分索取，而是因为霍尔穆斯塔腾格里的儿子下凡若做不好人间可汗，被人打败了，那岂不是有损于父汗的声名？为了除暴安良，我才提出了这些要求。"

霍尔穆斯塔腾格里和三十三天神异口同声地说："威勒布图格齐此言甚是。既然派你下凡，我们哪里有吝啬惜物的道理？你所要求的我们全都给你。"

威勒布图格齐说："那就好。哥哥阿敏萨黑克齐、弟弟特古斯朝克图不愿下凡做人间可汗。那么，待我下凡造福人间众生归来，父汗的宝座是否应该由我继承？"

众天神附和道："说得有道理。"

"请把青铜铸造的有磁力的大刀赐予我吧，父亲。"

霍尔穆斯塔腾格里答应说："给你。"

"等我投胎人间后，再给我降下一匹不会被任何四条腿的生灵赶超在前的良马当坐骑。"

众天神齐声答应："给你。"

从这时起，天下大乱，黑头人类、飞禽走兽都汇聚在叫作呼斯楞的敖包上，此外还有三百种操不同语言的生灵混迹其中。阿日亚拉姆女神①召集贤者毛阿固实②、当波大师③、山神敖瓦工吉德④三位一起占卜预测。

阿日亚拉姆女神说："三位占卜师啊！请你们占卜预测一下，看有没有能够治理当今乱世的可汗诞生在人间？"

毛阿固实首先占卜，他说道："首先会诞生一位名叫波阿-冬琼-嘎日布⑤的天神。他浑身是水晶宝石，他的牙齿是白海螺，他长着嘎如达神鸟⑥的头颅，他的发色金黄，发梢犹如开满花朵的柳树一样美丽。这位神灵降生后将统辖上界天神。"

"好。再占卜一次看看。"

---

① 阿日亚拉姆女神——蒙古语原文作"Ariy-a alamkari ökin čagan tngri"，为格斯尔三位神姊之一。"ariy-a"为梵语"arya"，意为呼图克图。"alamkari"为梵语"alamkara"，意为美饰，对应于藏语的拉姆嘎利（lha mo dkar）。

② 毛阿固实——蒙古语原文作"Muu-a güüsi"，"muu-a"为藏语"mo pa"（占卜师），"güüsi"（固实）为国师、大译师。毛阿固实就是神通占卜师。

③ 当波大师——蒙古语原文作"Tangbuu neretü"，意为睿智大师。

④ 山神敖瓦工吉德——蒙古语原文作"agulas-un qagan uu-a günjid"，"günjid"意为让一切幸福。

⑤ 波阿-冬琼-嘎日布——"phu bo"意为哥哥、兄弟；"dung"为海螺；"hkhyong"意为扶持；"dkar po"意为白色。藏语词组意为"白海螺扶持兄弟"。

⑥ 嘎如达神鸟——"嘎如达"为梵文"garuda"的音译。在印度神话中，garuda为毗湿奴的坐骑，其身体巨大而且光亮无比，被比作火和太阳。在佛教用语中亦称"迦楼罗""金翅鸟""大鹏金翅鸟"等，为八部众之一，羽翼金色，两翼广三三六万里，住于须弥山下层。

名叫当波的占卜师占了一卦，说道："其次诞生的是名叫阿日亚-阿瓦洛迦-沃德嘎利①的天神，她红润的脸庞光芒四射，上身是人身，下身是龙神蛇身，她诞生后将会统辖下界龙神。"

"好吧。山神敖瓦工吉德，你来占一卦。"

敖瓦工吉德占了一卦，说道："接下来将诞生名叫嘉措-达拉-敖德②的天神。她全身洁白，光射十方。她诞生后将统辖十方仙女。"

阿日亚拉姆女神又请一位占卜师占卜。占卜完毕，他说道："接着，格斯尔-嘎日布-冬日布③会诞生。十方诸佛占据他的上身，四大天王占据他的中身，四海龙王占据他的下身。他诞生后将统辖这瞻部洲④，是为十方圣主仁智格斯尔可汗。"

阿日亚拉姆女神又问三位占卜师："他们是同父同母所生还是异父异母所生？他们的父亲是谁？他们的母亲是谁？"

又占了一卜。占卜者们回答说："父亲是山神敖瓦工吉德，母亲是苟巴彦⑤的女儿苟萨-阿木尔吉拉⑥。为了同甘苦共命运，他们将

---

① 阿日亚-阿瓦洛迦-沃德嘎利——格斯尔三位神姊之一。蒙古语原文作"Ariy-a awaluri udkari"。"ariy-a awaluri"为梵语，意为世界之母；"udkari"为藏语"hod dkar"，意为白光。梵藏混合词组，意为白光世界母。

② 嘉措-达拉-敖德——格斯尔三位神姊之一。蒙古语原文作"ir jamsua dari udam"。"ir jamsua"为藏语"rgya mtsho"（嘉措，扎木苏，意为海）；"dari"为梵语"tārā"，意为度母；"udam"为藏语"hod snon"，意为绿光。梵藏混合词组，意为绿光大海度母。

③ 格斯尔-嘎日布-冬日布——藏族《格萨尔》中写作"Ge sar dkar bo don sgrub"，和格斯尔在天上的名字"威勒布图格齐"意义相同。

④ 瞻部洲——梵文"jambu-dvipa"。佛教用语，（界名）大地之总称。此地中央有瞻部树，得以此名。

⑤ 苟巴彦——格斯尔母亲的父亲。苟为部落名，"巴彦"为蒙古语，意为富人。

⑥ 苟萨-阿木尔吉拉——格斯尔母亲的名字。苟萨为藏语"hgog bza"，藏族《格萨尔》中格萨尔的母亲叫作 hgog bzah lha mo（苟萨拉姆）。

会由同父同母所出。"

"原来他们的父母双亲是这样的。那他们从何而来？"

占卜者们回答说："佛祖预知天下将会大乱，早就安排好了。霍尔穆斯塔腾格里的儿子是将要下凡投胎转生之人。其他的我们就不得而知了。"

那时候有多萨、东萨尔、岭三个鄂托克①（部族），多萨②的首领是僧伦③，东萨尔④的首领是叉尔根（叉根）⑤，岭⑥的首领是晁通。晁通诺彦⑦有数匹良驹。其中有一匹是能够追上从山上滚落下来的石头的沙华马；有一匹是能够追上远处奔逃的狐狸的漂亮红马；还有一匹是能够追上前方横穿而过的黄羊的黄马。

---

① 鄂托克——又译"鄂拓克"，古代蒙古社会、经济单位。著名蒙古国学者符拉基米尔佐夫认为，鄂托克一词源自中亚粟特语"ōtāk"，有"国家、疆域"之意。鄂托克与元代的千户有继承关系。15世纪开始见于史书，在汉文史籍中相应汉译为"部"或"营"，以地域单位为基础，由一定数量的阿寅勒组成。有的学者认为鄂托克与明初的爱马克社会内涵基本一样，都是地缘、行政的结合，不是血缘亲属集团。从达延汗（1474—1517）开始，由于分封诸部，游牧地相对固定，鄂托克成为万户之下的基本行政组织。详见薄音湖主编《蒙古史词典》（古代卷），内蒙古大学出版社，2010年，第446页。

② 多萨——安多地区古代部落名。据蒙古国学者呈·达木丁苏伦的研究，藏族《格萨尔》中没有出现这个部落名。

③ 僧伦——藏语"Seng blon"，"seng"为"seng ge"的简称，意为雄狮；"blon"意为长官。僧伦意为雄狮大臣。

④ 东萨尔——安多地区古代部落名。据蒙古国学者呈·达木丁苏伦的研究，藏族《格萨尔》中没有出现这个部落名。

⑤ 叉尔根——格斯尔的叔叔。藏族《格萨尔》中作"khra rgan"。khra意为雄鹰；rgan意为老，因此叉尔根的名字意为"老鹰"。叉尔根是戎部落的人，因此名字前面带有"戎萨"的定语。藏族《格萨尔》汉译本中译作"绒察叉根"或"戎察叉根"。

⑥ 岭——格斯尔的部落。

⑦ 诺彦——蒙古语，意为长官，可汉译为"老爷"。

　　这三个鄂托克举兵意欲侵犯苟巴彦的时候，晁通阻止他们未果①，只好骑着一匹好马先到苟巴彦家通报军情。他说："多萨、东萨尔、岭三个鄂托克的军队正前来侵犯你们。"闻言，苟巴彦的女儿苟萨–阿木尔吉拉②急忙逃跑，却不料在冰上滑倒，被捉住了。姑娘的胯骨脱臼，伤了筋骨，变成了跛子。晁通诺彦心里想道："我堂堂晁通如果娶一个这样的瘸腿老婆，对名声不好，不过也实在舍不得送给别人。"于是就想到了一个办法："还是送给我的哥哥僧伦诺彦吧。以后想再要回来也好说。"就这样，他把姑娘交给僧伦做妻子了。嫁给僧伦以后，姑娘的腿伤很快痊愈了，变得和从前一样美丽动人。晁通诺彦见了心里不好受，心想："这样美丽的女人天下难寻。我们盼望着她能够生一个好儿子，她也没有生出来。如今天下大乱，都是因为这夫妻二人带来了祸患。"于是，晁通诺彦决定把僧伦、阿木尔吉拉夫妻二人驱逐出鄂托克，还把僧伦的前妻和家产抢夺了过去。他只给了僧伦夫妻一峰带着花驼羔的花骆驼，一匹带着花马驹的花母马，一头带着花牛犊的花母牛，一只带着花羊羔的花绵羊，一条带着花狗崽的花母狗，和一顶又黑又旧的破毡帐，就把他们驱逐到三河之源去了。

　　他们来到三河之源，僧伦老头儿一边放牧三两头牲畜，一边套捕鼹鼠。有时候一天能捕杀十多只，有时候一天能捕杀七八只。苟萨–阿木尔吉拉每天去捡柴。

---

　　①　蒙古文原文作"öčiyedejü"，实际上是"öči"（说，说服）+ "yadajü"（不能，未果）的连写形式。桑杰扎布译本译成"楚通诺彦言心怀嫉妒"，实际上把"öčiyedejü"读成"üšiyedejü"（妒忌，仇恨）。而从故事内容看，包括晁通的岭部落在内的三个部落共同侵犯苟巴彦，晁通的嫉妒从何而来？从后面的情节看，晁通说服阻止其他两个鄂托克即部落侵犯苟巴彦未果，才提前去给苟巴彦报信。

　　②　苟萨–阿木尔吉拉——格斯尔母亲的名字。苟萨为藏语"hgog bza"，藏族《格萨尔》中格萨尔的母亲叫作 hgog bzah lha mo（苟萨拉姆）。

一天，苟萨-阿木尔吉拉在去捡柴的路上，见到前方盘旋着一只鸟首人身的雄鹰。苟萨-阿木尔吉拉问雄鹰道："为什么你的上身像鸟类，下身像人类，这是因为什么？"雄鹰回答说："我的上身像鸟类，是因为我不知晓我上界的娘舅们；我的下身像人类，是因为我毁了原来的躯体飞到这里来。我正在寻找从上界下凡时可以投胎的好女人。如果我投胎，就要找像你这样的好女人投胎，否则我就不投胎了。"说完便飞走了。

初八夜里，苟萨-阿木尔吉拉在捡柴回来的路上遇到了一个巨人。因为惊吓，她晕厥过去了。苟萨-阿木尔吉拉躺了一阵儿，好不容易恢复了体力，站起来要回家去。因为下了一层薄雪，苟萨-阿木尔吉拉就溯着自己捡柴的足迹往回走。黎明时，她正顺着靴子印向前走，却见到一庹①长的大脚印离开了大路走向了另一个方向。她心里奇道："这走过去的人的脚印多大呀？"于是，就沿着巨大的脚印一路查探过去。那脚印一直进到了一座大山的山洞里。苟萨-阿木尔吉拉从洞口向内窥视，看到黄金宝座上坐着一个手持虎斑旗、头戴虎斑帽、身穿虎斑袍子、脚蹬虎斑靴的巨人，他正用手擦去虎斑胡须上的霜雪，并说："今夜可真是累透了！"苟萨-阿木尔吉拉见了非常害怕，转身就逃回来了。说三百种不同语言的生灵各自解散了；阿日亚拉姆女神回到天上去了；毛阿固实、当波大师一直守在呼斯楞敖包上，耐心等待着，看占卜师的预言能否应验。现在，事实证明了占卜师的预言是正确的，于是他们也各自散去了。

回到家以后，苟萨-阿木尔吉拉的肚子已经变大，起居都很困难了。十五日的早晨，僧伦老头儿带上索套，准备赶着牲畜去放牧。出门前，苟萨-阿木尔吉拉对丈夫说："你为什么要去放牧？我的肚

---

① 庹——蒙古语"asda"，也译作"拖"，量词，成人两臂左右平伸的长度。

子里好像有人在说话，嗡嗡地响。我独自一人留在家中害怕极了。今天你要守在我身边。"僧伦老头说："我也想守在你身边，可是那样谁去捕杀鼹鼠？谁给我们放牧这两三头牲畜？如果不去捕杀鼹鼠，我们拿什么养活自己？"之后就不听劝阻，到野外放牧去了。老头儿下套索捕杀了七十只鼹鼠。他把鼹鼠背回家，说道："今天捕杀得比任何一天都多，今天运气真是好。"把鼹鼠放回家里后，老头儿就又去放牧了。到了下午，天黑之前，母亲肚子里的孩子们开始歌唱了。

一个唱道："我叫波阿－冬琼－嘎日布，我浑身是水晶宝石，我的牙齿是白海螺，我长着嘎如达神鸟的头颅，我的发色金黄，我的发梢犹如开满花朵的柳树一样美丽。我降生后将会统辖上界天神。"

又一个唱道："我叫阿日亚－阿瓦洛迦－沃德嘎利，我红润的脸庞光芒四射，我的上身是人身，我的下身是龙神蛇身，我诞生后将会统辖下界龙神。"

又一个唱道："我叫嘉措－达拉－敖德，我全身洁白，光射十方。我诞生后将统辖十方仙女。"

又一个唱道："我叫格斯尔－嘎日布－冬日布，我的上身有十方诸佛常驻，我的中身有四大天王常驻，我的下身有四海龙王常驻。我诞生后将统辖这瞻部洲，将成为十方圣主仁智格斯尔可汗。"

母亲喃喃自语道："哎呀，哎呀，不得了！世人都抛弃了我，把我驱逐到了这三河之源。哪里会有神佛投胎到我腹中，莫非是妖魔化身来投生？别说给你们做摇篮，你们那无能的父亲僧伦连养活自己都困难；别说把你们放进摇篮里养大，在这个只有一头牛大的又黑又旧的破毡帐里，他连养活我都很吃力。我现在把你们放进这里权当摇篮吧。"说着，她找来挖草根用的九庹长的铁钎，挖了四条能分别躺下四个大人的壕沟。

正在这时，波阿－冬琼－嘎日布说道："妈妈，给我让路！"说着就从母亲的头顶诞生了。她的容貌异常美丽，一路连爬带滚，母亲在后面追赶，却始终抓不住她。上界天神在水晶般洁白的大象身上套上鞍子，敲锣打鼓，焚起飘香的煨桑①，把波阿-冬琼-嘎日布放在大象背上，接到天界去了。母亲叫道："哎呀呀，原来真的是神佛啊！"接着惋惜地哭了起来。

正在哭时，肚子里又有一个孩子叫道："妈妈，给我计路！"母亲举起右手按住头顶。刚举起右手，孩子就从右腋下诞生了。又是连爬带滚，母亲从后面追赶不及。从下界来了龙王，和上一个一样，水晶般洁白的大象和狮子背上套着鞍子，锣鼓齐鸣，香烟缭绕，煨桑飘香。龙王把孩子放在大象的背上，接到大海里去了。

又一个孩子在肚子里喊道："妈妈，让我出去！"母亲夹紧两腋，用双手护住头顶，不料孩子却从肚脐落地了。比前两个孩子更漂亮，爬滚敏捷，母亲又是追赶不及。母亲正在追赶，十方仙女牵来鞍嚼齐备的青色犀象，焚起煨桑，敲锣打鼓，把孩子放在犀象背上接走了。母亲说道："哎呀呀，不得了！我的三个孩子，原来全是神佛投胎啊！我为什么挖了四条能够装下成年壮汉的壕沟？我现在连一个孩子也没有留住，没能抱到怀里，没能亲上一下……"她情不自禁地痛哭起来。正哭着，又一个孩子在肚子里喊道："妈妈！我从哪条路出去？"母亲回答说："你就像正常分娩的孩子那样出生吧！"于是，这个孩子就怒瞪右眼，圆睁左眼，举着右手，攥着左拳。抬着右脚，伸着左腿，咬紧白海螺般的四十五颗牙出生了。母亲见了惊叫道："哎呀呀，不得了！前面生的三个孩子是神佛投胎无疑，没有被我追赶上，都被接走了。这个却是魔鬼投胎，被我留住了。孩子啊，我用什么切断你的脐带？"说着便从枕头下面取出制革薄刀来锯

---

① 煨桑——蒙古语原文作"ubsang"，源自藏语"bsang"。即熏香。松柏、檀香等晒干捣碎后焚烧，其烟雾具有娱神、除污的禳灾祛祸功能。

脐带，却怎么切不动孩子的脐带。

婴儿对母亲说："妈妈，你的这把制革薄刀怎能切断我的脐带？我们家前面的大海里有带棱角的黑石头，你去找了来切断我的脐带吧！切的时候你要说祝词，祝我的生命比石头还坚硬。切完脐带后用白荻草扎好，扎的时候说祝词：'祝你岭部落的人口比白荻草还多。'"母亲用衣襟包起孩子就向大海跑去。到了海边，找来大海里的有棱角的黑石头切断了孩子的脐带，切的时候按照孩子的吩咐说了祝词。她又找来白荻草包扎了孩子的肚脐，包扎的时候也说了祝词。格斯尔诞生的时候下了一场冷雨。母亲在去海边找石头切格斯尔脐带的时候不小心冻伤了小拇指。母亲哭着埋怨道："为了给这个孽种孩子割断脐带，我来回折腾，冻伤了小拇指。"孩子劝道："妈妈，不要骂我！不要哭泣！你把小拇指浸到海水里试一试。"母亲按照孩子说的去做，把手指头浸到海水里泡了一会儿。果然，小拇指痊愈如初。于是，母亲抱起孩子就回家去了。

母亲说："我拿什么当作摇篮让你睡呀？我还是让你睡在这条壕沟里吧。"接着就举起孩子准备放进壕沟。孩子从母亲手中挣脱，掉在地上。母亲再次抱起来，孩子却又挣脱了，并且在挣脱的时候说道："妈妈！我怒瞪右眼，是一眼把妖魔鬼怪瞪死；我圆睁左眼，是明鉴此生来世；我举起右手，是一举击倒我的敌人；握紧我的左拳，是统辖一切；抬起右脚，是为了弘扬佛法；伸直左腿，是脚踩黑方恶魔不得翻身；咬紧白海螺般的四十五颗牙齿，是为了让凶恶的妖魔失魂丧魄。"母亲听后说道："哎呀呀，不得了！婴儿出生的时候都是用两个无名指按着鼻子，闭着眼睛出生。这孩子却这样赤口毒舌，一生下来就吵闹不休。"

母子俩正在争吵的时候，僧伦老头儿回来了。毡帐里一会儿传出女人的声音，一会儿传出老虎咆哮一般的声音。僧伦老头儿赶着两三头牲畜，背着十只鼹鼠，一只手拖着九股铁索套回家来了。僧伦老头儿问道："这是什么？"苟萨-阿木尔吉拉生气地对丈夫甩话说："你这个贱骨头！没有福气的糟老头！我不是说让你今天在家守着我吗？我先是生了三个孩子，都从不该出生的地方出生了。全都是神佛投胎，上天界的被接到天上去了；入下界龙界的到海里去了；到仙界的也被仙女们接走了。谁能预料到她们是上界天神、下界龙神和十方仙女？生完他们，先后被接走了，才生了这个魔鬼的孩子。现在他正准备吃掉我呢。贱骨头，把他抱走！"僧伦老头儿对妻子说道："哎呀呀！你怎么知道孩子是魔鬼投胎？我们也不是神，怎么辨认是魔鬼还是人？如何舍得杀害自己的孩子？我们还是养着看吧。从今天起，我能捕杀八十只鼹鼠了。连这不起眼的两三头母牛也怀胎了，肚子大得快要着地了。原来我们家附近可并没有鼹鼠出没。离家一箭之远的地方今天没有下雪，这个东西是我在那里捡到的。我活到今天还是第一次见到这个玩意，也不知道是网还是套索。我就拿回家来了。"

于是，母亲也随着丈夫说："如果是那样[1]，怎能抛弃他？养活吧！养着看看。"

那时候，有一只魔鬼化身的黑乌鸦专门啄瞎一岁婴儿的眼睛，从而夺去婴儿的性命。这只黑乌鸦听到格斯尔诞生，就前来啄他的眼睛。格斯尔早就靠他的神通预知了黑乌鸦会前来害他。于是，格斯尔圆睁一只眼睛，闭上一只眼睛，在圆睁的一只眼睛上方布置好九股铁索套。当魔鬼化身的黑乌鸦飞进来啄他的眼睛时，他将套索一拽，就套住了黑乌鸦，当即杀死了它。

那时候，有一个长着山羊牙齿的狗嘴魔鬼，化身为工布老爹格

---

[1] 蒙古文木刻本原文作"čiimi bolusa"，1956 年版作"čamaibolusa"，错。桑杰扎布译文将这一句翻译成僧伦老头儿对妻子说的话，也错。

隆喇嘛①前来害格斯尔。他专门借口给两岁婴儿摸顶祈福，趁机咬断孩子的舌尖，从而让孩子变成结巴。格斯尔早就凭借神通预知了他的阴谋。格斯尔知道魔鬼要来，就咬紧四十五颗洁白的牙齿，躺在家中等候。化身为喇嘛的魔鬼来到后，给格斯尔摸了顶。他用手指抠格斯尔的牙齿，未能让格斯尔启齿，又试图用解锥弄松格斯尔的牙齿，也未能如愿。喇嘛问格斯尔的母亲："你们的孩子出生的时候有舌头吗？还是他一出生就这样牙关紧闭？"母亲回答说："这孩子老哭，我们也不知道为什么。"魔鬼把舌头伸进孩子的嘴里让他吸吮。格斯尔稍微张开嘴吸了一点。魔鬼高兴地说："好，吸吮舌头了。"接着得寸进尺，一点点把舌头塞进格斯尔的嘴里。格斯尔假装吸吮着，就把魔鬼的舌头连根咬断了。这样，格斯尔结果了变成喇嘛的魔鬼。

那时候，有一只罪恶的鼹鼠，体型巨大，如犍牛一般。它掀翻地皮，破坏草场，给蒙古部落带来了灾难。格斯尔凭借神通知道了它的所在，于是变成一个放牛的老头儿，手持斧头跑去找鼹鼠。鼹鼠变成巨大的犍牛掀翻地皮、糟蹋草场的时候，放牛老头儿赶过去，举起斧头对准犍牛两角中间的额头砍下去，结束了它的生命。

格斯尔铲除了瞻部洲三个凶恶的魔鬼。

接着，格斯尔家的绵羊产羔了，产下海螺一样洁白的羊羔；母马产驹了，产下智慧的枣骝宝驹；母牛产犊了，产下铁青色的犀牛；母狗产崽了，产下铁嘴铜母狗。格斯尔焚起煨桑，向天上的那布莎－古尔查②祖母祈祷道："祖母啊！你要好好帮我繁殖这些牲畜！我什么时候想要，您就什么时候给我。"格斯尔把这些子畜全都献给了祖

---

①　工布老爹格隆喇嘛——几种蒙古文《格斯尔》中名字不统一。

②　那布莎－古尔查——格斯尔天上的祖母。藏族《格萨尔》中格萨尔天上的祖母叫"gung sman rgyal mo"（拱曼嘉姆）。

母那布莎-古尔查。祖母说："做得对"，就接受了。

僧伦老头儿认为格斯尔是命苦的女人生的，就给他取名叫觉如①。

格斯尔每天去放牧两三头牲畜。他一边放牧，一边拔了三七二十一根芦苇，拔了三七二十一根芨芨草，拔了三七二十一根鬼针草，拔了三七二十一根锦鸡儿。用芨芨草抽打老弱的母马，边抽打边祝福说："每当我用这三七二十一根芨芨草抽打你，你就繁殖出芨芨草一样的纯白马群。"他用芦苇抽打老弱的母牛，边抽打边祝福说："祝你产下毛色像芦花、尾巴像叶子的花牛犊吧。"他用鬼针草抽打绵羊，一边抽打一边祝福说："生下鬼针草一样繁多的绵羊。"用锦鸡儿抽打浑身长满疥癣的母驼，并祝福一番。格斯尔大显神通，用魔法抽打的结果，是所有的牲畜都不停地繁殖起来。一匹母马繁殖出一群像芨芨草一样毛色纯白的骏马；其他的还用说吗？按照格斯尔的命令，牲畜就按月有条不紊地繁殖，多到数也数不清了。

僧伦老头儿的喜悦无法言喻。他高兴地说道："这都是因为我的运气好啊！真是一生二，二生三，三生万物啊。"听了丈夫的话，苟萨-阿木尔吉拉说道："那可不是吗？其实我早就知道你是有福气的人。难道你不是有这样大的福气的人吗？"接着，她哄着老头儿说："牲畜这么多，我们的人手哪里够呢？"于是就叫僧伦老头儿去大部落商量。

僧伦老头儿到了大部落，对晁通诺彦说："你看不惯而驱逐出去的美丽女人生了一个不起眼的儿子。你是看看他的本领让他坐上可汗宝座呢？还是认为他没有任何本事，就让他得不到任何身份？无论有没有本领，你只能让他继承可汗宝座。你要把我的妻子、财产

---

① 觉如——格斯尔小名。藏语"jo ru"，意为穷孩子。

和牲畜还给我!"

全部落的人都异口同声地说:"僧伦老头儿说得完全正确。"晁通诺彦就把老婆、孩子都还给僧伦了老头儿。僧伦老头儿就带着妻子和孩子回来了。

僧伦老头儿把牲畜交给嘉萨①、戎萨②、格斯尔三个孩子去放牧。从此,兄弟三个就一起去放牧。觉如把远处的山搬到眼皮底下,把近处的山移到远方,用魔法放牧他的畜群。

有一天,觉如对父亲说:"你就知道说这些都是因为你的运气好,你就知道看着五畜繁殖心里高兴。你为什么不搭建一座更大的新毡帐呢?"僧伦老头儿回答说:"我不知道我们有没有能力砍来搭建大毡帐的木材?要搭建就去砍木材吧!"于是,大家一起去山里砍木材。老头儿砍倒了几棵笔直的树。觉如用魔法让这几棵树变成建蒙古包需要的哈纳③和乌尼④,自动搭建起来。僧伦老头儿继续寻找更好更笔直的树去砍伐,觉如却让父亲看准的树瞬间变成了枝杈繁多的树。老头儿不仅没有砍倒树,反而割破了手,无趣地回来了。僧伦老头儿回家以后抱怨说:"都怪这个孽障儿子跟我去砍树。本来是笔挺笔挺的一棵树,刚要砍下去就变成枝杈繁多的刺儿树,树没有砍成反而割伤了手。我就急急忙忙回来了。"

觉如把搭建大白毡帐的木材搬了回来,问父亲道:"父亲啊,你为什么把砍下的木材留在原地,不搬回来呢?我把你砍倒的树搬回来搭建木架了。"僧伦老头儿说:"我是真的砍过树的。只不过我在

---

① 嘉萨——格斯尔的哥哥。嘉萨-席克尔,藏语"rgya tsha shaldkar"。藏族《格萨尔》的汉译本译作贾察霞尕尔。

② 戎萨——格斯尔的哥哥。但不是本名,而是部落名。意为戎部落的人。

③ 哈纳——也写作"哈那",蒙古包毡壁的木支架。

④ 乌尼——蒙古包的椽子。

山里迷了路，把砍下的木材弄丢了。原来是这东西偷了我砍的木材。"觉如说："父亲说得对。是你砍下的树，我偷去了足以搭建两三座毡帐的木材，都堆在那里呢。因为我没有力气砍树，所以我只能用你砍下的木材来搭建毡帐的木架。"这样，木架上围上毡子，搭建了新毡帐。

三个孩子到野外放牧去了。僧伦老头儿宠爱戎萨的母亲。三个孩子去放牧的时候，戎萨的母亲给孩子们做饭。僧伦的前妻把嘉萨－席克尔和戎萨这两个亲生儿子的饭食放在桌子上，把给格斯尔吃的饭食倒进喂狗的破碗里放在地上。

放牧的时候，觉如身上带着三把白色石子、三把黑色石子。把白色石子撒在岩石上，牛羊就自己去牧场吃草；晚上回家时把黑色石子装进口袋里，牛羊就自觉地跟在觉如后面回到家里来。

第二天早晨，三个孩子依旧出去放牧，觉如对两个哥哥说道："我们放牧的牲畜这么多，干吗还要空着肚子挨饿？抓一头牛犊杀了吃了吧！"戎萨说："不行！父母会生气的。还是算了吧。"嘉萨－席克尔沉默不语。觉如说："如果父母生气责备我们，我来担责。嘉萨你去抓一头牛犊过来。"嘉萨去抓来了一头牛犊。觉如就把牛犊宰杀了，整剥了牛皮。三个孩子吃净牛犊的肉，觉如把啃剩的牛骨头装进整剥的牛皮里，拽着牛尾，召唤三次，装骨头的牛皮就变成了一头活蹦乱跳的牛犊，向一群牛犊跑去了。

晚上，三个孩子赶着牛羊回家来了。嘉萨和戎萨一直站着不肯坐下，觉如坐下来吃装在喂狗的破碗里的饭食。僧伦老头儿的前妻问自己的两个孩子："为什么觉如吃饭，你们两个不吃？"戎萨说："觉如弟弟今天给我们宰杀了一头牛犊，我们吃牛犊肉吃饱了。"僧伦老头儿一听，火冒三丈地叫道："哎呀呀！觉如，这是真的吗？"觉如说："我不会撒谎。"老头儿跳起来，拿起鞭子就要抽觉如。觉如一把抓住鞭子，和父亲僵持起来。正在这时，苟萨-阿木尔吉拉回来了，问老头儿："这是怎么了？"僧伦老头儿上气不接下气地回答说："听说这个魔鬼孩子今天宰了一头牛犊吃了。他真是一个孽种。"苟萨-阿木尔吉拉听了骂僧伦道："你这贱骨头算是完了。你的牛犊没有数目吗？数一下牛犊不就知道了是不是吃掉了吗？就你那熊样儿，哪来这么多的牲畜？即使真的吃了一头牛犊，至于动手打我的儿子吗？你以为这畜群都是以你一己之力繁殖起来的吗？"老头儿出去数了一下牛犊，一头也不缺。他回到家里训斥戎萨道："你这孩子怎么这样撒谎呢？今后你再要撒谎，看我不把你打死！"

第二天，三个孩子又赶着畜群放牧去了。觉如又宰了一头牛犊。这次，戎萨悄悄地捡了牛尾骨揣在怀里。和昨天一样，他们把牛肉吃个精光，把啃剩的骨头收起来装在整剥的牛皮里。觉如把牛皮拽起来召唤三次，它就变成了一头断尾巴的牛犊，跑到在远处吃草的牛犊群里去了。晚上，三个孩子赶着畜群回家来，戎萨一边说："今晚我要吃觉如弟弟宰杀的牛犊的尾巴"，一边把牛尾巴放在火塘上烤。老头儿看见了，就问戎萨："这是什么？"戎萨回答父亲说："觉如弟弟今天给我们宰杀了一头牛犊，现在我要烤牛犊的尾巴来吃。"老头儿听了，暴跳如雷地喊道："觉如原来是这样造孽啊！"他捡起鞭子就要抽觉如。觉如哪里肯答应，一把抓住了鞭子不让老头儿动手，父子就这样僵持不下。觉如说："老爹你这是变糊涂了。你是不想放过我了？你想打我，我打你还差不多。"这时候，觉如的母亲回来了，见此情景问道："贱骨头！这又是怎么了？"僧伦老头儿回答说："戎萨说觉如今天又宰杀了一头牛犊，他正在烤带血的牛尾呢。是真是假你自己去看。"觉如的母亲说："你为什么只听这个儿子的话，打其他儿子呢？你去数数牛犊看看。"老头儿没办法，只好出去数牛犊。牛犊一头都不少，只是一头牛犊的尾巴断了，流着血。老头儿见了，知道是有人割断了牛犊的尾巴，就跑进来把戎萨揍了一顿，边揍边说："你为什么诬陷那个败家子？真是所谓的私生子跑进来喧宾夺主把嫡生子赶出去了。"觉如在旁边说道："与其这样被人诬陷受委屈，倒不如自己真做出这等事情。如果明天不故意宰杀几头牛吃掉，我就不是觉如了。"

第二天，三个孩子又出去放牧。觉如从羊群里挑出了九只成年羯绵羊屠宰了。他用魔法从别处运来大锅，并施法叫戎萨动弹不得，只能眼巴巴地看着。待羊肉全都煮熟出锅以后，觉如焚起了煨桑，向全体神灵祈祷道："天上的霍尔穆斯塔腾格里父亲！梵天十七尊腾格里天神，三十三天，那布莎-古尔查祖母，阿日亚-拉姆嘎力女神，操三百种不同语言的神灵，毛阿固实和当波占卜师，山神敖瓦-工吉德，金色世界的神灵父亲，胜慧三神姊，上界十方神佛，下界四海龙王，请听我祈祷！你们大家让我降生人间，我就来到凡间投胎转生了。现在，我让你们见见我在凡间的世俗模样。我给你们供奉了圣洁的祭品，我在向你们祈祷。"

诸神说道："啊！我们的鼻涕虫已经在人间投胎转生了。我们的鼻子闻到了供品的香味。这是他在下界人间向我们供祭，显示他的征兆。"

觉如向诸神祈祷完毕，就在嘉萨和戎萨面前摆上大桌子，把羊肉和饭食统统端上来。嘉萨放开肚子吃，戎萨却因为觉如的定身法，不得动弹，眼巴巴看着别人大吃。觉如收回了魔法，自己变出了很多化身，把羊肉全部吃光了。戎萨一被解除定身法，就拼命跑回家去告状。嘉萨和觉如接着去放牧。

戎萨告诉父母说："你们的儿子觉如今天宰杀了九只成年羯羊。他还找来了好多大锅煮了肉。等肉煮好了，他还说什么上界天神，下界龙王，说什么神佛，说了一大堆，我没有听明白。他还给我和嘉萨拿来了肉。我心疼咱们家的羊，就一口都没有吃。我也不知道所有的牛群、羊群都去哪里了。吃肉的时候还来了很多不认识的人，觉如迎过去，请他们一一下马，还把他们的马牵过去拴在一处。他们一起把肉吃了个精光。"戎萨添油加醋地对父亲说了这些话，僧伦老头儿听了，不停地嘟哝着："真是罪过！真是造孽！"拿起鞭子就去找正在放牧的觉如。

　　僧伦老头儿爬上一座小山丘，举目远眺，四处寻找自己的牛群和羊群。实际上，牛羊就在觉如身边吃草，但他施法挡住了老头儿的视线，因此，僧伦老头儿既没有看见自己的牛羊，也没有看见觉如，于是就气急败坏地跑回家去了。因为什么都没有看见，老头儿回到家以后只能咬牙切齿地自言自语："觉如啊，觉如，等你回来了看我怎么收拾你！"

　　老头儿正在既恨且气的时候，觉如赶着牛群和羊群回来了。无数的牛羊如潮水般涌来。觉如嘴里还唱着歌，赶着畜群快乐无比。"你还有心情唱歌！"僧伦老头儿拿起鞭子就跑出去抽觉如。觉如又是一把夺过鞭子，扔在地上。于是老头儿就和觉如扭打起来，觉如故意摔倒在地，叫一声"哎呦！"就把老头儿从自己身上摔过去了。老头儿疼得直喊"哎呦，哎呦！觉如你要害死我呀！"，觉如也喊"哎呀，哎呀！"父子二人，声音一个比一个高。这时，苟萨-阿木尔吉拉回来了，见此情景问道："这又是怎么了？"老头儿回答说："我原以为我们生了一个儿子。原来你说得对，这孩子是魔鬼投胎无疑。听说他今天屠宰了九只成年羯羊，全吃掉了。我想抽打这个混蛋，不料他却好几次把我从头顶上摔过去了。不知道我这把老骨头是不是都散架了，疼痛难忍。"苟萨-阿木尔吉拉说："你的贱骨头散架就散架吧。之前戎萨就告状说觉如宰杀牛犊吃了，还说谁谁来了，那是真的吗？现在又告状说宰了九只成年羯羊吃了。觉如把你摔倒在地是事实。你现在去数数你的成年羯羊，是不是真的少了九只？"于是老头儿从地上站起来去数羯羊，羯羊如数全在，一只也不少。老头儿叫苦道："好你个戎萨，你给我滚！"

苟萨-阿木尔吉拉发话了："觉如，我的孩子啊！俗话说，上山砍木材的人总是辛苦在前，搭建房子的人总是坐享其成。戎萨是想害死你。现在戎萨告你的状，老头听信戎萨的谗言抽打你，你就用刀把自己捅死算了。我实在不忍心看着你天天受委屈。"

觉如就去斥责戎萨："你们来之前，我一个人放牧繁殖了这些牛羊，我一个人默默地放牧牛羊，风平浪静。如果我每天都宰杀牛羊吃掉，牛羊又怎么会繁殖得这么多？你这么仇视我，到底是为什么？又为什么屡屡撒谎，挑唆我和父亲争吵个不停？"戎萨无言以对、默不作声。嘉萨-席克尔一直在旁观，突然忍不住笑了。老头儿说："哎呀呀！觉如说得难道不对吗？今后你再说谎，我要打扁你。"

第二天早晨，僧伦老头儿心里想道："这三个孩子总是不和睦。从今以后，我亲自去放牧吧。"于是，他就带着嘉萨去放牧了。那天，一天平安无事。晚上，老头儿和嘉萨二人赶着牛羊回家来了。

次日，僧伦老头儿带着戎萨去放牧。两人放牧的时候，一不留神有三只绵羊被狼吃掉了。晚上回家后，老头儿对大家说："今天我放牛，这无能的戎萨放羊，一不留神让狼吃掉了三只绵羊。"觉如敲边鼓道："如果是我放牧时让狼吃掉了羊，这时候已经挨鞭子了。幸亏今天你没有带我去放牧。"

第二天，僧伦老头儿带着觉如赶着牛羊放牧去了。觉如用魔法把远处的山拉近，看起来就像在老头儿的眼皮底下。老头儿一看，山脚下的羊群也好像离自己只有咫尺之远，还能清清楚楚地看见一匹狼从山坡上斜跑过去。觉如对老头儿说："父亲，您看见有狼跑过去了吗？"老头儿回答说："谁看不到啊。准是想袭击我们的羊群呢!"觉如说:"父亲,您来射杀这匹狼如何?如果射中了,您宰杀一只成年羯羊,我一口都不吃,您一个人吃掉;如果射不中,我再来射这匹狼,如果射中了,我宰杀一只成年羯羊吃,不给您分一块儿肉。如何?"老头儿答应了。于是,老头儿首先开弓搭箭射向狼,但狼远在射程之外,老头儿的箭哪里能射到呢?觉如看到老头儿根本就没有射到目标的射程,就说道:"父亲,现在该轮到我了吧?"觉如一射,就射死了狼。觉如跑过去剥了狼皮,回来交给僧伦老头儿说:"父亲,您是老人,用这狼皮做条暖和的皮围腰御寒吧!"觉如用魔法使老头儿不能动弹,接着宰杀了九只绵羊,还找来好多口大锅来煮肉。觉如去羊群里抓羊的时候,老头儿眼睁睁地看着,心疼自己的羊,想喊"觉如住手!"却喊不出来,想从地上站起来跑过去阻止,但上半身虽能动弹,下半身却像粘在地上一样一动不动,只能眼巴巴地看着觉如糟蹋自己的羊,真是急煞人。羊肉煮熟后,觉如又大显神通,化身为很多人,一起抬着大桌子放在老头儿面前,还把肉端来放在桌子上,请老头儿享用。老头儿被觉如用魔法定住了身,动弹不得,哪里还有吃肉享受的份儿呢?觉如施法化身成一群人,瞬间把肉吃了个精光。吃完肉,觉如收了魔法,老头儿才得动弹。老头儿一站起来,就拼命地跑回家去了。觉如接着放牧。

　　僧伦老头儿一回到家,就向两个妻子诉苦道:"简直不得了了!原来戎萨说的全是实话。觉如今天宰杀了九只成年羯羊,一个人把肉全吃掉了。苟萨-阿木尔吉拉,你说他是魔鬼投胎,千真万确。他是魔鬼,他是蟒古思①。等他把这些牛羊全吃完,离吃掉我们也就不远了。"就在老头儿叫苦连天的时候,觉如赶着牛群和羊群回家来了。老头儿捡起鞭子就跑出去,嘴里不停地骂着:"啊呀,觉如你是

---

　　① 蟒古思——蒙古民间文学中的恶魔,其最突出的特征是多头一体,头颅越多力量越大。有学者认为,蟒古思是古代蒙古敌对部落联盟的象征。

老虎吗？你是狼吗？"就劈头盖脸地抽过来。觉如哪肯答应，老头儿的鞭子一抽过来就被他一把抓住，又僵持了起来。老头儿说："岂有此理！你刚才为什么宰杀那么多羊？我们俩在这里说不清楚。到嘉萨那里去评评理。"于是，两人来到嘉萨面前理论。老头儿对嘉萨说："这该死的觉如！我们俩去放牧，羊群边上正好有一匹狼跑过去。这该死的东西问我：'父亲你看见有一只狼跑过去吗？'我就回答他说：'无非就是想袭击我们的羊群，抓我们的羊呗。'他就提出来：'那么，父亲，我们俩打赌比赛吧！'我也就顺口答应了，他提出要求说：'我们俩来射这匹狼。你如果射中了，杀一只羊自己吃，我不会吃一口。如果你射不中，我来射这匹狼。如果我射中了，我也同样杀一只羊吃，肉我一个人全吃，不给你留一口。'因为我年纪大了，就没有射中狼，觉如射死了狼。"接着，觉如和老头儿父子俩各自说了宰杀羯羊的经过。嘉萨听完两人的话，开口道："昨天你和戎萨两人去放牧，不小心让三只绵羊被狼吃掉了，这是不是你们的错？今天你和觉如打赌也是你的不对。都上了这大把年纪了，还像小孩子一样打什么赌？你就别再嚷嚷了。"老头儿有口难辩，只能在心里想："这孩子脾气也捉摸不透了。"就无趣地回来了。

　　第二天，僧伦老头儿又带着觉如去放牧。在马群和牛群边上，有一只喜鹊栖在树上，一只狐狸从牛群旁边跑过。觉如问父亲道："父亲，您知道吗？这喜鹊和狐狸为什么围着牛群转来转去？"僧伦老头儿回答说："不知道。"觉如说："喜鹊专门找背上有烂疮疤的马，啄烂疮，啄着啄着就会啄断马的脊梁，马就死了。而狐狸咬过的草，牛吃了就会中毒而死。因此，咱们俩把喜鹊和狐狸射死吧。如果谁射死了喜鹊和狐狸，谁就杀一头牛和一匹马吃掉，没射中的一口肉都不要吃。"老头儿答应了，两人就开始射喜鹊和狐狸。老头儿射了喜鹊，没有射中。觉如对父亲说："这不是狐狸吗？正跑过来呢。"老头儿一看，狐狸正好来到了眼前，就拉开弓又准备射狐狸，而觉如用魔法把老头儿的弓变硬了。僧伦老头儿使出九牛二虎之力也拉不动自己的弓。觉如在旁边催道："父亲快射呀！"老头儿又急又气，一箭射出去，刚到半个射程箭就掉下来了。轮到觉如出手，他先后射死了喜鹊和狐狸，把狐狸交给了僧伦老头儿。按照约定，觉如先从马群里挑了一匹膘肥的骟马宰杀了，又从牛群里挑了一头肥牛宰杀了。老头儿实在看不下去，想喊一声"哎呀呀！"却堵在嗓子里喊不出来。觉如把肉煮熟了，搬来桌子，给老头儿端上来，老头儿却有口不能吃，有手不能动。觉如大显神通，又把这一头牛、一匹马的肉全吃光了。吃完肉，觉如开始唱起来：

> "想吃马背上的烂疮疤，
> 可怜的喜鹊被射死了；
> 想把牛群毒死再吃肉，
> 狡猾的狐狸被射杀了；
> 不自量力的蠢老头啊，
> 还想射死喜鹊和狐狸。
> 看看他们三个的下场，
> 有什么比他们更丢人？"

觉如一将魔法解除，老头儿站起来就跑回家，又对两个老婆诉起苦来："我今后可不能跟他做伴①去放牧了。他准是要先把我的牲畜吃光，再吃我。看这德行，他不是魔鬼，只可能是蟒古思。"

僧伦老头儿接着说："这三个孩子，将来只能依靠其中的一个。"

---

① 蒙古文木刻本原文作"qanilaqu"（做伴、相伴）。1956年版作"qailaqu"（吟诵、咒说），错。桑杰扎布译本作"我并不是诅咒他"，错，明显是依据了1956年版。

老头儿出去下套索，捕住了一群沙斑鸡，装在口袋里扎好口。老头儿叫上嘉萨，和自己同骑着一头犍牛，到野外去。路上，口袋里的沙斑鸡突然一阵躁动，犍牛一受惊，就把骑在背上的僧伦父子摔在地上，自己逃跑了。老头儿躺在地上装死一动不动。嘉萨一见父亲死了，就大哭起来，边哭边说道："父亲你怎么死了？你还没有教我狩猎，你还没有教我出门远行，你就死了。"他哭着回家来了。不久，僧伦老头儿骑着犍牛也回家来了。

第二天，僧伦老头儿带上戎萨，也是两人同骑一头犍牛，到野外去了。昨天的一幕重演。犍牛受惊，把老头儿摔在地上跑了。老头儿装死，躺在地上不动。戎萨哭了半天回来了。一会儿，老头儿也骑着犍牛回来了。

第三天，僧伦老头儿带上觉如，二人同骑一头犍牛到野外去。他们看见一个人在那里种地，田头竖了一个木牌，木牌上栖息着一只喜鹊。僧伦老头儿重施故伎，惊动口袋里的沙斑鸡，犍牛一受惊，就跳起来，把老头儿摔在地上，带着觉如跑开了。老头儿装死，躺在地上观察觉如。觉如拉住犍牛的缰绳，让牛停下来，自己从牛背上下来，牵牛到父亲身边来，见到父亲没有动静了，就大声哭起来。哭着哭着，觉如不哭了，说道："我放声大哭，是大山作证，是让山上的树木作证。如果这个可恨的人不种庄稼，如果他不在田头竖立木牌，喜鹊怎会落在木牌上？如果喜鹊不惊起飞走，犍牛怎么会受惊？如果犍牛不受惊，怎么会把我的老父亲摔死？我要和这个人打官司。"觉如走到那人面前重复了刚才说的话。那人不怀好意地说："你是想让活人抵偿死人的命吗？你要告状，去告啊！"说完就自顾自地继续种庄稼。觉如听了非常生气，闯进那人的田里踩来踩去，把庄稼全给毁了。那人心疼自己的庄稼，就跑到觉如面前求情说："你有什么要求尽管提，我照办就是了。求你不要毁我的庄稼。"于是，觉如停下来，对那人说道："我就不追究你的责任了。你去山上给我砍些树来。我要火化父亲。"那人就去山上砍了很多树，搬下来交给觉如。觉如把木材堆在父亲周围一圈，然后燃起了大火。熊熊火焰燃烧起来，僧伦老头儿就睁开眼睛看了一眼。觉如说："死人如果不瞑目，对后人不好。"边说边抓起一把土，撒在父亲的眼睛上。火烧得越来越大，僧伦老头儿被火烫得蜷起了双腿，缩成一团。觉如见了，又说道："如果死人双腿蜷曲，其后代就不能传宗接代。"他赶紧搬来一棵巨大的树，压在父亲的双腿上。接着，觉如把父亲抬到火堆了上面，正准备投进火堆，僧伦老头儿大声喊道："觉如，父亲没死，活着呢！"觉如听了，说道："死人说话，对活着的后人不利。"边说边做出向火堆扔过去的动作。僧伦老头儿急忙喊道："儿子啊，你父亲真的没死。我已经说了没死，你还要活活把我烧死不成吗？"觉如这才停手，说道："原来爸爸没有死呀！没死就好！"接着，觉如把父亲驮在牛背上，回家来了。

到家以后，僧伦老头儿对前妻说："我去野外试探了一下三个孩子。嘉萨将来会成为一个勇敢的人；戎萨以后会成为一个好吃懒做的人，只能靠我积累的财富过日子；他们都比不上我的觉如。"老头儿说完这句话就出去了。可说者无心听者有意，前妻听了这话以后，心里不是个滋味。她想道："一个被抛弃的女人生的孩子，哪有强过我的两个儿子的道理？我要让他马上从我眼前消失！"心狠手辣的前妻心里作出了这样的决定，就给自己的两个儿子准备了美味的饭食，却给觉如准备了有毒的饭食。

晚上，三个孩子放牧归来了。嘉萨和戎萨坐在各自的桌子后面开始吃饭。觉如坐在他们左侧的地上，看着自己的饭食出神。前妻看到觉如不吃饭，就问他："觉如你看什么呢？还不赶紧吃饭？"觉如端起盛着有毒饭食的碗，坐到桌子后面，说道："父亲，母亲！原来我们兄弟三个的饭食都是你们分给我们的，从今天开始，你们要把牲畜财产也分给我们。我的两个哥哥已经吃了各自的饭食，但是他们没有把饭食的德吉①献给父母。我可没有忘记要先给父母献上食物的德吉。"

觉如把饭食的德吉献给父亲。父亲不知道饭食有毒，接过来就要吃掉，觉如就把碗收回去了；接着，觉如把饭食的德吉献给僧伦老头儿的前妻，这女人心里有鬼又说不出口，只好接过饭食想吃掉，结果觉如又收回去了。觉如说："自从我懂事起，我们一家人的饭都是在这个大锅里煮熟的。"说着便从碗里取了些饭食倒进了大锅里，大锅炸裂了。觉如又从碗里拨点饭食倒在图拉嘎②上，图拉嘎的钢架也折断了。觉如再从碗里取些饭食撒向天窗，天窗折成几节塌了下来。觉如说："自从我出生，这黄狗就是看家功臣。"他拨了一份饭食倒在黄狗头上，黄狗的头立刻裂成了两半。剩下的饭食，觉如自己吃了，还分出了一部分，显神通献给了龙宫里的神姊。

僧伦老头儿迁徙回自己原来的大部落里，扎营在部落的边界。有一天，晁通诺彦打猎时经过了僧伦老头儿的营盘，说道："这洁白漂亮的大毡帐是谁家的？这满山遍野的数不清的畜群是谁家的？快去问清楚，是谁家这样善于经营。"说完就派一个人去前去打听。派去的人回来禀报说这是僧伦老头儿的家。于是，晁通诺彦就奔着僧伦老头儿家来了，来到后问道："哎呀呀，谁给了你这么多的牛羊和这么漂亮的毡帐？"僧伦老头儿还没来得及开口，觉如就走到晁通诺彦面前回答说："你不知道自己是铁打的锉刀吗？锉来锉去还不都是铁？你不知道自己是同一条母狗生的狗吗？在窝里咬来咬去还不都

---

① 德吉——蒙古语，意为物之第一和精华。蒙古人自古有把饭食的第一口、美酒的第一滴献给天地诸神的习俗。
② 图拉嘎——钢制火撑子。

是狗？你把亲兄弟无情地驱逐出去，上界天神和下界龙神实在看不下去，就把这些牲畜和家业赐给了我们。"

晁通诺彦听了觉如的话，心里很不高兴，说道："有七个妖怪，每天向我们索要七百个人和七百匹马吃掉。今天就把觉如和他的母亲献给七个妖怪，让他们吃掉吧。明天我们再派其他人。"觉如听了哈哈大笑。母亲听了，训斥觉如道："我都不知道该怎么办才好，你倒是有心情笑得出来。我好不容易把你养大，指望你有出息，却没有想到你这么没心没肺。七个妖魔每天都要吃七百个人和七百匹马，今天要吃掉我们母子俩呢。"觉如对母亲说："妈妈，你安静点。你妇道人家不懂。我们留在这里，早晚也要被晁通诺彦害死，与被送给七个妖怪吃掉有什么区别？"

觉如母子二人坐在摇摇晃晃的犍牛背上，牛背上还驮着又黑又旧的破毡帐，顺着一条叫作"麻雀喉咙"的狭小峡谷走去。到了峡谷的出口，他们停了下来，支起了黑旧的破毡帐。觉如用火镰打出火，生了火，就出去打猎了。一会儿工夫，觉如打了十四只鼹鼠回来。烤了七只鼹鼠，煮了七只鼹鼠。到了晚上，七个妖魔骑着马来到觉如家。每个妖魔都在马鞍前驮着一百个人，在马鞍后驮着一百匹马。觉如出门迎接七个妖魔。

七个妖魔知道他是格斯尔，说道："哎呀呀，原来是十方圣主格斯尔可汗啊！我们惶恐极了！"觉如对七个妖魔说："我知道你们七个。你们每天要吃掉七百个人和七百匹马。晁通诺彦把我们母子二人驱逐到这里，就是准备让你们吃掉。他明天再派其他人马来给你们吃掉。"妖魔们说道："十方圣主格斯尔可汗啊！您这是哪里的话！您不要吓死我们。"觉如接下来说："既然你们不吃我们娘儿俩，那你们就进家里喝了茶、吃了肉再走吧。"七个妖魔不敢违逆觉如，就都进到毡帐里。觉如用十四只鼹鼠招待七个妖魔，七个妖魔却连一只鼹鼠都没有吃完就饱了。

七个妖魔要走的时候，觉如说："我给你们展示一下我的本领。你们七个把马交给我。"七个妖魔互相商量说："把马交给他，我们骑什么赶路？"觉如拿出七根白色木棍，对妖魔们说："你们七个骑我的七根白色木棍回去。这些神奇的木棍能把高山拦腰削断，能把大海切成两半，能把岩石击成碎片，能把大树连根拔掉。你们回去的时候可以比赛谁骑的木棍最快。我的木棍可要比你们的马快多了。"七个妖魔听了非常高兴，统统下马，把马交给觉如，换上觉如的七根木棍，骑着走了。在路上，七个妖魔按照格斯尔的话开始比赛，并且互相说道："咱们过去只知道骑马比赛。听说，这木棍在大海里更是神奇无比。我们何不到大海里走一走？"说着，就争前恐后地冲到大海里去了。一进大海，七根白色木棍就变成了七条鱼。七个妖魔沉到海底死了。七根白色木棍回到了主人身边。就这样，格斯尔施法杀死了七个妖魔。把他们的七匹马据为己有了。

那时候，萨日特克钦①、阿雅嘎钦②、布里亚克钦③三个部落的三百个黑头百姓④，带着老婆、孩子到觉如家附近来打猎。觉如凭借神通提前知道了他们的来意，就将自己的一个化身变成了一只金胸

---

① 萨日特克钦——由梵语"sārtha"（商人、经商）衔接蒙古语词缀"čin"（钦，表示职业）构成的词，指商人。

② 阿雅嘎钦——蒙古语，专门制作碗或者从事经销碗的人。"阿雅嘎"为碗。

③ 布里亚克钦——蒙古语，专门从事抢劫勾当的人。

④ 黑头百姓——黑头百姓没有什么特殊含义，指的就是有黑头发的人，一般藏族人自称为黑头人（mgo nag mi），类似于汉语中的"黔首"。有时候可以指俗人（有黑头发的），与出家人相对（因为出家人剃除须发），这里应该指俗人。

银臀、指爪洁白的艾虎①。他把艾虎带到三百个百姓面前，玩耍艾虎，炫耀给三百个百姓看。那三百个百姓见到觉如的艾虎之后赞叹不已，忘记了打猎，一直看到了日落，觉如带着艾虎回家了。三百个百姓就在觉如家附近夜宿。夜里，来了一个人，央求觉如道："我们这里有一位小姐，想欣赏一下你的艾虎。我们让她玩一玩就还给你。"觉如说："如果你们把我的艾虎放跑了，能用你们的三百匹马来赔偿我吗？"那个人答应说："能！"觉如说："你是问过你们的首领之后才说这样的话呢？还是自作主张随口说的呢？你还是回去问清楚了再决定吧。"于是，那个人跑回去问自己的首领。首领说："你就答应他的条件，把艾虎带来。"那个人返回来，对觉如说："我们的首领说，如果放跑了你的艾虎，就用马群来赔偿。"觉如这才把艾虎交给来者，并再三叮嘱说："千万小心！别放跑了我的艾虎。"

深夜，艾虎跑回了觉如的身边。第二天一大早，觉如就去三百个百姓那里讨要自己的艾虎。原来，首领的小姐玩完艾虎后，就把它扣在锅底下睡了。现在主人来讨回艾虎，他们掀开锅一看，艾虎早已经无影无踪了。他们对觉如说："你的艾虎在地下挖洞跑了。"这下觉如不答应了，说道："难道艾虎是从天上降下来的吗？你们明明知道艾虎会打洞逃跑。这是在和我开玩笑，故意不想还我。既然之前说好了，你们现在要赔偿我三百匹马。"对方说："像你这样的人不一定能轻易得到我们的三百匹马，除非你是好汉中的好汉。"于

---

① 艾虎——艾虎是鼬科鼬属的小型毛皮动物，中文标准名称艾鼬，体形像黄鼬，身长30—45厘米，尾长11—20厘米。吻部钝，颈稍粗，足短。前肢间毛短，背中部毛最长，略为拱曲形。尾毛稍蓬松。体侧淡棕色。栖息于海拔3200米以下的开阔山地、草原、森林、灌丛及村庄附近。喜近栖生活，洞居，黄昏和夜间活动。主要以鼠型啮齿动物为食。

是，觉如就徒步跟在他们后面去寻找马群。他们穿过两座高山中间的时候，觉如跑到右边的高山上，随手拔起一座山峰，就朝着左边的大山山峰投掷过去。被打中的高山接连震动，两座高山此起彼伏震动不已，巨石乱飞，如雨点般砸中那三百个百姓及其坐骑。他们哀求觉如道："哎呀呀，圣主！请您不要让我们死得这样惨不忍睹！您只要发个话，怎么打发我们都行。"觉如说："我哪有命令你们的权力？我只要求你们把艾虎还给我。"三百个百姓频频求饶说："您的艾虎已经逃跑了，您无论提什么其他要求我们都答应。"觉如说："既然这样，我现在要求你们：剃除须发，皈依法门！接受戒律，不再作孽！"于是，这三百个百姓不论男女，全部剔除须发、接受戒律，皈依了佛教。就这样，格斯尔把他们的三百匹马也弄到手了。七个妖魔的七匹马和三百个百姓的三百匹马都集中在觉如黑旧的破毡帐外面，真是好不热闹！

觉如的哥哥嘉萨-席克尔想念弟弟，痛哭不止："晁通诺彦把我的鼻涕虫觉如当作眼中钉，把他驱逐到七个妖魔那里去送死。不知道七个妖魔是否已经把我的弟弟吃掉了？如果七个妖魔吃掉了我的弟弟，我也跟他们拼个你死我活；如果弟弟没有被他们吃掉，我就去见个活人。"嘉萨一做出这个决定，就跨上了长着翅膀的枣骝马，穿上了刀枪不入的铠甲。享誉世界的宝盔戴在他高贵的头上。他把三十支白箭插进箭筒里，把黑筋弓握在手中，把钻石般坚硬无比的青钢刀斜挎在腰间。武装完毕，嘉萨就沿着叫作"麻雀的喉咙"的狭小峡谷去寻找他的兄弟觉如了。

嘉萨来到"麻雀的喉咙"峡谷的出口，见到黑压压的一群马匹，心想这可能是七个妖魔正在分食我的鼻涕虫弟弟觉如。他抽出钻石般坚硬无比的青钢刀，狠抽长着翅膀的枣骝马一鞭子，就冲上来了。上来一看，马群中间露出一顶黑旧的破毡帐。他多了一个心眼，下了马，把马藏在远处后，手持钻石般坚硬无比的青钢刀，轻轻地来到毡帐门外，悄悄地向里窥视。只见鼻涕虫觉如满身大汗，脱下衣服，光着上身坐在那里。嘉萨把刀插回刀鞘，跑进毡帐。觉如一跃而起，叫一声"我的嘉萨哥哥！"两人就紧紧地拥抱在一起了。格斯尔和嘉萨兄弟二人悲喜交加地痛哭，感动了金色世界，世界也频频震动。

觉如对嘉萨说："嘉萨哥哥，我知道你的心意：如果我被七个妖魔吃掉了，你是来和他们决一死战的；如果我还活着，你是来见你的兄弟的。这也说明了你是一名勇士。哥哥啊，你不要张扬。"他一边说着，一边焚起煨桑，让世界重归平静。接着，觉如继续说道："嘉萨哥哥！我可不是什么鼻涕虫觉如。我是十方圣主格斯尔可汗！请你替我守住秘密，不要告诉别人。在十五岁之前，我必须以觉如的身份去征服和镇压所有的妖魔鬼怪。在那之后，我才能以格斯尔的身份带领你们治理天下。"嘉萨听了，喜笑颜开。觉如对嘉萨说："请你把这三百匹马赶回家交给父亲。七个妖魔的七匹马，你自己骑乘。哥哥，你的弟弟怎么会那么容易就死去。"

于是，嘉萨-席克尔赶着三百匹马，原路返回。晁通诺彦半路迎过来问道："嘉萨，谁给了你这么多马匹？"嘉萨回答晁通诺彦说："我正好赶上七个妖魔在分食觉如，就一一结果了他们的性命，从他们手中把这些马匹抢过来了。"晁通诺彦心满意足地对嘉萨说道："觉如那个坏小子，就让他死去吧。只要你平安归来就行。太好了！"说着就走开了。嘉萨把三百匹马交给了父亲。僧伦老头儿高兴地夸嘉萨道："还是我的儿子不一般啊！"

那时候，有一个名叫几格-同果洛①的蟒古思爬上了高耸入云的

---

① 几格-同果洛——蟒古思的名字，意义不详。

宝塔，蹲在塔顶上，用巨大的身躯挡住了太阳。他不让南边的人们见到早晨东升的太阳；不让右边的人们见到中午的太阳；不让北边的人见到西边落山的太阳。而且，以他的视力，能看清有一天路程远的地方的人。如果有人不小心走进半天路程远的范围内，他就一口吸过去把人吞吃掉。觉如凭借神通知道了蟒古思在祸害人类，就装作一个猎旱獭的人，走到宝塔下面。觉如装作在挖旱獭的洞，在宝塔底下挖起来。蟒古思问觉如道："你是干什么的？你为什么来侵犯我？"觉如回答说："我是一个穷人，我靠打旱獭为生。有一只旱獭钻进了这里的洞里。我在挖旱獭。"蟒古思听了以后，没有把觉如的话当回事，继续瞭望一天路程远的地方，看有没有人向宝塔走来。觉如从塔的一侧挖洞，穿到另一侧，掏空了塔基，用力一推，把宝塔推倒了。宝塔塌下来，断成四五节；蟒古思也从塔顶摔下来，粉身碎骨，一命呜呼。觉如杀了蟒古思，回到家里来，卸下又黑又旧的破毡帐，驮在犍牛背上，和母亲一起回到大部落。

晁通诺彦见到觉如母子回来，惊叫道："哎呀呀，觉如！这是怎么一回事？嘉萨对我说七个妖魔吃掉了你，他杀死了七个妖魔，抢来了七个妖魔的马群。"觉如回答晁通诺彦说："不是你派嘉萨去叫我们母子二人回来的吗？"晁通诺彦听后，生气地骂道："他娘的！嘉萨这小子骗我！"就愤愤地走了。

晁通诺彦总是看觉如不顺眼。于是，有一天他说："从今天开始，我们的大部落要迁徙到'麻雀的喉咙'峡谷里去放牧。觉如母子俩搬到平安梁去谋生吧。"觉如说："好的。"并哈哈大笑。母亲听完哭了起来，谴责觉如说："本来在'麻雀的喉咙'峡谷里日子过得好好的，你为什么回来？我以为自己生了一个有出息的好儿子，没想到生的是败家的孬种。那个叫平安梁的地方，夏天不下雨，冬天雪还特别大，不分昼夜刮暴风雪。那里没有牛粪和柴火可烧，没有猎物可打，是一个无法生存的不毛之地。晁通诺彦把我们驱逐到那里去生活，明明是叫我们自己去送死。我们还是留在晁通的部落里，靠织氆氇讨生活吧!"觉如听了，对母亲说:"妈妈，你不要说这些话。你妇道人家不懂。古话说，山羊找山羊，为的是找同伴，却以抵角顶架告终;小人找小人，为的是找同伙，却以拌嘴分手告终。妈妈，我们还是离开这里吧。"于是，觉如就和母亲迁徙到太平梁生活了。

自从觉如迁徙过去并驻扎下来，太平梁就变成了一个适宜居住的吉祥之地。觉如把大海的水引到家门口来，在周围种上了各种各样的树，树上结出了累累硕果。花草树木吸引了各种飞禽走兽，他们从四面八方汇聚过来。觉如给这个地方取了一个好听的名字，叫作"千花谷"。

有一天，觉如在太平梁上打猎，遇到了塔斯国①珍宝国王派出的五百个商人。他们前往太平国王②的国度经商办货完毕，带着各种货物返回。除了活人的两只眼睛，在这大千世界上，没有他们买不到的奇珍异宝。这些商人个个身怀绝技、无所不能。觉如显示神通，化身成二十个人，杀到了五百个商人面前。觉如又变出一群蜇人的土蜂，去叮咬五百个商人。五百个商人遭遇袭击，又被土蜂叮昏了头脑，乱成了热锅上的蚂蚁，离死只差一步了。他们纷纷求饶，向觉如苦求道:"哎呀，圣主保佑我们。您如果想留下我们的财宝，想要多少就留下多少，只求留我们一条性命;您如果要我们成为您的合作伙伴，我们也乐意为您效劳。"于是，觉如说:"那好吧。你们跟我来。"就把五百个商人带回了家。觉如命令他们道:"给我建一座像观音菩萨庙一样富丽堂皇的宫殿。要用黄金、白银、青铁和石

①　塔斯国——意义不明。
②　太平国王——汉地国王。

头来建造。"

于是，五百个商人在觉如家门口的大海上用石头建造了拱桥；用巨石垒起柱子；用铁搭起了房架；用铅铸造了窗户；窗户上镶满了火红的宝石；屋顶外层铺上金瓦，内层包上白银；主梁用水晶搭建；在宫殿内塑造了一尊观音菩萨像；宫殿内的四角各挂一件闪闪发光的火红宝石；在观音菩萨像前挂了一颗如意宝石。宫殿建造完毕，把石桥从基座下抽出来，圣水甘露就在宫殿的下方缓缓流淌。

五百个商人站在宫殿的中央，对觉如说道："我们建造的宫殿不怕风吹雨打、坚固无比；我们建造的宫殿，不用点灯烧香，不用搬运圣水，应有尽有。我们认为，我们建造的宫殿十全十美，不知道圣主您是不是满意？"觉如说："婆罗门啊，你们做得好。我现在就让你们回去。你们是要路过吐伯特还是走其他的路？"五百个商人回答说："我们路过吐伯特。"觉如说："那你们就从晁通家门口路过。他会问你们是否路过了太平梁。你们就告诉他，你们路过了太平梁。他会继续问你们：'我把鼻涕虫觉如驱逐到那里去了。不知他是活是死？'你们就回答他说：'鼻涕虫觉如建造了一座观音菩萨庙，是用石头、铁、金、银和水晶建造的，富丽堂皇、豪华无比。不过，觉如已经死了，刚造好的宫殿已经没有了主人，现在正空着呢。'你们就这样告诉晁通。"

把五百个商人送走后，觉如用带刺的树在宫殿周围立了一圈栅栏，只留一个门。门里拴了一条三十庹长的铁链。铁链用两根三庹长的铁钉钉在地上，中间留出一段骑马的人能够自由通过的距离。觉如又搬来一大摞木棍，堆在旁边备用。

五百个商人路过晁通的家，晁通迎过来，问了觉如的情况。五百个商人把觉如教给他们的话当作自己的所见所闻讲给晁通听。晁通诺彦连连说"好！"就挎着箭筒，骑着黑马，赶到太平梁来了。

神通广大的觉如早就知道晁通要来，就躺在铁链旁边装死，等着晁通自投罗网。晁通诺彦来到觉如的家。黑马见到大门警觉起来，不敢前行。晁通诺彦却挥起鞭子抽打黑马的头。黑马一跃向前，刚穿过大门就被铁链绊倒了，晁通诺彦人仰马翻。觉如翻身跳起来，跑过来拔掉了一根铁钉，用铁链把晁通诺彦连人带马紧紧地捆了一圈又一圈。捆扎实了，觉如就抢起木棒，把晁通诺彦劈头盖脸地痛打了一顿。打痛快了，觉如才把另一根铁钉拔出来，把晁通诺彦绑在马背上放走了。黑马一从觉如手下逃脱，就带着主人飞奔回去。

人们见到晁通诺彦如此情形，都大吃一惊，纷纷议论："莫非晁通诺彦疯了？"大家想把晁通诺彦从马背上救下来，就争前恐后地去追黑马，却无论如何也追不上受惊狂奔的黑马。就这样，没有一个人能捉住黑马，晁通诺彦在狂奔不止的黑马背上颠来倒去地过了七天七夜。最后，吐伯特全部落的人像围猎一样，绕大圈围住晁通诺彦，密密麻麻围了三圈之后逐渐缩小包围圈，终于捉住了黑马，解开了铁链子，把晁通诺彦从马背上搀扶下来。被绑在马背上颠簸了七天七夜，晁通诺彦的骨头都快散架了。他双脚着地，晃晃悠悠，连站都站不起来了。

大家围过来问晁通诺彦："晁通老爷，您这是怎么了？"晁通诺彦回答说："有五百个商人路过我们家，我就问他们觉如是死是活。他们骗我说觉如已经死了。那五百个商人与我有如此大的仇恨，难道我杀了他们的母亲吗？难道我杀了他们的父亲吗？我就去找觉如，他抓住我差点儿把我打死。"嘉萨－席克尔听了，训斥晁通诺彦说："你在为自己辩解说，虽然五百个商人和你没有杀父之仇，却骗了你。难道觉如和你就有杀父之仇吗？你为什么把他驱逐到平安梁想把他害死？他没有把你打死，算你走运。"嘉萨痛斥了晁通诺彦一顿，之后大家才各自回家去。

有一天，觉如在野外打猎，马巴彦的女儿阿尔鲁-高娃①宰了一只羊，用羊肉和野菜做了馅饼，装在袋子里，背过来找觉如。觉如见了问道："姑娘，你叫什么？你来这里干什么？"姑娘回答说："我是马巴彦的女儿阿尔鲁-高娃。我父亲叫我来向你借草场放牧。"觉如接受了礼物，说道："你在这里等一等"，就回家给母亲送羊肉馅饼。觉如再回到姑娘身边时，姑娘却睡着了。觉如就悄悄溜到姑娘父亲的马群里，捡来了一匹刚生下来就被母马嫌恶抛弃的湿漉漉的小马驹，偷偷地塞到姑娘的衣襟下面。做完这个勾当，觉如就喊姑娘起来，姑娘一醒过来就坐了起来。

觉如羞辱姑娘说："你这个姑娘真作孽啊！我怎么就遇到了你这样不吉利的女孩儿？和自己的父亲乱伦的女孩子才会生出长着马头的婴儿；和自己的亲哥哥乱伦的女孩子才会生出长着马鬃的婴儿；和自己的亲弟弟乱伦的女孩子才会生出长着马尾巴的婴儿；如果普通人和自己的奴隶淫乱，就会生出长着四个马蹄的婴儿。你这罪孽深重的姑娘快起来！"

阿尔鲁-高娃听了，不明就里，说着："你在说什么？"便站了起来，湿漉漉的小马驹就从姑娘的身上掉到了地上。姑娘见了，无地自容，求觉如说："哎呀呀！真是罪孽啊！怎么办啊？觉如，求求你不要对任何人说，你就娶我吧！"觉如问："此话当真？"姑娘说："当真！"觉如又说："如果当真，你就舔着这个发誓！"说着便扎破了自己的小拇指，让阿尔鲁-高娃舔着血发了誓。觉如又把小马驹的尾巴割下来，拴在姑娘的脖子上，说："这是订婚的彩礼。"并再次叮嘱姑娘说："只允许你的父亲一家在我的草场上放牧。其他旗的人不能侵犯。"之后，姑娘回家去了。

---

① 阿尔鲁-高娃——格斯尔的夫人，也叫作布玛吉德、图门-吉日嘎朗。布玛吉德就是藏语 "Bum skyid" 和蒙古语图门-吉日嘎朗是同一个意思。

晁通诺彦的儿子阿拉坦娶了马巴彦的另一个女儿格措-高娃为妻。有一天，觉如在野外打猎，正好遇到了格措-高娃的哥哥却力斯东喇嘛和叉尔根老人，二人正一起去晁通诺彦家送亲。觉如迎上前去，牵住却力斯东喇嘛坐骑的缰绳，说道："您不是悲悯众生的大喇嘛吗？我是一个一无所有的穷人。您分一点儿福分给我吧！"喇嘛很不友好地对觉如说："你这个路人真多事，我有什么可给你的？明天晁通诺彦家举行盛大的婚礼。明天你去那里，到时候我给你。"觉如依然纠缠不放，说道："你不是真心想给。如果想给，你不是胯下骑着马，身上穿着衣服吗？你可以把马和衣服送给我呀？"喇嘛生气了，骂道："看看这个畜生，太过分！"就用鞭子抽打觉如的头。觉如也不示弱，把喇嘛从马背上拽了下来。这样，觉如和喇嘛就打起来了。这时候，叉尔根老人过来劝架，对觉如说："哎呀，好觉如你放开他！不要跟他吵架！我如果袒护亲家却力斯东喇嘛，侄子你会生我的气；我如果袒护你，亲家却力斯东喇嘛就会生我的气。明天晁通诺彦家不是要举行盛大婚宴吗？你再穷，也要从别人那里讨点儿礼品带去参加婚礼。"觉如放了却力斯东喇嘛，并说道："我听从叉尔根老人的话，放你走。你活在这个世界上的时候，我要在众人面前好好羞辱你一次；你死了坠入地狱之后，我要在阎罗王面前再好好羞辱你一次。"

第二天，觉如把从别人家讨来的一只山羊宰了，把肉煮熟了，装在口袋里背上，和母亲一起去晁通诺彦家参加婚礼。以晁通诺彦为首的达官贵族都坐在上座，高朋满座，婚礼热闹非凡。却力斯东喇嘛坐在左边妇女席位的上座；觉如没有轮到席位，坐在男子席位的末尾的地上；觉如的母亲也没有轮到席位，只能坐在地上。觉如跑出去，找来马粪蛋铺在地上，在马粪蛋上插了一根芨芨草，又把芨芨草的草尖劈成三份，权当桌子，坐在后面等人过来招待自己。

婚宴上所有的来宾都分到了酒和肉，吃饱喝足了。但是没有一个人正眼看一眼觉如母子，连肉渣也没分给他们。觉如见晁通诺彦手里抓着一只羊前腿在大啃大嚼，就走过去对他说道："晁通老爷！今天的婚宴上，肉多得堆成山，酒多得集成海，我两眼看饱了，嘴里却没有吃到一块儿。请把你手里的羊腿肉给我吧。"晁通诺彦讽刺觉如说："想给你肩胛骨吧，怕你把我的福分带走了；想给你胫骨肉吧，怕你把我家孩子的福气带走了；想给你桡骨吧，那可是最不吉利的肉。① 你想要，你就把脚底下的这块空地拿走；你想要，你就把参加婚宴的客人们的咳嗽拿走；你想要，你就把哭泣的人们的鼻涕和泪水拿走；河西有死去的牲畜的尸骨，你拿走；河东和河北有死去的牲畜的尸骨，你拿走。这些全都给你。你把嫁出去的姑娘的花花绿绿的东西拿走；你把过门的新媳妇前面的妖魔鬼怪拿走。"说着，把羊腿肉扔给觉如。觉如听完站起来，跑到人群中朗声说："请大家听着！晁通老爷今天赏给了我很多东西。他把黑色的土地赏给了我，从今以后，挖草的人和种地的人必须向我请示，没有我的允许，谁也不能挖草和种地；晁通老爷把大家的咳嗽和鼻涕、眼泪赏给了我，从今以后，你们如果咳嗽、擤鼻涕和哭泣流泪，必须向我请示，没有我的允许，谁也不能擅自咳嗽和哭泣；晁通老爷把河西死去的马的肉、河东死去的牛的肉和河北死去的羊的肉统统赏给了我，从今以后，你们要杀死牛羊吃肉，必须向我请示，没有我的允许，谁也不能屠宰牛羊，在牛羊死后吃他们的肉。晁通老爷还把过门媳妇前面的妖魔鬼怪赏给了我。"说着，觉如就跳起来，跑到格措-高娃面前，把她穿戴的衣服首饰撕扯了下来。

格措-高娃的哥哥却力斯东喇嘛会法术。他见觉如戏弄自己的妹

---

① 桡骨，蒙古人认为桡骨是不吉利的，因此忌讳用桡骨招待客人。

妹，非常气愤，就从左鼻孔中变出一只毒蜂，命令它去蜇瞎觉如的一只眼睛。神通广大的觉如早就看穿了喇嘛的坏心眼。他闭着一只眼睛，瞪着一只眼睛，等着毒蜂飞过来。毒蜂振翅飞来，见了觉如，退却了三步，只在觉如的嘴唇上蜇了一下，就飞回喇嘛身边去了。喇嘛问毒蜂："你蜇了他的眼睛没有？"毒蜂回答说："他的一只眼睛是瞎的，一只眼睛是斜的。我只好蜇了他的嘴唇回来了。"喇嘛再次命令毒蜂说："你从他的左鼻孔钻进去，咬断他的命根，结果他的性命。"于是毒蜂重又飞过来。觉如见毒蜂重新飞回来，知道喇嘛不甘罢休，就说鼻子出血了，捂住了右鼻孔，在左鼻孔里套上细丝套索，等着毒蜂飞过来自投罗网。毒蜂刚要钻进觉如的左鼻孔，就被细丝套住了。觉如抓住毒蜂捏在手心。觉如稍微捏紧一点儿，喇嘛就从桌子上栽了下来，吃了一口土，半死不活地拼命挣扎；觉如稍微捏得松一点，喇嘛就爬起来，对着觉如频频磕头饶命。却力斯东喇嘛的妹妹格措-高娃明白了，觉如手里捏着哥哥的灵魂。她就一只手捧着一颗鹰头大的绿松宝石，另一只手捧着满罐的美酒，走到觉如面前求情。觉如见了，说道："哎呀，哎呀，大家看我们的这个嫂子！在我们吐伯特这地方，可汗的媳妇是三年之内不见外人的；庶民百姓的媳妇是三个月之内不见外人的。难道你是没有公公婆婆管教的媳妇吗？难道这只虫子是你的丈夫吗？或者是你的父母吗？"格措-高娃被觉如羞辱了一番，无言以对，就转脸走回去了。

　　却力斯东喇嘛的驼背黑脸札日忽齐①来找觉如说情。他求觉如说："哎呀，觉如老爷！从今以后，你看上什么东西，我们不给，就让我们的眼睛失明吧；你听说了什么东西，想要得到，如果我们不给，就让我们的耳朵失聪吧；如果你看见我们正在吃好东西，你想

---

①　札日忽齐——断事官、法官。

吃而我们不给你，就让我们的牙齿僵掉吧；如果我们手里拿着你喜欢的东西，你想要而我们不给你，就让我们的胳膊断掉吧。有一座白海螺般洁白的圣山，山上有一只白海螺般洁白的绵羊羔在咩咩地叫唤；有一座金山，金山上有一个金磨盘，不用人去推动，它自己就在转动；有一座铁山，铁山上有一头青色犀牛独自奔跑；又有一座金山，金山上有一根金棍在敲来敲去；有一座铜山，铜山上有一只铜狗在日夜吠叫；又有一座金山，金山上有金牛虻嗡嗡叫个不停，蚂蚁王的蚁垤里铺着一层厚厚的紫金；捕捉太阳的黄金套索，捕捉月亮的白银套索，蚂蚁鼻血一角砚①，虱子筋骨一撮，雄鸟的鼻血一角砚，雌鸟的乳汁一角砚，雏鸟的眼泪一角砚，大海里的滚磨般大小的猫眼石一颗，所有这些奇珍异宝全部献给你。还有这格措-高娃也给你。只求你放过这只虫子，留他一条性命。"说完便长跪不起。于是，觉如放掉了毒蜂。喇嘛给觉如磕完头谢完罪以后，就让他坐上了席位。觉如把格措-高娃交给了自己最亲密的兄弟嘉萨-席克尔做妻子。

那时候，僧加洛可汗②的女儿茹格姆-高娃③到了出嫁的年龄，还没有找到如意郎君，听说吐伯特这地方有三十名不凡的勇士，就带着三个神箭手、三个摔跤手和一位道法高深的喇嘛慕名前来，希望能遇到命中注定的丈夫。

茹格姆-高娃来到吐伯特后，召集了一万人。晃通诺彦去参加集

---

① 角砚——蒙古语原文作"qalja"，一指用牛角做的小勺，一指用牛角尖做的装墨汁的容器。

② 僧加洛可汗——茹格姆-高娃的父亲。源自藏族《格萨尔》中的"sgya lu"，蒙古文《格斯尔》各种版本中的写法不统一。在藏族《格萨尔》中，茹格姆-高娃父亲的名字叫作"skya lo ston pa rgyal mtshan"（嘉洛敦巴坚赞）。

③ 茹格姆-高娃——格斯尔的美丽妻子。藏语"brug mo"，意为龙女。藏族《格萨尔》中叫作"seng lcam hbrug mo"（森姜珠牡）。

会，在路上遇到了觉如，觉如央求晃通说："晃通老爷，能否带我一程，咱们俩共骑一匹马前往行吗？"晃通一见是觉如，看都不看一眼，趾高气扬地说："就你这个熊样儿，还想去参加比赛求娶仙女化身的茹格姆-高娃？我跟你不同路。"说完就飞奔而去了。

不一会儿，叉尔根老人来了。觉如请求叉尔根老人带自己一程。叉尔根就和觉如同骑着一匹马赶到了万人集会的地方。到那里一看，一万个勇士已经聚集起来了，晃通诺彦坐在首位。觉如见了晃通就说："我以为晃通老爷真的去别的地方了。没想到你也想娶茹格姆-高娃呀？"

这时候，茹格姆-高娃站起来宣布说："这里聚集的万人之中，有没有本领超群的勇士？如果有谁能够战胜我的三位神箭手和三位大力士，我就嫁给他。到如今，还没有一个人胜过我的三位神箭手和三位大力士。你们可能会好奇，我为什么要用这种方式挑选郎君？在我出生的时候，角端神兽来到我家右边的房顶上戏耍；在我诞生的时候，麒麟瑞兽来到我家左边的房顶上欢跳。空中没有太阳却灿烂明媚；天上没有云彩却下着细雨；鹦鹉飞来，盘旋在诺彦-图拉嘎的上方婉转地鸣叫；布谷鸟飞来，盘旋在可敦-图拉嘎的上方动听地歌唱。① 从乌仁-汗达地方②来的美丽的鸟儿盘旋在神圣的图拉嘎上方婉转啼鸣。我就是这样九种瑞兆俱足的仙女化身茹格姆-高娃。请你们的神箭手和大力士出来比赛。"

茹格姆-高娃的三个神箭手本领高强：第一个神箭手在日出时射

---

① "诺彦"是老爷，"可敦"是夫人，"图拉嘎"是钢制火撑子。"诺彦-图拉嘎"或者"可敦-图拉嘎"是以主人和主妇代表的家庭的中心。因此，鹦鹉和布谷鸟在火撑子上方盘旋鸣叫就象征着家庭的幸福和美好。桑杰扎布译本把"图拉嘎"误读为"头顶"。

② 乌仁-汗达地方——蒙古语"uran qanda"，"乌仁"意为"灵巧、巧妙"，"汗达"意为"浸膏、浸液"。

出去的箭，等到日上三竿才会落下来；第二个神箭手射出去的箭，等到煮好两次奶茶的工夫才会从天上落下来；第三个神箭手射出去的箭，等到煮好一锅奶茶的工夫才会从天上落下来。而且，茹格姆-高娃还补充说："我们的神箭手，早晨射完箭以后就在原地仰面躺着，等到箭落下来的时候才把头闪到一边，箭正好落在头的位置。有这种箭法，我们才称之为神箭手。否则，箭射得再高再远，如果不精准，我们也不认为他是神箭手。"接下来，吐伯特的三十名神力勇士和茹格姆-高娃的三个神箭手比试射箭，双方未能决出箭法上的高低；吐伯特的三十名神力勇士和茹格姆-高娃的三个大力士比赛摔跤，双方也没有决出最后的胜出者。

这时候，觉如站起来问茹格姆的喇嘛："唉，喇嘛上师，我能不能和你们的三个大力士摔上一跤？"喇嘛劝阻觉如说："比你厉害的三十名神力勇士都未能与他们决出胜负。你就免了吧！"觉如再三要求："试一试！"喇嘛只好勉强答应道："好吧，你就试一试。"

觉如进到场地中央，准备摔跤。喇嘛喊自己的大力士道："我们的大力士在哪里？这里有个小子想和你们摔上一跤。"茹格姆-高娃的第一大力士站起来迎接觉如的挑战。觉如显出格斯尔真身，并施法挡住了众人的眼睛。格斯尔的一只脚踩在大山顶上，一只脚踏在大海的边上。格斯尔一把拎起茹格姆-高娃的大力士，把他抛到一千个逾缮那远的地方去了；他把茹格姆-高娃的第二个大力士甩到两千逾缮那远的地方；把第三个大力士摔到三千逾缮那远的地方。众人看着觉如，都忘记眨眼睛了。

接下来，觉如和茹格姆-高娃的三个神箭手比赛射箭。茹格姆-高娃的三个神箭手射出去的箭，到中午时分才从天上落下来。而觉如射出去的箭，到了中午还没有下来，到了太阳落山的时候，天地间突然变得漆黑一片，箭还是无影无踪，众人躁动起来，纷纷说道：

"太阳落山了，到深夜了，大家解散吧！"便开始准备往回走。这时候，嘉萨-席克尔站起来发话了，他说："大家再等等。我们的鼻涕虫觉如射的箭总是这样等一天才下来的。"嘉萨的话音未落，觉如大叫一声："我的箭来了！"说着把头闪到一边，从天而降的箭就射中了觉如的头枕过的位置。原来格斯尔天上的三位神姊在空中截住了觉如射出去的箭，把百鸟串在箭杆上，然后再把箭放下来。其中有大鹏金翅鸟，大鹏金翅鸟落下来的时候挡住了太阳，这才使天地变得一片漆黑。大家议论纷纷，都对觉如赞不绝口，夸他做到了所有人都没能做到的事，有资格娶茹格姆-高娃做妻子。因为名花已经有主了，大家就要四处散去，茹格姆-高娃却叫了一声："大家不着急，请等等。"

茹格姆-高娃说："一只手拿着七十只绵羊的肋骨肉，另一只手端着盛满美酒的罐子，还捧着鹰头般大小的绿松宝石，在我一转身的瞬间，能够把七十只绵羊的肋骨肉和整坛酒平均分配给一万个人，并把鹰头般大小的绿松宝石放进嘴里的人，我才能嫁给他。"说着，便把羊肉、酒罐和绿松宝石送到了众人面前。问来问去，众人皆不会这种高难度本领，只有巴达玛瑞的儿子巴姆-苏尔扎能够做到。等到茹格姆-高娃来到巴姆-苏尔扎面前要让他试上一试，巴姆-苏尔扎也跃跃欲试的时候，觉如施展法术，盗取了他的四五个魔法，巴姆-苏尔扎就以失败告终了。

茹格姆-高娃来到觉如面前，见到他的大鼻涕就恶心地转过脸，头也不回地侧身走过去了。见此情景，叉尔根老人训斥茹格姆-高娃道："你再好，也只不过是个妇道人家；我们的觉如再差，也是男子汉大丈夫。你的三个神箭手已经输给觉如了，你的三个大力士也被觉如摔死了。你连好歹都不懂吗？"茹格姆-高娃被训斥了一番，无言以对，只好回来，把羊肉、酒罐和绿松宝石送到觉如面前。觉如从茹格姆–高娃手上接过羊肉、酒罐和绿松宝石，对她说："你虽然是一个好姑娘，但却没有注意到你的后襟着火了。"茹格姆–高娃转过身去看自己的后襟。在这一瞬间，觉如就已经施法把羊肉和酒分给了一万个人，把绿松宝石含在嘴里，等着茹格姆–高娃转过身来，众人齐声喝彩，欢笑不止。

晁通诺彦心里想道："虽然我没有得到仙女化身的茹格姆–高娃，但毕竟是我们部落的后生觉如娶到了她。日后再想办法夺过来吧。"四面八方聚集而来的人们都四处散去了。

茹格姆–高娃带着侍从逃走了。逃至半路，她回头看觉如有没有追过来，没有见到觉如，于是放心地接着走。又走了一程，她问侍从："觉如有没有追过来？"侍从回答说："没有看见踪影。"觉如施法追上茹格姆–高娃，贴在她的身后，骑在马背上。茹格姆–高娃回头看侍从，脸却撞到了觉如的脸上，觉如在她的背后，和她同骑着一匹马。侍从们也看到了觉如，齐声喊道："他就在你后面，跟你同骑一匹马呢。"茹格姆–高娃失声痛哭道："这可怎么办才好？我陷入了无尽的痛苦和不幸之中。我自己四处挑选丈夫，事到如今却落得这样一个无趣的下场。见到父母，我怎么说得出口啊？我有何脸面再去见父母呀？"

神通广大的觉如施法扬起了状似一万个人骑马而来的尘烟，远远望去，犹如千军万马。茹格姆–高娃的父母见了这好似一万个骑手扬起的尘土，说道："扬起了一万个人骑马的尘土，莫非是比拉央可汗来迎娶我们的女儿？"

神通广大的觉如施法扬起了状似一千个人骑马而来的尘烟。茹格姆–高娃的父母见了这好似一千个骑手扬起的烟尘，说道："扬起了一千个人骑马的烟尘，莫非是米拉央可汗来迎娶我们的女儿？"

神通广大的觉如施法扬起了状似一百个人骑马而来的尘烟。茹格姆-高娃的父母见了这好似一百个骑手扬起的烟尘，说道："扬起了一百个人骑马的尘烟，莫非是晃通诺彦来迎娶我们的女儿？"

神通广大的觉如施法扬起了状似七十个人骑马而来的烟尘。茹格姆-高娃的父母见了这好似七十个骑手扬起的烟尘，说道："扬起了七十个人骑马的烟尘，莫非是巴达玛瑞的儿子巴姆-苏尔扎来迎娶我们的女儿？"

茹格姆-高娃走近家门口，父母才看清了，是流着大黄鼻涕的觉如和他们的女儿同骑一匹马到来。父亲见女儿最终选了个这样的女婿，火冒三丈，提着笼头和鞭子，一言不发地从右侧门出去放马了；哥哥见妹妹最终嫁给了这样一个夫婿，也愤怒无比，手持弓箭，从左侧门出去放羊了；母亲见女儿领回来了这样一个鼻涕虫，痛苦难当，摔打家具发泄闷气；连家里的奴仆也心存不满，将锅碗碰来磕去。

他们给觉如倒铺了一张鞍屉垫子，请觉如坐在上面。觉如就背过身去坐在上面。茹格姆-高娃问觉如说："给你铺上了垫子，你为什么背对着图拉嘎坐？"觉如反过来问茹格姆-高娃："你给骏马背上铺鞍屉的时候也是倒过来铺的吗？如果那样，骑马的人也只能倒过来骑了。"茹格姆-高娃明白自己失礼了，就请觉如起来，重新给他铺上鞍屉垫子。觉如却坐到茹格姆-高娃的桌子前，对茹格姆-高娃说："你父亲刚才从右侧门出去，手提着笼头和鞭子走了。难道有土匪袭击了你们家的马群吗？我英勇无比，请给我牵匹马来，我去把你们家被土匪抢走的马群赶回来。你的哥哥刚才从左侧门出去，手持弓箭走了。难道你们家的羊群遭到野狼袭击了？我最能打猎了，请给我拿弓箭来，我帮你们消灭狼群。你母亲在摔打家具和被褥。难道鬼附在你们家的家具上了？我会驱鬼的咒语，我帮你们驱驱鬼。你们家的仆人在摔锅砸碗，难道锅碗里也藏了魔鬼？我会驱魔的咒术，我帮你们驱驱魔。

到了晚上，茹格姆-高娃的父母和兄弟坐在一起，对女儿大加训斥。"你这个造孽的女儿！你这个不吉利的女儿！你找男人也要找一个像样的带回家呀！小心别让你精心挑选的丈夫被狗吃了，给我们带来灾难！"晚上睡觉的时候，茹格姆-高娃的家人把觉如扣在锅底下，以防真的被狗吃掉。到了夜里，觉如掀开锅，从锅底钻出来。他宰了一只绵羊，自己吃了羊肉，也给狗分了一点儿羊肉，并把羊血涂抹在锅上，自己到野外睡觉去了。

第二天早晨，茹格姆-高娃的父母见到倒扣在地上的锅上沾满了血，惊叫起来："你的好丈夫被狗吃掉了。你自己一个人承担所有的苦难吧。"姑娘后悔万分，呆坐了半天，突然心里想道："他比任何人都能干，他无所不能。不知道他是真的死了，还是好好地活着呢？我出去找找看吧。"于是，茹格姆-高娃出门去找觉如。茹格姆-高娃在野外找了半天，神通具足的觉如知道茹格姆在找他，于是化身成一个牧马人，赶着一群马走到茹格姆-高娃面前。茹格姆-高娃未能认出觉如，就向他打听道："哎呀，牧马人啊，你可曾见到过鼻涕虫觉如？"牧马人回答茹格姆-高娃说："我不认识什么鼻涕虫觉如。我只听说，多萨、东萨尔、岭三个鄂托克的百姓听到僧加洛汗的女儿茹格姆-高娃把觉如带回家让狗吃掉了，都咬牙切齿，准备把那个没有人性的姑娘处以极刑，准备把养育了那样一个女儿的父母五马分尸。全部落都已经出动了，现在就在前来的路上。"茹格姆-高娃听了，信以为真，心里害怕极了，痛哭流涕地向前走去。

觉如又变成一个放羊的人，故意让茹格姆-高娃遇见自己。茹格姆-高娃问牧羊人见没见到觉如，牧羊人说了和牧马人同样的话。茹格姆-高娃听后，心里想道："这两个人说的话完全一样，看样子我只有死路一条了。与其回到家里死，让父母看到我的下场，不如另找一个地方自我了结。我就投到这条河里淹死算了。"茹格姆-高娃一作出决定，就策马飞奔，冲向河岸边的悬崖。

茹格姆-高娃的马没有跑出几步，神通具足的觉如就一把拽住了马尾巴，马腾空而起，只能在原地打转。茹格姆-高娃回头一看，原来是觉如拽着马尾巴。

茹格姆-高娃说："哎呀，觉如！快骑上来吧！"觉如就跨上马，紧贴着茹格姆-高娃，骑在马背上。一路上，觉如流着黄黄的鼻涕，茹格姆-高娃嫌脏，怕觉如的鼻涕粘在自己的身上，就使劲弓着腰，但依然躲不开觉如的鼻涕。她就恶心地对觉如说："觉如你离我远点儿，把流鼻涕的脏脸转过去，倒过来骑！"

觉如非常生气，就下了马，对茹格姆-高娃说道："再高的山，也有路可以走到顶。一个人的身体只有一颗头颅，哪里有一身二首的道理？骑马时应该怎样上马呢？"觉如一边说，一边抱住马头，准备顺着脖子骑上去。茹格姆-高娃见了说道："上马不是这样从头上骑到背上去的。"觉如便说："那么，只能是这样骑上去了。"一边说着，一边抱住马的两条后腿顺着往上爬。这下可好，马一受惊，就把觉如踢了个四脚朝天。觉如顺势躺在地上，一动不动了得装死。

茹格姆-高娃跳下马背，着急地喊道："哎呀，觉如！快快起来！"觉如却躺在地上，没有了任何动静。茹格姆-高娃再三恳求觉如快快起来。觉如就睁开眼睛说道："让我正面骑马也是你，让我倒着骑马也是你。你到底想干什么？"然后慢慢地站了起来。就这样，茹格姆-高娃只好让觉如贴在自己的身后，二人同骑一匹马回家来了。

觉如到了茹格姆-高娃家后，茹格姆-高娃的舅舅和舅母来看外甥女的夫婿。他们说："我们的外甥女是仙女的化身。我们要看看她究竟是嫁给了一个能干的丈夫还是一个窝囊废。"就来茹格姆-高娃家做客了。觉如的岳父、岳母怕丢脸，就把觉如藏在叠好的被褥后面，给他炒了一碗青稞，并嘱咐他说："等到客人走了，你再出来。"不一会儿，舅舅、舅母就来了，问道："我们的外甥女婿到底如何？"茹格姆-高娃的父母搪塞说："嗨，谁知道呢。还是个孩子。现在到别人家赴宴去了。"大家正在说着，觉如就流着金黄金黄的鼻涕，鼻涕上还沾着几粒青稞，从被褥后面钻了出来，问道："你们找我有事吗？"茹格姆-高娃的舅舅、舅母见了觉如的模样，觉得受到了莫大的侮辱，骂道："你们就这样光宗耀祖吗？你们这些无用的败类！"接着就赶着他们的马群气势汹汹地回去了。

觉如对岳父、岳母说："请给我准备铠甲和弓箭。我是英勇无比的好汉，我去把马群赶回来。"茹格姆-高娃的父母哪里相信觉如有这个本事，根本就没有把他的话当回事，没有给他武器和马匹。觉如就进了羊圈，捉住种山羊和种公羊，轮流骑着他们去追赶舅舅、舅母。赶上后，觉如把他们打了个人仰马翻，把被抢的马如数赶了回来，交给岳父、岳母。

有一天，觉如提出要回家。岳父、岳母异口同声喝道："你这个坏东西！我们怎能放你回去？安静地待在这里吧。"

有一天，格斯尔化身成晁通诺彦，想试探一下，看茹格姆-高娃对自己是否忠诚。觉如早晨出发，到野外去套捕鼹鼠，然后就摇身变成了晁通诺彦，并骑马来到茹格姆-高娃家。晁通诺彦问茹格姆-高娃说："觉如去哪里了？"茹格姆-高娃回答说："嗨，去捕鼹鼠去了。"

晁通诺彦说："我是统辖吐伯特的大长官啊。可怜的儿媳你命苦啊！如果你希望我杀掉觉如，我就帮你杀掉；如果你让我给他另娶妻子，我就帮你给他娶；如果你希望我驱逐他，我就把他驱逐到遥远的地方去。我只想娶你做妻子。"茹格姆-高娃回答晁通诺彦说：

"我不知道该怎么办。还是你来做决定吧！这毕竟是你们家内部的事情。"晃通诺彦说："我做梦都想娶你呀！"

晃通诺彦前脚刚走，觉如后脚就回来了。觉如指着逐渐走远的骑者，问茹格姆-高娃："刚刚骑马走的那个人是谁？"茹格姆-高娃回答说："是你的叔叔晃通诺彦。""他来我们家干什么？""谁知道呢？他问了你的情况就走了。"觉如说："我们吐伯特鄂托克离你们的部落那么远，他既然奔着我来的，为什么不见我就匆匆走了？"茹格姆-高娃又说："我哪里知道！他只是问完你就走了。"觉如就说道："我明白了。"茹格姆-高娃听了，生气地斥责道："你明白了什么？你这个坏东西！你在捉弄我，你到底想干什么？"觉如也不示弱，说了一句："你现在有了靠山，就可以欺负我了。"说完就出去了。

第二天，觉如到野外去套捕鼹鼠，摇身一变，变成巴达玛瑞的儿子巴姆-苏尔扎，骑着马来到茹格姆-高娃家。和晃通诺彦一样，说了一番叫茹格姆-高娃心猿意马的混话后就骑着马走了。巴姆-苏尔扎前脚刚走，觉如后脚就回来了。觉如指着远去的巴姆-苏尔扎问茹格姆-高娃："他是谁？"茹格姆-高娃说："听说是巴达玛瑞的儿子巴姆-苏尔扎。""他来我们家干什么？""问了问你，就走了。"觉如说："他既然找我来了，为什么不见面就走了？啊，我明白了。你是想把吐伯特的英雄好汉都召集过来杀掉我。"说完就摔门出去了。

次日，格斯尔变成吐伯特的三十名勇士来到茹格姆-高娃家。他们都背着弓箭，带着武器，威武无比。这黑压压的一片人来到了僧加洛汗的家门口。下了马，他们派一个人去问僧加洛汗道："我们是吐伯特的三十名勇士，我们来问你：觉如的妻子，你们是想让她随夫回吐伯特呢？还是不想把她嫁给觉如？你们要果断地做出决定。"僧加洛汗召集了家人一起商量。他们进退维谷，难做决定。把女儿嫁给觉如吧，好端端的一个女儿嫁给这样的一个鼻涕虫，还要被带走，以后能指望过什么好日子呢？不嫁吧，来势汹汹的三十个勇士会要了他们的命。商量来商量去，他们最终想出了一个办法，对三十个勇士说："你们先回去吧！我们随后就把女儿送过去。女儿的一些嫁妆还没完全准备好呢。"三十个勇士发出最后通牒说："如果你们认为觉如配不上你们的女儿，可以把女儿改嫁给别人；如果你们的女儿不改嫁，依然跟随觉如，你们也不要让觉如在你们家耽搁太久。我们这三十个勇士都见识过比你们强百倍的对手。你们不要妄自尊大！如果耽搁了，后果自负！"说完就雄赳赳地走了。僧加洛汗叫苦不迭，连连说："都是因为这个女儿，我们被害惨了。"随后，全部落都跟着三十个勇士迁徙到吐伯特来了。

看到觉如娶了茹格姆-高娃，晁通诺彦就觉得很碍眼。他想出一个计谋，决定召开有三万人参加的赛马大会。晁通诺彦宣布说："我们要召开一个有三万人参加的赛马大会。奖品是一套坚固无比却轻薄如丝的铠甲、一顶享誉天下的宝盔、一把宝剑、一面万星宝盾。谁的马在比赛中赢得了冠军，就将得到全部这些武器装备，并赢得美女茹格姆-高娃。于是，三万个人从四面八方云集到了一起，参加赛马大会。

觉如焚起了煨桑，向天上的那布莎-古尔查老祖母祈祷。觉如对祖母祈祷说："祖母啊！为了帮助这天下的一切生灵，我今生转生为十方圣主格斯尔可汗。我来生还要到阎罗王那里转生，去救渡有罪众生的灵魂。晁通诺彦却想抢走我怀里的美丽妻子，提出要进行三万人参与的赛马大会。如果我的枣骝神驹已经长成为一匹千里马，就把它从天上降下来；如果它还没有具备宝马的一切特征，就从天上的马群中再挑选一匹良马降到我的面前吧。"天上的祖母听到祈祷，说了一声："哎呀，我的鼻涕虫觉如在祈祷呢"，就立刻让枣骝神驹变成了七岁枣骝马，从天上降落到地上世界。

因为枣骝神驹是从天上下凡的，所以四蹄如踏转风轮，奔跑如飞。觉如无论如何追赶都无法捉住它。觉如穷尽一切招数也未能捉到枣骝神驹，不得不使用了下下策，在煨桑上焚烧了脏东西。因为煨桑被玷污了，枣骝神驹就立刻变成了一匹浑身长满烂疮的两岁枣骝马。

就这样，觉如骑着长满烂疮的两岁枣骝马来到三万人的赛马大会上。路上，僧加洛汗遇到了觉如，讽刺又担心地说道："唉，我的无能的女婿啊！你骑着这匹浑身长满烂疮的两岁马，能赢谁呢？难道你是为了让别人把我可爱的女儿从你身边抢走才去比赛的吗？你还是从我的十万匹马中挑选一匹好马去参加比赛吧！"觉如回答岳父说："你那十万匹马中没有能驮动我的好马。我还是骑这匹骑惯了的长满烂疮的两岁枣骝马去比赛吧。"说着，就到人群中去了。三万人都集合到了比赛的起点，正在做赛前的准备，人马欢腾，一触即发。

赛马开始了。觉如拉紧长满烂疮的两岁枣骝马的缰绳，落在最后。觉如一直紧拉着缰绳，跑过一段路程后突然松开缰绳，长满烂疮的两岁枣骝马就超过了一万个骑手的马；接下来，觉如又开始拉紧缰绳，跑着跑着突然松开缰绳，长满烂疮的两岁枣骝马又超过了前面的一万个骑手的马，把两万名骑手甩在了身后；觉如又拉紧缰绳跑了一段路程，突然松开缰绳，这下，长满烂疮的两岁枣骝马超过了跑在最前面的那名骑手的马。骑着长满烂疮的两岁枣骝马的觉如把三万名骑手甩在身后，开始追赶最最前面的骑手。在觉如前面几步远飞奔的是晁通诺彦那匹能追上黄羊的草黄快马；在晁通诺彦前面一箭之远的地方飞奔的是阿萨迈诺彦的铁青马。

觉如对长满烂疮的两岁枣骝马说："我大胆地向前冲刺，你勇猛地把晁通连人带马撞倒，踩断晁通骑的那匹能追上黄羊的草黄马的腿。"长满烂疮的两岁枣骝马应一声"是!"就冲撞了过去，按照觉如的指示，踩断了晁通骑的那匹能追上黄羊的草黄马的腿。晁通诺彦人翻马仰，望着冲过去的觉如的背影，气急败坏地喊道："哎呀，觉如你这个混账东西，给我滚开!"觉如头也不回地回了一句："老爷让路! 有人要抢走我的茹格姆了!"就一闪而过了。

觉如拉紧缰绳，保持速度去追赶跑在前面的阿萨迈诺彦的铁青马了。跑了一会儿，他说了一句："超过了三万个骑手的长满烂疮的两岁枣骝马定能赢阿萨迈诺彦的铁青马。"接着就松开了缰绳，长满烂疮的两岁枣骝马加快速度追赶，但无论如何也追不上在前方一箭之远处飞奔的阿萨迈诺彦的铁青马。于是，觉如泪流满面地对长满烂疮的两岁枣骝马说："哎呀呀! 我的长满烂疮的两岁枣骝马呀! 你今天是怎么了? 难道你希望让别人夺走坚固无比却轻薄如丝的铠甲和享誉天下的宝盔、宝剑、万星宝盾和我六岁时遇到的终身伴侣茹格姆-高娃吗?"长满烂疮的两岁枣骝马用人类的语言回答觉如说："哎呀! 鼻涕虫觉如，你有所不知。虽然我是天上的宝驹，阿萨迈诺彦的铁青马只是凡间的普通马，但是它的辈分比我高四辈，它的毛比我的毛多，我不能超过它。你还是向天上的那布莎-古尔查祖母祈祷求助吧!"觉如听了马的话，就向天上的祖母祈祷说："祖母啊! 七岁枣骝马虽然是天上的宝驹，却跑得越来越慢，快趴到地上了; 阿萨迈诺彦的铁青马虽然是凡间的普通马，却跑得越来越快，几乎要飞上天了。奖品中的各种宝物和你的鼻涕虫凭借神通好不容易才娶到的茹格姆-高娃，眼看着就要落入阿萨迈诺彦的手中了。祖母啊! 该怎么办呀?"

天上的祖母听了，马上把博瓦-冬琼叫过来，交代任务说："哎呀呀! 我的鼻涕虫觉如正因为不能赢得赛马而哭泣呢! 你下去帮助一下长满烂疮的两岁枣骝马，我想办法阻止阿萨迈诺彦的铁青马。"

于是，两人腾云驾雾来到了赛马会的上空。博瓦-冬琼对着长满烂疮的两岁枣骝马吹了一口气，长满烂疮的两岁枣骝马立刻显出了七岁枣骝马的原形，叮当地咬着嚼子，像离弦之箭一样冲刺过去了。那布莎-古尔查祖母瞄准阿萨迈诺彦铁青马的两腋，射去了两支火箭。那铁青马翻滚在地，四脚朝天，五体僵直，在离终点还剩两岁马比赛里程①远的地方死去了。阿萨迈诺彦从地上爬起来，放声痛哭。七岁枣骝马用人的语言对觉如说："本来是铁青马赢得这次赛马会，现在轮到我了。"说着，就冲到了终点。觉如把赛马的奖品送给了哥哥嘉萨，自己带着妻子茹格姆-高娃回家了。

第二天，死乞白赖的晁通诺彦又出了新招，宣布说："如果谁有本事射死疯狂的野牦牛，割下野牦牛的十三节尾骨，谁就可以娶美女茹格姆-高娃为妻。"大家听完就出发去射杀野牦牛。觉如也跟着大家一起去。他用木弓搭上玩具芦苇箭，射穿了野牦牛两眼之间的额心，割下了野牦牛的十三节尾骨。这时候，晁通诺彦来到觉如身边，笑里藏刀地说道："哎呀！我的觉如侄儿！从今以后我再不训斥你；从今以后我再不抽打你。我疼你超过疼我自己的亲生儿子。你把野牦牛的十三节尾骨给我吧！"觉如早已看透了晁通的心思，就说："老爷！一条尾巴算什么？我给你吧。我刚刚学会射箭，请把你的箭送一支给我吧！"晁通诺彦非常高兴，就把一支箭送给了觉如。神通广大的觉如施法，悄悄地从牛尾上割下三节骨头藏了起来，把剩余的牛尾骨交给了晁通诺彦。

晁通诺彦拿到牛尾骨，就跑到狩猎的人群中大声叫道："我射死了野牦牛，割下了牛尾骨。你们快来看吧！我要娶茹格姆-高娃为妻了。"

---

① 两岁马比赛里程——一般为10—14公里。两岁马比赛的骑手都是五六岁的儿童。

觉如来到晁通诺彦面前，指着他的鼻子骂道："哎呀呀！晁通老爷，你这个该死的骗子！你真是撒谎不脸红的大骗子！我射死了野牤牛，正要割下十三节尾骨的时候，你来到我身边，对我说：'哎呀！我的觉如侄儿！从今以后我再不训斥你；从今以后我再不抽打你。我疼你超过疼我自己的亲生儿子。你把牤牛的十三节尾骨给我吧！'难道你忘了刚说过的话吗？我对你说过的话，你也没有忘记吧：'老爷！一条尾巴算什么？我给你吧。我刚刚学会射箭，请把你的箭送一支给我吧！'如果大家不相信，请看看晁通诺彦送给我的箭。"觉如从箭筒里抽出晁通的箭，展示给大家看。晁通诺彦见了，大声叫道："哎呀呀！大家瞧瞧这混账东西的德性！他这是从保管我的箭筒的人手里偷走了箭，到这里胡说呢。"

觉如笑着说："晁通老爷说得有理。但你现在看看，你手里的十三节尾骨是不是完好无损的？"大家看晁通诺彦手中的牛尾，少了三节。晁通诺彦无话可说了。

觉如对大家说："我早就知道这个无耻的骗子不怀好意，故意留下了三节骨头才把牛尾交给他的。"说着，从怀里掏出三节牛尾骨展示给大家看。自欺欺人的晁通诺彦满脸通红、羞愧难当，转身逃走了。

当天夜里，觉如偷了晁通老爷用一百〇八头犏牛换来的珍贵黑骏马并杀掉了。

第二天，晁通老爷来觉如家搜查，搜出了马肉。晁通诺彦好不容易抓住了觉如的把柄，就大肆声张，带领吐伯特和唐古特的全部军队找觉如复仇来了。晁通诺彦穿戴着盔甲、背着弓箭、带着武器，走在军队前面。神通广大的觉如瞬间幻化成身躯巨大的红脸孩子，从火镰包里取出享誉天下的神弓，挽起如满月一般。觉如拉满神弓的时候，弓弦发出了一千条神龙的吼声，震耳欲聋，天地也为之震动。晃通诺彦第一个逃跑了，全军溃散。

次日，晃通诺彦又发话了："若有能在一天之内猎杀一万头野牛，把一万头野牛的肉装进一头野牛的蜂巢胃里，并且能够在一天之内在大河上开出渡口的人，我们就把美丽的茹格姆-高娃赏给他。"于是，众多猎人纷纷上山狩猎野牛。

觉如没有弓箭，茹格姆-高娃就去借了牧驼人的弓箭，交给觉如说："亲爱的觉如，小心别把人家的弓弄坏了。"觉如接过弓，轻轻一拉就把弓折成两截。茹格姆-高娃又去借来了放牛人的弓，交给觉如，觉如又拉断了。茹格姆-高娃再去借来牧马人的硬弓，并对觉如说："亲爱的觉如，如果你把这把弓拉断了，从今以后我只能用自己的肋骨给你做弓了。"但是，觉如还是把弓拉断了。他只得空着手到山上猎野牛去了。

觉如到了山上一看，满山遍野的猎人都在搜寻野牛。神通广大的觉如施法，一天之内就猎杀了一万头野牛，并把一万头野牛剥皮剔肉，装进了一头野牛的蜂巢胃里。他又割下一头野牛的尾巴，拴在长杆上举着走了。猎人们在山上一时迷了路，后来看见了觉如手中举的拴着野牛尾巴的长杆，大家就都跟在觉如后面来到了大江边上。

聚集在一起的这一万个人中没有一人找得到能够安全渡江的渡口。神通广大的觉如来到江边，从山上赶来一群野牛，又把野牛群赶进江水里。野牛群蹚水过去了，人们只看见野牛的两只角露出江面。觉如又从山上赶来一群野驴，把野驴也赶进了江水里。野驴群蹚水过去了，人们只看见野驴的两只耳朵露出江面。觉如再从山上赶来一群黄羊，并把黄羊赶进了江水里。觉如施法让江水变浅，晃通老爷从远处看，江水只漫过黄羊的小腿。

觉如对前来的晃通诺彦等人说："三位大人，我已经找到了渡口。你们自己选一个渡口过江吧！"

晁通诺彦说："我选黄羊淌过去的渡口过江。"

僧伦老头儿说："我选野驴淌过去的渡口过江。"

叉尔根老人什么也没有说。觉如问道："叉尔根老人为什么不说话？"叉尔根老人回答说："我的觉如，你来决定吧。"觉如就回答说："那您就从野驴淌过去的渡口过江吧。"

于是，僧伦老头儿、叉尔根老人和所有猎人都从野驴淌过去的渡口安全过了江。

晁通诺彦从黄羊淌过去的渡口过江，却被江水冲走了。晁通诺彦在江中拼命地大声叫喊："觉如，快拉我！"觉如听了，手持马鞭就跳进江水中去救晁通。他用鞭子套住晁通的脖子，把他拉到江边来。快到岸边的时候，晁通说："哎呀呀，觉如啊！你救我的命是小事，从今以后，人们给我冠上'被套住脖子的落水狗'的绰号可怎么办呀？"觉如听了，说："那我就没有办法了！"说完就把鞭子收回去，放开了晁通。晁通诺彦又被江水冲走了。晁通在水中挣扎，哭着求觉如把自己拉上来。觉如再次下到江中，抓住了晁通的头发，拽着晁通的头发游向岸边，把晁通的头发全拔了下来。晁通诺彦就变成了秃子。快游到岸边的时候，晁通诺彦对觉如说："哎呀，觉如啊！你把我从江中救上来是小事，从今以后，人们给我冠上'秃子'的绰号可怎么办呀？"觉如听了，说："你说得对"，就一把推开晁通诺彦，自己游走了。晁通诺彦又被江水冲走了。晁通诺彦哀求道："觉如啊，快救我，我要淹死了！"觉如不再理他。岸边众人一起求觉如，喊道："可怜的晁通诺彦要淹死了，觉如你快救救他吧！"神通广大的觉如将鞭子变成一把双刃剑，递给晁通诺彦。晁通诺彦一把就抓住了救命稻草——双刃剑。觉如拉着晁通游上岸来。晁通诺彦被拖上岸后一看，双手的手掌已经被双刃剑割得血肉模糊了。晁通哭丧着脸对觉如抱怨说："哎呀，觉如啊！你虽然把我从水中救出来了，却切掉了我双手的手掌。你要赔我的手掌！"觉如反驳晁通说："我就知道你会恩将仇报，果然你刚捡回了一条命就来向我问罪。你好自为之，住口吧！"

当天晚上，猎人们在野外宿营。夜里突然变天了。因为没有预备牛粪和木柴，人们都冻僵了。晁通诺彦有一只通晓人言的狗。晁通就对狗说："你去偷听觉如他们在谈些什么，回来告诉我"，说完打发狗去了。神通具足的觉如早就知道晁通打发了狗来偷听，就对其他人说："明天我们会经过弓箭河，那里遍地都是弓箭，我们可以换些更好的弓箭。你们把弓箭拆了、折了，烧了取暖做饭；我们明天还会经过靴子河，那里有很多靴子，我们可以找到更好、更漂亮的靴子。你们把靴子都挂在犍牛的角上。你们每三个人为一组，把锅架在膝盖上烧火做饭，吃饱了再睡觉，不要空着肚子过夜。"狗偷听到了觉如的话，跑回来无一遗漏地如实告诉了晁通。晁通马上召集了全部落的猎人说道："听觉如说，明天我们要经过弓箭河，会得到大量更好的弓箭；要经过靴子河，会得到更好的靴子。觉如还说，三个人一组，把锅架在膝盖上烧火做饭，吃饱了再睡觉，不能空着肚子过夜。我们现在就把弓箭拆了、折了，这样我们就有了烧火的木柴；我们也三个人一组，把锅架在膝盖上烧火做饭，这样我们就有了图拉嘎。大家把靴子挂在犍牛的角上，现在就开始做饭。"于是，大家就把弓箭全拆了、折了，堆成一堆；三个人一组，组成了人腿图拉嘎，把锅架在上面开始点火；所有人都把靴子脱下来挂在了犍牛的角上。火烧起来，烧到了人们的腿。人们收回受伤的腿，就把锅推倒了。就这样，晁通手下的猎人们什么都没有吃到，反而被烧伤，空着肚子熬过了一夜。

第二天，天刚蒙蒙亮，晁通诺彦就去找觉如问罪。晁通诺彦喊道："哎呀，觉如！全完了！"觉如应一声："老爷，发生了什么事？"就走了出来。晁通诺彦气势汹汹地问觉如："你说的弓箭河在哪里？靴子河在哪里？"觉如一脸无辜地反问晁通道："老爷，我不明白你在说什么。这是什么话？"晁通诺彦说："你不是说，到了弓箭河会得到大量更好的弓箭，到了靴子河会得到更好的靴子吗？"觉如听了，问晁通："谁告诉你的这些话？"晁通说："我的狗告诉我的。"觉如听了哈哈大笑起来，对晁通说："现在你能和狗交谈，还相信狗话，简直是太了不起了！"晁通被觉如嘲笑一番，羞愧得无地自容，转身就逃走了。

不过，不一会儿晁通诺彦又返回来对觉如说："哎呀，我听说你夜里做了一个梦。是真的吗？"觉如回答说："老爷，做梦确实是真的。我做了一个梦，梦里说，射杀普通黑野牛命中有灾，射白额黑野牛吉利。"

第二天天一亮，狩猎就开始了。晁通诺彦即使遇到普通黑野牛也不去捕猎，只一味地搜寻白额头的黑野牛。因为是黎明时分，气温比较低，一头大黑野牛额头上顶着一大块白霜就迎面跑过来了。晁通诺彦一见，心里非常高兴，道一声："这就是白额黑野牛"，就紧追不舍。就这样，追着追着，黑野牛额头前的白霜化掉了。晁通看清楚了，才意识到追错了，说了一声："原来这是一头纯黑野牛，我追了半天却追错了。"就自讨没趣地回来了。正在这时候，迎面跑来了一头两角之间挂着一块白雪的黑野牛。晁通诺彦见了立刻兴奋起来，说："这才是白额黑野牛。"就紧追上去了。

晁通诺彦追了半天，人追狗吠，到了觉如面前，好不容易把野牛追到走投无路了。晁通诺彦兴奋地喊觉如道："哎呀，觉如好侄儿，赶紧射死这头野牛！"觉如回答晁通诺彦说："老爷啊！你知道我的箭法。我如果为了射死野牛，射偏了，射死你的马和狗怎么办?"晁通诺彦急不可待地喊道:"哎呀,觉如! 马和狗算什么? 只要你把野牛射死就行。"觉如又提出要求说:"老爷! 我的马和狗都不行。你得帮我把它赶到我面前来。"晁通诺彦依他所言,追上黑野牛,把它赶到觉如面前来。神通广大的觉如,一箭不仅射死了黑野牛,连带晁通诺彦的骏马和猎狗也射死了。晁通老爷跑到黑野牛跟前,叹息道:"哎呀呀! 好你个觉如,你射杀黑野牛就罢了,为什么要射杀我的马和猎狗? 你赔我的马和狗!"觉如也一点儿都不示弱,说道:"哎呀,老爷! 我怎么说你才好呢? 我早就猜到你会向我问罪。我不是提前跟你说过我箭法不准吗? 你认真看看,你追杀的野牛不是白额黑野牛,而是一头纯黑野牛。"晁通诺彦见了,无话可说,便对觉如坦言道:"哎呀,觉如! 真是见鬼了,我以为是白额黑野牛,追了半天,却是黑野牛。觉如啊,这该怎么办才好?"觉如顺着晁通的话说道:"哎呀,老爷! 就算是你的马和狗替你消灾了吧! 你就别再追究了。"晁通诺彦只好说:"好好! 消灾也好!"实际上,是因为晁通诺彦的坐骑和猎狗通晓人言,神通广大的觉如才施法除掉了这两个灾星。

狩猎结束,所有猎人都回到家里去了。茹格姆-高娃过来迎接,首先见到叉尔根老人,就问道:"一天之内,谁射杀了一万头野牛? 谁找到了渡江的渡口?"叉尔根老人回答茹格姆-高娃说:"除了我的西鲁-塔斯巴,还有谁能做到?"茹格姆-高娃不知道西鲁-塔斯巴是谁,也不好再问,就走过去了。茹格姆-高娃哪里知道这是觉如刚刚获得的荣誉啊! 接着,她碰到了晁通诺彦,茹格姆-高娃又问了同一个问题。晁通诺彦无耻地回答说:"除了我的儿子阿拉坦,还有谁能做到?"茹格姆-高娃听了,非常伤心,心里想道:"怎么会这样?"她心中的悔意谁又能知晓? 可怜的茹格牡-高娃就回家去了。

随后,觉如骑着一头牛,带着脏兮兮的蜂巢胃回到了家。岳母迎接出来，本来准备卸下女婿猎杀的一万头野牛，却见女婿背回来一个脏兮兮的蜂巢胃，就说了一声："这些猎人骗了老娘我！"接着头也不回，转身回去了。觉如把野牛肉交给岳母，但是她却看都没看就把蜂巢胃扔到了蒙古包的天窗上。天窗哪能撑住这重量，整个毡帐全都塌了下来，一片狼藉。大家惊叫道："哎呀，女婿！这是什么？"觉如说道："这是野牛的蜂巢胃。"接着便跑进毡帐里，用柱子顶住了塌下来的帐顶。

茹格姆-高娃的母亲在地上挖了眼灶，又搬来一口大锅准备煮肉。觉如过来对岳母说："这是我猎到的野牛肉。恐怕你这一口锅容不下这么多的肉。还是把周围好邻居们的锅都借来煮肉吧。"听了觉如的话，岳母把周围邻居的锅都借过来了，挖了很多地灶，再架上铁锅来煮肉。

肉煮熟了，四方邻居全过来吃。神通广大的觉如就施法让岳母不知不觉吃掉了一整头野牛的肉。一头野牛的肉一时怎能消化掉？岳母就仰面躺着，只等撑死。觉如手持白木棍过来说："妈妈，你可不要撑死了！"说着，便用白木棍向上给她按摩了三回，又向下按摩了三回，茹格姆-高娃的母亲上吐下泻一番，就痊愈了。

晁通诺彦屡次失败，却不罢休，又提出："如果谁能射死大鹏金翅鸟，取来金翅鸟的两根美丽羽毛，我们就把茹格姆-高娃赏给他。"为了得到美丽的茹格姆-高娃，人们带上弓箭，骑上马，踏上了寻找大鹏金翅鸟的征途。觉如的法身飞上天，去寻找大鹏金翅鸟的巢；觉如的肉身则骑着马，在地上奔跑。觉如到大鹏金翅鸟筑巢的大树前一看，那里已经聚集了一万人，大家都在射大鹏金翅鸟的巢。因为大鹏金翅鸟在巨树上筑的巢离地面太远，一般人的箭根本射不到鸟巢。只有巴达玛瑞的儿子巴姆-苏尔扎一箭射穿了大鹏金翅鸟的巢。

　　觉如来到树下，赞美大鹏金翅鸟道："你的声音如此美妙动听，不知道你的头颈会是何等的美丽？"大鹏金翅鸟听到赞美，非常高兴，就从巢里露出头颈展示给觉如看。觉如接着用更诱人的词语赞美道："你的头颈如此的高贵美丽，不知道你的全身会是何等的光彩夺目？"大鹏金翅鸟听了，头脑一热，从巢中露出全身，展示给觉如看。觉如见了，更是赞不绝口，继续美言道："你的全身如此五彩缤纷，不知道你翩翩起舞会是何等的精彩？"大鹏金翅鸟听了更是得意忘形，全无了警惕，干脆就从巢中飞出，在树枝上花枝招展地翩翩舞了起来。说时迟那时快，觉如神不知鬼不觉地拉满了弓，一箭射死了大鹏金翅鸟。神通广大的觉如早已拔下大鹏金翅鸟最美丽的两根羽毛，从空中飞下来，插在了茹格姆-高娃的帽子上。

　　大鹏金翅鸟从树上坠落，眼红的人群一哄而上，争抢金翅鸟的羽毛。觉如也挤进人堆中，却被欲望熏心的人们推来搡去，倒在地上，刚刚爬起来，又被推出人群。觉如就做出被人欺负了的样子，放声大哭。

　　茹格姆-高娃见人们抢到金翅鸟的羽毛后都给老婆戴上，就抱怨觉如，哭泣道："看看人家的丈夫！射死了大鹏金翅鸟，摘取了金翅鸟的羽毛，就插在老婆的帽子上炫耀。我的觉如哪有这种本事，能给我的帽子也插上羽毛呢？"

　　而所有的女人却在看到茹格姆-高娃以后，又羡慕又妒恨，一时哭声一片。女人们一边哭，一边说："其貌不扬的鼻涕虫觉如射死了大鹏金翅鸟，摘取了金翅鸟最美丽的两根羽毛，插在了茹格姆-高娃的帽子上。我们的那些好丈夫哪有这种本事？"于是，所有的人都回家了，唯独觉如没有回家。

　　茹格姆-高娃回到家，进门的时候，两支羽毛卡在门框上了。茹格姆-高娃心里想道："这是怎么回事？"便把帽子摘下来一看，原来帽子上插着两根漂亮无比的金翅鸟羽毛。见到了大鹏金翅鸟的羽毛，茹格姆-高娃才完全醒悟过来，自言道："原来觉如是神啊！"于是就转身去寻找觉如。

格斯尔与其他众神坐在大山洞里，正在举行盛宴。茹格姆-高娃站在洞口，向内偷窥，见到魁梧俊美的格斯尔后，心里想道："如果我的丈夫也像他这样英俊多好！"接着就不由自主地跑进了山洞。神通具足的格斯尔瞬间变成了鼻涕虫觉如。

阿日亚-拉姆嘎力女神走过来，对茹格姆-高娃说道："媳妇儿啊！今天，众神聚集在一起，接受你的叩拜。在今天的宴会上，无论给你什么，你都要吃掉。"茹格姆-高娃答应了。诸神的宴会结束后，阿日亚-拉姆嘎力女神给茹格姆-高娃端来了煮熟的婴儿，茹格姆-高娃看见了就恶心，坚决不吃；接着又给茹格姆-高娃端来了死人的手指头，茹格姆-高娃切下一块，嚼了一口就马上吐在地上。阿日亚-拉姆嘎力女神见了，说道："我们没什么可说的了。"

来参加盛宴的诸神纷纷回去了。茹格姆-高娃抓着阿日亚-拉姆嘎力女神的衣襟不放，哀求道："我向您求子。请您赐予我生儿育女的福分吧！"女神回答茹格姆-高娃说："唉！媳妇儿啊！如果你吃了刚才的婴儿和手指，你会生下能超过格斯尔的三个孩子；你会生下本领和格斯尔不相上下的三个孩子；你会生下仅次于格斯尔的三个孩子。但是，媳妇儿你却没有做到。现在你要我赐给你几个孩子？"茹格姆-高娃对女神说："女神啊！由您决定赐给我几个子女吧！"女神说："给你一百〇八个子女吧"，接着就把茹格姆-高娃送回了家。

觉如出去之后，茹格姆-高娃对婆婆说："哎呀，妈妈！自从我嫁给你们的觉如，就吃尽了苦头。你的儿子不跟我好好生活。与其这样痛苦，还不如早点儿死去。真是赖活不如好死啊！我要到阎罗王那里去告他。我的白眼珠已经发黄，黑眼珠已经变白。"茹格姆-高娃哭诉完就出去了。

等茹格姆-高娃出去后，觉如的母亲叫来了觉如。母亲把觉如叫到面前，生气地说道："你的妻子要寻死。她说，自从嫁给了你，吃尽了苦头。她还说要到阎罗王那里告你的状。与其让人家的闺女寻死，给我带来坏名声，不如老老实实地过日子。听明白了吗？我的觉如！"觉如耐心地听完母亲的教诲，回到自己的毡帐，就显出格斯尔的原形，躺在卧榻上。

茹格姆-高娃从门外向内窥视，发现觉如就是格斯尔，便跑进去压倒在格斯尔身上。格斯尔说："应该是男人压在女人身上，哪有女人压在男人身上的道理？"于是，格斯尔让茹格姆-高娃面向四方，向诸神各顶礼四九三十六次，然后详述了他的神圣历史。

"我刚出生的时候，魔鬼化身的黑乌鸦来害我。这只黑乌鸦是专门啄瞎一岁婴儿眼睛的恶鸟。我在眼睛上套上九股铁索套，等它冲下来戳我的眼睛的时候，套住它杀掉了。我就是眼睛上还有眼睛的神眼格斯尔可汗。"

"在我两岁的时候，长着山羊牙和铁獠牙的狗嘴魔鬼变身为工布老爹格隆喇嘛，前来害我。他是专门借口给两岁婴儿摸顶祈福，趁机咬断孩子的舌尖，从而让孩子变成结巴的恶魔。我就咬紧四十五颗洁白的牙齿，不肯吃奶。喇嘛就问我的父母：'你们的孩子是出生的时候就是这样，还是今天才变得紧咬牙关、不肯张嘴的？'我的父母回答他说：'刚出生的时候有嘴有鼻子，今天是因为死了就变成这样了吗？我们也不知道为什么。'于是，魔鬼把舌头伸进我的嘴里，让我吸吮。我稍微张开嘴吸了一点儿，魔鬼就高兴地说：'好，吸吮舌头了。'接着得寸进尺，一点点地把舌头全塞进我的嘴里了。我就假装吸吮，用我白海螺般洁白、坚硬的四十五颗牙齿，把魔鬼的舌头连根咬断了。两岁的时候，我就是舌头上还有舌头的神舌格斯尔可汗。"

"在我三岁的时候，巨大如牛的罪恶鼹鼠掀翻地皮、破坏草场，给蒙古部落带来了灾难。我凭借神通知道了它的情况，就变成一个放羊的老头儿①，手持斧头跑去找鼹鼠。鼹鼠变得像犍牛一样巨大，掀翻地皮、糟蹋草场的时候，放牛老头儿赶过去，举起斧头，对准犍牛两只角中间的额头砍下去，结果了它的性命。我是三岁时就杀死了掀翻地皮、破坏草场，给蒙古部落带来了灾难的巨大如牛的罪恶鼹鼠的十方圣主格斯尔可汗。"

"在我四岁的时候，去了叫作'麻雀的喉咙'的峡谷。在七个恶魔每天要吃掉七百个人和七百匹马的时候，我变身为觉如，让七个恶魔沉入大海淹死。我还征服了萨日特克钦、阿雅嘎钦、布里亚克钦这三个部落的三百个黑头百姓，并杀死了东果洛蟒古思。我就是铲除这些恶魔的十方圣主格斯尔可汗。"

"在我五岁的时候，我们被驱逐到太平梁生活，让太平梁变成了吉祥、美好的家园。那时，我遇到了珍宝可汗派出的五百个商人，就施法让三天变成了一天，让天气变得干旱燥热，又变出土蜂蜇了五百个商人，让他们迷了路，最终征服了这五百个商人，命他们建造观音菩萨庙，报答了父母的养育之恩。我就是把不毛之地改造成吉祥的美丽家园的圣主格斯尔可汗。"

"在我六岁的时候，茹格姆-高娃，你就带着三个神箭手和三个大力士前来择婿，不是吗？你说自己是仙女的化身，你召集了一万个人比赛射箭和摔跤。我摔死了你的三个大力士，射箭赢了你的三个神箭手，胜过三万人，娶到了你。但是，晁通诺彦不死心，提出

---

① 蒙古文原文如此。

由三万人参加赛马，谁的马跑了第一，就能得到坚固无比却轻薄如丝的铠甲、享誉天下的宝盔、宝剑、万星宝盾和美女茹格姆-高娃。于是，三万个人从四面八方云集到一起，参加赛马大会。我向天上的那布莎-古尔查祖母祈祷求助，焚起煴桑抓住了从天上降下来的枣骝神驹，骑着它赛过了三万人，得到了盔甲和武器等奖品，并转赠给我的哥哥嘉萨-席克尔。我还叫所有人都皈依了陀音（佛法）。我是陀音格斯尔可汗。"

"在我七岁的时候，死乞白赖的晁通诺彦又提出，能够杀死凶恶无比的野牤牛并割下十三节牛尾骨的人，可以得到茹格姆-高娃。于是，为了得到茹格姆-高娃，所有人都去猎杀野牤牛。我也跟在大家后面，用木弓和芦苇箭射穿了野牤牛的额头，所有人都佩服得五体投地，并羞辱了晁通诺彦，让他无地自容。我是神箭手格斯尔可汗。"

"在我八岁的时候，晁通诺彦又提出了新的比赛，要把美女茹格姆-高娃赏给一天之内杀死一万头野牛，并找到能安全过江的渡口的人。晁通诺彦带领所有人都去山上猎野牛。觉如我也骑着长满烂疮的两岁枣骝马去狩猎，一天之内射杀了一万头野牛，并且找到了安全横渡大江的渡口。我是一天射杀一万头野牛并开辟出过江渡口的十方圣主格斯尔可汗。"

"在我九岁的时候，晁通诺彦又变出了新花样，说能够射死大鹏金翅鸟，并摘取金翅鸟两根美丽羽毛的人可以得到美女茹格姆-高娃。于是，所有猎人又一次出发，去寻找大鹏金翅鸟。觉如骑着马走在地上世界，格斯尔法身从天上飞过去。我去的时候，所有人都已经到了大鹏金翅鸟筑巢的巨树下面，但没有人能把大鹏金翅鸟射下来。等巴达玛瑞的儿子巴姆-苏尔扎一箭射穿大鹏金翅鸟的巢后，我用美言诱骗大鹏金翅鸟，趁金翅鸟从巢中出来，翩翩起舞的时候，一箭射断它的头，摘取了金翅鸟最美丽的两根羽毛，插到了你的帽子上。我是超过一切神箭手的格斯尔可汗。"

"在我十岁的时候，为了报答父母的养育之恩，我建造了观音菩萨庙。"

"十一岁的时候，我捉住了恶病之主（瘟神）卢格木－那格布并杀掉。我是消除人间瘟病之苦、送福施财的格斯尔可汗。"

"十二岁的时候，我捉住了水肿病的主宰、戴铁耳环的魔鬼，并杀掉了他。我是根除水肿病的格斯尔可汗。"

"十三岁的时候，我杀死了炭疽之主、长着瘤胃头的恶魔。我是根除炭疽的圣主格斯尔可汗。"

格斯尔十四岁的时候，龙王的女儿阿珠－莫日根和他二人去狩猎。两人正在搜寻猎物的时候，突然有七头野牛袭击格斯尔。格斯尔一箭射穿了七头野牛，串着七头野牛的箭杆深深地陷进地里；接着，又有九头野牛袭击阿珠－莫日根。阿珠－莫日根一箭射穿了九头野牛，箭杆上挂着九头野牛，箭头深深地扎进岩石里。格斯尔见了，不敢相信，要想办法判断阿珠－莫日根是男是女。正在这时候，有一头野牛来袭击格斯尔，格斯尔射了一箭，没有射中野牛，让它逃走了。格斯尔去追赶野牛，阿珠－莫日根也跟在格斯尔后面，紧追不舍。格斯尔回头看了一眼，对着阿珠－莫日根喊道："我是一个无能的人。在我后面追赶的这个人比我还无能，看来一定是个女人。"阿珠－莫日根害怕格斯尔认出自己是女儿身，就一箭射死了野牛。格斯尔跑过去，拔出箭来，夹在自己的腋下，躺倒在地上装死。阿珠－莫日根随后赶到，见格斯尔死了，就说道："昨天我杀死了阿玛台的儿子铁木尔－哈台，夺取了他的红沙马。今天我杀了十方圣主格斯尔可汗，得到了他的枣骝马。"说着，就牵着枣骝马走开。格斯尔一动不动地躺在地上观察阿珠－莫日根。格斯尔把自己的一个化身幻化成陌生人，从远处喊道："听说阿珠-莫日根杀死了十方圣主格斯尔可汗，格斯尔的哥哥嘉萨-席克尔听到后，召集了三个鄂托克的百姓，找阿珠-莫日根问罪来了。"

　　阿珠-莫日根听完特别害怕，把束起来藏在帽子里的发辫解开。她解开右边的发辫，说一句"不要祸及我的父亲和哥哥"，使头发顺着右手垂下来；解开左边的发辫，说一句"不要祸及我的母亲和弟弟"，任头发顺着左手垂下来；解开后脑的发辫，说一句"不要祸及我的奴仆"，就使头发顺着后背垂下来。格斯尔见到阿珠-莫日根是女人，就跳起来和阿珠-莫日根摔跤。阿珠-莫日根一跤摔倒了格斯尔，让格斯尔跪在地上。格斯尔说："男人不是摔跤三次，拍四次身上的尘土吗？"于是，又摔了一次。这次，格斯尔赢了。格斯尔说："我娶你吧！"阿珠-莫日根答应说："好的，我嫁给你。"格斯尔说："那你就舔着我的小拇指发誓。"阿珠-莫日根从了格斯尔。格斯尔扎破了小拇指，让阿珠-莫日根舔了，就这样，两人成了夫妻。

　　格斯尔和阿珠-莫日根二人去大海边上喝水。到了海边，格斯尔看见水里闪着箭的倒影。格斯尔说："没有人在我的背后开弓搭箭射我呀？"回头一看，阿珠-莫日根正好拉满弓瞄准了自己。格斯尔问阿珠-莫日根："你这是在做什么？"阿珠-莫日根回答说："我不是要射你，我是准备射大海里的鱼。"阿珠-莫日根的话音未落，大海里的鱼全死去了，大海变得一片血红，沸腾咆哮。

　　两人到了海边，喝完水，格斯尔脱下衣服下水游泳。他游到大海的彼岸，坐在那里不动了。阿珠-莫日根等了很长时间，格斯尔也不回来。于是，她不耐烦地脱了衣服下到海里。格斯尔见了，吹了声口哨，马上就刮起了大风，把阿珠-莫日根的衣服统统刮到树上去了。格斯尔这才渡海回来，穿上了衣服。阿珠-莫日根全身都冻僵了，无奈之下，自己投身到了格斯尔的怀里。于是，格斯尔让阿珠-

莫日根面向四方，给诸神顶礼膜拜了四九三十六次。就这样，格斯尔十四岁的时候，娶了龙王的女儿阿珠-莫日根。

格斯尔接着说道："今天，十五岁的我正像上天一样万雷震顶，像龙神一样呼啸威武。"格斯尔话音未落，天上雷鸣龙吟，地上普降甘露。

格斯尔训话的时候，茹格姆-高娃是哭一阵，笑一阵，百感交集。

根除十方十恶之源的圣主格斯尔汗享誉天下的第一章。

第二章
十方圣主格斯尔可汗镇压
北方巨大如山的黑纹虎

北方有蟒古思化身的巨大如山的黑纹虎，身躯长达一百逾缮那，右侧鼻翼大火熊熊，左侧鼻翼浓烟滚滚。它能望见一天路程之外的行人，从半天路程远的地方便可活吞行人。

十方圣主格斯尔可汗的胜慧三神姊之一嘉措达拉敖德来到格斯尔处，下旨道："哎，我的鼻涕虫弟弟！你还不知道吗？据说北方出现了一只蟒古思化身的黑纹虎。整个瞻部洲的生灵都无法在它附近生活了。你要谨慎行事以制伏它，我的弟弟！"格斯尔回答说："姐姐说得对。我还不知道有这事儿呢。我现在就去制伏它。"于是，格斯尔派使者去叫哥哥嘉萨-席克尔和三十勇士，让他们速速前来。

众人到齐后，嘉萨-席克尔问格斯尔："哎呀，圣主！你叫我们前来，是有什么重要的事情吗？"格斯尔说道："唉，嘉萨你听说过没有？北方有只巨大如山的黑纹虎，它能望见一天路程之外的行人，从半天路程远的地方便可活吞行人。听说在它占据着的地方，已经找不见两条腿的人类的踪迹了。十五岁以前，我在这个世界上施过百般神通，却还没有在你面前真正显露过我英勇的一面。现在，我要去给你们展示我的英勇。咱们出发。"

十方圣主格斯尔可汗骑上了枣骝神驹。他穿上了如露珠般闪耀的黑宝铠甲，套上雪光白护背，戴上并列镶嵌着太阳和月亮的银白头盔。他将三十支神扣白翎箭插入箭筒中，将黑色硬弓插入弓袋，腰间挎上了三庹长的青钢宝剑。

一—披挂完毕后，格斯尔命令道："人中之鹰嘉萨-席克尔，请你跨上双腋下长着翅膀的铁青马，把青软宝铠甲披在身上，把名扬四海的宝盔戴在高贵的头上，再往箭筒里插上三十支神扣白翎箭，带上黑色硬弓，挎上玄武纯钢宝马刀，跟在我的后面；在嘉萨后面，人中之雕苏米尔，你骑上追风红沙马，穿上青霜铁叶甲，也往箭筒里插上三十支白翎箭，背上黑色硬弓，挎上锋利青钢刀，跟着嘉萨！随后，巴达玛瑞之子巴姆-苏尔扎，你骑上青灰骏马，穿上青钢硬甲，带上全部武器，跟上苏米尔。再之后，大家的舅舅伯通，你骑上疾驰的枣骝马，带上全部武器和三十勇士，紧随着苏尔扎。要按照次序排列，鱼贯而行，不许掉队。"说完这些话，十方圣主格斯尔可汗带领着三十勇士向北方进发了。

行至离黑纹虎一天路程远的地方，格斯尔就看见了巨大如山的黑纹虎，说道："大家看！前面就是巨大如山的黑纹虎。"嘉萨-席克尔看了看，说道："在那弥漫着黑雾的山顶上，冒着黑烟的就是它吗？"格斯尔回答说："正是它，我的嘉萨-席克尔。"

三十勇士却嚷嚷道："在哪里？在哪里？我们为什么看不见？"嘉萨-席克尔对勇士们说："不要吵了。你们现在还看不见。格斯尔手握缰绳，自然能指明方向，我们尽管跟着格斯尔走就是了。"十方圣主格斯尔可汗的枣骝神驹加快了速度颠步走，走到还有半天路程远的地方，巨大如山的黑纹虎就匆忙逃跑了。十方圣主格斯尔可汗猛抽了枣骝神驹一鞭。枣骝神驹纵身一跃，飞奔而去。三十勇士连忙追赶。隔着半天路程远的距离，巨大如山的黑纹虎反扑回来，差点把格斯尔汗吞掉。格斯尔灵活地一闪，避开了黑纹虎，绕到了黑纹虎的身后去包抄。

三十勇士从后面赶过来。格斯尔心里想要试探一下自己的三十勇士，看看他们是不是有勇有胆，便施展法力，跳进了魔虎的口中。格斯尔两脚蹬住老虎的两只獠牙，用头顶住老虎的上颚，又用两个胳膊肘撑住老虎的双腮，半蹲坐在老虎口中，观望外面的情况。

伯通见势不好，带着三十勇士立刻就回头逃跑了。嘉萨-席克尔连忙叫住他说："哎呀呀！伯通你怎么了？"伯通头也不回，一口气跑回自己部落边的交叉口。格斯尔身边就只剩下嘉萨-席克尔、人中之雕苏米尔和巴达玛瑞之子苏尔扎这三个勇士了。

嘉萨-席克尔哭着对他俩说道："巨大如山的黑纹虎活吞了我们那根除十方十恶之源的圣主格斯尔汗。没出息的伯通也带着三十勇士逃跑了。如果我们三个也逃跑了，圣主的名声可怎么办？那几个凶神怪煞会怎么看？本与我们相邻，却世代为仇的锡莱河部落三汗会怎么看？你们两个有什么好主意吗？""我们两个没有好主意。嘉萨-席克尔你来做主吧。"嘉萨见两人都没什么主见，生气地说道："你们两个是让我做主办酒席吗？你们要上就上，要退就退，就看你们有没有勇气了。"说罢，嘉萨挥去眼泪，扬鞭策马，又嗖地抽出青钢宝刀，准备大战黑纹虎。

跑到了黑纹虎跟前，嘉萨却瞬间转念想道："十方圣主格斯尔可汗神通广大，现在还很难断定他究竟是死是活。如果他还活着，我岂不是会伤了他的身体？"于是，他又把青钢宝刀插回鞘里。黑纹虎咆哮如雷，纵身猛扑，嘉萨趁机用左手抓住了黑纹虎的顶花皮，黑纹虎猛然惊蹿，他反手使力一拽，竟把老虎的顶花皮撕了下来，又顺势紧紧摁住黑纹虎的两只耳朵，令它动弹不得。见嘉萨在与老虎搏斗中占了上风，两个勇士也拔出钢刀赶了过来。

这时，格斯尔从黑纹虎的口中说道："哎呀，可敬的嘉萨，我明白你的为人了。现在，先不要损坏这只老虎的皮，要用计杀掉它。它的头皮可以做成一百个盔套，身上的皮可以做成一百五十套铠甲。嘉萨呀，放开它。"

"哎呀，圣主！你在说什么呢？"嘉萨说着，放开了老虎。格斯尔左手扼住黑纹虎的喉咙，右手抽出水晶柄的匕首，一刀就切断了它的喉咙，然后对嘉萨说道："嘉萨啊，你不是手巧吗？用这只老虎的头皮给三十勇士裁制三十顶盔套，用这只老虎身上的皮裁制三十套铠甲。剩下的皮子就赏给三百名先锋中的佼佼者吧。"

格斯尔可汗杀掉了老虎，带领三个勇士回程。途中，嘉萨-席克尔禀报说："圣主啊，那败类伯通带着三十个勇士逃跑了，可惜了你的名声啊！"

十方圣主格斯尔可汗对嘉萨说道："嘉萨呀，不要再提这件事了。我从小四处征战，去征服强敌，伯通一直是我的向导。他能在黑夜中找到插针的地方。要说谙熟地形，没有人能跟他相比。他还是能听懂六道轮回中各种生灵所说所有语言的智者。以后不要再提这件事，也不要羞辱他。其号莫日根特布纳。"

十方圣主格斯尔可汗十五岁时带领三十勇士镇压北方巨大如山的黑纹虎的第二章。

第三章
格斯尔可汗治理汉地贡玛汗

汉地贡玛汗的妻子去世了。因为妻子离世，悲痛的可汗下谕旨道："对此，正站立着的人必须站着哀哭！正坐着的人必须坐着哀哭！没有走开的人原地哀哭！正在吃饭的人必须端着饭碗哀哭！没有吃到东西的人必须饿着肚子哀哭！"

于是，举国哀恸，全民遭难。可汗的大臣们聚集在衙门外商议对策。"哈屯①已经去世，理应入土为安，需召请喇嘛念经诵佛四十九天，尽心做功德善事。可汗应该另娶妻子，以使国泰民安。因为死了一个夫人，可汗这是要全国人民都死去吗？这算什么谕旨？不知道现在还有谁能够劝解，唤醒我们的这位可汗？"于是，大家四处寻找，却遍寻不得。

那可汗有七名秃头的工匠，他们是亲兄弟。大哥是个爱管闲事、口无遮拦的秃子，多亏有个妻子管束着他。那个秃头工匠干完工匠的活儿，回到家后，对他的妻子说道："可汗的大臣们都在议论，看谁能劝得我们的汗回心转意，解除悲痛。除非十方圣主仁慈格斯尔汗前来劝说可汗，这世界上再无他人能够让可汗清醒过来。可是这

---

① 哈屯——蒙古语，意为夫人。

些无能之辈哪里知道这个？"妻子听了，反驳他说道："哎呀，你这个爱管闲事的愚蠢又造孽的秃子啊！难道可汗的宰相们都想不出来的事情，要轮到你来提醒了吗？赶快闭上嘴安心做你的工匠活儿吧。"爱管闲事的秃子知道妻子不同意他去，就对妻子说："快去挑水做饭，我快饿死了。"妻子准备出门去挑水了，他趁机在水桶的底部扎了几个洞。

打发妻子去挑水之后，他跑到众位大臣面前说道："哎呀，大臣们，你们找到能劝得我们的可汗回心转意的人了吗？"诸臣回答说："没有找到。"秃子就顺着说道："谁能劝解可汗呢？这个人非十方圣主仁慈格斯尔汗莫属啊！"众臣听了，说道："这不好办啊。除非你去请他来，否则没人能办到。"爱管闲事的秃子说道："去就去，这有什么？要我去我就去。给我准备马匹和牵马的人。"大臣们给秃子准备了马匹，并配备了牵马的人，于是，秃子工匠就出发去请格斯尔了。

秃子工匠到了格斯尔汗家，下了马。秃子工匠来到门外，在拴马桩旁下马的时候，格斯尔汗就凭借神通知道了秃子工匠的来意。于是，没等秃子进门，格斯尔汗就用威力震慑了他。工匠进来之后，既忘记了坐下，也忘记了要对格斯尔汗顶礼膜拜，只是目瞪口呆地望着格斯尔汗，说不出话来。格斯尔汗说道："你这个蠢货，你是谁的子民？多么愚蠢的秃子啊！难道你不会坐下来吗？如果不想坐下来，难道你不会出去吗？为何只是发呆呢？"那个秃子工匠仍旧发着呆，答不出话来。格斯尔汗收回了威力。秃子这才恢复了知觉，跪下来禀告道："汉地贡玛汗的夫人去世了。可汗下了谕旨，正站立着的人必须站着哀哭！正坐着的人必须坐着哀哭！没有走开的人原地哀哭！正在吃饭的人必须端着饭碗哀哭！没有吃到东西的人必须饿着肚子哀哭！于是，可汗的宰相们商议后，派我来请格斯尔汗前去劝解，唤醒我们的可汗。"格斯尔汗说道："哎呀，如果世界上所有可汗的夫人都去世了，难道都要请我去劝说吗？"秃子被噎住了，无话可说。格斯尔汗接着说："既然你来请我，那我就去吧。有一座白海螺般洁白的圣山，山上有一只白海螺般洁白的绵羊羔在咩咩地叫唤，请你们把它找来送给我；有一座金山，金山上有一个金磨盘，没有人推动，它自己就在转动，请你们把它取来送给我；有一座铁山，铁山上有一头青色犀牛在独自奔跑，请你们把它取来送给我；有一座金山，金山上有一根金棍在敲来敲去，请你们把它取来送给我；有一座铜山，铜山上有一只铜狗在日夜吠叫，请你们把它取来送给我；有一座金山，金山上有只金牛虻嗡嗡叫个不停，请你们把它取来送给我；蚂蚁王的蚁垤里铺着一层厚厚的紫金，请你们把它取来送给我；捕捉太阳的黄金套索，请你们把它取来送给我；捕捉月亮的白银套索，请你们把它取来送给我；蚂蚁的鼻血一角砚，请你们把它取来送给我；虱子的筋骨一撮，请你们把它取来送给我；黑羽雄鸟的鼻血一角砚，请你们把它取来送给我；黑羽雌鸟的乳汁一角砚，请你们把它取来送给我；黑羽雏鸟的眼泪一角砚，请你们把它取来送给我；大海里有滚磨般大小的猫眼石一颗，请你们把它取来送给我。如果取不到全部这些奇珍异宝，就给我送来七个秃子工匠的人头。如果没有这些宝物，我就无法前往。"

秃子听了后说道："好吧！"就回去了。

秃子工匠回去之后，如实转达了格斯尔汗的要求。

大臣们听了，纷纷议论道："哎呀呀！要到哪里去找齐这么多的宝物呢？连一种都找不到吧。如果说要七个秃子的脑袋，我们倒是可以做到。"于是，他们打死了七个秃子，派两个人把七颗秃头给格斯尔汗送过去了。格斯尔汗说："正好要用到人头的时候，你们就给我送来了。"格斯尔汗命人在一口大锅里煮了满满一锅肉，另一口大锅里煮了七颗人头。贡玛汗的两个使臣见了，心惊胆战、坐立难安，心想道："这锅里的七颗人头不会是煮给我们俩吃的吧。"格斯尔汗把七个秃子的头煮得烂熟，捞出头骨，刻成了七个嘎巴拉碗。然后，格斯尔汗对两个使臣说："你们两个回去吧！我随后就到。"于是，两个使臣就回去了。

格斯尔汗将七颗颅骨做成嘎巴拉碗之后，又用酒酿成了阿尔兹，用阿尔兹酿成了浩尔兹，用浩尔兹酿成了希尔兹，用希尔兹酿成了包尔兹，用包尔兹酿成了塔哈巴、梯哈巴、玛尔巴、米尔巴等七种浩尔兹，用纱布过滤后盛到嘎巴拉碗里，再用风轮将七碗浩尔兹送到了天上的那布莎-古尔查祖母面前。

那布莎-古尔查祖母喝了格斯尔汗献上的美酒，直喝到微醺。祖母说道："我的鼻涕虫要来了吗？"说着就从天上俯瞰地上世界。格斯尔汗回答说："祖母！我要见你。请把天梯给我放下来。"

"哎呀！真的是格斯尔要来了。"说着便放下了用绳子结成的梯子。

"祖母啊！难道你想让唯一的孙子从天上摔下来结束生命，就给我放下用不结实的绳子做的梯子吗？给我放下铁梯吧。"

于是，那布莎-古尔查祖母给格斯尔放下了铁梯子。

格斯尔汗顺着铁梯爬上来，见了祖母。格斯尔汗说："你疼爱的孙媳——我的妻子茹格姆-高娃说了：有一座白海螺般洁白的圣山，山上有一只白海螺般洁白的绵羊羔在咩咩地叫唤；有一座金山，金山上有一个金磨盘，没有人推动，它自己就在转动；有一座铁山，铁山上有一头青色犀牛在独自奔跑；有一座金山，金山上有一根金棍在敲来敲去；有一座铜山，铜山上有一只铜狗在日夜吠叫；有一座金山，金山上有一只金牛虻嗡嗡叫个不停；蚂蚁王的蚁垤里铺着一层厚厚的紫金；捕捉太阳的黄金套索，捕捉月亮的白银套索，蚂蚁的鼻血一角砚，虱子的筋骨一撮，雄鸟的鼻血一角砚，雌鸟的乳汁一角砚，雏鸟的眼泪一角砚，大海里滚磨般大小的猫眼石一颗。听说所有这些宝物都藏在我父亲僧格斯鲁汗的宝库里，这是真的还是假的？"

"我的孩子，他那里怎么能有那么多的宝物？全部都在我这里呢。"

"好祖母呀！他们在哪里？全都拿来让我瞧瞧。"

"我的孩子，我怎能对你说不呢？都在那个带锁的盒子里呢，你自己取出来看吧！"

格斯尔接过那布莎-古尔查祖母递来的钥匙，打开了锁，趁祖母转身时，把所有的宝物都揣进了怀里，接着说道："祖母，我已经拜见过你了，现在该回去了。"说着就要顺着铁梯爬下去。格斯尔正要下去，祖母叫道："哎呀，觉如！你怎么这么着急要回去呢？既然来了，就吃完茶、喝完汤再走不迟。"

"祖母呀，拜见过你就足够了。茶饭就不必了。"格斯尔汗说着就顺着铁梯下到人间世界去了。

那个时候，送客人时有从背后扬灰送行的习俗。那布莎-古尔查祖母说着："我的觉如，平安回去。"就扬撒了灰。据说，格斯尔祖母扬撒的那些灰成为了天上飘飞的云朵。

格斯尔汗下到地上世界，打开衣襟，查看了这些宝物。其他宝物都在，只缺了四样宝物：黑羽雄鸟的鼻血、黑羽雌鸟的乳汁、黑羽雏鸟的眼泪和大海里的猫眼石。"哎呀！忙中出错，从祖母的宝贝中少拿了这四样。现在到哪里去找呢？"

十方圣主格斯尔可汗托了一个梦给飞翔在天上的黑羽雄鸟。

黎明时分，黑羽雄鸟醒来，对它的妻子说："今晚我做了有生以来从未有过的梦。我梦见有一头八年未生牛犊的花母牛死在乃兰查河的源头了。我去那里吃它的肉。多好的梦啊！"妻子说："在天上飞翔的鸟儿不应该吃地上的死尸。在地上奔走的野兽不可能飞上青天。我听说，当年格斯尔在人间降生时，身上盖了人皮，他的神通百变。我看是格斯尔想吃你的肉了。他想把你的血当作甘甜的圣水喝了。你难道不知道神人计谋多端吗？依我看，你就不要去了。"

"我飞翔在天上观察，如果没人，我就下去吃肉；如果发现有人，我就飞回来。不论这梦是真是假，我得过去看看。"妻子没能劝住丈夫，只得眼巴巴地看着丈夫飞过去了。

十方圣主格斯尔可汗在乃兰查河的源头宰了一头八年没有生牛犊的花母牛，解完牛，把肉摊开铺在地上。格斯尔汗把九股铁套索放置在死牛的胸膛上，并挖了一个洞，自己藏到洞里，手握套索，静静地躺在里面。黑羽雄鸟飞来，在天上盘旋俯瞰。黑羽雄鸟不见有人，于是放心地飞下来，先吃了花母牛臀部的肉，接着钻进花母牛的胸膛里啄食，这时候，格斯尔汗收紧九股铁套索，捉住了鸟儿。捉住鸟后，格斯尔任其扑腾，并打破了鸟的鼻子，接了一角砚鼻血。

正在这时，黑羽雌鸟哭着飞来，对它的丈夫说道："我不是跟你说过，叫你不要这样做吗！如今你可要丧命了啊！"

格斯尔说道："黑羽雌鸟，我不杀你的丈夫，但你得给我一角砚你的乳汁；还要给我一角砚黑羽雏鸟的眼泪和一颗大海里滚石般大小的猫眼石。你把这三样东西给我送来，否则我就要杀死你的丈夫。"格斯尔一边说，一边折磨黑羽雄鸟，雄鸟只有扑打翅膀的份儿。

黑羽雌鸟哀求道："令人畏惧的十方圣主格斯尔可汗啊！我去找找看，请你不要杀我的丈夫。"

黑羽雌鸟飞回自己的巢穴，不给雏鸟哺乳，挤了一角砚自己的乳汁；故意弄哭雏鸟，接了一角砚的眼泪；又到大海里找到了一颗滚石般大小的猫眼石。黑羽雌鸟把这三样宝物带来，交给了格斯尔汗，赎走了自己的丈夫。

格斯尔汗备齐了所有的宝物，就到汉地贡玛汗的宫殿来了。格斯尔走进贡玛汗的屋子，见到了正抱着自己死去的妻子呆坐的贡玛汗。格斯尔汗对贡玛汗说道："哎呀，可汗啊，你这样做不对啊！死人和活人是不能待在一起的。如果死人和活人待在一起，对活人不利。让你的妻子入土为安吧；请来喇嘛念经诵佛做法事吧；积德行善对她有好处。可汗你应另娶妻子，让举国上下的百姓都幸福安乐吧。那才能成就你享誉世界的美名啊！"

贡玛汗说："这个愚蠢的人是谁？别说一年，就是十年，我也要这样抱着我死去的妻子不放手。凭你也敢命令我这个可汗？"

格斯尔汗就出去了。等贡玛汗睡着后，格斯尔汗偷走了他怀里妻子的尸体，换成了一条死狗。

第二天早晨，可汗醒来后见到怀里的死狗，便说道："哎呀呀！昨天那个人说的话有道理。可怜的妻子躺在我的怀里，躺着躺着就变成了狗。应把她扔到外面去。"于是，可汗叫人来把死狗抬出去扔掉。不一会儿，一个看门人进来禀报说："有个叫格斯尔汗的人进来过。他接过（您妻子的尸体），拿去扔掉了。我害怕他，所以没有叫住他。"贡玛汗说："哎呀呀！这个格斯尔汗把我的妻子骗去扔掉了。扔掉就扔掉吧，偏偏这个造孽的家伙怎么还敢把死狗放进我的怀里？得把他杀掉！"于是，恼羞成怒的贡玛汗把格斯尔汗投进蛇洞里了。

格斯尔把黑羽雌鸟的乳汁一滴一滴地洒在每一条蛇的身上。蛇就全部被毒死了。于是，格斯尔汗用大蛇当枕头，用小蛇铺成褥子，睡觉了。

第二天早晨，十方圣主格斯尔可汗早早起来唱道：

"我以为这可汗把我投进毒蛇地狱，是想让毒蛇咬死我。没有想到，是要让我杀死他的毒蛇。这可汗这下可心满意足了。"

看蛇洞的人跑到可汗面前，把格斯尔汗唱的歌词无一字遗漏地唱给可汗听了，并说道："那个人不但没有死，还杀死了所有的蛇，躺在蛇上唱歌呢。"

贡玛汗说："把他投进蚂蚁地狱。"于是，格斯尔被投进了蚂蚁牢里。格斯尔把黑羽雄鸟的鼻血洒在蚂蚁身上，蚂蚁就全被毒死了。杀死蚂蚁之后，格斯尔汗唱道：

"我以为这贡玛汗把格斯尔汗投进蚂蚁地狱是要杀死他。没有想到，竟是让我把蚂蚁杀死。这可汗这下可心满意足了。"

守蚂蚁洞的人跑到可汗面前，把格斯尔的话唱给可汗听了，并说："那个人杀光了我们的蚂蚁，躺在那里唱歌呢。"

贡玛汗说："（把他）扔进虱子牢里。"于是，格斯尔被投进了虱子牢里。格斯尔取出一点虱子筋撒下，洞里的虱子就全部死掉了。杀光虱子后，格斯尔唱道：

"我以为这可汗要把我扔进虱子地狱杀掉，没想到他是要让我杀光他的虱子，这下可汗可心满意足了。"

守虱子地狱的人跑到可汗面前报告说："那个人一个不留地杀死了我们的虱子，正躺着唱歌呢。"

贡玛汗说："把他扔进毒蜂牢里。"于是，格斯尔就被投进了毒蜂地狱。格斯尔放出金虻。金虻把毒蜂一个不留地捕杀净了。杀光了毒蜂，格斯尔唱道：

"我以为这可汗把我扔进毒蜂地狱是想杀死我。没想到是让我杀死他的毒蜂，这下可汗可心满意足了。"

守毒蜂洞的人跑到可汗面前，把格斯尔汗的话唱给可汗听了。

贡玛汗又下令把格斯尔投进猛兽地狱去了。格斯尔汗放出铜嘴的狗，捕杀了所有的猛兽。格斯尔汗唱道：

"我以为这可汗把我投进猛兽地狱是想杀死我。没想到是要让猛兽全被我杀掉，这下这可汗可心满意足了。"

看守地狱的人跑到可汗面前说："那个人没有死，还杀光了地狱里的猛兽，躺在那里唱歌呢。"

贡玛汗又命人把格斯尔投进了黑暗地狱。格斯尔汗用捕捉太阳的黄金套索和捕捉月亮的白银套索，套住了太阳和月亮，照亮了黑暗地狱，美滋滋地过了一夜。

第二天，格斯尔汗早晨起来唱道：

"我以为这可汗把我投进黑暗地狱是想杀死我。没想到他是要让格斯尔照亮黑暗地狱。可汗这下可心满意足了吧？"

看守洞口的人跑到可汗面前，把格斯尔汗的言辞唱给可汗听了。可汗又说："把他扔进大海。"于是，格斯尔被扔进了大海。格斯尔抱着滚石大的猫眼石，被人投入了大海。格斯尔一进入大海，大海就分为两半，枯竭了。格斯尔就在猫眼石旁跳起舞，唱起歌来：

"我以为这可汗把格斯尔扔进大海是要杀死他。没想到是要让格斯尔使大海干涸，令举国上下遭遇旱灾。可汗这下可心满意足了吧？"

把格斯尔抛入大海的人跑到可汗面前说道："那个人没有死，反而让海水枯竭了，还唱着那样的歌呢。"

可汗又命令道："让他骑上铜驴，点上火，再找来鼓风手，用大风箱从四面八方鼓起风来烧死他。"格斯尔汗悄悄地用马头一样大的、没有裂痕的黑炭涂满了全身。鼓风手到来后，拉起风箱，从四面八方鼓起大风，吹得烈焰熊熊燃烧。但当大火快烧到格斯尔身上的时候，格斯尔使出神通，喷出水来，扑灭了大火。格斯尔又如法炮制，唱了一首歌谣。鼓风手跑到可汗面前说："那个人没有死，在唱这样的歌呢。"

可汗下令道："用锋利的刀、箭杀死他。"于是，人们又用利箭射格斯尔、用刀砍格斯尔。然而，格斯尔用具有神通的金棍子把弓箭和刀枪全部敲断了。刽子手们无法杀死格斯尔，就跑到可汗面前说："他真是个罪该万死的人，但我们也确实没有办法杀死他。可汗您另作决定吧。"

贡玛汗说："把枪矛收集起来，让众人把他挑在枪尖上杀死他。"大家把格斯尔汗带走去行刑时，格斯尔汗把金磨盘取了出来，说道："现在我是一点儿办法都没有了，这次必死无疑了。"

贡玛汗的女儿贡玛-高娃凭借神通知晓了一切，说道："这家伙每次都要这样受苦受难。"格斯尔在一只鹦鹉的腿上系了根一千庹长的丝线，用手抓住线的一端，并派鹦鹉为使者去给家里报信。格斯尔登上城楼，大声吩咐鹦鹉，说道："鹦鹉你快去！就说汉地的贡玛汗杀死了十方圣主格斯尔可汗。请让比我更高强的三位勇士前来；请让与我能力相当的三位勇士前来；请让比我差一点儿的三位勇士前来。让三十个勇士随后到来。叫我的九个勇士前来，攻破这个可汗的城堡，用极刑杀死这个可汗。在我转眼的瞬间，把这可汗的城堡踏成灰烬；在我眨眼的瞬间，把这可汗的城堡烧成黑炭。把这可汗举国上下的黎民尽数掳掠到我们的部落去！哎，鹦鹉你快去！"鹦鹉飞走了，格斯尔汗一直抓住丝线的一头不放。

贡玛汗和大臣们听到这话，赶忙求饶道："哎呀，该死！一个格斯尔，我们都没能杀死他；如果现在再来九个勇士，我们大家都必死无疑。哎呀！格斯尔汗，快叫鹦鹉回来吧！你要什么我们就给你什么。"

格斯尔回答说："鸟儿已经飞远了。来不及了。"

贡玛汗带领众臣频频给格斯尔磕头，哀求道："您发什么指令都行。我们满足您的一切要求。"

格斯尔汗道："把你的女儿贡玛-高娃许配给我。如果你答应了，我就试试看能否把我的鸟儿叫回来。"

贡玛汗回答说："给你。我们愿意把一切奉献给你。"

于是，格斯尔汗用神力召唤鹦鹉说："哎，我的鹦鹉啊，快飞回来吧！"，并收回了一千庹长的丝线，把鹦鹉拽回来了。

贡玛汗在家摆了盛宴，款待格斯尔汗。贡玛汗悄悄地问女儿贡玛-高娃道："我答应了格斯尔汗，把你许配给他。如果你不去，他会先杀掉我，再把你抢走。"

贡玛-高娃对父亲说："哎呀呀，父亲啊！别说是如果我不嫁给他，他要杀了你，就说是他看上我了，想娶我，我都求之不得呢。"贡玛汗对女儿说："这样就对了。"于是，他把贡玛-高娃嫁给了十方圣主格斯尔可汗。格斯尔汗娶了贡玛-高娃，在汉地跟她一起生活了三年。

三年之后，格斯尔汗对贡玛-高娃说："我使你的父亲从悲痛中解脱出来，享受了欢乐，也和你共同生活了三年。现在，我得回去看看自己的家园和牲畜了。"贡玛-高娃听了，回答说："十方圣主格斯尔可汗啊，我有什么理由拖住你，要在这里生活，而不放你回去呢？如果你不反对，就让我和你一起走吧。我为什么要留在这里，一个人独守空屋呢？"

"对，咱们占卜决定吧。就去城外住一宿，占卜看看。"

格斯尔骑上了枣骝神驹，贡玛-高娃骑上了青骡子。两人到了城外，打赌说："如果你说的话有道理，我们俩应该在这里生活一辈子，我的枣骝神驹和你的骡子就会头朝城堡而睡；如果你的话错了，而我的话有道理，我的枣骝神驹就会头朝家乡睡觉。"贡玛-高娃说："好吧。"于是两个人一起睡下了。

待到黎明时分，十方圣主格斯尔可汗醒过来，出去看了看，枣骝神驹和骡子都头朝城堡睡觉呢。格斯尔叫道："哎呀，我的枣骝神驹！这是怎么回事？你把头朝向家乡去！"于是，枣骝神驹就把头朝向了家乡。

格斯尔回来叫醒贡玛-高娃说："天亮了。咱们俩是打过赌的。到底谁对谁错，咱们这就去看看马和骡子吧。"

贡玛-高娃出去看了，回来说道："你的话是对的，我的话错了。格斯尔汗，你要回去就回去吧。"于是，两个人动身出发了。

格斯尔汗把贡玛-高娃送到了城堡门前，之后就一个人朝着家乡走去了。途中，经过了一座高山。格斯尔汗心里想道："从过去到现在，我犯过的罪孽实在太重。现在该禅思修行了吧。"于是，他就停下来禅思了。

胜慧三神姊之一——波阿-冬琼-嘎日布从天而降，来到格斯尔面前，说道："哎呀，我的鼻涕虫弟弟！十方诸佛占据你的上身；四大天王占据你的中身；四海龙王占据你的下身。挨过你打的，都解脱了罪恶；被你杀了的，灵魂都得到了超度。你不是这瞻部洲的主人格斯尔汗吗？有这些你还不满足吗？你在这里禅思，到底还想得到什么样的佛果呢？"

格斯尔汗回答说："姐姐说得对。只是因为一时人马疲劳，我想在这里休息一会儿。现在我回去吧！"说完，格斯尔汗就回家去了。

黎明时分，格斯尔汗赶到家里。茹格姆-高娃钻在貂毛被窝里睡得正香呢。格斯尔汗说道："我的茹格姆-高娃呀！你就像钻进草丛里的两岁红牛一样喜欢睡懒觉。我真希望你能像在高山顶上东奔西跑的美丽小鹿一样，黎明前就起身，为家务忙碌起来！"

于是，茹格姆-高娃起床穿衣。茹格姆家有一个名叫安冲的仆人。茹格姆-高娃起来后叫道："聪明的安冲快起床！"安冲起床了。茹格姆-高娃对安冲说："聪明的安冲，你跑步过去，颠步回来，把金子一样的半干半湿的牛粪摆在里面，把银子一样的风干的牛粪摆在外边，在图拉嘎里点上圣火；水像母亲，多倒点；盐像外甥，少放点；茶像父亲，少放点；牛奶像娘亲，多放点；奶油像长官，少放点。奶茶煮开的时候，你就权当是乳汁海在沸腾；手持铜勺扬茶的时候，你就权当是众多僧人在念经诵佛；喝奶茶的时候，你就权当是金雀入巢。根除十方十恶之源的圣主格斯尔汗回来了。赶快煮茶吧！"

聪明的安冲对茹格姆-高娃说："你凭什么这样使唤我？虽然你的外表像金箱子，但若论你的内心，就像金箱子里装了生牛皮和蹄筋；我的外表虽然像马皮做的圆囊，我的内心却像是皮桶里装满的锦绣绸缎。你想用区区一锅奶茶来取悦十方圣主格斯尔可汗吗？派人去通知驻扎在狮子河①畔的阿尔斯兰叔叔；派人去通知驻扎在大象河②畔的扎恩叔叔；派人去通知圣主的哥哥嘉萨-席克尔。派人去通知三十勇士、三百个先锋；派人去通知三个鄂托克的人民，让他们全都备上盛宴，准备迎接圣主。不知道我这话说错了没有？"说完，他便给茹格姆-高娃磕头。

"安冲啊，你的话完全正确。赶紧飞马传书，通知他们来见格斯尔汗。"

聪明的安冲马不停蹄地去各处传达了格斯尔汗归来的消息。大家从四面八方高兴地云集过来，准备了盛宴，拜见了格斯尔汗。治理汉地贡玛汗的第三章结束。

---

① 狮子河——蒙古语原文作"arslan gool"，呈·达木丁苏伦认为可能是印度河的意译。

② 大象河——蒙古语原文作"jagan gool"，呈·达木丁苏伦认为可能是藏布江的意译。

第四章

格斯尔消灭十二头蟒古思，
夺回阿尔鲁-高娃夫人

　　十方圣主格斯尔可汗不想让鄂托克的人们知道阿尔鲁-高娃夫人的住处，就让她隐居在一个离部落一个月路程远的地方。一直以来，人们都不知道阿尔鲁-高娃夫人居住在哪里。晃通诺彦却发现了。于是，他就去找阿尔鲁-高娃夫人。晃通诺彦挎上蚂蚁形状的箭袋，骑上虎斑黄马，就去找图门-吉日嘎朗①夫人了。

　　晃通诺彦见了图门-吉日嘎朗后说道："唉，我可怜的侄媳妇儿啊！十方圣主格斯尔可汗也真够意思，连影子都不让你瞧上几回。他治理汉地贡玛汗的政权，娶了贡玛-高娃公主，在那里生活了三年。现在又回到茹格姆-高娃身边享乐呢。他是不会来找你的了。像你这样转过脸去，让你背后的一万个人如见了太阳一样真心喜悦，像你这样转过脸来，让你面前像我这样的一万个人如见了太阳一样衷心微笑的国色天香的宝贝却被人冷落，独守空房，万万不该啊。与其痛苦等待，不如我娶你吧！"

　　图门-吉日嘎朗听了，义正词严地对晃通诺彦说道："哎呀，晃

_____

① 阿尔鲁-高娃，蒙古语意思就是图门-吉日嘎朗。

通老爷！你这是什么话？即使来了一万个晁通诺彦献殷勤，也不如我的格斯尔一夜入梦的身影啊！让头顶上的长生天听到你这句话吧！让脚下的大地母亲听到你这句话吧！如果有生命的生灵听到了你的这句话，就让他们的耳朵失聪，让他们的眼睛失明吧！你就不要再说什么胡话，喝了茶，吃了肉就回家去吧！"

晁通诺彦回去之后，过了七八天又回来了。他对图门-吉日嘎朗说："哎呀，可怜的侄媳妇儿你何必受这样的苦呢？让我来娶你吧！"图门-吉日嘎朗对晁通诺彦说："哎呀，老爷！我上次对你说的可是人话呀！难道你没有明白吗？长生天的儿子十方圣主格斯尔可汗抛弃我了吗？或者是他把我让给他的叔叔晁通诺彦您了吗？圣洁无比的兜率天的儿子、十方圣主格斯尔可汗遗弃我了吗？或者让给他的叔叔晁通诺彦您了吗？你以为我瞧不起你才不跟你的吗？你以为我是一个轻浮的女人吗？既然你不顾自己的名声，我一个女人还讲什么名分？"于是，图门-吉日嘎朗叫院子里的男童找来棍棒，狠狠地把晁通诺彦打了一顿，夺了他的马，把他赶走了。

因为晁通诺彦被夺了坐骑，所以原本一个月的路程，他徒步走了两个月才回到家。晁通诺彦回到家后做了皮疗①，吃了肉粥，才慢慢康复过来。

晁通诺彦在家静养了七八天，咬牙切齿地自言道："要是不把图门-吉日嘎朗和格斯尔分开，就算我晁通没有本事！"于是，就带着干粮去了"诅咒的黑洞"。如果有人躺在"诅咒的黑洞"里，诅咒他人倒霉或者祝福自己走运，"诅咒"就会变成一个人出现在他梦里，告诉他具体的办法。晁通到了"诅咒的黑洞"里，足足躺了三

---

① 蒙古文原文作"bey-e ben arasulaju"，是传统蒙医的一种疗法，把身体的受伤部位放进瘤胃热罨。呈达木丁苏伦的改写本作"aračilaju"（疗养）。桑杰扎布译本作"楚通诺彦一路上连渴带饿，落得皮包骨回到家"，错。

个月。但是晁通诺彦的梦里什么都没有出现。晁通诺彦心里想道："哎呀！难道这个诅咒的黑洞不灵了？难道我晁通就这样干巴巴等死了？这是什么运气呀？"接着，晁通诺彦一连九天不吃不喝地躺在诅咒的黑洞里等梦兆。过了第九天，"诅咒的黑洞"变成一个人，进入了晁通诺彦的梦里，说道："你去收买图门-吉日嘎朗的一个牧人，还要找来三个大皮桶，一个装满血，一个装满酒，一个装满酸奶。三个大皮桶不要封口。你去把三个大皮桶拴在图门-吉日嘎朗的裙带上。等晚上熄灯睡觉后，你在毡帐外面喊：'夫人，奶牛的奶都被牛犊吃了！'夫人会问：'有几头牛犊吃奶了？'你回答她：'有一百头奶牛和牛犊合群了。'她说：'没有关系'就会接着睡去。等她睡了，你再叫：'夫人！奶牛和牛犊又合群了。'夫人会问：'有几头奶牛和牛犊合群了？'你回答她：'有一千头奶牛和一千头牛犊合群了，牛犊把母牛的奶都吃完了。'她说：'没有关系'就会接着睡去。等她睡了，你再叫：'夫人！奶牛和牛犊合群了。'夫人会问：'有几头奶牛和几头牛犊合群了？'你这次告诉她：'奶牛和牛犊全部合群了！'她一听，就会说：'这可不好！让牛犊把奶吃完了，断了牛奶，就不能给父母做奶食了。'她一跳起来，就会拽倒系在她裙带上的三个大皮桶，并且自己也被大皮桶绊倒。那三个大皮桶一洒，你让图门-吉日嘎朗和格斯尔永远分离的妙计就得逞了。"晁通诺彦听了非常高兴，就急不可待地跑回家去了。

晁通诺彦去找了图门-吉日嘎朗的牧马人。牧马人正把马群赶进一个盆地里，如果马群把盆地填满了，就意味着马匹如数全在；如果填不满盆地，就意味着有马匹走失，需要去把走失的马匹找回来。晁通诺彦就鬼鬼祟祟地来到牧马人身边，问道："马群怎么样啊？多还是少啊？膘肥还是清瘦啊？"牧马人没给晁通好脸色，回答说："多了又怎么样？难道要分给你？少了又怎么样？难道要惩罚我？瘦了又怎么样？难道派你来揍我？肥了又怎么样？难道要奖赏我？"晁通诺彦听了，呵斥道："滚得远远的！看你这个臭脾气！怎么敢对我如此不恭，口出狂言！"说完就用鞭子抽打牧马人的马头。这时，牧马人们远远地望见了晁通，就互相喊道："晁通老爷来偷马匹了，我们去看看。"从四面八方闻讯赶来的牧马人们包抄了晁通，把他围在中间，用套马杆狠狠地抽了一顿。晁通诺彦抱头逃窜了。

晁通诺彦接着去找了图门-吉日嘎朗的牧驼人，把对牧马人说过的话又说了一遍。牧驼人听了非常生气。闻讯赶来的牧驼人们合力捉住晁通诺彦，又把他痛打了一顿。

晁通诺彦又去找了图门-吉日嘎朗的放牛人，说了前面说过的话，又引来一顿毒打。

晁通诺彦不甘心，找了图门-吉日嘎朗的牧羊人，说了同样的话，又和牧羊人打了一架。晁通诺彦频频挨打，疼痛难忍，就从羊群里偷了一只大肥羊，带到山上去宰了吃掉，以便恢复身体。

晁通诺彦好不容易恢复了元气。夜色朦胧的时候，他来到替图门-吉日嘎朗放牧牛犊的仆人家里。见了放牛犊的人之后，晁通诺彦找话题问道："在放牧五种牲畜的牧人中谁最幸福？谁最辛苦？"放牛犊的牧人回答道："我们哪里有什么幸福？下大雨，我们也不能赖在家里避雨；太阳毒辣，我们也不能躲在家里避暑；我们还得不顾全身泥水，跟在牛犊屁股后面赶来赶去。要说最幸福的，还得数牧马人。好马随便骑，好酒尽兴喝，真是随心所欲，好不威风。放牧其他四种牲畜的牧人也差不到哪里去。说辛苦，还是我们最辛苦。"晁通诺彦顺着他说道："我能让你的日子过得比他们强。你用什么来报答我？"放牛犊的牧人说道："哎呀！我们还有什么东西不能给晁通老爷的？只要我们能得到的东西，肯定奉送给您；如果是我们能力所不及的，就没有办法了。"晁通诺彦神秘兮兮地说道："有你这个忠心就够了。我要让你好好享受生活。"于是，放牛犊的牧人非常高兴，宰了一头牛犊款待了晁通诺彦。晁通诺彦对放牛犊的牧人说："你准备三个大皮桶，一个装血；一个装酸奶；一个装酒。"详细交代完，晁通诺彦就回家去了。

放牛犊的牧人按照晁通诺彦的指使，在三个大皮桶里装好血、酒和酸奶，并悄悄潜入图门-吉日嘎朗的毡帐，系在了她的裙带上。到了深夜，灯火熄灭之后，这个人从外面喊道："夫人，夫人！牛犊和母牛合群了，牛犊吃了母牛的奶。"图门-吉日嘎朗问道："有多少只牛犊和奶牛合群了？""有一百只牛犊和奶牛合群了。""没关系"夫人就接着睡了。就这样反复叫了几次，最后，图门-吉日嘎朗听到全部牛犊和全部奶牛都合群了，就着急了，边说着"奶牛的奶都被牛犊吃完了，用什么做奶食？"边跳起来往外走。不料，系在裙带上的三个大皮桶被图门-吉日嘎朗拽倒在地，里面的东西全部洒出来了。

血、酒和酸奶三种液体一混合，就变成了有魔法的毒液，气味随风飘到了长着十二颗头颅的蟒古思那里，令蟒古思头痛欲裂。蟒古思找来了占卜用的红线，想看看到底是什么原因导致了头痛。占卜的结果显示，原来是十方圣主格斯尔可汗在另一个地方藏着一位美丽的夫人，"诅咒的黑洞"教这个夫人在三个大皮桶里灌满了不洁之物，倒在一起，混合成的毒液熏到了蟒古思。占卜得知原因后，蟒古思自言道："你以为只有你会用这种法术害人吗？我也回敬你吧！"于是，蟒古思如法炮制，也把血、酒和酸奶分别灌在三个大皮桶里，对准格斯尔可汗所在的方向，说了一番诅咒后倒在了地上。

格斯尔可汗病倒了。可怕的疾病开始在整个部落里流行。茹格姆-高娃和晁通诺彦去找格斯尔的毛阿固实和当波占卜师。

"格斯尔因为什么原因病倒了？全部落的百姓为什么也都染上疾

病了？请二位占卜一下。"占卜师占卜之后告诉他们说："原来是这样的。格斯尔可汗在其他地方藏着一位美丽的夫人。格斯尔有一个黑心的亲戚对夫人垂涎三尺，因为得不到她，就去'诅咒的黑洞'里学到了法术诅咒图门-吉日嘎朗夫人，用不洁的毒液熏到了十二头蟒古思。被熏的蟒古思头痛欲裂，用红线占卜得知了原因后如法炮制，报复格斯尔可汗。格斯尔的病和全部百姓的疾病都是这个原因引起的。"茹格姆-高娃和晁通诺彦问占卜师有没有解决的办法。

占卜师们回答说："按照占卜得来的意思，只能把图门-吉日嘎朗夫人赶走。除此之外，没有其他办法。这真是罪过啊！"

茹格姆-高娃和晁通诺彦回来以后，派使者去告诉图门-吉日嘎朗："格斯尔可汗病倒了。全部落的百姓都染上了疾病。据说这都是因为你的原因引起的。他们让你赶紧离开。你离开了这里，格斯尔的病就会马上好起来；你如果不离去，格斯尔的病就无法痊愈。"图门-吉日嘎朗对使者说："你的话我明白了。真的是格斯尔在赶我走吗？茹格姆-高娃和晁通二人可是你的主人啊。"使者回答说："是格斯尔可汗要赶你走。"图门-吉日嘎朗不相信，说道："这罪恶的勾当都是晁通干出来的。我的格斯尔不会驱逐我离开这里，定是茹格姆和晁通合谋赶我走。既然要驱逐我，我就离开吧！愿长生天的儿子格斯尔可汗早日康复！我今天遭受的苦难算不得什么，如果命中注定有缘分，我的格斯尔早晚会让我回到他身边的。使者你回去吧，我自己会走。"

图门-吉日嘎朗把自己的下人和附近的穷苦百姓都召集过来，对大家说道："我要离开这里了。在我离开之后，你们要像我在家的时候一样精心经营五种牲畜和家业。听说我的格斯尔大病一场，灾难突然降临到我的头上来了。我把你们大家召集来，就是为了交代这件事。"图门-吉日嘎朗把多年经营累积的财产分给了大家后，就挥泪离开了自己的家。

驻地附近的全体穷苦百姓都舍不得让图门-吉日嘎朗离开，痛哭流涕地跟在后面，并异口同声地求图门-吉日嘎朗道："哎呀，我们的好夫人！你怎能舍得抛弃我们大家？我们愿与你同甘共苦，我们愿意为你舍生求死！"就一直跟在她后面，不肯停下来。

图门-吉日嘎朗对大家说："他们驱逐的是我一个人。如果大家都跟着我走了，对格斯尔可汗反而不好。你们大家快回去吧！"图门-吉日嘎朗把准备在路上买吃的东西的钱财也分给大家后，头也不回地走了。大家没有办法，就回家来了。

图门-吉日嘎朗孤身一人赶路，来到了一个白色的国度。那里的所有生灵都浑身洁白。全境洁白一片。白兔使者前来迎接图门-吉日嘎朗。白色的国家举国上下都说图门-吉日嘎朗与他们的可汗有缘，因此举办了盛大宴会热情款待她。他们给图门-吉日嘎朗穿上白色衣服，让图门-吉日嘎朗骑上一匹白马，继续赶路。

图门-吉日嘎朗接着来到了一个花斑国度。喜鹊使者前来迎接图门-吉日嘎朗，又是举国上下举办盛大宴会，盛情欢送图门-吉日嘎朗继续赶路。

图门-吉日嘎朗来到了一个黄色的国度。狐狸使者前来迎接图门-吉日嘎朗，所有生灵为图门-吉日嘎朗举办一场盛宴，并盛情欢送她继续赶路。

图门-吉日嘎朗来到一个蓝色的国度。狼使者前来迎接图门-吉日嘎朗，所有生灵举办盛宴，热情款待她后送她继续上路。

图门-吉日嘎朗继续赶路，来到了一个黑色的地方。黑色的海洋漫无边际，图门-吉日嘎朗也漫无目的地只顾向前走去。走到了有成年骟马比赛路程①远的地方，迎面吹来了热辣辣的风。图门-吉日嘎朗心里想道："哎呀！这是什么？"就害怕了。再向前走到了三岁马比赛路程②远的地方，迎面吹来了刺骨的冷风。图门-吉日嘎朗几乎站不住脚，险些被吹走。图门-吉日嘎朗就哭喊道："我的格斯尔可汗，快来救我啊！"再向前走到了两岁马比赛路程远的地方，上唇顶到天上，下唇拖到地上的十二头蟒古思张开血盆大口，迎面走近了图门-吉日嘎朗。

图门-吉日嘎朗见到可怕的蟒古思虽然心惊胆战，但还是控制住自己内心的恐惧，跪在蟒古思面前说道："难道您是天上的霍尔穆斯塔腾格里可汗？昨天夜里，在前来的路上，我露宿野外，做了一个梦，不知道梦是真是假？四周突然变得漆黑一片，好像有谁把我带到天上去了。③ 除了霍尔穆斯塔腾格里可汗，还有谁会把我带到天上？可是我怎样才能确认您就是霍尔穆斯塔腾格里可汗呢？今天早晨，我徒步来到大海的边上，因为走不动了，就在大海的边上睡过去了。突然有谁从大海里冒出来，像巨大的鱼一样张口吞下了我。我想您不是巨大的鱼，而是龙王。但是我怎样才能确定您是龙王呢？"说着就不停地磕头。图门-吉日嘎朗又说："我离开了十方圣主格斯尔可汗，奔着十二头蟒古思来了。莫非您就是蟒古思可汗？我愿意做您的挤牛奶的女仆，愿意做您的倒灰的丫鬟。"说完又磕头不止。

---

① 成年骟马比赛路程——蒙古族的骟马比赛分远程和近程两种。远程骟马比赛路程约为 20—30 公里；近程骟马比赛路程约为 10—15 公里。

② 三岁马比赛路程——大约 10 公里。主要是少年儿童骑乘没有马鞍的马参加比赛。

③ 北京版《格斯尔》原文作"yeke qarangqui bolju namayi ogturgui dor abču garqu metü"。而托忒文《格斯尔》中这句话写作"yeke qan garudi bolju nama-yi ogturgui dor abču garqu metü"（变成汗嘎如达鸟把我带到天上去了）。呈·达木丁苏伦院士认为，托忒文《格斯尔》的说法正确，北京版《格斯尔》中"yeke qarangqui bolju"可能是镌刻错误。

蟒古思"呵呵"大笑，说道："宝贝不要害怕！我不会吃掉你。这都是我命中注定的缘分。我听说过你。我早就知道格斯尔可汗有一位夫人是绝世美人，只不过因为十方圣主格斯尔可汗不可冒犯，才等到今天。你也许会成为挤牛奶的女仆，也许会成为我真心相爱的妻子。"就这样，蟒古思一把拎起图门-吉日嘎朗就带回家去了。

蟒古思回到自己的城堡，把原先的两三个漂亮夫人活活吞吃掉了。蟒古思让图门-吉日嘎朗做了自己的夫人。

十方圣主格斯尔可汗大病痊愈了。全部落的百姓也都摆脱了疾病之苦。

十方圣主格斯尔可汗对茹格姆-高娃说："我治理汉地贡玛汗的朝政，在汉地生活了三年。我来到你身边后大病一场，日子也久了。现在我要去找图门-吉日嘎朗。叫人去捉来我的枣骝马。"

枣骝马牵过来备好了，格斯尔准备出发。茹格姆-高娃禀报道："根除十恶之源、威慑十方的圣主格斯尔可汗啊！听说你的图门-吉日嘎朗夫人那儿已经有了变故，你去她那里做什么？"格斯尔吃惊地问道："哎呀，你在说什么？她那儿会有什么变故？不管怎样，我一定要去。"

茹格姆-高娃派人去叫晁通诺彦。晁通诺彦来了。茹格姆和晁通二人串通好了，异口同声地对格斯尔说道："哎呀，圣主啊！我们如实告诉你吧。在你生病期间，你的图门-吉日嘎朗夫人嫌弃你，就离开这里去找十二头蟒古思，对他投怀送抱去了。你就不要劳顿自己和骏马了。"

格斯尔听了，说道："如果是夫人的过错，我就把图门-吉日嘎朗杀了；如果是蟒古思的过错，我就把蟒古思杀了，夺回夫人。我定要去。"就这样，格斯尔备马出征。

晁通诺彦假惺惺地对格斯尔说道："威慑十方的圣主格斯尔可

汗！我从小就和蟒古思打交道，熟悉蟒古思的情况。我去把夫人夺回来吧！"格斯尔劝阻晁通说："叔叔，你就免了吧。那蟒古思可是很厉害的，还是我自己去追回来吧。"晁通诺彦不屑地说："那东西没有传说中的可怕。还是我去吧。"格斯尔拗不过晁通的热情，于是对他说："那叔叔你就快去快回。"接着备办盛宴欢送晁通出征。还把一半的部落百姓赏给了晁通诺彦。

晁通对格斯尔说："我回家去取弓箭、武器，然后就出发远征蟒古思"后就回到家里去了。过了两三天，晁通诺彦叫人在自己部落的百姓中散布谣言说："晁通诺彦生了重病。"再过了几天，晁通的部落百姓中流传开了"晁通诺彦的病情加重了"的可怕谣言。

十方圣主格斯尔可汗骑上了枣骝神驹，戴上了如露珠般闪耀的头盔，穿上了层层加厚的黑宝铠甲，带上了所有武器，这才出发去寻找图门-吉日嘎朗夫人。

出发前夕，格斯尔听说晁通诺彦已经死了，于是说："与无情私奔的女人相比，血亲之间更加亲密。家里的叔叔死了，我要去给他送终，把他的灵魂超度到天上。"就去了晁通诺彦的家。

格斯尔到了晁通诺彦家一看，晁通诺彦装死躺在床上，斜睨着一只眼睛，紧闭着一只眼睛，左手五指伸开，右手紧握拳头，伸直左腿，蜷曲右腿，真是一副奇怪的死相。

格斯尔见了，说道："哎呀，我的好叔叔真的死了。不过，死去的是我的叔叔啊，而不是我们家的长房长子阿拉坦兄弟。① 听说，如果死人睁着一只眼睛，闭着一只眼睛，是非常不吉利的。"格斯尔一边说着一边从地上抓起一把土，准备撒在晁通诺彦睁开的眼睛里。晁通诺彦赶紧闭上斜睨着格斯尔的眼睛。

---

① 　这里指的是晁通的儿子阿拉坦。桑杰扎布译本错译成"我们的叔父果真死了，我们家族里少了一个这样的长辈，真像失去一块黄金一样。"

格斯尔又说："听说，如果死人一只手紧握拳头，一只手伸直五指想抓挠东西，好像是向后人索要东西的征兆，是很不吉利的。"说着就走过去要收拾晁通诺彦的手。晁通诺彦赶紧缩回手。

格斯尔又说道："听说，死人如果伸直一条腿，蜷曲一条腿，也会给活着的后人带来灾难。"说着便去收拾晁通诺彦的腿。晁通诺彦赶紧把双腿伸直了。

格斯尔接着说："我们要找一棵大树把叔叔挂起来。大家多多地收集木柴，以便烧起大火来超度叔叔的灵魂上天。超度完叔叔我再去找图门-吉日嘎朗。"谁敢违反格斯尔可汗的命令？大家把晁通诺彦挂到一棵大树上，树底下堆了很多木柴，点起火来。火势一大，晁通诺彦就从树上挣脱下来，向外逃跑。格斯尔见了就叫道："哎呀，不得了！听说火葬死人的时候，因为筋骨被烧收缩，死人会动起来。"接着就手持木棍把晁通诺彦挡回到火堆里。晁通诺彦这才原形毕露，哭喊道："哎呀！哎呀！你的叔叔没有死呢！"格斯尔走进火堆中，拖着晁通诺彦转了一圈才把他拖出来。晁通诺彦的须发全烧焦了，手足全烫伤了，真是狼狈不堪。

格斯尔问晁通诺彦道："叔叔，你为什么这样做，自讨苦吃呢？"

晁通厚着脸皮说："哎呀，侄儿！据说十二头蟒古思可怕得无法言说。怕你去送死，我才想出这个妙计来阻止你。"格斯尔讽刺道："叔叔，你这个妙计真高明。"说完就回家去了。

格斯尔准备出发。

这时候来了些喇嘛上师，劝说格斯尔不要出征。格斯尔对他们说："头等喇嘛来了，会超度灵魂；中等的喇嘛来了，会念经诵佛；下等的喇嘛来了，只会惦记着外面的牲畜和家里的财宝。这就像两个走在一起的瞎子找不到路，谁也帮不上谁的忙；两头拴在一起的两岁牛犊缠在树上，越转圈缠得越紧。你们还是回去严守戒律吧！"

诺彦和扎尔忽齐来劝阻格斯尔。格斯尔对他们说："你们治理好大国朝政，执行好大札撒，秉公执法、不要受贿。"就让他们回去了。

三十位勇士和三百名将士前来劝阻格斯尔。"在我出征之后，说不定会有敌人从某一个地方来侵犯我们。你们要时刻警惕，保护好部落百姓。"格斯尔交代完之后，把他们劝回去了。

所有人都劝阻无果，统统回去了之后，茹格姆-高娃向格斯尔禀报说："在我出生的时候，来了角端神兽在我家右边的房顶上戏耍；在我诞生的时候，麒麟瑞兽来到我家左边的房顶上欢跳。空中没有太阳，却灿烂明媚；天上没有云彩，却下着细雨；鹦鹉飞来，盘旋在诺彦-图拉嘎上方婉转地鸣叫；布谷鸟飞来，盘旋在可敦-图拉嘎的上方动听地歌唱。从乌仁-汗达地方来的美丽的鸟儿盘旋在神圣的图拉嘎上方婉转啼鸣。白色雪山是外瞻部洲的中心，白色雄狮是内心世界的珍宝，它的青铜鬃毛点缀了这个世界，这三者古已有之。如今，请他们赐予格斯尔和我吉祥的缘分。黑色的山是外瞻部洲的中心，黑色野牛是内心世界的珍宝，它的角和尾巴装饰了这个世界，这三者古已有之。如今，请他们赐予格斯尔和我吉祥的缘分。我是如此完美地具备九种仙女瑞兆①的茹格姆-高娃。我现在劝你不要出

---

① 《诺木齐哈屯格斯尔》中作"天空是外部世界，青龙是内部世界的珍宝，太阳月亮二者装饰了这个世界，这三种珍宝自古以来就完美无缺，愿给格斯尔和我们带来吉祥缘分；雪山是外部世界，白色雄狮是内部世界的珍宝，雪狮用青色的鬃毛点缀了这个世界，这三种珍宝自古以来就完美无缺，愿给格斯尔和我们带来吉祥缘分；黑色的山是外部世界，黑色的鹿是内部世界的珍宝，黑鹿用角和尾巴点缀了这个世界，这三种珍宝自古以来就完美无缺，愿给格斯尔和我们带来吉祥缘分；洁白的宫帐是外部世界，坐在里面的喇嘛是内部世界，众多僧侣是这个世界的景观，这三种珍宝自古以来就完美无缺，愿给格斯尔和我们带来吉祥缘分。"格日勒扎布校勘注释：《诺木齐哈敦格斯尔》，内蒙古文化出版社1988年，第137页。《乌斯图召格斯尔》也基本相同。见龙梅校勘注释：《乌斯图召格斯尔传》，内蒙古少年儿童出版社1989年，第126页。由此可以推断，北京版《格斯尔》中缺"洁白的宫帐是外部世界，坐在里面的喇嘛是内部世界，众多僧侣是这个世界的景观"这句。这是镌刻缺失造成的。

征十二头蟒古思。"格斯尔却对茹格姆-高娃说:"如果你真的是九种瑞兆具足的仙女化身①,你就让旱地里涌出泉水,空地上长出果树来。"

茹格姆-高娃果真做到了。旱地里涌出了清凉的泉水,空地上长出了硕果累累的果树。十方圣主格斯尔可汗被茹格姆-高娃耽搁住了,又住了三年。

现在,格斯尔必须要出发了。格斯尔穿戴好镶嵌着各种宝物的盔甲,跨上了枣骝神驹。茹格姆-高娃对枣骝神驹说:"如果枣骝神驹你不能帮助格斯尔完成征服蟒古思的大业,等你回来以后,我把你的鬃毛和尾巴剪下来做成扫帚扫灰尘。如果因为自己的原因,格斯尔未能充分施展枣骝神驹的本领去镇压敌人,回来以后就割掉自己的拇指,用它来扒拉灰尘吧!"茹格姆-高娃说完,把用圣水甘露煮好的食物装进格斯尔的行囊中;把给枣骝神驹预备的葡萄和糖装在口袋里,系到骏马的脖颈上。

格斯尔出发了。枣骝神驹见格斯尔频频回头,就用人言对格斯尔说道:"连女人都说出了这样坚定的话,你还在恋恋不舍,踟蹰什么?"于是,格斯尔就直奔向前,不再回首。

格斯尔骑着枣骝神驹不停地奔驰,登上了一座大山的高高山峰。枣骝神驹腾空跳跃,格斯尔在马背上向自己的三位神姊祈祷道:"波阿-冬琼-嘎日布、阿日亚-阿瓦洛迦-沃德嘎利、嘉措-达拉-敖德,我的超凡脱俗的三位神姊!请告诉你们的鼻涕虫,应该走哪个方向,才能找到蟒古思的城堡?"三位神姊的本尊化成一只蓝色的小鸟从天上飞下来,叫了一声:"鼻涕虫!跟我来!"就带着格斯尔奔向东方。

---

① 桑杰扎布译本作"九天玄女的化身",错。

在路上，本尊化身的小鸟对格斯尔说："鼻涕虫格斯尔！在离这里不远的地方，你会遇到十二头蟒古思化身的凶猛的野牛。这头野牛的一只角顶到天上，一只角插入大地，它吃草的时候舌头一卷，就能把一片草原的草舔光；它喝水的时候嘴唇一动，就能把一条河的水全吸干。它是这样一头可怕的敌人，弟弟你要小心去征服它。"格斯尔说："姐姐们说得对！"就冲着野牛奔过去了。野牛一跳能跳出十里远，而枣骝神驹一跳才能跳出七里远。格斯尔去追赶野牛，隔着三座山，用三十支绿松石箭杆的白翎箭骑射野牛。格斯尔没有射中野牛，原路返回去找自己的箭，却没有找到。原来是三位神姊帮格斯尔捡走了箭。格斯尔放声痛哭道："这头野牛怎么对付才好啊？姐姐们！野牛一跳跳出十里远，我的枣骝神驹才跳七里远，我追野牛始终追不上，方才隔着三座山骑射了野牛，射完了三十支绿松石箭杆的白翎箭，也未能射中野牛，反而箭都不见了。"胜慧三位神姊的本尊蓝色小鸟飞过来，对格斯尔说："哎呀，鼻涕虫！你哭什么鼻子？你是女人吗？男子汉说到做到，千里马说到跑到才对啊！我们已经替你捡回了你的三十支绿松石箭杆的白翎箭，也给你准备好了喇嘛念经祝福过的食物和喂你的枣骝神驹的青稞。你去把他们统统带走。"格斯尔被小鸟带到指定的地方，东西果然都在那里。格斯尔就把三十支绿松石箭杆的白翎箭收入箭筒，吃了喇嘛诵经祝福过的食物，喂饱了枣骝神驹，继续踏上征途。

格斯尔追踪野牛，天黑了，就在野外露宿。把枣骝神驹的缰绳套在鞍桥上，以便遇到突发情况时能及时骑马应战。格斯尔面朝东北躺下，用前襟盖住脸，就睡着了。半夜，野牛悄悄走近沉睡中的格斯尔，扑过来一舔，就把枣骝神驹的长鬃和尾巴舔了个精光，一根毛都没有留下。再扑过来一舔，把三十支绿松石箭杆白翎箭的箭翎舔了个干净，一片羽毛都没有留下。枣骝神驹警告它说："野牛滚开！我要叫醒我的主人十方圣主格斯尔可汗了！"野牛说："如果你叫醒你的主人，你明天就追不上我。"说着便在格斯尔的脸上拉了山一样大的一泡屎走了。

十方圣主格斯尔可汗在黎明时分突然惊醒，掀翻了脸上的大山般的牛屎。野牛的屎堆满了一片草原。格斯尔睁开眼睛一看，枣骝神驹变成了缺了鬃毛、少了尾巴的光秃秃长满烂疮的两岁马；三十支绿松石箭杆的白翎箭变成了没有箭翎的光秃秃的棍子。格斯尔对自己的保护神抱怨道："连凡人都有保护神尽责佑护，我的天上的诸神今天这是怎么了？我的胜慧三位神姊啊！野牛夜里偷袭了我们，它的一舔让我的枣骝神驹变成了缺鬃毛、少尾巴的光秃秃长满烂疮的两岁马；它的一舔，把我那三十支绿松石箭杆的白翎箭变成了没有箭翎的光秃秃的棍子。我该怎么办？"

胜慧三位神姊的本尊蓝色小鸟飞过来了，对格斯尔说道："哎呀，弟弟！你如果这样哭哭啼啼，还不如早点儿回家去！难道你不知道男人成事在于好胜，女人败事在于嫉妒吗？如果悬崖不塌，怎能成为陡壁穿崖？如果男人不受挫折，怎能成为心如磐石的英雄？我已经给你准备好了喂枣骝神驹的青稞，吃了它就会长出鬃毛和尾巴；我已经给你准备好了吸收了喇嘛祝福的食物；我也已经把你那三十支绿松石箭杆的白翎箭的箭翎都修好了，修得好不好，你自己看了就明白了。"格斯尔一看，箭翎比原来的还结实。于是，格斯尔接过三十支白翎箭，装进箭筒，吃了喇嘛祝福过的食物，从早晨到中午，把枣骝神驹喂了三次，等到它的马鬃和尾巴全长出来，才骑着走了。

格斯尔追踪着野牛的足迹一路寻找。他对枣骝神驹说："哎呀，我的枣骝神驹呀！你得追上野牛，跑到它的前面去呀！否则我割掉你的四只蹄子，自己背着马鞍回家！"枣骝神驹回答它的主人说：

"哎，我的主人十方圣主格斯尔可汗，你说得完全正确。我保证跑到野牛的前面去。你也要保证能射中野牛额头上的白斑，并且让你的箭从野牛的身体里穿过去。如果你做不到，让野牛跑了，我就一脚把你踢开，飞到天上，回到你的三位神姊那里去。"格斯尔听了，在枣骝神驹的右胯上狠抽了三鞭，催它疾驰。枣骝神驹挨了三鞭，非常生气，就驮着格斯尔飞上了天。格斯尔猛拉缰绳也未能让枣骝神驹停下来，就对它说道："唉，我的枣骝神驹呀！难道你是天空中追捕灰鹤的凶猛海青鸟①吗？为什么不在大地上好好奔驰？"枣骝神驹于是从天上降下来，四蹄落地，风轮旋转。但是，枣骝神驹踩踏过的地方，大地塌陷，山石横飞。格斯尔对枣骝神驹说道："唉，我的枣骝神驹！难道你是遍地掏洞、四处逃窜的土拨鼠吗？与其踏陷大地、凿透世界，你还不如全力以赴，跑到你的目标前面去，好让我射死它。"

枣骝神驹这才心情好转，在黄金世界上飞奔起来，很快就追上了野牛，并跑到了野牛前面。在枣骝神驹超过野牛的一瞬间，格斯尔转身骑射，射中了野牛额头中的白斑，利箭从野牛的右腋下一穿而过。格斯尔见野牛倒下，便勒住马，从马背上跳下来，跑过去割下野牛的三节尾巴，含进嘴里。

这时，胜慧三位神姊从天上降下来，对格斯尔说道："哎呀，我们的鼻涕虫弟弟！追赶野牛的时候，你真不愧是一名勇士；骑射野牛的时候，你真不愧是一名神箭手；但是你把枣骝神驹扔在一边不顾，从远处跑过来，活像个傻子；你割下野牛的尾巴狼吞虎咽，活像个饿死鬼。你应该用野牛的肉祭祀天上的诸神、三位神姊、天地十方神灵后，再自己享受才对。"格斯尔听了连连说："三位神姊提

---

① 海青鸟——海东青。

醒得对。我这是饿晕了，还是故意要冒犯你们呢？竟忘了祭祀诸神。"说着就把野牛肉逐一切割成多份，按照次序献祭给天上诸神和地上十方神灵后，自己也饱餐了一顿。

格斯尔启程出发的时候，三位神姊叮嘱道："唉，鼻涕虫弟弟！再往前走，就是恶魔的领土了，那里肮脏不洁，我们不能跟着你去了。你只能单枪匹马闯过去。在你的前路上，有一条魔鬼变成的妖河，河里流的尽是一些人、马和石头，滚来滚去，撞来撞去，声音震耳欲聋。你到了河边，嘴里念着咒语'古如-苏亚哈'，并用你的神鞭指点三次，就可以安全渡过去。再往后，你会遇到魔鬼的两座山崖，两座山崖像两头羊一样顶来顶去，你得自己想办法从他们中间闯过去。好弟弟！过了这两关，其他的问题就会迎刃而解。"

格斯尔牢牢记住三位神姊的嘱咐，策马向前奔去。

向前走了不远，果然到了妖河的岸边。格斯尔自言自语道："姐姐说的没有错。"他口里念着"古如-苏亚哈"，用神鞭指点三次，妖河就平静了下来。格斯尔安全地渡过去了。

再往前走，来到了蟒古思的两座魔法山崖前。"这就是三位神姊说的魔法山崖吧？"格斯尔把枣骝神驹变成了长满烂疮的两岁枣骝马，自己化身成一个干瘪的叫花子，来到两座魔法山崖前，编出美言说道："哎呀呀！这两座山崖互相撞击，速度之快，简直像在频频磕头，真是壮观。是看见从吐伯特地方来的、骑着长满烂疮的两岁枣骝马的干瘪叫花子才像这样撞击得越来越快吗？或者是这两座山原来就是这样互相撞击得如此频繁吗？我们吐伯特地方的山崖可不是这样。在我们那里，两座山如果想夹死一个人，就要分别退回到有一天路程远的地方，然后跑过来一撞，就把人撞得粉身碎骨了。哎呀呀，我害怕死了，还是回去吧！"听了格斯尔的话，两座魔法山崖互相说道："这个人说得有道理。看他害怕的样子。我们俩向后退回到有一天路程的地方，然后跑过来撞死他。"两座魔法山崖商量好后，就分别向后退去。格斯尔趁他们向后退远，在枣骝神驹的腿上抽了一鞭子，就飞也似的从两座山中间飞奔过去了。两座魔法山崖想夹死格斯尔，就从远处飞奔过来全力一撞，不料自相碰撞，碎成了一座巨大的石头山。

格斯尔再向前走，就到了蟒古思领土上的不同颜色的国度。格斯尔自己也像变色龙一样变换不同的颜色，顺利通过了。

格斯尔再向前走，遇到了蟒古思的牧驼人。他在放骆驼的时候捡来了很多骆驼一样大的石头，磨成弹子。格斯尔见了，也捡来牛一样大的石头，磨成弹子。蟒古思的牧驼人问格斯尔："喂，兄弟！你是从哪里来的？"格斯尔回答说："我是给蟒古思可汗放牛的人啊！我们俩用石头互相打着玩儿吧？"牧驼人说："好啊！我们就砸石头玩。"格斯尔问："我们是打高的还是打低的？"牧驼人说："我打上面，你打下面。"牧驼人从地上捡起一块骆驼一样大的石头，就朝着格斯尔砸过来。格斯尔变成觉如，顿时变矮了，骆驼一样大的石头就从格斯尔头上飞过去了。格斯尔说："喂，你没有打中我。现在该轮到我了。"格斯尔捡了一块牛一样大的石头，假装弯身打下面，却朝着牧驼人的胸口砸过去，正好砸中牧驼人的心口。牧驼人被石头砸中，晕倒在地，格斯尔就跑过去骑在牧驼人的胸口上，问道："蟒古思的城堡在哪里？走哪条路比较好？蟒古思平时在哪里打猎？"牧驼人回答说："蟒古思的城堡就在这附近。前方有天上的白色山岭，那里有腾格里天神的儿子们放哨；再过去，有人间的黄色山岭，那里有人间的孩子们放哨；再过去，有蟒古思的黑色山岭，蟒古思的儿子们在那里放哨。你去问问腾格里天神的儿子们，就能明白一切事情。"格斯尔杀掉了蟒古思的牧驼人。接下来的一路上，格斯尔先后遇到了蟒古思的放牛倌、牧马人和牧羊人，依次问话，又依次杀掉，就来到了上天的山岭。

腾格里天神的儿子们见了格斯尔，就哭喊着叫道："哎呀！这地方是不许两条腿的人类闯进来的。如果蟒古思发现有人类从这里经过，定会要了我们的命的。你是哪路圣仙？我们为何认不出你来？"说完又哭成一片。格斯尔就说："哎呀，孩子们不要害怕！都过来。我是十方圣主格斯尔可汗。你们是腾格里天神的孩子，怎么会在这里？"腾格里天神的儿子们就回格斯尔的话说："都怪我们自己，跟父母撒娇，降到人间来玩耍，不料被十二头蟒古思扑过来捉住了。蟒古思知道格斯尔要来，就让我们在这里放哨提防。"格斯尔听完便说："如果是这样，我替你们去消灭十二头蟒古思。你们怎样报答我？"腾格里天神的儿子们特别高兴，频频给格斯尔磕头说："哎呀，圣主格斯尔，我们为你做任何事情都不后悔。哎呀，十方圣主格斯尔可汗啊！前方有人间的黄色山岭，人间的孩子们会放您过去的。再前方，蟒古思的黑色山岭上有蟒古思的儿子们在站岗放哨。那座黑色山岭上满是令人寸步难行的密林和乱石，而且笼罩着一层黑雾，白昼时也如同黑夜。到了那里，您可能用得上这个。"腾格里天神的儿子从怀里掏出一面火光宝镜，交给格斯尔道："圣主啊！您翻越蟒古思的黑色山岭的时候，拿出这面宝镜，它就会发出光来照亮你前行的路。"格斯尔高兴地说道："哎呀，可爱的孩子们，你们说得对。"就收下了火光宝镜。腾格里天神的儿子又接着说道："圣主啊！过了蟒古思的黑色山岭，前方有三座高山。中间高山的山谷里住着一位身高只有一尺左右的矮人。他是一位神奇的占卜师。他用一根红线占卜，精准到能找出藏在很远的地方的一小块儿烤肉。您请他给您占卜一下，如果他说吉，您就去征讨蟒古思，如果他说不吉，您就按他的话改变计划。"格斯尔认真听完腾格里天神的儿子说的话，就继续前行。

格斯尔来到了人间的黄色山岭，正如腾格里天神的儿子所言，放哨的孩子们把格斯尔放过去了。

接着，格斯尔来到了蟒古思的黑色山岭。到了山下一看，那确实是座连一根草都没长的漆黑山岭。山岭上笼罩着一层可怕的黑雾，分不清白昼还是黑夜。格斯尔在山脚下了马，摆出供品，向佑护自己的诸神祈祷道："天上的诸神请听！三位神姊请听！请你们快快用五雷轰击这座山岭，让千龙吼吟、雷雨大作，还要突降拳头般大小的冰雹，好让我顺利通过蟒古思这可怕的黑山岭。"不一会儿工夫，果然天上雷电交加、千龙怒吼，拳头一般大的冰雹，骤然间铺天盖地地砸将下来。格斯尔趁机右手持住火光宝镜，左手拉着缰绳，骑着枣骝神驹，一口气飞奔到了山顶上。蟒古思的儿子们特别害怕打雷和冰雹，因此，都捂着头躺在山岭上，等着冰雹停下来。格斯尔从怀里掏出拳头一般大的石头，砸破了蟒古思儿子们的头，一一杀死了这些小蟒古思。

格斯尔消灭了蟒古思的儿子们，来到了三座高山脚下，在中间高山的山谷里见到了一尺高的小矮人占卜师。格斯尔把枣骝神驹变成长满烂疮的两岁枣骝马，自己化身成一个落魄的人，心里想道：这个一尺高的小矮人占卜师的占卜术是否真的那么灵？他是否真能准确无误地知道一小块儿烤肉藏在什么地方？于是，格斯尔就来到占卜师面前，坐下来说道："占卜师啊！请你为我占卜一下。我要到白色河流的源头去抢一群骆驼，你为我占卜一下；我要到黄色河流的源头去抢一群黄马，你为我占卜一下；我要到黑色河流的源头去抢一群黑马，你为我占卜一下。"一尺高的小矮人占卜师抽出红线，占卜一番，就开口说道："你不要去白色河流的源头，那是神佛走的路；你也不要去黄色河流的源头，那是凡人走的路。你去黑色河流的源头吧！你是冲着蟒古思来的，虽然会遇到各种苦难，但最终你会得偿所愿。"

格斯尔谢过占卜师，正准备骑马离开，占卜师又说道："等等！我还有一卦没有占呢。"说着认真地看了格斯尔一眼，然后慢慢说道："为什么你的上身驻着十方神佛，你的中身驻着四大天王，你的下身驻着四海龙王？你不就是统辖这瞻部洲的十方圣主格斯尔可汗吗？你不就是心里看不起我这个身高一尺的小矮人占卜师，为了试探我是否真能精确找到一小块儿烤肉藏在什么地方，而说谎骗我吗？"格斯尔就谢罪说道："哎呀，占卜术高明的莫日根-乌塔奇啊，您不要生我的气啊！我格斯尔就喜欢捉弄人。"占卜师说道："生什么气呀？你走这座高山下面中间的那条路，会遇到一棵枝丫古怪、参差不齐的树。那是蟒古思的妖树。每当有人从树下经过，这棵树的树枝就会变成刀剑砍死下面的人。你收拾这棵妖树时要小心些。"

格斯尔走到长着妖树的地方。远远看见了妖树，格斯尔就把枣骝神驹送到了天上，自己摇身变成一个乞丐，又把三庹长的青钢宝剑变成三庹长的黑木拐杖，把所有的弓箭和武器都变成了分装两个口袋的白面，再把水晶把手的匕首藏进右边的袖子里。

格斯尔化身成乞丐来到妖树底下，装作在树荫下乘凉的样子，却取出匕首在树根底下挖了起来。妖树突然变成了一个可怕的人，手里举着刀，准备从格斯尔头顶上砍下来。格斯尔做出无限害怕的样子，大声说道："我这个乞丐看见这里有一棵树，就过来乘凉。刚刚我坐下的时候，这还是一棵树，现在怎么突然变成了人，手里还举着大刀？莫非这是一棵神树？我是云游四方的乞丐，见多识广。听说天上有一种神树，见到了敌人，就会变成人，把敌人杀死；见到了穷苦百姓，会保佑他们。莫非你是天上的神树？我还听说这瞻部洲的主人吐伯特的格斯尔可汗有一棵神树，见到了敌人就马上杀掉，见到了穷苦百姓会给他们指路。莫非你是统辖一切的格斯尔可汗的神树？我还听说十二头蟒古思可汗也有一棵神树，莫非你是蟒古思可汗的神树？我这个四处流浪、没有出息的乞丐怎么能辨认出来呢？树根那里长了一些土豆，我想把他们挖出来充饥。您就可怜可怜我吧！"妖树听了，便说道："哎呀呀，你这乞丐话说得真顺耳，把我的心都说软了。你就坐在树荫下休息，挖土豆吃吧！"于是，格斯尔就假装挖土豆，用水晶把手的匕首掏空了树根，把树根一根一根全切断了，然后把树推倒，再举起三庹长的青钢宝剑，把树砍成一段一段的，放把火烧掉了。格斯尔消灭了蟒古思的一个灵魂。

在狩猎的时候，十二头蟒古思突然感到头痛欲裂，就来到了大海岸边，想进水里清凉清凉。蟒古思躺到水里就睡着了。十方圣主格斯尔可汗变成一只大青雕，在蟒古思左眼上抓了一把就飞走了。蟒古思翻身扑过来，但是被青雕逃脱了。蟒古思追上来，格斯尔飞到高山顶上，摇身一变，变成个一尺高的小矮人来逗引蟒古思。蟒古思扑过来，小矮人又瞬间变成青雕，飞到天上去了。就这样，格斯尔一会儿变成大青雕飞上天，一会儿变成小矮人逗引蟒古思，蟒古思追来追去，反反复复，最后落得个筋疲力尽，上气不接下气地回家去了。

蟒古思回到家里，对图门-吉日嘎朗说："哎呀呀！今天我这是怎么啦？有生以来我就没有这样痛苦过。今天正在狩猎的时候，突然头痛欲裂，就到大海里纳凉，躺在水里就睡过去了。突然飞来一只青雕，抓了一下我的左眼睛就跑了。我追过去，青雕飞到高山顶上，变成一个一尺高的小矮人逗引我。我回到大海边上，这个小矮人又变成青雕去骚扰我。我被捉弄得快疯了。我的心都快气炸了；我的短肋都缩进肚子里去了；我的头发都竖起来了；我全身的骨头都快散架了。真是罪过呀！莫非是十方圣主格斯尔可汗来了？莫非是霍尔穆斯塔腾格里来了？莫非是龙王来了？莫非是阿修罗来了？

到底是哪个强大的敌人来侵犯我？除了他们四个，没有人胆敢冒犯我。其余的人，我都战胜了他们，占领了他们的宝座。"图门-吉日嘎朗回答蟒古思说："我的好丈夫十方圣主格斯尔可汗可不会胡乱化身成各种禽兽，他是神佛转生，不会变作鸟类的。想必是阿修罗无疑。你说呢？"蟒古思听了说道："你说得完全正确。"①

第二天，蟒古思又出去打猎了。

十方圣主格斯尔可汗骑着枣骝神驹，来到了蟒古思的城堡。蟒古思的城堡高耸入云。谁想望到城墙顶端，他戴的帽子就会掉下来。格斯尔围着蟒古思的城堡转了一圈，没有找到城门，就对枣骝神驹说道："你驮着我从城墙上飞越过去，像抛下来的一块金踝骨一样稳稳当当地落到城里。如果你不能驮着我从城墙上飞越进去，我就割下你的四蹄，自己背着马鞍回家去。如果你飞越的时候我没能夹住你，从你背上摔了下来，那就让我摔死在蟒古思的城堡里，让蟒古思的狗把我吃掉。"枣骝神驹对格斯尔说道："哎呀，威慑四方的圣主，你可言重了。你说'是'的时候，我说过'不'吗？我们现在退回到三十里以外的地方，再全速跑过来，在离城一箭射程远的地方，你要使出浑身力量勒住马嚼子。驮着你飞越蟒古思城墙的事就交给我吧！"

格斯尔就骑着枣骝神驹，退回离蟒古思城堡三十里远的地方。他左手攥着缰绳，紧紧抓住马鬃，两腿夹紧，右手举起鞭子就在枣骝神驹的右胯上抽了三鞭，一声高喊，就驾马向前冲去。在离蟒古思的城堡一箭射程远的地方，格斯尔紧紧勒住马嚼子，喊一声："走！"枣骝神驹就腾空而起，飞越城墙，像一块向上抛出的金踝骨

---

① 蒙古文木刻本作"ene üge ege mön bui gebe."1956年本作"ene ečige eke mön bui gebe."（这是父亲母亲。第152页）错。桑杰扎布译本作"我也认为是这些东西来作怪。"

落地时一样稳稳当当地落在了蟒古思的城堡里。格斯尔把枣骝神驹送到天上去，自己化身成一个瞎了一只眼睛的乞丐，又把所有的弓箭和武器变作分装在两个口袋里的粮食，把三庹长的金刚宝剑变成三庹长的黑木拐杖。格斯尔爬上城墙垛口，赞美道："这座城堡真是壮丽无比。我是满世界流浪的乞丐，见多识广。我见过天上霍尔穆斯塔腾格里的城堡，我也见过地下龙王的城堡。他们俩的城堡也不比这座城堡壮观、坚固。我听说吐伯特的十方圣主格斯尔可汗有一座城堡，但我没有见过；我还听说十二头蟒古思可汗有一座城堡，我也没有见过。我这是漫无目的地流浪着，来到这两座城堡中的一座了吗？我真想见一见这座城堡的主人，看是哪位可汗和夫人。"说着就拄着拐杖、大声嚷着向宫殿走去。

格斯尔来到宫殿后一看，这是一座巨大的红顶白色宫殿。宫门的两边各守着一只足足有两岁牛犊大的蜘蛛。图门-吉日嘎朗听到了格斯尔的声音，"哎呀呀！"叫着就跑了出来。原来，门口那两只两岁牛犊大的蜘蛛是蟒古思的灵魂，专门守在门口提防着图门-吉日嘎朗要逃走。若是图门-吉日嘎朗踏出宫殿一步，巨大的蜘蛛就会一口把她吞下去。一见图门-吉日嘎朗跑出来，两只大蜘蛛就张大可怕的血盆大嘴，移动着长满黑毛的八条大长腿，从两边爬过来，准备夹击她。化身作乞丐的格斯尔挥动三庹长的黑木拐杖，打死了这两只大蜘蛛。格斯尔再变幻出两只和被打死的蜘蛛一模一样的假蜘蛛，放到宫门的两侧。图门-吉日嘎朗见了，跑过来说："哎呀，我的圣主！你是从哪里冒出来的？"接着便扑到格斯尔的怀里放声大哭。格斯尔劝道："真是头发长见识短的女人！你这样放声大哭，蟒古思不就会发现我来了吗？不要哭了！快告诉我消灭蟒古思的办法和消灭蟒古思灵魂的秘密。"

图门-吉日嘎朗这才放开格斯尔。格斯尔问道："你右边的脸上涂脂抹粉，右半身穿戴美丽的饰品，这是为什么？你左边的脸上涂抹锅灰，左半身的穿戴褴褛不堪，这是为什么？"图门-吉日嘎朗回答说："我在右边的脸上涂脂抹粉，右半身穿戴美丽的饰品，是要预祝我的格斯尔可汗早日到来，杀死可恶的蟒古思并砍下他的十二颗头颅；我在左边的脸上涂抹锅灰，左半身穿戴得褴褛不堪，是在诅咒十二头蟒古思衰败潦倒，早日被你打败。昨天，蟒古思告诉我说有一只青雕抓了他的眼睛，我就知道你来了。因此，我今天就这副打扮来迎接你。不过，圣主啊！十二头蟒古思可是异常可怕的，你会丧命的。还不如早早回去。"

格斯尔听了，生气地回应道："哎呀，我的图门-吉日嘎朗！你这说的是什么话？你不鼓励我消灭十二头蟒古思，反而说这样泄气的话是什么意思？如果十方圣主格斯尔可汗被蟒古思夺走了美丽的夫人，那我还是享誉天地之间的瞻部洲的主人格斯尔可汗吗？如果蟒古思打败了我，他可以占有你；如果我战胜了蟒古思，我就带你回家。"

图门-吉日嘎朗对格斯尔说："我怎能知道这个万恶的家伙的行迹呢？自从我来到这里，一步也没有离开过宫殿。蟒古思每天都骑着一头青骡子去打猎，晚上太阳落山的时候驮着罕达犴和鹿回来。如果发现有敌人，这头骡子会不停地响着鼻子、啃着嚼子，四蹄腾跃，刨土凿地，疯狂地跑进来。蟒古思的两匹青马，敖日朗、嘎日朗会四处搜寻一番后跑出去。蟒古思的占卜也很灵，连一小块儿烤肉藏在什么地方都能找出来。哎呀，圣主！我把你藏在哪里好呢？"格斯尔对图门-吉日嘎朗说："这难不住我。你只要把蟒古思的秘密问出来告诉我，我就有办法消灭他。"

趁这会儿工夫，格斯尔和图门-吉日嘎朗挖了一个七庹深的坑，格斯尔藏到里面，上面铺上白色石板，白色石板上再铺上写了六字真言的布，布上再撒上一层土，土层上铺了一层隔年枯草，上面再栽上青草。青草上放一口锅，锅里盛满水。在盛水的锅旁边铺上从各种鸟类身上拔下来的羽毛，上面系着红白两种颜色的丝线。

太阳落山的时候，蟒古思骑着青骡子、驮着罕达犴和鹿回家来了。今天，青骡子表现得相当异常和烦躁，响着鼻子、啃着嚼子，四蹄刨土，气势汹汹地跑进来了。蟒古思的两匹青马，敖日朗、嘎日朗也跟在青骡子两侧，甩着头警觉地奔跑。见此情景，蟒古思提高了警惕，说道："这莫非是因为奇怪的女人做了怪事？这莫非是因为狡猾的女人施了诡计？会不会是敌人来了？我的鼻子闻到了蜣螂的味道。把占卜的红线拿给我！"

图门-吉日嘎朗非常委屈地对蟒古思说道："哎呀呀！你说奇怪的女人做出了怪事，这到底是什么意思？那就让我足智多谋的格斯尔过来，找个完美的理由，把作恶多端的蟒古思千刀万剐好了！你说狡猾的女人使了诡计，这到底是什么意思？那就让我英勇无比的格斯尔过来，一刀就让狡猾的蟒古思身首分离，再用蟒古思祭奠佑护自己的诸佛好了！你知道我是嫌弃格斯尔才奔着你来的。我在你的家里足不出户，你却指责我，说我不是奇怪的女人就是狡猾的婆娘，这到底是为什么？你现在就知道无理地责骂我！"便哭闹起来。

蟒古思骑在青骡子背上，对图门-吉日嘎朗吆喝道："少说废话！快把占卜的红线给我拿来！千万不能从女人两腿中间和狗头的下面经过，那样占卜就不灵了。从宫帐西侧的墙毡下面取红线来递给我！"图门-吉日嘎朗进了宫帐，取出占卜用的红线，自己先从红线上面跨过一次，再拿红线从狗头下面经过一遍，这才递给蟒古思。

蟒古思骑在青骡子背上占了一卦。蟒古思惊叫道："哎呀呀！不

113

得了了！十方圣主格斯尔可汗来了，好像埋在了火撑子①下面。上面还压上了石板，撒上了黑土。"图门-吉日嘎朗说："哎呀呀！你在说什么呀？谁埋了格斯尔？难道是我在自己家里埋了格斯尔？天父啊，你来听吧！脚下的金色世界，你来听吧！你们来听我和蟒古思的谈话，评评理吧！"格斯尔的一个灵魂化身成一个人，从天上叫道："你是嫌弃了格斯尔才来到这里的。你现在回去吧！"格斯尔在地底下回应道："蟒古思瞎说呢！"蟒古思听到天上和地底下的对话，就笑了，说道："哎呀呀，怎么会这样奇怪？"蟒古思接着说："还有一条占卜红线没有看②呢。"便重新占卜了一遍。这次占卜得出的结果是：格斯尔已经死去，躺进黑洞洞的墓坑里，压上了石板，上面下了一层厚厚的白雪，白雪上积了一层厚厚的黑土，黑土上落满了隔年枯草，枯草上已经长出了青草，青草蔓延的草原上积淀出了以青铜为海岸的一片海洋，各种鸟禽飞来，在大海里清洗他们的羽毛。同时，乌鸦和喜鹊在大海的上空一边飞翔，一边讽刺死去的格斯尔。占卜显示，格斯尔死了已经有一年了。

占卜完毕，蟒古思非常高兴，对图门-吉日嘎朗吆喝道："把我的大牙签拿过来！"图门-吉日嘎朗把大牙签递给蟒古思，蟒古思剔牙，有两三个人便从牙缝里掉下来。蟒古思又喊道："把我的吃食拿来！"图门-吉日嘎朗给蟒古思炒了死人的手指头。蟒古思狼吞虎咽地吃了。

图门-吉日嘎朗进到蟒古思的被窝里，说道："唉，我的好丈夫！你狩猎回来后净瞎说。我嫌弃了格斯尔，因为你比格斯尔强百倍，

---

① 蒙古语原文作"golomta"，是蒙古包的中心。

② 北京版木刻本原文作"čandui"或者"čendüi"，在《诺木齐哈顿格斯尔》《乌斯图召格斯尔》《鄂尔多斯格斯尔》《托忒文格斯尔》中都作"üjegedüi"（没有看），可见是北京版木刻本镌刻错误。

我才来跟了你。你的这座城堡连城门都没有。你每天出去狩猎，我一天到晚给你看家。如果那个罪恶的格斯尔来了，定会杀了我。如果我知道他来，没有理由不告诉你。你没有听说过人间有三个不可信吗？棍子不能当作树；麻雀不能当作鸟；女人不能当作伴当。自从你把我接到家里来，你就把原来的漂亮妻子吃掉了。你现在是不是又有了一个新的夫人？想把我也吃掉？被罪恶的格斯尔杀掉和被你吃掉又有什么区别呢？听天由命吧！"

蟒古思听完，发出可怕的呵呵大笑声，说道："图门-吉日嘎朗，你说得有道理。躺过来一点儿！"说着便搂住图门-吉日嘎朗，给了她两枚金戒指，说道："如果你想出城，就把一枚金戒指放在鼻尖上，城堡的门就会为你打开；你回来的时候，把另一枚金戒指戴在小拇指上，城堡的门就会自动为你打开，放你进来。我狩猎的时候都是走相反的方向，如果我说要去南边，实际上我是去北边。"蟒古思就详细说出了自己四处狩猎的行迹。

图门-吉日嘎朗顺着蟒古思的话说："哎呀，我的好丈夫！这些都不重要。我和格斯尔一起生活过，他的神通我全知道。如果格斯尔来了，你怎么战胜他？我还不知道你的神通呢，说给我听听吧！"

蟒古思说："如果那个家伙来侵犯我，我不费吹灰之力就能杀死他。我家门口有三种颜色的大海。在大海的岸边有五道竹林。在大海的岸边和竹林之间的空地上，有黑、白两头牤牛在顶架。白牤牛是格斯尔的灵魂，早晨白牤牛斗胜黑牤牛；黑牤牛是我的灵魂，到了中午，黑牤牛就斗胜白牤牛。如果把黑牤牛杀死，就杀死了我。除非黑牤牛被杀死了，否则我是不会轻易被人杀死的。这还不够。在我们城堡的北边，还有一座大城堡。城堡里住着我的三个妹妹，她们坐在九棵红树的树尖上。杀死了她们三个，就能杀死我。除非三个妹妹被杀死了，否则我是不会轻易被人杀死的。东边有三个大海，大海里有三只母鹿在游戏。中午炎热难耐的时候，三只母鹿会从大海里出来，蜷卧在大海的岸边。一箭射死三只母鹿，再一刀切开中间母鹿的肚子，取出母鹿肚子里的金匣子，一脚踩烂金匣子，从金匣子里取出一根铜针，把铜针折断，就能杀死我。除此之外，我是不会被人打败的。在我的城堡的西边，还有一座大城堡，那里住着我神通广大的姐姐。她守护着一罐虫子，那是我的灵魂。从我出生直到今天，我也没有亲眼见过。如果把我神通广大的姐姐和那一罐虫子杀死，就能杀死我。除非姐姐和虫子被杀死了，否则我是不会被人杀死的。这就是我所有灵魂的秘密。我全都告诉你了。"说完，蟒古思就准备睡觉。

图门-吉日嘎朗说道："看你这个傻瓜！我原来是怎么给你说的？我不是提醒过你，要注意你和格斯尔两人谁的灵魂多吗？你却全说出来了。"

蟒古思说道："等我睡着之后，会从我的右鼻孔里游出来大金鱼，在我的右肩上嬉戏；从我的左鼻孔里游出来小金鱼，在我的左肩上嬉戏。即使把他们两个杀了，我也会像个大力士一样，角斗上半天才会被打败。即使这样杀死我也无妨。我还有一个能念诵黑咒语的喇嘛兄弟；我的母亲是夜叉；我还有一个名叫哈日孙的独生女。他们三个会变成我，继续和敌人搏斗。只有杀死了他们三个，才能最终彻底杀死我。我蟒古思才会断子绝孙。"

图门-吉日嘎朗说道："哎呀，我的好丈夫！我现在心满意足了。能遇到如此神通超凡的你，真是我的福分。"

蟒古思发出可怕的呵呵大笑声，就睡着了。

第二天，天刚蒙蒙亮，蟒古思就骑着青骡子出去狩猎了。蟒古思说要去南边打猎，却向北走了。

图门-吉日嘎朗让格斯尔从洞里出来，把两枚金戒指交给格斯尔，并详细告知了蟒古思灵魂的秘密。格斯尔说："这就不用担心战不胜蟒古思了。"说着就把枣骝神驹从天上降下来骑上。格斯尔出城的时候，把一只金戒指放在鼻尖上，城堡就给他打开了城门。

格斯尔穿过五道竹林，直奔三种颜色的大海。在大海的岸边，白牤牛和黑牤牛正在顶架，不分上下。白牤牛用两条前腿支撑着全身的重量，瞪着两只通红的眼睛，嘴里泛着白沫，死死顶着黑牤牛；而黑牤牛明显处于下风，眼看就要招架不住了。格斯尔瞅准时机，一箭射穿了黑牤牛的心口。他又拔出三拖长的青钢宝剑，跑过去几剑劈死了黑牤牛，接着放火烧了五种颜色的竹林，就跳上马背，头也不回地逃回城堡来了。

到了城堡下面，格斯尔把另一枚金戒指戴在小拇指上，晃了晃，城堡就给他打开了城门。格斯尔猛然一回首，只见三种颜色的大海正澎湃汹涌地追来。格斯尔策马一跃，跳进城门，快要扑到格斯尔身上了的大海被挡在了门外。大海就退回去了。

格斯尔告诉图门-吉日嘎朗说："我已经把黑牤牛杀掉了。"中午，久别重逢的格斯尔和图门-吉日嘎朗二人好好地享用了一顿美餐。

晚上，蟒古思回家后直叫"头疼"，并问图门-吉日嘎朗："是不是格斯尔来了？"图门-吉日嘎朗回答说："哎呀，我的好丈夫！你的头这是怎么啦？你今天没有吃到东西吗？""吃到了一些。今天突然头痛欲裂，而且嗡嗡直响。"

第二天早晨，蟒古思说要去北边打猎，却到南边去了。蟒古思前脚一走，格斯尔后脚就到北边去了。

格斯尔来到北边的大城堡，见到了蟒古思坐在九棵红树树尖上的三个妹妹。格斯尔摇身一变，变成一个美貌的青年，进了城堡。到了九棵红树底下，格斯尔就又唱又跳地引诱蟒古思的三个妹妹。

格斯尔唱道："哎呀，坐在红树树尖上的三位美丽的姑娘是谁呀？我听说天上的霍尔穆斯塔腾格里有三位美丽的公主，莫非是她们？我听说四海龙王有三位美丽的公主，莫非是她们？我听说格斯尔可汗有三位美丽的姑娘，莫非是她们？我听说蟒古思可汗有三位美丽的公主，莫非是她们？如此美丽的公主们为什么不从树上下来？和我一起欢乐才对啊！既不是乌鸦，也不是喜鹊，呆呆地坐在树上干什么呢？"

蟒古思的三个妹妹听了，互相说道："这个人说得有道理。我们又不是鸟类，为什么一天到晚坐在这树尖上呢？"于是，三个姑娘就从树上下来了，和格斯尔一起玩耍，很是开心。她们问格斯尔道："你是什么人？"格斯尔回答说："我从西域圣地来。我这里有黑帽子圣僧送给我的一百〇八条绫缎护身符。你们想不想戴在脖子上？"蟒古思的三个妹妹听了，争相说道："有大喇嘛赠送的护身符为什么不戴？给我们吧！"格斯尔又问："你们是戴在脖子上？还是戴在脚腕上？"蟒古思的三个妹妹说："哪有把护身符戴在脚腕上的道理？我们当然要戴在脖子上。"于是，格斯尔就说："过来！我给你们戴上护身符。"说着，便从怀里掏出三根弓弦，逐一勒死了蟒古思的三个妹妹。砍倒了九棵红树后，又放火烧了大城堡，格斯尔才慢慢离去。

蟒古思晚上回来，直说"头疼"。图门-吉日嘎朗假装关心蟒古思说："你是嫌头疼得还不够，希望全身都疼吗？你又不是没有吃的东西。休养一天再去打猎吧！"蟒古思说："你为什么要我停止狩猎？没有关系，明天我还是去打猎吧！"就睡着了。

第二天，蟒古思说要到东边去打猎，却朝西走了。蟒古思前脚出城门，格斯尔后脚就去东边了。

中午时分，格斯尔悄悄地来到海边，只见三只母鹿蜷卧在海边。

格斯尔一箭射死了三只母鹿，跑过去一刀切开了中间母鹿的肚子，只见一个金光闪闪的小匣子掉了下来。格斯尔一脚踩烂了金匣子，从金匣子里取出一根铜针，一掰，折成两截。格斯尔消灭了蟒古思的一个灵魂，就回到蟒古思的城堡来了。

蟒古思晚上回到家，直喊"头疼得更厉害了"。图门-吉日嘎朗就做出心疼的样子说："你明天好好休养一天吧！"蟒古思生气地说："你为什么要我停下来？我明天带你去看看，你就明白了。"

第二天，天刚蒙蒙亮，蟒古思就醒过来了。他用布包了头，牵着图门-吉日嘎朗来到一个大金房子里。打开金房子的门进去一看，里面堆满了死人。蟒古思还把图门-吉日嘎朗领到其他的漂亮房子里参观。这些房子里堆满了牛羊肉、鱼肉和各种猎物。二人又来到了一个枯朽的木头房子里，房中堆满了各种金银财宝。蟒古思对图门-吉日嘎朗说："这些东西当然不是一天就能吃完的。都是因为日积月累，才堆成这么多。头疼就让它疼吧。打猎还是得照样打。"蟒古思说完，就到东边狩猎去了。

格斯尔就到西边的城堡里去了。半路上正好有一只白色的老母鹿朝着格斯尔奔腾而来。格斯尔一箭射过去，射中了母鹿的额头，箭一直穿到尾巴。母鹿带着箭逃走了。格斯尔一路追赶，来到了城堡。母鹿一进城门，城堡就紧紧关上了九层城门。格斯尔取出两把金刚斧头，砸碎了城堡的门，进去一看，只见一个下面的獠牙顶到天上，上面的獠牙顶在金色世界，两个大乳房拖了一地，从额头射进去的箭从臀部露出箭镞的白发老女人正像只狗一样蹲在地上呻吟。格斯尔摇身一变，变成一个美貌的男子，进去问老女人："哎呀！老婆婆您这是怎么啦？"老女人回答说："唉！我喜欢捉捕金色世界上自由行走的各种生灵来吃掉。今天碰到了一个人，想过去捉住他吃掉，不料他一箭把我射成这个样子。我抓住留在额头上的箭翎朝上拔，拔得筋疲力尽也没能拔出来；我再抓住从臀部露出来的箭镞朝下拔，双手都快断了也没能拔出来。他这一箭射得我呀，我全身的黑色血液差点都要溢出来，我热腾腾的生命差点就被射断！哎呀，美男子，你是谁？请你快快帮我把这支要命的箭拔出来吧！"格斯尔对老女人说："哎呀，老婆婆！射中你的这支箭我拔不出来啊！莫非这是天上霍尔穆斯塔腾格里的神箭？莫非这是阿修罗的箭？我实在拔不出来啊！"老女人又哀求道："我们俩做夫妻吧！你无论如何要帮忙把箭拔出来。"格斯尔说："哎呀，姐姐你不认识你的弟弟了吗？"老女人更糊涂了，问道："你到底是谁呀？"格斯尔回答说："我不是你的弟弟蟒古思吗！"老女人问道："你什么时候变得这样漂亮了？"格斯尔回答说："我娶了格斯尔可汗的夫人以后就变得这样漂亮了。"老女人听了，生气地问罪道："那你为什么用箭射我？"格斯尔回答说："姐姐呀！你保管着我的灵魂——一罐虫子，从我生下来以后，你就没有让我见过。因此，我一生气就射了你。"老女人就说："哎呀，弟弟！我怕你淘气，让外人发现了你的灵魂，对你不利，因此我不让你看见。这都是为了你好。你就是为了这个要杀死我吗？那我现在就还给你！"说着，就把装着蟒古思灵魂虫子的罐子往前一推。罐子滚落到格斯尔面前。格斯尔说："姐姐，你过来。我帮你把箭拔出来。"格斯尔假意拔箭，用箭杆把蟒古思姐姐的身体挑开搅动，蟒古思的姐姐上下裂出两个大豁口，痛苦地死掉了。格斯尔一把火烧掉了装在罐子里的蟒古思的灵魂虫子。

蟒古思晚上回家来，喊着"头疼死了"就睡着了。从蟒古思的右鼻孔里游出来一条大金鱼，在蟒古思的右肩上嬉戏；从蟒古思的左鼻孔里游出来一条小金鱼，在蟒古思的左肩上嬉戏。图门-吉日嘎朗磨了几袋子炭末，藏在了自己的床头下面。

图门-吉日嘎朗叫格斯尔从洞里出来。格斯尔磨快了他的大金刚斧。蟒古思被磨刀声吵醒，问道："什么东西咔嚓咔嚓响？"张口就把面前装炭末的口袋吞进去了。图门-吉日嘎朗说："哎呀，你是否做梦梦见把我一口吞吃了？咔嚓咔嚓响的不是别的东西，是刚才我纺线的时候，纺锤掉进锅里碰响了锅。"蟒古思不相信，问道："是吗？你让它再响一次给我听听。"图门-吉日嘎朗就纺线给蟒古思听，蟒古思这才说："响声一样"，就又睡着了。

接下来，格斯尔把箭一一取出来修复。蟒古思又被这声音吵醒，跳起来一口吞掉了另一袋炭末。图门-吉日嘎朗说："你是否又想吃掉我？与其在黑暗中吞掉我，还不如点着灯吞掉我。"蟒古思问："刚才啪啪的响声是怎么回事？"图门-吉日嘎朗说："刚才我拉了一下宫帐的坠绳。"蟒古思不放心地说："那你再拉一次给我听听。"图门-吉日嘎朗站起来拉了一下宫帐的坠绳。蟒古思听了，这才放心，说"是一样的声音"，就睡着了。

格斯尔就手持两把斧子走近了蟒古思。格斯尔给图门-吉日嘎朗两把木炭，说："我一斧砍下来，你就赶紧把木炭塞进他的伤口里。"

格斯尔大金刚斧子一挥，就连着两条金鱼，把蟒古思的两个肩膀砍下来了。图门-吉日嘎朗急忙把木炭塞进他的伤口里。蟒古思爬起来就和格斯尔搏斗了起来。格斯尔把蟒古思摁倒在地，要把蟒古思的十二颗头颅一一砍下来。砍下了十一颗头颅，剩最后一颗头颅的时候，蟒古思说话了："根除十恶之源的威慑四方的圣主格斯尔可汗啊！你我本没有血海深仇。并不是我欺负你，抢来了你的夫人，而是你的夫人自己找我来的。我们做好兄弟吧！如果有敌人，我们共同去杀死他。冬天，我的城堡温暖，我们就生活在我的城堡里。夏天，你那里凉爽，我们就到你那里生活。"格斯尔听了，觉得有道理。三位神姊听到蟒古思的这些话，就从天上叫醒格斯尔，说道："哎呀！我们的鼻涕虫弟弟！你怎么能相信蟒古思的话呢？过一会儿

他的身体就会变成生铁，那时候你就不能杀死他了。赶紧杀死他！"格斯尔用匕首去割蟒古思的喉咙，匕首却响得叮当，根本割不动。格斯尔去捅蟒古思的腋下，也捅不进去。最后顺着腹股沟才切开了他的肚子，从肚子里流出了火红的生铁。生铁流尽，格斯尔就一刀割下了蟒古思最后的那颗头颅。

格斯尔杀死了蟒古思，就摇身一变，变成蟒古思的样子，骑上蟒古思白额白鼻梁的马，来到了蟒古思的哥哥、善于念诵黑咒语的喇嘛家里。格斯尔下马进了喇嘛的家，假装给喇嘛磕头、接受灌顶，却掏出匕首一刀捅死了魔鬼喇嘛。喇嘛本想念"唵"，却忘了咒语，念成了"吧嗒"，于是就死了。白额白鼻梁的马在外面瘫倒了。格斯尔把喇嘛的血倒给马，马就复活过来了。

接着，格斯尔去找蟒古思的女儿哈日孙。格斯尔在七重城墙外面叫道："哈日孙，哈日孙"，蟒古思的女儿就出来了。格斯尔说："女儿，给我开门！"蟒古思的女儿以为是父亲来了，就给格斯尔打开了城门。格斯尔假装要亲吻蟒古思女儿的手，把她的手一把拽过来就砍掉了。蟒古思的女儿晕倒在地上，痛苦地喊道："爸爸！这是怎么啦？"格斯尔跑进去，就骑在蟒古思女儿的身上。蟒古思的女儿哀求道："爸爸给了我一万匹白马，其中有一匹白海螺般洁白的骏马，我把它献给你，求你放我一条生路吧！"格斯尔回答说："知道了！"蟒古思的女儿接着又哀求道："格斯尔的一万匹黑骏马也在我这里，其中有一匹墨黑的骏马，我把它献给你，求你放我一条生路！我还有一万匹青马，其中有一匹蓝宝石般的青马，我把它献给你，求你留我一条活路！我还有一万匹枣红马，其中有一匹红珊瑚般的骏马，我把它献给你，你就饶了我的这条命吧！"格斯尔听完之后骂了一句："你滚开！你以为我像你父亲一样是傻子吗？杀或不杀你，那些马匹都得全归我！"蟒古思的女儿还不死心，哀求道："我认你作我的父亲，我做你的乖女儿吧！"格斯尔说："这句话还算中听。那你告诉我，你去见你奶奶的时候都会说哪些话？"等蟒古思的女儿说完之后，格斯尔就把她的头割了下来。

格斯尔摇身变成蟒古思女儿的样子，就去了蟒古思的母亲老夜叉的家里。他对老夜叉说："奶奶，听说格斯尔来袭击咱们了。请把铜针和金印交给我保管。"老夜叉告诉格斯尔铜针和金印藏在哪里了，然后就背着肉皮木刀出去了。化作蟒古思女儿样子的格斯尔拿到铜针和金印就跑了。老夜叉发现了，追了过来。格斯尔把铜针一掰，折成两截，蟒古思的母亲老夜叉就死了。就这样，格斯尔彻底消灭了十二头的蟒古思。

格斯尔彻底消灭了蟒古思家族。阿尔鲁-高娃夫人就对格斯尔说："你已经斩尽杀绝了十二头蟒古思。我们就在黄金宝塔的旁边安度几天幸福日子吧！"阿尔鲁-高娃夫人在金碗里盛了黑色的能令人失忆的食物。格斯尔吃了这些食物后失去了一切记忆，就和阿尔鲁-高娃夫人一起住下了。

格斯尔消灭十二头蟒古思，夺回阿尔鲁-高娃夫人，在黄金宝塔旁边安详生活的第四章结束。

第五章

镇压锡莱河三汗，夺回茹格姆-高娃夫人

那时，锡莱河三汗举行了会盟。他们是为了给白帐汗的察干-额尔克夫人所生之子阿拉坦-格日勒图-台吉①求娶一位绝世美女而举行会盟的。商量到最后，决定派使者去天地间所有大汗、小汗的女儿中物色。嫌使者和可骑乘的马匹不够，又用兔子肉喂饱了苍鹰，派它去探察天上腾格里天神们的女儿姿色端丽不端丽；用昆虫喂足了口齿伶俐的鹦鹉，派它去探察汉地皇帝的女儿容颜好不好；用鲜果喂足了美丽的孔雀，派它去探察巴勒布汗②的女儿长相完美不完美；用皮革和蹄筋喂饱了狐狸，派它去探察印度汗的公主相貌动人不动人；用不洁的食物喂饱了乌鸦，派它到吐伯特去探察吐伯特汗的女儿容貌秀丽不秀丽。就这样，他们逐一去各方探察了。

苍鹰飞上天去，再也没有回来。

口齿伶俐的鹦鹉回来了，报告说："汉地的皇帝有一个叫贡玛-高娃的小女儿。格斯尔汗替她父亲治理过朝政，娶了贡玛-高娃，并在汉地生活了三年。格斯尔汗刚回自己的部落去了。贡玛-高娃姿色依旧、光彩照人。不过，还是先等其他使臣回来再做决定吧！"

---

① 阿拉坦-格日勒图-台吉，意为"金光太子"。
② 巴勒布，古代蒙古人称尼泊尔为"巴勒布"。

孔雀回来了，报告说："巴勒布汗的女儿容貌确实端庄秀丽，可惜不通人间语言。我担心她不像我们的这里的人们一样通情达理。"

狐狸回来了，报告说："印度国王的公主相貌的确很美，只是她总趴在地上，数撒在地上的黑豆和白豆，就有这么个毛病。"

乌鸦飞去后，三年都没有回来，到了第四年才回来。回来时，它飞过黑帐汗宫帐上空时鸣叫了一声，飞过黄帐汗宫帐上空时呼啸了一声，最后飞到了白帐汗宫帐的上空，扑扇着翅膀，说道：

"飞向远方的乌鸦使者我回来了。你们且听我说！"

白帐汗一看，真的是乌鸦回来了，就立即派使者到两个弟弟那儿，把兵马全部集结起来了。

哎，坏啦！只见这只乌鸦，羽翼折断了、双爪磨秃了、喙尖脱落了。于是，杀了只绵羊慰劳它后，白帐汗说：

"哎，了不得呀！请你下来，停歇在这只绵羊身上说吧！"

"不！不！我才不为你那点儿诱饵落地。"

白帐汗说："这乌鸦说的话有道理。"就又杀了匹骒马，说："请你下来，停歇在这匹骒马身上说吧！"

"我不稀罕你的那点儿肉。我，为了完成你的任务，折断了能自由翱翔于天空的心爱的翅膀；弄断了啄吃食物的硬喙，磨秃了能使我在这个世界上随处停歇的双爪。"

听到乌鸦如此诉苦，希曼比儒札①说："这该死的，千诉苦、万诉苦，说得有道理。"他诛杀了一个八岁的孩子，说道："请你下来，停歇在这孩子的尸体上说！"

乌鸦不答应，依然停留在空中，扑扇着翅膀说："我飞到了上界霍尔穆斯塔腾格里那里。霍尔穆斯塔腾格里有三个美丽的女儿。其

---

① 藏文《格萨尔》中作"辛巴梅乳泽"，为锡莱河三汗中的幼弟。

中的一个，汗如果求婚，可能会得到；另一个，只能去抢；余下的一个，只能去偷。不过，霍尔穆斯塔腾格里非常暴烈，恐怕可汗你娶不到！"

"你下来！停歇在这里面说。"他给乌鸦摆上了黄金落脚架。

乌鸦没有下来，停留在空中继续说道："下界龙王有三个漂亮的女儿。中界阿修罗有三个美貌的女儿。但是，龙王力大无比；阿修罗凶狠异常。因此，恐怕可汗你娶不到他们的女儿。不论他们哪一个，都跟霍尔穆斯塔腾格里的情形差不多。我就不一一细说了。"

听乌鸦说了这些，他又在地上摆上了白银落脚架和铁制落脚架，说道："你下来停歇在这上面说！"

乌鸦没有飞下来，继续停留在空中说道："你且听着！我飞到了吐伯特地方的十方圣主格斯尔可汗的宫帐。他的父汗名叫僧格斯赫鲁。格斯尔汗的夫人，名叫茹格姆-高娃。说起那个茹格姆-高娃夫人的容貌呀——（她）站起来的时候，如同用漂亮的锦缎裹着的松树；（她）坐着的时候，如同能容纳五百人的洁白宫帐；（在她的）右肩上，犹如金蛉子在翻飞；左肩上，犹如银蛉子在翻飞。她娇嫩得简直让人担心，她若坐在下午的阳光下就要融化；她娇嫩得简直让人担心，坐在东边刚刚升起的月光下就要凝结。她的光彩照亮了黑夜，守夜人可以如数点清千军万马。她就是这样一个绝世美人。她住在一座能容纳五百人的白色宫帐里，宫顶用哈纳惠锦缎覆盖着，拉绳由拽不断的四股彩色丝线拧成，支撑（宫帐）的是根金柱子。在她家中藏有一座白塔、一颗如意宝。她念诵的经文是用金粉写就的《甘珠尔》和《丹珠尔》两部大乘经典。（她）家中还有没有裂纹的黑炭。格斯尔汗不在家，据说是去找那长着十二颗头颅的蟒古思，追讨被抢走的阿尔鲁-高娃夫人去了，还没回来呢。即便是上界霍尔穆斯塔腾格里天神的女儿、中界阿修罗天的女儿和下界龙王的女儿们，也没有一个能与茹格姆-高娃相媲美。"

从可汗到全军上下，听了都喜悦无比。

"哎呀，乌鸦啊！下来停歇在这上面！"人们在地上摆上了木制落脚架。

乌鸦没有飞落下来。

白帐汗生气了，怒吼道："你这不知好歹的东西，你以为自己是有灵根的神鸟吗？你不就是一只我们喂饱了派出去的乌鸦吗？"说罢，拿起弓箭就要射它。

乌鸦被吓得掉在了灰堆上，被捉住了。

"这下好了！你刚才说到的那个茹格姆-高娃到底是什么情形？从头再说一遍！"

乌鸦无一遗漏地重新唱了一遍。

"哎呀呀！如果乌鸦说的是真的，那么茹格姆-高娃该有多美呀！如果乌鸦说的是假的，那么这只乌鸦的嘴是多么的巧啊！哎呀，乌鸦赶紧去吃宰杀给你的动物吧。"

（白帐汗）说道："现在，派人马前去吧！"

可是，派人马前去，需要走很长时间，什么时候才能走到那里呢？于是，锡莱河三汗的保护神化身为一只刚噶鸟①飞过去看察茹格姆-高娃。白帐汗的保护神白色腾格里化身为刚噶鸟的上半身，于是，刚噶鸟就有了白色的鸟首和胸脯；黄帐汗的保护神黄色腾格里化身为刚噶鸟的腰身，因此，刚噶鸟就有了黄色的腰身；黑帐汗的保护神黑色腾格里化身为刚噶鸟的尾巴，因此，刚噶鸟就有了黑色的尾巴。三汗的保护神合三为一，变成一只刚噶鸟飞过去了。

黎明时分，刚噶鸟飞落在格斯尔汗那座由五百人搭建成的白色

---

① 藏语《格萨尔》作"kang ka ro zas"，意为食尸鸟，是一种恶鸟。

宫帐的天窗上。从不摇晃的宫帐，沙沙响着摇晃了一下；从未断过的拉绳断了两根；从不弯曲的金柱子被压歪了。

茹格姆-高娃大吃一惊，跳起来穿好衣服，急忙跑到巴尔斯-巴特尔①，格斯尔汗的三十勇士之一面前——因为茹格姆-高娃与他相恋，叫他来住在院子里面了。茹格姆-高娃哭喊道："哎呀！我的巴尔斯-巴特尔呀！人们都说，男人贪睡，会耽误征程和狩猎；女人贪睡，会耽误家务和女红；大树倒下了，蚂蚁来筑窝。莫非我的十方圣主格斯尔可汗被长着十二颗头颅的蟒古思杀害了？或者蟒古思化作鸟儿，来抢茹格姆-高娃夫人我？还是想杀死嘉萨-席克尔和三十勇士？有一只在百鸟中从未见过其身影的大鸟飞来，落在我的宫帐上了。我非常害怕！"茹格姆-高娃一一唱给巴尔斯-巴特尔听了。

"哎呀，我的巴尔斯-巴特尔！请给你威力无比的黑硬弓上好弦，搭上金柄白羽箭，快快出来！"

巴尔斯-巴特尔手握大黑硬弓，上好弦，搭上金柄白羽箭，走了出来。可是他一见那只鸟儿，就吓破了胆，手发软握不住威猛大黑硬弓的弓臂了，金柄白羽箭的箭羽也在不知不觉中被拔掉了。他只是呆呆地看着那只鸟儿。

茹格姆-高娃见了，哭着说道："哎呀呀！我真想杀了封你为巴尔斯-巴特尔的那个人，再给你头上浇一盆污水！男子汉大丈夫，害怕一只鸟儿可成何体统？我虽然是个女流之辈，也比你强。把弓箭给我，我来射它！"

巴尔斯-巴特尔心里想道："哎呀！如果我把弓箭交给一个女人来射击，十方圣主格斯尔可汗知道了该怎么说我？他亲爱的哥哥嘉萨-席克尔和三十个勇士会嘲笑我是纸老虎！"于是，他重新握紧威

---

① 巴尔斯-巴特尔——蒙古语，意为"老虎英雄"或者"虎胆勇士"。

猛大黑硬弓的弓臂，搭好金柄白羽箭，开始瞄准。

茹格姆-高娃说："亲爱的！瞄准它的脖颈射，千万不要失手!"

巴尔斯-巴特尔没有射中鸟的脖颈，只射断了它一侧的羽翼。

刚噶鸟飞起，盯着茹格姆-高娃看，在她的头上盘旋了三圈。

茹格姆-高娃也向上看了三回。

鸟儿飞走了。

巴尔斯-巴特尔和茹格姆-高娃两人把巴尔斯-巴特尔射落的羽翼捡了起来。他们用了三十头毛驴才把羽毛全部驮走，用了三匹骒子才把羽管全部驮走。

刚噶鸟飞回锡莱河，向白帐汗说道："乌鸦讲的全都是真的。那里有格斯尔的三十个勇士和他的哥哥嘉萨-席克尔。格斯尔还没有回来，是真的。"

白帐汗往两个弟弟那儿派出使者，并发出严厉的告示："十三岁以上的人，不分僧俗，一律出征，不得留在家中。如有人留下，格杀勿论!"

二弟黄帐汗来了，说："哎呀，哥哥呀！我听说，十方圣主格斯尔可汗出生时，身上盖着人皮呢！听说他有神通十变，他的三十个勇士也是个个厉害无可匹敌。我们就不要出征了吧!"白帐汗听了非常生气，骂了他一通："你就权当是瞎了双眼，待在家里吧；权当是得了疾病，躺在家里吧！我率领你的大军，出征前往!"说着，就把他赶走了。

幼弟希曼比儒札来了，说道："哎呀，亲爱的哥哥啊！格斯尔是上界霍尔穆斯塔腾格里天神的儿子。他在天界就所向无敌，降生到人间来，谁还敢动他？他那以威猛震慑一切生灵的哥哥嘉萨-席克尔和他的三十个勇士也都是神的化身。别说是去抢十方圣主格斯尔可汗怀抱中的妻子茹格姆-高娃了，就是那三十个勇士的妻子，我们也休想抢到一个。我们就带着这么多军队，去探察看看我们周围这些可汗们的女儿吧，难道连一个美女都没有吗？如果实在没有，就从我们的大臣、驸马们的女儿中挑选吧！如果能找到一个美女，就把她娶来，打扮成茹格姆－高娃的模样，把她的名字也改成茹格姆－高娃。到时候谁能说她不是茹格姆－高娃呢？"

哥哥白帐汗开口骂道："你就权当是聋了双耳，待在家里吧；权当是患了恶疾，躺在家里吧！"希曼比儒札挨了骂，怕别人笑话自己是个懦夫，就回去了。

第二天，白帐汗聚集人马，准备发兵出征。

这时，希曼比儒札在金杯里斟满了胡乳扎①，献给白帐汗说："哎！在我们的军队中，那胆小的不是我，那英勇善战的才是我。我们是得到上天恩赐的可汗们的子孙，我们一直与世无争、生活幸福；我们不要把自己的性命白白送给睥睨天下的格斯尔汗；我们是上天佑护的大德圣主们的子孙；我们不要把自己的性命无端地送给瞻部洲的主人格斯尔汗，当作牺牲。我们要去征讨格斯尔，既然决定了就去吧！但带这些孩童、喇嘛、班弟②、老人和奴仆去，像什么话？格斯尔汗、嘉萨－席克尔和他们的三十个勇士会说我们锡莱河懦弱，连班弟、老人、孩子、妇女和家奴都带出来打仗了，从而更助长了他们的士气。他们就会像冲进了乃兰查河源头上的麻鸭群中的雄鹰一样，把我们的老弱妇孺砍倒一片。少死的名声总比多死的名声好听吧。是不是，可汗？"

白帐汗回答说："你昨天说得不对，今天说得有道理。"

白帐汗不再要求倾国出动，开始拣选人马了，最后选出了三百三十万精兵。

---

① 胡乳扎——回二遍锅的奶酒，类似白酒中的二锅头。
② 班弟——小喇嘛。

就这样，锡莱河三汗率领大军出发了。

嘉萨–席克尔的家离格斯尔汗的宫帐很远，驻牧在澈澈尔格纳河上游的古尔奔图勒嘎①地方。

巴尔斯–巴特尔和茹格姆–高娃二人想把巴尔斯–巴特尔射落的大鸟的羽毛送给嘉萨看，就带着羽毛走了一整夜，到第二天黎明时分，才赶到了嘉萨的家。

嘉萨–席克尔清早起来，到澈澈尔格纳河去饮马群。

嘉萨见了他们，叫道："哎呀呀！好久没来的茹格姆–高娃，怎么大清早过来了？"便命令戎萨："快去把我的那匹灰飞马捉来！"

戎萨捉来了灰飞马，给马戴上了嚼子，鞴了鞍子。

他提着利刃纯钢宝剑，拍马迎上去。

"哎呀！我的茹格姆–高娃！"他远远地喊道："你手里拿的是木棍，还是羽翼？"

"哎呀！哪里是木棍呀？是羽翼。"

"哦，我明白了！我能预见未来的三件事；我能猜知不在眼前的三件事。"他说着，过来跟他们相见了。

嘉萨问："那只鸟儿的头是什么样子的？"

茹格姆回答说："白色的。"

嘉萨问："那只鸟儿的身子是什么样子的？"

茹格姆回答说："黄色的。"

嘉萨问："尾巴是什么样子的？"

茹格姆回答说："黑色的。"

"锡莱河三汗得知十方圣主格斯尔可汗不在家，想趁机抢走茹格

① 古尔奔图勒嘎——蒙古语"gurban tulg–a"，地名，意为有三个火撑子的地方。

姆-高娃，嫁给白帐汗的察干-额尔克哈屯生的阿拉坦-格日勒图-台吉做妻子，现在正领兵杀来。那只鸟儿是锡莱河三汗的保护神变成的。他们变成那只刚噶鸟，为了查看你的容颜而来。刚噶鸟的头是白色的，身子是黄色的，尾巴是黑色的。"嘉萨如是这般地逐句唱了一遍。

嘉萨说："这就是锡莱河三汗的保护神变成刚噶鸟飞来探看的来龙去脉。那天，我看见一只丑恶的乌鸦来回盘旋，因有别的事情，我没有射死它。这一切都是由那只该死的乌鸦引起的。好吧！十万圣主格斯尔汗虽然不在家，难道他亲爱的哥哥嘉萨和三十个勇士，以及我们三个鄂托克的兀鲁思都不在家吗？就让他们打来吧！茹格姆，你不要害怕！我说的话有没有道理？请把羽翼带回去，给晁通诺彦看看！"

巴尔斯-巴特尔和茹格姆-高娃二人将羽毛带回去，给晁通诺彦看了。

晁通诺彦看了，说道："哎呀呀！嘉萨说得对。锡莱河三汗与我们无冤无仇，他们只是为了抢茹格姆-高娃而来。茹格姆-高娃呵，你去那黄河坞里藏起来；你去那红草甸里藏起来；你去那长长的黄草甸里藏起来；你去那深深的山谷里藏起来！在那应该放牧马群的地方，去放牧驼群；在那应该放牧驼群的地方，去放牧马群；在那应该放牧羊群的地方，去放牧牛群；在那应该放牧牛群的地方，去放牧羊群。把一个女仆打扮成你的样子，让她睡在你的宫帐里。如果他们找不到你，他们还能跟我们要什么呢？"

茹格姆-高娃和巴尔斯-巴特尔又回到嘉萨那里，转告了晁通的话。

嘉萨说："哎呀呀！你们听听那家伙说的话！他还说锡莱河三汗与我们无冤无仇呢？那你就不会问问，那他们怎么就来了呢？"

巴尔斯-巴特尔想不出原因，说道："自从被那只鸟儿惊吓到了，我一直心神不安，所以没想起来。"嘉萨-席克尔说："他呀，没有敌人的时候，说自己是英雄，就知道炫耀自己；敌人来了，就只会胡说八道；没有智者的时候，说自己就是智者；智者来了，就赶紧躲起来。老虎来了怕什么，我们跟它搏斗；狗熊来了躲什么，我们与它斗争；大象来了急什么，我们跟它较量；狮子来了跑什么，我们与它厮杀；敌人来了有什么，我们跟他们拼杀。（敌人）变成黑花纹的毒蛇来了慌什么，我们变成大鹏金翅鸟将其擒拿；敌人变成咆哮的老虎来了惊什么，（我们）化作青铜鬃狮子把他战胜！好吧！那有什么呢？去吧，把三十个勇士和三个鄂托克的兀鲁思①，还有吐伯特、唐兀特②的兵马都叫来！骑着马的骑兵和没有骑马的步兵，把他们统统叫来。大部队在澈澈尔格纳河集结！到红草滩上格斯尔汗的家里来！"说着，就派使者去了。

嘉萨-席克尔说罢，带上武器，率领自己的兵马，同茹格姆-高娃和巴尔斯-巴特尔一起出发了。

到了格斯尔的家，安冲被叫来了。

三十个勇士和吐伯特、唐兀特的士兵，有马骑的和没马骑的，都被叫来了。

大军集结完毕。

嘉萨-席克尔大声问道："兵马都到齐了吗？"

"都到齐了。"苏米尔回答。

茹格姆-高娃下令道："抽签吧！"

嘉萨-席克尔说："我的茹格姆-高娃，先别忙着抽签。我先去

---

① 兀鲁斯——百姓，人们。兀鲁思还有"部落""国家"的含义。
② 唐兀特——蒙古文典籍中指西夏，民间说法指藏族人。

探探情况，看锡莱河三汗的军队到底有多少人？人中之雕苏米尔，你也去吧！十五岁的安冲——人中豪杰安冲，你也去吧！"

嘉萨跨上了灰飞马，把密不透风的铠甲穿在了身上，把享誉世界的头盔戴在了高贵的头上，把三十支白羽箭插入了箭筒，把威猛的黑硬弓插入了弓袋，挎上了锋利的纯钢弯月宝刀。

苏米尔骑上了云青马，披上了露珠般闪亮的黑铠甲，插上了三十支白羽箭，带上了威猛的黑硬弓，挎上了不卷刃的青钢刀。

人中之宝安冲也骑上了云青马，披上了百叶黑铠甲，插上了三十支白羽箭，带上了威猛的黑硬弓，挎上了不卷刃的黑钢刀。

嘉萨-席克尔叫一声"走！"，三人就一同出发了。

他们登上了沙子头山的山顶，在那里放哨瞭望。山前漫山遍野的野兽都异常躁动，正在朝他们涌来。金色世界上所有的野兽，不论是受伤了的还是没有受伤的，都在拼命奔跑。

嘉萨-席克尔见了，说道：

"那边扬起了一大片尘土，还有漫山遍野的野兽，异常躁动地朝这边涌来！准是锡莱河三汗的大军杀过来了。"

在锡莱河三汗的军队离他们一天路程远的时候，嘉萨瞭望到锡莱河三汗的大军正溯黄河而来，走在前面的三百名探子离他们只有半天路程远了。

苏米尔和安冲二人迎上前去，详细察看。苏米尔说："哎呀呀！嘉萨说得对！来的军队真多啊。嘉萨啊！我们什么时候才能把他们杀完？他们的军队真有气势，就像天上的星星全部落在了地上；又像是地上的花草全都长到了天上！"

人中之宝安冲责备他说："哎，苏米尔！你这是什么话？你是怎么知道锡莱河的兵马比我们多的？又是怎么知道我们的军队比他们少的？你什么时候见过天上的星星落到了地上？又什么时候看见过地上的花草长到了天上？你怎么能这样毫无根据地乱讲呢？苏米尔，好好想一想！男人出门打猎，带上武器就会有好运；女人参加婚礼，穿衣打扮就变得美丽。我们三人披挂的盔甲和武器，难道还比不上敌人的吗？"

"我的安冲说得对。刚才我有点儿多嘴了。白帐汗的大军虽然多得像烧滚的牛奶在锅里沸腾，我们的嘉萨你就像一把铜勺把它扬起来平息；黄帐汗的大军虽然像燎原的野火逼来，苏米尔我迎过去就像灭火一样将他们消灭；黑帐汗的大军虽然像洪水一样汹涌而来，安冲你就像开渠泄洪把他们一样消灭！这有什么呢？我们三人一同迎战他们三汗！"

听了苏米尔的话，嘉萨下令说道："你们二人说得有道理。先把他们的三百个探子杀掉。再把其中一个汗的战马抢过来。他们一旦发现，就会跑回去报告。到那时候，看他们是要回去还是继续来侵犯，咱们再做决定。苏米尔、安冲，你们二人从这边杀过去，占领那边的有利地形！我从后面大喊着冲过去，冲散他们。从我这边逃出去的，你们去杀掉！从你们那边逃出来的，我去杀掉！"

他们三个人开始按计划行动，没有一个人发现了他们。三百匹战马在山上拴着。他们把战马牵走后，用石头在原来拴马的地方垒起了个小石堆，把战马的空盔甲套在了上面。然后，又抢了白帐汗成千上万的战马，驱赶回来。

锡莱河三汗中的幼弟希曼比儒札骑着白帐汗的白龙马追来，他在马的四条腿上绑上了四块砧子，手里又挥舞着一块砧子追赶而来了。如果不在白龙马的腿上绑上沉重的砧子，一旦这马烈性发作，就会御风腾空，飞上天去。

嘉萨-席克尔对两个同伴说道："有个人从后边追上来了。如果他跟我好好交谈，我就跟他讲道理；如果他蛮横动粗，我就跟他打

135

一架。你们两个尽管赶着马群往回走！"

说罢，嘉萨就迎了过去。

希曼比儒札问道："哎呀！怎么赶这么多的马呀？你们是从哪里来的兄弟？如果是朋友，报上你的名字！"

嘉萨回答说："我们是吐伯特的格斯尔汗的放牛人和牧羊人。我们放丢了一千五百头牛。在我们追踪着蹄印寻找丢失牛群的路上，遇到了你们的三百个探子。你们的探子给我们指示了从那儿经过的牛蹄印，我们就追踪着那群牛的蹄印继续寻找。这群牛的蹄印进了你们两个可汗的大营里以后就不见了。我让他们还回我们的牛群，他们不但骂我们，说吐伯特的穷人哪来的牛群，还动手打我们坐骑的头。难道你们以为自己是男人，就可以把别人当作女人来欺负吗？所以我们就把你们的马群赶过来了。"

希曼比儒札问道："你们怎么会把牛群弄丢了？"

嘉萨答道："我们的十方圣主格斯尔可汗去征讨长着十二颗头颅的蟒古思，夺回自己的阿尔鲁-高娃夫人去了。如今他杀掉了十二头的蟒古思，带着夫人回来了。回来之后，举行了宾客坐满整个草滩的盛宴，不论是放羊的、放牛的，还是打柴的、拾粪的，都领受圣恩去参加宴会了，却不料都喝醉了，这才把牛群弄丢了。"

希曼比儒札回到军营，把这些话一五一十地唱给白帐汗听了。

白帐汗听了，说道："哎呀呀！马群被抢去就抢去了吧！如果那个造孽的格斯尔真的回来了，我们就还是退兵回去吧！"说罢竟哭了。

希曼比儒札说了："你就权当自己是瞎了双眼、患了不治之症，回去吧！是我把军队召集起来带到这里来的，你就安静地待着等一等！待我把聪明的草黄八骏马唤回来以后再说！"

他登高呼唤草黄八骏马，唱道：

从长生天

有缘降生的

草黄八骏马呀！

给你戴上马嚼子

骑乘你的是

黑帐汗

希曼比儒札呀！

我在这里等着你们！

你们为什么还像汗达罕一样

在崇山峻岭间任意游荡？

从至高的长生天有缘降生的

草黄八骏马呀！

为你鞴上马鞍

骑乘你的是

人中之宝希曼比儒札呀！

我在这里等着你们！

你们为什么还像雄鹿一般

在高山之巅撒野逃遁呢？

草黄八骏马听到主人的召唤，发出了长长的嘶鸣。正被驱赶着的群马也跟着纷纷嘶鸣起来。

嘉萨-席克尔听了，下令说："苏米尔、安冲，你们二人明白了吗？这草黄八骏马通晓人言呢！主人一召唤，他们就引着马群纷纷呼应呢！接下来，他们要变什么花样，我们也随机应变对付他们吧！

路上要当心！"说着，他们就把马群合拢起来了。

驰过黄色的山岗时，草黄八骏马变成八只黄羊跑进了马群里。

嘉萨-席克尔说："出去！出去！"三人便一起开弓搭箭射向黄羊。因为草黄八骏马正并肩同步地钻进马群，所以三个人射出三支箭，就把草黄八骏马全部射死了。群马受到了惊吓，嘶鸣着四处逃散，一时合拢不过来了。三个人索性把他们赶下了黄河的悬崖，马群全部摔死了。

他们三个人就像是失望的野狼，站在高岗上俯望。

希曼比儒札回去，向白帐汗报告说："他们不是什么牧牛人，是格斯尔著名的三十勇士中人。他们的马踏过的地方，岩石碎裂、树木断折。他们把我们的战马全部弄死了。"

白帐汗问道："哎呀，弟弟！如果当真是那样，我们就退兵回去吧！"

希曼比儒札责备他的哥哥说："难道你七窍不通了吗？大军是我带来的！与其撤退得个坏名声，还不如战死留个好名声！"

嘉萨-席克尔为了试探另外二人，就说道："你们两个在想什么？以后让其他的勇士们过来吧！现在，我们回去吧！"

安冲说道："苏米尔稍候，让我先说！英明的十方圣主格斯尔可汗是什么时候给予我们三十勇士名号的？我们怎能就这样回到家里，空有彪悍的身躯而守着老婆孩子，一生庸碌呢？现在，让我们喝下这碗滴血的盟誓茶，与敌人决一死战吧！"

苏米尔说："安冲说得对。嘉萨，你去进攻白帐汗！我去进攻黄帐汗！安冲去进攻黑帐汗！这有什么呢？我们三个人将那锡莱河三汗狠狠地吊打一番再回去！"

嘉萨-席克尔说："你们两个说得对。"并说："苏米尔你摆出祭坛、点燃煨桑，安冲你举行萨楚里祭祀①！"

嘉萨-席克尔、苏米尔和安冲三人叩拜了格斯尔汗的神灵，祷告道："请头顶上的霍尔穆斯塔腾格里天神听我们说！请身侧神力无限的梵界十七天尊听我们说！请曾把我们这三十个勇士一个接一个地差遣到下界来的三十三天尊听我们说！上界的十方佛尊、阿日亚拉姆女神、那布莎-古尔查祖母、胜慧三神姊、金色世界的主人山神敖瓦工吉德父亲、中界的阿修罗、下界的白龙王！众神在上！嘉萨-席克尔在此依次献上圣洁的供品，来向你们一一祭拜祷告！我祷告献祭的事由是：这瞻部洲的主人格斯尔汗从不抢夺别人怀抱中的妻子。可锡莱河三汗却要来抢夺格斯尔汗的茹格牡-高娃夫人。所以，我们三个人决定前去攻打他们。如果众天神赐恩允准，敬请合力相助，以万马千钧、势不可当的威力为我们助威！祈求四方四大天王降下雨水与雾霭，为我们助力！"

祭祀完毕，嘉萨吩咐道："嘉萨我去攻打白帐汗，杀他一万个人，割下首级收集起来！苏米尔，你去攻打黄帐汗，杀他一万个人，割下大拇指收集起来！安冲，你去攻打黑帐汗，杀他一万个人，割下右耳收集起来！让这些成为彪炳我们战功的战利品吧！"

---

① 洒楚里祭祀——洒祭（Tsatsal）是蒙古牧民以母畜初乳洒祭天地诸神祈求人畜兴旺的专门祭祀，在洒祭仪式上吟诵的歌谣就是洒祭词（Tsatsliin üg）。洒祭词是蒙古人万物神灵信仰形成之后出现的。洒祭词一方面表达人们对万物神灵恩赐的感激之情，敬献游牧生产的第一劳动成果——母畜初乳供天地诸神享受，另一方面祈求神灵继续保佑和赐给更多的恩惠。这就是献祭与祈祷的主题——祭祀神灵就是为了诉求。洒祭仪式的供品是母畜初乳，后来又以茶、酒等洒祭神灵。特别要指出的是洒祭仪式中用的九眼勺。九眼勺一般长 50～70 厘米，勺头刻有九个眼孔，眼孔里镶有珊瑚、珍珠、金、银、钢、铜、绿松石、海螺等九种珍宝，勺把上系彩布条和哈达。显然，九眼勺是一种象征用品，其功能和招福仪式中使用的箭是相同的。而且，洒祭仪式中的特殊用具九眼勺的象征功能决定了洒祭词的格式特点。如仪式中向各种神灵都要洒祭九或九的倍数的供祭是严格遵循九眼勺的象征意义。

他们又为三匹坐骑祈祷，说道："沿着山坡往下跑的时候，你们要像从山上滚下来的巨大圆石般势不可当；沿着山坡向上跑的时候，你们要像獐子一样不费力气；沿着山坡横跑的时候，你们要像狐狸一样敏捷。"

三匹坐骑将脊梁伸展了三次，将尾巴翘了三下、甩了三下，将身躯抖动了三回。

三位主人给三匹骏马上了两道后鞯，扎了两道攀胸，扣了两条肚带，这才上马驰去。

苏米尔问："攻打完他们之后，我们到哪里会合？"

安冲说："我的苏米尔，你就静悄悄地去吧！一来咱们没带老婆孩子，二来咱们都是独身一人。咱们很快就会相见的。你还唱什么？"

说话之间，他们都按事先约定好的那样取得了成功。诸天神造出了千军喊杀、万马奔腾的声势，为他们助威，助他们完成了心愿。

他们三个人很快又相聚了，也把敌方探子的三百匹战马抢回来了。

锡莱河三汗如遭雷劈一般，又如同被老虎冲杀了进来一般，直被杀得天翻地覆、人仰马翻。

早晨起来，锡莱河三汗准备相互通报各自的遭遇，却因为兵马死伤惨重、身心疲惫而未能相聚。当收拾完死尸，三个人聚到了一起的时候，已经是晌午了。

白帐汗哭着说道："今天来攻打我们的敌人，说是大军，又不像是大军；说是强盗，也不像是强盗；说他是单枪匹马，可那进攻的马蹄声又像是有千军万马一般。这到底是什么凶兆啊？"

希曼比儒札说道："哎呀！我不是对你说过吗？你真是个什么都

不懂的大傻瓜！什么叫作神灵？这就叫作神灵！今后，要是他们的三十个勇士袭来，你将会看到我们的大军，就像被板斧砍倒的树木一样倒下去的。"又说："现在，咱们追不上他们三个了，也杀不了他们三个，还不如将战死的兵士就地埋葬呢！"说完，他回去了。

苏米尔对嘉萨、安冲二人说道："咱们弄来这些脑袋、耳朵和大拇指做什么用呢？互相知道彼此的战功就行啦！"

但是另外二人不同意："苏米尔，这些能有多重，你就要扔掉它？就是重，也有锡莱河三汗的战马驮着，用不着咱们来背。咱们要让留在家里的那三十勇士看看，好让他们能像咱们一样勇敢地去和敌人战斗；让那些民众见了，能变得坚强起来，一心一意地去对付外敌；把这些带回去，堆在缩头乌龟晃通诺彦面前，让他也知道知道！"

三人回到了自己的部落。

苏米尔把战利品搬来，统统倒在晃通面前。

"哎呀！这是什么东西啊，孩子们？"晃通惊恐地向后退缩。

"哎呀！晃通叔叔！你连人的脑袋、耳朵、大拇指都不认得了吗？敌人打来的时候，你说他们与我们无冤无仇，让茹格姆-高娃藏起来，这像什么话？即使格斯尔汗不在家，作为全军统帅的你也不在家吗？可你这个样子还能叫作男子汉吗？"嘉萨-席克尔说："叔叔！我们是想让你明白事理才这样做的。这也算是你干的好事！"

抢来的三百匹战马，首先挑最好的，送给茹格姆-高娃和阿珠-莫日根两位夫人各一匹；其次送给三十个勇士各一匹；余下的分给了缺少战马的军士，但没有分给晃通。

茹格姆-高娃问道："轮到谁去当探子了？抽签吧，抽到谁，谁就去。先选派一两名勇士去吧，其余的再抽签决定。"

嘉萨说道："安巴里的儿子班珠尔，你第一个去！"

班珠尔跨上黑骏马，穿上甲片如鳞的黑铠甲，插上三十支白羽箭，带上威猛的黑硬弓，挎了钢刀，来到嘉萨面前，问道：

"我的嘉萨啊！我是按照你平时的做法去攻打敌人呢，还是按照自己的做法快去快回？"

"我们的行动有些慢了。你就像乃兰查河源头上的花鸭群里冲入的雄鹰一样，如一股旋风般到敌人那里去刮一通就回来！"

班珠尔出发了。他登上沙子头山的山顶，向格斯尔汗的神灵祈祷，接着就向白帐汗的大营冲去了。冲破了九道敌阵，斩断了九杆大纛，掰折了九杆军麾，砍死了九个火头军，赶回来了九群战马。

第二天黎明时分，白帐汗一早起来就派了使者去叫他的两个弟弟。

两个弟弟到了之后，白帐汗哭着告诉他们："昨天那些造孽的人又来袭击了！"

希曼比儒札劝道："你就不用一一唱给我们听了。我们已经知道了。你哭哭啼啼也解决不了问题，还是想想怎么样去追讨吧！"

"现在，该派哪条好汉去追讨呢？"

"叫莫日根的儿子朱尔干-额尔黑图①来，让他去追讨吧！"

朱尔干-额尔黑图来到了帐前。

白帐汗把自己的坐骑灰飞马交给了他，并在马背上驮了两袋沙子，说："追上班珠尔的时候，把白帐汗的话告诉他。"

朱尔干-额尔黑图循着班珠尔坐骑的蹄印，来到了沙子头山的山坡上，追上了他。

---

① 朱尔干-额尔黑图——意为有六个大拇指的人。蒙古人认为，男人的力量集中在大拇指中，因此大拇指是神箭手的标志。

"喂！吐伯特的穷乞丐盗马贼，快把我们的马群留下！不许你把带着小马驹的骒马带走，使他们与马驹分开；不许你把带着两岁小马的骒马带走，使他们与小马分开！不许你让肥马掉膘，不许你让瘦马更廋！不许你让瞎马迷路！你为什么要偷袭我们白帐汗的大营？为什么要斩断九杆大纛？为什么要割掉九座毡帐？为什么要砍死九个火头军？为什么要赶走九群战马？为什么要在万人面前令我们的国威不振？为什么要我从千人之中被挑选出来追击你？为什么你要砍断我们的长发？为什么你要折断我们的精神？我们的白帐汗与你云泥有别。凭借他的神通，能够让太阳和月亮都升起来！我是莫日根的儿子朱尔干-额尔黑图。我用一张弓能齐发六支箭。但我是受戒之人，不能杀生。一旦破戒，我的灵魂会坠入地狱。"他说，"喂，快老老实实放了我们的马群！"

安巴里的儿子班珠尔说："哎呀！去你爹的头！你也太糊涂了吧？我又不是为了把他们交给你，才弄来这群马的！"他又说，"你这个富有的锡莱河人，怎么来跟我这个贫穷的吐伯特人讨要马群呢？真是在白费口舌。你说你们的可汗有神通，不假。可是格斯尔汗就没有神通了吗？"说罢，他继续往前走。

三只黑雕朝着班珠尔的头飞来。

朱尔干-额尔黑图说："哼，吐伯特的乞丐你瞅着吧！从你头顶上飞过来的那三只黑雕，前面的是母亲，后面的是父亲。当中那一只，我要把它射下来，让它掉在你的身上。如果射中了，我就用你的脑袋做枕头；如果射不中，你就用我的脑袋做枕头。"说着便射中了黑雕，雕儿掉落在了班珠尔跟前。

班珠尔却说道："去你爹的头！男子汉大丈夫是用射杀飞鸟来夸耀自己本领的吗？刚才你不是说，你是受戒之人吗？说好的不杀生呢？给你授戒的喇嘛说过射死飞鸟不算造孽吗？你根本就是胆怯！

这回看我的吧！这北边的三座山上有三只鹿，西山上的鹿有做母亲的命；东山上的鹿有做父亲的命。我要射中间那座山上的鹿。但我不射鹿，我要射那座山，一箭掀翻那座山的半截山头！臭小子，看好了，看着那东西两座山上的鹿往哪边倒下去吧！"

开弓搭箭时，他心中祷告道："我这把神弓，上弓弰用野鹿角制成，下弓弰用狍子角制成，两侧弓面用黑皮制成，弓臂是白海螺，弓弦是青彩虹。请格斯尔汗和十方神佛守护上弓弰！请四海龙王守护下弓弰！请四大天王守护内外弓面！请青彩虹之神守护弓弦！勇士班珠尔紧握弓臂就要射箭了！请无形的黄风引领我这支箭矢！"

言毕，他射出一箭，掀翻了半截山头。东山上的鹿倒向了山阳，西山上的鹿倒向了山阴。箭矢化作一股黄色旋风，卷起尘土、腾向空中。

朱尔干-额尔黑图大惊失色，摇摇欲坠，紧紧地抱着马鬃观看。

班珠尔拾起箭矢，驱赶着马群离去。

朱尔干-额尔黑图又从后面追过来，说道："哎呀！你叫班珠尔啊？常言道，不要与英雄和神射手为敌，也不要与可汗和诺彦们作对。我不跟你比试本领了。现在我请求你，请你把马群还给我吧！"

"唉！就是杀了你这个好汉，我也要把马群赶走。我凭什么要把马群给你？"

"哎呀！班珠尔！孔雀爱惜羽毛，好汉爱惜名声。如果你实在不想把马群还给我，就请把那匹像两岁小绵羊一样可爱的白马和那匹毛色光滑得像绸缎一样的黑骏马还给我吧！为此，我让你再看一回我的本领！"

班珠尔着恼了，道："刚才你射了箭，说那是你的一种本领。现在，你要我还你两匹马，又要给我看你的本领。你到底有什么本领？要是杀了你这臭小子，锡莱河三汗还怎么弄清到底谁是好汉。你想跟我做安达，就把你骑着的灰飞马留下！它很像我们嘉萨的神翅灰骏马。你答应了，我就把你点名要的那两匹马还给你，再另外加上九匹马。我只能给你这些了。"

"哎呀呀！我把灰飞马给你了，回去可怎么交代呀？"

"哼！你是想欺骗我，夺回马群吧？我现在就杀了你。那样，灰飞马就归我了！"

"哎呀！班珠尔，你怎么生气了？我给你就是了。"说着，朱尔干-额尔黑图就把自己的灰飞马交给班珠尔了。

班珠尔把那两匹马和另外九匹马给了他，然后叮嘱了他该如何向锡莱河三汗转告自己的话。

朱尔干-额尔黑图回去后，把所经历的一切一五一十地唱给三个可汗听了，并说道："他们的一个勇士就能把一座山射成两段，如果三十个勇士一齐过来了，我们还能剩下什么？"

班珠尔回到家，把灰飞马送给了嘉萨。马群也按照前例分了，但是没有分给晃通。

嘉萨下令道："现在，苏穆的儿子乌兰尼敦①前去挑战！"

乌兰尼敦骑上了青斑红马，穿上了锁眼白铠甲，拿起准备好的弓箭和刀剑，来见嘉萨。

嘉萨将之前跟班珠尔说过的那些话重复了一遍。

嘉萨说："你就像黄河源头上的鸂鶒群里闯入的一只海东青一样，去把他们狠狠折腾一回！"

乌兰尼敦出发了。

他也和班珠尔一样，冲入了黄帐汗的大营，也像班珠尔一样大

---

① 乌兰尼敦——意为红眼睛。

杀一番后抢了马群就往回走。

黄帐汗派部下洪古尔的儿子席木珠追击乌兰尼敦。

乌兰尼敦走到沙子头山的山坡上时，席木珠追上来了。

乌兰尼敦说了班珠尔对朱尔干-额尔黑图说过的话，就赶着马群继续往前走。

席木珠挡在前面说道："哼！如果你不还回我的马群，你就要做出英雄的样子接箭，我拿出神箭手的本领射箭。要不，我做出英雄的样子接箭，你拿出神射手的本领射箭。"

"好吧！我做出英雄的样子接箭，你拿出神射手的本领射箭！否则，你会说我胆怯。"

席木珠使出毕生的本领，引弓搭箭。

乌兰尼敦张开了用来装整羊的大木盘一样的大嘴，瞪着碗口大的红眼睛，说道："来吧！射吧！"说完，就哈哈大笑起来。

席木珠胆颤了，射出的箭从乌兰尼敦的头顶擦过去了。

"好啦！现在轮到我了。"乌兰尼敦说道："你走远一点，到我的箭落下去的地方等着。我要一箭射中你的头，像剖开羊头的下颚骨一样凿开你的天灵盖！你被射倒以后爬起来，跑回去把我这情形告诉了锡莱河三汗以后再死掉。到那时，我的箭毒发作得也足以致死了。"

于是乌兰尼敦就放箭了。跟他说的一样，箭射中了席木珠的头。

席木珠爬起来，好不容易上了马，抱着马鬃摇摇欲坠地往回跑。回到大营，他把对战乌兰尼敦的情形一五一十地唱给锡莱河三汗听了，接着喊一声："孽障的箭毒发作了！"就死去了。

乌兰尼敦照例把赶回去的马群分给了大家，仍然没有分给晁通。

"现在，轮到谁去当探子了？"

抽签的结果，是轮到了八十岁的叉尔根老人。

人中之宝安冲说道："怎么能让年迈的老人去？还是年富力强的我去吧！"说着，就跨上云青马，带上了所有的武器，将盔甲穿戴整齐，准备出发。

不久前，安冲娶了当地一位可汗的女儿蒙古勒金－高娃为妻。

蒙古勒金－高娃劝说他道："亲爱的！并不是我这个新嫁来的女人要多管闲事！但我辞别父母的时候，做了一个不吉利的梦，这次你就别去了！"

安冲觉得妻子说得有道理。

这时，晁通诺彦来了，说道："孩子！你是个好汉，为什么要听女人之言，贪生怕死待在家里，人们会取笑你，说你是个没有出息的胆小鬼！我晁通诺彦十五岁时，什么大事没干过！"

安冲听了，说了声"说得对！"，就跨上了马背准备出发。

妻子哭了，说："亲爱的！你已经去过一次，当完探子回来了。就不要再去第二次了！"

安冲没有听妻子的劝说，出发走了。

他登上了沙子头山的山顶观望。

他和乌兰尼敦一样，冲进了黑帐汗的大营，得胜而返。

黑帐汗派拉哈的儿子阿拉木珠追击安冲，到了沙子头山山顶的时候，阿拉木珠追上了安冲。

情形与前两次一样，不必一一详细说唱。

阿拉木珠用箭先射安冲。安冲在心里向格斯尔的神灵祷告。

阿拉木珠射出的箭刚离开弓弦，忽然就刮起了旋风，箭矢从安冲头顶上擦过去了。

"现在，该轮到我了！"

安冲心里想道："我是个孩子，没必要讲求什么名声"，于是一

箭就把阿拉木珠拦腰射穿了，缴获了他的甲胄和坐骑。

在回来的路上，安冲又想道："我只杀死了一个敌人，赶回去这点儿马群，格斯尔汗的三十个勇士一定会耻笑我；大人们会以为我安冲没有遇到敌人，因为我只杀死了一个敌人就回来了而轻看我。"于是，他调转马头又冲入了被誉为"山中闪电"的比儒瓦的大营，斩杀了一万个敌人，把他们的辫子割下来拴在云青马的尾巴上，还斩杀了九名火头军，砍倒了九杆旗纛，最后赶着九群马往回走。

"山中闪电"比儒瓦追击安冲，并在沙子头山的山坡上追上了他，说道："吐伯特的盗贼小儿休走！你来进攻，你不进攻锡莱河三汗；你来厮杀，你不跟锡莱河三汗厮杀；为什么偏偏要袭击我？难道你没有听说过巴勒布汗的儿子比儒瓦吗？你为什么要割断我们的辫子？为什么要折断我们的精神？赶快放了我们的马群！"

"喂！去你爹的头！你如果是山中闪电比儒瓦，我就是天神的儿子人中之宝安冲。你听说过天下无敌的格斯尔汗的勇士们吧？那就是我们！十方圣主格斯尔可汗哪一点对不起你，你去投靠锡莱河三汗攻打我们？上次我和嘉萨、苏米尔三个人过来的时候，如果知道你在这里，早就把你的脑袋砍下来了！"

这时，有三只大雁朝安冲这边飞了过来。

山中闪电比儒瓦说道："喂！盗贼小儿！我要射下朝你头上飞来的那三只大雁中间的那一只。我射出的这支箭，射中中间那只大雁后，弹翻过来的箭镞能划死前面那只雁，箭羽能拍落后面那只雁。如果我一箭三雁，你就得把我的马群留下。如果我射不中，你就把马群赶走！"

安冲说："好吧！"

山中闪电比儒瓦假装拉弓瞄准飞雁，却趁安冲朝天上看过去的一刹那，一箭射穿了安冲的两肋。

安冲被射倒后又爬起来，解下九庹长的白绸巾，把冒着鲜血的两肋扎紧，止住血，骂道："去你爹的头！你这坏种可是怕了我不成？这与两个妇人吵架，一个用剪刀扎伤另一个有什么两样？我是绝不会死于你的一支暗箭，不会被叫作"肋骨被暗箭射穿留下装牛粪的柳条筐一样大的窟窿的英雄好汉"的安冲！现在让你见识见识我的本领。你走远点儿，在你的头盔缨子上插一根芨芨草，再在芨芨草尖上扎一粒羊粪蛋，我能把你头盔的缨子和羊粪蛋中间的芨芨草一箭射断。你就带着大开的眼界去回复你的三个可汗吧！你回去后向你们的三个可汗禀报：我把他的两肋射穿以后，在没死之前，他还能如此射箭！"

山中闪电比儒瓦听了安冲的话，走到远处，背过脸去等他射箭。

安冲边拉弓边想："去你爹的头！难道你骗了我，我就老老实实被你骗完就回去吗？"于是，便一箭射穿了他的甲胄，射死了他。接着，安冲跨上云青马，割下了比儒瓦的脑袋，拴在坐骑的脖子上权作穗缨，又夺了他的战马，赶着马群，沿着沙子头山的山岗往回走。

行走之间，他流血不止，又因干渴而昏厥，差点从马背上摔了下来。不过，当他朝右边倒下去的时候，云青马竖起右边的鬃毛托住了他；当他朝左边倒下去的时候，云青马用左边的鬃毛托住了他；可是当他朝前面倒下去的时候，云青马想用头托住他，却没能成功，安冲摔下去了。

两只狼跑过来了，想吃他的肉；两只乌鸦飞过来了，想啄他的眼珠。

云青马岔开四条腿站在安冲上方，把他护卫在胯下，呼唤着安冲的名字，哭道："蓝天上自由翱翔的雄鹰啊，难道你坠入捕猎网了吗？深海里任意游弋的鳖鱼啊，难道你被渔网困住了吗？在这金色世界上畅行无阻的格斯尔汗的侄子安冲啊，难道你被妖魔控制住了吗？我们的主人三十勇士，因为像琴声一样合拍，因为像竹节一样衔接顺遂，所以才走到了一起；我们三十匹骏马，因为像鸟儿的翅羽一样亲密无间，所以才跑到了一起，成为了勇士们的坐骑。至高无上的腾格里的儿子安冲啊，难道你被这瞻部洲的人杀害了吗？由神圣的腾格里降生的安冲啊，你被黑头的人杀害了吗？如果让他们吃掉了你宝贵的躯体，我还是追风的云青马吗？"

云青马流着眼泪，保护着安冲。两只狼从后面偷袭，云青马就用后腿踢他们；两只狼从前面扑过来，云青马就用前腿刨他们，并张大嘴去撕咬他们。

安冲还没有完全失去知觉。他躺在云青马的胯下，用眼角扫了扫两只乌鸦，说道："唉！两只乌鸦啊！我身上除了这两只眼珠归你们以外，我的身躯归谁呀？请你们在啄食我的眼珠之前，先飞到嘉萨-席克尔和三十个勇士那里，告知他们一声，就说人中之宝安冲冲进敌人阵营里，把他们杀了个落花流水，俘虏了他们的很多子女而返。安冲驱赶着他们，已经来到了沙子头山的山梁上，因为没有水喝，快渴死了。叫他们赶快送水过来！"安冲如此这般嘱咐了许多，然后说："唉，乌鸦呀！三十个勇士听不懂鸟语，你们就去告诉伯通吧！伯通能听懂很多种语言。"

两只乌鸦飞走了。

乌鸦飞到大营上空盘旋着。

伯通听到了乌鸦的叫声，止住众人的吵嚷，哭喊着站起来说："哎呀呀！这两只乌鸦是来报信的！"

嘉萨-席克尔忙问："伯通，怎么回事？快到这儿来！"

"我晓得了。男子汉大丈夫的胸膛里能容得下一个穿戴盔甲的人，女人的肚子里能容得下有头发和骨骼的孩子。这两只乌鸦带来了安冲的口信！"伯通把乌鸦转达的安冲的话，一五一十地唱给大家听了。

嘉萨和茹格姆-高娃二人默默地流下了眼泪。

"听说人中之宝安冲掳来了漫山遍野的牲畜，正往回走呢！我们给他送水去吧！"说完，嘉萨、茹格姆-高娃和伯通三个人出发了。

"也不知道安冲他是死是活？或许还活着呢？赶紧去把贡嘎①医生叫来！"于是，伯通被派去叫贡嘎医生。

伯通找到贡嘎医生，叫他去救人。

贡嘎医生夫妇异口同声地说："今年向东方出行不吉利。出行必死，不能去。"

伯通回来，将这番话告诉给了嘉萨和茹格姆-高娃二人。

茹格姆-高娃听了大怒，说道："你们听听这个该死的人说的话！他知道格斯尔汗不在家，就因为我是女人而小看我们，明明在家却不去救我们的安冲。他这个歹人！我杀了他，谁还敢问我的罪不成？"说着，便派人要把贡嘎医生强行带来。

四个人动身了，沿着沙子头山的山梁寻找，却一直没有找到。

这时，忽然有个高大的黑影，挟着漫天尘土向前跑过去了。

四人看到了它的蹄印，茹格姆-高娃认出来了，说道："这不是我的格斯尔的枣骝神驹的蹄印吗？怎样才能追上它呢？"他们说着，就循着神驹的蹄印一路寻过去。

找到之后一看，一大群马像是被人聚拢过来的一样，聚集在安冲的跟前。

安冲的云青马流着眼泪，跑过来迎接他们。

嘉萨和茹格姆-高娃二人也哭了。

---

① 北京版《格斯尔》蒙古文原文作 "Günggen emči"（贡嘎医生），也可以读 "Könggen emči"（轻便医生）。而藏文《格萨尔》中，救活安冲的医生有叫 kun dgahni ma（贡嘎尼玛）的，因此翻译成 "贡嘎医生" 可能更接近原意。

原来，格斯尔的枣骝神驹凭借神通知晓了安冲遇害倒下的情况，便跑过来，聚拢来一大群马，聚集在安冲的跟前。

贡嘎医生取出灵药，敷在死去的安冲的两肋上，把他救活了。

安冲又唱又说地将他战胜锡莱河三汗的详细经过描述了一遍。

他们坐在草地上，瞧着一万人的辫子和山中闪电比儒瓦的头颅，谈笑不止。

就在这时，忽然飞来了六支箭，一支射中了安冲，一支射中了伯通，一支射中了贡嘎医生；其余三支射中了他们各自的坐骑。

茹格姆-高娃急忙站起来，哭道："哎呀！我的嘉萨啊，这是怎么回事？"

"这是敌人发出的讯号，不要哭。"嘉萨说着，拔掉了三人身上的三支箭，再敷上贡嘎医生的药，就上马回返了。

嘉萨-席克尔登上山顶，瞭望后才知道，刚才原是锡莱河三汗莫日根的儿子朱尔干-额尔黑图从暗处用一张强弓齐发了六支箭。他还念了咒语："射出去的每支箭啊，中不了人，就中马；中不了马，就中马的主人！"因此，箭就射中了三个人和三匹马。

嘉萨-席克尔说："你不就是莫日根的儿子朱尔干-额尔黑图吗？你忘了自己是怎样把你那匹灰飞马送给安巴里的儿子班珠尔的啦？"

"你说得没错。你们的一个小毛孩子闯进来，偷袭了我们的军营，把我们那里弄得一塌糊涂，所以我才来射箭的。"

"哼！如果是这样，是你对我失礼在先！"说罢，嘉萨-席克尔射出了一支箭。

原来，朱尔干-额尔黑图的灵魂藏匿在他的六根大拇指里，因此这一支箭并没能射死他。

朱尔干-额尔黑图跳将起来，再次搭箭瞄准。

嘉萨凭借神通知道了他的灵魂藏匿处，就嗖的一声拔出了纯钢弯刀，飞马冲到他的眼前，把他正在拉弓的六根大拇指连同弓弦和箭一起砍掉了。

朱尔干-额尔黑图命绝倒地。

嘉萨带着朱尔干-额尔黑图的坐骑、甲胄和六根大拇指凯旋。归来时，他见到茹格姆-高娃正坐在那里哭泣。

"哎，我的茹格姆-高娃！你在这里哭泣，又该让谁去上药呢？我已经杀死了朱尔干-额尔黑图归来了。"

他们大量配制了格斯尔从天上请来的贡嘎医生那用于起死回生的神药，点起了煴桑，焚烧了供品，嘉萨-席克尔向格斯尔汗的保护神叩头祷告道：

"根除十方十恶之源的圣主格斯尔汗啊！霍尔穆斯塔腾格里天神父亲在上啊！三位神姊啊！诸方一切天神，请依次保佑我们！请招回这三人远去的魄、游走的魂吧！请让这副神药啊，重量变得比羽毛轻，药效变得比飞箭快吧！"

然后，他们把这三个人抬起来，在煴桑祭台上绕了几绕，给他们敷上了贡嘎医生的神药。

三人立刻就活过来了。

贡嘎医生苏醒过来了，但说自己的身体还没有完全恢复过来，就服了一副自己的药，也给另外两个人服了。服过药后，三人的身体就康复如初了。

贡嘎医生拔掉了三匹坐骑身上的箭，又把朱尔干-额尔黑图大拇指上的肉捣碎了，配入药里，抹在三匹马的箭伤处，三匹马也活过来了。

他们从马群里挑选出九匹膘肥体壮的战马，宰杀了，用来拜祭格斯尔汗的保护神。

茹格姆-高娃和伯通二人驱赶着马群踏上归程。

嘉萨、安冲、贡嘎医生三人抬着山中闪电比儒瓦的头颅回到了大营里。

之后，按照前例，他们将马群平均分了，依旧没有分给晁通。

锡莱河三汗，把三部人马聚集在一起，安营扎寨。

在这之后，晁通诺彦也想去盗取马群。他骑上自己的黑头白尾黄斑马，背上蚂蚁斑箭筒，披上生牛皮铠甲，挎上两面薄刀出发了。

晁通去锡莱河三汗的营地里盗了一群马，往回走的时候，白帐汗的属下、绰号为"饮血雄鹰"的哈剌大臣尾随而来。当晁通走到沙子头山山坡上的时候，被追上了。

晁通诺彦觉得自己是个了不起的好汉，骄傲地自语道："回去以后，这群马全归我，一匹也不分给他嘉萨！"

饮血雄鹰哈剌大臣追上来，听到晁通在自言自语，就躲在暗处大声喊道："看来，你这个人不是什么好东西！一个人叨咕什么呢？你有本事，回到家以后就独吞这群马，一匹也不要分给嘉萨！"

晁通听了，丢下马群，拼命逃跑。

跑着跑着，晁通眼看自己就要被追上了，就背着弓箭和箭筒，钻进了一个旱獭洞里藏起来。

哈剌大臣喊道："咳！你这个歹人快给我出来！进到洞里，还能往哪里跑？"

晁通在洞里回答说："马群都在那儿！你要我这个人做什么用？"

哈剌大臣说："你倒大方起来了。你，我不管，把箭筒和弓箭给我缴出来！"

晁通缴出了箭筒和弓箭，那三十支白羽箭的箭羽上沾满了泥土。

"你不出来，我就拿烟熏你！"哈剌大臣说着，用衣襟兜来了一些干牛粪。

晃通急忙喊道："千万别杀我！格斯尔不在家。你想抢茹格姆-高娃，我给你出个好主意！"

晃通从洞里爬了出来。

哈剌大臣把晃通捆了起来，赶着马群，把他送到了锡莱河三汗的大营里。

他们为晃通松了绑，晃通向他们磕头。

白帐汗说了声："请上坐！"

希曼比儒札讽刺道："磕头的晃通诺彦，还有给你让座的可汗，你们二位可真般配！晃通叔叔，有什么话你只管讲出来好了。"

晃通诺彦说："格斯尔不在家，他去征讨蟒古思还没有回来。格斯尔最亲密的哥哥嘉萨和三十勇士，他们都很厉害。但是没有关系，抢茹格姆-高娃的事情，我来帮你们谋划！"

"好啊！你说吧，有什么办法？"

"你们把我的坐骑和盔甲、武器还给我！再给我一群不太好看的马！我回去后跟他们说：'锡莱河三汗的军队往回撤退时，我跟着他们的踪迹追了过去，看到有一群马跑不动了，就赶回来了。'我这样说了，我方的大军和三十个勇士就会解散，各回各家。你们紧跟在我后面，把茹格姆-高娃抢走就是了！"

三个可汗听闻此言，觉得有道理，就把晃通的坐骑和武器、盔甲还给了他，还给了他一群驽马。

晃通骑上马走了一阵，又折返回来说道："一直以来，格斯尔和我都在相互争夺领地和百姓。你们抢到茹格姆-高娃之后，把那里的土地和百姓分给我吧！"

白帐汗答应了。

晃通磕头谢过，就离开了，回到了家。

嘉萨-席克尔和众将士们问道："晁通叔叔,你怎么去了这么久才回来?"。

晁通说:"锡莱河三汗损兵折将之后,开始往回撤退。我去追击他们,没有追上,只好把他们丢掉的一群老弱战马赶回来了。原来你们是嫌弃我没有本事,等人家撤退以后才派我去抢他们的马群呀。为了偷得马群,我没少遭罪呀!我虽然无能,也是你们的亲戚呀?如果你们不相信我的话,就再派人去打探打探!"

嘉萨说:"这又不是别人,是晁通叔叔啊!照这么说,敌人是真的撤走了。大军解散,各回各的家吧!"

茹格姆-高娃哭着对嘉萨说道:"我的格斯尔不是常对你说吗?晁通这个人,脸像丝绸一样光滑,说出的话比面粉还要柔软,心却像石头一样又黑又硬。格斯尔还吩咐过,嘉萨、茹格姆-高娃,你们商量内部事情的时候要瞒着他;无关紧要的外务才可以让他知道,不是吗?而且,格斯尔还说过晁通的胆小和撒谎的本事可不是一般的厉害。"

嘉萨说道:"唉,我的茹格姆-高娃!无论他的话怎样不可信,也不至于投敌,出卖我们。假如是那样,他也不会平安地待在家里。依我看,他说的是真的。"

嘉萨-席克尔命令大军就地解散,士兵们各回了各的家。

茹格姆-高娃一边哭,一边给向导阿日嘎的儿子阿日贡备好了战马和盔甲、兵器,派他去探察锡莱河三汗大军撤退的消息是真是假。

他刚走过两片低洼草滩,便看见锡莱河三汗的大军杀过来了。

阿日贡想:"就算我逃出了这些敌人的包围,难道还能长生不死吗?"便冲进阵里去与敌人厮杀,杀死了一千个敌人后阵亡了。

锡莱河三汗的大军来了。

茹格姆-高娃流着泪,找出格斯尔那柄用磁性青钢铸成的宝剑,藏在腰间，走到外面来。

格斯尔的另一个夫人、龙王的女儿阿珠-莫日根会引弓射箭。

茹格姆-高娃出于嫉妒，叫来了阿珠-莫日根夫人。

阿珠-莫日根过来以后，茹格姆-高娃对她说："他们以为十方圣主格斯尔不在家，以为他亲近的嘉萨-席克尔哥哥和三十个勇士也各回了各的家，以为我们是女人，所以就敢来欺负我们吗？现在，我们去跟敌军的先锋厮杀吧！"

茹格姆-高娃给格斯尔常用的一个大箭筒里装入了一千〇四十支箭，交给了阿珠-莫日根。阿珠-莫日根接过箭筒，挎在腰上，就飞马来到了敌军阵前。

阿拉坦-格日勒图-台吉担心大队兵马扬起的尘土会飞落在茹格姆-高娃如花似玉的脸上，就先行带着四十个好汉过来了。

阿珠-莫日根问道："来抢茹格姆的四十个好汉，你们是大军的先锋吗？还是迎亲队？"

四十个先锋回答说："我们是先锋。"

阿珠-莫日根对他们说："那好！你们摆成四行，一行十人！"

他们摆成了四行，一行十人。

阿珠-莫日根用四支箭射穿了那四十个人。箭又弹出去，飞到敌军之中，射死了很多人。阿珠-莫日根杀死了阿拉坦-格日勒图-台吉，缴获了阿拉坦-格日勒图-台吉那匹被称作"金座"的黄马。她骑上马，继续向敌军先头兵马冲杀而去。

锡莱河三汗的大军败逃而去。

他们纷纷说道："晃通诺彦骗了我们。原来格斯尔在家呢！他正在追杀我们的先锋。"

他们派出了五员统军大将：一个是白帐汗的三弟希曼比儒札，他全身披挂，骑着白龙马出阵；一个是饮血雄鹰哈剌大臣；一个是白帐汗的女婿、索龙嘎汗的儿子曼楚克–朱拉；一个是黄帐汗的女婿、巴勒布汗的儿子米拉–贡楚克；一个是黑帐汗的女婿、当地一个汗的儿子蒙萨–图斯克尔。这五个人一起出发，挥着大刀，好不容易才把四处逃散开的军队召集了回来。

这样，漫山遍野都是锡莱河三汗的大军了。

阿珠–莫日根杀死了一万一千名敌军之后，一摸箭筒，没有箭了。她向左右看看，身边没有一个好汉。

"现在，我该怎么办？"她无计可施，只好带着畜群和帐幕上山去了。

为了捉住茹格姆–高娃，敌人摆开阵势，包抄过来。

茹格姆–高娃朝从西边冲过来的敌人砍去，砍死了一万人；朝从东边冲过来的敌人砍去，砍死了一万人。她就这样砍着。

腹背两面的敌军大喊："不要等她举起宝剑，要先行冲到跟前去！"

腹背两面的敌人再次冲上来。

茹格姆–高娃精疲力竭、无力招架，变成一只母雁飞上了天空。

白帐汗的保护神变成了一只白鸢，追赶茹格姆–高娃。

茹格姆从高空上下来，在低空中飞行。

黄帐汗的保护神变成一只黄鸢，追赶茹格姆–高娃。

茹格姆紧贴着金色世界的地面、收起翅膀，全凭着气流在飞。

黑帐汗的保护神变成一只黑鸢，追赶茹格姆–高娃。

茹格姆无计可施，幻化出了六百个尼姑，坐在地上打坐。

锡莱河三汗认不出她来，就放出白龙马去辨认。

白龙马走到茹格姆跟前，咬住她的衣襟，用四蹄刨地。茹格姆–高娃再无脱身之计，只得现出原形，被擒住了。

锡莱河三汗逐一毁坏和掠走了格斯尔的白宝塔、如意宝、金粉抄写的《甘珠尔》《丹珠尔》两部大乘经典、十三奇宝寺和没有裂纹的黑炭等一切宝物。

茹格姆-高娃边走边哭。她把格斯尔的一个仆人叫到跟前，嘱咐道："我的格斯尔是个急性子。他从蟒古思那里回来以后，知道锡莱河三汗抢走了我，看到所有的东西都被抢走了，就会昏死过去。到时候，你用这个去熏他的鼻子！"说着，她拔了一根自己的眼睫毛交给仆人。接着，又接了一小勺自己的眼泪交给仆人，说："把这个灌进他的嘴里！"说完就走了。

原来，格斯尔的巴尔斯-巴特尔送走嘉萨-席克尔以后，就找人喝酒去了。当他一个人喝得醉醺醺地回到了家里，听到了消息，就立即披挂上阵，单枪匹马地追上了锡莱河三汗的大军。在冲入敌营，斩杀了五万敌军之后，他因为干渴而昏倒了。敌人把巴尔斯-巴特尔杀死后就离开了。

英俊的莫日根侍卫誓为格斯尔出力，单骑追上敌军，斩杀了五千个敌人。

安巴里的儿子班珠尔单人独马追上了敌军，也和巴尔斯-巴特尔一样，杀得起意。饮血雄鹰哈剌大臣射死了他的黑马，他就徒步与敌人厮杀，杀死一千个敌人后，他因干渴而昏倒了。

苏穆的儿子乌兰尼敦张开了用来装整羊的大木盘一样的大嘴，瞪着碗口大的红眼睛，冲入敌阵。跟班珠尔的境遇一样，他正杀得痛快，汉地太平汗的儿子米拉-贡楚克[①]射死了他的绛红马。他就徒步与敌混战，斩杀了一千五百个敌人后，因干渴而昏倒了。

苏米尔随后赶到。也跟其他人一样，正在追杀敌人的时候，索

---

① 北京版《格斯尔》蒙古文原文如此。而之前说米拉-贡楚克是巴勒布汗的儿子。

龙嘎汗的儿子满楚克-朱拉射死了他的追风云青马。他便徒步与敌人拼杀，在斩杀了一千个敌人后阵亡。

安巴岱的儿子铁穆尔-哈岱冲入敌阵，斩杀了五万个敌人后阵亡。

大塔尤、小塔尤、大鼓风手、小鼓风手、乌努钦-塔尤、戎萨六人随后赶到。在他们斩杀了六千个敌人后，山中闪电比儒瓦的儿子布哈-察干-莽赖从六人背后偷袭，把他们全部杀死了。

巴德玛瑞的儿子巴姆-苏尔扎单骑赶来，当斩杀到五万个敌人时，当地一个可汗的儿子孟萨-图斯格尔射死了他的青马。他便徒步拼杀，又杀死了两千个敌人后，战死了。

十五岁的人中之宝安冲单枪匹马赶来，杀死四万个敌人后，饮血雄鹰哈剌大臣射死了他的追风云青马。他便徒步作战，又斩杀了三千个敌人后，被人杀死了。

伯通赶到了。他杀死四千个敌人后阵亡。

其他勇士们也都先后赶到，各自杀敌三百、二百后，都战死了。

格斯尔还有一名神通广大的勇士，名叫包达齐。他会魔法，能变出火球，徒步就能进入敌阵抛撒，烧死敌人。这时，他骑马赶来，将魔葫芦掷在地上，盛满沙土后点燃，然后冲入敌阵四向乱撒，烧死敌人无数。敌人想绕到他的背后偷袭他，但火焰和浓烟使他们无法靠近。就这样，他把锡莱河三汗的兵马火烧烟熏了一番，令他们死掉的多，生还的少。可惜在浓烟烈火之中，他自己也因干渴而昏倒，最后被杀死了。

英雄嘉萨的家在澈澈尔格纳河源头上的古尔奔-图拉嘎地方。

他一得知不幸的消息，就骑上飞翼枣骝马，披挂上各种宝物镶缀而成的盔甲和佩饰，启程出征了。

这时，八十岁的叉尔根老人骑着他那身躯如大象一般的黄马赶来了。

于是，他们二人一道，循着锡莱河三汗大军的踪迹，追杀过去。

嘉萨说道："哎呀，叉尔根老爷！从格斯尔住的红草滩大营到黄河这一路上，敌人被杀得尸横遍野，就像无数只羊群遭到了巨大的野狼袭击一样。只有你我二人的战马才能在这中间穿行，换成别人的马，如何能从这累累死尸中通过？哦，多么可惜的三十个勇士呀！"他抑制不住心头的怒火，又说道："老爷！你由这儿慢慢前行。我去看看锡莱河三汗的军队，看他们究竟死了多少人，还剩下多少，了解一下他们的数量！"

他登上这座山瞭望，爬上那座山远眺，挥洒着眼泪呼唤格斯尔道："神圣的兜率天的儿子、享誉金色世界的十方圣主格斯尔可汗啊！这到底是怎么回事？霍尔穆斯塔腾格里的儿子、神通广大的格斯尔汗啊，这到底是怎么回事？像高山顶上腾跃的黑纹虎一样的三十个勇士，像大海深处游弋的巨大鳌鱼般的三十个勇士，是你从圣洁的兜率天亲自带到人间来的英雄。茹格姆-高娃夫人是你在金色世界的盛大比赛中获胜后娶到的妻子。从十五岁起就声名远扬的人中之宝安冲啊，与你最亲近的英雄嘉萨-席克尔我在此万分悲痛地哭诉啊！亲爱的格斯尔啊！你这是怎么啦？莫非长着十二颗头颅的蟒古思已经把你害死了？莫非是阿尔鲁-高娃夫人设计把你留住不放？到底怎么啦？天上的众神啊，到底怎么啦？我的格斯尔啊！"

他如此这般唱着哭诉的时候，具有神通的茹格姆-高娃知晓了一切，从远处呼唤起嘉萨的名字，下令道："人中之雕嘉萨-席克尔啊！树断了，根还在；人死了，儿孙还在。树没有了根就会死掉；人没有了子孙就要绝后。怎样才能让死去的三十个勇士复活呢？现在，敌人力量很强、势不可当。你去通知格斯尔，然后你们二人一起过来，报仇雪恨！"

"哎呀！转眼工夫，你就变了心、顺从于锡莱河三汗了吗？茹格姆，你要我在脸上贴上一层毡子，厚着脸皮去见格斯尔吗？如果格萨尔回来问我：'嘉萨，这到底是怎么回事？'我该怎么说？还真不如死了痛快。你以为我惜命怕死吗？"

茹格姆-高娃问道："晁通在哪里？"

嘉萨回答说："老爷啊！他因为怕你，引着锡莱河三汗的向导先走了。"

嘉萨返回来，对叉尔根老人说："唉，老爷！锡莱河三汗的军队还有四十万人。男子汉趁年轻才能做事；羊羔肉趁热才好吃！"

叉尔根老人说道："亲爱的嘉萨啊！我是个距死期将近、离活路渐远的人，已经走到山顶的尽头啦！亲爱的！我倒在什么地方，你就把我埋在什么地方！叉尔根我呀，就像一只扑向灯火的飞蛾，就像一片霜打的田禾。你去见十方圣主格斯尔可汗，然后回来消灭锡莱河三汗，讨还血债！"

嘉萨听了，说道："我的老爷，你是害怕了吗？少说废话，快走吧！"

他抽飞翼枣骝马一鞭，又嗖地拔出青锋刀，在虎皮石面上霍霍地磨好了。

他们穿过西冷峡谷，涉过黄河渡口，从东北方向杀入了锡莱河三汗的大营。（他们）朝前砍，把敌军杀得就像割干净了的庄稼一样；往后砍，将敌人杀得就像割得不太干净的庄稼一样；黄河里漂满了死尸，河水变成了红色。

他们三进三出，砍死了七万人，分头朝着敌阵的两翼冲杀后再返回。

他们二人往回返时，又杀了一万个敌人。

"唉！叉尔根老爷！你为什么把我叫过来呢？"

"你看！那里有仇敌的五六个大将！你去杀死他们当中的一个！"

白帐汗的三弟希曼比儒札骑着白龙马、身着全副盔甲，前来迎战嘉萨。

他们战了一个回合。

原来，嘉萨的飞翼枣骝马和希曼比儒札的白龙马是同一匹种马所出。两匹马认出了对方，都向后退去，不想靠近对方。因此，嘉萨挥砍着的青锋刀近不了希曼比儒札的身。嘉萨改用左手持刀，砍断了希曼比儒札的弓弦。他从那里冲出来，沿途又杀死了一万个敌人。

嘉萨杀死了九万个敌人，叉尔根杀死了一万个敌人。他俩一共杀死了锡莱河三汗的十万士兵。

杀死了如此多的敌人，嘉萨口干舌燥，便到黄河边上去喝河水。黄河水已经变成了血水。嘉萨喝了血水后，中毒晕倒了。

希曼比儒札用一块木头当舢板，靠过去砍下了嘉萨的头颅，交给了自己的士兵。

茹格姆-高娃见到嘉萨的头颅，捶胸顿足地痛哭着跟锡莱河三汗要来了嘉萨的头，抱在怀里哭喊道："根除十方十恶之源的十方圣主格斯尔可汗啊，你怎么啦？你不是上界霍尔穆斯塔腾格里天神的儿子吗？跟随你下凡人间的嘉萨-席克尔已经死了。哎呀！我的嘉萨！你的上身完满具备四大天神的神力，你的中身完满具备金色世界的力量，你的下身完满具备白龙王的神力。亲爱的英雄嘉萨-席克尔啊！"

茹格姆这样为嘉萨而痛哭的时候，锡莱河三汗从她的怀里夺走了嘉萨的头。

茹格姆-高娃想施用法力，使嘉萨借尸复活，就出发去寻找一具没有创伤的尸体了。可是她怎么找也找不到，所有的尸体都有被嘉萨砍过的刀伤。她只得找来一只鹰，将嘉萨的灵魂移入这只鹰的躯体内了，然后她向锡莱河三汗军队中的每个士兵都要了一支箭杆，当作木柴，把嘉萨的遗体火化了。

茹格姆-高娃找来嘉萨使用过的一支箭，在箭杆上写道："根除十方十恶之源的十方圣主格斯尔可汗啊！你是不是已经死了？要是死了，我就没有办法了。如果你还活着，在你六岁时与你相遇的，你的茹格姆-高娃正在此诉说呢！你那以嘉萨-席克尔为首的三十个勇士，他们知道你失去了十三奇宝寺、白宝塔、如意宝、金粉书写的《甘珠尔》《丹珠尔》两部大乘经典等所有这些宝物以后，会无法承受悲痛，因此不顾一切地冲入敌阵厮杀，全部阵亡了。我是你的茹格姆-高娃！唉，圣主格斯尔汗，快回来为我们报仇雪恨吧！"写完，便摩挲起那支箭，施以魔法后发出。

这支被施了魔法的箭矢，落到了格斯尔所住的蟒古思城，跳入了格斯尔的箭筒里。

"奇怪！我的箭筒为什么会发出响声呢？图门-吉日嘎朗，把我的箭筒拿过来！"

图门-吉日嘎朗将箭筒拿来，递给他。

格斯尔端着箭筒察看。

他拿起那支箭，认出了是嘉萨所使用的箭。

"哎呀！这不是嘉萨的箭吗？"他看到了写在上面的字。

"是啊！我的茹格姆-高娃夫人、英雄嘉萨-席克尔和三十个勇士，他们还都在家里。我怎么就把他们给忘了呢？看来，他们遭到了敌人的侵犯。"格斯尔念了咒语："谁侵犯了我，你就去射中谁的心窝！"接着，摩挲了那支箭。

格斯尔摩挲过的那支箭，飞出去射中了白帐汗的额尔克-查汗夫人的心窝，夫人当即毙命。

这在锡莱河三汗的军队中引起了轩然大波，人们纷纷议论道："这支会不会是来自天上的神箭？还是中界阿修罗射来的箭？还是下界龙王的箭？如果都不是，可能是十方圣主格斯尔可汗来讨伐我们了。"

他们被吓得四处逃散。

茹格姆-高娃听了，暗自欣慰。她想："十方圣主格斯尔可汗还活在人间！你摩挲过的箭射死了一个仇人。"她在那支箭杆上又写道："我在黄河岸上等你等到九月。过了九月还不见你回来，我就要成为白帐汗的妻子了。唉！我的圣主！"写完，她摩挲了那支箭。

那支箭又飞进了格斯尔的箭筒里。

格斯尔听了，问道："我的箭筒怎么又发出响声了？把箭筒给我拿来！"

图门-吉日嘎朗取来箭筒，递给他。

格斯尔认出了嘉萨的箭。

"哎呀！这不是那天飞来的那支箭吗？我怎么又忘了呢！"他说，"谁侵犯了我，你就去射进谁的心窝！"他又摩挲了那支箭。

等格斯尔摩挲完那支箭，图门-吉日嘎朗装出敬畏他的样子，说道："令人敬畏的圣主啊！你饿了吧？"然后给他吃了能让人忘掉一切的黑色食物。

白帐汗正准备在一块黑纹卧牛石上坐下来，听到嗖地飞来一支箭，心里很是害怕，赶紧说："我一直在祭祀圣主格斯尔呢！"随即用碗里的奶茶洒祭了神箭。

因为格斯尔是神佛转世，所以这支箭就深深地射进了黑纹卧牛石里，只露出了箭扣。

锡莱河三汗都赶过来了。

他们让士兵们去拔那支箭，士兵们抓住箭扣拔，拔不出来；抓住箭羽拔，还是拔不出来。

他们再次抓住箭羽一起向外拔，还是没有拔出来，因此惊讶道："这箭是谁射的呀？莫非是十方圣主格斯尔可汗的神箭？"

此念既出，他们吓得马上搬走了。

茹格姆-高娃来了。她不好断定这支箭就是格斯尔的，便说："如果是我亲爱的圣主格斯尔汗的箭，就一定是支神箭，那你就自己弹出来，落在我的长坎肩上！如果不是，就不要弹出来！"

说完，她敲了一下这块卧牛石。格斯尔摩挲过的嘉萨的这支箭，果然弹出来落在了她的长坎肩上。于是，茹格姆想道："为了我的圣主，我每日都要摩挲这支箭。"

格斯尔汗到城楼上去睡觉了。到了中午的时候，他看见一个老太婆牵着一头乳牛，乳牛后头跟着一个女人。

他把老太婆和女人叫到跟前，问道："喂，老太婆！你这头乳牛是不是老了？你看它的犄角都变形了！"

老太婆回答说："唉，我的圣主！我这头乳牛不仅老了，还糊涂了。格斯尔汗来此地的那年，它还是头小牛犊哩！现在，格斯尔汗来这里都已经九年了。这牛也该老了。"

格斯尔听了，猛然清醒过来："哎呀！多么奇怪啊！我来这里已经九年了，我自己怎么就忘了？"

十方圣主格斯尔可汗回到了宫里。

图门-吉日嘎朗依旧装出敬畏他的样子，说："我的圣主！你饿了吧？"然后又给他吃了能让人忘掉一切的黑色魔食。

第二天，格斯尔汗又上了城楼。中午，有一只乌鸦从西边飞过来，十方圣主格斯尔可汗就问那只乌鸦道："喂！你这只乌鸦！你是在为寻找粪便和骆驼的疮疤而忙碌吗？"

乌鸦答道："十方圣主格斯尔可汗，你问得没错。我住在城堡东边的高塔上，为了觅食去了西边。现在，我已经觅到了食物，要回到我住的地方去过夜。我不像这瞻部洲的主人圣主格斯尔汗那样，脑子里装满了泥浆。你在家乡吐伯特地方，凭自己的神通娶来的茹格姆-高娃夫人在这里吗？你的茹格姆-高娃夫人、以嘉萨-席克尔为首的三十个勇士和人中之宝安冲，他们都在哪里？由于你的原因，他们被杀的被杀了、被抢走的被抢走了。你已经是孤家寡人了，还配嘲笑我？"说完，乌鸦就飞走了。

"哎呀！它说得对呀！我怎么就忘了呢？"格斯尔说着，跑回家。

图门-吉日嘎朗依旧装出敬畏他的样子，说："我的圣主！你饿了吧？"然后又给他吃了黑色魔食，让他忘掉了一切。

次日，格斯尔再次登上城楼的时候，看到有只狐狸跑了过来。

"喂！你这只狐狸，你是为了寻食人们废弃的皮革和蹄筋而忙碌呢吧？"

狐狸把昨天乌鸦说过的话重复了一遍，跑了。

格斯尔汗说道："哎呀！我怎么又忘记了呢？"说完，跑回家去了。

图门-吉日嘎朗又给格斯尔吃了黑色魔食，让他忘掉了一切。

叉尔根、僧伦、嘉萨的儿子来查布、英俊的莫日根侍卫，这四个人并肩拍马，登上了高山之巅，一起伤心地哭着，念叨起十方圣主格斯尔可汗。

格斯尔三位神姊的元神变成了三只仙鹤，咕嘎哀鸣着盘旋了一会儿，飞走了。

之后，莫日根侍卫说道："哎呀呀！这几只是神鹤吧？不然，为什么在我们哭的时候，他们会在我们的头顶上盘旋，还发出那样悲切的哀鸣？"

嘉萨的儿子来查布哭着赞颂那几只仙鹤道："哎呀！根除十方十恶之源的十方圣主啊！你的上身完满具备十方神佛的法力，你的中身完满具备四大天神的神力，你的下身完满具备四大龙王的神力。你一次可变化出一千五百种样子。这神鹤莫非是你变化成的？哎呀！怎么回事？请你下来吧！"他说着，跪下去顶礼膜拜。

嘉措达拉敖德神姊的化身神鹤飞下来，落在了他们面前。

英俊的莫日根侍卫向它发问，但仙鹤并不做声。

就这样，他们把他们所经历了的一切都唱给仙鹤听了，并说："我们写一封信，将这一切都告诉圣主格斯尔吧！"这里的大家都知道了，还唱什么呢？

他们把一切遭遇统统写进了信里，对仙鹤说道："唉呀！我们不知道格斯尔汗是死是活。如果他还活着，求你把这封信交给他！他自然会明白一切。"

仙鹤飞走了。

仙鹤飞走后，四个人谈论说，这仙鹤一定是圣主格斯尔的精魂，心里很是高兴。

仙鹤飞来的时候，图门-吉日嘎朗陪伴着格斯尔汗，坐在城楼上。

图门-吉日嘎朗看出格斯尔在思念故乡，所以日夜盯紧了他，格斯尔出去她也出去，格斯尔进来她也进来，寸步不离。

　　仙鹤在空中盘旋着。它怕图门–吉日嘎朗发现这封信。它知道她在想方设法地阻止格斯尔回故乡去，便用法力降下了一场掺着冰雹的暴雨。

　　下雨时，图门–吉日嘎朗跑回宫里躲雨去了。

　　格斯尔吃了一颗落在他怀里的冰雹，吐出了一些秽物。

　　仙鹤停歇在格斯尔面前，鸣叫了一声。

　　格斯尔想道："哎呀！这仙鹤很像是我们吐伯特地方的仙鹤！多么奇怪的仙鹤呀？"于是，他便把仙鹤叫过来问话。

　　仙鹤走过来，摘下脖颈上的信，丢给他后飞走了。

　　看完这封信，格斯尔汗放声痛哭起来："我是有那英雄嘉萨–席克尔和三十个勇士，还有那茹格姆–高娃的人啊！我怎么会把他们忘得干干净净了呢？"

　　原来，图门–吉日嘎朗还担心格斯尔的枣骝神驹会跑到格斯尔那里去，揭穿她的秘密，便用大麦和小麦哄着它，把它关进了一间封闭的屋子里，给它头套上了铁笼头，给它的腿上了铁马绊，还把它拴在一棵大树上，有时给点儿草吃，有时不给草吃，让它挨饿。

　　这时，枣骝神驹听到了格斯尔的哭声，压制不住心头的怒火，挣断了铁绊，挣脱了铁笼头，撞开了封闭着的大马厩的门，直跑到格斯尔跟前，流着眼泪说道："你厌弃了你的哥哥英雄嘉萨–席克尔和三十个勇士，你厌弃了你那用奇珍异宝修建成的城堡，反而迷恋上了这个长着十二颗头颅的蟒古思的阿尔鲁–高娃夫人！现在，你这样哭哭啼啼，又能去哪里呢？"说完，神驹赌气走了。

　　"枣骝神驹，你说得对。你过这边来！"

　　但是，枣骝神驹却不见了。

格斯尔汗回到家，怒吼道："你这个阴险狡诈的女人！把我那像露珠一样闪亮的盔甲和众宝镶嵌的黑甲拿来！我所有的珍奇弓箭和刀剑在哪里？都给我拿来！"

图门-吉日嘎朗埋怨说道："你为什么要把我说成是蟒古思般阴险狡诈的女人呢？当初你从吐伯特地方来的时候，不是一个骑着一匹脊梁上长满癞疮的马的又瘦又黑的穷汉吗？早知有今天，我何必为了你害死我那有缘相遇的蟒古思丈夫呢？"说着便哭了起来。

格斯尔拎着马嚼子出来，召唤自己的枣骝神驹："我的枣骝神驹，快过来！"

枣骝神驹踪影全无。

他向他的三位神姊祈祷，哭着说道："我的姐姐们！请把我的枣骝神驹唤来吧！"

嘉措达拉敖德姐姐在天上说道："你的枣骝神驹在生你的气呢，它不会来了。你骑上蟒古思那匹叫达日玛迪的青马走吧！途中，你会遇到许多野骡子，到时你能逮住其中的一头，骑上它走！"

格斯尔牵来了青马。

他焚起煨桑，向天上诸神祷告道："天上众神依次听我祷告！我为你们焚起煨桑了。我遵从你们的旨意，下凡来降伏凶狠的蟒古思。可就在我镇压蟒古思的时候，我的三十个勇士遭到了敌人的侵犯。现在，我要去追击侵犯我们的仇敌。诸神啊！请你们每一位都赐给我一根木柴、一块牛粪和一块马粪！我要将仇敌蟒古思的这座城堡付之一炬！"

诸天神恩准了他的祈求，将他需要那些燃料全部降下来了。

格斯尔堆好柴火，开始焚烧这座蟒古思城堡。

熊熊大火燃烧起来的时候，图门-吉日嘎朗才把她藏起来的格斯尔的弓箭和刀剑统统搬出来，交还给格斯尔了。

"哎呀！我在这里真的住了九年啊！"

他见盔甲和刀剑都已经生锈了，就用风干的马粪蛋将他们一一擦亮。

根除十方十恶之源的十方圣主格斯尔可汗跨上青马，施用法术，把大大小小蟒古思的魂灵拼凑在一起，扎成两捆，驮在蟒古思的踏泉马背上，然后就带着图门-吉日嘎朗启程，向故乡奔去。

正走着，遇见了一群野骡。

格斯尔说："在蟒古思的城堡里住了九年，我觉得后背和肩膀都发僵了，不妨逮逮野骡、松松筋骨吧！"说着，便策马纵缰，追赶野骡去了。

当他与野骡齐头并进时，忽觉有个身影从野骡后面追来了。

"这是什么东西？"他侧过脸细看，发现原来是他的枣骝神驹。

"哦，原来是我的枣骝神驹呀！我要逮一头野骡子骑上。如果你还不过来，我准备射断你的四只蹄子哩！"

枣骝神驹凑过来，从青马马鬃上伸过头来，流着眼泪说道："茹格姆-高娃，她呀！为了让我的马鞍好看，用鲜艳的锦缎缝了鞍垫；为了让我脊背暖和，做了一件貂皮里子鞍鞯。为了让我感觉绵软，编织肚带时用的是真丝线；为了显得高贵体面，制作肚带扣时用的是纯黄金。冬天里怕我受冻，拿来貂皮盖我的脊梁；还用大麦和小麦每日喂我三顿。夏日里，把我拴在阴凉处；正午酷暑中，牵我到甘泉边饮水；还用人吃的糖果和红枣喂我。因为我是畜类，到了夜间，她让我在芳草地上吃草。可是呀！自从离开了茹格姆-高娃、嘉萨-席克尔和三十勇士，图门-吉日嘎朗她把我关进了封闭的深厩，让我受尽了苦难。为此，我在向你哭诉！

格斯尔说："我的枣骝神驹说得对！"然后用大麦和小麦喂了它

三顿，才骑上它走。

正走着，见到了一座白色的大毡帐，门口站着一个美貌的女人。这女人迎上前来，说："令人生畏的十方圣主格斯尔可汗，请到家里喝一碗茶再走！"

"图门-吉日嘎朗，你继续往前走！我下马看看！"

格斯尔进帐坐下。

格斯尔亲眼看着，这女人给一只长着犄角的黑蜣螂套上犁，耕地播种，种出了大麦和小麦，然后打下谷粒，放进锅里炒好，烙了两张饽饽。一张饽饽上印了红点，一张上没有印红点。然后，她把有红点的饽饽盛在木碗里，端到格斯尔面前，把没有红点的饽饽放到自己面前，出去了。

这时，格斯尔三位神姊中的一个变成一只青莺飞了进来，落在锅台上说："唉，我的鼻涕虫弟弟！你知道吗？她给你吃的不是普通的饽饽，而是掺了毒的食物！她就是长着十二颗头颅的蟒古思的姑母。"

格斯尔汗把两个饽饽对换了一下，把印有红点的饽饽放到了女人的座位前，把没有印红点的饽饽放到自己的面前。

女人回到帐内，见格斯尔没有吃，便拿起一根三庹长的黑拐杖，口中念了两声"速—克，速—克！"接着说："格斯尔汗，你为什么光坐着不吃啊？"

格斯尔拿起那块没有红点的饽饽吃了，然后说："娘子，你也吃啊！"

女人没细看，就把印着红点的饽饽吃了，然后又拿起那根三庹长的黑拐杖，口中念着"咕噜，速—克！"朝格斯尔的头上敲了三下。

格斯尔也口念"咕噜，速—克！"朝女人头上敲了三下。

女人变成了一头毛驴。

格斯尔把毛驴牵到图门-吉日嘎朗面前，又堆了一堆干柴去烧它。

毛驴一会儿用女人的声音喊，一会儿用毛驴的声音叫，最终被烧死了。

格斯尔的保护神胜出一筹，根除了蟒古思的家族。

格斯尔汗凭借他的神通，铲除了蟒古思余孽，继续赶路。

乌鲁克国有一个名叫色赫勒岱的人，正骑着土黄马前行。他的箭筒里插满了箭，自言自语地说道："在这个地方，没有什么人能吓到我！"

格斯尔听了，心里想道："哎呀！这是什么人？"他躲进树林里，把枣骝神驹拴在树上，藏在路边，搭上箭等候着。

色赫勒岱走到了他的跟前。

格斯尔汗大喊一声跳出来，拉满了弓要射他。

色赫勒岱扭头就跑。

格斯尔喊道："哎呀，色赫勒岱！你给我过来！"

色赫勒岱回头一看，失色道："哎呀！闹了半天，是作孽的格斯尔啊！"说着，他走过来与格斯尔相见。

格斯尔问："哎！你不是说'在这个地方，没有什么人能吓到我'吗？怎么一见我就跑了？"

"你说得没错。可我不知道你会在这里。"

"那我们一起走吧！"于是，他们便一同赶路。

走着走着，色赫勒岱说："格斯尔，你刚才吓了我一回。现在，我也得吓你一回！我吓你是这样的：如果你沿着山坡往上跑，我就让你的攀胸折断；如果你顺着山坡往下跑，我就让你的后鞦折断；

你向旁边跑，我就让你的肚带折断。"

格斯尔说："行。"于是，他们便继续走。

色赫勒岱说："格斯尔！既然咱俩结伴而行，哪能这样空着手呢？我们去一个兀鲁思，赶回来些马群吧！"

格斯尔同意了。他们到了一个名叫萨布的兀鲁思，把他们的一群马赶回来了。

萨布兀鲁思有一个名叫戎萨的人。他跨上乌雕马，箭筒中插着铁藜箭，身上披着石叶铠甲追上前来了。

色赫勒岱说："我去迎战！"

格斯尔说："你别去，我去！"

二人争执不下，最后做了两个名签，交由图门-吉日嘎朗抽签决定。

图门-吉日嘎朗抽了名签，抽到的是色赫勒岱。

色赫勒岱前去迎战。

色赫勒岱前去迎战时，格斯尔告诉他说："萨布兀鲁思没有什么像样的好汉，据我所知，也只有戎萨这一个好汉。在我小时候，他跟我做过安达，还当过我的伴当。我们在一起待过一段时间。那时，他向我要铠甲，我给了他一件石叶铠甲。那件石甲别的位置都不易射穿，但只要照着鞍鞒的位置放箭，就能射穿他的膀胱。"

色赫勒岱下马，把脑袋缩回了三掌。

戎萨驰来，勒住马，朝色赫勒岱的身后看了一眼，又朝自己的身后看了一眼，朝右看了一眼，朝左看了一眼，朝下看了一眼，然后下了马。

色赫勒岱对戎萨说："咱俩比试的时候，就比缩脑袋。"

戎萨以为色赫勒岱要骗他，反将脑袋伸长了三掌，跨上了马。

"你叫什么名字？"

"我叫色赫勒岱，乌鲁克兀鲁思的色赫勒岱就是我。你叫什么名字？"

"萨布兀鲁思的戎萨就是我。"

色赫勒岱问道："你为什么要朝我的身后看一眼，朝自己的身后看一眼，朝右看一眼，朝左看一眼，朝下看眼呢？"

戎萨回答说："朝你的头上看，是想知道你身后到底有多少人；朝自己身后看，是想知道我的伙伴的情况；朝右看，是检查我自己有多少支箭；朝下看，是察看我的乌雕马快慢如何？"接着说，"你是想抢我的马群、杀我的人。你先射我！"

"我抢了你的马群，这不假。你想要回你的马群，就由你先射！你要是害怕了，就走人！"

戎萨拉弓瞄准，照着色赫勒岱的鞍鞒射去。色赫勒岱原本缩着头，此时将身子向上一跃，这支箭嗖的一声，射穿了他的鞍鞒，从他胯下擦了过去。

色赫勒岱说："现在，轮到我射了。如果射你身下，会射中你的马，马死得冤枉；射你的腰带扣，会穿过你的胸膛；射你的上身，会穿过你的咽喉。我就射中间鞍鞒的鞒木吧！"说罢拿起弓箭，瞄准他鞍鞒的鞒木射出。由于戎萨伸长了脖子，未能跃起身子，这支箭穿过鞍鞒的鞒木后，射穿了他的膀胱。

戎萨从箭筒里抽出一支箭，要回射，色赫勒岱骗他说："好汉从不把中了一箭当回事，他们习惯在跑动中回射；懦夫吃了一支箭就觉得是天大的事，总会站着慢慢射击。"

戎萨想在跑动中回射，结果箭伤发作，滚下马来。

色赫勒岱杀死戎萨，夺来他的乌雕马骑上，又穿上他的石叶甲，挎上他的箭筒，而把自己的盔甲和弓箭驮在自己的土黄马背上，从格斯尔后面赶来。

　　为了让色赫勒岱得意一下，格斯尔骑着他那匹配着一副破旧马鞍和马嚼子的灰黄马，走在他的前面。

　　色赫勒岱追上来，心想："这下好了！我杀死了萨布兀鲁思的戎萨①，把缴来的弓箭和盔甲驮在自己的土黄马上回来了。现在该是杀掉格斯尔汗，夺下他那匹枣骝神驹的时候了。"于是，他大喊一声，震得铠甲叮当乱响，接着就拍马冲过来了。

　　格斯尔逃跑了。沿着山坡往上跑，枣骝神驹的攀胸断了；顺着山坡往下跑，枣骝神驹的后鞦断了；向旁边跑，枣骝神驹的肚带断了。格斯尔下马，变成了一个红脸少年，拉弓搭箭，要射色赫勒岱。

　　"喂！格斯尔，是我！"

　　格斯尔说："你要登天了啊！"

　　色赫勒岱走来与其相见，说道："你吓了我一回，我也得吓你一回！这下，我们履行了说过的话。"

　　格斯尔说："我真害怕了。我变成红脸少年，拉弓搭箭正要射你的时候，你忙喊：'我是色赫勒岱呀！'这不算你害怕了吗？"

　　色赫勒岱转过脸笑了。

　　于是，他们平分了马群，回到了各自的鄂托克。

　　格斯尔汗走到了浅滩草原，见路边有一顶洁白的大毡帐，格斯尔全身披挂着，来到门前。

　　从白帐里走出一个小男孩。

　　格斯尔问："喂，这是谁家啊？"

　　"这是十方圣主格斯尔可汗的阿珠-莫日根夫人的宫帐。"

　　"你母亲在家吗？"

---

　　① 北京版《格斯尔》蒙古文原文作"我杀了乌鲁克兀鲁思的色赫勒岱"（色赫勒岱杀了色赫勒岱），有误。根据上下文内容改过来。

"母亲在跟葛德尔古-哈刺比武呢！他俩比武，有时葛德尔古-哈刺赢，有时我母亲赢。"

格斯尔想，我若进去见她，会被她缠住，要误事的，我还是去追赶我的敌人吧，便说："喂，你跟她说，我往西去了！"

实际上，他往东跑了。

阿珠-莫日根拉弓搭箭跑出来，问："喂，刚才来的那个人往哪儿去了？"

"往西去了。"

她往西看，不见人影；往东望，却见他那顶享誉世界的宝盔的顶缨，正在十三郭尔必路程外晃动。阿珠-莫日根只一箭，便射落了那顶宝盔的顶缨。

格斯尔想："作孽的！她怨恨我，不是没有道理啊！"接着弯腰捡起顶缨，继续走。

阿珠-莫日根回到毡帐，心想："他的父亲无情倒也罢了，他这个儿子人这么小，也这么鬼"，就把他射死了。

不久，格斯尔来到了自己兀鲁思的夏营地。

格斯尔本打算找他的舅舅打听一下情况，可又一想，（舅舅）一旦说起来，恐怕要说到明年才能说完，便去驱赶马群了。

高瓦-塔卜苏巴彦手里挥着勺子，追过来要打他，认出他是格斯尔后，就说道："你这个败家子！你还有心思驱赶我的马群？锡莱河三汗来犯，将你哥哥嘉萨-席克尔、人中之宝安冲，还有你的三十个勇士和三百名武士全部杀死了，抢走了你的茹格姆-高娃夫人，劫掠了你的全部财宝。晃通诺彦还让你的父亲僧伦老爹做了他家的牧奴。你这个傻瓜，对这些事情一无所知，还（有心思）来驱赶我的马群？"

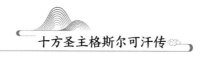

格斯尔了解了全部的情况，便把马群还回去了。

格斯尔回到自己的家中，见晁通诺彦已将格斯尔那顶能容纳五百人的白色宫帐搭建在了大营的最前面，供自己居住。

格斯尔把巴拉嘎河畔的大草原选作自己的新营地，把带回来的两捆蟒古思魂灵放出来。他们立刻变成了无数的部落属民和满滩遍野吃草的畜群。格斯尔又搭建了三四十座新宫帐，中心主殿是一顶包顶上有红色云头纹的大白帐。

格斯尔想察看一下自己的旧营地，便过去了。他看到自己的十三奇宝寺和其他一切财物被劫掠一空的惨状，百感交集，当即昏厥过去。

那名由茹格姆-高娃面授过机宜的仆人赶来，用茹格姆-高娃的一根眼睫毛熏了格斯尔的鼻子，又舀一小勺她的眼泪灌进了格斯尔的嘴里。

不大一会儿，格斯尔便苏醒了。

格斯尔把那个仆人叫来，让他从今往后就住在自己的院子里。

格斯尔的父亲僧伦老爹被迫做了给晁通诺彦放牧马群的奴隶。

这天，晁通诺彦对僧伦老爹吩咐道："喂，老头子！我们这条河的上游从哪儿多出来了这么多的百姓和牲畜？你去告诉他们，不要炫耀自己是什么大臣和诺彦。在这里驻牧几天，就得按所驻的天数给我们交纳牲畜，少一头牲畜也不行！"

僧伦老爹骑上马，背着弓箭、挎着弯刀去了。见到眼前的景象，他禁不住回想道："哎呀！自从我儿格斯尔走后，这地方从没有住过这般体面的人家。这跟我那根除十方十恶之源的圣主格斯尔汗的旧营地太相似了！这样富丽堂皇的宫帐，会是谁家的呢？"这样想着，他就流着眼泪过来了。

格斯尔从大帐门里向外张望，看见了父亲，说道："哎呀！图门-吉日嘎朗啊，赶快把帽子戴上！我们的父亲来了。你去请他到宫帐里来，让他吃好喝好。走时，他需要什么就给他带上什么。他要是看见了我，肯定要发脾气，那样就会把事情泄露出去。"说罢便跳上卧榻，放下幔帐，藏了起来。

老头子走进来问道："这是谁的家呀？主人叫什么名字？"接着又说，"晁通汗派我来告诉你们，叫你们赶快搬走！如果不搬走，就按所驻的天数交纳牲畜！他说，你们不该随便驻牧在我们的鄂托克。"

图门-吉日嘎朗迎上去，说："唉，老爹！你们的可汗下的命令是对的。我们非常怕他，很快就会搬走。可是我的男人不在家，出门打猎去了。等我男人回来，我们就立刻搬走。唉，老爹！请您进帐里，吃些喝些再走吧！"

老头子用马绊绊好了豹花马，又把弓箭放在宫帐外，提着弯刀走了进来。

图门-吉日嘎朗铺了条白毡让他坐下，然后用大牛角碗斟满了奶茶端给他。

老头子接过奶茶，端详了那只牛角碗，笑了。他喝完茶，把碗还回去，却哭了。

她又拿了一只绵羊前腿盛在碗里端给他。老头子没有别的刀，只能用弯刀割肉，可就是不好使。

格斯尔汗见此情形，心里难过，就从幔帐后面把自己的水晶柄匕首扔了过去。老头子拿起匕首，又笑了。他胡乱切了几块儿肉吃完，把剩下的肉还回去，又哭了。

图门-吉日嘎朗问道："哎，老爹！常言道：见人笑，问缘由；

见人哭，要规劝。为什么给你端茶，你笑了，喝完后，又哭了呢？为什么吃肉的时候，弯刀不好用，递给你水晶柄匕首，你笑了，吃完肉后，又哭了呢？"

"你问得好。根除十方十恶之源的圣主格斯尔汗就是我的儿子。为了夺回他的阿尔鲁-高娃夫人，他去征讨长着十二颗头颅的蟒古思，到现在已经有九年了。我原以为他已经死了，可刚才看到他喝茶用的牛角碗，以为他可能回来了，就笑了。可是又一想，我的儿子，他的碗在，可人呢？所以哭了。他的水晶柄匕首在，可人又在哪儿呢？所以又哭了。"说着就又哭了。

图门-吉日嘎朗听了他的这番话，也忍不住哭了。

格斯尔实在忍不住了，就从幔帐后面走出来，抱住了父亲。

他们抱在一起恸哭了一场。

格斯尔恸哭的时候，金色世界震荡了好一阵子。

"唉！父亲啊！请你安静点儿。你又不是女人。这次我回来后，一切都会好起来的。只是怕那坏家伙晁通知道了会坏事。这不，世间万物全都动容了。都别哭了！"

他放开了父亲，焚起了煨桑，这才让金色世界平静了下来。

"老爹！你回去后，不要乱来，以免生出什么事来，也不要随便乱讲话！"格斯尔又说，"你把这个拿回去交给母亲，你们二人熬肉汤喝吧！"

他送给父亲一条牛大腿。临别时，格斯尔施了魔法，让老爹忘掉了刚才的经历。

在回去的路上，老头子想："哎呀，哎呀！我的儿子格斯尔究竟是回来了？还是没回来？我觉得恍恍惚惚、如梦似幻。噢！说他没回来吧，可是在这个地方，别说给我一只牛大腿了，就是一只羔蹄子也没有人会给我啊！"

他用牛大腿催打着豹花马的右大腿，回到家里。

老头子把牛大腿放下，抽出弯刀，闯进晁通的大帐里，说道："嗨！你不要当鄂托克的首领了！你还有什么理由统辖这个鄂托克？从今以后，晁通和亚莱两人的名字要像太阳落山一样消失了；僧伦和苟萨–阿木尔吉拉的名字像太阳初升一样升起来了！"

晁通听了，说道："哎呀！瞧你这老头子！这到底是怎么了？"说着，他叫来三个人，让他们拿来青树条子，打了僧伦老爹一顿。

晁通使唤人打他父亲的时候，神通具足的格斯尔全知道了。

僧伦说："哎呀呀！你为什么把我往死里打？我去驱赶那些驻牧在这条河上游的人们时，看到这条河的源头那里有三拨野兽。我想着咱们可以把他们赶入河槽里射死，这才高兴哩。"

晁通说："该死的老头儿，你说得也对。"就把他扔在了一堆干牛粪上。

夜里，格斯尔的母亲苟萨–阿木尔吉拉老太婆哭着问自己的老伴："唉，老头子啊！自从与我们的儿子圣主格斯尔分别以来，我们哪里有享乐的时候？有的都是你今天遭受的这种痛苦，快睡吧！"

"我这个贱骨头，痛苦就痛哭呗，无非是个死，所以我笑了。这有什么呢？"说完，僧伦背过身去躺下了。

"你这老糊涂，快悄悄告诉我！今天你一定发现了什么好兆头吧。我不会像你似的，四处去胡说八道，你放心好了！"老婆子哭着说。

"唉，老婆子！你就悄悄地听着！今天，我去驱赶那伙人，在回家的路上，好似听见有个人说着'格斯尔没有死，还活着。我要杀死晁通，让你这老汉过上好日子'，就走过去了。"

老婆子听了，又哭又笑，最后躺下睡着了。

第二天，十方圣主格斯尔可汗摇身一变，变成了一个云游世界的年迈游方僧，并用分身法又变出了两个沙弥小僧，牵着驮了好多食物的毛驴和骡子，动身来到晁通的门前。

晁通坐在门外的桌案前，打发两个侍从说："那好像是远方来的喇嘛，去问问看，他们来这里做什么！""喇嘛，你叫什么名字？"

"我是云游世界行乞的喇嘛。这个世界上所有的可汗，我都见过了。"

"那你都见过哪些可汗？"

"噢！没有我没去过的地方，都去过了。你们有什么事情要问，就问吧！没有，就算了。"

两个侍从回来禀报了晁通。晁通说："哎呀！这是个口出吉言的行乞喇嘛。把他带到这里来！"

两个侍从去把他们领进来。

晁通问："嗯，你见过长着十二颗头颅的蟒古思吗，喇嘛？"

"见过。"

"格斯尔去了蟒古思的地方以后，是格斯尔胜了，还是蟒古思胜了？"

"蟒古思胜了，他已经把格斯尔杀死了一百年了。现在，那个蟒古思啊，他的上嘴唇盖过太阳，占有苍天；他的下嘴唇兜住大地，占有金色世界啊！"

"好啊！这下我就心满意足了！无上至宝的喇嘛父亲啊，请你到这边来！"

晁通把他让到桌案前坐下。

格斯尔的婶母、晁通的女人哭诉说："哎呀呀！原来我相信即使这个世界遭到了浩劫，霍尔穆斯塔腾格里天神的儿子圣主格斯尔汗也不会死。难道吐伯特的子孙就这样断根了吗？唉，我的圣主啊！"

晁通听了很生气，骂道："你总是跟那个格斯尔亲近！"，就揍了老婆。

喇嘛说："唉，可汗！听说格斯尔是你的侄子。那可是你的骨肉亲戚，你这样待他，让人看不下去吧？"

晁通说："就听喇嘛的吧。"（他）不再打老婆了。

"我要布施给这个口出吉言的乞丐喇嘛，把东西给他们驮上去！"

晁通摆了盛宴，施舍了很多东西给喇嘛。

晁通坐下后，说："喇嘛，你给我这条狗起个名字吧！"

"这么好的一条狗还没有名字吗？那我给它起个名字吧。"

"这条狗，的确是一条好狗啊！"

有学问的喇嘛给它起了个名字："就叫它先咬掉自己主人的脑袋，再咬掉自己脑袋的藏獒吧。"

"刚才他还是口出吉言的喇嘛，现在却变成了口出恶言的乞丐。把他给我轰出去！"

"嗨，可汗！你赶我，我马上就走。可是根除十方十恶之源的圣主格斯尔汗，他没有死。他还说要杀掉他的仇人晁通，现在正在来的路上呢。"

喇嘛说完，走了。

晁通听了，恼怒不已，一会儿蹦，一会儿跳，一会儿骂，说："哎呀呀！他，他胡说些什么？"过了好长时间，他还在骂。

喇嘛从那里出来后，走在营地上，只见一个小男孩儿一会儿哭、一会儿唱的赶着五只花山羊在走着。

格斯尔说道："这孩子，哭得也异样，唱得也异样，有点儿奇怪。说不定他是我的哪个伙伴或亲戚的孩子。"

他走过去问："我的孩子，你叫什么名字？"

小男孩说："哎呀！自从我离开父亲嘉萨，离开英明的十方圣主格斯尔可汗叔叔，做了晁通的佣人以来，没有一个人问过我是谁的孩子。你是谁啊?"

喇嘛说："是我先问的。你先回答我!"

"我是这瞻部洲的主人圣主格斯尔汗最亲爱的哥哥、额尔德尼图①·嘉萨-席克尔的儿子。格斯尔叔叔去征讨长着十二颗头颅的蟒古思以后，锡莱河三汗来抢茹格姆-高娃。我的父亲嘉萨领兵出击，斩杀了他们无数的好汉，掳来了他们无数的良马。就在这个时候，嫉恨别人的晁通向敌人投降，断送了我们的一切。我的父亲嘉萨也被他们害死了。所有这些遭遇，怎能唱完?"说完，孩子就哭了。

"现在，请你说!"

"我的孩子! 我是个云游世界的行乞喇嘛。我云游世界的时候，听说蟒古思得势，格斯尔失败了。实际情形，我也不清楚。"

孩子哭了，道："我原以为即便失去了父亲嘉萨，也不会失去格斯尔-莫日根汗②叔叔。没有想到，英明的格斯尔汗叔叔也失去了。就这样，没有福气的我要永远做别人家的佣人了吗? 我真想去追杀仇敌，但年龄太小，也不知道什么时候才能长大?"又说，"总这样做人家的佣人，可惜了我这一生。他们两个人都没能得到永生，我就能长生不死吗? 我得想办法找敌人报仇去!"

孩子哭着走了。

喇嘛听了小男孩说的这些令人悲伤的话，心里异常难过，忍不住也哭了。整个金色世界为之震动不安。

喇嘛开导孩子说："我的孩子! 你沉默少语、胸怀大志，这非常好!"

他说完了就要离开。

---

① 额尔德尼图——蒙古语，意为"珍贵的、宝贵的"。
② 莫日根——蒙古语，意为"聪颖睿达"。

小男孩从他后边追过去，喊道："等一等，喇嘛！"

"还有什么事？"

小男孩说："血肉之躯，需要有生命；爱护生命，需要有谋略。为了等待十方圣主格斯尔可汗叔父，我给别人家放牧五只山羊，作为报酬，每天只能得到一点儿奶酪干吃。"

孩子从口袋里拿出奶酪干，捧给他说："唉，喇嘛！这两块奶酪干献给你。一块是为了我的父亲嘉萨-席克尔的亡魂，一块是为了我的叔叔十方圣主格斯尔可汗的亡魂。求你超度他们二人，让他们拥有能不被一切敌人伤害的神通！"

喇嘛接过奶酪干，流着眼泪说："我的孩子！沉默的人，需要的是智谋；孤苦无依的人，需要的是意志。霍尔穆斯塔腾格里天神的儿子格斯尔已经杀死了凶恶的蟒古思吧？还要来惩罚两面派晁通，让他变成木骷髅吧？让英雄们的遗孤都享受到天下至高的幸福吧？至高天神的儿子格斯尔已经杀掉了仇敌蟒古思吧？还要来惩治招摇撞骗的仇人晁通，把他踩在脚底下吧？我的孩子，你呀，一定会见到圣主格斯尔，享受至高天神赐予的幸福！你说，现在追击敌人，怕自己年龄小；将来才去追击敌人，又怕自己后悔；这正是英雄的征兆啊！"喇嘛说："这些东西都给你吧！"

他把晁通送的东西全部转送给这个小男孩后，离去了。

格斯尔离开了营地，路上见到了一个老婆婆。她脱了上衣，把衣服搭在肩上，她的左肩上长满了茧子。她背着一个牛粪筐，边捡牛粪，边哭一阵儿、唱一阵儿地走着。

喇嘛走到她跟前，问道："老婆婆，你叫什么名字？"

老婆婆见了喇嘛，笑了；然后，又哭了。

喇嘛说："老婆婆！常言道：见人笑，问缘由；见人哭，要规劝。刚才你走路的时候，一会儿唱，一会儿哭的，为什么见了我，笑完了又哭呢？"

老婆婆回答说："你问得好。根除十方十恶之源的圣主格斯尔汗，是我的独生儿子。他去征讨长着十二颗头颅的蟒古思，到如今已经九年了。他有神通十变的本领，但是无论怎么变，他额头上的一颗痣和四十五颗白海螺般洁白的牙齿永远也不会变。刚才看见你，我还以为是他的化身呢，所以笑了；可又一想，也许不是，所以又哭了。"

听了母亲这番话，格斯尔也忍不住哭了。

格斯尔从天上唤来了他的枣骝神驹。他骑上马，戴上露珠般闪光的宝盔，穿上用七种珍宝层层叠加缝制成的漆黑铠甲，带上了所有武器，对他的母亲说："母亲啊！自从我出生以来，你还没见过我打仗吧？你登上这座城楼看着，看我向敌人进攻的时候是什么样子吧！你看着！"

说罢，他将母亲拥抱了三下，就飞马奔去了。

那一阵子，母亲真是哭一阵儿，笑一阵儿，竟忘了自己是站着，还是坐着呢。

格斯尔凭借神通变出了千军万马扬起的灰尘和万马奔腾踏出的蹄印，从晁通营地的西北方向杀来。

晁通听后大惊失色，跑进毡帐，从门缝里向外偷看，说道："哎呀！哪里来的这么大的尘烟？"

"哎呀！老婆子！这正是那个孽障扬起来的尘土。你千万不要告诉他们我藏在哪儿！"说着，便一头钻进了锅灶底下。

格斯尔骑着枣骝神驹，四蹄如飞、奔驰而来，从毡帐的门楣处向里窥视着，喊道："喂！晁通叔叔和婶婶，我来看你们啦！你们的鼻涕虫觉如我回来了。我已经杀死了仇敌——那长着十二颗头颅的蟒古思，得胜回来了。你们快出来吧！"

晁通的老婆对格斯尔说："我的觉如啊！你叔叔说敌人已经来到了陶高图阵地，他想在阿玛萨尔上截击敌人，就到伊绕勒上设埋伏去了。"①

晁通说："老婆子，躲开！"

便从锅底下钻出来，复又钻进了桌子下面。

"叔叔，婶婶！你们二位是不是生我的气了？快出来呀！"

"我的觉如呀！你叔叔他呀，说敌人已经来到了席热图阵地，他想在阿达尔上截击敌人，就到阿玛萨尔上设埋伏去了。"②

"老婆子，躲开！"说着，他又钻到了鞍韂下面。

"叔叔，婶婶！你们二位不是想念我吗？快出来吧！"

"我的觉如呀！你叔叔，他占领马鞍阵地去了。你叔叔他呀，说敌人已经来到了额莫勒图阵地，他到阿克坛（鞍韂）上设埋伏去了，想在孛尔戈（鞍鞒）上截击敌人呢。"③

晁通说："哎呀！老婆子，躲开！"西边放着三只皮囊，他又钻进了中间那个皮囊里，藏了起来，并说："喂！老婆子，给我把口子扎住！"

老婆子把皮囊口扎好。

---

①　晁通的妻子说的这句话是用双关语讽刺了钻进锅底下的晁通。陶高是锅，陶高图（togotu）是名叫"有锅的地方"；阿玛萨尔（amasar）是"边沿"的意思，这里指锅沿；伊绕勒（yirugul）是锅底。晁通诺彦因为害怕格斯尔，所以找到锅灶，从锅沿爬进锅底藏起来了。

②　和前面一样，这一句也用双关语讽刺了晁通诺彦钻进桌子底下的狼狈情景。西热图是"有桌子的地方"；阿达尔是"桌面"；阿玛萨尔是"边沿"。

③　这一句讽刺了晁通诺彦钻进马鞍底下的狼狈情景。额莫勒是马鞍，额莫勒图是"有马鞍的地方"；阿克坛是鞍韂；孛尔戈是鞍桥。

格斯尔想："何苦要跟这个家伙多费口舌？"便发令道："从南方飘来一朵绵羊般大的白云！从北方飘来一朵牛样大的黑云！"

两朵云飘到一起，发生了撞击，立刻形成了特大的黑旋风，紧接着就下起了大雨和冰雹。一时之间，电闪雷鸣，狂风骤起，刮向了大白帐。那座原本属于格斯尔的、可容纳五百人的大白宫帐被连根卷起，一直翻滚到图门-吉日嘎朗的门前才停下。

图门-吉日嘎朗从里面走出来，举起一根金柱子敲了一下，说道："如果是我们原先的白色宫帐，就定在这根柱子之上！"

大白宫帐就定在了那根金柱子上。

皮囊里的晃通一直滚到了枣骝神驹的四蹄底下。

格斯尔跳下马，坐到皮囊上面说："这是婶婶送给我的、叔叔给我准备的三只皮囊啊！里面装的是九年来他们留给我这个鼻涕虫觉如的口粮的精华呀！"

"嘿！这里面怎么会是鼓鼓的，是空气吗？"

格斯尔用锥子扎了皮囊一下，皮囊抽动了一下。

他又使劲儿地扎了一下，皮囊剧烈地抽动了一下。

格斯尔用水晶柄的匕首捅了皮囊一下，从里边冒出一股黑紫色的血来。

晃通在里面喊道："哎呀呀！我是你叔叔晃通啊！"

晃通说着，从里面钻了出来。

"啊？是叔叔啊。这是怎么回事？我还以为就是只皮囊哩！那我问你：嘉萨是谁的亲戚？难道不是你的亲戚吗？三十个勇士是谁的亲戚？难道不是你的亲戚吗？茹格姆-高娃是谁的侄媳妇儿，难道不是你的侄媳妇儿吗？我真不知道要怎样惩治你，才能解我的恨，消我的气？"

他嗖的一声拔出了九庹长的黑钢宝剑。

晁通站起来，喊道："你想要怎样?"

晁通拔腿就跑。

格斯尔骑上枣骝神驹，边喊："抓贼! 抓住他!"边佯装追不上他的样子，用神鞭抽他，把他抽倒了，待他爬起来后再继续抽他。

晁通钻入一个洞里。

格斯尔说："有一只狐狸跑进这个洞里了。"

他点起了火，对着洞口，用烟熏晁通。

格斯尔的伯父叉尔根老人看见从南方飘来了一朵绵羊般大的白云，从北方飘来了一朵牛样大的黑云，两朵云飘到了一起，尘土漫天飞扬，心想，他的侄儿、根除十方十恶之源的圣主格斯尔汗可能已经回到了自己的故乡，所以想登高看个究竟。于是，他便骑上他那大象般高大的黄马，拼出全身力气，疾驰而来。

他见了格斯尔，跌跌撞撞地跑来，说："哎呀! 我的圣主，哎呀! 我的圣主!"

格斯尔急忙上前揽住他。

于是，两人抱头痛哭起来。

在格斯尔与叉尔根爷儿俩抱头痛哭的时候，整个金色世界又震动不已。

"老爷，请安静!"

格斯尔劝伯父停止了痛哭，又焚起了煨桑，让世界恢复了平静。

叉尔根问道："你在这洞口熏什么呢?"

"刚才跑进去了一只狐狸，我在熏它。老爷!"

"我的侄儿! 这不是狐狸，是那造孽的晁通啊! 这个家伙作恶多端，本该杀他。可他是我们的黄金骨头的骨肉亲戚，我有点儿于心不忍。这次就不要杀死他了。以后嘛，你看着办！"

"喂，晁通，你出来！"叉尔根喊道。

晁通出来了。格斯尔说："我的枣骝神驹！你把他吞进肚里九回，再把他排出来九回，最后一次排出来时要慢一点儿！"

枣骝神驹吞了晁通九回，又排出来九回。

最后一次排出来时，晁通已变得气息奄奄、晃晃荡荡、东倒西歪了。

格斯尔心疼他的婶婶、晁通的老婆，就把晁通的牲畜和百姓分了一半给她，然后让她离开晁通，搬到自己宫帐的附近居住。

格斯尔把从蟒古思那里掳来的财物，全部送给了叉尔根；把晁通剩下的财产全部分给了自己的父母，把嘉萨的儿子领到自己家里抚养。

格斯尔惩治了晁通，报了仇，让所有的遗孤都享受到了同样的福祉与安宁。

"现在，该去征讨锡莱河三汗，报仇雪恨了！"

格斯尔跨上枣骝神驹，戴上露珠般闪亮的盔甲，穿上众宝嵌成的黑甲，插上闪电护背旗，带上三十支绿松石扣的白羽箭，背起了威猛大黑硬弓，佩上三庹长的黑钢宝剑，说道："哎！有没有人与我一同前往？"

嘉萨的儿子来查布回道："现在不去报仇，还要等到什么时候？我去！"

"我的孩子！咱爷儿俩谁去都一样。你的仇，我替你报。你年纪太小，不要去了。"

嘉萨的儿子哭着留下来。

晁通来请求道："亲爱的格斯尔！让我和你一起出征吧！"

"叔叔说得对，那就一起去吧！"

格斯尔手持享誉世界的长弓，登上高山顶，抽出一支亦思蛮达神箭，念道：

"啊，我的亦思蛮达神箭呀！我要去征讨锡莱河三汗。前方有仇敌的前哨和马探子，你去把他们射死，然后在黄河的对岸落下，我到那里去取你。或者，你就在敌人的城堡里落下，以后我到那里去找你。"

格斯尔拉满弓、搭上箭，射了出去。

锡莱河三汗手下有三个好汉，一个是千里眼，可以清楚地看到三个月路程距离以外的东西；一个是搏克手，只要被他抓住了，就能把对方摔倒；一个是捕捉手，什么东西只要在他眼前闪一下，他就能抓到手。

能够看清楚三个月路程外事物的好汉说了："那是只老雕呢？还是只乌鸦呢？它攥着一根铁器飞来了。"

"你在说谎吧？"另两个人问。

"那东西真的朝我们飞来了。"他说，"飞得太快了，我看不清楚。"

他跳起来瞭望了一下，说："哎呀！你们这两个伙伴，快起来！这东西不是大雕，也不是乌鸦，是一支箭，马上就要飞到了。捕捉手，快捉住它！"

"只要它从我这儿飞过，我保准不会失手。"

千里眼说："那东西可不一般。搏克手，你得把他拦腰抱住，我再抱住你的腰。"

三个人抱作一团，捕捉手伸出手去，准备捕捉。

神箭飞来了。

捕捉手攥住了神箭的箭杆。

神箭把他们三个人一起带到了空中，在飞越黄河时，掉入了无底的深渊。三个人都淹死了。

格斯尔三位神姊中的博瓦－冬琼姐姐，拾起了那支箭，抛向空中。

神箭飞到了黄河源头，扎进了土里，倒立在那儿。

格斯尔带着晁通，在行进中七天都没有给他东西吃。

晁通空着肚子、饥饿难忍。见路边有一块儿马粪蛋，格斯尔说："对一个断了口粮的人来说，这是多好的食物啊！"

"我的格斯尔！我已经没有口粮了。我想吃它！"

"吃吧！"格斯尔说，"叔叔，想吃就吃吧！吃的时候，你不要把它当作马粪蛋来吃，而要当作一块儿奶油来吃！"

晁通吃了马粪蛋。

他们继续前进。

路边有一副被丢弃的、烂了的半截子马绊皮扣。

格斯尔说："哎呀！这是多好的一口食物啊！"

"我的格斯尔！你等一等，我想吃它！"

"叔叔！吃的时候，你不要把它当作烂皮革来吃，而要当作有魔法的食物来吃！"

晁通吃了皮扣。

他们继续行进。

路上有一块磨盘石。

格斯尔说："喂！晁通啊！你不是说过，要让我的茹格姆去黄草甸里藏身吗？你看，她把胸坠儿①丢在这儿了！你把它戴上吧！"

---

① 北京版《格斯尔》蒙古文原文作"guu"，意为佛教徒挂在胸前的佛盒。

晃通说：“我的格斯尔！我怎么搬得动啊？”

晃通要抬起磨盘石，可怎么也抬不动。

“我给你戴上！这里不是有个穿孔吗？”

格斯尔给磨盘石穿了根系绳，把它捆绑在晃通的后背上，让他背着走。

他们继续往前走。走在半路上，晃通说：“圣主啊！我不能跟你一同去了，我没有口粮，快要饿死了，让我回去吧！”

“你不是说，要去讨伐敌人的吗？”

“我的格斯尔！我快要死了。让我回去吧！”

“叔叔，那你就回去吧！”

格斯尔扭头看他，只见他的两个肩膀全被磨破了，透过肩胛骨能看见裸露的心脏，透过两腋能看见裸露的肺叶。

晃通回去了，背着磨盘石，跌跌撞撞、连滚带爬，好不容易才回到了家里。

僧伦老爹见了，叫道：“哎呀呀！该死的！”他把晃通老爷拽起来掀翻在地，压在磨盘石下面。

叉尔根老人见了，说道：“我的僧伦啊！别杀他，放了吧！”又说，“你杀了他，有什么用？”

他们把他放走了。

格斯尔走过黄草甸，将要渡过黄河的时候，看到了倒立在那儿的亦思蛮达神箭。他想，这支箭一定射死过敌人，就把它拾了起来，插进箭筒里。

从那儿开始，格斯尔的枣骝神驹快步颠走。路过黄河岸上的呼斯楞敖包时，格斯尔听见有人在喊：“哎！我的格斯尔！”

哎呀！这个地方荒无人烟，也无鹰犬，怎么会听见有人叫他的名字呢？他左右察看，不见人影。

"怪啦！刚才明明有人在叫我格斯尔的名字，只这么一会儿，会跑哪里去了呢？"

他继续往前走，又听见有人在喊："格斯尔，等一等！"

格斯尔向四周仔细察看，只见有只鸟首人身的雄鹰，正栖息在他的马鞍前鞽上，向他哭诉道："根除十方十恶之源的圣主格斯尔汗啊！我是你在这瞻部洲里最亲近的哥哥嘉萨–席克尔啊！"

他把他所有的经历详细唱了一遍给格斯尔听。

格斯尔听了，忍不住放声痛哭。金色世界为之震动，一切生灵为之悲伤。

格斯尔连忙焚起煨桑，让世界恢复了平静。

"唉，我的嘉萨–席克尔啊！你一定很委屈吧？你想复活，要等我回到家里，借个躯体才行。现在，我要到我的父亲霍尔穆斯塔腾格里天神那里去。你就不要哭了！"

"我的圣主啊！我要告诉你我的想法。你把白帐汗的弟弟希曼比儒札的心剜下来给我，我要吃他的心，以解我心头的恨。他们还有十几个好汉，你要用计杀死他们，将他们的灵魂扔进地狱的最下层去！我的圣主！"

格斯尔说："嘛！我要走了。"

他把山里的野兽射死在山里；把滩里的野兽射死在滩里，然后说道："在我得胜回来以前，你就吃这些野兽充饥吧！"说罢就走了。

格斯尔到了锡莱河，登上了一座高山的顶峰。

当晚，他拴好了枣骝神驹，让它空腹过夜。

他抽出一支神箭，念咒道："如果一切如愿，有主的箭，晚上回到主人这里！否则，就留在那里！"说完，把箭射了出去。

白帐汗坐在黄金桌前喝茶。他听到了箭矢射来的嗖嗖的声音，急忙端起奶茶，嘴里念道："我祭奠十方主人、令人敬畏的圣主！"说完，把碗里的茶洒向射来的神箭。

神箭把黄金桌子的桌腿射断了。

白帐汗说："这是霍尔穆斯塔腾格里的神箭？还是中界阿修罗天的神箭？或者是下界龙王的神箭？如果是格斯尔的神箭，我们的三个人难道没有拦截住它吗？茹格姆-高娃一定认得格斯尔的箭。"说完，他把这支神箭送到了茹格姆-高娃那里，让她辨认。

她手握箭羽，试图把它掰断，却怎么也掰不断。

她祷告道："如果你是上界天神或下界龙王的敌人射来的神箭，就留在这里！如果不是，就回到自己的主人身边去！"然后在箭杆上拴上了五种颜色的绸带，将箭倚放在门框上。顷刻间，狂风骤起。这支神箭借助风力，飞回了格斯尔身边，跳进了他的箭筒里。

黎明时分，格斯尔醒来洗了手、洗了脸，看了一眼箭筒，发现箭筒里插着的箭杆上系着的五色绸带既像穗子，又像叶子般飘曳。原来是他射出去的神箭回来了。

他拿起神箭，想道：

"看来，我能够如愿以偿呢。我射往锡莱河三汗那里的箭回来时，箭杆上拴了五种颜色的绸带！"

格斯尔将彩绸分成六块，祭祀了锡莱河三汗为母亲祈福、为父亲祈寿的加布森-呼玛灵山，并把灵山祐助的福分颠倒了过来，祷告道：

"从前，你是赐予锡莱河三汗福分的灵山，从今以后，请你变成赐予我格斯尔福分的灵山吧！"

格斯尔焚起煨桑，诵经祈祷尚未完毕，就蓦地一阵地动山摇，那座山上的岩石草木全部消失了。

格斯尔说："太好了!"便上马继续前行。

格斯尔来到了锡莱河三汗的领地。

有两眼灵泉,是锡莱河三汗固定的取水地点。其中的一眼名叫查卜奇兰泉。锡莱河三汗的女儿们时常来这里,从灵泉里汲水洗澡。

格斯尔来到她们汲水时必经的路上,摇身变成了一个百岁的行乞喇嘛。他把枣骝神驹送上天,把露珠般闪光的漆黑铠甲变成了喇嘛的裂裟,把闪电护背旗变成了喇嘛的双袖,又把白额宝盔变成僧帽,把三庹长的黑钢宝剑变成了三庹长的黑木杖,把三十支松绿石扣的箭矢和威猛的大黑硬弓变成了喇嘛的供品。

这样,格斯尔化作了一个行乞的老喇嘛,仰面横躺在路中央。

白帐汗的女儿察孙-高娃,已经许配给了汉地太平汗的儿子米拉-公楚德。此时,她领着五百名侍女,边走路,边互相投掷着鲜果,嬉戏而来。那些互相投掷的鲜果都自动落入了老喇嘛的嘴里。

姑娘们跑过来,说道:"哎,老头子!你是什么人?起来!"

"我们姑娘们玩耍的鲜果,怎么会落入他的嘴里呢?"

"为什么偏偏在我们要走的路中央横躺?老头子,你是什么人?快起来!"

"我的孩子们!我是个云游世界的行乞喇嘛。如果你们是心地善良的孩子,就不要动我嘴里的食物,最好给我磕上三个响头,接受我的摸顶之后再走。如果你们是心地险恶的孩子,就随便拿走我嘴里食物,从我身上跨过去,那都没什么。我这个人,站起来后就坐不下去,坐下来后就站不起来。"

"我们什么时候给你这样的老僧磕过头?"姑娘们说着,从他嘴里把鲜果抠出来,跨过他的身子走了。

姑娘们汲了水后,就回去了。

之后，黄帐汗的女儿苏门-高娃也带着众多侍女来汲水。路上，与前面的姑娘们一样，她们也说了同样的话，经历了同样的事情，汲完水后回去了。

之后，黑帐汗的女儿乔姆孙-高娃——她的养父是匠人乔若克，也带着五百名侍女及家奴汲水来了。她们的水桶，上半部分由白海螺做成，中间由玻璃做成，底座由金子做成。她们用这样的水桶来汲水。她们抛掷着玩耍的鲜果也同样落进了老喇嘛的嘴里。

家奴胡突克走过来，吆喝道："喂，老头子，从姑娘们走的这条路上躲开！"

老头子说："我这个人，站起来后就坐不下去，坐下后就站不起来。"

乔姆孙-高娃走来问："他为什么不站起来？那个老头子是什么人？"

家奴胡突克回道："他说：'我是个云游世界的百岁行乞喇嘛。我这个人，站起来后就坐不下去，坐下后就站不起来。如果你们是心地善良的孩子，就不要动我嘴里的食物，最好给我磕上三个响头，接受我的摸顶之后再走。如果你们是心地险恶的孩子，就随便拿走我嘴里的食物，从我身上迈过去。'"

乔姆孙-高娃问格斯尔："你都到过这世上的哪些可汗那儿，是从什么地方来，要往什么地方去的？"

"什么样的可汗我都见过。这回，我要去西边拜佛，途经锡莱河三汗的营地。我已经是个离死期将近、距生路渐远的人啦。因为上了年纪，食不果腹，在这里躺着遭罪呢！"

乔姆孙-高娃说："抠走他嘴里的食物干什么？我们又不是没有其他地方可走，何必要从他的身上跨过去呢？"

她这样说了，对他合十磕头，接受了摸顶，绕着他走过去了。

这时，白帐汗的女萨满额尔克窝达干恰巧来找乔姆孙-高娃。

"乔姆孙-高娃，你等一等！"

乔姆孙-高娃问道："窝达干，有什么事吗？"

"昨夜，我做了个梦。梦见根除十方十恶之源的圣主格斯尔汗来了，把白帐汗结果在他的黄金宝座上了，正在割他的首级呢！这个人不是百岁喇嘛，是格斯尔汗的化身。喇嘛披的不是袈裟，是格斯尔的漆黑铠甲；喇嘛的袖子不是袖子，是格斯尔的闪电护背旗；喇嘛头上戴的不是僧帽，是白额宝盔；拄的不是三庹长的黑木杖，是三庹长的黑钢宝剑。"女萨满说："我猜想，这个人一定是格斯尔。"

乔姆孙-高娃骂女萨满道："去你爹的头！去你娘的头！你这老不死的贱骨头，瞎说什么呀！我若是把你这番话告诉给白帐汗叔叔，他还不割了你的头？说什么格斯尔长、格斯尔短的，格斯尔在哪里？"乔姆孙-高娃警告她说："你这话不要再对别人乱讲了！"

原来，乔姆孙-高娃也是仙女。她听说有个十方圣主格斯尔可汗，便日夜思慕，想与他结为夫妻。如果不能结为夫妻，哪怕做一个为他挤牛奶的婢女，或者每天早晨为他倒炉灰的女佣也好。为此，她还坚持用每餐茶食的第一口来祭格斯尔。

格斯尔对乔姆孙-高娃动了感情。

百岁喇嘛叫来那个家奴胡突克。

"喇嘛，你叫我有什么事？""你们这泉水不知是要泛滥还是要怎么样的，不要从泉水的中央汲水，那样水藻会浮起；不要从泉水的边缘汲水，那样泥土会翻起。要轻轻地、从泉水中央与泉水边缘之间的位置汲水，千万不要搅动！那样，取来的水就会是圣水甘露。"

家奴把喇嘛的这番话传达给了姑娘们。

"他真是个怪老头！"

女萨满说："因为我说了他是格斯尔，所以他这是在警告我呢！成年累月都不泛滥的泉水，哪会是我们来了就要泛滥呢？"

女萨满跑到泉水边，想看个究竟，却掉进泉水里淹死了。因为女萨满觉察出了格斯尔的形迹，所以格斯尔使泉水泛滥，把她淹死了。

家奴胡突克从泉眼中间汲水，水藻浮起来了，无法汲水；从泉眼边缘汲水，泥土泛起，无法汲水。他按照老头子说的办法汲水，果然得到了圣水甘露。

格斯尔显出神通，使水桶沉得无法抬动。五百名侍女和家奴胡突克一起来抬，但无论怎么使劲，水桶都挪动不了分毫。

"哎呀！真是怪了。泉水泛滥了，女萨满掉进去淹死了，经年来用手就能抬动的水桶，这会儿怎么就抬不起来了呢？你们在这里等着！"

乔姆孙-高娃说完，独自一人来到老头子跟前，请求道：

"至高无上的喇嘛上师，求你帮我们把水桶抬起来吧！"

老头子说道："你真是个顽皮的姑娘、不诚实的姑娘！难道我头一回说的话是自己的话，我第二回说的是别人的话吗？我真是站不起来。""不是我顽皮，也许是中了十方圣主格斯尔可汗的计谋，我才变得顽皮；不是我不诚实，也许是受了神通广大的格斯尔汗法力的影响，我才变得不诚实。你不是百岁喇嘛，你就是十方圣主格斯尔可汗。哎，圣主格斯尔，请展示一下你的本领吧！如果你展示了，并让人们都知道了你的本领，你的神魂就娶了我吧！"

"你这姑娘胡说些什么呀？"

老头儿说着动了一下身子，从他身下爬出了一只两岁小牛般大小的黄金蜘蛛，并当即跑到锡莱河三汗的城堡，将城堡绕了三圈，回来说："早前，那个地方是锡莱河三汗的，如今将成为十方圣格斯尔可汗的。"说完，又钻入老头子身下。

当时，在锡莱河的城堡外面见到了黄金蜘蛛的人们都纷纷议论道："这东西，说他是家畜，不像是家畜；说他是野兽，又不像是野兽。这个长着犄角的怪物，到底是什么东西？说话又像人，到底是什么？莫非是十方圣主格斯尔可汗的三十个勇士的魂灵再现吗？"

乔姆孙-高娃见了这只两岁小牛般大小的蜘蛛，说道："哎，你不就是十方圣主格斯尔可汗吗？"

格斯尔施展神通，向她显示了无数的神兵神将。

乔姆孙-高娃见识了格斯尔显示的神通，便说："哎，圣主！今晚，请你变成一个八岁的孤儿躺在这里！现在，请你把水桶给我们抬起来！"

老头子呻吟了一声，坐起来说："这个水桶，你们那么多孩子都没有抬起来，我这老头子怎么能抬得动呢？如果水桶的提绳断了，水桶摔裂了，你们可不要责怪我！"

"哎呀！我们怎么会责怪你呢？"

格斯尔假装去抬水桶，却显出神通，让提绳断掉了，水桶摔裂成了十块儿。

姑娘们看了，大哭起来，说："你这个造孽的老头子，作恶的老头子！这可怎么办啊？黑帐汗会杀了我们的。现在我们该怎么办？"

乔姆孙-高娃喝令道："哎呀，姑娘们，不要骂这位喇嘛上师吧！回去以后，我的父亲要骂也是骂我，与你们有什么相干？"接着便求格斯尔说："至高的喇嘛上师，请你念咒，把水桶复原了吧！"

"孩子们，你们往后站点儿！我老了，说不定会忘了咒语呢。我试着向天上的诸神祈祷看看。孩子们，离远一点儿！孩子们，离远点儿！"

他念着咒语施展法力。复原后的水桶变得比原先更好看。

姑娘们都很惊奇，后悔不迭地说："哎呀！原来我们是骂了具有这等神通法力的至高喇嘛上师啊！"

姑娘们与家奴胡突克一起，抬着水桶回去了。

希曼比儒札责骂女儿道："你什么时候学得如此顽皮和不诚实了？清晨出去，到现在足足有三顿饭的工夫了，你都干什么去了？"

"我们一路玩耍，去了灵泉那边。不料泉水泛滥，将女萨满淹死了。我们要寻找女萨满的遗体，才耽搁了这么久。父亲！在去灵泉的路上，躺着一个孤苦伶仃的八岁乞儿。那个孩子可会说话了呢。我们把他领养来，让他做你的马童吧！"

"哪有把别人的孩子当作亲人抚养的，一个乞丐又有什么好抚养的？女孩子家，不要多管闲事！"

姑娘生父亲的气，回到自己的毡帐后，三天没有去见父亲。

三天后，乔姆孙–高娃来见父亲，说："父亲啊！听说那个孤儿一直在那儿，躺到了现在！我们去把他领养了吧！"

"那么，就领养吧！"

乔姆孙–高娃很高兴，立刻打发家奴把他领来了。

格斯尔很会玩。他用象牙雕出了一头狮子，让它跑了起来；用黄金做了一只蝴蝶，让它飞了起来。

乔姆孙–高娃将这些玩意儿拿给她的父亲看了。

"哎呀！孩子，这是谁做的？把他带来见我！"

于是叫来了乞儿。

黑帐汗问孩子道："你的父亲是能工巧匠吧？你这手艺是跟谁学的？"

孩子回答说："在我很小的时候，父亲就死了。我舅舅有手艺。匠人乔若克做工时，我在旁边看着学会的。"

"这孩子将来会是个好手艺人。以后，你白天做我的马童，晚上就跟其他穷孩子睡一个毡房！"

因为是从野外捡来的，便给他取了个名字，叫奥勒哲拜。

那时，有一块象征着锡莱河三汗寿数的圆形白石头。

奥勒哲拜对匠人乔若克说："若是把这块圆形白石切割成小块做件石甲，那将会是件多好的石甲啊！"

"哎呀！这话可不要随便向别人说！这是三个可汗的寿石。他们一旦听到了你说的这话，就会杀死你的！"

夜里，奥勒哲拜把那块白石背了来，放在了匠人乔若克的门外。

清晨，匠人乔若克起床后看见了，大惊道："去他那爹的！去他那娘的！这真是不祥之兆！寿石挪到这儿来了，怕是要出大事了！"

第二天夜里，格斯尔施展神通，用那块石头堵住了乔若克的门。

早晨，他来到匠人乔若克的家门口，喊道："匠人乔若克舅舅在家吗？快出来！"

匠人出来，看到了石头，叫苦道："哎呀！我们要倒大霉了！我要折寿了。你快把它切开，做你的石甲吧！喇嘛诵经师①、奥勒哲拜！把这块石头砍成四方块，做石甲！"

上午，喇嘛诵经师开始砍石头。

到了中午，喇嘛诵经师说："奥勒哲拜，现在你来砍左右两面吧！"

奥勒哲拜说："哎呀！喇嘛诵经师，你站远点吧！这斧头柄说不定会脱落呢！当心斧头脱落了，飞到你的脑瓜上，砸出你的脑浆来！"

---

① 蒙古文原文作喇嘛–诺木齐（lama noměi）。

"坏家伙，你就闭上嘴砍吧！上午没有脱落的斧头，现在怎么会脱落呢？若是脱落了掉下来，把我砸死就砸死呗！"

"啊！那可说不好。"

格斯尔施展法力，使斧头脱落，砸烂了喇嘛诵经师的脑袋，脑浆都迸出来了。

喇嘛诵经师躺在地上哼哼着。

奥勒哲拜装出痛哭的样子，大声喊道："匠人乔若克，快过来！"

老头子撩起衣襟，慌慌张张地跑来，抱住了喇嘛诵经师的头，哭着问："哎哟！你这是怎么啦？"

"我砍好三面，累了，把斧头交给了奥勒哲拜。奥勒哲拜接斧子的时候说：'哎呀，喇嘛诵经师，你站远点儿！说不定这斧头柄会脱落呢。'我说：'我用的时候没有脱落的斧头，你用的时候如果脱落了，那就听天由命吧！'奥勒哲拜砍石头的时候，斧头脱落了下来，砸在我的脑袋上了。我命该如此！"说完，喇嘛诵经师就咽气了。

老头子流着泪说："全都是这块造孽的寿石挪到这儿来后造成的恶果呀！"

就这样，格斯尔施展法力，毁掉了锡莱河三汗的白色寿石。因为喇嘛诵经师对此有所察觉，所以也结果了他的性命。

匠人乔若克对奥勒哲拜说："我们用这造孽的石头制作两副石甲吧！奥勒哲拜，你来拉风箱！"

在制作过程中，奥勒哲拜偷出一块铁，放进了炉里，用它打出了一把六十庹长的挠钩，藏了起来。

孛克-察干-芒来是巴勒布汗的儿子山中闪电比儒瓦之子。他携带了丰厚的彩礼，来求娶黑帐汗希曼比儒札的女儿乔姆孙-高娃。

黑帐汗说："奥勒哲拜，你来做婚礼的总管①！"

三个可汗聚到了一起。

奥勒哲拜担任婚礼总管，负责款待宾客。

孛克-察干-芒来拉着他的大黄弓，对众人喊道："我就是杀死十方圣主格斯尔可汗手下的大塔岳、小塔岳、大鼓风手、小鼓风手、安冲、戎萨这六名勇士的孛克-察干-芒来啊！在这个婚宴上，有人敢跟我比试角力吗？我的这张大黄弓，恐怕还没有其他任何人能拉得开呢。"

奥勒哲拜听闻此言，伤痛不已，心中默默流泪。他便走到察干-芒来跟前来，故意伸懒腰哼哼。

"嘿！看这个小东西！在这儿伸懒腰。你是想跟我角力呢，还是想拉一下我的大黄弓试试呢？"

奥勒哲拜不禁大怒，破口骂道："哎呀！难道你是上界天神的儿子，还是下界龙王的儿子？你不就是人间的肉体凡胎，跟我一样的普通人的儿子吗？马儿被人骑，还要打滚解解乏；猎犬追逐野兽，还要喝水止渴！而我是匹马，是条狗吗？因为你要成婚，我心里高兴，为你操持婚礼、日夜奔忙。你为什么还要说出这样的话呢？本来，你应该敬重可汗岳丈、岳母夫人和新娘的嫂嫂们，谨言慎行、叩头作揖，求他们答应把女儿嫁给你。可我听说，你竟说什么，你们家的女儿如果答应了，我要娶回去；如果不答应，杀掉三个可汗也要娶回去。我还听说，格斯尔的十五岁小英雄安冲砍死了你父亲，割下了他的脑袋，做了战马穗缨呢！这种人还配被叫作英雄吗？"

察干-芒来大怒，呵斥道："奥勒哲拜，你这小子还挺有骨气呵！哼，有本事来拉我这张大黄弓试试！"

---

① 蒙古文原文作"扎撒兀勒"（jasagul），意为婚礼总管，类似代东。

奥勒哲拜接过了大黄弓，说："拉不开怕什么？我非要拉拉看看！请三位可汗的神灵保佑我！"

孛克-察干-芒来把弓交给他，说："我要你把弓面拉成碎片，那碎片的大小只适合做成羹匙；我要你把弓弦扯成碎屑，那碎屑的大小只可以做成箭扣！"

格斯尔接过弓箭，心中祷告道："弓面变成比羹匙还要零碎的黑炭；弓弦变成比箭扣还要细小的灰烬！"

格斯尔施展法力来拉弓，那张弓变成了炭和灰，掉落在地上。

孛克-察干-芒来跳起来就扑向奥勒哲拜，说道："这里不缺我们两个人。弄死谁，都无罪。"

三个可汗说："哎呀，奥勒哲拜！他会把你弄死的！"

"拜托三位可汗的神灵！死就死吧，就让我死在他手里吧！"

两人开始搏克角力。

孛克-察干-芒来使绊子，打拨脚，使里钩子①。

相比之下，奥勒哲拜就像是钉在地上的一根木桩，岿然不动。

格斯尔向诸天神祷告道："我的诸神在上！金色世界的主人山神敖瓦工吉德父亲！戎萨、安冲、大塔岳、小塔岳、大鼓风手、小鼓风手，请你们六位的神灵变成六头狼，来咬他的六肢②，把他撕成六块叼走！"

奥勒哲拜祷告完，喊了声："这回看我的！"便把孛克-察干-芒来举起来摔到了地上。

孛克-察干-芒来鼻孔冒血、胸膛迸裂，一命呜呼了。

格斯尔所祝祷的六位勇士的神灵变成了六头狼跑来，把他的尸体扯成六块叼去了。

---

① 蒙古族搏克比赛术语。
② 原文如此，即相当于"五体"。

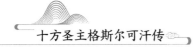

三个可汗嘲笑道："他不该吹牛说大话啊!"

乔姆孙-高娃假意哭着,说道："如果以后我要再嫁,人家会说我是个有罪的、不吉利的女人,不会娶我的。常言说,万年的婚约,千年的债啊!"看她哭得死去活来,三个可汗责备道:"人们会说你是个轻浮的人。什么也不要说了!"

就这样,婚礼散了。

这时,白帐汗的女婿、汉地皇帝的儿子米拉-贡楚克来了,说道:"过去,孛克-察干-芒来和我二人经常比试角力,互有输赢。两个人摔跤,哪有能把对方摔死的?摔倒了,爬起来就是了。死了也无所谓,摔死无罪。"

于是,米拉-贡楚克和奥勒哲拜开始比试角力。

哪能摔得过呢,跟刚才一样,米拉-贡楚克被摔死了。

黄帐汗的女婿、索龙嘎汗的儿子曼冲-朱拉也上场了。他说了跟前两人一样的话,就开始比试角力了。格斯尔也施展法力把他摔死了。

娶了黑帐汗的另一个女儿、乔姆孙-高娃的姐姐的,是一个当地可汗的儿子孟萨-图斯格尔。他也上场来了,下场跟前几人一样,被格斯尔摔死了。

就这样,格斯尔杀死了三个可汗的数名好汉。

这时,茹格姆-高娃对白帐汗说:"这个人不是奥勒哲拜,可能是格斯尔。他快要把你们所有的好汉都杀光了!派出你的举山大搏克吧!如果他也被杀死了,那这个人就是格斯尔。否则,那就不是格斯尔。"

白帐汗便下令让能够举起一座大山的举山大搏克出来角力。

举山大搏克在一边肩膀上搭了七张湿鹿皮，另一边肩膀上也搭了七张兽皮，出来喊道："奥勒哲拜，你这毛孩儿，快出来！"

"你要干什么？"

"听说你奥勒哲拜是个好搏克手。咱俩比比看！"

"以前你就为三位可汗效过力了，可我还没有为三位可汗效过力呢！我不会妒忌你的。咱们之间就算了吧！"

"你这小东西，不要多嘴，开始吧！"

"玩儿就玩儿，那又有什么？我要是不跟你比试，你会杀死我的！"

在奥勒哲拜整理衣服的当口，举山大搏克把一张湿鹿皮拧了拧，扔给奥勒哲拜，说："给你，小东西！"

当他从另一边肩膀上拿起一张兽皮的时候，奥勒哲拜说："莫非你是要跟鹿皮较量吗？"说着便扑了上去。

举山大搏克恨不得把奥勒哲拜一把摔死，便使出浑身解数使绊子，打拨脚，使里钩子。

相比之下，奥勒哲拜像是钉在地上的一根木桩似的，纹丝不动。

他在心里暗暗祷告："喜欢食肉的诸神，扯走他的肉！喜欢吃毛发的诸神，揪走他的毛发！喜欢喝血的诸神，吸走他的鲜血！"

十方圣主格斯尔可汗把举山大搏克摞倒了。

格斯尔所祝祷的诸神依次过来，把他的身体撕成万段扯走了。

茹格姆–高娃说："这人就是格斯尔的化身"，又说，"如果真是格斯尔的化身，就请展示出神通给我看看！如果不是，就别展示！"

茹格姆–高娃登上白塔，梳着右侧的鬓发，呼唤着格斯尔的名字，边哭边唱着赞美的歌儿。

格斯尔的化身奥勒哲拜，手拿牛粪叉子、身背牛粪筐，正在捡牛粪。他听到了茹格姆那如泣如诉的歌声，心想："我的茹格姆没有变心"，便对她显现出了金刚持佛和九尊文殊菩萨的法身。

茹格姆-高娃说声："格斯尔来了！"扭头就跑了。

格斯尔在后面追她，来到宫帐门前时，把她一脚绊倒在一块石头上。格斯尔让她连滚了三回，用法力使她忘掉了刚才经历过的事情。

茹格姆回到宫里，哭着对白帐汗说："格斯尔是来了？还是没来？还是我在做梦？"

"你干什么去了？你以为自己有个了不起的丈夫啊？我非要叫你吃你前夫的肉、喝你前夫的血不可！"

"我是去察看他到底是不是十方圣主格斯尔可汗。如果真的是格斯尔，毒蛇就不会吃他；如果不是，毒蛇就会把他吃掉。你把他扔进毒蛇地狱里看看！"

奥勒哲拜被扔进了毒蛇地牢里。

格斯尔挤来黑羽雌鸟的乳汁，逐条洒在毒蛇身上，毒蛇全部中毒而死了。

格斯尔的化身奥勒哲拜用大毒蛇做了褥子，用小毒蛇做了枕头，躺在地牢里唱道："都说，当格斯尔的国度沦陷之时，嘉萨-席克尔和三十个勇士被谎言欺骗，上了晁通的当，茹格姆-高娃她被我们这三位可汗掳了来。又说，茹格姆-高娃做了白帐汗的夫人，已经变了心，却说格斯尔汗离去后，把他们都忘了。如今，（茹格姆）她思念格斯尔，又要背叛白帐汗。茹格姆-高娃，你在吗？我是个与三位可汗有缘相会的好汉。虽然你用尽了各种方法，但是，我奥勒哲拜没有死，依然活着；因为，三位可汗的神灵在护佑着我！"

三个可汗商量道："原以为奥勒哲拜是格斯尔呢，看来他不是格斯尔。"于是，便把他从毒蛇地牢里放出来了。

那时，白帐汗家里养着两条猛犬，分别叫作巴尔斯（老虎）和伊尔比斯（豹子）。他们异常凶猛，经常扑咬撕扯来往行人。因此，茹格姆-高娃平常都用铁链拴着那两条狗。

"把奥勒哲拜带来！如果他真的是格斯尔，狗不敢惹他；否则就会把他吃掉。"

奥勒哲拜手拿牛粪叉子、身背牛粪筐，正在捡牛粪。他从茹格姆-高娃眼前经过。茹格姆-高娃放了狗，叫狗去追他。

两条狗跑过来时，格斯尔就施展法力，躲进了筐子底下，向外探看。

茹格姆-高娃说："如果他真的是格斯尔，狗不敢惹他。你看，这个奥勒哲拜安然无事。他就是格斯尔。"

奥勒哲拜变回格斯尔的真身回家去了，而一个化身变成的奥勒哲拜仍旧在原处。

格斯尔跨上枣骝神驹，全身披挂好，率领着无数神兵神将，来到锡莱河三汗城堡的西边，安营扎寨。

格斯尔在此举办了盛大的筵宴，一时间旌旗蔽日、锣鼓喧天，四处都在起灶生火。

圣主格斯尔端坐在场地中央，观看搏克手们的角力、神箭手们的射箭和各种神奇武艺的表演。

锡莱河三汗以为格斯尔来犯，便集结大军，出城迎战。当他们到达跟前时，格斯尔的大军变成一股蓝烟腾空而去了。那时，锅灶里的食物还冒着热气。锅灶边上躺着一个浑身都是虱子和虮子的男孩儿。

奥勒哲拜拔出剑，朝那个孩子跑去。

希曼比儒札说："哎，奥勒哲拜等等！先问过他军情，再杀不迟！"

"咳，刚才来的大军，是谁的？"

"是十方圣主格斯尔可汗来向你们复仇。可是他看到你们的兵马多，我们的兵马少，怕打不过你们，害怕了，就回去了。"

"你怎么就留下了？"

小男孩说："我是三十勇士的遗孤，来这儿之前是当马童的。因为我浑身都是虱子和虮子，就没跟他们一起干活儿，睡过头，掉队了。"

奥勒哲拜说："常言道：杀鹿，要用鹿角来杀！我们把这孩子养大了，让他去跟格斯尔打仗，怎么样？"

白帐汗说："奥勒哲拜，你说得对。你把他带回去养大吧！"

奥勒哲拜就把小男孩带回家来。

可在夜里，小男孩逃走了。

第二天早晨，奥勒哲拜去见三个可汗，禀报说："那个造孽的人的孩子逃走了。"

"都到这个时候了，还能怎么办呢？你先回去吧！"

茹格姆-高娃还想试探奥勒哲拜，看他到底是不是格斯尔，便说："乔姆孙-高娃、奥勒哲拜，明天早晨你俩过来一下！自从我离开了格斯尔，嫁到这里来，还没有焚过煨桑、祭过神呢！"

茹格姆-高娃、乔姆孙-高娃、奥勒哲拜三个人一起去祭神了。

茹格姆-高娃问："奥勒哲拜，前几天，我在婚礼上丢了个坠儿，听说你捡着了，是真的吗？"说着便要掀开奥勒哲拜的胸膛看。

乔姆孙-高娃给奥勒哲拜使了个眼色，没让她看到。

茹格姆-高娃说："比起今天的神佛，还是往日的婆罗门强啊！"说完便走开了。

　　登上祝萨-昆巴山顶后，在焚烧煨桑的时候，茹格姆-高娃说道：
"既然有男人在场，何必让女人来焚烧煨桑？奥勒哲拜，你过来祭
祀吧！"

　　奥勒哲拜焚烧煨桑、供奉诸神说："山神敖瓦工吉德！阿日亚拉
姆女神、毛阿固实、占卜师当波大师！波阿-冬琼-嘎日布！阿日
亚-阿瓦洛迦-沃德嘎利！嘉措达拉敖德！格斯尔-色日布-都鲁布！
俺嘛呢吧咪吽！"

　　茹格姆-高娃对他的表现很满意。

　　茹格姆-高娃说："奥勒哲拜，你好像什么都见过，什么都知道。
我问你几件事？"

　　奥勒哲拜说："嚓！"

　　"像那黄金曼陀罗一般供奉诸佛的，那是什么？像那在白螺盘中
斟满了白海螺圣水的，那是什么？像那在犀牛盘中斟满了犀牛圣水
的，那是什么？像那在一位老婆子膝前有诸多孩童游戏的，那是什
么？像那一位老婆子追逐着一群孩童的，那是什么？像那两个勇士
互相举剑交锋的，那是什么？像那一把长弓和一支箭矢的，那是
什么？"

　　奥勒哲拜说："哎呀！那些事，都要说给你听吗？你得哭出
来啊！"

　　茹格姆-高娃说："嚓！我哭。"

　　于是，奥勒哲拜回答说："像那供奉在诸佛前的黄金曼陀罗的，
那是平坦的乌鲁姆塔拉草原。像那在白螺盘中斟满了白海螺圣水的，
那是格斯尔十岁那年，为报答父母之恩而修建的观音菩萨庙。像那
在犀牛盘中斟满了犀牛圣水的，那是碧蓝的库库诺尔湖①。像那在一

———————————

　　①　蒙古语，即青海湖。

位老婆子膝前有诸多孩童游戏的，那是在冰山居住的、叫作比儒米拉的可汗。像那一位老婆子追逐着一群孩童的，那是由众护法神合力创造的、叫作希呼尔逊的黑山。像那两个勇士互相举剑交锋的，那是黄河源头的两座山峰。像那一张长弓和一支箭矢的，那是弯弯曲曲的黄河。"

茹格姆-高娃心想："这一定是格斯尔无疑了。"

格斯尔知道了她的这个念头，施展神通，让她忘掉了这些。

第二天夜间，格斯尔帐下的神童来袭击白帐汗的大营，砍断了七杆大纛，斩杀了七名火头军，赶走了七群马。

次日清晨，白帐汗起身，叫来他的两个弟弟，哭诉道："哎呀！真是怪啦！说不定那是格斯尔的神灵啊，昨夜袭击了我一晚，又回去了。"

希曼比儒札说："我们派饮血雄鹰哈剌大臣和奥勒哲拜两个人去追击敌人吧！"

他俩很快就追上了。

格斯尔的神童怀里揣满石头，走到他们二人面前，对饮血雄鹰哈剌大臣说：

"哼！你就是擒拿晁通的那位英雄好汉吧？"

他一边朝他走来，一边不住地用石头砸他。

哈剌大臣掉头往后跑，奥勒哲拜就截住他，也用石头砸他。

"我的奥勒哲拜！你这是怎么啦？我们是自家人。你要打死我呀？"

"去你爹的头！谁是你的自己人？你是我们的死敌啊！"说着，便用石头砸烂了他的头，把他打死了。

奥勒哲拜把他的两条腿拴在马尾上，脑袋拖在地上，赶着马群回来了。

奥勒哲拜说："原来，那都是造孽的格斯尔干的啊。我们的大臣已经追上了他，可是他用石头砸烂了大臣的脑袋，把他打死了。我追上去的时候，他化作了一缕青烟，腾空而去。我没法再追，只好带着大臣的尸骨，赶着马群回来了。"

三个可汗说："大臣死了就死了吧！你活着回来就行了。现在，你回家好好休息一下！"

奥勒哲拜说："这位大臣的尸骨，是让他的老朋友收去埋葬呢，还是由我这个新朋友去埋葬呢？"

"就由你去埋葬吧！谁知道他的老朋友什么时候才能来呢？"

奥勒哲拜来到两条河的交会处，挖了一个坑，把大臣的尸骨头朝下、脚朝上地埋进去，让他双脚朝天，变成了肉桩子。

为此，格斯尔焚起煨桑，祷告道："天上的诸神在上！凡间三十个勇士的灵魂在上！在此，我用缴获来的仇敌的身体立了肉桩子。你们把这个肉桩子和所有锡莱河敌人的灵魂一一撕碎，统统吃掉吧！今后，都将依此行事！"

祷告完，他回去了。

茹格姆-高娃还想试探奥勒哲拜，看他是不是格斯尔，便在自己的宫帐里摆了一张金凳子和一张银凳子。如果他真的是格斯尔，就会坐在金凳子上，如果不是，就会坐在银凳子上。

奥勒哲拜识破了她的这个计谋，让奥勒哲拜的化身去坐在银凳子上。然后这分身复原为格斯尔真身，跨上枣骝神驹，披上露珠般闪亮的黑铠甲，插上闪电护背旗，戴上前额镶有日月的白宝盔，插上三十支松绿宝石扣的箭矢，拿上威猛的大黑弓，在她的眼前来回穿梭、腾空驰骋。格斯尔手持九庹长的青钢宝剑，戳着锡莱河城堡的城楼，厉声呵斥道："锡莱河与吐伯特究竟有什么冤仇呢？是抢了你们的带犄角的山羊羔了，还是抢了你们的两岁马驹了？你们为什么要抢走我的茹格姆-高娃夫人？为什么要抢走我的十三奇宝寺、金粉抄写的《甘珠尔》《丹珠尔》两部大乘经典，还抢走了如意宝、无裂纹的黑炭宝、白宝塔和三大鄂托克的百姓？为什么要杀害我的三十个勇士和三百名先锋？为什么抢我的这些东西？"

黑帐汗的女儿乔姆孙-高娃说："人们也许会说我是女流之辈，多管闲事。但让我们把你的茹格姆-高娃还给你吧！为你的三十个勇士修建陵墓祭祀吧！嘉萨-席克尔、苏米尔和安冲三人也将满滩遍野的人马杀了个精光，就让这些互相抵偿吧！把你的白宝塔、无裂纹的黑炭宝、金粉抄写的《甘珠尔》《丹珠尔》两部大乘经典、三百名先锋、三大部落百姓的生命、财产以及十三金刚寺，也都还给你吧！"

格斯尔继续大喊道："要将我的三十个勇士都复活了！要不然，我一定要报此大仇！"

乔姆孙-高娃说："已经死去的人怎么可能复活呢？"

"哎呀呀！我的三十个勇士啊！"格斯尔用九庹长的青钢宝剑不停地戳刺着城楼。

锡莱河三汗吓得魂不附体、手足无措。

奥勒哲拜跳上城楼，向格斯尔扑了过去。在他就要抓住那青钢宝剑时，奥勒哲拜的化身又腾空而去了。

锡莱河三汗说："嗨！可以让这个奥勒哲拜去跟格斯尔厮杀呀！"

第二天夜间，奥勒哲拜拿出六十庹长的挠钩，钩住城楼后一跃而上，不想却被白帐汗的保护神抓住了头发，拽倒在地上。

奥勒哲拜疼痛难忍，躺了好长一会儿，才再次用六十庹长的挠钩钩着，爬上城楼，跳进宫城里去了。

他走进白帐汗的宫帐里，却不见茹格姆-高娃，原来她到大海里洗澡去了。

奥勒哲拜闯进去，压住白帐汗，划开他的胸膛，剜出了他的心脏。

原来，茹格姆-高娃每天晚上都要喝一碗回过两遍锅的胡乳扎奶酒，吃一颗羊心，才能睡觉。奥勒哲拜吃掉了为茹格姆-高娃准备的羊心，喝掉了胡乳扎奶酒，把他们换成了白帐汗的心脏和血，接着又把他的头颅放在枕头上，用被子盖好。自己躺进放东西的柜子里，藏了起来。

茹格姆-高娃回来后，喝了白帐汗的血，吃了白帐汗的心，说："我这是累的吧？怎么这样虚弱无力呢？"接着便说，"可汗，起来吧！"说着就去掀被子，结果那颗头颅咕噜噜滚落了下来。

茹格姆-高娃惊叫一声："啊呀！"

格斯尔从柜子里跳出来，说："啊！你在喝你丈夫的血、吃你丈夫的心脏吧？"说着，便拽着她的手往外走。到了外面，才想起把马鞭子忘在屋里了。返回去拿马鞭子时，却看见了躺在铁摇篮里的白帐汗的小儿子。他手里拿着铁弓和铁箭，已经拉满弓，就要射出箭了，正卡在了那种现在射出去似乎早了点儿，过会儿射出去又似乎晚了点儿的节点上了。

格斯尔将这小儿子的两条腿倒提着，说："如果是我的孩子，流出乳汁，如果是白帐汗的孩子，流血！"说着，便把他甩向了门框，孩子流血而死了。

格斯尔拽着茹格姆-高娃走出去。

黄帐汗、黑帐汗二人率领着剩下的十三个十万人的兵团追来。

希曼比儒札跨上白龙马，四只马蹄上各拴着一块砧铁，手中也拿着一块砧铁，挥舞着驰来。

十方圣主、英明的格斯尔汗喝道："你是为杀我而来，还是为了想让我杀死你而来？你是为战胜我而来，还是为了想让我打败你而来？"

"不想杀了你，难道任由你杀了自己的哥哥吗？难道你以为我是袖手旁观的懦夫？与其眼巴巴地坐以待毙，不如拼杀而死，留个好名声。我为此而来！"

"既然要与我拼杀，我们就比一比本领吧！你拿出神箭手的本领先射我，我用英雄的规矩站着接箭！"

格斯尔汗把头伸得很长，把身子缩得很短。

希曼比儒札用一支有着掌心般大的箭镞的箭①上弦，瞄了半天后射出去。箭从格斯尔的胯下飞过去。

在这之后，格斯尔在心里说："我的嘉萨，你一向勇猛无比！这下你有肉可吃啦！"

他射穿了希曼比儒札的膀胱，随即又纵马向前，一刀砍下了他的头颅，给枣骝神驹做成了穗缨。

格斯尔汗骑着枣骝神驹，重新冲入了敌阵。

格斯尔下凡的时候，那布莎-古尔查祖母和霍尔穆斯塔腾格里父亲曾说："你将在人间遭遇两次大战。"为此，送给了他一把钢刀和

---

① 北京版蒙古文《格斯尔》中原文为"alag-a yin činegen sumu teliji baiji talbi-ba"，翻译过来是"掌心般大的箭上弦射了出去"。而"alag-a yin činegen sumu"（掌心般大的箭）不符合常识和逻辑。呈·达木丁苏伦院士对照《札雅格斯尔》等其他抄本后发现，北京版《格斯尔》镌刻的时候落下了"jebe-tei"（有箭镞的），从而引起了歧义。而其他《格斯尔》抄本中说希曼比儒札的箭镞有铁锹一样大，说明希曼比儒札力大无比。

一个金匣。

格斯尔打开了金匣，里面有一颗铁球和一只蜜蜂。放出了铁球，将敌人的耳根一一全部穿透；放出了蜜蜂，将敌人的眼睛一一全部蜇瞎。

黄帐汗四处乱摸，一片迷茫地走着。

"我的枣骝神驹啊！我看你把十三个十万人的敌军军团踏成了肉泥！你且看我用这把九庹长的青钢宝剑，将敌人一一消灭！"

格斯尔这样说着，向前冲去。枣骝神驹，踏得敌人竟成肉泥。九庹长青钢宝剑，砍得敌人尸横遍野。

就这样，格斯尔把锡莱河三汗的子孙斩尽杀绝了，还虏获了他们的妻女和百姓，并收回了如意宝、无裂纹的黑炭宝、金粉抄写的《甘珠尔》和《丹珠尔》、三百名先锋和三十个勇士的尸骨，以及三大鄂托克的百姓和十三金刚寺。

十方圣主格斯尔可汗收回这一切，班师回返，奔向自己的故国。

在班师回程的途中，格斯尔取出黑帐汗希曼比儒札的心脏，喂给嘉萨的灵魂吃了，说道："亲爱的嘉萨！如果你想继续陪伴我，我就让你原身还阳！如果你想回到霍尔穆斯塔腾格里天神父亲那里去，我就让你到那里去投生！"

嘉萨说："我已经为你效过力了。我想投生为人，可是下辈子恐怕难投凡胎。所以，我还是回到上界，做霍尔穆斯塔腾格里父亲的儿子去吧！"

格斯尔说："你说得对。"便将他的灵魂送回霍尔穆斯塔腾格里父亲身边去了。

之后，格斯尔把茹格姆–高娃的一条腿和一只胳膊掰断，把她送给了一个八十岁的放羊老汉做妻子。

茹格姆痛苦不堪，绝望地说："这还不如让妖魔把我捉走了的好!"

她的这个诅咒变成了现实。妖魔将她捉走后,把她的臀部埋在冰堆里、胸部扔进河里、肠肚抛进深谷里,把她的灵魂变成了一只黄鹡鸰。茹格姆-高娃在一顶熏黑的残破帐篷里养了一只黑山羊。那只羊一天只能挤下一碗奶,用这一碗奶可以炼出一小勺酥油。她就靠吃这点酥油度日。

嘉萨从天上发话了,说:"哎!我的格斯尔汗!这个茹格姆-高娃,两次于你有恩,一次于我有恩。你念着她的这点好,将她复活了吧!"

格斯尔汗说:"嘉萨哥哥!你说得有道理,那就让她复活吧!"

英明的格斯尔汗化身成了另一个人,来到那座残破的帐篷里,用牙咬了一下那一小勺酥油,用胡须在那一碗山羊奶里蘸了一下,然后就到一边藏起来了。

茹格姆-高娃的化身黄鹡鸰飞来,落在锅灶上说:"酥油上留下的齿痕,真像我的格斯尔的牙印!山羊奶里沾着的痕迹,真像我的格斯尔的胡须!我的圣主啊,如果真是他,那该多好!如果不是他,也就没办法啦!"

格斯尔了解了这些,就编了一张铁丝网,把她套住了,并把她散落在各处的肢体收集在了一起,使她恢复了原身,然后,把她带回了故乡乌鲁姆塔拉草原。他又将如意宝、无裂纹的黑炭宝、金粉抄写的《甘珠尔》《丹珠尔》两部大乘经典和十三金刚寺都搬回了故地,恢复如初。他还一一安抚了三十个勇士、三百名先锋的遗孤和三大鄂托克兀鲁思的百姓,让他们重享安详与幸福。

第六章
杀死蟒古思化身魔法喇嘛

如是我闻，在格斯尔汗安享幸福时，身具十大法力的蟒古思的一个化身变成了修成了无边魔法的呼图克图喇嘛，来到了格斯尔的家乡。喇嘛不是空着手来的，而是携带了无数财宝。

茹格姆-高娃对格斯尔说："这位喇嘛是一位大呼图克图。我们俩过去顶礼膜拜他吧！"

格斯尔回答说："如果他专程而来，就会来我家。等他来了我家，我再顶礼膜拜。我不去找他顶礼膜拜。你想去顶礼膜拜，就自己去吧。"茹格姆-高娃说："你说得有道理"，就自己去了。

茹格姆-高娃对呼图克图喇嘛顶礼膜拜之后，又请喇嘛用念珠摸了顶。摸顶之后，喇嘛把全部的财宝都拿出来给茹格姆-高娃看了。

茹格姆-高娃问道："啊！这位上师！您是从哪里得到这无数财宝的？"

喇嘛回答说："难道只有你的十方圣主格斯尔可汗能拥有财宝，我就不能拥有吗？"

茹格姆-高娃听完就回去了。回到家后，茹格姆-高娃对格斯尔说："那个喇嘛拥有无数的财宝。你去拜一拜他吧。"格斯尔说："我去做什么？你带着百姓去顶礼膜拜他好了。"茹格姆-高娃就带着部落上下的百姓去膜拜喇嘛了。待众人顶礼膜拜完毕，喇嘛把财宝分给了上至茹格姆-高娃，下至普通百姓的所有人，直到每个人都满意为止。分发财宝的时候，喇嘛对茹格姆-高娃说："茹格姆-高娃！你做我的妻子吧！"

茹格姆-高娃回答说："你能解决掉格斯尔吗？如果能，我就做你的妻子。"

于是，喇嘛说道："无论如何，我总归有办法能解决掉他。你设法把他带到我这里来，我假装给他灌顶，把他变成驴子。"

于是，茹格姆-高娃回到家里，就对格斯尔说："那喇嘛真是法力无边啊！他把所有的财宝都分给了我们的贫苦百姓，让每一个人都心满意足了。他真是个仁慈的大呼图克图喇嘛啊！你去吧，去顶礼膜拜他并接受灌顶吧。"

格斯尔听了，只好答应说："那么我就去顶礼膜拜、接受灌顶吧。"

到了喇嘛那里，格斯尔顶礼膜拜完毕，正要接受喇嘛的摸顶祝福时，蟒古思把一张画着驴子的图画放在了格斯尔的头顶上，格斯尔就变成了驴子。这样，身具十大法力的蟒古思就把茹格姆-高娃据为己有了。他还把鞋子等各种肮脏的东西驮在格斯尔的背上。

就这样，在蟒古思化身的喇嘛把格斯尔变成了驴子牵着走的时候，俊美的莫日根侍卫、叉尔根老人和嘉萨的儿子来查布召集三个鄂托克的人们一起商量道："蟒古思把我们的格斯尔变成了驴子。谁能救出格斯尔呢？只有莫日根的阿珠-莫日根夫人能拯救格斯尔了。"于是，人们派俊美的莫日根侍卫前去阿珠-莫日根夫人的驻地报信。俊美的莫日根侍卫仅用一个月的时间就走完了十个月的路程，赶到了阿珠-莫日根夫人面前。俊美的莫日根侍卫到了之后，把此前发生的所有事情都唱给了阿珠-莫日根听。

阿珠-莫日根说:"格斯尔汗是谁呀?俊美的莫日根侍卫又是谁?"就关上门进屋去了,再不理会他。俊美的莫日根侍卫在阿珠-莫日根门前守候了三七二十一天。这时候,嘉萨的儿子来查布也赶到了。来查布央求阿珠-莫日根道:"哎呀!十方圣主格斯尔可汗叔叔被蟒古思化身的喇嘛变成了驴子,背上驮着鞋子等肮脏的东西四处搬运,负荷沉重,瘦得都能从肋骨处看到肺了,就快被折磨死了。哎呀,我的阿珠-莫日根嫂子啊,快去搭救格斯尔汗吧!"听来查布这么一说,阿珠-莫日根的心融化了,忍不住哭了起来。这样,阿珠-莫日根就把他们请进了屋里。

阿珠-莫日根把长枪擦了一个月;把所有的武器,每种都擦了一个月。之后,阿珠-莫日根就要出发了。

阿珠-莫日根对来查布说:"我的来查布啊,你就留下来帮我照管这里吧。但你还是个孩子,我担心你替代不了我。俊美的莫日根侍卫,你能代我管理这里的事务吗?"

俊美的莫日根侍卫说:"我能。"

但是,阿珠-莫日根说:"你做不了我能做的事情。"于是,阿珠-莫日根召唤了三次,把俊美的莫日根侍卫变成了一只鸟,装进口袋里带走了。

阿珠-莫日根来到了蟒古思的城堡,摇身一变,变成了身具十大法力的蟒古思的姐姐。只见蟒古思的这个姐姐,眼睛深陷在眼窝里有一庹深,眉毛垂到胸前,乳房坠到膝盖,獠牙纵横交错,还挂着九庹长的拐杖,就这样到了蟒古思的城堡外面。她对看守城门的人说道:"我是身具十大法力的蟒古思的姐姐。听说他打败了格斯尔,我因此前来见见我的弟弟。"

守门人回来向蟒古思禀报。蟒古思问起姐姐的长相。守门人就把姐姐的相貌唱给蟒古思听了。听完,蟒古思说:"确实是我的姐姐。请她进来!"于是,那个老婆婆就拄着黑拐杖进来了。蟒古思拜见了她之后,把姐姐请到了上座。

坐了一会儿,老婆婆说道:"我的弟弟啊,你新娶的格斯尔的夫人是哪位啊?让我见见!"蟒古思回答说:"姐姐说得对。"接着就把茹格姆-高娃带过来了。茹格姆进来后,老婆婆用手遮在眼睛上,做出被茹格姆-高娃的光彩耀花了眼的表情,对茹格姆-高娃赞叹不已,说:"哎呀呀!你就是完满具备九种瑞兆的仙女化身茹格姆-高娃夫人吗?多么好啊!弟媳妇儿你过来,来给姐姐请安。"

两个人见面后,蟒古思说道:"我的好姐姐,你既然从远方来到了这里,就好好看看我的财宝再回去。你尽管从我掳掠的财宝中选取自己喜欢的拿去。"老婆婆去到宝库,将财宝一一仔细看过。看完之后,又回到了弟弟的家,说道:"哎呀,多么美好啊!我看过你的财宝就心满意足了。姐姐已经老了,只有看的份儿。我这就回去吧!"

蟒古思说:"姐姐啊,你尽管从我掳掠来的财宝中选取喜欢的宝物吧!"

姐姐说道:"我已经老了,这些财宝对我已经没有用处了!还不如让我骑着你的这条黑毛驴回家去。"

蟒古思听了,没有当回事儿,答应说:"姐姐,一头毛驴算什么?给你吧。"

茹格姆-高娃在一旁听了,劝蟒古思道:"哎呀,丈夫啊,蟒古思你有所不知,格斯尔神通广大,见草变草,见什么就变什么。她莫不是格斯尔的化身?要不然就是阿珠-莫日根的化身。"

老婆婆听了,生气地说:"弟弟呀!比起我这个不隔肚皮的姐姐,你心里只有这个黑心的老婆啊!"说着便倒在地上打滚,嘴里满是尘土。

蟒古思见姐姐气倒在了地上，赶忙应承说："姐姐你快起来！何必为了一头驴死去活来？我送给你就是了。"老婆婆听了，就从地上爬起来了。

待姐姐起来之后，蟒古思说道："姐姐你有所不知，这头驴是格斯尔变的。我怕它会变成别的什么东西逃跑了，所以没有马上给你。"

老婆婆听了，说道："你就把仇人交给我吧！我来处置他。"

蟒古思回答说："既是这样，我就把它送给姐姐你！"

蟒古思把格斯尔变成的毛驴交给了姐姐后，茹格姆-高娃提醒他说："既然你想给就给吧，不过你要把自己的一个化身变成两只乌鸦，时时跟随着他们！"

蟒古思说："你说得有道理。"于是就让自己的一个化身变成了两只乌鸦，从背后跟踪他们。

老婆婆牵着毛驴走了。两只乌鸦寸步不离。老婆婆牵着毛驴走到了蟒古思姐姐的城堡。毛驴的头进了城门，但尾巴还没有进去的时候，两只乌鸦就飞回去了。回去以后，乌鸦对蟒古思说："那确实是我们的姐姐。她已经回到自己的城堡去了！"蟒古思回答说："那就好。"于是放下心了。

老婆婆牵着毛驴，来到了蟒古思部落的一户人家，向主人家说道："我是蟒古思的姐姐。给我的毛驴喂点儿草料、饮些水吧！"那天夜里，她喂饱了毛驴。

黎明时分，阿珠-莫日根牵着毛驴去了她的父亲龙王的家，给毛驴喂了各种仙丹妙药和喇嘛祝福过的洁净食物。吃饱之后，毛驴变成了一个瘦得皮包骨的黑脸男子。接着，阿珠-莫日根用各种圣水甘露洗净格斯尔的全身，又端来各种美食叫格斯尔吃了。这样，十方圣主格斯尔可汗就康复如初了。

为了比试武力，格斯尔和阿珠-莫日根每天清晨都出去打猎。

第二天，在打猎的时候，阿珠-莫日根对格斯尔说："我们过这条峡谷的时候，会有一头白额母鹿横冲过来袭击我们。你要追上它，射中它额头上的白斑。"正说着，那头母鹿就横冲过来袭击了他们。格斯尔快马加鞭地追过去，回射了一箭。箭射中了母鹿的额头，一直贯穿到尾巴。母鹿带着箭逃走了，进到蟒古思姐姐的城堡里去了。格斯尔和阿珠-莫日根紧追不舍，刚追到城门口，城堡就紧紧关上了九层城门。格斯尔取出九十三斤重的大金刚斧，砸碎了城堡的门，进到了城堡里。格斯尔摇身一变，变成了一个美貌的男子，进去一看，蟒古思的姐姐像只狗一样蹲在地上呻吟着。从她额头上射进去的箭，在臀部露出了箭镞。

蟒古思的姐姐对格斯尔说："不知这是阿修罗的箭？还是龙王的神箭？抑或是霍尔穆斯塔腾格里的神箭吗？哎呀呀，说不定是格斯尔的神箭呢。这可怎么办才好？"

于是，小伙子说道："让我来拔出你身上的这支箭吧！如果我能拔出来，你肯做我的妻子吗？"

蟒古思的姐姐满口答应说："我做你的妻子。"

格斯尔要蟒古思的姐姐发誓，蟒古思的姐姐就发了毒誓。

格斯尔拔出了插在蟒古思姐姐身体里的神箭。

但是，蟒古思的姐姐却把格斯尔和阿珠-莫日根两人一口吞进肚子里去了。

格斯尔和阿珠-莫日根说道："你不是已经发过誓了吗？你为什么食言吞下我们？赶快放我们出来！如果你不放我们出来，我们会打穿你的全身，切开你的后腰，自己走出来。"蟒古思的姐姐听了，说："有道理"，就把格斯尔和阿珠-莫日根吐出来了。

格斯尔让蟒古思的姐姐做了自己的老婆，然后就到蟒古思的城堡去了。

见格斯尔来了，蟒古思就变成一匹狼逃跑了。格斯尔变成大象追赶。快赶上的时候，蟒古思又变成老虎逃跑了。格斯尔就变成一头雄狮追赶。狮子快要追上老虎的时候，老虎又变成了很多蚊子和苍蝇。格斯尔用灰筑围墙的时候，蚊子和苍蝇钻了出去，逃到姐姐的城堡里去了。

蟒古思摇身一变，又变成了有五千个徒弟的呼图克图大喇嘛，坐下来念经诵佛了。格斯尔凭借神通知晓了这一切，就给大喇嘛托了一个梦。

"明天会有一个具有完美的智慧和俊美的容貌的人来到你的身边。你要好好爱护他，他将会成你的高徒。"托完梦之后，格斯尔就去睡觉了。

第二天，格斯尔一大早就起来，来到了蟒古思身边。蟒古思见了他就全明白了，心里想道："昨天夜里的梦，原来是预兆着这个啊。"于是，蟒古思就让格斯尔做了他五千名徒弟中最得意的那个。

喇嘛诅咒格斯尔的家乡，做了黑道法事，并吩咐自己最得意的徒弟道："你就诅咒格斯尔家乡的百姓和牲畜，让他们遭遇疾病和灾祸。诅咒完之后把这个替死鬼送走。"

蟒古思化身的喇嘛最得意的徒弟去扔掉巴灵的时候却祝福道："格斯尔的家乡人畜日益兴旺！"并诅咒蟒古思的家乡道："从今天开始，在蟒古思的家乡，要像火燎羊头一样火燎喇嘛的脑袋、整个部落鬼怪横行、妖魔泛滥、噩兆不断。"诅咒完，他就把巴灵扔掉了。

喇嘛的一个徒弟听到了格斯尔的话，回来告诉蟒古思说："你的那个徒弟扔巴灵的时候，祝福格斯尔的故乡繁荣兴旺，却诅咒我们的蟒古思地方破败衰落。"

最得意的徒弟回来之后，喇嘛对他说："刚才有个徒弟告诉我说，你在扔巴灵的时候为吐伯特部落做了祈祷，却恶语诅咒了我们自己的地方。"

最得意的徒弟回答说："哎呀，这是怎么了？我是诅咒了那边，祝福了这边。"

喇嘛听了格斯尔的话，训斥自己的那个徒弟说："你是因为嫉妒他成了我最得意的徒弟，才看他不顺眼，跟我说他的坏话的。从此以后，你不要说他的坏话了，免得丢人现眼。"

再后来，呼图克图喇嘛想建一座禅房，就找格斯尔商量。

格斯尔问："你想建什么样的禅房？我知道该怎么建。"

喇嘛说："好，那就交给你去建吧。"

于是，格斯尔就用芦苇建造了一座禅房。他在芦苇里包裹了棉花，还在棉花上涂了油。门窗都做好了，严实的墙壁连针尖都扎不进去。建完禅房后，格斯尔来到蟒古思化身的喇嘛面前，说道："现在你进去坐禅吧。"

喇嘛对得意的徒弟说："那天有个坏徒弟诽谤你。你把那五千名徒弟全部赶走吧！"

得意的徒弟听从喇嘛的吩咐，把另外五千个徒弟全部赶走了。

蟒古思化身的喇嘛对格斯尔说："请把我的茶斋送到这里来吧！"

格斯尔说："没有问题！"

于是，喇嘛就静坐修禅了。

在喇嘛打静坐禅的时候，格斯尔点着了包裹着油棉花的芦苇墙，瞬间就燃起了熊熊大火。蟒古思变成人喊救命，变成狼哭嚎，又变成蚊子嗡嗡乱飞，最终彻底被烧死了。格斯尔把蟒古思的子孙都斩草除根了。十方圣主格斯尔可汗清查了自己部落的属民和牲畜财产，迁徙到了浅滩草原。他在那里建了一座宝城，过上了幸福生活。杀死蟒古思化身魔法喇嘛的第六章结束。

第七章
格斯尔可汗地狱救母，造福一切生灵

格斯尔回家之后，问道："我的母亲去哪里了？"嘉萨的儿子来查布回答说："你的母亲不是早就成佛了吗？在你被蟒古思化身的魔法喇嘛伤害、变成毛驴受折磨的时候，她的心受到了刺激，痞块肿大，最终死去了。"格斯尔哭泣的时候，百宝筑成的城堡顺时针转了三圈。格斯尔骑上枣骝神驹，手握神鞭，戴上九丈长的珊瑚念珠、头戴并列镶嵌着太阳和月亮的宝盔，身披露珠一样闪亮的黑色铠甲，插上闪电护背旗，又把三十支绿松石柄的利箭插入箭筒，把神威黑木硬弓插入弓袋；还把九十三斤重的大金刚斧、六十三斤重的小金刚斧，捕捉太阳的金索套、捕捉月亮的银索套、九股铁索套、九十九股铁杵都带上了。

格斯尔首先到了天界，说道："霍尔穆斯塔腾格里父亲啊！请你听我说！你可曾见过我凡间母亲的灵魂？"霍尔穆斯塔腾格里回答说："没有看见！"于是，格斯尔去问三十三天，他们回答说："没有看见。"

格斯尔又去问那布莎-古尔查祖母，得到的回答是："没有见过。"

去问三位神姊，也回答说："没有来过。"

之后，他来到山神敖瓦工吉德父亲那里，询问后，山神回答说："没有。"

格斯尔变成一只大鹏金翅鸟，从天上飞下来。飞落凡间之后就去了阎罗王那里。到了阎罗王那里一看，只见十八层地狱的门紧紧关闭着。

格斯尔大叫一声："开门！"却没有人给他开门。于是，格斯尔把地狱之门一斧劈开就进去了。他问过十八层地狱的守门狱卒，都回答说："不知道"。

于是，格斯尔在十八层地狱的门外给阎罗王托了噩梦。原来，阎罗王的灵魂是一只老鼠，格斯尔知道后，就把自己的灵魂变成了一只艾虎，让艾虎握住捕捉太阳的金索套，把守天窗，再用捕捉月亮的银索套罩住了整间屋子。阎罗王想钻进地下，却因为有金索套把守住了，不能逃脱；想从屋顶逃走，银索套又罩在上面，没有出路。阎罗王正走投无路的时候，格斯尔汗抓住了阎罗王。

格斯尔汗绑住了阎罗王的两只手，用九十九股铁杵敲打着，说道："快说！我母亲的灵魂在哪里？"

阎罗王说道："要问你母亲的灵魂在哪里，我确实耳朵没有听到，眼睛没有看到。"阎罗王接着说："或者你再问问十八层地狱的鬼卒试试。"

格斯尔去问了十八层地狱的狱卒，他们都回答说："确实没有。如果十方圣主格斯尔可汗的母亲苟萨–阿木尔吉拉来到了地狱，我们能不禀告阎罗王吗？"

其中有一个白发苍苍的老头儿说道："不知道她是不是格斯尔汗的母亲，但有一个老太婆，嘴里念叨着'我的尼速该–希鲁–塔斯巴'① 向人们讨水喝。没有讨到水就捡野果吃。"

格斯尔汗听了下令道:"哎呀,她在说什么?快去把她找到。"

老头子说:"她这会儿可能在那片枣树林里。"说着,老头儿就过去找了。

格斯尔跟着过去看,见果然是母亲的灵魂。就这样,一找到母亲的灵魂,格斯尔便杀了白发老头儿,也杀了十八层地狱的看门鬼卒们。

接着,格斯尔对阎罗王降旨道:"阎罗王啊,如果你像这样把我母亲的灵魂打入地狱,是不是这众生的灵魂都会被你不分青红皂白地打入地狱呢?"

阎罗王回答说:"你的母亲坠入地狱,我的耳朵没有听见,眼睛没有看见。如果有人禀报说她是你的母亲,我又怎么会把你的母亲打入地狱呢?"

格斯尔对枣骝神驹说道:"我的枣骝神驹!请你显示一下神威!请你四蹄登上魔轮,胸口挂满利剑,马头变成狮子头,显示出可怕的怒相,再用圣水漱口三次。喝过三次圣水后,就把我母亲的灵魂衔在嘴里,送到我的霍尔穆斯塔腾格里父亲那里。在我投胎瞻部洲的时候,她是生育我的母亲,他们都应该知道她。"

枣骝神驹听完格斯尔汗所有的吩咐之后,嘴里衔着格斯尔母亲的灵魂飞上天去了。

三位神姊前来迎接枣骝神驹。枣骝神驹显示出一身可怕的怒相,胸口挂满利剑,像是要把一切都摧毁。三位神姊见了大吃一惊,赶紧过来说道:"我们的鼻涕虫弟弟投生到地下世界去了。不过,你今天为什么显示出这样凶猛的怒相?"说着,便把衔在枣骝神驹嘴里的

---

① 尼速该-希鲁-塔斯巴——格斯尔的小名。

格斯尔母亲的灵魂接过去了。三位神姊对枣骝神驹说道："我们知道此事了！你回到格斯尔身边去吧！"

三位神姊把格斯尔母亲的灵魂带走，送到了霍尔穆斯塔腾格里父亲那里。霍尔穆斯塔腾格里父亲说道："我的鼻涕虫觉如在下界瞻部洲投胎的时候，就是选她作母亲的。让她的灵魂转生到天界吧。"霍尔穆斯塔腾格里父亲召集了十方喇嘛，念经诵佛超度格斯尔母亲的灵魂。格斯尔母亲的灵魂当时就变成了无数神佛；再继续念经，并敲锣打鼓、献灯燃香，格斯尔母亲的灵魂就变成了光彩夺目的蓝宝石；再继续念经，召请十方神佛时，格斯尔母亲的灵魂又变成了仙女中的仙女。

在这之后，格斯尔汗问枣骝神驹道："我的枣骝神驹啊！你完成了我拜托给你的任务了吗？"枣骝神驹回答主人说："哪里还有我办不到的事情吗？"格斯尔欣慰地对骏马说道："哦，我的好枣骝神驹！"

接着，格斯尔释放了阎罗王，并对他说道："阎罗王啊！今后你要明断是非，然后再决定是否把灵魂打入地狱。"

接下来，格斯尔又对阎罗王说道："阎罗王兄弟啊，我有点儿过分了！"格斯尔汗说着就给阎罗王磕头谢罪。

阎罗王对格斯尔说："你母亲的事情有点蹊跷。我是决不会亲自把她的灵魂打入地狱的。看看照命镜吧。"格斯尔出生的时候，格斯尔的母亲苟萨-阿木尔吉拉不知道他是神还是鬼，所以挖了十八庹长的壕沟，准备把他扔进壕沟里埋葬。因此，她落入了十八层地狱。阎罗王将此事告知了格斯尔。在这之后，格斯尔回到了自己的家。格斯尔把茹格姆嫁给了一个瞎了一只眼睛、瘸了一条腿的乞丐。他到了敖罗木草原，建起了十三座金刚宝寺，并用如意宝、没有裂缝的黑炭和各种宝石筑造起了四角城堡，在其中过上了幸福的生活。

根除十方十恶之源的圣主仁慈格斯尔汗镇压一切敌人、造福一切生灵的第七章结束。

愿吉祥![①]

康熙五十五年，丙申孟春吉日。

---

① 蒙古语原文"maṅ galaṁ"，吉祥的意思。

教育部人文社会科学重点研究基地重大项目"东方文学与文明互鉴：东方史诗的翻译与研究"（项目号22JJD750001）阶段性成果

十方圣主格斯尔可汗传

下册

● 陈岗龙　玉兰　哈达奇刚　译

内蒙古人民出版社

图书在版编目（CIP）数据

十方圣主格斯尔可汗传：全 2 册／陈岗龙，玉兰，哈达奇刚译. --呼和浩特：内蒙古人民出版社，2024.7
（格斯尔普及读物系列）

ISBN 978-7-204-16909-2

Ⅰ . ①十… Ⅱ . ①陈… ②玉… ③哈… Ⅲ . ①蒙古族–英雄史诗–中国–蒙古语（中国少数民族语言）Ⅳ . ①I222.7

中国版本图书馆 CIP 数据核字（2021）第 215819 号

十方圣主格斯尔可汗传（全 2 册）

译　　者	陈岗龙　玉　兰　哈达奇刚	
责任编辑	王　静　段瑞昕	
封面插画	那顺孟和	
封面设计	徐敬东　吉　雅	
出版发行	内蒙古人民出版社	
地　　址	呼和浩特市新城区中山东路 8 号波士名人国际 B 座 5 楼	
网　　址	http://www.impph.cn	
印　　刷	内蒙古爱信达教育印务有限责任公司	
开　　本	710mm×1000mm　1/16	
印　　张	34.5	
字　　数	500 千	
版　　次	2024 年 7 月第 1 版	
印　　次	2024 年 7 月第 1 次印刷	
书　　号	ISBN 978-7-204-16909-2	
定　　价	198.00 元（全 2 册）	

如发现印装质量问题，请与我社联系。联系电话：(0471)3946120

《隆福寺格斯尔》译序

　　很荣幸与我的导师陈岗龙教授一起完成了这部《隆福寺格斯尔》中译本的翻译。陈岗龙教授、哈达奇刚先生等人于 2016 年即北京木刻版（以下简称"木刻版"）《格斯尔》刊刻发行 300 周年之际，翻译出版了《十方圣主格斯尔可汗传》，得到读者的广泛好评。在木刻版《格斯尔》译序中，陈岗龙教授从版本、出版、研究与翻译等各方面论述了木刻版《格斯尔》乃至整个蒙古文《格斯尔》的价值与现代书面传播情况，并交代了蒙古文《格斯尔》的语言特点、翻译难度等问题，介绍翔实、全面。因我的博士论文是与《隆福寺格斯尔》关系密切的《策旺格斯尔》抄本的文本研究，同时作为本译本的译者之一，我在此受陈岗龙教授的嘱托，对《隆福寺格斯尔》及其翻译做简要介绍，作为此译本的序言。

　　《隆福寺格斯尔》（Lüng Fü Si keyid-ün Geser）是一部蒙古文《格斯尔》手抄本，1954 年被发现于北京隆福寺大雅堂旧书店。该文本是梵夹装经文版式竹笔抄本，在语言、情节、结构等方面都有一些不同于木刻版《格斯尔》的特点。它是蒙古文《格斯尔》重要的组成部分，也是珍贵的古代蒙古文文献之一。

　　《隆福寺格斯尔》的内容是从第八章开始到第十三章结束，共六章，与 1716 年刊刻发行的七章本的木刻版《格斯尔》共同构成了十三章蒙古文《格斯尔》，这十三章通常被视为蒙古文《格斯尔》的主要内容。不同于木刻版每章内容各异，《隆福寺格斯尔》篇章主题相对一致，除第八章《格斯尔复活勇士之部》外，其余篇章均为征战主题的篇章，即格斯尔征战、镇压前来侵略的一方蟒古思恶魔或蟒古思可汗。六章之间的篇幅差距较大，篇章的组合关系在整个《格斯尔》抄本中是显而易见的，每个篇章的形成时间不同，形成和流传的时空不同，文本化程度也不同。篇章之间的差异性及其在译文中的体现，将在后文中详细说明。

在《隆福寺格斯尔》与木刻版《格斯尔》之间，学界通常认为《隆福寺格斯尔》为木刻版的"续本"。因此，两个文本常以《格斯尔》上下册的形式出现。在《隆福寺格斯尔》被发现后的第三年，即 1956 年，内蒙古人民出版社便将其与木刻版一同以《格斯尔》上下册①的形式出版。1988—1989 年，"全国《格萨（斯）尔》领导小组"组织整理、出版了五个重要的《格斯尔》文本，其中巴·布和朝鲁、图娅校勘注释《隆福寺格斯尔》，于 1989 年出版。②2002—2016，《格斯尔全书》（10 卷）③ 陆续出版，其中第一卷便是木刻版《格斯尔》和《隆福寺格斯尔》，共 13 章，包括两个文本的影印本、誊写本、拉丁转写、词汇注释等内容。2016 年，木刻版《格斯尔》刊刻 300 周年之际，由内蒙古自治区少数民族古籍与《格斯尔》征集研究室整理的《蒙古〈格斯尔〉影印本》系列丛书（9

① 《格斯尔的故事》（上、下册）（蒙古文），内蒙古人民出版社 1956 年版。
② 《隆福寺格斯尔传》（蒙古文），巴·布和朝鲁、图娅校勘注释，内蒙古人民出版社 1989 年版。
③ 斯钦孟和等：《格斯尔全书》（10 卷）（蒙古文），民族出版社、内蒙古人民出版社等 2002—2016 年版。

卷）由内蒙古文化出版社出版，其中一卷为《隆福寺格斯尔》。①

《隆福寺格斯尔》被视为续本，主要依据有二：一是篇章次序，即《策旺格斯尔》从第八章开始，显然是为接续七章本北京木刻版《格斯尔》。但事实上，抄本由不同的单章组合而成，因此篇章的次序并不代表其形成过程的前后关系。二是人物、情节的接续关系。《隆福寺格斯尔》在章节次序、人物关系上接续了木刻版《格斯尔》，但两个文本之间有着复杂的渊源关系和变异过程。国内外若干学者对"续本"这一说法提出质疑，如斯钦巴图在相关论文中曾提及木刻版《格斯尔》与《隆福寺格斯尔》有着"改编"与"被改编"的关系。② 笔者也曾论证了《隆福寺格斯尔》第十章与木刻版第六章为异文关系，且木刻版第六章为《隆福寺格斯尔》第十章的精简化异文。③ 因此，木刻版与《隆福寺格斯尔》之间并非简单的接续关系。两者的具体文本关系，还须通过详细的文本分析来讨论。

另一部与《隆福寺格斯尔》关系密切的《格斯尔》文本，是1918年由布里亚特蒙古学家策旺·扎姆察拉诺在喀尔喀大库伦（今蒙古国乌兰巴托）发现的文本《策旺格斯尔》。《策旺格斯尔》与《隆福寺格斯尔》两个文本都从第八章开始，现存内容均为6章，其中的五章相互对应，除此之外，每个抄本都有一章是另一个抄本所没有的。笔者通过对两个抄本中对应的篇章进行简单对比，提出了两者来自同一个底本，即为同源抄本，但并不是直接传抄的关系的观点。

---

① 《蒙古〈格斯尔〉影印本》系列丛书（9卷），内蒙古自治区少数民族古籍整理与《格斯尔》办公室整理，内蒙古文化出版社2015年版。

② 斯钦巴图："北京木刻版《格斯尔》与佛传关系论"，载《民族艺术》2014年第5期，第109页。

③ 玉兰："《隆福寺格斯尔》与木刻版《格斯尔》的双重文本关系"，载《民间文化论坛》2018年第6期。

《隆福寺格斯尔》在《格斯尔》中具有重要地位，其各篇章在民间流传广泛，尤其《镇压昂杜拉姆蟒古思之部》（本书译为《镇压多黑古尔洲昂都拉姆可汗之部》）是民间流传最广的《格斯尔》篇章，若干学者的田野调研结果证明了这一点。当然，因被发现得晚，加上其书面化程度低、内容冗长等原因，《隆福寺格斯尔》的现代传播、翻译、出版程度远不及木刻版《格斯尔》。木刻版《格斯尔》在俄罗斯、匈牙利、丹麦、德国等国家的一些图书馆均有收藏，并且至今已出现多种语言文字译文。而《隆福寺格斯尔》译本甚少，直到2018年《格斯尔文库》第二十八卷中，才出现了董晓荣翻译的中译本。董晓荣的译文体现了文学翻译特点，注重情节的逻辑性和前后一致性，在原文基础上进行了较多修改和删减，比如将冗长、重复的内容进行删减，并对前后矛盾之处进行修改，在语言表述上选择了更加符合目的语言文化的表述。该译文向读者展现了通顺、流畅，富有文学特点的《隆福寺格斯尔》故事，但另一方面，该译文未保留原文中很多口头演述特点的重复性的程式、前后矛盾的内容，所以应视作《隆福寺格斯尔》的文学翻译。

本译文在翻译风格上与上述译文有较大差异，主要秉持学术翻译原则，在内容和语言风格等方面尽量与原文保持一致，在名词、术语等方面尽量与陈岗龙等人所译木刻版《格斯尔》译本保持一致。木刻版《格斯尔》译序对该译文翻译原则和风格做了较为详细的论述，本译序不再赘述。下面对《隆福寺格斯尔》及其翻译特点做简要说明：

第一，整体上，《隆福寺格斯尔》是书面化较早的以经文形式抄写的梵夹装抄写本，但内容有着浓厚的口语和口头演述特点，其中保留了很多《格斯尔》早期口头传统特点，以及有很多后续修改、添加的痕迹。因此，《隆福寺格斯尔》文本中有些许前后不一致、不连贯、序号、人物混乱等情况，译文对文中的一些前后矛盾之处，以按原文翻译并添加注释的方式处理，而在一些缺词缺句、前后不连贯处添加连接内容，并对添加的内容均加以方括号，以区别原文内容。对于《隆福寺格斯尔》中常出现的诗歌部分的翻译，本着忠实原文的原则，对原文逐字逐句翻译的同时，也努力兼顾了形式特点，尽量体现出其朗朗上口的诗歌押韵特点。

第二，《隆福寺格斯尔》的各篇章在主题上较为一致，但在文本特点、书面化程度等方面差异较大。六个篇章可以按照其内容和文字特点分成三个部分，第八章、第九章内容和语言都很精简，第十章内容精简度和篇幅长度相对而言均属中等，后三章篇幅巨大，且在主题、结构上体现出高度模式化的特点。在翻译过程中，根据篇章的特点选择相应的语言风格，注意体现原文的语言文字特点。

1. 第八章、第九章的结合相对较早，且传播范围广。在国内各大图书馆以及俄罗斯卡尔梅克、布里亚特等地的图书馆中，藏有数量可观的《格斯尔》第八、第九两章的抄本。这两章书面化程度很高，书面化特征明显，在情节上与《格斯尔》核心篇章有直接的接续关系，因而书面文本中的位置也相对稳定。在《诺木齐哈屯格斯尔》等抄本中，将此两章与另外七章合为一体，组成了影响较大、流传较广的九章本《格斯尔》。正如涅克留多夫曾指出，"书面《格斯尔传》的第1—9章的普及程度已由……分析所证实"。① 而其中第九章，可以说是《隆福寺格斯尔》中书面与口头两种方式流传最广的一章。我们在第八、第九章的翻译中，尽量使用精练的语言，体现原文中书面化程度较高的语言特点。

2. 第十章是木刻版第六章的异文，两章情节大致相同，内容一

---

① ［俄］谢·尤·涅克留多夫：《蒙古人民的英雄史诗》，徐昌汉、高文风等译，内蒙古大学出版社1991年版，第210页。

长一短、一繁一简。笔者曾对两者做了对比分析，并指出隆福寺本第十章是接近口头演述的抄本，而木刻版第六章是对该文本进一步进行书面化和经典化改编的文本。木刻版第六章来自与隆福寺本第十章同源的口头或书面文本，前者经过了情节、语言、程式等各层面的删减和改写过程。第十章书面化程度中等，在翻译过程中，也适当选择类似的语言特点，同时由于第十章与木刻版《格斯尔》第六章之间的异文关系，在翻译中尽量体现出两者在词汇与程式上的对应关系。

3. 第十一章、第十二章、第十三章篇幅长、人物多、情节相对复杂，但模式化特点明显。这几章几乎不见于其他抄本，如《诺木齐哈屯格斯尔》《鄂尔多斯格斯尔》等重要抄本中均没有出现这三章，可见其传播程度远不及《隆福寺格斯尔》其他篇章。因此，一般认为"这三章的内容形成比较晚，至少说作为《格斯尔传》的组成部分较晚"。① 这三章的主要特点，是出现了格斯尔勇士们的第二代，即在第十一章开头用相当隆重的方式介绍了格斯尔勇士们的第二代。首先，嘉萨之子来查布逐一介绍了每一位勇士子嗣的年龄，格斯尔一一赐予他们姓名和称号，最后那布莎-古尔查祖母赐予他们装备和武器，使他们成为格斯尔勇士中的新成员。赐名、赐武器等其实是勇士们的成年仪式的内容。以勇士后代的方式延续故事的叙事模式在阿尔泰史诗中较为常见，在蒙古蟒古思故事、胡仁·乌力格尔传统中更是常见。因此，从一定意义上讲，这三章是对前面篇章的延续。在这三章的翻译过程中，我们尽量保持原文特点，对反复出现的程式也按照原样进行翻译，不做任何删减或修改。

---

① ［俄］E. O. 洪达耶娃：《在蒙古和布里亚特流传的〈格斯尔传〉》，国淑苹译，载《民族文学译丛》（第一集），中国社会科学院少数民族文学研究所编，内部资料，1983 年，第 169 页。

第三，《隆福寺格斯尔》在整体上体现出浓厚的佛传故事特点，出现了各种佛教名称、术语，甚至直接引用佛传故事。格斯尔本人也作为佛陀化身打静坐禅，并以弘扬佛教为己任。格斯尔及其勇士们面对重大抉择的时候，往往要请示释迦牟尼佛祖或霍尔姆斯塔腾格里，并遵照他们的旨意行事。勇士出征时往往呈现出诸佛法相。杀死敌人后，会附带解释，说明若不杀死他们，则将危害无限。在翻译中，我们尽量关照原文中多种因素混合的特点，口头性、书面性、宗教性等方面的翻译都尽量体现原文特点，对一些特殊词汇采取了音译并附上中文对应词汇的形式。

第四，最后三章中，尤其在最后一章中，由于人物繁多，出现了一些人物名称混乱的情况。比如赛因-色赫勒岱作为格斯尔的勇士，在第十一章中格斯尔为他的儿子赐名格日勒泰台吉，而在第十三章中赛因-色赫勒岱变成了敌方那钦可汗的勇士。格斯尔勇士希迪与敌方勇士辛迪两人的名字也时有混乱，译者在译文中对这些进行了说明。另外，"-巴图尔""赛因-"等词缀通常用作一种头衔或称号，但有时也可能是人名，因此容易产生误解，比如"阿勒泰巴图尔""赛因-色赫勒岱"等名称中的"巴图尔"和"赛因-"只是一种称谓或头衔，"阿勒泰巴图尔"即阿勒泰-思钦，"赛因-色赫勒岱"即色赫勒岱。但这些词缀并不总是指头衔，如"巴尔斯-巴图尔""阿尔衮-巴图尔"是固定的名称；达拉泰-思钦（达兰台-思钦）和达拉泰巴图尔是两个不同的人，前者是从魔王贡布可汗手下投到格斯尔手下的名将，后者是蟒古思罗刹可汗忠诚的手下，被格斯尔的勇士乌兰尼敦杀死，两者不能混淆。

因书中人名、地名纷繁多样，在这些词汇的翻译中可能还存在诸多问题，期望专家、读者进行批评指正。

总之，不同风格的译文将有助于满足《格斯尔》读者的不同需求，也有助于更加全面了解原文的内容和特点，因此笔者认为同一个文本有多种不同译文是有益处的。至于本译文最终翻译水准如何，还需读者和学术同行品评。希望《格斯尔》的译本为读者所喜欢，也希望为《格斯尔》这部伟大史诗的传播与研究作出一点贡献。

玉　兰

2021 年 6 月 18 日

目　录

第八章
格斯尔复活勇士之部

　　统辖十方众生、根除十方十恶之源的雄狮圣主格斯尔可汗，赴有十二颗头颅的蟒古思之洲，以神奇法力镇压了那头一跃可吞掉瞻部洲所有生灵的黑色蟒古思之后，与阿日鲁-高娃夫人一同，在十二颗头颅的蟒古思的黄金宝塔上住下。阿日鲁-高娃夫人本是以慈悲为怀的空行母，却为嫉妒心所累，在酒中兑了令人失忆的黑色魔食，献给十方圣主格斯尔，说："根除十方十恶之源、威慑天下的圣主，您杀了十二颗头颅的蟒古思，与我阿日鲁-高娃夫人一起坐在这黄金宝塔之上，我开心不已，敬您一杯，请您喝了这杯酒。"十方圣主格斯尔可汗本不会中她的计，却因命中有此一劫，遂端起酒杯喝了下去，继而忘记了以往的一切。

　　就在圣主格斯尔可汗在十二颗头颅的蟒古思家乡滞留的十九年中，锡莱河三汗攻击了金色乌鲁姆塔拉草原，将格斯尔可汗的一切夷为平地，十方圣主却对此毫不知情。天上的胜慧三神姊见了，哀叹不已，说："哎呀，天下无敌的鼻涕虫弟弟，难道是中了阿日鲁-高娃夫人的魔食的奸计？"于是三神姊来到蟒古思之地，派自己的化身规劝格斯尔可汗，格斯尔可汗却仍未觉醒。金色空行母①写了信用嘉萨的魔法白羽箭发射给格斯尔可汗，十方圣主看了箭上的信，说："哎呀！这不是我高贵的嘉萨的箭吗？"他刚刚回想起家乡，阿日鲁-高娃夫人又给他献上魔食让他再次失忆。之后，胜慧三神姊又来到蟒古思之地，以本尊现身向格斯尔可汗下旨道："鼻涕虫弟弟，被十方诸佛占据上身的观世音化身格斯尔可汗，你的金色空行母在哪里？被十大天神围绕腰身的力大无穷的鼻涕虫弟弟，你的十三座金刚寺、黄金白塔都在哪里？哎呀，你这是怎么了？被八海龙王占据下身鼎立天下的格斯尔可汗，你那些用透明宝石筑成的宫殿在哪里？与你同甘共苦的哥哥嘉萨在哪里？陪伴你左右的胆大的苏米尔在哪里？与你情同手足的十五岁的安冲在哪里？三十名先锋、三百名勇士在哪里？你八十岁的叉尔根叔叔在哪里？湖海般散布的三个鄂托克兀鲁思在哪里？哎呀，格斯尔你这是怎么了？你赶紧启程回家去吧！"胜慧三神姊如此哭号着说完，十方圣主格斯尔可汗将吃进去的魔食全部吐出，回想起了自己的家乡，当下怒吼起来，他的狮吼之声令八十八层黄金宝塔和四角城堡震动不已，转了三圈才稳定下来。十方圣主格斯尔可汗将十二颗头颅的蟒古思的一切烧成灰烬，穿戴上了自己的装备、铠甲，追踪锡莱河三汗的足迹，将一次可变化千次的锡莱河三汗杀死，夺回了自己的金色空行母和一切财产，返回了自己的家乡，并建起一百零八座城堡和十三座金刚寺。

正当格斯尔可汗将一切修复妥当，安稳度日时②，八十岁的叉尔

---

① 在《隆福寺格斯尔》等抄本中，茹格姆-高娃夫人被称为"金色空行母"。

② 《隆福寺格斯尔》原文中没有此片段，这是根据《策旺格斯尔》相应篇章补充的。《隆福寺格斯尔》中，在开头的"十方众生"之后，直接接上了"叉尔根老人……"的内容，可见《隆福寺格斯尔》中删掉了该片段。这一段是对此前篇章内容的概述。

根老人带领三十名勇士和三百名先锋中仅剩的几名勇士，八岁的来查布带领三十名勇士留下的子孙，前来拜见格斯尔可汗。十方圣主格斯尔见了，问道："前方走来的是哪些勇士们？"金色空行母回道："啊，圣主，前方走来的是叉尔根老人和一些孩子们。"十方圣主见叉尔根老人独自走来，不由得想起三十名勇士和三百名先锋，愉悦的心情顿时消散了，发出狮吼般的声音，悲痛无比地说道：

> 啊，人中海东青，
>
> 心如坚硬的铜器，
>
> 凡事带头到来的
>
> 我亲爱的嘉萨－席克尔在哪里？
>
> 人中雄鹰，
>
> 坚定不移，
>
> 心如坚硬的钢铁，
>
> 力大如未系牵绳的大象的
>
> 我的好汉中的好汉苏米尔在哪里？
>
> 众人之舅，
>
> 心无斑点，
>
> 志坚不移，
>
> 心如玉石，
>
> 从小辅助我的
>
> 我众人之首伯通在哪里？
>
> 狮之尖爪，
>
> 人中游隼，
>
> 内心镇定，
>
> 从不慌乱，

八十八唐古特部落之侄，

行动如游隼的

我十五岁的安冲在哪里？

听到圣主如此号哭，宝石筑成的城堡自己转动三圈方平静下来。霍尔穆斯塔腾格里之子格斯尔可汗停止号哭，煨桑，方使城堡平静下来。稳定了世界后，十方圣主格斯尔可汗当即下令道："马上鞴上我的枣骝神驹，备好我的各种装备。我要去找我的三十名勇士、三百名先锋的尸骨。"又问："哎呀，叉尔根叔叔你见到了哪些勇士？"叉尔根说："我的侄子格斯尔，从乌鲁姆塔拉草原过来的时候，我大海般的心变得一片昏暗，什么也没有发现。啊！圣主所建的城堡从沼泽地一直延伸至黄河边。啊！我的世间万物之圣主，我独自留下，心中一片昏暗，除了嘉萨-席克尔之外谁也没有见到。"叉尔根哭着，东一句西一句地说完，十方圣主也东一句西一句地听完，之后，便朝着三十名勇士作战的地方出发。八十岁的叉尔根老人骑着高头大黑马，从左右方不停鞭策着，跟在格斯尔后面。

十方圣主格斯尔可汗如狮吼般悲痛地哭喊着，到达锡莱河三汗的家乡。格斯尔看到了巴尔斯-巴特尔和伯通二人的尸骨，昏了过去。这两位勇士是最先上战场搏斗的。圣主昏倒在两位勇士的尸骨之上。叉尔根老人赶了过来，看见格斯尔，扑过去喊道："哎哟，我的圣主，您这是怎么了？"他不知圣主只是昏倒，清醒一阵糊涂一阵地哭喊了好一阵，又抬头想道："哎呀，十方圣主不应这样死去，可能是看了勇士的尸骨后昏倒了吧。"叉尔根这么想着，拔了下巴上的胡子，用火点燃，熏了熏圣主。十方圣主被熏后，勉强醒了过来，左右瞟了一眼，发现自己倒在巴尔斯-巴特尔和伯通二人的尸骨中间。十方圣主起身再往前走，又看到两具尸骨，大声喊道："哎呀！

怎么回事？这不是我的安冲、苏米尔两位勇士的尸骨吗？"于是又忍不住大声呼喊。当格斯尔呼喊着两位勇士即将昏倒在地时，安冲的灵魂变成狮子扶住了他，苏米尔的灵魂变成大象扶住了他。他们二人的灵魂在圣主昏倒时如同活人般扶着圣主没有让他倒下。十方圣主苏醒过来，朝左一看，狮子扶着他，朝右一看，大象扶着他。

十方圣主仔细看了看他俩，发出巨大的吼声，抱着狮子和大象的脖子呼叫着安冲和苏米尔的名字，心里想着十方生灵，呼唤着万物，哭喊道：

> 哎呀！我的三十名勇士在哪里？
>
> 无法比拟的三百名先锋在哪里？
>
> 如同我身上皮肤的安冲、苏米尔在哪里？
>
> 如同我的命的亲爱的嘉萨-席克尔在哪里？
>
> 做我全军之先锋的巴尔斯-巴特尔在哪里？
>
> 年幼时相见并为我战斗的，
>
> 在众人之前作为岗哨的，
>
> 在黑夜里作为明灯的，
>
> 我的心爱的伯通怎么了？
>
> 我心爱的三十名勇士在哪里？
>
> 我玉石般坚固的教政二者在哪里？
>
> 我大门般围起来的三个鄂托克在哪里？
>
> 我乃天下之圣主，
>
> 却不知天下已被铲平，
>
> 难道是被十二颗头颅的黑魔的诅咒蒙蔽了？
>
> 还是被奸诈的阿日鲁-高娃的魔食蒙蔽了？
>
> 哎呀，这到底是怎么回事？

　　格斯尔向上天怒吼，如青龙般的吼叫声使大地震动起来，三十名勇士的灵魂变成雄狮、大象、猛虎、野狼的样子，将十方圣主围了三圈，悲痛地哭喊起来。

　　天上的胜慧三神姊听见十方圣主的哭喊声，从霍尔穆斯塔城堡飞到人间。根除十方十恶之源的十方圣主见所有勇士的灵魂都围着他，顿时心生深深的怨气，呼喊着三十名勇士的名字，痛哭起来。三十名勇士的尸骨发出响彻世界的声音，聚集到格斯尔可汗的身边，如同城堡般堆积而起。锡莱河三汗的士兵们的尸骨全部被冲进了黄河。胜慧三神姊心里想着："我们的鼻涕虫不应该这样不停号啕大哭，这到底是怎么回事？"走到他的身边一看，原来格斯尔正趴在他亲爱的三十名勇士的尸骨上痛哭呢。三神姊说道："哎呀，我们鼻涕虫原来是为三十名勇士而哭号呢！"说着赶紧变回本人走过去，说道："啊，鼻涕虫弟弟，你为何如此不停地哭号？"十方圣主放下狮子、大象的头颅，说："啊，我的胜慧三神姊，你们为什么说这种话？最初从霍尔穆斯塔腾格里那里下来时，我按照释迦牟尼佛祖的指令，为了不违背父亲霍尔穆斯塔腾格里的命令，放弃我原本的血肉和身躯，来到这个瞻部洲。当初我是独自一人来的吗？从那里来时是几个人一起来的？你们看看现在还剩几个人？"说完又痛哭起来，三神姊也忍不住哭了起来。随后三神姊下令道："哎呀，我们的鼻涕虫不要悲痛，不要像个女人一样，总这么哀哭不止。我们三人回去禀告霍尔穆斯塔父亲。若是三十名勇士命中注定比你先死去，那也没有办法。若是他们命中本该常伴在你身边，你的霍尔穆斯塔父亲会有办法的吧？"说完，三神姊便飞回天上。十方圣主格斯尔十分高兴，如同三十名勇士已经复活一般，心中向十方诸佛祈祷，品尝圣食，安心等待。

那时，胜慧三神姊来到霍尔穆斯塔面前，禀告道："我们三人听到鼻涕虫的声音从下界瞻部洲传来，便下去看了看。原来鼻涕虫赴十二颗头颅的蟒古思的住处营救阿日鲁-高娃夫人的时候，锡莱河三汗侵略了格斯尔的家乡，把他的十三座宝塔夷为平地，抢走了黄金白塔、活如意宝和金色空行母，还杀死了三十名勇士。我们鼻涕虫从蟒古思之处回来后独自一人追上去报了仇，回到家乡，坐在三十名勇士的尸骨旁边哀号呢。我们三人前去劝阻无果，所以回来向霍尔穆斯塔父亲您禀告。"

霍尔穆斯塔腾格里说道："哎呀！我的威勒布图格齐为何在那尸骨上哀号？还不如来见我们一起想办法。"说着，他取出九十九本命运簿一看，发现格斯尔从天上带着下凡的三十名勇士本不该在格斯尔之前死去，但因很早之前威勒布图格齐曾攻击叛逆的三位腾格里天神并将其领土夷为平地，勇士们死去是偿还那一次欠下的债。霍尔穆斯塔马上去找释迦牟尼佛祖，叩拜释迦牟尼佛祖后禀告道："啊，佛祖派到瞻部洲的威勒布图格齐，转生为格斯尔可汗时从我这里带走了三十名勇士一起转生人间。如今勇士们战死沙场，他悲痛万分。我的三个孩子下凡看到后回来告诉了我，我听到后马上来向佛祖禀告。有什么化解的办法，请佛祖赐教。"佛祖微微笑着，说道："威勒布图格齐与其在那里哀怨，不如到这里来。"又说道："那些勇士们本不该在威勒布图格齐之前死去。是之前威勒布图格齐先招惹叛逆的三位腾格里，将其领土夷为平地，那时叛逆的三位腾格里便求我说：'现在他把我们的领土夷为平地，以后定有一日让他自食其果。'后来三位腾格里转世生为力大无穷的三汗，因前世的因缘，杀死了格斯尔的勇士们。勇士们虽然已死去，但也无碍。"说着，佛祖将面前的千佛开光的黑色化钵中的甘露倒出一杯，赐给霍尔穆斯塔并说道："将这甘露拿去，送给威勒布图格齐。把这甘露在勇士们的骨骼上滴一下，骨骼就能重新连接，肉体形成；滴两下，脏腑齐全，灵魂入体；滴三下，他们就能死而复活了。"又取来另一瓶甘露，赐给霍尔穆斯塔，说道："喝了这个甘露，分散在各处的灵魂就会与自己的身体相结合，脏腑齐全，恢复原身。"霍尔穆斯塔接过了那瓶甘露，派三神姊给格斯尔送去，并下令道：

> 你们去跟威勒布图格齐这样传达：
> 威勒布图格齐你这般受难是有前因的。
> 你不是十方诸佛占据上身的观世音化身格斯尔可汗吗？
> 不是被八海龙王占据你的下身的八十一位神灵的化身格斯尔可汗吗？
> 不是一百零八位空行母围绕中身的佛徒化身格斯尔可汗吗？
> 不是统辖十方生灵，让天下众生皈依的源自霍尔穆斯塔的格斯尔可汗吗？
> 你从这里带去的勇士们只要总在一起不分离，便不会有危难。

三神姊接过了那甘露，从天上下到凡间去。十方圣主听到如同二十条龙翻滚而来发出的声音，下令道："哎呀，看来胜慧三神姊正欢快地向我走来，会是什么事呢？应该是三十名勇士们可以复活了吧！"又尔根老人听到格斯尔的话，摘下帽子，双手合十向十方圣主叩拜了九下，说道：

> 啊，愿我十方圣主
> 根除十恶之源的侄子仁智圣主所说成真，
> 愿与您亲密无间的三十名勇士复活。

愿一切愿望成真，永享天福，

愿将所有仇敌踩在脚下，

愿将所有敌人压制在马嚼边。

正说着，三位神姊已经来到他们面前，十方圣主迎过去，说：
"啊！胜慧三神姊是否办妥了事情？"三神姊答道："办什么事情？"
格斯尔可汗听了，连忙摘了帽子，向三神姊叩头。三神姊说："哎
呀！鼻涕虫弟弟为何要给我们叩头，你可不该给我们叩头啊！"格斯
尔可汗说道：

如同太阳般照耀万物的我的三神姊，

如同佛祖般指明一切的我的三神姊，

如同影子般形影不离的我的三神姊，

啊！我的三神姊，我给你们叩头有什么不妥？

说着，格斯尔双手合十向三神姊叩拜三下，回身坐在黄金座椅
上。三神姊也坐在黄金座椅上，说道："啊！鼻涕虫弟弟，我们来转
达释迦牟尼的命令：这些勇士们本不该比你先死去，只是因为你曾
带着勇士们侵犯了叛逆的三天神，将他们的领土夷为平地，现在遭
此磨难，正是那次造成的果。佛祖赐了你这瓶甘露，说这甘露在勇
士们的骨骼上滴一下，会让骨骼重新连接，肉体形成；滴两下，脏
腑齐全，灵魂入体；滴三下，人就能死而复活。还有，让他们喝了
这甘露，可以让分散各处的灵魂与身体相结合，使他们脏腑齐全，
恢复原身。"格斯尔听了三神姊的话，心中犹如升起了太阳般顿时明
朗，欣喜不已。三神姊将霍尔穆斯塔的命令传达了三遍，十方圣主
回道："请你们回去后禀告霍尔穆斯塔父亲，他所说的完全正确。我

为瞻部洲的魔食所害，犯了错误。我亲爱的霍尔穆斯塔父亲曾经忘记了释迦牟尼的指令，七百年后仍未记起，导致善见城一边的城墙坍塌，不知霍尔穆斯塔父亲是否还记得。虽这么说，霍尔穆斯塔父亲所说还是十分正确。"三神姊回道："我们会向你霍尔穆斯塔父亲转达的。"

十方圣主格斯尔可汗起身，双手合十向释迦牟尼佛祖叩拜了九次，然后又向霍尔穆斯塔腾格里叩拜了九次，再把甘露滴在三十名勇士骨骼上：滴了一下，骨骼重新连接，肉体形成；滴了两下，脏腑齐全，灵魂入体；滴了三下，勇士们满血复活，盘腿而坐。格斯尔又给他们喝了甘露，分散而去的灵魂与身体结合。十方圣主格斯尔可汗的三十名勇士如同分散的八十家军队欢聚在家乡般，纷纷站起来，抱着格斯尔可汗一阵痛哭。十方圣主看到三十名勇士们已复活，发出狮龙之吼声，使三界震动起来。他哭叫道：

> 啊！从霍尔穆斯塔之处带领而来的三十名勇士，
> 在我身边永不分离的三十名勇士；
> 从上天一起带领而来的三十名勇士，
> 在我身边绝不分离的三十名勇士；
> 从汗腾格里之处领着下来的心爱的三十名勇士，
> 在我身边从未分离的三十名勇士！

从人中雄鹰苏米尔、十五岁的安冲、通晓所有生灵语言的伯通、能精确射中眼中所见之物的巴尔斯-巴特尔开始，三十名勇士纷纷松开揪住圣主衣襟的手，跪着说道：

> 啊！根除十恶之源的，

手握世间一切生灵之心脏的，

我们的十方圣主；

身体庞大如四洲须弥山的，

力大无穷平定四洲的，

将世间万物纳为信徒的，

上天般的圣主格斯尔可汗！

当你追逐十二颗头颅的蟒古思、

营救阿日鲁－高娃夫人的时候，

也是锡莱河三汗侵袭我们的时候。

以嘉萨为首的我们三十名勇士迎着敌人而去，杀死好汉中的好汉，抢回好马中的好马，但邪恶的晁通诺彦去挑战敌人时被捉住，回来欺骗了我们。嘉萨说晁通叔叔不可能勾结敌人，因而大家都散去，就这样我们中了邪恶的晁通的奸计，我们的家乡被夷为平地。这些我们说得完吗？虽十方圣主不在家，以嘉萨为首的勇士们不还在吗？我们本不惜生命，冒死作战，最后却战死在沙场上。敌人多得杀都杀不完。我们本可以保住自己的性命，但是后人若说三十名勇士在战场上逃跑，岂不是玷污了十方圣主的千年英名？因此，我们便舍去生命，拼死在沙场。如今，在三神姊的帮助下，按照霍尔穆斯塔腾格里的命令，由于呼图克图佛祖的法力，以十方圣主您的意志，我们终于又得以与您相见。啊！圣主您不要哭泣。

三十名勇士如此跪着磕头说完，十方圣主说道：

见到了从霍尔穆斯塔腾格里那里领来的勇士们我太欣慰了，

但是如青纹虎般冲锋的，

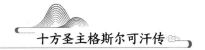

如青白大雕般飞冲的，

如青龙闪电般力大无比的，

我的人间雄鹰嘉萨－席克尔在哪里？

格斯尔和众勇士号哭三次之后收起哭声，煨桑，稳住了大地。

十方圣主带领三十名勇士、三百名先锋、三个鄂托克，举办如大海般浩瀚的宴席。十方圣主格斯尔取出了两个肩膀上开出莲花、白天耀眼看不得、晚上无须灯光便能看清的如意宝衣袍，赏给三十名勇士每人一件。三十名勇士穿着衣袍，跪谢十方圣主，欢宴三个月，方各自回家。此乃十方圣主格斯尔可汗完结一切、享受无尽幸福安康的第八章。

第九章
镇压多黑古尔洲昂都拉姆可汗之部

　　十方圣主格斯尔可汗传教于民，如日中天，立国安邦，坚如玉石。那时，多黑古尔洲有个名叫昂都拉姆的可汗，上半身具备万眼万手罗睺之力，腰身具备四大天王之力，下半身具备八大巨人之力，刀枪不入，一次可变化出七十一种样子，有着三千名勇士、三百九十名先锋、三亿三百万名士兵，坐骑是有十三条龙之力的巨大如山的黄斑马。昂都拉姆可汗将居住于恒河对岸的唐之地的五个兀鲁思纳为信徒。等他返回后，五个兀鲁思的可汗给十方圣主派了信使，对信使嘱咐说："你们去向十方圣主格斯尔可汗转达，多黑古尔之洲来了一个昂都拉姆可汗，说瞻部洲无人比他更强，侵占了我们兀鲁思。我们无力抵抗，便向他投降了。据说他有三千名勇士，三百九十名先锋，三亿三百万名士兵。他的坐骑是有十三条龙之力的巨大如山的黄斑马。住的地方叫作多黑古尔洲。离我们有十五年的路程。"五个兀鲁思派了以三个诺彦为首的一百号人，给每个人配了一百匹马，并吩咐道："你们要日夜兼程，三年到达目的地，再过三年回到这里。"

　　格斯尔可汗的领土离这里本来有九年的路程，那一百人走了三年就到达了。他们在十方圣主格斯尔可汗黄金城堡附近，约一扇地

之外驻扎，向格斯尔可汗叩了九次头。百姓们见了，纷纷议论："哎呀，这是哪里来的人？来这里做什么？"格斯尔可汗听了，派了使者去询问。使者转达了格斯尔的命令，那些使者回答道："我们是从恒河对岸的唐地来的使者，我们的诺彦派我们来给十方圣主格斯尔可汗传信。从多黑古尔之洲来了一个昂都拉姆可汗，有三千名勇士、三百九十名先锋、三千万名士兵，说在瞻部洲无人能与其匹敌，便侵占了我们的五个兀鲁思。我们五个兀鲁思无力抵抗，也就没有抵抗。等他返回后，我们诺彦派了我们来给十方圣主传信。"格斯尔的使者回去向格斯尔汇报道："他们说他们是从恒河对岸的唐地来的。"又把他们说的话一五一十地复述了一遍。

十方圣主格斯尔可汗召集了三十名勇士，说："你们都听说了吗？恒河对岸的兀鲁思派来使者说从多黑古尔洲来的昂都拉姆可汗侵占了他们的兀鲁思，我们该如何是好？"三十名勇士都说："悉听圣主的命令。"这时，勇士苏米尔大笑着说道："哎呀！哎呀！这可真是好消息！"领头的伯通以首领的口吻对他说道："苏米尔，为何这样一个人大笑？等圣主发布命令后再说。"

十方圣主格斯尔可汗用神通对昂都拉姆可汗探测了一番，下令道："哎呀，我的勇士们听着，多黑古尔洲有个十五颗头颅的、名叫昂都拉姆的巨人之汗。上半身具备万眼万手罗睺之力，腰身具备四大天王之力，下半身具备八大巨人之力，刀枪不入，这蟒古思是有十五颗头颅的巨人的化身。坐骑是有十三条龙之力的巨大如山的黄斑马。他一次可变化出七十一种样子，居住的地方是三百座城堡，夫人是有着艳压黄金太阳之名的名叫巴达玛瑞的绝色美人。因为离我们太远，其他的都看不清了。"

三十名勇士回道："啊，根除十方十恶之源的仁智的圣主领着我们出征吧！他再厉害，我们能怕他吗？即使害怕，我们能躲着他吗？"安冲、苏米尔跪在十方圣主前，说道："圣主，您是根除十方十恶的圣主东珠，您的命令让我们九项愿望成真。请您骑上您的枣骝神驹，请您穿上宝石装备，请您带领整装待发的三十名勇士尽快出发吧！我们心里已经迫不及待了！"十方圣主面露微笑，下令道："我的人间雄鹰苏米尔，你等等。雄鹰之尖爪、十五岁的安冲，你且等等！"又说："现在我们要带多少名士兵出征？"带领右边众勇士们的、通晓一切生灵语言的伯通跪下，说道："圣主请您向十方可汗派使者，叫他们各自领着几亿名士兵，日夜兼程着赶来，告诉他们在百花盛开的草原上聚集吧！请圣主带领那些士兵出征！"十方圣主说："你说得对。"便准备向十方可汗派出使者。正在此时，勇士苏米尔骑着高头大黑马，带着一百零八层铸铁的弓弦和一千五百个九翼黑色硬弓，围上皮制箭筒，装了八十八支黑羽箭，穿上闪电铠甲，挎着九庹长的黑钢宝剑走到圣主身边，说道："威慑十方的圣主格斯尔可汗，齐聚五毒之力的十五颗头颅的蟒古思化身到来，把我们的五大兀鲁思都吞掉了，我们怎能还这么拖延？我先出发去探探路！"十方圣主说道："好汉中的好汉苏米尔你说得对，士兵们正在赶来，我们马上出发。"三十名勇士和三百名先锋都得知苏米尔已到达，也整理好装备，骑着马，排成队，飞奔而来。十方圣主震惊，问道："哎呀！这是怎么回事？是昂都拉姆可汗的军队到来了吗？"勇士苏米尔也不知道怎么回事，说："瞧，说着就来了！"他匆忙跨上马，拔出九庹长的黑钢宝剑，策马而去。格斯尔向前方遥望，认出了自己的勇士们。苏米尔飞奔而去，伯通见了他，说："哎呀，这不是苏米尔吗？"便迎面走过来，说："勇士苏米尔，你真是听到一点风声就出发呀！"苏米尔认出了伯通，大声笑着，勒马停下。安冲说："苏米尔，等我们到了昂都拉姆可汗的领土上，再享受盛宴吧！在这荒野上傻笑做什么！"三十名勇士走到圣主身边，安冲、苏米尔二人跪下，禀报道："十方圣主，请你明鉴！你是千种化身的千佛之一，呼图克图圣主格斯尔可汗，岂能输给那一次变化只可变出七十一个化身的十五颗头颅的蟒古思。折腾这么多的士兵做什么。我们的十方圣主，您带领我们的三十名勇士和三百名先锋出发吧！"十方圣主格斯尔可汗赞同安冲、苏米尔二人的话，向伯通问道："他们二人说的话是对还是错？"伯通说："十方圣主您决定便是。"格斯尔可汗便取消了带领士兵出征的计划，让十方的可汗们带着兵返回了各自的家乡。

　　根除十方十恶之源的、威慑十方的格斯尔可汗带领三十名勇士和三百名先锋，向蟒古思之国出征。十方圣主仅用十二个月就走完了骑马要走十五年才能到达的路程。格斯尔可汗对叉尔根老人说道："叔叔你回家去，管理家乡的庶民和牲畜吧。"叉尔根老人哭诉道："圣主，我的侄子，我难道还能再活八十年来观看如此盛大的喜宴吗？当初你父亲霍尔穆斯塔腾格里派你到瞻部洲时曾说过，世间会有两次大战，一次是恶毒的锡莱河三汗之战，另一次便是这次大战。圣主，我的侄子，入土安息的日子已经越来越向我靠近，活在世上享受生活的日子离我越来越远了。不经历这次喜宴便回去，今后还能碰到什么喜宴呢？圣主，我的侄子，不要阻拦我，让我也一起去吧！"十方圣主见八十岁的叉尔根老人哭求，也忍不住哭了起来。安冲走过来，说道："父亲，您怎能违背圣主的命令呢，回去有什么不好？"叉尔根老人哭着说："我十五岁的独生子安冲你知道吗？你八十岁的老父亲年事已高。高头大黑马已咬不动草了，已吃不动酸奶酪了。让我在十方圣主面前，和我十五岁的独生子一起加入这次喜宴再回去吧！"所有勇士们见了都感伤地哭了起来，十方圣主将自己身上穿的珍珠衫脱下来，给叉尔根老人穿上，说道："叉尔根叔叔，你说得很对。但你什么时候违背过我的话，回去管理我大国百姓，

扶持我坚如玉石的国家吧!"叉尔根老人说:

　　圣主,我的侄子,你说得对,
　　叉尔根老人年轻时从未违背你的话,
　　年老了怎能违背你的话?
　　玉石般的骨头已经变薄,
　　浓稠的血液已经变稀,
　　我的身体已老化。
　　本想在敌人面前为您护驾而死,
　　圣主,我的侄子,您既然这么阻拦,
　　无奈我只好回去。

　　说罢,叉尔根老人便哭着返回了家乡。

　　十方圣主在出征蟒古思的路上,派了伯通和乌兰尼敦先去打探敌人的情况,说:"你去跟昂都拉姆说,瞻部洲的主人格斯尔可汗要来把他的十五颗头一一砍下。"伯通、乌兰尼敦二人接了命令,欢欣雀跃地出发了。到达敌人的领地后,伯通、乌兰尼敦二人发出震天动地的吼声,从昂都拉姆可汗的白色马群中赶走了一万匹白马。昂都拉姆可汗问道:"这吼声震动大地的人是谁?这世上应该没有人敢来招惹我。是霍尔穆斯塔可汗来了?还是恶毒的格斯尔来了?"正在这时,他的牧马人跑过来,向可汗汇报道:"来了一群强盗,抢走了我们的一万匹白马!"可汗问:"来了多少士兵?"回道:"听奔腾的马蹄声像数万人,一看却只有两个人。"昂都拉姆可汗说:"果然是恶毒的格斯尔派来了探兵。"于是他给阿尔海、沙尔海两名勇士配了一千名士兵,叫他们速去把两个探兵活捉了带来。两名勇士带着一千名士兵追了过去。

　　伯通和乌兰尼敦二人赶着马群，走到狮子山山头，从马群里挑了一匹马杀了，献祭给上天，并叩拜腾格里，又在心中向十方圣主祈祷。伯通听到马蹄声，跨上自己的白马，走上狮子山山头一看，原来是阿尔海、沙尔海领着千人的军队追过来了。伯通对乌兰尼敦说："哎呀！乌兰尼敦你快上马，敌人来了！"乌兰尼敦跨上马，大声笑着问："在哪里？在哪里？"领头的伯通以首领的口吻说："乌兰尼敦，你小心点，千万别被敌人暗中袭击，坏了你的英名！"乌兰尼敦说："伯通，难道一个勇士就能把你杀死吗？别再磨蹭了，快上战场吧！"说着便拔出黑色宝剑，张开盛整羊的木盘子一样大的嘴巴，火红的眼珠子瞪得像碗一样大，大声吼着，刺马冲过去。伯通也跨上白马，拔出钢铁宝剑，大声吼着策马冲上去，在两人的吼声中，阿尔海、沙尔海二人吓得心惊胆战。伯通、乌兰尼敦二人心中祈祷着十方圣主的神灵保佑，冲了上去。伯通将阿尔海的头一刀砍了下来，挂在马脖子做了装饰。乌兰尼敦砍断了沙尔海巴图尔的两只手，将其横跨在马背上，伯通连忙说："哎呀，乌兰尼敦，不要杀他！"他们又横扫了两下，杀死了一千个士兵。他们活捉了沙尔海巴图尔问话，沙尔海把昂都拉姆可汗所说的话一五一十地告诉了他们，又叩头恳求道："请两位圣主留条性命！"伯通说："哎呀，这称呼我们可叫不得，我们十方圣主才可这么称呼。留你还是杀你都没什么区别，你回去告诉你们可汗，瞻部洲的主人格斯尔可汗领着威慑四方的勇士们到来，准备一个一个地取下昂都拉姆的十五颗头，缴收他的一切财产。我们是格斯尔的探兵。格斯尔可汗让我们来给你们报个信。"说罢，便将沙尔海被砍下来的两只手插在他的腰带上，将他放走了。

　　沙尔海巴图尔被捆在马背上，回到可汗身边，回禀道："哎呀！我们去了一看，果然只有两个人，但是打起仗来却胜过万人。他们让我给您传信，说瞻部洲的主人格斯尔可汗带着威慑四方的勇士们来了，准备杀了有十五颗头颅的昂都拉姆可汗，抢走他的一切。还说自己是格斯尔的探兵，来给我们报个信。"昂都拉姆可汗听了，拍手叫道："哎呀！你们两个勇士带着一千名士兵去，被区区两个人打得这么狼狈，没手没脚，还有脸回来？"说完便把沙尔海杀了。

昂都拉姆可汗敲打战鼓，大的一万兀鲁思聚集，敲打小战鼓，小的一万兀鲁思聚集。面对三千名勇士、三百六十名先锋和所有士兵，昂都拉姆可汗说道："你们知道吗？恶毒的格斯尔可汗向我们迎战而来。只来了两个人，却把我们的一万匹白马抢走了。我派了阿尔海、沙尔海二人带着千人去追，他们竟把我们的两名勇士和千名士兵都杀了，赶着马群走了。我们该如何应对他们？"勇士们沉默不语，昂都拉姆可汗说："你们为何都不出声？"右翼勇士的头领哈丹哈日巴图尔说："我们如果没去吞掉那恶毒的唐地，怎会遇到如此可怕的敌人？格斯尔是十方诸佛占据上身的观世音的化身，八海龙王占据下身的八十一位神灵的化身，一百零八位空行母围绕中身的佛徒化身。恶毒的格斯尔可汗若真是领兵来征战，我们可有的忙了！"左翼勇士的头领、三百六十名先锋的第一位扎那勇士说："说格斯尔可汗有这般那般神力，难道我们的可汗就没有吗？我们还是赶紧出征迎战吧！"昂都拉姆可汗同意他的话，骑了有十三条龙之力的巨大如山的黄斑马，穿上九层黑色石甲，领着所有的士兵从三百座城堡出来迎战。

那时，伯通、乌兰尼敦二人赶回来一万匹裸马和一千匹披着铠甲的马，献给格斯尔可汗，说："按照圣主的命令，我们去抢了昂都拉姆可汗的一万匹白马，回来的路上昂都拉姆可汗的阿尔海、沙尔海两名勇士领着一千名士兵追过来，我们便在心中向您祈祷着，去和他们作战，杀了一名勇士和一千名士兵，又把剩下的一名勇士的手砍掉，把他捆在马背上，将他的断手插在他自己的腰带上，向他转达了圣主的命令，让他回去报给昂都拉姆可汗，我们自己赶着马群回来了。"十方圣主说："看来所有事情都将马到成功。伯通、乌兰尼敦你们二人很好地完成了任务！"大家把那一万一千匹马当作吉祥之物各自分了，继续前进。

格斯尔在还有三个月路程的地方看到了昂都拉姆可汗的三百座城堡，十方圣主下命令道："哎呀，你们看见了吗？那不是昂都拉姆可汗的城堡吗？"十方圣主拉了一下缰绳调整了前进的方向，朝目的地直奔过去。所有勇士们心中欣喜万分，纷纷说道："在哪里？在哪里？"他们边说边拉着缰绳，跟着十方圣主，领着十亿一千一百万名士兵，铺天盖地地冲了上去。昂都拉姆可汗见了，心惊胆战地说："哎呀！哎呀！这是怎么回事？就像地震一样，这些士兵到底是从哪里出来的？"

十方圣主格斯尔可汗向勇士们嘱咐道："身体如岩石钢铁、内心坚硬如黑色石头的我的亲友们，你们听着：敌人力大无穷，你们和敌人搏斗时，如果筋疲力尽，心中一定要默念着我的名字祈祷。我乃积聚十方力量的格斯尔可汗，我会赐予你们力量。你们作战时心里念着我的名字祈祷，我会让你们黑石般的心脏更加坚硬。你们被刀剑刺伤时心里念着我的名字祈祷，你的伤口会自然愈合。与劲敌作战，血液干稠而口干舌燥时心里念着我的名字祈祷，我会用甘露给你润肺解渴。"勇士们都跪在格斯尔可汗面前，说："根除十方十恶之源，威慑十方的圣主！您是我们唯一的信念。"十方圣主很是欣慰，他跨上智慧的枣骝神驹，头戴并列镶嵌着太阳和月亮的宝盔，身穿七种珍宝层层叠加缝制而成的漆黑铠甲，带上三十支绿松石箭杆的白翎箭、磁铁制作的九庹长的青钢宝剑和神威黑木硬弓，向有十五颗头颅的昂都拉姆可汗冲了上去。

十方圣主像千条龙齐吼般怒吼，头顶出现了九色彩虹，两只鼻孔里火焰冲天，额头显现出大黑天神，十五只大鹏金翅鸟从发丝中呼啸而出。十方圣主拔出用磁性青钢铸成的宝剑冲上去，智慧的枣骝神驹毛发上冒出火焰，两个鼻孔里冒着浓烟，马蹄擦出火星。十方圣主的三十名勇士骑着插翅飞马，穿戴着各种装饰，心中像捡了无数珍宝一样无比兴奋地冲上战场。

人中雄鹰苏米尔肩上披着星光铠甲，背上背着由一百零八层铸铁编成的一千五百条黑筋的黑色硬弓，腰上挎着用十头牛的牛皮做的箭筒，装了十二种铜铁制作的八十八支黑箭，手握九庹黑钢宝剑，骑着高头大黑马，像二十条龙齐吼般怒吼着，最先冲了上去。苏米尔的头上出现了五色彩虹，头顶上显现瓦其尔巴尼佛的法相金刚般若，高头大黑马的四蹄擦出火星。安冲从旁边叫他等一下，他都没听见，让高头大黑马马力全开，冲到十方圣主前面，冲着昂都拉姆可汗的旗帜冲上去，刹那间天地旋转如同混沌一体。

昂都拉姆可汗手下哈丹哈日巴图尔看见苏米尔在最前面冲过来，便骑着他巨大如山的黑马，穿着黑袍铠甲，举着三庹长的宝剑迎苏米尔而上。二人刚打了一回合，哈丹哈日巴图尔看到苏米尔头上显现的金刚般若，心惊胆战，不敢下手。苏米尔用九庹黑剑将哈丹哈日巴图尔的头一剑砍断，挂在高头大黑马的脖子上当作装饰，又将九庹长的黑钢宝剑拉成九十九庹的长剑，从昂都拉姆可汗的三亿三百万名士兵中间冲过去，路扫杀了一万人，到对面回头一看，十方圣主领着三十名勇士正从亿万名士兵中杀过来，声如千条龙齐吼，使大地震动起来。苏米尔又回头冲进敌军，扫杀了三万人，与其他勇士们汇合。

十方圣主格斯尔可汗将磁性铸铁制作的宝剑变成一把一千八百庹长的长剑，挥一次杀死一万人，共杀死了一亿零十万一千人。

伯通杀了一百万名士兵。

十五岁的安冲杀死了一百零五万名士兵。

巴尔斯-巴特尔杀了八十万名士兵。

苏米尔之子乌兰尼敦杀了五万零一千名士兵。

安巴里的儿子班珠尔杀了六万名士兵。

巴达玛瑞的儿子巴姆-苏尔扎杀了八万名士兵。

其他勇士四人一组，分别杀死了两三万名士兵，最后聚集在圣主身边。勇士们依次汇报，一看只有苏米尔没有回来。众人很担心，连忙向圣主汇报："哎呀！难道是昂都拉姆可汗杀死了我们的苏米尔？"正在这时，苏米尔骑着高头大黑马恋恋不舍地从昂都拉姆可汗的军队中走了出来，马身上沾满了血，成了血红马，身上穿的闪电铠甲也被染成了火红色。苏米尔大声笑着说："你们是饥饿了？还是口渴了？为什么这么着急集合呢？"说罢，他走过去坐在圣主身边，又说："我本不想出来呢。看见十方圣主您，我只好出来了。"格斯尔可汗问道："我的人中雄鹰苏米尔，你杀了多少人？"苏米尔说："圣主，我杀了一百一十万名士兵，然后就匆匆忙忙地出来了。"格斯尔可汗又问："现在敌人还剩多少人？"苏米尔回道："我什么也没注意，我想大概是剩了三百一十万人吧！"十方圣主下令道："我们吃了些圣食，喝了些甘露，马也休息了一会，我们现在再次冲上战场吧！"说着，十方圣主格斯尔可汗朝昂都拉姆可汗冲了过去。其他勇士们分为两翼，从两边冲了上去。

十方圣主格斯尔可汗与昂都拉姆可汗相遇，格斯尔可汗用磁性铸铁制作的九庹黑色宝剑砍去昂都拉姆可汗的十五颗头，昂都拉姆可汗的头却瞬间又接了回去。昂都拉姆可汗的扎那勇士将一棵五个人手拉手围一圈都圈不起来的大树连根拔起，向左右挥舞，苏米尔、安冲二人从后面追上去，用计谋杀死了他。十方圣主格斯尔可汗打掉了昂都拉姆可汗的十五颗头，但那些头又总是能瞬间接回去。昂都拉姆可汗用五丈黑色长剑从格斯尔的左肩砍到脚底，十方圣主格斯尔被劈开的身体却又瞬间连接在了一起。格斯尔可汗心想："看来这个可汗是一个我无法战胜的勇士。"便向天上的胜慧三神姊祈祷道："哎呀！胜慧三神姊们在哪里？安达三个腾格里在哪里？我听从霍尔穆斯塔腾格里的命令来到这瞻部洲，根除十恶之源，消灭十方之敌，却从未遇到过如此强悍的敌人。"

三神姊听到后向霍尔穆斯塔腾格里禀报，霍尔穆斯塔腾格里下令道："威勒布图格齐到了瞻部洲，会遇到两次大战，这次便是其中一次。现在谁能去支援他？"格斯尔的安达三个腾格里正要说下去支援，嘉萨走到霍尔穆斯塔面前说："据说十方圣主格斯尔可汗不能杀死有十五颗头颅的巨人之汗，这是他无法打败的对手，你们三个腾格里去了恐怕也不能打败他。还是让我去试试吧！我之前在瞻部洲常与圣主一起作战，比你们更有经验。"霍尔穆斯塔腾格里说嘉萨说得对，就没让三个腾格里去。此前，嘉萨的夫人格姆孙-高娃（格措-高娃）心想："先是与十方圣主离别，后又与姻缘相连的嘉萨-席克尔永别，我该到哪里跳河自尽呢？邪恶的晁通诺彦又来侮辱我。我不如一死了之。"便从九梁屋顶的金色柱子上悬梁而死，死后转世到天上，与嘉萨相见。如今，嘉萨-席克尔跨上十八岁的插翅枣骝飞马，把享誉天下的宝盔戴在高贵的头上，穿上坚固无比却轻薄如丝的铠甲，佩戴有三十支箭杆的白翎箭、黑色硬弓、九庹纯钢宝剑，带着格姆孙-高娃夫人，向霍尔穆斯塔告别道："霍尔穆斯塔腾格里父亲和其他天神们，希望你们吉祥安康。我要去找十方圣主了。"

嘉萨-席克尔和格姆孙-高娃一起从天上下凡，回到瞻部洲，从需要飞行五天路程的地方向四处眺望，看到了格斯尔与昂都拉姆可汗正在搏斗角力。嘉萨-席克尔便对格姆孙-高娃说："那巨人之汗的身体是刀剑伤不了的。他的命根在两只眼睛中间。用五天时间飞过去再射的话，圣主的身体怕吃不消。"说罢，他便从飞行五天路程的地方瞄准昂都拉姆可汗的两只眼睛射了一箭，那箭正好射中昂杜拉姆可汗的命根处，巨人之汗从具有十三龙之力的黄斑马上如同巨山倒塌般摔了下去。十方圣主格斯尔可汗说："是胜慧三神姊来为我助力了吗？还是安达三个腾格里来协助我了？"格斯尔可汗用鞭子将巨大如山的黄斑马卷起来一看，昂都拉姆可汗的两只眼睛之间插着一支箭。格斯尔可汗一眼认出了嘉萨-席克尔的箭，拔出箭抚摸着哭道：

> 哎呀！这不是我亲爱的嘉萨的箭吗？①
> 这不是你玉石箭杆的
> 岩石般钢铁铸成的
> 绿宝石白羽箭吗？
> 好汉中的好汉我高贵的嘉萨-席克尔，
> 如今你到底在哪里？

格斯尔可汗正如此哀哭时，嘉萨-席克尔骑着插翅枣骝飞马，手持纯钢宝剑，以全速飞奔而来，如同闯入羊群中的狼一样，将昂都拉姆可汗剩余的士兵击溃，士兵们在他的长剑下灰飞烟灭。十方圣主看到心爱的哥哥嘉萨-席克尔来不及从枣骝神驹上下来，一跃跳到他的身边，哭喊道：

---

① 《策旺格斯尔》中为"这不是我的箭吗"，而《诺木齐哈屯格斯尔》中为"这不是我亲爱的嘉萨-席克尔的箭吗"，显然前者遗漏了"亲爱的嘉萨-席克尔"几个字。这里根据《诺木齐哈屯格斯尔》做了补充。

保护我不受敌人攻击的玉石山，

柔化一切坚硬之物的钢铁锤，

与我从无二心的，

内心坚硬无比的，

我心爱的嘉萨–席克尔你去了哪里？

嘉萨–席克尔哭着回答道：

根除十方十恶之根的圣主，

在你追随阿日鲁–高娃夫人

赴有十二颗头颅的蟒古思的城堡后，

恶毒的锡莱河三汗

将你的一切夷为平地。

你心爱的哥哥嘉萨–席克尔我，

不惜自己的生命去战斗

虽然圣主不在家，

我不顾生命去打仗，

血液干枯，

精疲力竭，

喝了黄河之水，

醉倒在地，

被敌人乘虚杀死。

之后按照你的指令，

转生在你霍尔穆斯塔父亲身边时，

你胜慧三神姊来说：

"鼻涕虫弟弟在瞻部洲，

带领勇士们征战十五颗头颅的巨人之汗，

与之搏斗但一直不能杀死对手。"

你的安达三个腾格里说要下来援助，

我想自己来为你助力，

便叫他们留下，

自己下来了。

在十方圣主格斯尔可汗与嘉萨-席克尔二人的哭声中，大地震动了三回，十方圣主格斯尔可汗松开拥抱嘉萨-席克尔的手，施法镇住了大地。安冲、苏米尔等人也跑来，纷纷与嘉萨拥抱。

十方圣主消灭了有十五颗头颅的巨人之汗，收走了他的全部财产。昂都拉姆可汗还有一个可与天上的太阳和月亮媲美的绝世美人巴达玛瑞夫人。苏米尔想将其据为己有，十五岁的安冲说："苏米尔哥哥把她赐给我吧！"苏米尔不给，说："别的东西你可以向哥哥我讨要。我只想要这么一个女人作为俘虏，你还要跟我抢吗？"因为那女子美如天仙，嘉萨也走过来，说："一来是我杀死了昂都拉姆可汗，二来我也是你们的长兄。这女人应该归我。"苏米尔说："哎呀！嘉萨哥哥以神勇的勇士自居，何必与弟弟们抢这个女人。"十方圣主走来，说："你们互相抢这个女人做什么？她是嘉萨和我的俘虏，你们就算想要也得由我们来赐给你们中的一个才行。"正在这时，格斯尔可汗的磁性铸铁宝剑突然出鞘，十方圣主说："我的宝剑为何出鞘？之前砍锡莱河三汗的头时它也出了一次鞘。这次出鞘，又想砍谁的脑袋？想必是为了砍这女人的头吧！"说罢，他便拔出宝剑，砍掉了女人的头。嘉萨惊叫道："哎呀！你为何砍了这女人？"格斯尔可汗说："嘉萨-席克尔你不知道吗？我的磁性铸铁铸成的剑是不会无缘无故地出鞘的。如果出鞘，一定是为了砍掉某个恶人的头。我的嘉萨，你好好看看，这女人是娶不得的。"嘉萨－席克尔用纯钢宝剑刺破了那女人的肚子，里面居然还有一个九个月大的有十五颗头颅的小蟒古思。嘉萨说："如果没有十方圣主，我们什么都不知道。"便把那蟒古思之子放火烧死，又把昂都拉姆可汗的三百座城堡放火烧掉，收了他的全部财产。十方圣主率领哥哥嘉萨－席克尔和勇士们，启程返回自己的家乡，此为第九章。

第十章
格斯尔镇压罗布沙蟒古思之部

　　十方圣主格斯尔可汗赴昂都拉姆之城时，将骑行五年①的路程缩短为十二个月。如今，消灭了昂都拉姆可汗，回去的路程，更是缩短为十五天。金色空行母、阿鲁–莫日根、图门–吉日嘎朗等夫人以及八十岁的叉尔根老人、僧伦老人听闻嘉萨从天而降，与格斯尔可汗会合，且十方圣主已消灭了有十五颗头颅的巨人之汗，非常高兴，出城走到五天路程的地方来迎接。嘉萨向格斯尔可汗禀报道："十方圣主，听说金色空行母带领大家一起来迎接我们。我先去拜见金色空行母和叉尔根叔叔。"十方圣主说："嘉萨你说得对。你应该先去拜见他们。"嘉萨与安冲一起先走一步，来到迎接的人群面前。来迎接他们的人们远远看见他们，就说道："哎呀！十方圣主正在走来。"叉尔根老人说："哎呀！你们在胡说什么？十方圣主怎会先过来？必定是嘉萨–席克尔先来见我们吧？"金色空行母说："叉尔根老人说得对。"嘉萨–席克尔骑着插翅枣骝飞马飞奔而来，众人说："哎呀！原来真的是嘉萨–席克尔！"叉尔根老人一边问："在哪里？在哪里？"一边骑马迎过去，冲着嘉萨飞奔而去，大声叫道："哎呀！嘉

―――――――――

① 在《策旺格斯尔》中为"十五年"。

萨–席克尔，你这是突然从哪里回来的？是否安好？"嘉萨急忙从马
背上跳下来，扶起叉尔根老人，两人紧紧拥抱在一起。叉尔根老人
哭着说道：

> 如同黑色的山峰上跳跃的
> 黑纹虎一样的嘉萨–席克尔，
> 如同黄河水下欢腾遨游的
> 巨鱼一样的嘉萨–席克尔，
> 你到底从哪里来？
> 和锡莱河三汗作战时，
> 不顾生命安危
> 舍身作战的嘉萨–席克尔，
> 是否回来与圣主相见？

　　嘉萨–席克尔与众人相见之时，晁通最后一个人走过来见嘉萨–
席克尔。嘉萨对他说道："众人想念我是假的呢。唯独晁通叔叔是真
的想念我了吧？"众人说嘉萨说得对，晁通默不作声。
　　十方圣主消灭了有十五颗头颅的巨人之汗，迎接了从天而降的
嘉萨–席克尔哥哥，回到金色的乌鲁姆塔拉草原，修建了十三座宝塔
和一百零八座玻璃城堡，又建了能容下一千五百人的金色大殿，聚
集十方的众多兀鲁思，举办了三个月的盛大宴席，尽享天福。嘉萨–
席克尔喝了二十辆勒勒车的酒，大醉，又见到晁通，说：

> 毁我十方圣主
> 坚如玉石的教与政，
> 让我高贵的嘉萨遇难的

内心险恶的晁通；

撼动我不可撼动的教与政，

让圣主内心煎熬，

将所有的一切夷为平地的，

内心如墨般黑暗的晁通；

勾结锡莱河三汗，

忘了十方圣主，

让我们和圣主离别，

毁掉了我们所有一切的，

内心恶毒

如黑炭般黑暗的恶毒的晁通！

我要吃了你的肉！

嘉萨－席克尔拔出纯钢宝剑，一跃而起，晁通诺彦尖叫道："哎呀，圣主！怎么办？"说着钻到桌子底下。十方圣主劝嘉萨道："嘉萨－席克尔，你杀了他做什么？若要杀他，我不是早该杀他了吗？若是没有了他，我们也不可能这样消灭了十方之恶敌。"嘉萨又说：

十方之主，威慑十方的圣主，

消灭十方恶敌之时

从未见过晁通作战。

让你的金色大殿被毁，

让你的金色空行母被抢夺，

让我们与十方圣主离别，

让我的身体和灵魂分离的

内心恶毒的晁通；

让三十名勇士遇难，

让十方圣主的教与政被撼动，

满足了锡莱河三汗贪婪的心，

让我们家乡被夷为平地的

内心邪恶的晁通！

你的罪行我一个都不能忘！

说着，嘉萨又起身走过去，晁通诺彦躲在桌子底下，差点吓晕。十方圣主说："嘉萨-席克尔你等我说完。嘉萨-席克尔，你不该杀他。晁通的行为如同警醒我所寐，提醒我所忘。否则我将沉浸在享乐中，不能成就任何事业。因此我一千个化身之一便是这邪恶的晁通。若没有一点法力，这邪恶的晁通不是早该恶贯满盈而死去了吗。他活到现在便是因为这个原因。我的嘉萨，我给你看看这晁通为何不能杀死。"于是格斯尔召集了众人，冲晁通喊道："嗨，晁通叔叔，过来，拜见一下。"晁通跌跌撞撞地走过去，拜见圣主。这时十方圣主格斯尔可汗和晁通诺彦两人宛如一个人。嘉萨-席克尔见了，对晁通说："你有福气，与我相遇时圣主在旁边，否则我决不让你活着走出去。"说完，他收回纯钢宝剑挎在腰间。

十方圣主把有十五颗头颅的巨人之汗的有十三条龙之力气的黄斑马赐给了嘉萨-席克尔，把由九种钢铁铸成的石头铠甲赐给了苏米尔，把昂都拉姆可汗手下扎那勇士的巨大如山的红马赐给了叉尔根，五层火红铠甲赐给了安冲，又把剩余的战利品分给了其他人。

十方圣主格斯尔可汗

完结了所有战事，

金色的乌鲁姆塔拉草原上

> 完成了所有事情，
>
> 按照天上众神的礼节
>
> 坐在宫殿之中，
>
> 根除十方十恶之源的
>
> 圣主格斯尔可汗
>
> 享受幸福安康。
>
> 威慑十方的格斯尔可汗
>
> 杀死了有十五颗头颅的
>
> 巨人之汗，
>
> 迎接了从天而降的嘉萨-席克尔哥哥，
>
> 让天下众生幸福安康。

这是晁通之第十章。①

有一天，根除十方十恶之源的十方圣主格斯尔可汗登上玻璃城堡前的楼顶，用慧眼向十方眺望，发现众生因前世罪孽遭受各种苦难，有的双眼失明，有的双耳失聪，或腿瘸，或贫困潦倒。格斯尔可汗见了这些人，心生慈悲之心，心里想道："我父亲霍尔穆斯塔腾格里派我到人间来，原本是让我为人类造福，而我如今怎能贪图享乐。自从我转世生在这世间，杀了很多恶敌蟒古思，但还有很多无辜的人也在这些战争中死去。死者众多，罪孽深重，所以我必须打静坐禅一百零八天。"于是，格斯尔回到家对金色空行母说道："我要打静坐禅一百零八天，你们不可以开我的门。请打开我的粮仓，将粮食施舍给贫困的人们。如果看见僧侣，一定谨言慎行，多多恭敬。"说完便开始闭关坐禅。

那时，离格斯尔家乡有十二年路程的地方住着一个聚齐十方之

---

① 在《策旺格斯尔》等抄本中，以上内容在前一章，即第九章末尾。

力的蟒古思化身罗布沙，他有巨大如山的白马、两个会魔法的姐姐，还有叫作滕德图、贝勒格图的两个会魔法的大臣，两个大臣的坐骑是巨大如山的两匹黑马。他还有两个有魔法的搏克，一个是黑搏克，一个是白搏克，他们的坐骑是巨大如山的两匹灰马。此外，他还有四十四名臣子、四百名勇士。蟒古思化身罗布沙聚集军臣大摆酒宴，罗布沙容光焕发地说道："如今正是向格斯尔报仇的好时机，我们向格斯尔进军吧！"右翼首领滕德图－思钦禀报道："格斯尔是上天之子，他的三十名勇士和三百名先锋都是上天派下来的。我们怎样才能战胜他们？"罗布沙说："若是那样，我们化身为喇嘛过去吧。"左翼首领、会魔法的大臣贝勒格图－思钦说："如果我们化身为喇嘛，格斯尔可汗用神明得知是蟒古思化身来了，不会把我们杀了吗？"罗布沙说："领兵征战，不可能战胜他，化身喇嘛去他又能以神明发现，那我们到底怎样才能报仇？"他的大姐说道："哎，我的罗布沙，你不要担心，我教你一个好办法。很早以前，我听说释迦牟尼佛祖手中拿着声杖①和黑钵，到人间帮助众生解脱苦难。我们用同样的方式去，应该很容易就能让格斯尔变成驴。我给你变出声杖和黑钵，还有将格斯尔变成驴的魔法。罗布沙，你就变成一个喇嘛，两个有魔法的大臣变成小喇嘛，两个有魔法的搏克变成普通的世俗徒弟。"

罗布沙听了十分高兴，对大姐说："姐姐的这个办法很好。我们这就去报仇，你赶快把那些魔法教给我。"他的大姐说道："我回去后，你们赶快跟着我来。到时我会坐在黄金宝塔顶上，把魔法传授给你。"说完便返回了自己的城堡。

罗布沙骑着巨大如山的白马，和两个大臣、两名搏克一共五人将三个月的路程缩减成三天，很快抵达了蟒古思姐姐的城堡。蟒古

---

① 原文作"činggiljeküi duldui"，即僧人所持的叮当作响的锡杖。锡杖振动时上端金属环发出声响，使禽兽闻声避开，所以称作声杖。

思登上七十三层黄金宝塔上，说道："姐姐，如今我要去格斯尔的家乡，请您把镇压敌人的所有魔法传授给我吧！"蟒古思姐姐叫他们五人低下头，在他们的头上施了魔法。罗布沙转瞬间变成了身披金色袈裟的大喇嘛，会魔法的两个大臣变身为小喇嘛，两个会魔法的搏克变身为世俗徒弟。罗布沙的右手有了用驴像让人变成驴子的魔法，左手有了普渡众生的魔法，之后姐姐又变出了声杖与黑钵交给蟒古思。蟒古思姐姐嘱咐蟒古思说："你们快去快回吧！事情办妥，将格斯尔变成驴后，立刻把他送到我这里来。你们自己是看管不了他的。"

罗布沙一行五人半天内回到家，立即向格斯尔的家乡出发。格斯尔的三神姊知道了，于是变成顶天高山去阻挡蟒古思，罗布沙想尽办法都不能翻越那高山，一时束手无策。格斯尔的波阿-冬琼姐姐对其他两位神姊说："我们应该阻挡格斯尔的敌人吗？如今天道运势偏向这个喇嘛。喇嘛的事业先成，格斯尔的事业后成。无碍。"三人一起商定后，将巨山收起，返回了天上。

喇嘛再往前走，走到半路，格斯尔的安达三个腾格里得知了，撒下网，捕捉了喇嘛等五个人。三个腾格里商议道："很早以前，霍尔穆斯塔腾格里下了命令，叫我们三个腾格里在格斯尔不能战胜敌人之时去援助，但不要阻挡前往格斯尔家乡的敌人。如今这五个敌人还没到格斯尔的家乡，并没有战胜格斯尔，如果我们擅自截住这些敌人，霍尔穆斯塔腾格里得知了岂不愤怒？以后威勒布图格齐听说了岂不指责我们？"他们商量好后便把他们放走了。

喇嘛等五个人如同被捉住后挣脱了鸟笼的小鸟，匆忙向前赶路。走到格斯尔的属国边疆，建了魔窟帐篷住下，对前来顶礼膜拜的一些贫穷饥饿的格斯尔庶民进行施舍，并施魔法让一些瘸腿、失明、患病的人康复如初，让他们在心中如崇敬自己的父母一样无比崇敬喇嘛。那些愚蠢的人们不知原委，感动万分，对那喇嘛十分敬重。喇嘛又到格斯尔城堡的西南边。最初去膜拜并恢复视力的人来到金色空行母面前，禀报道："我们这里来了一个披着金色袈裟的大活佛喇嘛，施舍给我们贫困的人，令盲人恢复了视力，令聋人恢复了听力。是一个非常神奇的喇嘛。"金色空行母想道："对这样一位喇嘛我却一无所知，这不是违背了格斯尔的命令吗？"于是金色空行母带领五百个随从，带上施舍之物，来到喇嘛身边。金色空行母没有直接跪拜，先围着喇嘛绕三圈观察了一番，发现他与善逝①佛祖无别，便顶礼膜拜，献出施舍之物后返回。

那时，离格斯尔打静坐禅结束还差八天。又过了八天，格斯尔结束禅坐，对金色空行母下令道："打开我的门，现在到我普度众生的时候了。"金色空行母听了格斯尔的指令，煨桑，点起佛灯，烧了佛香，敲锣打鼓吹响号角，打开了经书大殿的金色大门。格斯尔对金色空行母说道："召集贫穷的人们，我要施舍于他们。把患有疾病的人们都召集过来，我要给他们治病。"金色空行母回答道："十方圣主格斯尔可汗，在你闭关修行之时，来了一位披着金色袈裟的神奇喇嘛，给贫穷的人施舍，让眼盲的人恢复了视力，让耳聋的人恢复了听力。我听说后便按照你的嘱咐，拿着施舍之物，带着五百名随从过去，先没有跪拜而是绕着他转了三圈，发现他与善逝金色佛祖无别。我心想：'这位喇嘛是真的也好，不是真的也罢，我怎会辨别，格斯尔才会辨别吧，无论如何我先膜拜吧。'便向他膜拜一番后回来了。格斯尔，你无论如何要去看看。"

格斯尔可汗下命令道："在这瞻部洲上没有地位比我更高的喇嘛，我不去。如果那喇嘛与我有事缘，他应该过来对我膜拜。没有

---

① "善逝"为佛陀十大称号之一。

我去给路边的喇嘛膜拜的道理。"金色空行母道："我并不是叫你去给他顶礼膜拜。或许是你父亲霍尔穆斯塔腾格里怕你沉溺于享乐，派来试探你的呢。也或许是其他妖魔的化身，我虽为空行母化身却未能识别他，所以我向你禀告，希望你去辨别真假。你自己一直待在经书大殿里，怎能知道没有喇嘛比你地位更高。若是你父亲派来试探你的，你不是应该把他邀请到家里来，向他顶礼膜拜吗？若是其他妖魔的化身，你不是应该去辨别出来并消灭他吗？"格斯尔听了表示赞许，便准备出发。

格斯尔的手下在前方敲锣打鼓，高举旗帜，吹响了右旋海螺号角。格斯尔正要大张旗鼓地出发，枣骝马从天上飞下来，横跨在路上，挡住格斯尔前进的路，说道："十方圣主格斯尔可汗，如今你要去哪里？"格斯尔可汗说道："听说我们这里来了一位大喇嘛，我要去向他顶礼膜拜。"枣骝马说道："从前，你父亲霍尔穆斯塔腾格里没有对你嘱咐过吗？你上半身聚齐十方佛祖，中身聚齐四大天王，下半身聚齐八大龙王，腰身聚齐一百零八位空行母，在整个瞻部洲上没有比你更高的佛。如今你这是要向哪路喇嘛顶礼膜拜去？"十方圣主格斯尔可汗对枣骝马说道："我怎能忘记父亲的嘱托。你这是担心我会忘记，你这么做是对的。你说得对，我为何要去给每个喇嘛顶礼膜拜。我只是为了去试探和辨别，到底是什么喇嘛，为何而来。我的枣骝马，你知道的我能不知道吗？"枣骝马说道："格斯尔你既然这么说，我作为牲畜还有什么可说的。这事与我无关。"说完便飞回了天上。

格斯尔来到喇嘛身边观察一番，又绕着喇嘛转了三圈。喇嘛浑身颤抖，汗毛根根立起，心跳加速，虽然被吓得半死，却故作镇定，不动声色。格斯尔可汗观察完，回到铺着狮子皮坐垫的金座上坐下。十方圣主格斯尔发出狮吼之声，问喇嘛道："喇嘛你来自何方？家乡是哪里？师从何人？是哪些施主供奉你的？来这里有何意图？是来跟我比试法力高低的吗？若是，我们就来比试吧。还是为了向我乞讨施舍？若是，我就施舍给你。在这瞻部洲上，没有比我更高的佛，而你来这里是意图何在？如果你法力比我高强，就向我施展一下你的法力，我向你顶礼膜拜。如果你法力不如我，我就向你施展一下我的法力，你向我顶礼膜拜。"

格斯尔说完，喇嘛故作镇定地说道："格斯尔可汗，你在说这些话之前其实已经心知肚明了。我来这里，不是为了跟你比试法力的。我是释迦牟尼从金刚座之地派来的。"格斯尔可汗说道："释迦牟尼为何要派你到瞻部洲来？你怕是骗我的吧？"喇嘛与格斯尔周旋之后稍微镇定了下来，说："释迦牟尼在金刚座之时，我是跟随他的一个小仙。佛祖对我说：'你速速下凡到瞻部洲，把我的命令传达给威勒布图格齐：从前叫你父亲霍尔穆斯塔腾格里五百年后派一个儿子下凡，你父亲因为贪图享福，忘记了我的命令，逾期了两百多年。如今你威勒布图格齐去蟒古思之地，镇压了蟒古思之后却不速速返回，贪图图门-吉日嘎朗的魔食。后来锡莱河三汗乘虚而入，将你的全部抢劫一空。如今你还不行善众生。你威勒布图格齐若是妒忌我，那你便上来住我的金刚座，我到瞻部洲去向众生行善吧。'我对佛祖说他们能相信我吗？佛祖便在我头上施法，我就有了这黄金袈裟。怕你还不相信，又给了我这个声杖作为标记。"听喇嘛这么说，格斯尔说道："我父子二人确实有错在先。佛祖是让你去向我父亲说的呢，还是另外派了别人？你来的时候三十三尊腾格里天神知道吗？胜慧三神姊见过你吗？我的安达三个腾格里可都知道吗？你去过我父亲的家吗？"喇嘛回道："佛祖没有让我去你父亲那里。我不知道你的三神姊，我也不认识你的安达三个腾格里。佛祖没有叫我去拜见所有天神。"喇嘛摆出一副愤怒的神情，接着说："之前你说要比试法力，之后你还质疑声杖和钵，反而把我说成骗子。如今你也不在乎释迦牟尼的命令。你这些话我得回去禀告佛祖。你们自己合计吧，我先回去了。"说着，喇嘛拿起声杖和钵要起身，格斯尔可汗说道："喇嘛稍等。"他心想："如今虽然我不该向这喇嘛顶礼膜拜，但见到佛祖的声杖和钵而不膜拜会是大错。"于是，格斯尔可汗从座位上站起身，对喇嘛说："哎呀，喇嘛你虽然是从释迦牟尼身边下来的神仙，但我没有向你顶礼膜拜的道理。不过我要向佛祖的声杖和钵膜拜，请你把佛祖的声杖放在我头上。"说完，格斯尔便低头膜拜。

喇嘛假装伸手取声杖，却取出了驴像，放在格斯尔的头上，格斯尔瞬间变成了一头黑色的驴。喇嘛匆忙拿起鞋袜、裤子等肮脏之物，驮在驴身上，玷污了格斯尔的身体，格斯尔上身的十方佛祖飞到天上去，下半身的八个龙王下到龙宫中，中身叠坐在一起的四大天王飞到天上，腰身上的一百零八位空行母飞回天界。格斯尔如今只剩了肉体，喇嘛急忙将三层铁笼头套在驴头上，三层铁马绊系在驴腿上，交给两个博克牵着，把金色空行母和所有金银财产驮在驴身上，喇嘛带着五个人腾云驾雾飞回了自己的家。金色空行母哭着对来查布说："你快去把这件事告诉亲爱的嘉萨-席克尔哥哥、三十名勇士、三百名先锋。"来查布去找嘉萨，哭着说："来了一个恶毒的喇嘛来把格斯尔变成了驴，掳走了金色空行母，腾云驾雾飞走了。"嘉萨听了，也哭了起来，说："哎呀，这孩子说的是什么事！"他赶紧鞴了自己的云青飞马，套了马鞍，骑上马，对弟弟戎萨说："去给图门-吉日嘎朗、阿鲁-莫日根、三十名勇士、三百个先锋说，叫他们从各处赶来！"说完，嘉萨跨上云青飞马，一路哭着走到格斯尔的城堡。图门-吉日嘎朗、阿鲁-莫日根以及三十名勇士、三百名先锋也从四面八方纷纷赶来，跟着嘉萨大哭起来，哭声中大地也震动不已。天上飞的鸟、地上跑的禽兽也都哭了起来。嘉萨煨桑，才让大地镇定下来。

嘉萨命令道："你们怎么想？我去追蟒古斯!"三十名勇士、三百名先锋回道："我们与嘉萨哥哥一起去追!"嘉萨听了，说："我们一直待在家里，对格斯尔变成驴的事情都毫不知情。如今，敌人也可能会从各方来袭击我们，所以你们不能都去追敌人。我领一两个勇士去吧!"勇士们不敢违背嘉萨的命令，沉默不语。

图门-吉日嘎朗、阿鲁-莫日根二人对嘉萨说："我们两个女人能知道什么，嘉萨哥哥你决定吧!"嘉萨说："苏米尔、安冲二人随我一起去吧!"

三人启程，赶了一个月的路，遇到三重大黑山，轻松越过，再往前走，看到两重红色岩石。嘉萨下令道："我的安冲，你来射掉前面的岩石。"安冲射开了一条路。再往前走，看到顶天大黑树，嘉萨下令道："我的苏米尔，你把它砍掉开条路。"苏米尔便抽出九丈大黑剑，一剑砍断了那棵树，开出了路。再往前走，看见一片大海，嘉萨下令道："苏米尔、安冲，你们赶紧去把刚才那棵树搬来，我把它做成木舟，我们来渡海。"苏米尔和安冲二人为格斯尔痛哭着把树搬了过来。

嘉萨也为格斯尔悲痛，正在制造木舟，三神姊从天上痛哭着飞了下来，看到嘉萨、苏米尔、安冲等三人悲痛不已，三神姊忍住悲痛的心情，坚定了内心，对嘉萨说："唉，看你们三人已悲痛不已。格斯尔是不会死的。我们三姊妹会去向霍尔穆斯塔腾格里禀报。你们三人把心放宽，回去吧!"说完，便升上了天。

由于不能违背胜慧三神姊的话，嘉萨便领着两个人原路返回。三神姊回去向霍尔穆斯塔腾格里禀报道："一个蟒古思化身为喇嘛把格斯尔变成了驴，并挟持着金色空行母回去了。"霍尔穆斯塔腾格里召集了两个儿子以及三十三尊腾格里天神，下令道："据说蟒古思把我儿威勒布图格齐变成了驴。谁有施救的好办法？"三十三尊腾格里天神回答道："我们怎么知道，只有你能知道吧？"霍尔穆斯塔腾格里对阿敏萨黑克齐、特古斯朝克图两个儿子下令道："你们二人谁法力高强谁下去援助格斯尔。"阿敏萨黑克齐跪下，说："父亲，即使你不命令我，哪有我知道弟弟变成了驴而不去援助的道理。我只是心有余而力不足。"特古斯朝克图跪下，说："我怎么可能知道兄长变成了驴还不肯去帮忙，只是我也是无能为力。请父亲明鉴。"霍尔穆斯塔腾格里说："两个孩子说的都是实话。我们还是去向释迦牟尼禀报吧！"

到了释迦牟尼那里，霍尔穆斯塔带头叩拜佛祖后，禀报道："蟒古思化身为喇嘛，威勒布图格齐变成了驴，掳走了金色空行母和所有财物。不知道派谁去施救，只好来向佛祖您禀报。"佛祖下令道："你回去查一下，威勒布图格齐是何年何月何日何时出生在天界，又是何年何月何日何时转世生到瞻部洲。把两个母亲的生辰门宫合一下，再去查格斯尔的运势书。格斯尔命中会遇到哪些劫难，什么人来化解，好好查阅运势书吧！不要影响我闭关静修，我的指令和格斯尔运势书没有区别。"

听了佛祖的指令，霍尔穆斯塔腾格里带领三十三尊腾格里天神返回，向格斯尔的天上、人间两个母亲询问生辰，合了两个宫门，查阅了格斯尔的运势书，发现格斯尔命中果然有此一劫，必定要变成驴受苦。格斯尔一生将遭遇九次劫难。他们又看了一下如今该由谁来救助，一看是格斯尔的夫人阿鲁-莫日根。一切都在运势书中看得一清二楚。霍尔穆斯塔腾格里对三神女姊下旨道："把这金杯中的甘露，拿去送给我儿媳阿鲁-莫日根，并向她一一告知格斯尔的情况以及我的命令。"

三神姊带着甘露，从天上飞下去，发出了千条龙般的吼声，金色大地一阵震动，阿鲁-莫日根的屋顶上出现九色彩虹。嘉萨为首的三十名勇士和三百名先锋大惊，跳起来跑到外面左右查看，看到阿鲁-莫日根的屋顶上出现了九色彩虹。嘉萨说道："哎呀，难道是格斯尔来了吗？怎么会有这么大的动静？"大家有的骑马，有的徒步，有的套了马鞍，有的裸骑，有的没有系腰带，有的没有戴帽子，有的甚至赤脚，匆匆忙忙赶到阿鲁-莫日根夫人屋前观看，看到阿鲁-莫日根一直坐在铺了十三层丝绸坐垫的金座上。

天上的三神姊，手上托着装着甘露的金杯，跪在阿鲁-莫日根面前，嘉萨等人看见了，也纷纷跟着跪下。阿鲁-莫日根说："哎呀！胜慧三神姊为何在我面前跪下？你们这是要吓坏我了。你们没有给我下跪的道理。"三神姊道："阿鲁-莫日根你不要动，需要你动的事情在后面。我们三人有事求你。"又说："你的公公霍尔穆斯塔腾格里、三十三尊腾格里天神和我们在家里讨论谁去救助格斯尔，没有找到合适的人，又从瞻部洲寻找救助的人选，也没有找到。霍尔穆斯塔腾格里便带领大家去向释迦牟尼询问，佛祖本来是要明确指示的，只是因为正在闭关静修，叫我们去查格斯尔的运势书。我们回来查了运势书，发现格斯尔命中确有此次变驴受苦的劫难，运势书中说格斯尔一生有九次劫难。这次变驴，需要阿鲁-莫日根你去救助。你的公公霍尔穆斯塔腾格里，用这金杯盛了甘露，派我们给你送来。"

阿鲁-莫日根急忙用双手接住了甘露，对三神姊说道："格斯尔来与我居住两三月，我并不会因此而感到欢天喜地；格斯尔离我们而去，两三年不归，我也不会怨恨他。格斯尔我俩在一起时，格斯尔从没说过他将变成驴，要我来救他。但既然霍尔穆斯塔腾格里和来到我身边的三神姊给我传达这样的命令，我虽没有这本事，也没有办法，只好去了。"又说："请三位神姊陪伴我身边，请格斯尔安达三个腾格里和格斯尔的其他神灵也陪伴我。只有这样，我才能去救格斯尔。"

三神姊说："就按照你所说的去做吧！"说完，又给了她天神令牌为证。阿鲁-莫日根喝了甘露，并向三神姊叩头道别。三神姊、三十名勇士皆大欢喜，向她叩谢。阿鲁-莫日根当即起身，穿上铠甲，背上箭筒，手持刀剑，摇身变成青色巨鹰，从天顶飞翔而去。瞬间，屋顶出现五色彩虹。阿鲁-莫日根启程奔赴蟒古思的城堡，神姊们返回了天上。嘉萨、三十名勇士和三百名先锋等皆大欢喜，四散而去。

罗布沙带走了驴后，三个月没给它饮水吃草，还让它为两个搏克的老婆磨面，每天磨一千袋麦子。有一天，驴子知道自己所剩日子不多，悲惨地痛哭道："霍尔穆斯塔腾格里父亲，你在哪里？第二层天的十七尊腾格里天神，你们在哪里？胜慧三神姊，你们在哪里？我的安达三个腾格里，你们在哪里？蟒古思的化身如此这般对待我，我的护身们都去哪里了？"格斯尔如此哀声痛哭，使驴子身边的两个女人和两个搏克都不由得同情伤感，也跟着痛哭起来。那天驴子只磨了五百袋麦子，剩了五百袋麦子。两个搏克立即去向罗布沙报告道："三个月没给这头驴子吃东西了，如今它已经走不动了，今天只磨了五百袋麦子。现在它已经不走了，接下来怎么办？"罗布沙回答道："那就一天喂它一升豆子一捆草，不能再多了。小心别让它跑了。他一定会想各种办法来欺骗你们。那驴子可是死不了的，不是吗？明天还是磨一千袋麦子。"

两个搏克回去后，给驴喂了一升豆子和一捆草。第二天，又让驴子磨了一千袋麦子。阿鲁-莫日根在有一百零八座高塔的天城里飞翔时，驴子又开始悲惨地痛哭："天上霍尔穆斯塔腾格里父亲你怎么了？为什么不管我？二重天的十七尊腾格里天神，你们在哪里？胜慧三神姊，你们在哪里？我的安达三个腾格里，你们在哪里？蟒古思的化身如此这般对待我，我的护身们去哪里了？我的夫人金色空行母，怎么不说一句给驴子喂点草、喝点水呢？难道都背叛我了吗？"

阿鲁-莫日根在天上飞翔时听到这哭诉的声音，心想原来格斯尔在此受到了这样的对待，也感到悲痛不已，哭了起来，她向胜慧三神姊祈祷道："请把斋饭变成冰雹，把甘露变成雨水，降下去吧。"三神姊按她的祈祷，给驴降下了些冰雹和雨水。驴子拉着磨，看到雨水和冰雹，左一口右一口地吞咽。阿鲁-莫日根在天空中飞翔时低头一看，在九十三层宝塔旁边，蟒古思和金色空行母二人对坐在黄金桌子前，下着棋，前面摆着各种瓜果。阿鲁-莫日根见了，心想："金色空行母啊，在这么宽阔无比的金色大地上你找了这么一个举世无双的男人；蟒古思啊，你找了这么一个好女人，我可饶不了你们俩。"阿鲁-莫日根心生闷气，在天空中两次三番想冲向蟒古思，但马上又想道："我若现在冲过去，要是能救出格斯尔还好，要是差了力气，他们岂不要加倍折磨我们的格斯尔？那样的话天上的霍尔穆斯塔腾格里父亲、胜慧三神姊会责怪我吧？我该如何对付你？"她心里如此想着，左右看了看，发现距此三个月路程的地方有个城池，城池里有三百座楼。她不知这是什么城，便决定飞过去看个究竟。

驴子喝了甘露雨水，吃了冰雹之食，长了膘，心想："从我家乡来到这里之后，从未如此吃饱喝足过。这是我霍尔穆斯塔腾格里父亲所赐，还是我胜慧三神姊所赐呢？如今我与格斯尔之身并无差异，趁现在我得试一下能不能逃跑。"

那天晚上，驴子发出七十条龙之怒吼声，三层铸铜围墙被震破。驴子扯断三层铁笼头、三层铁马绊，冲上天空。蟒古思的两个会魔法的大臣从宝塔上见了，追了上去，抓住驴的两只耳朵，将驴子带到罗布沙面前。罗布沙责备两个搏克，说："你们还说驴快死了，我怎么跟你们说的？"罗布沙各打了两个搏克一百个板子，又嘱咐道："你们若是再让他逃跑，我一定杀了你们。"说完，给驴套上九层铁笼头、九层铁马绊，关在有九层铸铜围墙、九层铸铜的房间里，拴在九庹铜钉上。罗布沙命令两个搏克道："晚上一定要小心看守。白天要让它磨一千五百袋麦子。"第二天，两个搏克将驴套在磨上，用铜鞭子抽着，让驴子磨了一千五百袋麦子。

阿鲁-莫日根飞到那座城堡的上方，在上空盘旋，看到蟒古思的一个会魔法的姐姐坐在一座七十三层高的宝塔上，仔细看了看其面貌：她的眼睛深陷在眼窝里足有一庹深，眉毛垂到胸前，獠牙纵横交错，乳房坠到膝盖，两只耳朵如同大扇子，两个鼻孔如同大黑洞，两只手的指甲犹如猎鹰爪子，毛发有红白黄三种颜色，声音如同蚊子嗡嗡叫。阿鲁-莫日根看了那令人恶心的相貌，心想我要变成这般去试试，又怕漏掉什么特点，于是就来回飞着。蟒古思姐姐拄着九尺长的黑色拐棍，从塔上走下来，阿鲁-莫日根一看，原来蟒古思姐姐的一条腿是瘸的。阿鲁-莫日根见了，化身变成了蟒古思姐姐的模样，又飞回到蟒古思城中。

腾德图-思钦从宝塔上看见了蟒古思的姐姐，向罗布沙禀报道："姐姐来了。"罗布沙道："姐姐来是对的。你们两个大臣跟着我。去搬来一把黄金椅子，速速跟我过来。我先去见过姐姐。"他过去问候了姐姐并拥抱她，姐姐说："好好。"罗布沙问道："姐姐你怎么不抱我三次，再亲我三次了？你的黄金布鲁棒呢？""听闻你回来了，急忙赶过来，忘记黄金布鲁棒了。如今见了你，一高兴，忘了抱你亲你了。"罗布沙说："姐姐这话有理。"说着，请姐姐坐上黄金椅子，把她抬回家里。姐姐说："听说罗布沙你把格斯尔变成了驴，把金色空行母抢了回来，我很高兴，所以就过来了。你怎么不让金色空行母来见我？""姐姐说得对。两个大臣，快把金色空行母请来，让她在门外跪拜。"金色空行母来到门前跪拜，姐姐祝福金色空行母，说："祝你遇见了命中男人，享受短命之福。"金色空行母听了很是生气，对两个大臣说："这是哪个地方的习俗呀？在我们那里，在媳妇跪拜时会祝福说长命百岁，幸福吉祥。你们这是诅咒还是祝福，我不知道了。也许是地方的习俗如此吧。"姐姐听了，说："媳妇生我气了。你也许是我们罗布沙的宠妃，是他的命根，但你又能把我怎样。"又说："开门，我要看一下媳妇。"她从门缝里，眯着眼睛看了看，说："哎呀呀，我的媳妇这么漂亮！美如天仙！"金色空行母向姐姐瞟了一眼，对两个大臣说："我之前没见过罗布沙的姐姐，若不是你们两个大臣请我来，我是不会来拜见这老婆子的。"她仔细看了一下姐姐的耳垂，说："她的耳垂怎么和阿鲁－莫日根的耳垂一模一样？"两个大臣说："空行母不要出声。别让姐姐听见了。一会儿我们去跟罗布沙说。"阿鲁－莫日根听见了，说："赶紧把媳妇送走吧！"心里担心她会认出自己，急忙在心中向胜慧三神姊祈祷，三神姊让两个大臣立即忘却了耳垂的事。

姐姐说："我该回去了。"罗布沙说："姐姐，你把我们从格斯尔那里带来的珠宝带回去。"姐姐说："我一个老婆子，带回那些珠宝做什么？把格斯尔变的驴子给我吧！""姐姐我不是舍不得给你，你看管不了它。"姐姐生气地站起身，转身要回去。"姐姐为何生气？给你驴子便是。"金色空行母说："你不知道格斯尔的那些化身，怎能轻易地将她送走？"罗布沙听了，又不想把驴子给姐姐了。姐姐生气地说："是谁帮你抓来的驴子，你这般吝啬。我以为是我用魔法帮助了你，而你以为是全凭自己把格斯尔变成了驴。"说完，老婆子愤怒地走了。

罗布沙说："姐姐息怒，我就是对你撒野，故意那么说罢了。快把驴子牵来。"手下把驴子牵了过来，驴见了老婆子，号哭起来。两个大臣说："这驴见了姐姐，为何号哭？"姐姐说："你们这些孩子什么都不懂。你们让它一天磨一千袋麦子，我回去要让它一天磨一万袋麦子，这驴子用魔法得知了，所以号哭。"老婆子骑着驴子走了。

罗布沙吩咐两个大臣道："这到底是不是我的姐姐？你们二人变成游隼，偷偷地跟踪过去看个究竟。"二臣变成游隼，在高空中跟踪老婆子。驴子对阿鲁-莫日根说："快快把我带到天上吧！"阿鲁-莫日根戳着驴的耳根子，说："之前你见了我号哭，现在你又这样。那两个大臣在跟踪我们，你难道不知道吗？"格斯尔心想："我真是太傻了，真是糊涂了。"阿鲁-莫日根在心中向胜慧三神姊祈祷着，走到蟒古思姐姐所住的城堡。手持布鲁棒的人在看守城门。阿鲁-莫日根用魔法遮蔽了他们的眼睛，走进城堡中，走到黄金宝塔边，从驴的身上跳下。跟踪的大臣见了，确信是蟒古思姐姐，便返回了蟒古思的城堡。

阿鲁-莫日根以千龙之声一吼，带着驴飞上了天，蟒古思姐姐等人听了惊恐万分，不知出了什么事。蟒古思姐姐的城池逆时针转了三圈，方镇定下来。阿鲁-莫日根带着驴飞到天上，胜慧三神姊见了，迎了上来，抢着问："我们的鼻涕虫还好吗？"阿鲁-莫日根道："你们的鼻涕虫还没法拜见你们。我本该把他送到天庭，但我没有自行上天的道理。你们把他送到霍尔穆斯塔腾格里父亲那里吧。"说完，阿鲁-莫日根便回了家。

霍尔穆斯塔腾格里领着三十三尊腾格里天神，牵着驴，走到释迦牟尼面前。佛祖下令道："我可以将这驴变回格斯尔身，但我如今正在修炼四大天王之咒。若此时让格斯尔变身，格斯尔的力量将远超以前，若是大发脾气则不能自已，也不能分辨自己和他人。因此我不能让他变身。霍尔穆斯塔腾格里你把这驴牵回去，用甘露仙丹喂三次，请喇嘛高僧念经，用甘露神水①清洗它全身，并用檀香消毒，它自然会变回格斯尔身。到时你再领他来见我，我给他行摸顶之礼。"霍尔穆斯塔腾格里便将驴带回家，喂了三遍甘露仙丹，其伤痕愈合，皮毛发亮。又请来诸多喇嘛高僧念经祈福，用甘露神水清洗它并用侧柏叶与佛香熏，它就变回了格斯尔之身。

那时霍尔穆斯塔腾格里和格斯尔收到释迦牟尼传来的提问："威勒布图格齐为何变成了一头驴？"威勒布图格齐双手合十叩拜九次，回答道："我看到那蟒古思手持黑钵、声杖，中了他的计。"佛祖笑着说道："威勒布图格齐你过来。"格斯尔弯腰走到佛祖面前，佛祖摸了他的头顶，格斯尔顿时散发金色光芒。佛祖道："现在，让威勒布图格齐回去休息吧。"霍尔穆斯塔腾格里和格斯尔二人便回家去了。

那布莎-古尔查祖母、霍尔穆斯塔腾格里以及三十三尊腾格里天神、胜慧三神姊、安达三个腾格里宴饮三个月。格斯尔向霍尔穆斯塔腾格里说道："现在我该回去了。"霍尔穆斯塔腾格里说道："你把这壶甘露酒带下去，献给阿鲁-莫日根并向她叩谢。"格斯尔接了那壶酒带回去，阿敏萨黑格其与特古斯朝克图二人送其下去。格斯尔发出千龙之声，伴随九色彩虹回到人间，金色大地震动，嘉萨等三十名勇士、三百名先锋从四面八方跑过来。格斯尔将甘露酒献给阿鲁-莫日根并跪下叩谢，阿鲁-莫日根急忙接了甘露酒，说道："格斯尔你快坐下。岂有男人向妻子下跪的道理？"格斯尔笑着站起身，与嘉萨等相拥。大家一起欢宴豪饮，格斯尔喝了三十桶酒，满脸通红。嘉萨与阿鲁-莫日根二人喝了三十桶酒，也满脸通红。苏米尔、安冲等三十名勇士喝了十余桶酒，三百名先锋喝了六七桶酒才

---

① 原文作"Arvis-un usun"，arvis 一词来自回鹘文，意为魔法。

散去。

十方圣主格斯尔下令道："我现在要启程，去杀罗布沙，救回金色空行母。"阿鲁-莫日根说："我在去找你时看了，从此处到罗布沙城堡的路上，正中间住着一个力大无穷的蟒古思姐姐。看得出她比罗布沙和他的大姐两人的力气都大。我们先打败了她，其他两个就不用担心了。"格斯尔说："你说得对。"

两人出发，走到一个丘陵。丘陵前有一头苍白色的母鹿在吃草，阿鲁-莫日根对格斯尔说道："瞄准它额头正中间的白点，一箭射中它吧。"格斯尔瞄准并射了箭，但母鹿突然受惊跳起，格斯尔没有射中。轮到阿鲁-莫日根，她拉了拉弓，射了箭，正好射中其额头正中间，箭头从母鹿额头穿过全身，从臀部露出。阿鲁-莫日根嘲笑道："看你还是个男人，让你先射，你却射不中。我虽然是你妻子，你看我射得如何？"格斯尔和阿鲁-莫日根二人都笑了起来，回来骑了马从母鹿后面追上去，追到母鹿的城堡，看见门关着。

格斯尔跳下马，跑过去用九十斤的钢铁斧子把门砸开。格斯尔化身为一个小孩跑进去一看，蟒古思姐姐蹲坐在地上。她说："哎，孩子，你过来帮我拔了这支箭。"格斯尔回道："我如果给你拔了箭，你会嫁给我吗？"蟒古思姐姐表示同意。格斯尔捏着铁箭头拔出了箭，老婆子站起身便把格斯尔和阿鲁-莫日根一同吞进嘴里。格斯尔、阿鲁-莫日根两人在她肚子里喊道："你吞了我们也消化不了。赶紧放我们出去。否则我们俩要拔了你的心脏再出去。"说着，伸手摸她的心脏。那老婆子吓得赶紧把他们吐了出来。格斯尔跑过去，拽住老婆子的头发，拔出九庹黑剑，正要砍下她的头，阿鲁-莫日根拦住他，说："圣主，你不能杀她，你得娶她为妻。"格斯尔不再杀老婆子，让老婆子舔着他的剑发了誓。格斯尔放了她，并且因为不敢违背阿鲁-莫日根的命令，娶她为妻。格斯尔与阿鲁-莫日根二人回去，尽享天乐。

那时，罗布沙大姐心想："听说罗布沙把格斯尔变成了驴，还把金色空行母带来了，我得去看看。"便起身去了罗布沙的城堡。两名大臣从高塔上看到她来，向罗布沙汇报道："大姐又来了。"罗布沙说："大姐不该来呀，难道是让驴跑掉了?"他骑了巨大如山的白马，急忙迎了过去说："姐姐，你那日来带走了驴，怎么又来了?"罗布沙的大姐说："哎呀，说什么驴不驴的，罗布沙你快过来。"对罗布沙三番拥抱，三番亲吻方才松手。罗布沙说："姐姐，你是不是让驴跑掉了，不肯承认呀! 快进屋说吧。"罗布沙请姐姐坐上黄金轿子，抬了过去。

罗布沙问道："你是怎么让驴跑掉的?"姐姐很生气，说道："我什么时候带走驴了? 你是不是被别人骗了，把驴送走了?"说完又发了千万次誓，怒不可遏。金色空行母说："上回她的耳垂跟阿鲁-莫日根一样，我不是跟二位大臣说了吗? 罗布沙你把驴子交给她的时候，我不是也跟你说了吗:'你都不知道格斯尔有哪些化身，你就敢给她?'如今让这老婆子来做什么?"罗布沙也对两位大臣说："二位大臣，我不是叫你们跟上去的吗?"两位大臣说："我们躲在空中一路跟踪，一直看着她走进城堡，走到高塔边才返回来的，这到底是怎么回事?"罗布沙说："你们是出大丑了。事先我是怎么嘱咐你们的? 现在我是束手无策了。"又说："我们在城外扎三层铁栅栏吧，看他们怎么进来。"姐姐说："格斯尔乃天子，难道不会从天上飞过来，从你的城堡上面给你扔个九层铁网，把你们都抓起来，把金色空行母带走?"两位大臣说："若真是那样，那我们先把金色空行母送回去吧。"姐姐说："金色空行母难道是自己跑过来的吗? 格斯尔心怀仇恨，还不把那使者杀了，再过来杀你们?"罗布沙与空行母以及四十四个臣子听了那话，全部哭哭啼啼地拍着大腿大喊:

"哎呀呀！姐姐说得没错。"两个大臣说："格斯尔一定会来把我们大姐和罗布沙都杀了，把我们的城堡烧了，带着金色空行母，赶着我们所有牛马回去！"大家抱头痛哭，罗布沙晕厥过去。姐姐急忙在他身上泼水，唤醒了他。罗布沙说："哎呀！姐姐，现在该怎么办才好？"姐姐说："坐等只能是被杀死。去了也是找死。那就让命运来决定吧。我们从四方出征吧！"

姐姐从北方出征。罗布沙从南边出征。二臣从西面出征。两个会魔法的搏克从东边出征。罗布沙派使者对另一个姐姐说："你也得出征。"那姐姐说："格斯尔与我无冤无仇，我不出征。"罗布沙的使者十分生气，从她的马群中赶走了十万匹马。

嫁给格斯尔做夫人的蟒古思的姐姐骑着白额青骡子来到格斯尔住的地方，告诉他说："罗布沙已启程，从四面冲你而来。还叫我出征，但我没有出征，所以使者生气，赶走了我的十万匹白马。"格斯尔说："我给你追回马群。你先回去吧。"那夫人便回去了。嘉萨领头的三十名勇士、三百名先锋都听到了夫人的话，从四处聚集而来。十方圣主格斯尔可汗下令道："听说恶魔罗布沙从四面带兵打过来了。我们也要出征迎战。嘉萨、安冲你们两人领十名勇士、百名先锋出发，去迎战两个会魔法的大臣。苏米尔、伯通二人领十名勇士、百名先锋，去迎战蟒古思姐姐。班珠尔、乌兰尼敦二人领十名勇士、百名先锋，去迎战两个会魔法的搏克。我自己和来查布、爱查布二人去迎战恶魔罗布沙。"阿鲁-莫日根对格斯尔说："你若将金色空行母带到我面前之前指责她的话我一定会很生气。你带着来查布、爱查布两个孩子走吧！他们也需要锻炼。"格斯尔说："你说得对。"

嘉萨、苏米尔、班珠尔三人各自领兵出征。苏米尔对伯通说："我们赶紧一举拿下那些敌人，过去看看格斯尔和罗布沙的搏斗吧。"伯通说："你说的话正合我意。"二人领十位勇士、百名先锋，日夜兼程，突然看到敌方军队如成群的鸦雀般黑压压一片走过来，苏米尔对伯通说道："哎呀！这不见旗帜、不见弓箭的是何方敌人？我去试探试探。"伯通道："我看着更是怪异，只见手中持的黑色铁刮板，别的什么都看不见。你去看看究竟是怎么一回事，速去速回。"苏米尔骑上巨大如象的黑马，狠狠地抽了一鞭飞奔而去。苏米尔到了那里，迎面走来很多妖婆，把苏米尔从马上拉扯下来，用铁刮板乱揍。伯通心想："苏米尔不该去这么久，到底碰到了什么样的敌人？"他快马加鞭，率领十位勇士、百名先锋策马而去，看到敌人把苏米尔从马背上拉了下来，还拿走他的武器，正在用铁刮板揍他。

伯通急忙说："哎呀！我的苏米尔，你不是有一个绝招吗？难道你忘了？"苏米尔听了，立马抓住老婆子的四颗獠牙，飞上天空，化身很多火轮，从天上滚下来，一路放火，敌方军队都被烧死了。伯通把苏米尔的马匹、武器找来查看，而苏米尔还在拖着妖婆的四颗獠牙，火轮般行走。伯通一把打掉那妖婆的头颅，妖婆的灵魂变成苍蝇、蚊子。伯通放魔法之火从上方焚烧，苏米尔从下方焚烧，一同烧毁了她的灵魂。苏米尔和伯通取下妖婆的四颗獠牙，回到格斯尔身边。

嘉萨、安冲二人边走边左顾右盼，突然看到黑压压的敌人，十分欢喜。嘉萨说："我的十位勇士、百名先锋，你们从四方如火烧般闯进去。听说有两个善于变术的人，既然他们能化身，那我们也化身去对付他们。"嘉萨、安冲二人以及十位勇士、百名先锋纷纷策马冲上去，如大火般烧死无数士兵。嘉萨、安冲二人找到那两名有魔法的人，一把打掉了他们的头。那两人化身为两只狐狸，嘉萨与安冲二人化身为老鹰去追。快赶上二人时，二人又化身为两匹狼，嘉萨、安冲化身为巨大的天狗追了上去。快赶上二人时，二人化身为两只老虎咆哮反扑，嘉萨、安冲则化身为狮子，一跃而上，咬死了他们。嘉萨、安冲二人率领十名勇士、百名先锋，意气风发地回到格斯尔身边。格斯尔向嘉萨叙述苏米尔杀敌的经过，嘉萨等人听完后捧腹大笑。

班珠尔、乌兰尼敦二人见到前方敌人如密集的蠕虫般繁多，班珠尔说："先把这些士兵都杀了。据说还有两个会变术的博克，他化身什么，我们二人就化身成更厉害的，一物降一物，杀死他们。"班珠尔、乌兰尼敦二人和十名勇士、百名先锋纷纷策马扬鞭，冲上战场，杀死无数敌人，打掉了两名博克的头，二人的灵魂化成麻雀飞走。班珠尔、乌兰尼敦叫十名勇士、百名先锋骑上马，化成拜天鸟追两只麻雀，两只麻雀向上飞，上方有一只拜天鸟，向下飞，下方还有一只拜天鸟。麻雀逃窜到草丛之中，拜天鸟穷追不舍，终于在飞到格斯尔面前时追上并杀死了麻雀。格斯尔、嘉萨等见了都笑个不停。

十方圣主格斯尔下令道："你们都把各自的敌人杀死了。现在轮到我来出手了。你们好好看看我和罗布沙之间的游戏。"格斯尔跨上枣骝马，疾驰而去。罗布沙见到格斯尔，匆忙跨上巨大如山的白马，仓皇而逃。格斯尔从后面紧紧追上去，拽住罗布沙的马，抽出九庹黑色长剑，用力砍了两三下却砍不动。又抽出九十三斤重的大钢铁斧子砸蟒古思的头部，他仍不死。格斯尔发现他刀枪不入，便举起一座山，压在罗布沙身上，骑上马准备离开，罗布沙却托起身上的山站了起来。格斯尔急忙下了马，举起两座山压在他身上，他又托起两座山站起身。格斯尔用五座山压在他身上，上面写上六字真经，蟒古思再也不能动弹。格斯尔与罗布沙搏斗时扬起漫天尘土，人畜都被呛得呼吸困难。格斯尔的汗水流向西边，罗布沙的汗水流向东边。喝了格斯尔可汗的汗水的人畜，重新获得了生机，喝了罗布沙可汗的汗水的人畜都被毒死了。

格斯尔回来重整旗鼓，嘉萨等都劝道："你快休息吧。我们冲进他们的军队，把他们都杀死。"格斯尔说："不用。让我的来查布、爱查布两个儿子上场吧。我们旁观就好。"两个孩子跪在格斯尔面前磕头，说："我们个子小，脾气大。请赐予我们控制自己和马的脾气的法力。"格斯尔给二人赐予了法力。两个孩子叩头谢过之后就出发了。他们飞到敌军中，瞬间砍掉了四十四个大臣和四百名勇士的头。死去的敌人的灵魂化成了一群雌雄野鸡，飞上天空。两个孩子说："你们会变身，难道我们就不会吗？"说完，一个化身海东青，一个变成游隼，两人飞上天空，把它们挨个撞下去。两人回来骑上马，回到格斯尔身边，给格斯尔叩了头坐下。嘉萨说："我的俩孩子，你们玩尽兴了吗？"二人说："稍稍解了气。"格斯尔等人听了哈哈大笑。

格斯尔说："嘉萨你们都回去吧。我带着来查布、爱查布二人去蟒古思的城堡。蟒古思的所有灵魂都在他的城堡中。我们到他的城堡中，用各种魔法将那些灵魂全部消灭掉，恶魔罗布沙自然会浑身散架而死。他的城堡的八个角上有八根楔子、八颗火球、八面玻璃。其中一座金塔里住着一只黄金旱獭，那就是蟒古思的灵魂。我们去推倒金塔，烧毁城堡，把金色空行母带回来。"格斯尔带着来查布、爱查布二人出发去蟒古思城堡。嘉萨带着三十名勇士、三百名先锋以及无数战利品，启程回家。

格斯尔与来查布、爱查布三人走着，碰到两个老人坐在一座大山上，原来是蟒古思灵魂的化身。格斯尔用魔法走到他们身边，抡起斧子砍死了他们。格斯尔说："来查布、爱查布你们二人把蟒古思的四畜都赶过来，回到原地等我。我去蟒古思的城堡，你们两人不能去。我去用法术捉住蟒古思的所有灵魂，再把你们的母亲带回来。"说完，格斯尔瞬间走到蟒古思城，拔出城堡八个角的八颗楔子，取了八颗火球、八面玻璃，把金塔推倒，将金塔下的楔子拔出来，将城堡与黄金旱獭、九颗楔子、火球、玻璃等全部烧毁，带上所有的财产，把金色空行母绑起来，用鞭子鞭打着走了出来。两个孩子迎上来，匆忙给母亲松了绑。格斯尔将蟒古思的四畜和所有财产打包成两个包袱，分给两个孩子背着。两人把包袱插在腰带间，让金色空行母骑上蟒古思的青马。十方圣主格斯尔可汗调转马头，启程回家。金色空行母骑的蟒古思青马不肯走，留在后面。两个孩子返回来，来查布下马，把自己的马让给母亲骑。兄弟俩骑了一匹马，牵着青马，格斯尔见了，用法术驯服了青马。路上，一行人看到罗布沙已浑身散架而死。

十方圣主格斯尔可汗回到家，惩罚了金色空行母，收回她的五百名随从和牲畜，让她独自扎营。阿鲁-莫日根夫人在金碗中斟满酒，跪在格斯尔面前，向他敬了酒，说："金色空行母固然犯了错，但我阿鲁-莫日根替她向你求情。"格斯尔说："我本想让坏人尝尝报应。"但因为格斯尔不能违背阿鲁-莫日根的指令，便饶了金色空行母。

十方圣主格斯尔杀死力大无穷的蟒古思，斩断妖魔之根，享受天子之乐的第十一章终①。

---

① 原文如此，此处的章节序号与前后文不符。

第十一章
格斯尔镇压二十一颗头颅的罗刹可汗

古时，根除十方十恶之根的圣主格斯尔可汗杀死了来自多黑古尔洲的长着十五颗头颅的巨人之汗，收回数不尽的士兵、妇女战俘和珠宝财富。这是第十二章①。

在镇压有十五颗头颅的昂都拉姆可汗之后，十方圣主格斯尔可汗统领三十名勇士、三百名先锋、三个鄂托克、五百位夫人，到百花盛开的草原上，召集数千名工匠建了洁白的毡房宫殿，用金柱子做顶梁柱，用丝绸做了扎毡房的绳子，四角筑起了圣火祭坛，里面安置好《丹珠尔》《甘珠尔》两部大乘经和一切珠宝、黑炭宝、如意宝，在百花盛开的草原上建起黄金宝塔。原本一年四季遭暴风雨雪袭击，寸草不生、滴水不流的不毛之地，经格斯尔煨桑三次，念《绿度母》《白度母》与《本尊经》之后，各种走兽飞禽从四处赶来，不毛之地长出莲花，无树之处长出菩提树，没水之处涌出甘泉，寒冷的天气变得温暖，暴风雨雪顿时消失，三条巨龙在天上呼啸，电闪雷鸣，金色大地震动三回。十方圣主镇住这一切后，回到百花盛开的草原中央的黄金宝塔上，安享幸福。

---

① 原文如此，此处的章节序号与前文不符。

十方圣主格斯尔由森格斯鲁巴彦的女儿、空行母化身茹格姆-高娃夫人陪伴。格斯尔可汗在菩提树旁给龙王之女阿鲁-莫日根夫人建造了洁白的毡房宫殿，又在莲花池旁给马巴颜的女儿金色大地的化身图门-吉日嘎朗建造了洁白的毡房宫殿，在甘泉旁给乔姆孙-高娃夫人建造了黄金宝塔、洁白的毡房宫殿，在红岩旁边给贡玛可汗的女儿、集各种生灵化身于一体的贡玛-高娃夫人建造了洁白的毡房宫殿和黄金宝塔。嘎如迪鸟、鹦鹉、孔雀、杜鹃鸟、黄鸭、斑雀、野鸡、燕子、天鹅、黄莺、鱼鹰、老鹰、狍子、金鱼、雄鹿等各种飞禽走兽都到贡玛-高娃夫人身边鸣叫。格斯尔圆满完成这一切，坐在黄金宝塔上，过上了幸福生活。这是第十三章。

有一天，十方圣主格斯尔可汗写了一封金字敕令，盖上玉玺宝印，发给三十名勇士。九十五岁①的叉尔根老人等勇士们聚集而来，跪在圣主面前，问道："圣主为何事召集我们？"十方圣主格斯尔可汗对三十名勇士说："西南方有阿拉坦托布其、孟根托布其（金纽扣、银纽扣）两条河。我从一岁到八十五岁，还从未带你们一起去打过猎。据说，这河中藏有险恶敌人，他们还有一个可汗。我们去把他们杀了吧。"三十名勇士听了兴奋不已，纷纷说："我要去，我要去！"他们向十方圣主格斯尔可汗三次跪谢，又九次叩头。十方圣主格斯尔可汗对三十名勇士说："我梦见我带着你们，八十五岁时来到这里，如今你们子孙繁衍，为我助力。梦境中，我内心如乳海、须弥山般浩大，如宽广的草原上呼啸的野兽般激动。"安冲回道："十方圣主格斯尔可汗、我的叔叔，您犹如高山上行走的老虎，深海中遨游的大鱼。您侄子我如今二十五岁，我有一个儿子。他在天上霍尔穆斯塔腾格里、那布莎-古尔查祖母、哥哥阿敏萨黑克齐、弟弟

---

① 原文如此，前文为八十岁。

特古斯朝克图、安达三个腾格里、胜慧三神姊的福佑下，为根除十方十恶之根而出生。当初，奸臣执政，互相残杀，飞禽相斗，走兽相残，圣主格斯尔您降生人间，让世间众生和谐共处，带着三十名勇士过上幸福的生活。托您的福，我和几位勇士有了子孙后代，期待为您效劳。"

安冲如此这般汇报完，十方圣主格斯尔可汗问安冲道："哪些勇士有了子孙？"安冲跪着答道："苏米尔之子三岁，伯通之子九岁，乌兰尼敦之子五岁，巴姆-苏尔扎之子为博迪，巴姆西胡尔扎之子希迪，我的儿子三岁。"

十方圣主格斯尔可汗听了十分高兴，他煨桑，诵读《甘珠尔》《丹珠尔》两部大乘经，赐予甘露美食，说："把这个赐给小孩子们。我给你二十五岁时生的儿子赐名朱拉，给苏米尔的三岁儿子赐名格日勒泰-思钦，给巴尔斯-巴特尔五岁的儿子赐名菩提萨陀化身青毕昔日勒图，给伯通之子赐名光神化身格伊古勒齐-托雷，给乌兰尼敦五岁的儿子赐名火神化身格图勒格齐-托雷，给赛因-色赫勒岱之子赐名格日勒泰台吉，给呼鲁赤巴图尔之子赐名希迪化身达来诺尔，给来查布之子赐名众星化身萨仁-额尔德尼，给阿尔衮巴图尔之子赐名那仁-额尔德尼，给阿萨迈诺彦之子赐名飞禽走兽化身双呼尔，给戎萨巴图尔之子赐名雷神化身查干哈日查盖。"十方圣主格斯尔可汗给勇士的子孙一一赐了名，坐回金椅上。以苏米尔为首的三十名勇士、大塔尤、小塔尤、乌努钦-塔尤、大鼓风手、小鼓风手、三个鄂托克、三个库伦等人都很高兴，所有人向十方圣主格斯尔可汗跪拜九次，叩谢九次。勇士的后代从朱拉到查干哈日查盖，一一向父母跪拜。十方圣主格斯尔可汗赐给勇士的子孙们每人一件自己身上穿的珍珠衫。他们得到圣主格斯尔可汗赐予的珍珠衫，高兴万分，向圣主叩拜三次，又向父亲叩拜三次。因托父亲霍尔穆斯塔腾格里、那布莎-古尔查祖母、胜慧三神姊、释迦牟尼佛祖、安达三个腾格里的福佑而生，勇士的子孙们又向他们依次叩拜。他们的祈祷如同金羊拐般落在霍尔穆斯塔腾格里和那布莎-古尔查祖母面前的黄金祭坛上。

霍尔穆斯塔腾格里收下祷告一看，并非三十勇士的祷告。他好奇是谁在祈祷，于是打开九十八面镜命运书一看，原来是与十方圣主格斯尔可汗一同下凡的三十名勇士的子孙。霍尔穆斯塔腾格知道他们是为给格斯尔效劳而生，心中愉悦万分。那布莎-古尔查祖母、胜慧三神姊也同样高兴不已。那布莎-古尔查祖母为他们准备了所有武器。

十方圣主格斯尔可汗对天上诸神祈祷说："阿拉坦托布其、孟根托布其两大河边妖魔成群。那里有一个蟒古思可汗，每天擦拭武器，为侵略我们的部落做准备。我想率领三十名勇士出征，去消灭他们。请你们保佑我们。"格斯尔用酒酿成了阿乳扎，用阿乳扎酿成了霍乳扎，用霍乳扎酿成了希乳扎，用希乳扎酿成了宝乳扎，用宝乳扎酿成了塔哈巴，用塔哈巴酿成了梯哈巴，用梯哈巴酿成了玛乳巴，用玛乳巴酿成了米乳巴，用米乳巴酿成了德比斯古日，用德比斯古日酿成了通希古日，用这些久酿的酒品祭祀并祈祷，那祈祷恰好如投掷的黄金羊拐般落在了天上的那布莎-古尔查祖母面前。

那布莎-古尔查看到了，心中惊奇这是怎么回事，便取来九十九面镜金笔占卜书查看并得知了缘由。她叫来格斯尔神姊嘉措-达拉-敖德，对她吩咐道："你听我说。下界危害甚多，好心人少，坏心人多。三个月被延长为一年，三天被延长为一个月，三个小时被缩短为一个小时。说谎、造假者多，将好日子过成坏日子。饥荒遍地，各种兽禽、异族互相为敌，争吵不断。走向白色道路的人少，走向黑色道路的人多；走向黄色道路的人少，走向杂草丛生之路的人多；

走向紫色道路的人少。狂妄自大，以为自己走在乳海之上、须弥山之下。霍尔穆斯塔按照释迦牟尼的命令，派了儿子威勒布图格齐下凡，让他降生在下界人间。根除十方十恶之根的圣主格斯尔可汗居住的地方叫百花盛开的草原。在距其西南方三个月路程的地方，有阿拉坦托布其、孟根托布其两条河，和百花盛开的草原一样美丽。但是那里恶魔成群，还住着一个蟒古思可汗。原来有个萨仁-额尔德尼可汗，他有一个夫人叫赛罕斋。那蟒古思可汗仗着自己力气大，杀了萨仁-额尔德尼汗，娶了他的赛罕斋哈屯。那夫人生了一个女儿，叫赛胡来-高娃。凡夫俗子想娶那女儿，但因为她是可汗的女儿，娶不了。国王可汗想娶她，但因为她的父亲力大无比，也娶不了。她想嫁给根除十方十恶之根的圣主格斯尔可汗，曾向我祈求过仙丹妙药，你的祖母我今日叫你过来，想派你下去给威勒布图格齐传旨，告诉他：'那布莎-古尔查祖母叫你赶紧向西南方的阿拉坦托布其、孟根托布其两河出征，早日镇压敌人，不要在那里沉迷于享福。'再传释迦牟尼佛祖的命令：'在占卜书中记载，根除十方十恶之根的莫日根格斯尔可汗威勒布图格齐，你将遇到四次劫难。虽然这次本来没有什么困难，但你命中注定要遇此劫难，无法避免。'但你听了这个，不用太担心。男人总有遭遇劫难的时候，公马总有绊脚的时候，女人常有因情感而受困的时候。你不要把这些放在心上。"那布莎-古尔查祖母又祝福他道："根除十方十恶之根的圣主莫日根格斯尔可汗，愿你去向南方时，鹳鸟在你前后伴随；去向北方时，老鹰在你周围翱翔；去向西方时，莲花、鹦鹉在你头顶盘旋；去向东方时，各种鸟禽在你身边陪伴；与恶敌相搏斗时，愿观世音陪伴你；与十八个恶魔斗争时，愿阿比达佛（阿弥陀佛）陪伴你；口渴时，愿菩提萨陀相助；疲惫之时，愿威力无边的阿弥陀佛保佑你；在无法行走的地方和无边的森林中困苦之时，愿瓦其日巴尼佛

（金刚持）陪伴你；进入迷途时，愿天上繁星保佑你；进入死路之时，愿日月向你投递黄金宝剑；在慈悲之地行走时，愿你父亲霍尔穆斯塔腾格里知晓。要说四个劫难是哪些，之前有一次，虽然跟你嘱咐了很多次，却仍被有着十二颗头颅的蟒古思抢走了从小互相陪伴的阿日鲁-高娃和图门-吉日嘎朗夫人，那是第一次劫难。你追随被抢走的夫人而去，使得从天上一起转世人间的三十名勇士战死沙场，那是第二次劫难。后来又被锡莱河三汗掠夺走了如意宝、繁星宝盾、森格斯鲁巴彦之女尊贵的茹格姆-高娃夫人、三十名勇士、《甘珠尔》《丹珠尔》两部大乘经等。在那之后，追随阿日鲁-高娃夫人而去的你，杀死了有十二颗头颅的蟒古思，带着夫人回来，才得知发生过的事情，悲痛万分，把锡莱河三汗的士兵都砍杀为灰烬，把茹格姆-高娃带了回来，诵读《大乘经》，过上幸福生活，而茹格姆-高娃却起了害你之心。当有十五颗头颅的会念妖魔经的蟒古思化身呼图克图大喇嘛来到你那里时，茹格姆-高娃为了求得长寿，去拜见大喇嘛，却生出与他同谋之心，共谋奸计，回来欺骗你。你信以为真，去请大喇嘛给你摸顶，蟒古思趁机将黑驴的画像放在你头上。你因受肮脏之物的亵渎，变成了一头黑驴。那是第三次劫难。在那之后，因为三十名勇士战死沙场，圣主格斯尔可汗你在他们的尸骨之上痛哭。释迦牟尼佛祖用法力得知了你的情况。起初，由于人间大乱，众生寿命短暂，你和三十名勇士被派到人间治理天下。看到你在勇士们的尸骨上痛哭，释迦牟尼便取出存放在嘎巴拉碗中的甘露仙丹赐予你。你接了甘露，一一滴在三十名勇士的黄金尸骨上，三十名勇士因为甘露的神力而复活。你让勇士们复活之后，自己率领他们出征多黑古尔洲的昂都拉姆可汗。你与昂都拉姆可汗搏斗时，本不该有劫难，但因命中注定，你右肩受伤。如今，在落日的脚下，你还将遭遇一次劫难，但并无大碍，跟随你的三十名勇士会给你助力。到了阿拉坦托布其、孟根托布其两河那里，千万不要久留。这些便是你父亲霍尔穆斯塔腾格里的嘱咐。"

胜慧三神姊化身杜鹃鸟，伴随着锣鼓、号角声来到人间，十方圣主格斯尔可汗看到胜慧三神姊到来，十分高兴，带着三十名勇士等前来跪下迎接。十方圣主格斯尔可汗将胜慧三神姊请到黄金椅子、白银台子上坐下。胜慧三神姊向十方圣主格斯尔可汗一一传达了释迦牟尼佛祖的指令、霍尔穆斯塔腾格里的教诲、安达三个腾格里的嘱咐与那布莎-古尔查祖母的祝福，十方圣主格斯尔可汗率领三十名勇士跪着听完，十分高兴。他们说："有这么好的教诲，我们哪有不听的道理？以前什么时候被如此悉心教诲过？"说着纷纷叩谢。神姊们急忙叫弟弟不要再叩头。胜慧三神姊传达完所有嘱咐之后就回到了天上。

十方圣主格斯尔可汗准备向阿拉坦托布其、孟根托布其两河出征，每日维修、擦拭武器。以朱拉为首的三十名勇士的子孙们见了，说："我们没有武器，怎么与恶魔相斗？"于是焚了檀香，用九种久酿的食品和酒祭祀并祈祷，那祷告落在那布莎-古尔查祖母身边的黄金椅子上。那布莎-古尔查祖母吃着祭祀的美食、喝着美酒，喝到微醺。她从天上俯视人间，看谁在祈祷，原来是三十名勇士的子孙。她说："你们的祈祷我已收到。你们向我祈求武器是没错的。"那布莎-古尔查祖母叫来三神姊，发出了号令："将黄金箭筒，白鸟羽翼做的自行瞄准的阳箭和阴弓，砍杀万人而不卷刃的钢刀，枣骝神驹之弟白嘴马驹，十方圣主格斯尔可汗所穿一对黑色铠甲的另一件等赐给三岁的朱拉；将一对额白铠甲的另一件游隼之羽翼制作的纤细火箭，魔法箭筒，能测前后敌人的水磨黑色神弓，砍杀无数敌人而不卷刃的钢刀，赛万马而无敌的枣骝神驹之弟枣骝飞马赐给苏米尔之子——瓦其日巴尼佛化身三岁的格日勒泰-思钦；将火红宝物铠甲，灵性如意钢刀，月光白鹰之羽翼制作的自行瞄准的箭，水磨硬弓，秀美箭筒，如飞驰般奔跑的云青马，赐给菩萨化身五岁的青毕昔日勒图；将叉尔根老人的黄马之胞弟黄色马驹，猎鹰之羽翼制作的秀美火箭，即使被万箭射中也牢固不破的火光闪电铠甲，坚硬而闪闪发光的金色箭筒，具备水电之神力的宝刀，自行瞄准从不劫难的水磨硬弓，赐给来查布之子——众星化身萨仁-额尔德尼；将具众星化身游隼羽翼制作的纤细白箭，百种拼件的魔法铠甲，云青飞马，水磨黑色神弓，闪亮的钢铁宝刀，灵性如意闪电箭筒，赐给伯通之子光神化身格伊古勒齐-托雷；将繁星铠甲，数不尽的闪电之箭，无比的神弓，跑万里而不疲倦的云青马驹，火神闪电钢刀，镶嵌珍珠的金箭筒，赐给乌兰尼敦之子——火神化身五岁的格图勒格齐-托雷；将宝物黑色铠甲，跑万里而不倦的云青马，火神闪电之箭，水磨硬弓，明亮的箭筒，闪光钢刀，赐给赛因-色赫勒岱之子格日勒泰台吉；将具火神化身的千只扣铠甲，耐力无比的云青马，他人无法搬动的钢铁宝刀，精雕细琢的秃鹫之羽翼制作的箭，具诸多神力的水磨硬弓，色彩斑斓的箭筒，赐给呼鲁赤巴图尔之子希迪化身达来诺尔；将千种拼件制作的火红铠甲，云青飞马，猎鹰之羽翼制作的白箭，水磨硬弓，钢铁宝刀，各种手法制作的箭筒，赐给阿尔衮巴图尔之子——那仁-额尔德尼；将具诸多神力的明亮铠甲，云青飞马，钢铁宝刀，水磨硬弓，具诸多神力的箭，闪电箭筒，赐给阿萨迈诺彦之子——飞禽走兽化身双呼尔；将火红铠甲，云青飞马，从不历劫难的水磨硬弓，秃鹫之羽翼制作的火神闪电箭，金箭筒，灵性如意钢刀，赐给戎萨巴图尔之子电神化身查干哈日查盖。"

胜慧三神姊带着这些武器，变成杜鹃鸟飞到人间。十方圣主格斯尔可汗给胜慧三神姊摆好了黄金椅子迎接。嘉措-达拉-敖德神姊把带来的武器、装备、宝马等都摆出来，说："你的那布莎-古尔查祖母让我们把这些带给你，让你分别赐给从朱拉到查干哈日查盖的所有勇士子孙们。"格斯尔将那些全部分赐给了勇士们，他们纷纷跪下、叩谢。胜慧三神姊回到了天上。

三十名勇士备齐了武器和装备，对十方圣主格斯尔说："请马上出征吧！"那时是十二月十五日，十方圣主格斯尔正备着武器，如高山上跳跃的黑纹虎般的嘉萨-席克尔哥哥从天上下到凡间来，与圣主格斯尔相见。嘉萨-席克尔跪着汇报道："我在你三十五岁时，舍身就义，转世到霍尔穆斯塔腾格里父亲身边。马巴彦的女儿、你的阿日鲁-高娃夫人被有十二颗头颅的蟒古思掳走之后，你追随夫人而去。凶恶的锡莱河三汗趁机带着所有军队前来侵袭。因为白帐汗之子阿勒坦-格日勒太子还没娶妻，所以他们想来掳走你身边的空行母化身茹格姆-高娃夫人，从澈澈尔格纳河对面，沿着黄河岸来到我们的家乡。我们的叔叔作孽，竟勾结他们。那也无碍，可我们光顾着欢宴、享受，结果敌人已来到城前，而格斯尔可汗你却不在家。我心想：'我们的生命再珍贵，难道还能长命百岁吗？'所以就带着三十名勇士，边前进边战斗，很快三十名勇士们全部遇难。勇士们都已死在锡莱河三汗的手下了，我再爱惜自己，还能长命百岁吗？反正早晚都是一死，就是活下来了，还有什么脸面见十方圣主格斯尔可汗您呢？所以叉尔根老人我们二人冲进锡莱河三汗的军队中，挥舞刀剑，四处砍杀。不一会儿，我口渴难耐，走到黄河边，弯腰去喝水时，没想到锡莱河三汗之一希曼毕儒扎偷偷走来，从我后面砍了我的脖子，把我杀死了。在我死去后，空行母茹格姆-高娃夫人身边已经没有人守护了。锡莱河三汗的军队来到她身边，她得知我已经死去，便向士兵们求得了我的尸首，把我的灵魂寄托到一只鹰身上。你带着阿日鲁-高娃夫人回来后，发现三十名勇士都已死去。你愤恨不已，去把锡莱河三汗杀了，领回了夫人。你坐在呼斯楞敖包上休息，我看到你了，'格斯尔！格斯尔！'我叫你名字两次。你认出了我，过来与我相见。你问我：'哥哥，你想转世到人间，还是想生在天上？'我回答：'让我转世生在天上吧！我如今没有力气继续为你效劳，如果生在人间，怕是不能再转世了。'你听了，让你的枣骝神驹把我的灵魂送到释迦牟尼佛祖与霍尔穆斯塔腾格里父亲身边。你又请诸佛为我念经，我才得以在佛经的福佑下，得了一个好的转世。转世之后，我向释迦牟尼佛祖、霍尔穆斯塔腾格里、那布莎－古尔查祖母、安达三个腾格里、具备天神之神力的胜慧三神姊等叩谢。腾格里父亲、祖母等都让我起身坐下，并对我说：'当威勒布图格齐再遇困苦时，你再下去协助他就好。'因此我就住在天上，你去镇压锡莱河三汗并领回森格斯鲁巴彦的女儿茹格姆－高娃夫人，把敌人的士兵全部杀死，又杀了锡莱河三汗，将夫人和所有财宝带回去。你又按照释迦牟尼的指示，复活了三十名勇士，举办宴席欢庆。后来，你与有十五颗头颅的多黑古尔洲的昂都拉姆可汗搏斗，天上的霍尔穆斯塔腾格里说：'十方圣主格斯尔可汗为了平定世间大乱，拯救众生而降生人间。如今与昂都拉姆可汗搏斗，有些吃力，你下去协助他吧！'于是我按照霍尔穆斯塔腾格里的命令，用神箭射中蟒古思的双眼，又按照腾格里父亲的命令回到天上。如今你要去阿拉坦托布其、孟根托布其两条河，天上的那布莎－古尔查祖母让我下来给你助力，用铁梯让我下来了。"

十方圣主格斯尔可汗与嘉萨相见，听他这么说完，喜极而泣。这时，电闪雷鸣、飞龙呼啸、大地震动。两人停止哭泣，煨桑三次，方镇定四方。圣主格斯尔可汗对嘉萨－席克尔说道："听你诉说这一切，我难以控制自己内心的悲痛。你和我一样，诸位天神占据你的上身，四海龙王占据你的中身，金色大地占据你的下身。如今你来与我协力杀敌，我万分感动。在我心里，犹如天上的释迦牟尼佛祖来为我助力一样。你不要再悲伤了，我们一起去把那蟒古思杀了吧。"嘉萨听了，跪谢十方圣主格斯尔。三十名勇士也纷纷说着"自从嘉萨-席克尔哥哥升天之后再未见面"，纷纷前来向他跪拜。

十方圣主格斯尔准备启程，向霍尔穆斯塔腾格里父亲、那布莎-古尔查祖母、安达三个腾格里、胜慧三神姊、哥哥阿敏萨黑克齐、弟弟特古斯朝克图等一一跪拜，祈祷他们保佑自己去阿拉坦托布其、孟根托布其两条河的路途平安顺利。那布莎-古尔查祖母用袅袅青烟将祝福送去人间。格斯尔收到祝福一看，说："去时像鹳鸟一般，率领三十名勇士，将那长着二十一颗头颅、十八只犄角的魔王贡布可汗的士兵全部杀光，住几日，回来时如同饥饿的老鹰般。马日马时出发，途经三棵金柳树。"

十方圣主格斯尔戴上前额镶有日月的白宝盔，披上露珠般闪亮的黑铠甲，插上闪电护背旗，拿上威力十足的如意宝，插上灵巧纤细的白色火箭，挎上自行探知敌人的神力钢铁宝刀、九股铁索套，背上自动削尖的金箭筒，骑上从天上一同下凡的枣骝神驹，又挎上捕捉太阳的金索套、捕捉月亮的银索套、能收回散去的敌人灵魂的荷包，插上用猎鹰之羽翼制作的箭矢等。十方圣主叫安冲之子朱拉与阿拉泰-思钦两位勇士留在五位夫人身边。朱拉和阿拉泰-思钦两位勇士说道："我们从出生到现在还没有见过敌人的模样。我们也想给圣主效力。您要是让我们留下来，那我们就只能留下来了。"圣主教育他们说："你们不要着急，敌人多的是。你们小心看家，等着我们回来。对付坏人需要智慧，与劲敌相斗需要力气。"

那时已是春天，风和日丽。十方圣主格斯尔于腊月①马日马时，率领三十名勇士，煨桑三次，跪下向天祈祷。之后启程向阿拉坦托

---

① 此处似乎有误。根据前后文，这时已是春季，不应为腊月。

布其、孟根托布其两河出发。当日，所有昆虫三次抬头。走到那两条河之前，他们来到了一片大草原，遇到一棵金柳树①，再往前还有两棵金柳树，再往前是阿拉坦托布其河。阿拉坦托布其河左边是孟根托布其河，罗刹可汗就住在阿拉坦托布其河的源头。罗刹可汗的城堡外面有由九十万士兵组成的关卡，在那关卡的外圈，还有由三百万士兵组成的关卡。在可汗身边，还有千万士兵守护。那可汗头上有十八只犄角、有一千种化身。他有长相美丽的赛罕斋哈屯，再看看她生下的女儿赛胡来-高娃，站起身如松树，坐下时像如意宝石；头上如鹦鹉啼鸣，右肩上如金蛉子盘旋，左肩上如银蛉子盘旋；夜里散发的光芒能照亮一千匹骏马，白天散发的光芒令万人惊艳；从前方看如一千人在微笑，从后方看如一万人在跟随；在月光下看，让人担心她会凝结，在阳光下看，让人担心她会融化；后面犹如羔羊欢叫跟随，前方如同马驹聚集奔跑；从下方看如无数莲花盛开。她是一位具足腾格里们的空行母化身。这位赛罕斋哈屯是森格斯鲁巴彦的亲戚，生下了这位美如天仙的赛胡来-高娃。赛胡来-高娃心中想道："我这辈子能不能遇到一位威力四射的可汗呢？能不能遇到圣主莫日根格斯尔可汗呢？"而这些都让十方圣主格斯尔用神为得知了。他探查孟根托布其河后，得知那里有九十万蟒古思士兵守护，外圈还有八万九千三百个士兵守护。原来这些士兵是专门为对付格斯尔而设的埋伏。他们认为因为夫人在阿拉坦托布其河，所以格斯尔必定会去阿拉坦托布其河，这样他们便可以从后面袭击。圣主格斯尔可汗早已用神明得知了这一切。在两条河的源头，住着一个从不失算的身高一尺的小矮人占卜师。再往外，有一个搏克，一有敌人来便上前搏斗，从不失手。再往外，还有两个孩子在站岗。再往

---

① 从前后文看，下面有关罗刹可汗及其关卡的描述是格斯尔用慧眼所见的内容。

外，是一条大獒，见到敌人就会扑上去一口咬住。再往外便是三棵金柳树，敌人一来，叶子纷纷掉落，并给可汗托梦告知情况。格斯尔以神明得知了这一切。

十方圣主格斯尔在第十八个龙年的丁月十四日马时煨桑，将一切都准备妥当。十方圣主格斯尔可汗向三十名勇士讲述蟒古思的一切情况，并下了命令："你们都在这里等着。我不去蟒古思那里，先去金柳树那里打探一下。"说完，自己一人出发了。十方圣主格斯尔可汗将前额镶有日月的白宝盔变成了八岁孩童手中的阿兰格尔弓①（玩具弓），将露珠般闪亮的黑铠甲变成哈布查盖箭（玩具箭），将手中的九庹长的青钢宝剑变成孩童玩耍的金羊拐，将火箭变成大鹏金翅鸟，将阴功大弓变成乌雕，将枣骝神驹变成八岁孩童，将九股铁索套变成银色羊拐，将捕捉日月的金银索套变成黄莺，自己变成了八十五岁的老头。他把两个孩子派到金柳树边，接着派了凤凰和乌雕，又派了黄莺到树上产卵。两个孩子到金柳树边，坐在树下玩起了金羊拐、银羊拐，把手中的阿兰格尔弓放在身边。黄莺飞到金柳树上，在三个鸟窝里下了蛋。之后，乌雕和凤凰也去了。两个孩子向树上的鸟蛋射箭，把树叶子都射破了，然后又接着玩羊拐，还在游戏中互相耍赖。两只鸟吃了树叶，又假装互相争吵。老头子变成一位满头白发的老翁，走了过去。老头子下巴上的胡须在风中恰好分成两半，向两边飘逸。老头子假装跌跌撞撞地走到树下，坐下来休息。这时起了风，金柳树的树叶飘落，老头子为柳树唱起了颂词："古时，我们家乡有一棵金柳树。只要老人疲惫地朝它走去，它就不会落叶，反而长出嫩绿的叶子。人们见了那棵树，都惊叹地说它就是菩提树。"这时柳树也开始长出了嫩绿的叶子。老头子又开始

---

①　《策旺格斯尔》中为音叉盖弓，与后文中的哈布查盖箭押韵。

骂两个孩子，说："你们是没有地方玩耍了吗？大地这么广阔。这世上的众生总有和我一样年老的时候。大地母亲难道不会被磨损吗？你们不要在这棵美丽的树旁边玩耍了。要我赶你们走吗？你们两个看上去年龄幼小、身体瘦弱。我只能教导教导你们，你们听我的话，到远一点的地方玩，这棵树没准就是三汗的灵魂，你们俩要玩就好好玩，没事射这树上的鸟蛋做什么？小孩子不懂事是真的，你们射的箭根本没射中鸟蛋，反而把这些美丽的树叶都射破了。"接着又说："这黄莺鸟会回来查看自己的蛋。到时候它肯定会诅咒你们，还有可能扔下蛋走掉。你们看着吧。万一真的让鸟和蛋分离，那真是罪孽深重。"柳树听了老头子教导孩子，信以为真，便没有给三汗托梦。黄莺来了，假装扔下鸟蛋，还骂两个孩子。骂的时候还向天上的释迦牟尼佛祖、霍尔穆斯塔腾格里父亲、那布莎-古尔查祖母、安达三个腾格里、胜慧三神姊、哥哥阿敏萨黑克齐、弟弟特古斯朝克图、山神、占卜师毛阿固实和当波分别做了祈祷。老头子说："按我说的，走远点吧。"两个孩子回答说："老头子你是谁？从哪里来的？叫什么名字？哪个部落的？"老头子说："你们先问了，我只好先答吧。我的夏日牧场叫珠勒格图查干草原，冬日牧场叫乌楞图查干草原，我的可汗是罗刹可汗。我名叫阿勒坦，部落是乌利雅苏台，今年八十五岁，喝的水来自固日班泉。"老头子问孩子道："你们俩是谁家的孩子？是哪个可汗的臣民？你们的名字叫什么？家乡在哪里？几岁了？"两个孩子回答道："我们是家里的宠儿，这坏家伙把我们带来，我们的家乡叫奥伦-阿尔斯泰，喝的水来自查干泉。冬令营是乌日图-海拉斯泰，猎场是乃兰查河，打仗的沙场是彻日木格泰-查干草原。我们俩八岁。我们叫阿拉格其（杀人者）、奥格图路格其（切断者）。我们的可汗叫塔斯路格其（扯断者），我们部落是黑图格其（屠杀者）。我们是腾格里的儿子。我们不知道找谁来抚养我们，只能做了这阿兰格尔弓和哈布查盖箭，看看能找到些什么。其他时间里就玩玩金羊拐、银羊拐。今天，我们到处晃着，便走到了这棵树下。"老头子说："据说十方圣主格斯尔可汗有三十名勇士。谁知道你们是不是就是那些勇士的儿子？"说完，老头子便开始驱赶两个孩子。孩子回答说："老头子，你是所有人的父亲和依靠。这菩提树对我们来说如同佛祖一样。我们俩一定改掉以前的罪行。我们想一直跟随你。如果你要留在这里，那我们就拜你为师，学些书吧。"老头子问孩子："想跟我学书吗？我一个老头子，坐下了站不起来，站起来了又坐不下来。你们若是想学书，能完全听从我的话吗？"孩子回答说："我们会听从你的话，你说什么，我们就照做。"金柳树对老头子的话信以为真，一片叶子都没落下。

老头子假装给孩子教书，对孩子说："你们在这树旁煨桑。"孩子们煨桑时，老头子向弓弦、箭扣子、格斯尔-嘎日布-冬日布、山神、占卜师毛阿固实和当波、圣上释迦牟尼佛祖、霍尔穆斯塔腾格里父亲、那布莎-古尔查祖母、安达三个腾格里、胜慧三神姊、哥哥阿敏萨黑克齐、弟弟特古斯朝克图、五位空行母夫人、三十名勇士、三百名先锋、乌努钦-塔尤、大塔尤、小塔尤、大鼓风手、小鼓风手祈祷，默念道："请将这棵细草①瞬间烧成灰烬、眨眼间让它粉碎。这棵草可是罗刹可汗的三个灵魂。所以天上的诸神，请砍断这棵树。"并对孩子们吩咐道："用白纸做墙把这棵菩提树围起来。我因为年老了，感觉浑身发冷。这棵树的叶子如果到处飘，会被各种飞禽走兽踩得污秽不堪，所以把它围起来，不要让外面的走兽靠近。"听老头这么一说，孩子们觉得很有道理，于是在树的外面建造了一座纸做的城堡，又把树用纸包了起来。老头变成一个小矮人，掏出

---

① 细草为暗语，暗指金柳树。说暗语以免被柳树听见。

宝斧头，正要砍断那棵树，大鹏金翅鸟和乌雕飞过来，对老头说："我们罗刹可汗的命令是让你砍掉这三棵树。"老头听了，瞬间把三棵树砍断。树叶飘落，想给可汗托梦，可是周围已经被纸做的城堡封死了，出不去了。老头点了火，把会说话的树木都烧死了。

因那树就是罗刹可汗的三个灵魂，被十方圣主格斯尔可汗用计谋砍死后，蟒古思的魔力少了三分。十方圣主格斯尔可汗回到阵营，召集了三十名勇士，向他们告知了整个过程。勇士们听了万分高兴。勇士们对十方圣主格斯尔可汗说："我们挨个冲进敌方阵营，把他们都砍死吧！"圣主下令说："三十名勇士别着急。肯定还有蟒古思的灵魂来找我们。你们小心应对，不要上当。在这里挖一个大坑，上面铺上一些废纸。纸上面放一只兔子，周围放一些金银索套。"高山顶上跳跃的黑纹虎般的嘉萨-席克尔瞬间完成了这些任务。这时，蟒古思的三条獒犬跑来前看后探，逼向十方圣主格斯尔可汗。圣主格斯尔可汗看了，对三十名勇士说："你们看到了吗？刚才我说的蟒古思的灵魂来了。"当那獒犬接近，十方圣主格斯尔可汗对三十名勇士下令道："你们往后退。"其他人都往后退了退，那三条大獒犬追上来时全部掉进了陷阱。獒犬掉下去后所有人用火箭射死了它。那三条獒犬对敌人十分警觉，因此格斯尔便用这样的计谋杀死了它。

十方圣主格斯尔可汗又往前走，看到前方草原上有两个孩子。两个孩子看到这么多人来，迎过来问道："你们是哪里人？我们这地方从来没有这种有血有肉的人出现。你们是哪个可汗的庶民？谁的士兵？为何到这里来？我们听说有一个从天而降的、根除十方十恶之根的圣主格斯尔可汗，难道是他吗？我们什么时候能有幸见到他，摆脱这骷髅可汗的魔掌？我们俩是天神的孩子。我们原本是父母的宠儿，被一个巨人带到了这里。不知道什么时候才能见到我们亲爱的父母，也不知道能否有幸见到圣主格斯尔可汗，并且回到父母身边。谁知会落到这个黑心的部落中。这真是与被人折磨没什么两样。"那两个孩子悲痛万分地讲这些话，圣主格斯尔等众人听了都伤感起来。勇士苏米尔的儿子、三岁的格日勒泰-思钦说："让你们这么悲伤干什么？告诉你们，这就是十方圣主格斯尔可汗，我们就是他的三十名勇士。"那两个孩子听了，急忙跪下磕头。十方圣主格斯尔可汗对两个孩子说："谁让你们守在这里的？"孩子们跪着对圣主回答道："有着二十一颗头、十八只犄角的罗刹可汗让我们在这里站岗。如果有人来，让我们向他报告。"圣主说："除了你们，他还有别的岗哨吗？"两个孩子说："那骷髅有没有别的岗哨我们不知道①。我们原本想留在这里，趁机逃跑的。但是想一想，顺利跑掉了还好，万一碰到了别的岗哨怎么办？所以我们也没有到别处看。我们年龄尚小，身体瘦弱，很多事情都不太懂。"十方圣主格斯尔可汗对两个孩子心生爱怜，赏了很多珠宝给他们。孩子们向格斯尔跪下，说道："我们一定一生一世跟随你，为你效劳！"说完起身跟随格斯尔。他们对格斯尔说："从这里再往前走，有一个身高一尺的小矮人占卜师，他了解蟒古思的情况。圣主，你去问那占卜师，如果运势好你就去，运势不好就不要去。那占卜师闻一闻烤肉的味道就知道那肉是什么样的。他是蟒古思的一个岗哨，他一接近我们就能得知。"

十方圣主格斯尔可汗带着三十名勇士们走着，碰到了蟒古思的九十万士兵。勇士苏米尔的儿子、三岁的格日勒泰-思钦对圣主说："我冲上去把他们都砍死。谁是男人，谁是女人，你瞧着。"圣主说："你说得是。"格日勒泰-思钦跪下，叩谢圣主。格日勒泰-思钦戴上白额宝盔，跨上了长着翅膀的枣骝神驹胞弟枣骝小神驹，头顶上变化出瓦其日巴尼佛（金刚持）的法相，额头上变化出摩诃噶剌佛

---

① 此处与后文有矛盾之处。

（大黑天神）的法相，口鼻喷出熊熊火焰，骑乘的枣骝马四蹄冒出烟火，冲进敌方阵营，用永不变钝的纯钢宝刀到处砍敌人。那些蟒古思士兵们纷纷说："赶快回去叫大军来吧，回去报告可汗吧！留在这里，都会死的！这个人太可怕了！"有的说："不用，这个人就自己一个，他已经开始疲惫了。"格日勒泰-思钦心中得知了，更是浑身威力翻倍、光芒四射，用永不变钝的纯钢宝刀挥舞三下，把那支军队全部消灭，一条消息都没有泄露出去①。格日勒泰-思钦没有松懈，前后查看，发现一个敌人都没有了。他如同饥饿的老鹰般，几番跳跃就回到格斯尔身边，跪下并将整个过程诉说了一遍："我遵照圣主的命令去了以后，把九十万敌人全部杀光了。"十方圣主格斯尔可汗说："三岁的格日勒泰思-思钦你走了，我以为你还小，不知道怎么打仗。没想到你把他们都杀光了，平安归来。"说完，把自己身上穿的珍珠衫脱下来赐给了他。格日勒泰-思钦跪下叩谢。三十名勇士也十分高兴，纷纷说："格日勒泰-思钦去过了瘾了。"格日勒泰-思钦跪着说道：

> 你们都听我说：
> 霍尔穆斯塔腾格里点缀了上天；
> 繁星点缀了宇宙；
> 十方圣主格斯尔在众人之间至高无上；
> 三十名勇士在这洲上最为神勇；
> 在这世上我的年龄是个奇迹；
> 金色世界上莲花是个奇迹；
> 我因镇压敌人而赢得好名声；

---

① 原文为"kele gargagsan ügei"，"kele"在这里指消息。

蓝天之上虽有诸多天神却不如霍尔穆斯塔腾格里；

蓝天之下虽有众多星星却不如北斗七星；

众多部落中虽有众多可汗却不如我们格斯尔可汗；

在这洲上虽有三十万个部落却不如天上下来的三十名勇士；

在这洲上虽有众多长寿之人却不如我的岁数神奇；

在这世上虽有众多花朵却不如美丽的莲花；

在这宇宙中虽有众多光源却不如日月；

在这凡间虽有众多江河却不如恒河；

在这宇宙中虽有众多部落却不如三十名勇士。

爱惜我们的肉身有什么用？我刚出生不久，还没见识过什么事情，但我无论做得好坏，都关系到大家的名声。你们何必嫉妒我？

三十名勇士纷纷说道："我们说错了。"十方圣主格斯尔可汗对格日勒泰-思钦赞叹不已。据说，格日勒泰-思钦的那番话，令诸佛都为之赞叹。因为诸佛的赞叹，鹦鹉鸟也感动得啼哭了。因为鹦鹉啼哭，它便学会了人类的语言。

十方圣主又往前赶路，遇到了蟒古思的三十万士兵。嘉萨得知了那些敌人，对圣主说："我去把那些士兵都砍杀了吧！"十方圣主格斯尔说："嘉萨-席克尔你一个人去比较难吧。让阿尔衮巴图尔与你一同去吧。"晁通走过来，说："我去！一来，我是托天上释迦牟尼佛祖和世间十方圣主格斯尔的福分而生的，却连三十名勇士中的一个都不如。我想去，如果圣主不让我去就算了。我这破身骨已经八十五岁了，如果能参加这次的血宴，我一定不会舍不得一死。我会全力协助嘉萨-席克尔。生为男人，还能怕敌人吗？生为游隼，还能怕草原上的野鸡吗？我和你们并肩作战，还怕败给敌军吗？你带不带我去，你来决定吧!"嘉萨对晁通说:"叔叔，虽然我也有要带你去的想法，但又怕好好的人去了又产生坏心思，影响你的志气。所以我还是不带你了。"

嘉萨骑上云青飞马，挎上纯钢宝刀，穿上一千片甲片拼缝而成的铠甲，拿起用各种方式制作的武器，对圣主说:"我一个人去吧!天上父母的命令，让我给圣主助一臂之力。所以我不带阿尔衮巴图尔一起去了。"圣主说:"那你光芒四射地去，冲进蟒古思的军队，如同一股旋风般横扫一番就回来。"嘉萨-席克尔给圣主叩头告辞，奔赴敌军。他看到蟒古思的三十万士兵，快马加鞭冲向敌军。他的坐骑云青飞马四蹄擦出火花，他的口中喷射火焰，头顶上显现五色彩虹。他用火晶、水晶作为盾牌，冲进敌军时，电闪雷鸣，巨龙呼啸，大地震动。嘉萨先猛射火箭，挥刀向前砍去，敌人如同刚收割的麦穗一般倒向两边;又挥刀向后砍去，敌人如同随手割下的麦穗原地倒下。不一会儿，敌军乱了阵营，互相砍了起来。嘉萨得知了，更是热血沸腾、力量倍增，把敌人都砍杀殆尽。嘉萨往前后看了看，发现一个人也没剩下，便给云青飞马快马加鞭，如同没吃到草的公牛、没抓到猎物的雄鹰般冲了回来。他对圣主格斯尔可汗一一汇报，格斯尔可汗对嘉萨大加赞扬，将自己身上穿的珍珠衫脱下来给嘉萨哥哥穿上，嘉萨跪下叩谢。所有人都欣喜万分。

秋季头月①的第一日，七月的马日马时，十方圣主格斯尔可汗与三十名勇士们向敌方行进时，在草原上遇见了身高一尺的占卜师。格斯尔可汗见了，问他道:"你是哪个汗国的人?在这里做什么?"占卜师说:"我是蟒古思可汗的身高（一尺）②的刺撒，可汗让我在

---

① 原文中此处落下了季节名称。译者从后文中的"七月"推断，此处应为"秋季头月"。

② 原文此处落下了"一尺"。

此站岗。"圣主对他说：

刺撒你听我说：
蝙蝠不能算作鸟类；
身高一尺的人不算人类；
好人再好不入贵族；
喇嘛再高不如释迦牟尼佛祖；
你为何坐在这里？你有什么本事？

那人回答道：

孔雀死到临头时还三次回头看自己的尾巴；
将臣至死珍惜自己的名声；
身高一尺也能救他人的性命；
审判众生生死的那是阎罗王；
得知无数的事情的那是神力法师；
知道好坏的那是高人；
我虽然个子矮小，却比世人都看得清，
所以常常是至关重要的。
你问过我了，现在我来问你。
你是从哪个汗国来的？
来这里做什么？
家乡在哪里？

格斯尔可汗回答道：

我来自北方，是那钦可汗手下放羊的。

我来这里，不是要走白色的道路，而是要走黑色的道路。

听说妖魔混进了你黑色公马带头的马群，我知道驱逐妖魔的咒语。

我不是要走黄色道路，而是要走黄蒿丛生的道路。

听说妖魔混进了你黄色公马带头的马群，我知道制服妖魔的咒语。

我不去棕色的道路，而是要去杂草丛生的道路。

听说魔鬼混进了你棕色公马带头的马群，我知道镇压恶魔的咒语。

所以我来帮你把妖魔鬼怪打个粉碎。

听说你是连烤肉的味道都不会错过的神算师。

你快占卜占卜看看。

那占卜师从算命的签桶中抽出了一支签，说："你不走白色道路，那是佛道之路；你走黑色道路，那是去往蟒古思家乡的路。你不走黄色道路，那是神仙之路；你走黄蒿丛生的道路，那是要去我们可汗家乡的路。你不走棕色道路，那是圣主之路；你要去杂草丛生的道路，那是快见到我们的可汗了。我算了算你这一身，你这戴的不是帽子，而是额间镶了宝的铠甲吧？头顶的那也不是花，是享誉世界的白宝盔吧？你骑的不是长了疥疮的马驹，而是枣骝神驹吧？你手里的也不是拐杖，是九股铁索套吧？我想你就是格斯尔吧？"圣主发现他果然是神机妙算的神医①，誉其为莫日根占卜师，并对他说："请你为我指点一下那蟒古思的情况。"

———————————

① 原文如此。

占卜师说："我们蟒古思可汗有一千种化身。那也没有关系。他就像腐烂的柳树、生锈的铁钉、生了虫的肉，遇到真英雄，他就没地方钻了，而你的事就成了。你会遭遇点劫难，但没有关系。我们蟒古思大汗早上出去打猎，傍晚变成艾虎，中午又变成老鹰，晚上钻进洞中。有敌人来的时候，他早上会变成花白公牛，他的灵魂到西边，本人到东边；没有敌人的时候，他就会如大风般呼啸而来。遇到有敌人来，他就变成老鹰，钻进三孔洞中。洞口放了一个铜锅，锅上长着一根细草，细草上长出青草。洞口两边分别是金钩、银钩，边上撒了黑豆白豆，这样敌人踩上去就会脚滑。有个用肉眼看不见的砖头建的洞穴，上面挂了黑夜穿不过去的金网、银缆绳。赛胡来-高娃对这些十分清楚，其他人对此并不了解。你就如同黄金羊拐般飞到她的身边，再想对策吧。"

格斯尔率领三十名勇士，接着向前赶路。苏米尔之子格日勒泰-思钦对可汗说："我用巧计，去到孟根托布其河边，将九十万九千三百个士兵和那些蟒古思全部杀死吧！你把你的灵魂变成很多士兵，再把他们化成青烟。孟根托布其河对面的敌人看了一定会以为是敌人来了，肯定会匆忙率领所有军队迎上去。这样我就可以从背后袭击敌人，迸射出火焰，他们必定找不到路，到时他们必定军心大乱，蟒古思一定心情大坏。"① 果然，敌方军队看到西边出现了格斯尔的军队，匆忙追上去想要大战一场，突然那支军队变成缕缕青烟，升上天消失了。地上有个身上爬满虱子的孤儿。他们问那孤儿，孤儿说："我是十方圣主手下的一个孤儿。我们的可汗带领三十名勇士来了，说要把你们蟒古思的军队眨眼间打成灰烬，砍成黑炭。看到你们士兵太多，嫌自己士兵少，看你们兵强马壮，不敢停留，到你们

---

① 原文中格日勒泰-思钦的话与后文连在一起，没有话语标记词"gebe"。译者根据语境标记了话语内容。

后面寻找食物去了。我因为身上虱子多，只能留在此处，已经奄奄一息。你救不救我，自己看着办吧。"那些士兵们听了，往后方走去，孤儿跟上了他们。

格日勒泰-思钦如自己所说，向孟根托布其行进。他头顶上变化出瓦其日巴尼佛（金刚持）的法相，额头上变化出摩诃噶剌佛（大黑天神）的法相，口鼻里喷出熊熊火焰，骑乘的粉嘴枣骝驹四蹄溅起火星。他回头看了看箭筒里的箭，说道："孟根托布其河那边飞来一支箭。"格日勒泰-思钦用九种久酿的胡乳扎，向圣主、天上释迦牟尼、霍尔穆斯塔腾格里、那布莎-古尔查祖母、波阿-冬琼、沃德嘎利、胜慧三神姊、安达三个腾格里、哥哥阿敏萨黑克齐、弟弟特古斯朝克图、山神、占卜师毛阿固实和当波、呼斯楞敖包、弓弦、箭扣子、两座神山、百花盛开的草原、三十名勇士、三百名先锋、三个鄂托克部落、乌努钦-塔尤、大塔尤、小塔尤、大鼓风手、小鼓风手等一一献祭并做祈祷。

格日勒泰-思钦沿着孟根托布其河北面的沙山向孟根托布其河的蟒古思军队走着的时候，突然遇到一个人。那人手里握着一把弓和六支箭。那人原来是希曼必儒札手下朱尔干-额尔黑图的孙子，转世生为蟒古思可汗手下的一名勇士。那人骂骂咧咧地说："孩子，太阳已升到你头上，叶子已长得茂盛。敌人都已散去，剩下你我二人相见。你是谁？为何到这里来？我们男人比赛，要把脚蹬拉长三庹才行。女人比赛时，松掉缰绳来比赛。我们把武器都扔在草地上来比赛吧。你头上有三只乌雕在飞，我们俩把它们捉住吧。一个像是父亲，一个像是母亲，另一个像是我们的姐姐。它们会飞，不好抓，我们还得射箭。"格日勒泰-思钦说："你说这话，如同八岁孩子的话，像乃兰查河上的花牛所生的六条腿的牛犊①。你看上去如同那腐烂的枯草树木。你把我形容成什么？为什么把我说成早上的蝗虫？我看你，就像一根查干塔拉草原上的枯草。我不屑于跟你这种人比赛。"听了格日勒泰-思钦的话，那人骗格日勒泰-思钦道："孩子，你头上有三只乌雕。如果射中中间的那一只，算你厉害。如果都射不中，那就说明你不是个好汉，赶紧回家去。让你的女人变成寡妇有何用，你赶紧回家。"三岁的格日勒泰-思钦听了那番话，无法再忍，策马狂奔而来。那人的马蹬着两条后腿跃起，那人假装把脚蹬拉长三庹，实际偷偷地缩短了三庹，被格日勒泰-思钦发现了。格日勒泰-思钦按照那人的话，抬头瞄准飞过头顶的乌雕，那人却趁机用一把好弓和六支利箭射向格日勒泰-思钦，那六支箭射中了格日勒泰-思钦的左边肋骨，鲜血立即喷涌而出。格日勒泰-思钦急忙将头巾撕成两半，包扎了伤口，止住了喷涌而出的血。三岁的格日勒泰-思钦丝毫不在意自己的伤口，说："你这样偷摸射箭，如同两个女人吵了架，拿剪子瞎捅对方。如同两只秃羊互相顶撞，谁也顶不破对方的头。② 你跟他们并无两样。你看着我吧！我乃十方圣主格斯尔可汗从天而降的三十名勇士之一苏米尔的儿子、三岁的格日勒泰-思钦，一条真正的好汉。你这个懦夫能把我怎样。你头上有仙鹤在飞。你若是好汉，就把那只鸟射中。如果射不中，就赶紧回家。你的女人快成别人的婆娘了，你的头颅也马上入土了，你的好马快成别人的坐骑了，你的箭要害你自己了。"那人听了格日勒泰的话，心想："还想骗我说我头上有仙鹤。我的箭怎能害我自己。这人凭什么这么

① "六条腿的牛犊"，是格日勒泰-思钦在嘲讽对方的六根手指。那人是朱尔干-额尔黑图（六根手指）的孙子，右手握着"六支箭"，说明他也是一只手长了六根手指。传说中，长着六根手指的人善于射箭。

② 格日勒泰-思钦假装自己没受伤，嘲讽对方。

傲慢？"又想着拿磨刀石磨自己的箭，转头拿磨刀石，格日勒泰-思钦取出箭，心中默念道："我的箭射中你后，当你回到蟒古思身边时，毒性正好会发作出来。你就心里琢磨吧！到时候你跟蟒古思可汗说：'我用六支箭射中十方圣主格斯尔可汗手下的小乞丐、羽翼未满的小雏、三岁的格日勒泰-思钦。那孩子一点不在乎，说要报仇，拿一支破箭射了我。我像个失去了牛犊的母牛一样，自己回来了。'那时我的箭的毒性就会发作，你的头那时就要入土了。"格日勒泰-思钦假装撤退，偷偷向那人射了箭。那人被射中，疼痛难忍，站不住，说："跟你有什么好说的，以后我儿子定会向你报仇。"那人回去一一向蟒古思汇报与格日勒泰-思钦之间发生的事情。说完，便毒性发作，死去了。

格日勒泰-思钦掠走了那蟒古思的一切物品，在没水的荒野沙滩上走着，一时口渴了起来。格日勒泰-思钦下了马找水喝，没有找到水，又跨上马赶路，不一会儿因伤势加重死去。格日勒泰-思钦快要从马的左边掉下去时，马用左边的鬃毛接住了他；快从右边掉下去时，马又用右边的鬃毛接住了他。最后，格日勒泰-思钦从马的头顶滚了下去。那枣骝神驹痛哭着说道："我们与三十名勇士因缘分相见，如同弓之弦、竹之节一般。我们能赶上从身边跑过的公鹿，在沙滩上跑也能赶上奔跑的野驴，在泥潭中跑也能赶上黄羊。看到远处的敌人，三十名勇士就会追上去把他们一一砍死。举行宴会时，思钦巴图尔们都聚集在一起。诸位天神占据你的上身，金色大地占据你的下身，你父亲勇士苏米尔把你抚养长大。乳海之上、须弥山之下，你就这样像个雏鹰般掉落了吗？我的主人，你见了敌人就上前砍死，像只鹳鸟般跟随在格斯尔可汗前后。"两头狼跑来想吃掉格日勒泰-思钦，马一脚把它们踢跑了。乌鸦飞来想叼走格日勒泰-思钦的眼珠，马踢腿不让它接近。

　　十方圣主格斯尔可汗心想："格日勒泰-思钦去了许久了，到底发生了什么事？"巴尔斯-巴特尔之子菩提萨托化身青毕昔日勒图说："我去看看。格日勒泰-思钦是不是把那些敌人杀光了，得到了很多马，一人赶不过来了？我去把那些马一起赶过来。"圣主说："你说得对。"青毕昔日勒图跪下告辞并启程。他沿着孟根托布其河逆流而上，走上沙滩上的丘陵上看了看，什么都没有。再往前走，他看到蟒古思士兵在澈澈尔格纳草原上。他心想："我即使跑掉，还能活多久，再说回去了有什么脸再见格斯尔可汗。"他冲进敌军，把勇敢点的砍死，把懦弱点的驱散掉。他有些口渴，下了马，弯腰要去喝水，结果敌方的一个人从他身后偷袭，砍死了他。

　　十方圣主格斯尔可汗心里想着两位勇士怎么迟迟不回，巴达玛瑞的儿子巴姆西胡尔扎①说："两位勇士曾帮助过我。如今我要去看看他们。"圣主说："你说得对。"巴姆西胡尔扎穿上黑色铠甲，挎上纯钢宝剑，带上所有武器，骑了云青飞马启程。他走到河边，没看到一个人影。再往前走到沙滩上的丘陵上，看到一只乌鸦。那只乌鸦似乎在搜寻什么，巴姆西胡尔扎走过去一看，发现有很多尸骨。云青飞马无法在尸骨中行走。巴姆西胡尔扎徒步走了过去，从远处认出了青毕昔日勒图金光闪闪的尸骨，他跑过去，蹲下来痛哭起来。一个人走了过来，说："你这么哭，难道这位勇士就能复活吗？不如把勇士的尸骨装起来。这是西边的山神在提示你。"巴姆西胡尔扎觉得那人说得没错，便把那金色的尸骨装在荷包里，沿着河岸走着，正好遇到枣骝神驹。枣骝神驹哭着向他诉说了格日勒泰-思钦遇难的经过，巴姆西胡尔扎不禁悲痛万分，跟随枣骝神驹走到格日勒泰-思钦尸骨旁边。他一边装起格日勒泰-思钦的尸骨，一边祈祷道："请

---

　　① 根据木刻版《格斯尔》等文本，巴达玛瑞的儿子应为巴姆-苏尔扎，而非巴姆西胡尔扎。

帮我找回来青毕昔日勒图和格日勒泰-思钦二人离散的灵魂，请召回他们远离自己身躯的灵魂。我不用我的五根手指召唤，我用插着老鹰羽翼的箭召唤，用白色的绸缎召唤，愿你们走上白色道路。"正在那时，两只老鹰飞了过来。巴姆西胡尔扎将他们的灵魂寄托到鸟身上。若不这么托付，他们的灵魂将无法到达阎罗王的案前。那日，所有树木都长出了茂盛的绿叶。

巴姆西胡尔扎将二人的金色尸骨装在荷包里。圣主登上叫作长鬃牦牛、松树岭的两座山上眺望远方时，巴姆西胡尔扎回来了，并一一汇报了路上经历的所有事情："两位勇士杀光了蟒古思的士兵，为了把战利品的德吉亲自带去献给释迦牟尼佛祖，他们把骏马留在人间，自己升到天上去了。"圣主格斯尔可汗难以置信，痛哭起来。那天所有飞禽走兽都忍不住痛哭起来。那天天上不再有雾霭。天上电闪雷鸣，巨龙呼啸，大地震动，格斯尔煨桑才好不容易让大地镇定下来。

那日已是夏初。圣主格斯尔可汗没有对勇士们说两位勇士战死沙场的消息。勇士苏米尔说："两个孩子怎么还不回来？难道没有征得可汗的同意，就上天了？这应该不可能。我还是去看看吧！一来去敌军里抓个人打探一下敌方的情况。二来去找找孩子们，如果他们死了，我就把他们的尸骨找回来。三来我也为圣上出一份力。"圣主说："苏米尔，你要去是对的。"

苏米尔骑着骏马，浑身迸射着火焰，直奔孟根托布其河。他到沙滩上的丘陵上一看，那里没有一个人影。再往前走，有很多尸骨。从那些尸骨中间走过去，前方有九十八万九千三百个士兵和一个带头的蟒古思。苏米尔独自一人冲进敌军中，砍杀了两圈。敌方士兵们互相传着"格斯尔的军队来了"的消息到处逃窜。苏米尔对敌军的想法心知肚明，更是威力倍增，马蹄下冒出滚滚浓烟。敌军见了，心惊胆战，纷纷朝孟根托布其河逃跑。苏米尔背后扬起尘土冲进敌军，宝刀一挥，砍死一大片。士兵们都死了，蟒古思与苏米尔单打独斗起来。苏米尔心想："男人用计谋取胜，女人用感情取胜。我得想想办法。"他用左手抽出黄金宝刀，捅了蟒古思的左肋。蟒古思完全不在乎，还试图用魔法给有二十一颗头颅的罗刹可汗报信。这时，天上的嘉措-达拉-敖德神姊变成一只杜鹃鸟飞下来，说："如同火神化身般的苏米尔，你在等什么？赶快了结了它吧！"苏米尔听了，威力倍增，用火箭将其眼睛射穿，蟒古思应声倒下。蟒古思向苏米尔苦苦哀求，说："黑山中有我的马，我把它送给你，你饶了我的命吧。我知道有二十一颗头颅的蟒古思可汗所有灵魂的秘密，你放了我吧。在黄蒿丛生的河中有我的黄牛，我把它送给你，你把我放了吧。我把赛胡来-高娃公主送给你。我知道好消息和坏消息，你饶了我吧。你给我一碗水，与其让我干渴地死去，不如给点水再杀吧。徒手杀我，不如拿火晶宝来杀我吧。"苏米尔说："那没什么，你先把你所有的灵魂寄存处告诉我。"蟒古思说："与其被你折磨至死，不如直接告诉你，一步到阎王爷跟前。"他把所有灵魂一一告知苏米尔，说："让我赶紧去见阎罗王吧。你只要念个咒语'提勒，提勒，万人死，米勒，米勒，千人死！'我便会瞬间坠入地狱。"苏米尔对着自己的裤裆念了咒语，诅咒邪恶的蟒古思灵魂坠落罪孽的地狱。苏米尔一念咒语，金匣子就自行打开了；念了第二遍，金匣子里面的金蜘蛛垂死挣扎了；念了第三遍，金蜘蛛就断了命，蟒古思便死去了。因为蟒古思的一个灵魂被苏米尔杀死了，所以罗刹可汗头昏脑涨，耳鸣心迷，两眼泪流不止，浑身疼痛不已。

蟒古思部落中有个神医。蟒古思可汗想请他过来给自己看病，赛胡来得知格斯尔可汗已到来，便阻止蟒古思可汗，说道：

这不过是您月月犯的小病、年年犯的惯病罢了。

说茅草着了火，针茅①在旁只顾崇拜神仙反被烧死。

好人聚集的时候，黑头人只顾崇拜自己的神仙，反被杀死。

一棵杉树只顾崇拜各路神仙，反被天上的雷劈死了。

海鸥跟在鸟群后面想跟着飞，反被老鹰拍坏了翅膀。

两面人想模仿呼图克图喇嘛，反而差点被勇士杀死。

您没有大碍，只要坚定自己的内心就好了。

我们三人住得好好的，现在叫外人混进来，恐怕不好。

所以不要叫那神医了。

蟒古思可汗哪里知道她劝阻的意图，便听从了她，不再坚持请神医来看病。

那时，苏米尔杀死了蟒古思，把他所有的财产收了，返回来。圣主格斯尔正到高山上遥望远处，苏米尔回到格斯尔身边，一一汇报了事情的经过。格斯尔可汗脱下自己身上穿的镶嵌绿松石的珍珠衫，分别送给了苏米尔和巴姆西胡尔扎二人。两位勇士跪下叩谢。苏米尔和巴尔斯-巴特尔二人向巴姆西胡尔扎询问孩子的情况，巴姆西胡尔扎将之前备好的说辞又说了一遍，两人信以为真。

根除十方十恶之根的圣主格斯尔可汗走到了蟒古思可汗的地盘。那日正好入秋。秋季第二月马日马时，格斯尔可汗走到了阿拉坦托布其河河口。蟒古思正在给士兵们发签，点人数。根除十方十恶之根的圣主格斯尔可汗率领三十名勇士，想从敌军的四面冲进去。这时，勇士来查布对圣主说："圣主，请你显现出千军万马的模样，再把他们化成青烟升上天。蟒古思可汗看了肯定会以为你领着三十名

---

① 原文此处落下"hilgana ebesü"（针茅）一词，译者参考了《策旺格斯尔》，加上了对应的内容。

勇士上了天。那时，你如同金羊拐般亲自跳到蟒古思的城堡里来，蟒古思见了就不会出去打猎了。到时候我们把外面的士兵都杀光。"

入九月那日，圣主格斯尔可汗按照来查布的建议，变成金鹳鸟，如同金羊拐般一跃而进入了蟒古思的城堡。蟒古思可汗见了，不再去打猎。与此同时，嘉萨-席克尔带着勇士们从城堡之外逼近蟒古思。格斯尔变出军队的样子，又把它化成缕缕青烟，升上了天。敌人看不到勇士们，只见青烟升天。

巴姆西胡尔扎骑着马冲进去，杀了两千人，又徒步冲过去，杀了两千人，为格斯尔助一臂之力，之后回到自己的阵营。

英俊的莫日根侍卫骑着马冲进去，杀了九千人，又徒步过去再杀了一千人，口渴难耐，昏了过去。

之后嘉萨又冲进去，骑着马杀了三十万人，从马背上下来徒步作战又杀了两千人，为格斯尔助了一臂之力，之后回到自己的阵营。

阿勒泰巴图尔在自己的坐骑上驮了一口袋土，在马鞍前桥上驮了铁砧子。若不这样，那马容易亢奋过度而带着主人跑到天上去。阿勒泰巴图尔骑着杀了三万人，徒步作战又杀了三千人。因铁砧子掉了下去，他也从马背上掉下来，口渴难耐，昏了过去。他的马自己跑了回来。

之后，二十五岁的安冲骑马冲进去，杀了二十万人，又徒步作战杀了十万人。由于他想起需要提醒茹格姆-高娃，便回到自己的阵营。

后来，呼鲁赤巴图尔拿着宝葫芦，把敌军中勇敢一些的人杀了，把懦弱点的赶走。锡莱河三汗中的白帐汗手下、图日根-比卢瓦之孙达拉泰巴图尔，手里拿的是希曼必儒札的威力十足的纯钢宝刀。呼鲁赤巴图尔发现宝葫芦里没有水了，想去取些水来，达拉泰巴图尔从背后袭击把他砍死了。

达拉泰巴图尔如同饥饿的雄鹰一般，像挥舞双手能把蓝天拽下来一样，把大地掀开来一般，狂妄无比，横冲直撞，正好遇到了乌兰尼敦。乌兰尼敦瞪着碗口一样大的双眼，张开盛整羊的木盘一样大的嘴巴，喷出熊熊烈火冲过来，两人正好相遇。达拉泰巴图尔说："你是谁？我们二人好好比试比试。你是格斯尔可汗的手下，我是罗刹可汗的手下，我们二人今日豪饮鲜血红茶吧！"乌兰尼敦说："你这破东西听我说！当年安冲砍下图日根-比卢瓦的头，拴在坐骑云青飞马的脖子上权作穗缨。如今我再把你杀了，用你的头给我的马作穗缨吧！"乌兰尼敦说完，用力向对方射了火箭。达拉泰巴图尔毫不在乎那箭，反而是乌兰尼敦因为射箭后退了几步。乌兰尼敦又策马冲上去，那人也冲上来，两人擦肩而过的那一瞬间，达拉泰巴图尔的马被绊了一下，达拉泰巴图尔用魔力稳住了马。达拉泰巴图尔向乌兰尼敦射箭，乌兰尼敦被射中。这时，三神姊化身杜鹃鸟飞过来，对乌兰尼敦说："乌兰尼敦你不要用蛮力搏斗，射他的大拇指，射中了他就会死。否则他的力气赛过四个蟒古思，你将难以战胜他。"乌兰尼敦听了，便想用计谋射他的大拇指。他说："我比不过你了，"说着转身假装逃走。达拉泰巴图尔信以为真，也转身要返回，并得意地伸出双手，心中诅咒格斯尔噩运到来。乌兰尼敦趁机迅速抽出用大海里的宝石制作的纯钢宝刀，从他的背后冲上去把他的双手砍断。那人诅咒着乌兰尼敦遭遇噩运，很快便死去了。原来，若不是乌兰尼敦这样用计杀死他，他会更加凶猛，威力翻倍。乌兰尼敦杀了他，发现敌军还有两万三千人。乌兰尼敦骑着马杀了两千，又徒步作战杀了一千。最后口渴难耐，昏倒在地。

这时，晁通骑上花马，挎上锋利的宝刀，背上金箭筒，装上箭，穿上偷来的铠甲，戴上额间镶月的头盔，也冲向敌军。他遇见一个搏克，那搏克用火箭射了晁通，晁通立马招架不住，急忙跑掉。他从乌兰尼敦的马脖子上解下达拉泰巴图尔的头，挂在自己的马脖子上，假装像饥饿的雄鹰一样萎靡，却一步两步地踉跄而来。回来后，他把拴在花马脖子上的达拉泰巴图尔的头卸下来，说："你们上前线去打仗，连一个像样的勇士都没能杀死。我去了把剩余的敌军都杀成灰烬，又把剩余的一点驱散掉。这个达拉泰巴图尔遇到了我，急忙转身要逃走。我向天上的释迦牟尼佛祖、宇宙中的日月祈祷，想着助圣主一臂之力，冲在三十名勇士之前。因为我之前有过过失，也说过一些谎话，所以如今想舍身就义，浑身迸射着光芒，冲上去挥刀一砍，便砍死了这达拉泰巴图尔。这就是他的头颅，你们信不信我的话自己看着办吧。如今一个敌人都没了，只剩下蟒古思的城堡。"三十名勇士听信了晁通的话，到松树的树荫下乘凉。嘉萨开始对晁通大加赞扬，把穿在身上的珍珠衫脱下来，赐给了晁通。晁通说："我不要你的衣衫，还是把你的坐骑枣骝马给我吧！等你叔叔我年老时骑。我把我的花马给你，你也跟我一样，等年老了再骑。"嘉萨把云青飞马给了晁通，拿了自己的珍珠衫和晁通的花马。又尔根老人说："看晁通这般花言巧语，你们竟还信他。晁通你听我说，格斯尔曾跟我说过，'谈机密的时候千万别让晁通听见。他胆小如鼠又谎话连篇，令人厌烦。晁通叔叔在你面前时说话如丝绸般柔软，背后说话如面粉般粗糙，内心则像黑铁石般险恶。不可以听信他的话。他就像不识铁的锉，不识主人的狗一样'。你们怎么可以听信他的话？"

正说着，数不尽的敌军黑压压的一片，冲了过来。赛因-色赫勒岱冲进去，骑马杀了九千人，徒步作战杀了三千人，后因口渴难耐而昏倒在地。

格日勒泰台吉为了给父亲报仇，骑着马杀了三千人，徒步作战又杀了一千人，因口渴难耐昏倒在地。

巴尔斯-巴特尔骑马杀了九千人，徒步作战杀了八千人，因口渴难耐昏倒在地。格伊古勒齐-托雷也骑马杀了三千人，徒步杀了八百人，因口渴难耐昏倒在地。

三百名先锋冲了上去，杀了三百人，因口渴难耐昏倒在地。

伯通冲上去，骑着马杀了八万人，徒步作战杀了一千人，因口渴难耐昏倒在地。

阿勒坦也冲进去，杀了两百七十人，因口渴难耐昏倒在地。

阿尔衮巴图尔骑着马杀了一千人，徒步作战杀了五百人，因口渴难耐倒地。

叉尔根老人也冲上去，骑马杀了三千人，徒步作战杀了一千人，因口渴难耐倒地。

阿萨迈诺彦带着手下士兵冲上去，每人杀了二三百人，因口渴难耐倒地。

嘉萨、安冲二人忍不住，也没休息就悲痛万分地冲进敌营，把剩余的敌军砍杀殆尽，前后看了看还有没有人，发现敌军已被杀光，只剩下蟒古思的城堡。阿拉坦托布其河边死人无数，河水被染成了血红色，风中弥漫着血红色灰尘。

三十名勇士中，剩下嘉萨、巴姆西胡尔扎、安冲、苏米尔、那仁-额尔德尼、萨仁-额尔德尼、巴姆-苏尔扎、来查布等人。嘉萨等人看着死去的勇士们的尸骨痛哭起来，而格斯尔对这一切一无所知。

蟒古思可汗的士兵们全部死去，蟒古思可汗不得已化身为一头公牛到东边狩猎。圣主格斯尔得知他要去狩猎，就从后面跟了过去。嘉萨等人看到公牛，变出千军万马的影子，蟒古思也向对方走去。圣主格斯尔可汗趁机化身老雕，如黄金羊拐般瞬间到了赛胡来-高娃的眼前。赛胡来-高娃看到那鸟，说："你是从哪里来的？对我说实话。我父亲已到东边狩猎去了。"那鸟说："我来自那钦可汗的草原，我没话要说。你倒是跟我说实话。"赛胡来-高娃得知是格斯尔可汗，一一向他告知蟒古思的机密。格斯尔正要问蟒古思回来后会进入哪个洞里时，蟒古思可汗背后冒着一股青烟回到了洞里。赛胡来-高娃朝格斯尔眨了眨左眼，让他躲在外面的垫子后面。格斯尔可汗躲到垫子后面。蟒古思问赛胡来-高娃："我闻到甲壳虫的味道。是那恶毒的格斯尔可汗来了吗？还是北方的那钦可汗来了？抑或东方的锡莱河汗来了？听说西方落日的脚下，在红帽山的后面乌拉那河的岸边住着一个长着十八颗头颅、四十八只犄角的魔王贡布可汗，是他来了吗？或者格日-贡玛可汗，是他来了吗？居然把我的士兵都杀光了。"赛胡来-高娃对可汗父亲说："格斯尔可汗无论从哪里来，来几个，我们的岗哨一定会来向我们报告的。你那些士兵肯定是得了什么病，自己死的吧！听说，冬天严寒时，很多马群生了马驹后受不了暴风雪，都会死去。牛羊在草原上随意奔跑，吃着鲜草喝着清水，长了膘，到了春天就会把旧年的毛都脱换掉。草原上生长的花花草草，在佛祖赐予的金火镰擦出的金刚火焰中，会被瞬间烧成灰烬。你那些千万人的军队，或是中了阿修罗天神们撒下的病毒了吧。你活着就好。士兵死了无所谓。生为好汉，还怕那些可汗吗？再说，格斯尔可汗能钻什么空子到这里来？你倒不如去看看外面的那些岗哨。"

蟒古思可汗觉得赛胡来的话有道理，便把自己的灵魂派去西边，自己到东边，去看他安置在四方的岗哨。嘉萨等人藏在杉树下，当蟒古思从杉树边冲过去的时候，用火箭射穿了蟒古思。蟒古思大口喘着寒气，走过来想一口吞了他们。苏米尔又用火箭，射穿了蟒古思的腰。勇士们飞快地冲上了高山顶上。蟒古思找不到他们，朝自己的岗哨走去。

赛胡来-高娃把根除十方十恶之根的圣主格斯尔可汗叫来，坐在他的身边，告诉他："蟒古思很快就会回来。你坐在洞口，自己想想用什么办法战胜蟒古思吧。蟒古思来的时候，担心家里来了敌人，会变成一只老雕，钻进洞里。为了查看周围，他会变成两只金色苍蝇。我知道他的咒语：'你不要以为是银钩，要坚强；不要以为是青草，要真诚；不要以为是针茅，要坚持明亮之道；不要以为是铜锅，要思考前后；不要以为是老雕，想象它是金钩、银钩；不要以为是三叉洞，要坚持诸神之道；不要以为有千种化身，你的缘分决定一切。'"

蟒古思走到一千逾缮那之外又返回来，走到一百逾缮那之外时他的呼啸声就已传到格斯尔耳朵里。圣主格斯尔可汗听到那声音，手里握着捕捉太阳的金索套、捕捉月亮的银索套和九股铁索套，坐在蟒古思洞口等待。蟒古思可汗呼啸而来，变成老雕，想钻进洞中，却被金索套、银索套和九股铁索套套住。蟒古思变回原形，一看是格斯尔来了，二人便扭打起来。蟒古思的灵魂也聚集而来，为蟒古思助力。格斯尔可汗心中向霍尔穆斯塔腾格里等诸神祈祷道："让汇聚而来的蟒古思灵魂散去，再把远处的蟒古思灵魂收起来。"圣主格斯尔可汗使自己威力翻倍，蟒古思心惊胆战起来。格斯尔可汗本不应遭受劫难，却踩在黑豆、白豆上，滑倒在地。蟒古思趁机从格斯尔的左肩砍到他的脚底，十方圣主格斯尔托上天的保佑，身体瞬间又连接在一起。格斯尔又用宝剑刺了蟒古思，蟒古思却毫发无损。蟒古思试图钻进洞里，却被卡在金银索套中，进出不得。蟒古思想把本体魂派到外面，只把气体魂留在体内。格斯尔一下猜透了蟒古思的想法，假装把金银索套和九股铁索套收回，那蟒古思把本体魂派了出去。格斯尔等蟒古思的本体魂离开后，放火烧了蟒古思的所有东西。

嘉萨等人看见蟒古思逃出城堡，得知根除十方十恶之根的圣主格斯尔可汗打败了蟒古思，便一起发射火箭，蟒古思抵挡不住，又想逃回洞中。圣主格斯尔得知蟒古思要回来，又拿出原先想好的对策。蟒古思变成老雕，呼啸而来，想钻进洞中，又和上一次一样，卡在洞口。蟒古思又变回本身，与格斯尔可汗扭打起来。胜慧三神姊变成杜鹃鸟，飞回来给了格斯尔火宝和水晶宝，让格斯尔烧掉金钩、银钩。格斯尔按照三神姊的嘱咐，烧了金钩银钩，蟒古思失去了两分威力。格斯尔可汗又用黄玉宝石、黑玉宝石烧了黑豆、白豆，蟒古思又失去两分威力。蟒古思吓得丧了胆，不知道往哪里钻，乱窜着，圣主格斯尔又用雄鸟的鼻血、雌鸟的乳汁、雏鸟的眼泪和火宝、水晶宝点了火，把蟒古思的铜锅、针茅、青草都烧掉，蟒古思又失去五分威力。蟒古思丢了大部分威力，急忙向外逃窜，格斯尔可汗威力加倍，紧追不舍，跟他搏斗起来。蟒古思一会儿占上风、一会儿占下风。格斯尔放出金银艾虎，蟒古思的石匣子、金匣子都被粉碎了，蟒古思又失去了五分威力。赛胡来-高娃对格斯尔可汗说："如今，这蟒古思的威力几乎散尽。你把所有黑炭宝拿出来，蟒古思见了会全身萎缩、倒下。你要小心。"赛胡来-高娃从怀里掏出用各种丝绸包裹的黑叶、黄叶等蟒古思秘密灵魂扔进火里，蟒古思又失去了五分威力。赛罕斋哈屯又从金匣子中取出火箭，扔进火里。二十一颗头颅的所有灵魂已被消灭，蟒古思变得束手无策。圣主格斯尔可汗拿出所有黑炭宝，蟒古思的筋骨开始萎缩，大叫着瘫倒在地上。格斯尔可汗踩在蟒古思上面，用手顶着屋顶，向上延伸一千尺并发出耀眼的光芒。

嘉萨看到了，对勇士们说："我们的格斯尔可汗已经镇压了蟒古思可汗。"勇士们听了都很是振奋。嘉萨向蟒古思的城堡走去。圣主格斯尔可汗问蟒古思。① 蟒古思说："我没有什么兵，也没有助手，也没有灵魂。"圣主格斯尔可汗说："我已知道你的命数。"格斯尔收起金索套、银索套、九股铁索套，不再放大火烧蟒古思城堡。蟒古思趁机向左边逃窜。嘉萨发现了，叫勇士们一起迎面射箭，蟒古思招架不住，又返回洞中。那时赛胡来-高娃已经在蟒古思的洞口撒了三皮囊酸奶、三桶奶酪。蟒古思因失去了五分威力，变不成老雕，只能以蟒古思本身来搏斗。女儿赛胡来-高娃把他的占卜书扔进火里，又把白盐扔进火里，盐在火里哒哒作响，蟒古思便开始垂死挣扎。格斯尔可汗踩在蟒古思身上。

这时，嘉萨过来，正要向他射火箭，格斯尔对他说："不要射箭，不要破了他的皮。我们把他的皮剥下来，给三十名勇士做铠甲吧。"嘉萨听了，收起弓箭。最后晁通诺彦来了，也要射箭，圣主格斯尔说："叔叔，你不要射箭。"晁通诺彦说："圣主，你拦我们射箭没错。俗话说把仇敌踩在脚尖下，把敌人压制在马嚼边。男人好争胜，女人好嫉妒，羔羊要趁热吃。赶紧把他杀死了吧，等什么呢？是要生吃他的肉吗？"圣主格斯尔说："我早知道你为我们做的那些事，你不要在这里谄媚。"又按赛胡来-高娃教他的方式，对着蟒古思念起咒语："咕噜咕噜刷哈。"两只老鼠从蟒古思腋下跑出来，格斯尔又念咒语："德勒德勒，蟒古思灵魂入地狱。"蟒古思挣扎着死去了。格斯尔可汗除掉蟒古思所有的灵魂，放了大火，把蟒古思的城堡彻底烧毁了。

圣主格斯尔可汗来到勇士们战死的地方。嘉萨把勇士们战死沙场的经过一一汇报，圣主格斯尔可汗悲痛万分。走到三十名勇士的尸骨边，首先看到叉尔根老人的尸骨，以圣主为首的所有人放声痛

---

① 原文此处落了一句话。《鄂尔多斯格斯尔》中，此句后面还有一句"你告诉我你灵魂寄存处，我便饶你不死"。

哭。在他们的哭声中，天地震动，格斯尔煨桑将其镇定下来。

胜慧三神姊化身一只杜鹃鸟飞下来，对圣主说："你不要悲痛了。"又回到天上，到释迦牟尼面前①说："威勒布图格齐为了让下界的人畜过上幸福生活而转世人间，如今跟随他去的三十名勇士都已死去，他在他们的尸骨上痛哭呢。原来是西南方的阿拉坦托布其、孟根托布其两条河有个力大无比的有二十一颗头颅的罗刹可汗。圣主格斯尔可汗的三十名勇士去那里打仗时不幸战死沙场，因此圣主格斯尔可汗悲痛不已，我下去看见了又回来了。"霍尔穆斯塔腾格里、那布莎-古尔查祖母、安达三个腾格里听了，走到释迦牟尼面前，说："佛祖，（威勒布图格齐）因你的旨意、我的教诲、那布莎-古尔查祖母的祝福，俱十八般武艺、一百零八种神力，转世生在人间去帮助众生。我自身威力不足，因此特向佛祖寻求帮助。"他们汇报完各自返回。

释迦牟尼佛祖念了《红经》《本尊经》《白度母经》，用甘露洁身三天，将仙丹甘露含在金口中，再将仙丹甘露倒入嘎巴拉碗中，用金银纸盖住，上面撒上檀香粉等六种神药。再叫来嘉措-敖德神姊，对她嘱咐道："如今你把这仙丹甘露带下去，送给转生人间的天子格斯尔。让他把这个甘露一一滴在死者尸骨上。"胜慧三神姊收下甘露并跪谢，下去前先到那布莎-古尔查祖母、霍尔穆斯塔腾格里父亲、安达三个腾格里那里。那布莎-古尔查祖母说："你速速带着这些下去协助他。"说着，把身上的如意宝拿出来，让她转交给格斯尔。

三神姊拿着那些宝物，化身为杜鹃鸟飞了下来。格斯尔还在三十名勇士的尸骨上悲痛地哭泣。圣主格斯尔得知神姊下来，为她们

---

① 根据后文，此处应为到霍尔穆斯塔腾格里面前，而不是到释迦牟尼面前。

准备了金桌银椅。神姊来了，还没坐下，便匆忙把天上释迦牟尼佛祖、那布莎-古尔查祖母赐予的甘露和如意宝转交给格斯尔，说："释迦牟尼佛祖让我转告你，将这个甘露依次滴在勇士们的尸骨上。"根除十方十恶之根的圣主格斯尔跪着接过甘露和如意宝，按照释迦牟尼佛祖、那布莎-古尔查祖母的指令，在勇士们的尸骨上依次点滴了甘露，三十名勇士因佛祖灵药甘露的神力很快便复活了。

以叉尔根老人为首的三十名勇士纷纷站起身，互相问着："我们这是睡了多久？"他们见到圣主格斯尔可汗，一起跪拜格斯尔可汗。叉尔根老人等勇士们一一复述了事情的经过，圣主格斯尔可汗等人听了，都悲痛万分，大声哭了起来。在哭声中，天上三次电闪雷鸣，巨龙呼啸，大地震动起来。圣主格斯尔可汗煨桑三次，这才镇定住了天地。叉尔根等勇士们都向释迦牟尼佛祖、霍尔穆斯塔腾格里、那布莎-古尔查祖母、安达三个腾格里、胜慧三神姊一一跪拜、祈祷，并叩谢复活之恩。

叉尔根老人对圣主说："我们在阿拉坦托布其、孟根托布其河奋力作战，杀死无数敌人。我们的好战士晁通诺彦却来害我们。我说不让他去打仗，嘉萨不听我的话，让他去了。这孽种去了，回来后说：'我把敌人都杀光了，一个人都没剩。我还带来了一个勇士的头。'勇士们都信以为真，都放松了警惕，到树荫下乘凉。结果敌人已经杀到了眼前。我们挨个上战场，都战死在沙场上。"

圣主英明格斯尔可汗将身上穿的珍珠衫脱下来，赐给三十名勇士每人一件。三十名勇士纷纷叩谢。

胜慧三神姊回到天上，向释迦牟尼佛祖、霍尔穆斯塔腾格里、那布莎-古尔查祖母、安达三个腾格里等汇报，他们听了都十分欣慰。

圣主格斯尔可汗抽出九庹长的青钢宝剑，想要杀死晁通，被嘉萨阻止。嘉萨对晁通说："叔叔，你以后不要再这么作孽了。"晁通急忙跪下叩头，对圣主说："我为了助侄子你一臂之力，舍身闯入敌军，奋力作战，四处砍杀。又遇到一个黑头蟒古思，左顾右盼，见一个同伙都没有，伸手摸我的金箭筒，里面却一支箭也没有。我看了看远处，敌军千千万万。我心想，逃出去了难不成能活到千岁吗？我心中默念圣主的神力，冲了上去。我一心想在沙场上战死，眼中却一个人都看不见，所以回到自己的阵营，让勇士们休息。"听到晁通这么说，又尔根老人气愤不已，说："你这个不知羞耻的家伙！"说罢，又尔根老人拿起锅灰，涂在晁通的右脸上，又拿起金鞭子抽打晁通。嘉萨上前阻止了他。晁通把嘉萨赐予的云青飞马还给了他，把自己的花马收了回去。

那时，飞来两只老鹰，坐在松树上。巴姆西胡尔扎见了，取出自己荷包中的黄金尸骨。巴尔斯-巴特尔、苏米尔二人见了尸骨，认出是自己的儿子，忙向圣主祈求复活他们。圣主格斯尔拿出天上释迦牟尼佛祖赐予的甘露，在金色尸骨上滴了滴。两只老鹰从树上飞下来，在尸骨上撒了灰烬，飞走了。格日勒泰-思钦和青毕昔日勒图二人，在甘露仙丹的神力下瞬间死而复生，向天上释迦牟尼佛祖等诸神叩拜。他们没给父母叩拜之前，先向巴姆西胡尔扎叩拜。

根除十方十恶之根的圣主莫日根格斯尔，率领三十名勇士走到蟒古思的城堡。圣主煨桑，镇压了邪教之徒，把邪恶的地方变成了富饶的地方。让饥饿的人们富起来，让荒芜之地长出了草木。各种禽鸟聚集而来。格斯尔在城堡四角建起了四座宝塔，四角燃起火曼陀罗。秋季中月二十五日的马时，举行了盛大宴席。那日，格斯尔把蟒古思的城堡中剩余的金蛇、鼠类都放了。从那日起，蛇、鼠、蜘蛛在世界上繁殖。

那日，炎热难耐，赛胡来-高娃想到恒河里游泳。根除十方十恶之根的圣主格斯尔可汗扬起了大风。赛胡来被风吹得浑身发冷，忍不住跑到格斯尔身边，投入了他的怀抱。格斯尔让她面向四方，各发誓九次，并给她讲了夫人之道。自那日之后，格斯尔召集千人，在蟒古思的城堡中建造了洁白的毡房宫殿，用金柱子支柱金色屋顶，用丝绸、棉绳包了毡房。建造完这一切，格斯尔回到草原上大办宴席，第十三章①终。

---

① 原文如此，此处的章节序号与前后文不符。

第十二章
镇压十八首魔王贡布可汗

彼时，根除十方十恶之根的圣明的格斯尔可汗杀了多黑古尔洲的昂都拉姆可汗的叔父，驻牧在阿拉坦托布其、孟根托布其两条河流域的二十一首罗刹可汗，娶了罗刹可汗的夫人赛罕斋哈屯所生的女儿容貌美丽的赛胡来-高娃。赛罕斋哈屯是萨日瓦汗宠爱的夫人所生的赛罕斋小姐。萨日瓦汗的前世是森格斯鲁巴彦的叔叔，赛胡来-高娃姑娘是空行母的化身。①

斩除十方十恶之根的圣明的格斯尔可汗杀了二十一首罗刹可汗，娶了茹格姆-高娃夫人的叔叔的姑妈，夺取其所有占为己有。托释迦牟尼佛、那布莎-古尔查祖母、胜慧三神姊、安达三个腾格里和霍尔穆斯塔腾格里等众神之力，杀了驻牧在阿拉坦托布其河和孟根托布其河流域的罗刹可汗，得到了他的所有。

嘉萨-希克尔对格斯尔可汗说："我们现在回到百花盛开的草原、珍宝一样的黄河、两座红岩，回到龙王的女儿阿鲁-莫日根夫人和茹格姆-高娃夫人、阿日鲁-高娃夫人、乔姆孙-高娃夫人、贡-高娃夫人身边，回去见宝贝一样的朱拉勇士、阿勒泰-思钦和众人吧！"圣

---

① 原文作"ragini-yin qubilgan"，其他译本翻译成"仙女的化身"。译者认为翻译成"空行母的化身"更精确。

明的格斯尔可汗听了嘉萨希克尔的话，就从嘉萨开始对三十名勇士降旨说道："我来此地是奉着至高无上的释迦牟尼佛的法旨而来的。我已经斩除了此地的所有妖魔、猛兽、毒虫。现在我们应该回到自己的故乡。"

格斯尔可汗同意众勇士返回家乡的意见，端坐在宝座上，这时赛胡来-高娃夫人在金杯里斟上酒，为了九年的因缘结下的万年姻缘，把掺入了魔法食物的黑色食品兑进酒里，递呈给斩除十方十恶之根的圣明的格斯尔可汗，如此禀报并叩首。圣主未发觉便享用了赛胡来-高娃夫人献上的酒食。因为圣主吃了赛胡来-高娃夫人的魔法食物，就忘记了一切，在赛胡来-高娃夫人身边不回去了。

且说那时在落日的脚下、红帽山的后面、擎天柱的南面、乌拉那河的岸边住着一个骑着巨大如山的花马的十八颗头颅上长着四十八只犄角的魔王贡布可汗。魔王贡布可汗有一天坐在家中想道："我活到现在还没有老婆。"就召集了自己的所有军队，说道："我们去讨伐一个可汗，杀死那位可汗，把他的老婆抢过来。"清点军队发现原来魔王贡布可汗有无数个军队。于是魔王贡布可汗对所有军队发布命令说道："我也没有老婆，你们也没有骑乘的好马。你们去攻打一个国家，去抢劫他们的财产过来。"特斯凯、德斯凯两位英雄带领全部军队去侵犯斩除十方十恶之根的英明的格斯尔可汗的十三个部落，于虎年虎月虎日虎时将之征服，并把这些部落带回来交给自己的可汗。魔王贡布可汗因此十分高兴。

且说那时格斯尔可汗十三个部落之首达兰台-思钦、达拉泰-乌仁想给圣主格斯尔传递信息，当他们领着全部落的人悄悄地商量的时候，魔王贡布可汗用美味食物饲肥白鹰，命令它："天上的众腾格里神有没有美丽的姑娘？去看看!"就派它飞过去了；用虫子饲喂美丽的孔雀，并说："北方那钦可汗的女儿美不美？去看看!"派它飞过去了；用瓜果饲喂鹦鹉，说道："南方汉地大汗的女儿漂亮不漂亮？去探看一下！"就派它飞过去了；用残羹剩饭饲喂乌鸦，命令说："吐伯特国的姑娘美不美？去窥视一下！"就派它飞过去了。被派往天上查看腾格里神女儿的白鹰恢复野性不再回来了。派往南方的鹦鹉回来了，对魔王贡布可汗说道："汉地的希日古拉金可汗有三个女儿，一个女儿我们可以抢来，一个女儿我们可以明媒正娶，一个女儿我们可以偷来。二女儿容貌最美，名字叫摩诃玛雅，母亲是曼达里夫人。大姐和妹妹两人则躺在地上数白豆、黑豆玩。因此，你不能娶她们。"派往北方的孔雀飞回来通报自己的可汗，说道："那钦可汗有一个女儿。容貌美丽，名字叫乃胡来-高娃，有八个随身侍女。她的母亲是窝阔台夫人，兄长是赛因-色赫勒岱。"派往吐伯特地方的乌鸦飞落在格斯尔可汗的由几百人到上千人搭建的巨大白色毡房的天窗上。因为那只乌鸦落在上面，从来没有动摇过的白色大毡房动摇了，从来不曾歪斜的金柱歪斜了，从来不曾断裂的丝绸和绵绸搓成的坠绳断成两截，从来不曾惊慌的茹格姆-高娃夫人和众人都大吃一惊。茹格姆-高娃夫人叫来了朱拉巴图尔和阿勒泰-思钦，让他们去射死那只乌鸦。茹格姆-高娃夫人说道："你们两个去射死那只乌鸦。要射中那只乌鸦的中间部位，不能失手。这和原先锡莱河三汗派来的乌鸦的征兆是一样的。如果你们两个不去射，我就不管自己是女人，自己出去射死它。"阿勒泰-思钦出去从乌鸦的后面射了一箭，因为乌鸦飞远了，没有射中。乌鸦就这样飞走了。茹格姆-高娃夫人咋舌惋惜，跑进毡房里说道："过去也这样让我受过一次惊。我们的斩除十方十恶之根的圣明的格斯尔可汗你为什么不回来啊！"

　　且说，那只乌鸦飞回去，闪旋①在魔王贡布可汗的宫殿上方说道："我到了南方希日古拉金可汗的宫殿，那位可汗有三个美丽的姑娘。那三个姑娘的容貌都很漂亮，但是那三个女孩子都趴在地上数白豆、黑豆玩，因此你不能娶她们。还有，北方的那钦可汗有一个美丽的女儿。她的头顶上犹如有鹦鹉在鸣唱，她的右肩上犹如有金蛉子在翻飞，她的左肩上犹如有银蛉子在翻飞，她的右脸犹如有莲花盛开，她的左脸犹如有百花盛开。她光彩照人，夜里可以照亮一千匹骏马，她具备了家神菩萨的神力。只是那钦可汗力量强大，你不能娶这个姑娘。还有，在东方，斩除十方十恶之根的圣明的格斯尔可汗不在家里，我飞过去落在他的白色毡房的天窗上窥视了茹格姆-高娃夫人。那茹格姆-高娃夫人，站起来像挺拔的松树，坐下来像如意宝。她的头顶上犹如有鹦鹉在鸣唱，她的右脸犹如有莲花盛开，她的左脸犹如有百花盛开，她的右肩上犹如有金蛉子在翻飞，她的左肩上犹如有银蛉子在翻飞。她光彩照人，夜里可以照亮一千匹骏马，白天可以照亮一万个人，令人惊叹不已。从她前面看，犹如有一千个人在微笑；从她后面看，犹如有一万个人在跟随她；从月光下看，让人担心她会凝固了；从阳光下看，让人担心她会融化了；从她背后看，好比羊群在欢叫；从她前面看，好比一群马驹在撒欢；从她下面看，像莲花盛开，不仅美丽无比，而且还是天上腾格里神的空行母的化身，是森格斯鲁巴彦的女儿茹格姆-高娃。再加上，从天而降诞生在吐伯特地方的十方圣主格斯尔可汗用万星盾牌打赌聘娶的茹格姆-高娃夫人现在是无主的，独守空房。不管是哪个地方的美貌夫人和美丽姑娘，没有一个能够与上界天神空行母的化身茹格姆-高娃夫人相媲美。仅次于这个夫人的美女还有龙王的女儿

---

　　① 原文作"čerbejü"，是退离、闪开到刚刚够得着的距离，不敢接近的意思。

阿鲁-莫日根、马巴彦的女儿阿日鲁-高娃夫人、贡-高娃夫人、乔姆孙-高娃夫人，苏米尔巴图尔的妻子钟根达里、宝贝嘉萨的妻子黑木孙高娃夫人、宝贝安冲的妻子苏布地思钦、晁通诺彦的妻子阿拉泰、宝贝叉尔根老头的妻子苏布达西地、巴尔斯-巴特尔的妻子曼达里、宝贝来查布的妻子摩诃苏克、伯通的妻子曼殊室利菩提萨陀等。格斯尔可汗不在家里，格斯尔可汗去征服二十一首罗刹可汗，杀死了那个蟒古思，娶了赛胡来-高娃夫人，吃了黑色魔法食物，忘记了一切，住在黄金塔中不回家了。"乌鸦说完，扇着翅膀向上飞，魔王贡布可汗摆了瓜果美食，叫乌鸦落下来把刚才说过的话重新好好说一遍，而乌鸦却没有落下来，飞走了。于是，魔王贡布可汗照乌鸦所说的去准备，召集军队清点人数，发现自己的军队多得无法数清。

　　贡布可汗叫来达兰台-思钦、达拉泰-乌仁①二人，说道："你们两个悄悄地去。"就派他们回去了。于是他们两个用三个月的时间走完了二十一年才能走完的路程，来到茹格姆-高娃夫人面前，跪下来向夫人报告："我们只属于十方圣主格斯尔可汗。我们在圣主十五岁的时候去太平梁，圣主那时正好在太平梁。我们是给太平可汗送去桑②的。圣主见了，从我们后面追来，变化出牛虻和蜜蜂，把我们收回来了。我们来了之后，给圣主建了一座观音菩萨庙。我们在寺庙的四角造了火坛城，从而普照寺庙。因为我们建造得好，所以圣主恩准我们任意选自己喜欢的地方驻牧。因此，我们就长久驻牧在三片柳树林这个地方。我们的夏营地是不论冬夏都草木葱郁的白草滩，我们的冬营地是针茅草茂盛的白草滩，我们狩猎的地方是罕达犴河，我们作战的地方是沙棘河。我们有三口泉水滋养我们的人畜。我们

---

　　①　原文此处有误，把达拉泰-乌仁说成了达兰台和乌仁两个人。本书译为"贡布可汗叫来达兰台-思钦、达拉泰-乌仁二人"。

　　②　原文作"sang"。

在故乡安居乐业的时候，落日脚下的骑着巨大如山的花马的魔王贡布可汗来攻打我们，强迫我们归顺了他。我们自己悄悄地商量了，虽然那个可汗俘虏了我们的身体，但是我们的心是永远属于圣主格斯尔可汗的。因此，我们回来报信。"

茹格姆-高娃夫人听了惋惜道："那只该死的乌鸦那天来了。是它带来了这个凶兆。男人好争胜，女人好嫉妒①。人的一生要趁年轻，羊羔肉要趁热吃。狄草②生长靠红岩，洪水宣泄一瞬间。那有什么？"夫人把穿在自己身上的衣服脱下来赏给了那两个人。那人接了，跪谢了夫人。茹格姆-高娃夫人对那两个人说道："格斯尔可汗不在这里。他带着三十名勇士去了阿拉坦托布其河、孟根托布其河流域。你们两个先回家。等格斯尔可汗回来了，告诉他你们说的话。"达拉泰-乌仁就高兴地回去了。回去以后给达兰台-思钦转达了茹格姆-高娃夫人的话，达兰台-思钦和众人因而十分高兴。

茹格姆-高娃夫人派人叫来以阿鲁-莫日根为首的所有夫人，又派人叫来朱拉和阿勒泰-思钦两人。等他们都来了，茹格姆-高娃夫人把乌鸦飞来窥视、达兰台-思钦和达拉泰-乌仁两人报信的事通通跟大家说了。听完，阿鲁-莫日根夫人说道："寺庙毁坏，施主修缮是道理；军队无帅，夫人统领是道理。虽然圣主格斯尔不在家，但宝贝朱拉和阿勒泰-思钦知晓一切事情。菩提树的叶子，到了孟秋郁郁葱葱。"图门-吉日嘎朗夫人说道："军队没有主帅，一个好夫人可以领兵打仗。车轮坏了要用柱子支撑起来。即使圣主不在家里，

---

① 原文作"er-e kümün ah-a dagan gele. em-e kümün jüteger degen gele"，联系到下半句的"jüteger"（意为嫉妒、醋意），前半句中的"ah-a"（意为兄长），可能是"atag-a"（意为竞争、嫉妒）的讹误。其他译本翻译成"男子有事找兄长，女子有事找妯娌"，似不妥。

② 原文作"üy-e tü čagaan ebesün"。

我们也不能把自己只当作妇道人家。如果提起我们亲爱的父母，他们对我们恩德无比。无论何时，我们的身体终究被埋进黑土。我们的爱臣都没有永生不死，难道我们还要长生不老吗？我们害怕什么呢？我们派勇士去给圣主报信。请圣主和三十名勇士回来。勇士走了之后，我们自己时时警惕，等待他们回来。"图门-吉日嘎朗讲完之后茹格姆-高娃说道："潺潺泉水，怎能和黄河相比？我们虽然是爱臣，怎能和圣主格斯尔相比？虽然有敬爱的陀音喇嘛，怎能和至高无上的释迦牟尼佛相比？活的如意宝、黑红相间书写的《甘珠尔》《丹珠尔》两部大乘经、所有的黑炭宝，这些都是他们供奉的偶像。勒勒车铮铮响，是因为两个轮子在转动；虽然眼睁睁地盯着，两眼却是贪婪的；虽然惋惜，心胸却是堵死的；虽然讲道理滔滔不绝，两个耳朵却是聋的；虽然嘴里的还没有嚼完，心里却想要咽下去更多；明知人模狗样的妖魔很多，十方圣主格斯尔可汗已经有了我们还不满足，找美丽的女人去了。我们就不要派人给圣主报信了。"

听到茹格姆-高娃夫人这么一说，乔姆孙-高娃夫人说道："好马能使遥远的地方变得近在咫尺，好骆驼能驮千斤货物不知疲倦，好女人秉持一条菩提心永不变心，好法力的喇嘛能推测前生今世的命运。"于是，宝贝朱拉和阿勒泰-思钦听从乔姆孙-高娃夫人的话，出发去向格斯尔可汗报信。

且说，以宝贝嘉萨-席克尔为首的众勇士向十方圣主格斯尔可汗禀报说道："我们在第十八个龙年来到这里，已经过了十二年了。从当年到今天，我们造的功德已经很多了。我们回到从小长大的百花盛开的草原吧。请圣主带领三十个勇士返程吧！"圣明的格斯尔可汗听了众勇士的话刚刚清醒过来，赛胡来-高娃夫人为了不让圣主明辨是非，又把原来的魔法黑色食物献给格斯尔可汗。格斯尔可汗不知其中勾当又享用了。因为吃了那种魔法黑色食物，又忘记了一切。嘉萨－席克尔在圣主面前跪下来劝说道："我们回家吧！请你不要产生黑暗的心，要把心放宽。我们回家的原因就是为了知道国家和夫人姑娘们的安危。"于是圣主回话了："你们要回去就回去好了。我住在这里不走是因为至高无上的释迦牟尼佛、当波占卜师、山神、毛阿固实，他们不断给我传授业力，也让我产生了这种杂念①。这也是因缘所决定的。我要在这里休息一段时间，我不会耽搁太久。家里的详细情况我已经一清二楚。"嘉萨－席克尔完全明白了圣主的意思，于是嘉萨－席克尔就带领三十个勇士返回家乡去了。

第二十一个甲寅年五月二十日，嘉萨带领全体勇士走了。当时把赛因－色赫勒岱的儿子格日勒泰台吉和来查布的儿子萨仁－额尔德尼二人留在圣主身边听从使唤。

且说，嘉萨等人在返回途中，于九月二十八日与前来报信的朱拉巴图尔和阿勒泰－思钦相遇。他们把茹格姆－高娃夫人的话无一遗漏地告诉了嘉萨。于是嘉萨等众勇士像飞鸟一样快马加鞭火速赶回家乡，跪拜茹格姆－高娃夫人，说道："格斯尔可汗率领我们去镇压消灭了阿拉坦托布其河和孟根托布其河流域的所有敌人，缴获了他们的财产，建了十万佛塔②。"等嘉萨说完，茹格姆－高娃夫人说道："圣主没有回到天界吧？只是忘记了身边的世界，娶了两面派夫人罢了。只是忘了不能动摇的初心，吃了黑心肠女人的魔法食物无法叫醒罢了。我多说也无益了。为大千世界费心劳神是一种姿态，背弃初心是一种姿态，抑制骄傲的心造功德是一种姿态。我说这么多话有什么用？你们大家如果去镇压那个敌人也是完成一件大事。你们就抽签决定吧。"

---

① 原文作"eriyen sedkil"。
② 原文作"bum rasa kijü"。

从宝贝嘉萨开始每人抽出自己的一支箭，放进阿鲁-莫日根夫人面前的金匣子里。胜慧三神姊从天上下来对嘉萨说道："你去的时候像大鹏金翅鸟一样去。回来的时候像鹳鸟一样回来。① 把三十个勇士化整为零，每次派两三个人或者四个人去。这是天上那布莎-古尔查祖母的旨意。这个蟒古思是魔王贡布可汗，住在落日脚下红帽山后面的乌拉那河岸边。他长着四十八只犄角，长着十八颗头颅，骑着巨大如山的花马。他的军队有三十三亿三百万。② 他有五百个化身。蟒古思可汗派四个蟒古思放哨巡逻蟒古思的城堡。四个蟒古思的外圈由三百只凶猛的獒犬看守，日夜提防。三百只獒犬的外圈是大枯树，负责在瞭望从外面来的人。大枯树的外圈是干涸的海滩，海滩上有金鱼看守。金鱼外圈由一个蟒古思看守。蟒古思外圈是八百个士兵在站岗。你们去的路上有金山和白色雪山。你们要走的路有二十一年路程远。你们要小心行动。"吩咐完，胜慧三神姊就飞回天上去了。

且说，茹格姆-高娃夫人抽的签，抽中了晁通诺彦的儿子阿拉坦。图门-吉日嘎朗夫人抽的签，抽中了巴姆-苏尔扎。于是他们两人第一波出征。他们出发前向天神祷告。而且，巴姆-苏尔扎他们在马背上还驮载了一袋沙土和一块铁砧子。如果不驮载沙袋和铁砧子，他们的骏马奔跑的时候会带着主人飞到天上去。在途中，晁通的儿子阿拉坦对巴姆-苏尔扎勇士说："你我二人这次出征，一定会功成名就。"

他们足足走了八个月才走到蟒古思的地方。到了一看，在白色

---

① 原文作 "ečiküi degen han garudi bolju eči, ireküi degen ürbi sibagu bolju ire."
[蒙古国] 释迦编著：《蒙古语详解词典》（民族出版社，1994 年，第 196 页）解释 "ürbildei" 为 "一种鸟，像野鸭，身体略大"。

② 原文作 "gučin tümen minggan bumdi, gurban dungsigur gurban say-a."

雪山脚下有八百个士兵站岗。见了他们，阿拉坦对巴姆-苏尔扎说道："你坐在这里等我。我去把那些士兵全杀了回来。如果我一个人的力量不能杀死他们，你就去帮我。如果我一个人就能对付他们，我就为圣主贡献一份力量，通过这次战役把我好父亲的斑斑劣迹清洗干净吧。"阿拉坦如此说完就骑马冲到八百个军队中，用弓箭射死了两百个士兵，用格日勒泰-思钦送给他的钢刀砍死了三百个士兵，用巴尔斯-巴特尔送给他的火箭射死了两百个士兵。蟒古思的军队不知来者为何人，正准备四处逃散的时候，巴姆-苏尔扎风风火火地冲过去，把剩下的士兵全杀光了。于是阿拉坦和巴姆-苏尔扎就返程回来了。

三位夫人登上金塔瞭望出征的英雄，并忧虑两个勇士为什么耽搁这么长时间，正在焦急地等待的时候他们两个就回来了。他们把战利品交给夫人们，并详细禀报了前去消灭蟒古思八百个前哨士兵的过程。三位夫人、嘉萨和众人听了都十分高兴。三位夫人从他们的战利品中每人选了一份，把剩下的分给三十个勇士。茹格姆-高娃夫人把自己的珍珠衫赏给他们两人每人一件。他们两人穿上珍珠衫跪谢三位夫人。

见到他们凯旋，晁通诺彦说道："我的儿子阿拉坦去征战给蟒古思放哨的八百人的军队，一人杀光了七百个士兵，因为箭都射完了，所以剩了一百个士兵没有消灭。巴姆-苏尔扎杀了这一百个士兵。因此，请你们全体夫人给我的儿子封一个称号吧！如果你们不封，我来给他封一个称号。"对此，茹格姆-高娃夫人回答说："我们女人能知道什么？叔叔你来决定吧！"晁通一听此言正好合了他的心意，就说道："那就我封个称号。因为阿拉坦和格斯尔是同辈，所以叫他英明的莫日根特布纳①吧。"等晁通诺彦给阿拉坦封了称号回来之后，嘉萨迎上去说道："叔叔你着什么急？你儿子的名字叫阿拉坦（黄金）不是很好吗？我们两个给他封号没有用，这些勇士的名字都是上天有根的，不是吗？你怎么能自己封称号呢？叔叔，你的心为什么如此贪婪？"巴姆-苏尔扎从一旁说道："我们都一样去征战凯旋归来，谁该得到称号？谁不该得到封号呢？"晁通听了，知道自己理亏，因此说道："你说得对！"就封他为"牢不脱落的银钩，坚固不坏的金印"。巴姆-苏尔扎说道："叔叔你给我封的这个称号，打个比喻说，好比孟秋二十一日夜里草尖上落了白霜，太阳一出来，白霜就融化了。叔叔你封的这个称号好在哪里？至高无上的释迦牟尼佛九十九种占卜书不好在哪里？"晁通羞愧难当，无话可说了。

　　且说，宝贝三位夫人再次抽签，阿鲁-莫日根夫人抽中了阿拉泰巴图尔，乔姆孙-高娃夫人抽中了达来诺尔，图门-吉日嘎朗夫人抽中了阿勒泰-思钦。他们四个②出发前从至高无上的释迦牟尼佛开始向所有神灵祷告。他们的祷告到达了三位伴神腾格里的称作金斧头的椅子上。三位伴神腾格里知晓后请来了胜慧三神姊，把火球、水晶球两种宝物交给她们说："你们把这个给他们送去。"胜慧三神姊化作一只杜鹃鸟从天上飞下来，把三位伴神腾格里的宝物交给了四个勇士。阿勒泰-思钦勇士跪下来接受了宝物，四个勇士跪谢三位神姊准备启程，胜慧三神姊吩咐道："你们四个出征蟒古思，直接奔着金山去。去的时候像没有吃到草的饥饿的群鹿般猛冲过去，回来的

---

　　①　原文作"mergen tebene（dabana）"，如果读成"mergen tebene"就是青海蒙古族民间故事中的著名人物莫日根特布纳，如果读成"mergen dabana"就是短句"睿智、神箭手超群"的意思。但是《格斯尔》史诗中的封号都是带修饰语的词组，而不见短句作封号。因此，本书译为"英明的莫日根特布纳"。

　　②　原文中抽签抽中的就是三个人，但是下一句写的是四个人。根据后面的内容，抽签时遗漏了希迪巴图尔。

时候像高山顶上飞翔的雄鹰般凯旋。"

阿拉泰巴图尔等四个勇士向蟒古思的金山出发了。那座金山有二十一年的路程远，四个勇士用三个月的时间就走完了二十一年的路程，犹如一股旋风来到金山脚下。

他们来到金山脚下，不见任何东西。登上金山顶上，他们发现有一个蟒古思在那里巡逻。阿勒泰-思钦勇士、达来诺尔两人对另外两位勇士说："我们用什么办法杀死他？"希迪巴图尔说："这有什么难的？你们如果有办法我就依你们的。我的想法是我们挖一个大坑让蟒古思掉进坑里。你们两个把蟒古思引到另一个方向去。那个蟒古思见到你们肯定想一口吞掉你们就会冲你们跑过去。趁这个机会我们赶紧挖一个大坑。"大家同意了希迪巴图尔的主意。阿拉泰巴图尔和达来诺尔向金山的西侧走去。达来诺尔变成了一个美丽的女人，阿拉泰巴图尔变成了一个三岁的孩子。阿勒泰-思钦把所有的武器变成女人用的伞；希迪巴图尔把所有的武器变成破旧被褥，把两匹马变成扛不动的锅碗火撑子，背着走。希迪巴图尔和阿勒泰-思钦两人挖了一个大坑。他们在大坑里栽了一棵枝叶茂盛的菩提树；在菩提树底下又种了各种莲花，争奇斗艳地盛开；在菩提树旁边，在高山山坡上造出了一个有各种云彩图案的男人的①宝座。其实这都是为了遮住蟒古思的眼睛而施出的障眼法，这宝座实际上是一块万丈见方的白色巨石。因为这棵菩提树的叶子巨大，因此树荫下特别凉爽。他们施法让天气变得又热又干，连野兽都渴得嘴里冒烟。阿拉泰巴图尔、达来诺尔迎着蟒古思走了过去。蟒古思仔细打量女人和孩子，那女人的两条辫子长及膝盖，容貌美丽照人，跟在女人身边的孩子也漂亮可爱。蟒古思产生了娶这个女人的强烈欲望。蟒古思

---

① 原文作"er-e beitü（beyetü）"。

问女人："你是哪个地方的女人？为什么来到这里？"那女人回答道："我是上界众天神中固始汗的十八岁女儿。第十八龙年十二月十五日夜里，所有的天神的女儿们玩游戏，我也去跟她们游玩，不料迷路了，突然到下界来了。哦，可汗你要还是不要我由你自己来决定。这男孩是我的孩子。可汗你是居住在这里吗？你要去哪里？你有很多军队吗？"蟒古思问道："你这个孩子扛着的这么多沉重的东西是什么？孩子几岁了？"女人回答说："我这儿子背的是我们的干粮。"蟒古思又问："为什么带着这么多干粮？"女人回答说："我们是这样想的，如果遇到一位夫人最好，如果遇不到夫人我们就吃干粮。因此带了很多干粮。这个孩子今年十岁。"

蟒古思心生了悲悯之心，决定收留女人和孩子，就把他们带回家去了。女人对蟒古思说道："你也没有妻子，我也没有丈夫，我们两人就选一个吉日结为夫妻吧！"蟒古思就按照女人的话去做了。

且说，天气越来越热，蟒古思无法忍受天热，就说道："老婆你也受不了这热天，我们去寻找一处树荫乘凉吧！"他们寻找树荫，看见了一棵菩提树，菩提树下已经有一个人坐在那里乘凉。蟒古思想过去乘凉，那人不让蟒古思靠近菩提树。蟒古思很生气，想杀掉那个人，女人赶过来说道："你是可汗，哪有亲自动手杀人的道理？你应该救他才对。"蟒古思就听从了妻子的话打消了杀死那人的想法。为了不让那个人在菩提树下乘凉，蟒古思赏了他黄金，那人高兴地接受了。蟒古思坐到树荫里，女人问孩子："你去吗？"孩子往外走①，变出一千人的军队的幻影。这期间，蟒古思说要和女人成亲，女人说："可汗你看南边。"蟒古思向南看，见到一千人的军队离他越来越近，正在冲杀过来。蟒古思准备一口吞掉前来挑战的军队，

① 原文作 "em-e keüken či ečikü keküdü, keüken gadagsi garugad, minggan čerig-ün sugunag tatagulba."

就迎了上去，而那军队就立马化成烟升到天上去了。蟒古思见了说道："这肯定是狡猾的格斯尔可汗的三十个勇士的化身。"遂返回原处。蟒古思不在的时候，女人点燃了沙棘草，用大火烧了那个大坑。蟒古思回来后从嘴里吐出雾霾扑灭了大火。等火全部熄灭了，蟒古思从怀里掏出自己的匣子，看了看再放回去。蟒古思心里提防着敌人来犯，但又想和这个女人成亲，于是移步坐到垫子上，却不料坠入坑中。希迪巴图尔用见方一万丈的白色石头压在上面。蟒古思坠入坑里，一会儿像蚊子一样嗡嗡叫着，一会儿像老虎一样咆哮着，愤怒地从下面推着白色巨石。阿勒泰-思钦在白色石头中间变出一条能够射进火箭的空隙。蟒古思想从这个空隙逃出来，达来诺尔射的箭正好从蟒古思的左腋穿过去射中了金匣子里的蟒古思的灵魂，于是蟒古思就再也推开白色巨石了。

那时胜慧三神姊变成杜鹃鸟从天上飞下来，说道："四位勇士为什么只观望不动手？赶紧把他杀了。"就回去了。阿拉泰巴图尔、希迪巴图尔二人各射了一支箭，射穿了蟒古思的两肋，射中了金匣子里的蟒古思灵魂，蟒古思就挣扎着躺在坑里，求四位勇士饶他一命。蟒古思说："你们变成女人和孩子骗我，海枯石烂我也忘不了。听说狡猾的格斯尔可汗的阿拉泰巴图尔、达来诺尔两个勇士是女人的化身，最擅长变成女子勾引人。想必是你们两位吧？"勇士们回答蟒古思："你这个蟒古思说我们是女人的化身也罢，不说也罢，我们都要杀死你。"就用火箭射了蟒古思的两只眼睛，把蟒古思杀死了。四位勇士登上金山顶，高兴地谈论了一番杀死蟒古思的前前后后，收缴了蟒古思的财产，然后回到了故乡。

正当三位夫人等四个勇士久久不回来，便登上高处远眺的时候，四个勇士就凯旋了。四个勇士来到后向三位夫人禀报了杀死蟒古思的经过。三位夫人非常高兴。阿拉泰巴图尔把蟒古思的坐骑白马等战利品交给三位夫人。夫人们接了战利品，命人打开宝库取出可满足一切心愿的如意宝赏给四个勇士。四个勇士接过如意宝叩谢夫人们。夫人们把四个勇士带来的战利品分发给三十个勇士。

且说，三位夫人登上金塔，茹格姆-高娃夫人把右边的头发梳成辫子，把左边的头发解开，一心二意，左右两条心，陷入犹豫顾虑。安冲见了，教育茹格姆-高娃夫人说："夫人，你如果秉持一条菩提心，会对自己有益。你梳理右边的发辫，我明白了你心胸宽广，你要坚持初心不改。但是你解开左边的发辫就是一心二意了，为了今世和来生一样没有障碍，你应该意志坚定才是。你为什么不能横下心去笃信来生的解脱？我们这些侄儿们不是在你身边守望相助吗？如果贤臣聚到一起，其中必有一人才能出众；如果天上的甘露落在树林里，树林必将繁荣茂盛。你如果对敌人发了狠心，用死不罢休的恒心去把敌人打得粉碎，你将受益终身。你不去思考长远的事情而只考虑眼前的利益是为了什么？请你快快坚强起来，赶紧抽签决定出征的勇士吧！"茹格姆-高娃夫人听了安冲的教诲，觉得有道理，于是听了安冲的话。茹格姆-高娃夫人抽中了赛因-色赫勒岱，图门-吉日嘎朗夫人抽中了晁通诺彦。

他们两个勇士出发前用酒酿成了阿乳扎，用阿乳扎酿成了霍乳扎，用霍乳扎酿成了宝乳扎，用宝乳扎酿成了希乳扎，用希乳扎酿了马乳巴，用马乳巴酿了米乳巴，用米乳巴酿了塔哈巴，用塔哈巴酿成了德比斯古日，用德比斯古日酿成了通希古日，用这九种酒献祭上界诸天神，他们的祷告到达那布莎-古尔查祖母那里，落在祖母的金坛上。那布莎-古尔查祖母品尝了他们酒祭祷告的酒，一种是甜美的，一种是苦涩的。于是，那布莎-古尔查祖母自言自语道："这苦的酒是'好汉'晁通献给我的，这甜美的酒是赛因-色赫勒岱献给我的。"就享用了酒，喝得微醺。赛因-色赫勒岱、晁通诺彦准备出发，那布莎-古尔查祖母为了给他们指路，从天上放下一道彩虹。那道彩虹对晃通诺彦说："你去的时候像白鹰一样飞冲过去，回来的时候像白海青一样盘旋而归。你们就奔着白色雪山去吧。"说完，那道彩虹就回到天上去了。

晃通诺彦和赛因-色赫勒岱二人带上武器，奔向白色雪山，走了九个月，走到了雪山，登上白色雪山顶，见到一头牛在山顶吃草。晃通诺彦指着牛说："我去把牛杀了，我们俩用牛肉做备用粮吧。"色赫勒岱说："对，你去吧。"晃通诺彦骑上豹花马、佩戴短刀和弯刀，跑近那头牛，眯着眼睛瞄准半天射了那头牛，箭却从牛背上面滑过去了。那头牛突然变成蟒古思，想一口吞下晃通，朝他猛扑过来。晃通心里想道："这不是牛，是蟒古思。"就转身逃跑。色赫勒岱迎上去说道："晃通叔叔你为什么如此害怕那头黑牛啊？"晃通对他说："色赫勒岱你不知道。我们看见的根本不是黑牛，而是一个黑心的蟒古思。我们还是原路返回吧。到底是什么人遇到黑牛，什么人遇到黑心的蟒古思啊？"色赫勒岱听了，对晃通说道："我们两个充着好汉出征，敌人已经来到这里了，如果像女人一样逃回去，大家见到我们不是大笑话吗？既然我们已经来了，就应该把这个蟒古思消灭了才对。"晃通就对色赫勒岱说："你说的这句话有道理。"色赫勒岱雷电交加地冲向蟒古思，蟒古思迎上前来问道："你是什么人？你叫什么名字？你是哪位可汗的臣民？你来这里干什么？你的故乡在哪里？"色赫勒岱回答蟒古思："我的可汗是格斯尔嘎日布，我的名字叫赛因-色赫勒岱。我的父亲叫额尔德尼，我的母亲叫乌楞胡鲁格图，我的哥哥是窝阔台思钦。我的故乡在黄河。我是来杀你的。我不会像其他人那样耍花招欺骗你。"蟒古思听了心里想道："这个人为何如此厉害？"便逼近色赫勒岱。色赫勒岱早已看穿了蟒古思的心思，就用火箭一箭射穿了蟒古思的胸膛。那蟒古思冒火三丈，就一口吞下了色赫勒岱，接着张开血盆大口要吞掉晁通诺彦。晁通吓得要钻进地底下，却没有地方可钻，就转身逃跑了，在途中遇到一棵树，就躲到树底下睡着了。蟒古思没有找到晁通，于是就回家了。

蟒古思咂了三次嘴，色赫勒岱就在蟒古思肚子里说道："你把我放出去。你如果不把我放出去，我就用金匕首割了你的喉咙自己出去。"蟒古思心里想道："与其让他在我的肚子里安逸享乐，还不如把他放出来再折磨死他。"就把色赫勒岱从嘴里吐出来了。色赫勒岱出来后骗蟒古思说道："我原来说的话非常不对。我现在归顺你的魔王贡布可汗吧。格斯尔可汗现在在家里。我知道对付格斯尔可汗的办法。我现在投奔你，做你的马童，不分白天黑夜，为你牵马奔跑，为你效劳。我父亲有金套索和银套索，我把它送给你做见面礼。"蟒古思听了，觉得有道理，就把自己的所有灵魂交付给色赫勒岱保管。色赫勒岱高兴地接过蟒古思的灵魂，于是就控制了蟒古思。色赫勒岱念了咒语"古如古如，苏瓦哈"！蟒古思就拼死挣扎。又继续念"古如古如，苏瓦哈！"蟒古思已经奄奄一息。他想跳起来和色赫勒岱搏斗，但是，蟒古思已经没有力气了，色赫勒岱就杀掉了蟒古思。

原来这蟒古思是魔王贡布可汗诸多灵魂中的一个。色赫勒岱杀死蟒古思之后，因为灵魂被杀了，所以魔王贡布可汗的头就突然疼起来，而且头痛欲裂，难以忍受。魔王贡布可汗叫来达兰台-思钦，问道："今天我的头为什么痛起来了？是不是斩除十方十恶之根的圣明的格斯尔可汗前来进犯我呀？你去看看我们的前哨。"达兰台-思钦回答魔王贡布可汗："可汗你听我说。古代的时候有一头叫萨如嘎的野牛，在春季三个月吃了金色大地上长的青草，孟秋拉了一坨屎，用牛粪供应了所有蒙古①，回来的时候因为草黄了，那头野牛就吃得长满膘，不知自己身体重量超重，还像春天那样蹦蹦跳跳，结果却摔断了两条前腿。还有一位可汗夜里睡觉，做噩梦，梦见阎罗王前来用刀砍他的头，那位可汗吓得满头大汗，差点没命了。第二天起来，占卜师们见了他头上出的汗，就断定是瘟疫。可汗你头疼，可能就是这种瘟疫吧！不过，格斯尔可汗怎么会到这里来呢？我们不是有很多岗哨吗？"达兰台-思钦接着说："我学过治这种病的咒语。我念诵出来治您的头疼吧！"蟒古思听了，说："对，你来念诵咒语。"于是达兰台-思钦念道："至高无上的释迦牟尼佛，守在身边的霍尔穆斯塔腾格里，那布莎-古尔查祖母，山神，毛阿固实，当波占卜师，格斯尔-嘎日布-冬日布，弓弦、箭杆，百花盛开的草原，金塔，两座红岩，三十个勇士，三百名前锋，三个部落的人民，你们来定夺吧。"达兰台-思钦这样一念诵，蟒古思的头突然就不疼了。蟒古思就顺了达兰台-思钦的话不让他去巡逻岗哨了。因为治好了蟒古思的头疼病，魔王贡布可汗厚赏了达兰台-思钦。达兰台-思钦悄悄地感谢圣主格斯尔可汗保佑，叩首跪谢了，然后就回家去了。

赛因-色赫勒岱俘虏了蟒古思的一切，返回来的时候看见在路的右侧一棵树底下站着晁通诺彦的豹花马。赛因-色赫勒岱远远望见就

---

① 原文作"namur-un ekin sar-a du gada-galagad, dayan monggol-i hanggagad"。因为抄本中"gada-galagad"都没有写阳性"g"辅音的两个点，所以巴·布和朝鲁和思钦孟和的整理本都读成"had halagad"（更换汗），董秀荣的译本翻译成"（野兽）初秋时要化作大鹰周游蒙古各地，满足他们所有的愿望"。不知这个"化作大鹰"从何而来。实际上，"gada-galagad"就是"拉屎"的意思，指的是野牛拉屎。蒙古人是烧牛粪的，因此这头巨大的野牛的牛粪就够所有蒙古人烧火用。木刻版《格斯尔》中就有格斯尔征战蟒古思途中在野外睡觉时野牛在他的脸上拉了一坨巨大如山的屎的情节。因此，"namur-un ekin sar-a du gada-galagad, dayan monggol-i hanggagad"说的就是这头野牛从春天到初秋吃了很多草，结果拉了巨大的牛粪，这巨大的牛粪就足以满足所有蒙古人的用柴需求。

知道了晁通诺彦在树底下睡觉了，于是将自己变成一个可怕的蟒古思，一只手持套马杆，一只手提着一桶水，大声喊叫着向晁通诺彦奔过去。晁通诺彦突然惊醒跳起来，连坐骑、武器都来不及看一眼就拔腿向家的方向逃跑了。赛因－色赫勒岱赶着晁通诺彦走的时候一边喊着："我已经把赛因－色赫勒岱吞掉了。现在我要吞掉离开了骏马丢掉了武器的晁通。"一边把手中的套马杆在晁通诺彦头上挥动，做出要套住晁通脑袋的样子。晁通诺彦哭喊着"救命啊！要死了！"拼命奔跑，赛因－色赫勒岱携着一股冷风从后面追赶。晁通诺彦满头大汗地逃跑，赛因－色赫勒岱一点不客气地用套马杆套住了晁通。晁通没有认出是色赫勒岱，以为真的是蟒古思，就跪下来说道："我是十方圣主格斯尔可汗的叔叔晁通。现在圣主格斯尔不在家里。我可以帮你想办法得到茹格姆－高娃夫人。"赛因－色赫勒岱从可怕的蟒古思变回自己，晁通见了说道："原来是色赫勒岱啊！"色赫勒岱就问罪晁通："你为什么抛下我，自顾自地逃跑了？"晁通辩解道："色赫勒岱，你说得对。你冲向蟒古思的时候我也狠抽我的豹花马想助你一臂之力，不料你被那个蟒古思一口吞进嘴里去了。我当时想：'为了敬爱的圣主不惜自己的生命，腾云驾雾来到这一千个逾缮那远的地方的赛因－色赫勒岱啊！被可怕的黑蟒古思吞进嘴里了，我除了和那个蟒古思拼个你死我活没有其他办法。我还爱惜我这条老命吗？比我强得多的贤臣都没有一个人永生不死，我还害怕阎罗王的生死明镜照耀我，在生死簿上写下我的名字吗？'我这样横了一条心就冲过去，一箭射穿了蟒古思的胸膛。蟒古思一怒之下冲我猛扑过来，我见了一点都不害怕，心里只想着十方圣主格斯尔可汗的一切大业，并考虑到'如果我战胜蟒古思那再好不过，如果我被蟒古思打败了，谁去给宝贝三位夫人和嘉萨－席克尔以及三十个勇士报信？'就返了回来，途中又想起你被蟒古思吞进肚子里去了，就想多了，分了心，这颗老朽脑袋就疼起来。我找到一棵树，躺在树底下休息一会儿，你就变成蟒古思来吓唬我，我惊醒后就本能地逃跑了。你惊吓我，心里满足了吗？"赛因-色赫勒岱说："叔叔，谁对你说了这些话？是上界腾格里天神说的？还是下界龙王教你的？或者是中界的金色世界告诉你的？叔叔你真是睁着眼睛说瞎话啊！你这样无中生有不害臊吗？"说完把手里提的一桶水倒在晁通头上，晁通大叫道："唉呀妈呀！冻死我了！刺骨的凉啊！色赫勒岱你饶了我吧！"

赛因-色赫勒岱对晁通诺彦说道："叔叔你从今以后不要无中生有，编造谎话骗人，也不要掩盖既有的事实，抹杀别人的好。摒弃说谎，多学行善，把你的恶行统统丢掉。我们可以飞越天空，但是却不能越过诸可汗法律的刀刃；我们可以攀越白色雪山的山顶，但是却不能攀越法律的刀刃；我们可以横渡大海，但是却不能超越圣贤的法律。如果一个人珍惜自己，其他人也会抬举他。我们如果互敬互爱齐心协力，对十方圣主格斯尔可汗的声誉也有益。从今以后你要三思而后行。"晁通诺彦说："你言之有理，从今以后我就按照你说的去做。"色赫勒岱回答说："叔叔，我们两人结伴而行，回去见三位夫人吧。你的事情我藏在心底不说给别人听，你也从此弃恶从善吧！"于是两人收缴了蟒古思的所有财产回到家乡来了。

三位夫人登上金山上眺望远方的时候，两个勇士就凯旋了。他们把所有战利品交给三位夫人。三位夫人接受了战利品，分发给了阿萨迈诺彦的儿子那钦双呼尔、乌兰尼敦（红眼睛）的儿子格图勒格齐-托雷（超度的明镜）两人。两个勇士把一切经过详细禀报给三位夫人听，三位夫人高兴了，命人打开宝库，取出珍珠衫和满足一切心愿的如意宝赏给两个勇士。晁通诺彦和赛因-色赫勒岱两人跪谢三位夫人后回家了。

宝贝嘉萨想知道晁通在这次的行动中表现如何，就找来了晁通。

嘉萨问道："叔叔，除了你杀死的那个蟒古思之外，你还看见了别的什么？"晁通回答道："我们两个到达之后发现了一个蟒古思，我先冲过去，用火箭射了蟒古思，因为蟒古思被射中受重伤就扑过来跟我搏斗。而色赫勒岱在一旁袖手旁观，一点都没有帮助我。我托圣主的气力，不顾老命，不怕到阎罗王面前的死亡威胁，秉持一条菩提心，杀了那个蟒古思。"嘉萨听了咋舌道："色赫勒岱这东西，怎么能让我们唯一的叔叔如此受苦呢？"就把色赫勒岱叫了过来。色赫勒岱来到嘉萨面前，问道："叫我有什么事？"嘉萨问色赫勒岱："晁通和蟒古思搏杀的时候你到哪里去了？"色赫勒岱听了非常生气，说道："你为什么如此可耻地无中生有地说谎？你原来是这样说谎成性的人啊！"又对周围的人说："谁把九庹长的大刀借给我？"就冲着晁通挥起大刀要一刀砍下去，晁通吓得拔腿逃跑。色赫勒岱说："我在杀蟒古思的时候你自己到底在哪里？难道跑到大树底下躲起来睡觉的不是你晁通吗？我倒是掩盖了你的丑恶行径，希望你弃恶从善，向大家说成是你的功劳，你却颠倒黑白背后抹黑我。究竟是为什么？"晁通诺彦听了羞得无地自容，转过脸走开了。

晁通正要走开，苏米尔的儿子三岁小勇士格日勒泰-思钦叫住晁通说："我说一句话，叔叔你不要生我的气。请你把我们的圣主赏给你的珍珠衫和满足一切愿望的如意宝还回来。如果一个人做事光明磊落、心中无愧，则心净如镜；如果一个人做事龌龊丑陋、内心有愧，则胸口瘀堵。叔叔你真是不要脸。我们除了格斯尔可汗还有其他主人吗？除了哄骗三位夫人你还有什么本领？三位夫人被你欺骗罢了，我们可不是能随意被你欺骗的。赶紧把珍珠衫和如意宝还回来！"晁通诺彦本来就羞愧难当，又被三岁孩子骂得狗头喷血，只好把珍珠衫和如意宝交出来。晁通诺彦说："你就像天上降下雨水后新

长出来的嫩草，秋天降霜以后草叶会枯黄被风吹落。你为什么数落①
我？"三岁英雄格日勒泰-思钦反驳道："我虽然像新长出的小草，
但是我在圣者面前名扬流芳；我虽然像秋天的叶子翻飞，但是我能
明辨是非，看清善恶。你以为我是不认识铁的锉刀吗？你以为我是
六亲不认的狗吗？叔叔你才是。"晁通诺彦无言以对，自知理亏，就
溜回家去了。

且说，宝贝三位夫人因要抽签，就登上了金塔。阿日鲁-高娃夫
人抽中了乌兰尼敦的儿子格图勒格齐-托雷，阿鲁-莫日根抽中了嘉
萨的儿子来查布，茹格姆-高娃夫人抽中了巴尔斯-巴特尔。另外，
阿鲁-莫日根又抽了一签，抽中了苏米尔巴图尔的儿子格日勒泰-思
钦。对抽中格日勒泰-思钦一事，众勇士异口同声说道："且慢，且
慢！为什么抽中格日勒泰-思钦？与其让三岁格日勒泰-思钦去，还
不如让我们这些大人去呢。"② 都觉得遗憾和不公平。

四个勇士出发前，向上界所有天神做了祷告。胜慧三神姊变成
杜鹃鸟从天上飞下来，对四个勇士说："你们这次去就奔着金山去。
去的时候你们是搏击长空的白鹰，回来的时候你们是婉转鸣唱的
鹦鹉。"

四个勇士仅用一个月的时间就走完了二十一年才能走完的路程，
来到白雪皑皑的金山，登上山顶，没有发现敌人的蛛丝马迹。巴尔

---

① 原文作"ülibe"，意为用钢钎等撬东西，也有评论、数落的意思。

② 原文作"bide gereltei sečin ečibesü sayin bülüge"。这里，"gereltei sečin"和
"ečibesü"之间遗漏了蒙古语格的附加成分或者其他词。巴·布和朝鲁的校勘本（第
231 页）作"bide gereltei sečin tei ečibesü sayin bülüge"（我们和格日勒台思钦一起去就
好了）。斯钦孟和主编的《格斯尔全书》（第一卷，第 293 页）作"bide gereltei sečin-ü
orun-du ečibesü sayin bülüge"（我们替格日勒台思钦去就好了）。董秀荣翻译成"与格
日勒台思钦同行多好啊"，联系到格日勒台思钦才三岁，译者认为众勇士说的话是"有
这么多大人为什么派一个三岁孩子去"的意思。

斯-巴特尔抱怨说："什么都没有。"嘉萨的儿子来查布说道："我们在这空无人烟的地方能找到什么线索？还是再往前走走吧。"四个勇士再向前走。他们看见了一只刚嘎鸟飞过，接下来渡过了一条河。他们没有发现河边挣扎的金鱼，苏米尔的儿子格日勒泰-思钦回头一看，见到他们背后的路已经雾霭弥漫，红尘飞扬，来时的路已经认不出来了。他们刚渡过的河流已经变成了大海，不见了荒滩上挣扎的金鱼。格日勒泰-思钦感知了情况不妙，就对三位同伴说道："我们不能往前走。还是回去的好。"嘉萨的儿子同意了格日勒泰-思钦的建议，大家转身返回。途中，格日勒泰-思钦又回头一看，见到背后火焰冲天，旋风卷起。格日勒泰-思钦通过神算知道了其中的缘由，便对三个同伴说道："巴尔斯-巴特尔，你是见到挑战的敌人从不后退和躲闪的人，因此你来守住这条河流的源头；乌兰尼敦的儿子格图勒格齐-托雷，你把向外溢出的海水挡回去；来查布，这河流的下游就交给你了。我煨桑镇住雾霭、旋风等一切。我变成鱼鹰潜入这水中。你们多加小心，勇敢行事。"以巴尔斯-巴特尔为首的所有人都同意了格日勒泰-思钦的提议。巴尔斯-巴特尔在河流的源头撒下金网严格把守。来查布在河流的下游撒下银网严格把守。格图勒格齐-托雷手持金钩守在大海岸边。

格日勒泰-思钦煨桑的时候祷告道："格斯尔嘎日布、法轮城、三座宝塔、上都、乌兰淖尔（红湖）、查干淖尔（白湖）、西拉沐沦、长满白桦林的白草滩、三片柳树林、长满红松的三座山、纳忽沐沦、乌日格斯台寺庙、西日嘎锡伯、三口井、三个乌嘎拉扎、三个希日都、荆棘岭、火焰河、恒河、鱼鳞白草滩、白沙山、黄河、百花盛开的草原、沙棘草滩、乃兰查河、红岩、两个宝贝女儿、山谷山泉、沙棘温泉、冷泉寺、草河、释迦牟尼佛从天而降的大平原、印度大平原、我们大家从天而降的黄河、阿拉坦托布其和孟根托布其两条河，还有我们前来挑战蟒古思的金山和雪山早晚会落入我手中。乌拉那河、大江河、乳汁海、须弥山、从天有根的神山、魔法鹦鹉居住的山，日月同在，金柱擎天。"祷告完，格日勒泰-思钦煨桑，卷风和雾霭就瞬间散去了。于是格日勒泰-思钦变成鱼鹰潜入水中，上下求索，却不见那条鱼。原来那条鱼见到来了敌人，为了给可汗报信，就向着上游游去了。格日勒泰-思钦在水中寻找了半天，没有见到鱼的踪影，就从水里出来，沿着岸边向河流的源头走去，来到巴尔斯-巴特尔身边，对他说道："我想捉到一条我们下界罕见的、从天上来的美丽可爱的金鱼。它闪闪发光，花斑点点，鱼鳞数不清。但愿我们那里也有这样的金鱼。"巴尔斯-巴特尔明白了格日勒泰-思钦的意思，便对他说道："格日勒泰-思钦你不要惋惜。从天而降的呼图克图喇嘛慈悲下界的穷人乞丐众生，会赐给他们甘露食物并醍醐灌顶。如果这条鱼也是从天上下来的，它也可能会腾空飞跃。你不要遗憾。"那条鱼在水中听见了两人的对话，就向河流的下游游过去，但是见到银网害怕了，回头再向上游游去。格日勒泰-思钦和巴尔斯-巴特尔知道了鱼在水中的行动，于是格日勒泰-思钦又变成鱼鹰潜入水中去捉金鱼，他见到金鱼在水中像衣边上钉的窄片金一样一闪一闪的，对巴尔斯-巴特尔说："巴尔斯-巴特尔，注意了！鱼在这里。"巴尔斯-巴特尔准备收网，鱼就跳出了水面。格图勒格齐-托雷知道这是鱼想逃走去给自己的可汗报信，就准备用金钩来钩住金鱼。

突然鱼就从水里跳出来，腾空飞越到岸边，变成一条金蛇，甩动着尾巴，把草丛向两边分开迅速滑走了。格日勒泰-思钦在水中就知道金鱼变成了金蛇，便从水里出来，此时金蛇已经逃出一百逾缮那远的地方了。格日勒泰-思钦变成一只鹞鹰追过去，金蛇变成人，和格日勒泰-思钦搏斗起来。这时巴尔斯-巴特尔、格图勒格齐-托雷和来查布三人也赶到，助力格日勒泰-思钦，和那个人扭打在一起。格日勒泰-思钦说："巴尔斯-巴特尔、来查布你们两个布好金网、银网。这个人可能会变成苍蝇、蚊子逃走。你们两个要注意！（格图勒格齐-托雷）我们两个来收拾这个人。"那人和两位勇士搏斗，最终败下阵来，就变成苍蝇蚊子上下窜飞，企图钻空逃走，但是碰到了金网、银网①，没能逃出去。因此，还没有等他变成强大的蟒古思勇士们就杀了他。杀了金鱼，四个勇士再登上山顶，四处瞭望，观察还有没有敌人。

且说，魔王贡布可汗因为金鱼被杀，所以每天都忧心忡忡，两眼变得模糊不清。过去，锡莱河三汗中的黑帐汗的英雄希曼必儒札的后人，为了世世代代要向十方圣主格斯尔可汗报仇，为了给魔王贡布可汗助一臂之力，转生为特斯凯、德斯凯两个勇士。魔王贡布可汗于是叫来了两个勇士，对他们说："我的两位勇士，你们率领一百万军队和十万军队，去巡查一下东方的岗哨。"魔王贡布可汗还叹息道："据说，十方圣主格斯尔可汗虽然披着人的皮囊，却神通广大，可以变成草，可以变成树木。他的三十个勇士也个个身怀绝招。是不是他们来了杀了我的哨兵？是不是什么灾难降临到我们头上了？"接着，魔王贡布可汗"呵呵"地打了一会儿喷嚏，"嘿嘿"地傻笑了一会儿，"嚎嚎"地散了一会儿心。特斯凯、德斯凯两位勇士带上弓箭武器，准备出发，达兰台-思钦跪下来对魔王贡布可汗说道："据说古代有一位巴木拉萨汗执政的时候举国上下都是一条心。如今有我这位可靠的思钦在这里，还派去刚刚长大的孩子做什么？

---

① 原文作"tere hoyar toor-tur taraju ese čidaba"。巴·布和朝鲁和斯钦孟和的整理本都作"tere hoyar toor-tur garču ese čidaba"（因为他们两个的网未能出去）。实际上这里的"taraju"就是"tagaraju"，用短元音记录了长元音（taraju＝tagaraju），是遇到了、碰到了那两张网的意思。

这好比草原上出现了微不足道的鼠洞，却用魔法的弓射去一支箭，结果射中了鼠洞扬起了一阵尘土。我去如何？"魔王贡布可汗回答说："你说得对。不过，你着什么急？后面还有事情要你做呢。我已经跟这两位勇士商量好了，就让他们去吧！"达兰台-思钦说道："可汗你在国泰民安的时候突然派出大军，举国上下会不会议论你发生了什么大事？派兵还是不派兵你自己决定吧！"魔王贡布可汗听了觉得有道理，于是就打消了派出大军的念头。

巴尔斯-巴特尔、格日勒泰-思钦、格图勒格齐-托雷、来查布四人杀了那条金鱼，带上所有的战利品，下了金山回家来了。

正在宝贝三位夫人互相说着"我们的四个勇士为什么走了这么长时间还不回来？"登上金山远眺等待的时候，四个勇士凯旋，叩见三位夫人并一五一十地汇报了事情的经过，并把战利品交给三位夫人。夫人们高兴地接受了战利品，分发给三十个勇士，但是却没有给晃通。夫人们从仓库取出四件珍珠衫赏给四个勇士，四个勇士叩谢了三位夫人，接受了珍珠衫，高兴地回家去了。

且说，当时正值腊月，为了叫醒十方圣主格斯尔可汗，让他恢复记忆，胜慧三神姊变成杜鹃鸟从天上飞下来，对三位夫人说道："我们去叫醒格斯尔，让他恢复记忆"，就飞过去了。

胜慧三神姊飞过去一看，原来格斯尔可汗和赛胡来-高娃夫人登上金塔，在玩金羊拐。胜慧三神姊见了，就分别变成了动物和人。嘉措-达拉-敖德神姊变成了一只黄色狐狸；波阿-冬琼-嘎日布神姊变成了一只乌鸦；沃德嘎利神姊变成了一个老妇人，手里牵着一头奶牛。格斯尔可汗正坐在金塔上，见一只狐狸从东边跑过来，经过金塔向西跑去，便叫来查布的儿子萨仁-额尔德尼和色赫勒岱的儿子格日勒泰台吉二人从两侧扶着站起身来。变成狐狸的神姊看见格斯尔可汗变得白发苍苍，胡须如银丝长及膝盖，两道眉毛下垂，头发垂到脚后跟。枣骝神驹也不在格斯尔可汗身边。格斯尔可汗见了那只狐狸觅食，就说道："你这狐狸停下来，停下来。你为什么跑到我这里来？难道你没有别的地方可去吗？你这狐狸是不是来觅食这地方的垃圾的？"狐狸回答道："十方圣主说得对。我住的地方在西边，觅食的地方在东边，因此我到东边去觅食，现在正在回西边的住处。谁像你，摔了一跤不说，还吃了一嘴巴泥土！你嘲笑我和不嘲笑我都没有关系。"并接着挖苦道："你忘了自己出生的故乡吐伯特地方，忘了可怜的三十个勇士，忘了年轻时嫁给你的茹格姆-高娃夫人，忘了珍贵精美的《甘珠尔》《丹珠尔》两部大乘经，忘了满足一切愿望的如意宝，你已经变成了忘了一切的傻瓜，你还好意思嘲笑我？"说完就走了。

　　其后，有一只乌鸦从西边飞过来，到东边觅食去了。格斯尔可汗嘲笑了乌鸦，乌鸦挖苦格斯尔可汗忘了自己的家乡，然后飞走了。再后来，来了一个牵母牛的老妇人。格斯尔可汗问那老妇人："老妇人，你的这头母牛是不是已经老了？牛角都变形了？"老妇人回答格斯尔道："圣主说得对。当初圣主来到这个地方的时候这头奶牛还是小牛犊。现在已经过了二十一年，这头奶牛老了也在情理之中。"老妇人接着说："我有一个儿子也和你一样。我的那个儿子也去东边已经二十一年了。我也时常挂念我的那个儿子，他是否也和你一样如此衰老落魄？不知道他什么时候回来，我们母子才能相见。"听了老妇人的话，格斯尔可汗说道："你说我来到这里已经过了二十一年是什么意思？你在说谎。"老妇人回答说："我骗你干什么？难道我还要再活八十五岁？你如果是一位贤明的好可汗，爱民如子还说得过去。我在这里连吃的都找不到，真后悔活了这么多年。"听了老妇人说的话，格斯尔可汗的记忆犹如被细针扎了一下，打开了小小的缝口，心里想道："我的驻牧地是百花滩。我的故乡是吐伯特地方。我有三十个勇士和茹格姆-高娃夫人。我到底是因为什么忘记了这一切？"当格斯尔恢复记忆，回忆起自己的家乡和亲人的时候，赛胡来-高娃夫人又过来问道："圣主是否饿了？"就把黑色魔法食物献给格斯尔可汗。因为还没有到格斯尔全部恢复记忆的时间，所以格斯尔可汗接过黑色魔法食物享用，便又失去一切记忆耽搁在那里了。胜慧三神姊见圣主格斯尔可汗未能全部恢复记忆，就在回去的途中见了三十个勇士，告诉他们劝说圣主格斯尔可汗未成的缘由，然后飞到天上去了。

宝贝三位夫人登上金山①的时候，正好乔姆孙-高娃夫人和贡-高娃夫人也跟着三位夫人上去了。茹格姆-高娃夫人抽签，抽中了宝贝安冲；阿鲁-莫日根夫人抽中了查干-哈日查盖；图门-吉日嘎朗夫人抽中了嘉萨；乔姆孙-高娃夫人抽中了伯通；贡-高娃夫人抽中了安冲的儿子朱拉。第二次抽签，茹格姆-高娃夫人抽中了巴达玛瑞的儿子巴姆-苏尔扎；阿鲁-莫日根夫人抽中了阿萨迈诺彦；图门-吉日嘎朗夫人抽中了苏布地巴图尔；乔姆孙-高娃夫人抽中了乌兰尼敦；贡-高娃夫人抽中了丹迪巴图尔。以嘉萨为首的十个勇士要出发了。正当此时，勇士苏米尔过来，跪下来对三位夫人禀报道："我也和他们一起去吧。我不能在这里袖手旁观，闲待着。"茹格姆-高娃夫人对苏米尔说道："你想去是对的。现在大家都想去，还有谁不想去吗？你只知其一不知其二，你只知道原因，不知道后果。我怎能嘴上一说就让你出征？金瓶抽签，夫人们没有抽中你的签。难道今后就没有敌人了？你着什么急？"苏米尔勇士听了就自讨没趣地回家去了。

嘉萨带领大家出征时祈祷天上诸神助力，胜慧三神姊化作一只

---

① 原文作"金山"，实际上是金塔。

杜鹃鸟从天上飞下来，对嘉萨说道："在你们去的路上有一座金山。你们去的时候变成鹳鸟，安详而机警地去；回来的时候变成雄鹰凯旋。"说完就飞走了。

以宝贝嘉萨为首的众勇士直奔金山，不久后来到金山脚下，策马登上金山顶远眺，远远看见一棵树长在山坡上。嘉萨靠神通明白了那棵树的秘密。勇士戎萨的儿子小英雄查干-哈日查盖跪下来对嘉萨说道："我到那棵树的旁边探勘一下究竟。"嘉萨答应说："对，你去吧！"于是勇士查干-哈日查盖变成一只鹰，飞到那棵树上，栖息在树枝上。因为有老鹰落在上面，那棵树自己晃动了一下，查干-哈日查盖就心里明白了，飞回来告诉嘉萨说道："我们几个勇士和这棵树较量，你们几位勇士去和那边的四个蟒古思较量吧。因为他们彼此之间的距离太近，我们不能集中对付他们。"嘉萨听了，点头同意说："对，就这样行动。伯通、朱拉巴图尔、阿萨迈诺彦和乌兰尼敦跟着我去对付四个蟒古思。巴姆-苏尔扎、苏布地巴图尔、查干-哈日查盖、宝贝安冲跟着你去对付那棵枯树。"于是大家按照这一安排行动了。

安冲带领几位勇士朝枯树走去。安冲变成一只獒犬，巴姆-苏尔扎变成母老虎，苏布地巴图尔变成被色赫勒岱杀死的蟒古思，丹迪巴图尔变成被格日勒泰-思钦杀死的金鱼，查干-哈日查盖变成塔尼日哈日查盖。勇士们把坐骑和武器变化成能装入荷包的小东西藏起来。勇士安冲最先到那棵神树底下，獒犬在树下叫唤转悠的时候，一只母老虎跑过来扑向獒犬，准备吃掉它。且说，有一个蟒古思来到树底下。其后，金鱼也随着河流游过来了。再后来，老鹰也飞过来了。他们聚在树底下，骗神树道："今天天气多么晴朗，只是有点热，我们就在树底下设宴享乐吧。"獒犬说道："我们还是到外边去吧。我听人说，圣主格斯尔可汗见草就变成草，见树就变成树，具有变幻莫测的神通本领。据说，格斯尔还有三十个勇士，说不定他们会从背后袭击我们。"如此这般谈论的时候，蟒古思说道："既然我们来到这里了，还是举行宴会高兴高兴再回去吧。你住的地方离这里近，而我住的地方离这里很远。我都不着急，你还着什么急呀？"听蟒古思这么一说，金鱼说道："你怕什么？老鹰不是在这里吗？如果敌人来犯，它不会飞过去看清楚再回来告诉我们吗？"大家都同意了金鱼说的话。于是老鹰向南飞了一会儿，再向北折飞回来，说道："你们好好举行宴会吧。我去看看有没有敌人来。"

老鹰向南飞过去，见到宝贝嘉萨等勇士坐在那里。老鹰飞到他们身边，对嘉萨说道："我们来收拾那棵树。四个蟒古思的事情你们去定夺吧。"说完便飞回去了。

老鹰飞到獒犬身边，说道："我去了南边。金鱼住的河边来了几个喇嘛。我观察了一下那几个喇嘛，好像是从天上降下来的。"老鹰落在树上，那棵树就动了一下。蟒古思说道："老鹰啊，你为什么坐在树上？难道树底下没有地方让你落脚吗？你有生命，这棵树也和你一样有生命啊。"老鹰听他这么一说，就从树上飞下来了。

这时，宝贝嘉萨自己变成一位呼图克图大喇嘛，另外四个勇士变成了四个班弟。大家把武器变成用金粉写成的经书。嘉萨带领大家来到了那棵树底下。獒犬做出要咬他们的姿势，不让他们靠近。雌虎也冲过来问喇嘛道："你们是哪个地方的喇嘛？你们从哪里来？你有什么本领？你来这里做什么？"喇嘛听了，大声回答道："我是在天上坐床的喇嘛。在我上面还有一位喇嘛师傅。喇嘛师傅派我下来看看下界众生的诸种苦难。我自己也是学了很大的本事，因此下来救济众生。"于是那只獒犬和雌虎回到树底下，对蟒古思说道："那位呼图克图喇嘛据说是从天界下来的。他有四个徒弟。听说他的本领很大，能够预测生死大事。四个徒弟背的是普通人背不动的无数的经书。"于是那个蟒古思就请来了喇嘛。那位呼图克图喇嘛来到他们的身边，从头到尾说了一遍自己从天界下凡的事由，蟒古思听了高兴得咧嘴大笑。大家谈得正起劲，那个蟒古思骗大家说自己病了，浑身疼。于是呼图克图喇嘛对蟒古思说："可汗，你生病是因为你的护法神被亵渎了。"蟒古思听了回答说："喇嘛，我本来不应该给你看我的本尊神。但是因为我病得厉害，我就不得不拿给你看。"说着蟒古思就把护法神从脖子上解下来递给呼图克图喇嘛。喇嘛接了那护法神，放在手掌上念了三遍咒语。蟒古思马上就好起来了，就给那喇嘛磕头谢恩。喇嘛从怀里掏出佛香送给蟒古思。蟒古思跪着接了佛香，对喇嘛更加崇敬了。这时那棵枯树又摇动了，獒犬心里想道："这棵树为什么摇动了？"

那个蟒古思去见山那边的四个蟒古思了。那四个蟒古思问道："你去哪里了？"那蟒古思回答说："我在雪山顶上放哨，提防格斯尔可汗来犯。我在那里放哨已经十五年了，因此来见你们。你们住的这个地方多好啊！我住的那个地方多差呀！那个地方连一个生灵都没有。我每天狩猎，因为浑身疼痛，流特别多的汗水。我的那棵树底下来了一个呼图克图喇嘛，我想净身去污，就去见了喇嘛，给喇嘛磕了头，喇嘛怜悯我，送给我熏香，叫我熏香净身。我用那熏香净身，身上的臭汗就没有了。不过，好像还有一点点臭汗余留。"四个蟒古思听了，说道："你这次来见我们时间正好。那棵树底下来了什么喇嘛？还有我们的岗哨都布置在哪里了？"

格斯尔勇士变成的蟒古思回答："我们那棵树底下现在来了放哨的金鱼、八百名士兵、老鹰、一个蟒古思、獒犬、蟒古思的雌虎，大家都因为四周没有敌人，就过来见我们了。而我这个弱身体正好生病，疼痛难忍。那时一个呼图克图喇嘛带着四个徒弟从天而降，来到了那棵树底下。我就请他看病了。他说我的守护神被亵渎了，就给我念了一阵咒语做了法。我的病就痊愈了。他还用熏香给我净了身。因为净身，出了一身臭汗身体恢复如初了。"四个蟒古思听了，对那位喇嘛产生了无限的崇拜之情。现在四个蟒古思要去给喇嘛磕头，于是问了勇士变成的蟒古思："我们可以请那位喇嘛过来吗？还是我们去更好？"假蟒古思回答道："他不能前来见我们。因为他是从天界下来的，所以他不会自己来见我们的。"那四个蟒古思听了就说道："那还是我们过去才合情合理。"

就这样，五个蟒古思来到那棵树底下，给喇嘛磕了头，坐了下来。那喇嘛为了让蟒古思崇拜自己，就给他们摸顶加持。给自己的伙伴蟒古思摸顶加持了增长力量的功力。四个蟒古思无限崇拜呼图克图喇嘛，旁边的枯树也顿生崇敬之心，每一根树枝都长出了美丽的叶子。因为枯树长满了叶子，树荫也变得更加凉爽宜人。那天獒犬向天上的所有神灵祈祷。那个勇士变成的蟒古思把自己的守护神解下来交给喇嘛说："从天而降的呼图克图喇嘛，请你替我保管我的守护神。"喇嘛接过来，问那勇士变成的蟒古思道："你的守护神有咒语还是没有咒语？如果有，我在原来的咒语上再给你念诵新的咒语。"于是喇嘛念了原来的咒语，又加上新的咒语念诵了一遍。那四个蟒古思哪里知道喇嘛这是在骗他们，都纷纷请喇嘛给自己的守护神念诵咒语，并把守护神交给喇嘛，请喇嘛替自己妥善保管。喇嘛接受了他们的守护神并降旨道："我们就这样坐在空地上吗？请你们在这里给我们建一座城堡吧！"勇士变成的蟒古思马上回应说道："您说得对。"就立刻建造了一座木头城堡。獒犬向南走去，变化出千万军队的幻影。那些军队在南边排山倒海地向这边压过来。獒犬回来对五个蟒古思说道："我去南边巡视了。那里有很多军队。"喇嘛和班弟们端坐在树底下，蟒古思就去杀来犯的军队去了。

当五个蟒古思靠近军队时，那些军队就都升上天去了。于是勇士变成的蟒古思就骗其他蟒古思，说道："我们既然来了就在这山上打猎吧！"其他蟒古思同意他的建议，就在那座山上开始狩猎。趁蟒古思离开的空隙，呼图克图喇嘛取出金斧头砍了那棵枯树。那棵树倒下之后变成了很多人。宝贝嘉萨用火箭射那些人，那些人就躺在地上挣扎，想冲出去却找不到缺口，就倒在地上死去了。如果宝贝嘉萨不放火烧死那棵树，那棵树就会马上报信给自己的蟒古思可汗，从而会屠杀格斯尔的三十个勇士。呼图克图喇嘛杀死了那棵妖树，然后坐在原地等候。

那五个蟒古思来到原来长着那棵树的地方，问喇嘛道："这里的树去哪里了？"喇嘛回答说："那棵树说敌人来了，就给贡布可汗报信去了。"五个蟒古思不相信，又问："为什么去了？"这时獒犬在城堡外围变化出幻影。

那天，塔尼日哈日查盖到外面巡逻去了。见了这么多军队，那五个蟒古思立即出来开弓射箭。但是，五个蟒古思射了一阵，却不见了敌人。变成呼图克图喇嘛的宝贝嘉萨恢复了原形，四个蟒古思见了，说道："这哪里是该死的呼图克图喇嘛？明明是十方圣主格斯尔可汗的三十个勇士。"塔尼日哈日查盖从他们背后用火箭射他们，勇士变成的蟒古思对四个蟒古思说："我们怎能受得了他们这般射杀？"就假装逃跑，转身离开。当四个蟒古思扑过来想一口吞下宝贝嘉萨的时候，苏布地巴图尔就恢复了原形，从背后用火箭射四个蟒古思，四个蟒古思一时不知所措，说："我们向南逃跑吧！"就冲向南方。但是见到南边已经有人挡住了去路，因害怕前边的人，四个蟒古思转身向北面逃去。但是北面已经有人在他们身后追赶而来。见身后有人紧追不舍，蟒古思一时找不到逃脱的机会，宝贝嘉萨从南边射来火箭，两个蟒古思对另外两个年长的蟒古思说道："我们这样会被困在这里被杀掉。我们分头作战吧。"而宝贝嘉萨已经通过神算知道了蟒古思的想法，就分四次把装在金匣子里的蟒古思灵魂取出来，四次都是瞬间念诵咒语"古如-古如-索-哈"，四个蟒古思就意志昏迷，更加惊慌失措了。宝贝嘉萨又向天界所有神灵祈祷道："我的诸神！请你们在我看一眼的瞬间让这些蟒古思变成飞扬的灰烬，请你们在我转眼的瞬间让这些蟒古思变成焦黑的木炭！"乌兰尼敦瞪着碗口大的血红的眼睛、张开装整羊的木盘一样大的血盆大口，冲杀过来，四个蟒古思见了吓破了胆。伯通用火箭射穿了一个蟒古思的胸膛，射断了另一个蟒古思的右腿。蟒古思粉身碎骨倒地时连放三个响屁。宝贝嘉萨取了蟒古思的咒语，念诵咒语"古如-古如-索-哈"，那两个蟒古思粉身碎骨倒地时接连三次崩出稀屎。苏布地巴图尔也用火箭射了蟒古思，紧接着朱拉巴图尔和巴姆-苏尔扎也用火箭射蟒古思，蟒古思的力量一下子就减退了。格图勒格齐-托雷巴图尔骑在一个蟒古思的身上，将其压在身子底下，宝贝嘉萨对他说道："孩子，敌人的生命牢牢掌握在我的手里。不要着急！我们用计谋杀死他。"阿萨迈诺彦用他那把即使砍了一万个人也不卷刃的宝刀砍了一个蟒古思的头颅。像在山巅上行走的黑纹虎一样凶猛的宝贝嘉萨和安冲二人用火箭射蟒古思，对着四个蟒古思念诵咒语："霍鲁-霍鲁-索-哈，请不要到神界。西里-西里-索-哈，请到羞耻的地狱底层！"四个蟒古思就躺倒在地上①。那四个蟒古思求英雄们饶命的时候，宝贝嘉萨使自己增加力量，浑身发出火光。宝贝嘉萨幻化出蟒古思的形象，手持金针敲了三次，口诵咒语"古如-古如-索-

---

① 原文作"dörben manggus-un tarni bar tarnidaju, huru huru suwwa Ha-a, hubilgan-u gajar buu ud. siri siri suwwa Ha-a, sibsigtü tamu-yin yirugar-a küröged tarnidahu-du"，而这句话中的"küröged"很容易引起歧义。根据字形，"küröged"是"到了，达到了"的意思。但是根据上下文，"küröged"应该是命令词"kür"（到，达到）和联系动词"ged"（作为联系动词，用来将引用成分连接于谓语）的联系形式，而不是时间动词"küröged"。布和朝鲁和斯钦孟和的整理本中，括号里的内容应读成"kür-ged"。

130

哈"，四个蟒古思异口同声地喊道："我们已经到了地狱底层了!"
说完，其中的三个蟒古思就死了，剩下的一个蟒古思见此情景，说
道："我的同伴们被杀了，我爱惜这条生命活到一百岁有什么用？我
跟他们的勇士们拼死拼活、决一雌雄吧!"就冲过来和嘉萨搏斗起
来。嘉萨-席克尔和蟒古思搏斗的时候，越搏斗力量越强，这时其他
勇士也像一群凶猛的虎狼一样冲过来围住蟒古思搏斗起来。蟒古思
见自己的力量越来越虚弱了，就趁机逃跑了。宝贝嘉萨从蟒古思后
面射去一支火箭，火箭直接从蟒古思的后背穿过去了。蟒古思放了
响屁倒在地上。乌兰尼敦赶过来骑到蟒古思身上压住蟒古思，嘉萨
把金针压弯突然放手，金针反弹回去，蟒古思就一命呜呼了①。因为
那蟒古思死了，所以魔王贡布可汗浑身疼痛病倒了。嘉萨通过神算
知道了蟒古思可汗病倒了。大家就登上金山，坐下来商讨下一步
计划。

　　且说，那时魔王贡布可汗因为身体不适，把达兰台-思钦叫到跟
前来。达兰台-思钦来到之后，问贡布可汗道："叫我前来有何吩
咐？"贡布可汗说："我浑身疼痛。你去找占卜师来。"达兰台-思钦
说道："宝物虽然磨损，但是不会失去光泽；器物虽然磨损，但是使

---

　　①　原文作"Jasa altan teben-e-yi abugad urugu moruilgagchi bolugad gedergü tataju
orhigsan-u tula manggus ükübe"。这里的"altan teben-e"在手抄本上写作"altan tamag-
a"，因为"g"辅音的两个点和"n"辅音的一个点都不写，因此很容易误读成"altan
tamag-a"（金印、黄金印玺）。但是联系上下文，我们认为"altan tamag-a"实际上是
"altan teben-e"的误写。只有金针是可以弯曲和折断的，而金印或者黄金印玺是无法
折断的。另外，在包括《格斯尔》在内的蒙古族英雄史诗中蟒古思的灵魂体外寄存的
一种形式就是金针，英雄折断了金针，蟒古思就彻底死了。根据上下文和蒙古族英雄
史诗传统母题，我们认为，这里的"altan tamag-a"实际上是"altan teben-e"的误写。
布和朝鲁、斯钦孟和的整理本中都读成"altan tamag-a"（金印，黄金印玺）。《格斯尔
文库·28》翻译成"扎萨也过来将镇魔金印取出后向蟒古思头顶点了一下，这样蟒古
思死了"，完全翻译错了。

用它的主人是永生的；即使这些岗哨士兵统统死去，可汗和夫人也是永生不死的；即使没有主事的贤者，也会有高贵的使臣辅佐朝政；即使没有统辖的可汗，也会有宠臣辅佐朝政；可汗执政劳顿都是为了国家，父母囤积财富都是为了子女；积累多了就会财富满仓；贮藏再多的财富也可能会变成别人的，因此要坚定地保护自己拥有的财富；如果不吝施舍财富就会获得美名；如果光明磊落行事就会誉满天下；如果扬弃一切恶事就是圣贤之道；如果像女人一样做事就是堕落黑暗之路；如果不怀二心就是圣贤之道；如果心怀国之大事就是自己的福分；各种事情一视同仁就是恒心；如果行事无误就会获得大家的赞美；如果招致失误就会让众人失望；如果我们心怀宽容，就对他们不利；可汗啊，你好像在我看一眼的瞬间就会变成飞扬的灰烬，在我转眼的瞬间就会变成焦黑的木炭一样脆弱，这到底是为什么？难道你自己一心二用吗？你派我去查看一下岗哨吧！"魔王贡布可汗听了以后点头同意道："你说得对，你去吧！"达兰台-思钦高兴地问道："我要带多少军队去？"可汗回答道："我的达兰台-思钦啊，你带一千个士兵去吧。"于是达兰台-思钦就带着一千人的军队向东方去了。

宝贝嘉萨正准备返回，突然看见千万人的军队前来的扬尘，就说着"我们跟他们去较量吧"，带领所有勇士，掉转马头迎着敌军过去。他们策马靠近敌军的时候，达兰台-思钦远远地就认出了嘉萨。达兰台-思钦虽然渴望马上向嘉萨问安，但是害怕跟在身后的军队看出破绽，一时间想不出和嘉萨会面的更好的办法，心里暗暗想着："我杀了这些军队吧！不过，回去以后特斯凯、德斯凯二人可能不好对付。"就在他左右为难的时候，嘉萨已经通过神算知道了达兰台-思钦内心的想法。达兰台-思钦想到了一个好办法：发布一道告示，让军队明天去狩猎。他就发布了告示，下达指示让军队狩猎两天。

于是蟒古思的军队就按照达兰台－思钦的命令前去打猎了，为期两天。

达兰台－思钦把自己的军队留在身边，等蟒古思的军队前去狩猎远离自己之后，于二十一年九月土星日①去见了嘉萨等众勇士。达兰台－思钦对嘉萨禀报说道："我本是兄弟四个。从前在和平梁，我们给太平可汗送贡品的时候，根除十恶之根的圣主格斯尔可汗见了我们，变化成马蜂，把我们收回来了。我们来了之后给圣主建造了观音菩萨庙，并在寺庙四角建造了火曼陀罗坛城。因为我们的这种功德，圣主特别恩赐我们，允许我们可以在任何地方驻牧，指定我们游牧的地方就是我们的故乡。那时圣主格斯尔可汗才十五岁。因为这样，我们就自由自在地游牧生活，冬天我们的冬营地是百草茂盛的白草滩；夏营地是柳树圈住的三片大草原；我们狩猎的猎场是阿拉塔尕那河流域；我们打仗的沙场是长满针茅草的白草滩；我们开那达慕尽情娱乐的地方是长满松树的山地草原；我们饮用的水是三眼甘泉。我们在那里安居乐业的时候，驻牧在落日的脚下、红帽山的后面、擎天柱的南面、乌拉那河的岸边的魔王贡布可汗前来侵略十三个部落，就把我们俘虏了。我们没有办法，只好跟着魔王贡布可汗迁徙到了他的国家。我们虽然去了魔王贡布可汗的国家，但是我们的内心一直依恋着我们的圣主格斯尔可汗。我们也不能就这样百依百顺、任人宰割，因此曾经悄悄地派达兰台－思钦、达拉泰－乌仁去给三位夫人报信去了。我不知道前来拯救我们的是哪些勇士？

---

①　原文作"gajar-un ürükü garhu edür"。释迦《蒙古语详解词典》第70页中"erükeči hariyačai"是春天土星日来、秋天土星日回南方的燕子。《格斯尔文库·28》第755页翻译成"二十一年九月初二"，显然是把"gajar"读成了"hoyar"。但是，从《隆福寺格斯尔》抄本的写作特点看，"r""y"辅音的写法是明显不同的。而结合这一章的上下文语境来分析，达兰台－思钦把自己比喻为候鸟、燕子是比较恰当的。

因此，我就特意来见你们。"说完便给嘉萨磕头。以嘉萨为首的勇士们见到达兰台-思钦后大家都特别高兴。

嘉萨问达兰台-思钦："你那位好心的蟒古思可汗到底有多少军队？蟒古思可汗到底有多少个灵魂①？我们不用问你更多的话，你也不是外人，你是我们自己人。你把自己想说的想法都说了吧！"达兰台-思钦就跪下来一一禀报嘉萨："虽然我的身体在蟒古思可汗那里，但是我的内心却一直惦记着你们。我的嘉萨啊，你认为我为那个蟒古思可汗效劳，所以问我：'你的可汗到底有什么本领？'你这样问我并没有错。但是，我并没有那么多为之效劳的可汗，我只有一个格斯尔可汗。那位魔王贡布可汗实际上神通不多，但是军队很多。贡布可汗身边的勇士不多，在他的军队里有特斯凯、德斯凯两位勇士，但是他们两人都不是我的对手。我用计谋在蟒古思可汗身边周旋，而我的全部心思都在您这边。那位蟒古思可汗让我做了统领全军的第一勇士，但是我还没有掌握那位可汗的计谋和底细。他有一个宠爱的夫人，但是我也不知道。我虽然不知道杀死蟒古思可汗的办法，但是我有办法拖住蟒古思可汗。那位魔王贡布可汗把我们俘虏过来之后，经常在北杜尔伯勒吉、南杜尔伯勒吉两条河附近狩猎。蟒古思可汗狩猎的时候，他俘虏过来的其他部落的人都为他忘我地效力②。我心里想的却是'去你的父亲的头，去你的母亲的脑门！你以为自己是谁的可汗？'那位蟒古思可汗的坐骑是一匹身躯巨大如山的花马，他有一个姑母，那位姑母住在东北方向离蟒古思可汗一千逾缮那远的地方。你是想让我先回去，是吗？如果你们按照我的

---

① 原文作"hubilgan"。《格斯尔文库·28》第755页翻译为"有多少神通广大之勇士"。根据《格斯尔》史诗的上下文，"manggus-un hubilgan"一般指的是蟒古思的各种灵魂和变化多样的化身。

② 原文作"bi ügei küčün gargaju yabudag"。

计划行动，我就先回到蟒古思可汗那边的家。"嘉萨-席克尔问道："你这次带了多少个士兵过来的？"达兰台-思钦回答说："我这次带了一千个士兵。但是，你们大家已经杀死了那个变成枯树为魔王可汗站岗的蟒古思，我如果带着那些军队直接来见你，这一千个士兵来到之后认出你们来，可能会给魔王可汗通报信息，泄露秘密。因此，我就让他们去打猎两天，等他们离开之后我才过来见你们。那些军队快要打猎回来了，你们是屠杀他们呢？还是保留他们性命？"嘉萨对他说："杀死他们！"达兰台-思钦接下来说道："我的嘉萨大人，你有所不知。我如果把这一千个士兵带回去，对我们以后的行动有利。如果你把这些军队全杀光了，我怎么见那蟒古思可汗呢？特斯凯、德斯凯两个勇士总是与我作对，在蟒古思可汗面前争宠。如果我带来的军队全军覆没，他们就会讥笑我，我在蟒古思可汗面前就再也抬不起头来了。因此，我还是把这一千个士兵原数带回去吧！"嘉萨听了说道："你说的这话有道理。"达兰台-思钦起身要回去，嘉萨把身上穿的珍珠衫脱下来送给达兰台-思钦。达兰台-思钦接过来穿在身上，给嘉萨磕头谢恩。

达兰台回去和自己的军队会合。士兵们问他："你去哪里了？这么久才回来？"达兰台-思钦回答说："我去找你们了。我们现在回去吧！"就带着军队返回去了。

达兰台-思钦回到蟒古思可汗身边，把自己带兵出巡岗哨的事情全部告诉了蟒古思可汗。那可汗听了非常高兴，就打开四座仓库，取出可以满足一切愿望的如意宝，从达兰台-思钦开始一一赏赐了一千个士兵。以达兰台为首的军队跪了一地，磕头谢恩。蟒古思可汗问达兰台-思钦："你去巡视的地方遇到我们的岗哨了吗？"达兰台-思钦回答道："遇到了。我们的哨兵一切都安好。"魔王贡布可汗听了高兴地说："你这一去，我心中的一块石头才落地了。"

再说，宝贝嘉萨和安冲为首的勇士们洗劫了四个蟒古思的所有财产，高唱着胜利的歌回来了。这一天，在宝贝三位夫人登上金塔远眺勇士们的身影之时，以嘉萨为首的勇士们正好凯旋，向三位夫人通报了此次远征的所有细节。三位夫人听了非常高兴。嘉萨带头向三位夫人进献了这次的战利品。三位夫人接过并分发给三十个勇士。只有晃通没有得到战利品。三位夫人打开库房取出珍珠衫，赏给以嘉萨为首的十个勇士。嘉萨为首的十个勇士向三位夫人磕头谢恩，各自回家去了。

且说，那天一道蓝色的烟从天而降，胜慧三神姊变成一只杜鹃鸟飞下来，对三位夫人降旨道："你们不要着急。我们去让十方圣主格斯尔可汗恢复记忆。"说完就飞过去了。

胜慧三神姊飞过去一看，格斯尔可汗刚从宫殿出来，走到金塔底下，在影子里坐下了。胜慧三神姊一个变成乞丐，一个变成两只母狍子，一个变成两只黄羊，她们这样变化以后靠近格斯尔，格斯尔却一点都没有察觉。

那位变成乞丐的神姊手持一个乞讨用的葫芦瓢走到金塔底下，格斯尔可汗见了，问道："你这女人是干什么的？你手里拿着葫芦瓢干什么？你来这座金塔底下要干什么？"那女子回答道："圣主问得对。你来到这个地方已经二十一年了。你刚来的时候我的牛羊多得数都数不清，如今时过境迁，我已经沦落为一个乞丐了。你如果过得好，你就施舍给我一点吃的；你如果过得不好，你就闭嘴不要多管闲事。你嘲笑我和不嘲笑我都没有关系。我可不像你，你忘记了自己出生的故乡吐伯特的百花盛开的草原；你忘记了自己的金塔；你忘记了《甘珠尔》《丹珠尔》两部大乘佛经；你忘记了一百人搭建的巨大的白毡帐；你忘记了可以满足一切愿望的如意宝；你忘记了自己的黑炭；你忘记了自己的镶嵌一万颗星星的盾牌和盔甲武器；

你忘记了自己的九叉铁索；你忘记了自己捕捉太阳的黄金套索和捕捉月亮的白银套索；你忘记了大海里的石磙般大小的猫眼石；你忘记了雄鸟的鼻血一角砚，雌鸟的乳汁一角砚，雏鸟的眼泪一角砚；你忘记了在你特别年轻的时候就嫁给你的妻子茹格姆-高娃夫人、阿鲁-莫日根夫人、贡-高娃夫人、乔姆孙-高娃夫人；你忘了跟着你从天而降下凡人间的三十个勇士和三百名先锋；你忘记了你的三个鄂托克的人民。你真是把自己的根都忘了。谁还像你呀？摔了一跤，满嘴吃了一把泥土，把一切都忘得一干二净，哪有这样的傻子呀？"格斯尔可汗被数落了一通，心里想道："这到底是怎么回事？她和我们吐伯特地方的女孩子一样。"格斯尔可汗记忆恢复，比原来更加清醒了。

又过了一会儿，两只母狍子跑到金塔底下戏耍并嘲笑格斯尔说："格斯尔啊，你已经衰老了。你还有力气射杀我们吗？"格斯尔听了，心里想道："连这两只母狍子也嘲笑起我来了。"就叫来两个侄子，让他们将自己架着站起来，把长长的两道眉毛掀到耳朵后面，分别用左手握住长长的头发卷到头顶上，用右手把长长的胡子向左右两侧拨开，吩咐仆人取来阴弓阳箭，准备射挑衅自己的母狍子。而那母狍子说道："人死了以后阎罗王也要审问清楚了才投入地狱中让他受罪；人犯罪了官老爷也要审问清楚了才给他量刑。在你射杀我之前请让我把话说完吧！"母狍子继续说道："可汗你好好听着！可惜啊，你那美丽的夫人就要落入外来敌人的手里了；可惜啊，美好的宝物眼看着就被玷污了；可惜啊，你美好的家乡就要变成他人的领土了；跟这些相比，我这条命有什么可珍惜的？圣主啊，你想射就射吧！"说完，母狍子就一动不动地站在格斯尔面前等他射杀。圣主格斯尔这次更是记忆大幅度恢复，心里想道："这只母狍子怎么这么像我们吐伯特故乡的子女啊！"就放弃了射杀。那两只母狍子就走开了。

接下来，又有两只黄羊跑到金塔底下戏耍并嘲笑格斯尔可汗。格斯尔可汗见了这情景，心里明白了两只黄羊和刚才的两只母狍子一样是来劝说自己的。正在这时，赛胡来-高娃夫人走过来对格斯尔可汗说道："你要射杀这头黄羊，可不能射偏了。他们会嘲笑你老了没用了。你可要小心，不能把它们放跑了。"那黄羊听了就对赛胡来-高娃夫人和格斯尔可汗两人说道："可汗和夫人，请你们听我说！我虽然从来不和有德的贤臣拌嘴、有过节，从来不和有学问的贤者辩论争强，从来不和得到时运的可汗争夺王位，虽然我天生是四条腿的牲畜，但是我知道自己是黄羊群里的黄羊。不该说的秘密不要说给妇人听，男人在外应该遵守这一点。时常在内心里反复推敲在宰桑聚会上听到的训诫；不要让微不足道的人说的话占据了你的全部心思。释迦牟尼佛、霍尔穆斯塔腾格里父亲、那布莎-古尔查祖母、安达三个腾格里、胜慧三神姊、哥哥阿敏萨黑克齐、弟弟特古斯朝克图、山神敖瓦工吉德、毛阿固实、当波占卜师，我从来没有忘记过他们的教诲。我虽然是四条腿的牲畜，但是我却在内心里记着人类说过的话。你嘲笑我也罢，不嘲笑我也罢，我都不在乎。你自己决定你要射死我还是放我走。"说完就走开了。格斯尔可汗放弃了射杀黄羊，更加清醒了，记忆又恢复了一些。

格斯尔可汗从金塔底下起身回到家里，刚坐好，赛胡来-高娃夫人就问："可汗是否饿了？"随后，把黑色魔法食物献上来。圣主格斯尔本应不吃的，但是命中注定到了吃的时间，就接过来吃了。于是，他又把一切忘得一干二净，待在赛胡来-高娃夫人身边，不回故乡了。

胜慧三神姊未能劝说格斯尔回故乡，就在一个地方会合，飞到三位夫人身边，将一切经过告诉了她们，就向蓝天飞去了。

那时正值二十一年，即甲巳年①十月严冬时节，三位夫人取出圣主格斯尔可汗留下的箭，仔细擦拭，把弓拉得和十五的月亮一样圆满，口诵咒语："如果遇到敌人，就射中敌人；如果遇到黑心的人，就射中他的心肝！"就把箭射过去了。

那支箭飞过去直接插进格斯尔的箭筒里。格斯尔听到响声，就问道："我的箭筒为什么叮当响了？拿过来，让我看看。"赛胡来-高娃夫人就把箭筒取来，递给格斯尔可汗。圣主接过来一看，原来是信箭插进箭筒里了。圣主认出了自己的信箭，取回擦一遍，口诵咒语道："如果遇到敌人，就射中敌人；如果遇到黑心的人，就射中他的黑心！"说完就让信箭飞回去了。那支信箭往回飞的途中落在呼斯楞敖包上。

且说，格斯尔可汗的三位夫人又到登上金塔抽签的时间了。乔姆孙-高娃夫人、贡-高娃夫人也跟在后面登上金塔。茹格姆-高娃夫人抽中了巴尔斯-巴特尔的儿子青毕昔日勒图，阿鲁-莫日根夫人抽中了阿斯米诺彦的儿子那钦双呼尔，图门-吉日嘎朗夫人抽中了苏米尔巴图尔；乔姆孙-高娃夫人抽中了额尔敦呼鲁赤巴图尔，贡-高娃夫人抽中了阿尔衮巴图尔②。

勇士们出发的时候，格斯尔可汗的胜慧三神姊变成一只杜鹃鸟从天上飞下来，对苏米尔巴图尔吩咐道："你们去的时候要像鹳鹤一样小心翼翼，回来的时候要像雄鹰一样凯旋。你们直接奔着金山去。"说完就飞上天了。

苏米尔巴图尔走在前面，到了金山脚下，策马登上山顶放眼瞭望，看见了远处有三百只獒犬成群结队地走着。苏米尔巴图尔正准

---

① 原文误。

② 原文此处的阿尔衮巴图尔可能有误。因为后文出现了阿南达巴图尔，阿南达巴图尔没有被抽中，而抽中的阿尔衮巴图尔在后面的情节中没有出现。

备第一个杀过去，阿南达巴图尔从后面赶过来，对苏米尔巴图尔说：
"请听阿鲁-莫日根夫人的命令。你们先杀死这三百只獒犬，再去东
北方向杀死住在那里的蟒古思姑母。"大家异口同声回答说："夫人
说得对。"苏米尔他们心里明白，杀死三百只獒犬，是天上的释迦牟
尼佛的命令，通过阿鲁-莫日根夫人之口传达给他们。正如阿南达巴
图尔所言，那三百只獒犬就迎着他们冲过来了。苏米尔巴图尔迎过
去，头顶上变化出瓦其日巴尼佛（金刚持）的法相，额头上变化出
摩诃噶剌佛（大黑天神）的法相，骑乘的枣骝马四蹄冒出烟火，可
怖至极。其他勇士紧跟在苏米尔巴图尔后面杀过去。苏米尔巴图尔
用手点了三下，就把那三百只狗全杀死了。其他勇士因为没有机会
杀死蟒古思的狗，就抱怨苏米尔巴图尔没有给他们杀敌的机会。苏
米尔巴图尔对他们说："你们抱怨什么呀？敌人多着呢。你们有的是
骑射的机会。"说完就奔着蟒古思姑母住的地方去了。

他们到了蟒古思姑母住的地方。① 阿南达巴图尔是龙王的儿子，
因此知晓蟒古思姑母的一切秘密，而其他勇士则对此一无所知。阿
南达巴图尔试探了一下，原来贡布可汗的姑母②蟒古思没有多大的神
通和本领。于是阿南达巴图尔对苏米尔等四位勇士说道："我一个人
去收拾那个蟒古思吧。她没有多少神通本领。"苏米尔巴图尔对他说
道："具备了龙王神性的英雄，阿鲁-莫日根夫人的忠诚侍卫，释迦
牟尼佛的高贵弟子，你自己决定你杀死那个蟒古思还是放走她。你
去讨伐那个蟒古思，你如果战胜她当然好。如果无法战胜她，我们
过去帮你杀死那个女蟒古思。"

阿南达巴图尔独自一人冲过去的时候，头顶上出现瓦其日巴尼

---

① 原文作 "tegün-ü ekener-ün umai nugugchin küken-ü nasu, ede bügüde -yin sedkil-i
hubishui-yin tulada."

② 原文作 "egechi manggus"，是姐姐蟒古思。显然是抄本错了。

佛的五色彩虹，额头上幻化出曼殊室利佛的法相，从耳朵里钻出金
蛇，两眼冒出火花，口鼻冒出盛气凌人之气，手持一把砍石头像切
纸一样的大刀，右手握一条蛇当作鞭子，骑的银合马四蹄冒烟，发
出五条神龙呼啸的巨大声响，震撼蓝天，摇动大地，轰轰烈烈地冲
杀过去。那蟒古思的姑母吓破了胆，四处躲避，无处藏身，恨不得
钻到地里去，在她徒劳地摸索着想要逃走的时候，阿南达巴图尔用
左手的钢刀把蟒古思姑母拦腰斩断，放开右手握着的蛇去缠绕蟒古
思的脖子，蛇就紧紧地缠绕在蟒古思的脖子上。阿南达巴图尔射去
一支火箭，蟒古思就挣扎着倒下去了。阿南达巴图尔走到蟒古思身
边，为了试探其他英雄，就跳进蟒古思的口中，躲了起来。

　　苏米尔则早知道了阿南达的恶作剧。苏米尔等勇士来到阿南达
杀死的蟒古思姑母面前，见到蟒古思已经半死不活，苏米尔就对其
他勇士说道："你们大家去砍阿拉坦河畔的松树，然后运过来。我们
放火烧蟒古思的尸体吧。我们只有一个阿南达巴图尔，却不料被这
个蟒古思吃掉了，我们回去怎么交代？我们杀死这个蟒古思，从她
的肚子里拣出阿南达巴图尔金子般高贵的尸骨，装进金荷包中，像
蝴蝶一样敲打三下，带回去交给他留守在家里的老婆吧。就让他老
婆把尸骨埋葬在黑土地里吧。"说完，苏米尔巴图尔就站在旁边等。

　　其他勇士去河边砍来了松树，堆在一个地方。苏米尔巴图尔说
道："我这里有佛祖赏给我的火镰。"随后取出火镰打出火，点燃了
木头。接着把蟒古思的尸体抬过去扔进火里，蟒古思在熊熊烈火中
被烧得乱叫，而蟒古思口中的阿南达巴图尔也禁不住火烧，也从蟒
古思的口中喊道："烫死我了！烫死我了！苏米尔巴图尔啊，你要用
酷刑烧死我吗？你的弟弟没有死。我还活着呢。"苏米尔说道："听
说死人说话对子孙后代不吉利。"就做出用刀砍的样子，阿南达巴图
尔又叫道："烫死我了！烫死我了！苏米尔巴图尔啊，你为什么这样

折磨我？"苏米尔巴图尔回答道："听说死人如果不停地说话会对留在世上的父母不利。"阿南达巴图哀求道："我以后再也不试探你了。你救救我吧。"苏米尔巴图尔听了，就灭了大火。阿南达巴图尔从蟒古思口中跑出，对苏米尔巴图尔说道："我是试探你才跳进蟒古思口中的，是我错了。我应该在你们放火烧蟒古思之前从她的口中出来才对。我以为你不生气了。"苏米尔等众勇士哈哈大笑，称赞了阿南达巴图尔。于是他们洗劫了蟒古思的所有财产。

且说，三位夫人和嘉萨等登上金塔眺望远方，正说着："苏米尔巴图尔他们去了这么长时间怎么还不回来？"苏米尔巴图尔等勇士就高高兴兴地回来了。他们给三位夫人磕了头，详细说了出征蟒古思的经过，把战利品献给三位夫人。宝贝三位夫人从战利品中各自取了一份，把其他战利品分发给三十个勇士，只有晁通没有分到战利品。三位夫人从库房取出六件珍珠衫赏给出征的勇士们。勇士们接过了珍珠衫，向夫人们磕头谢恩，然后高高兴兴地回家去了。

且说，三位夫人登上金塔，坐下来商议下一步的计划。茹格姆-高娃夫人说道："我们的三十个勇士都已经抽过一轮签、出过一次征了。接下来该叫谁出征了？谁去唤醒格斯尔可汗？"阿鲁-莫日根夫人回答道："我可以唤醒格斯尔可汗。他走的时候留给我一支神箭。"便起身取来神箭，擦拭并吩咐道："神箭啊，神箭！你去的路上如果遇到敌人就射中敌人，如果遇到黑心的人就射中他的心肝。"说罢，就把神箭放走了。

那支神箭飞过去，插进了格斯尔的箭筒里。格斯尔可汗吃了一惊，说道："嘿，老婆！又和那天的信箭一样，箭筒叮当响是什么原因？把箭筒拿过来，我看一下。"赛胡来-高娃夫人取来箭筒递给格斯尔可汗。格斯尔接过来一看，认出了自己的神箭，擦拭了一下，并命令道："如果在途中遇到敌人就射中敌人，如果遇到黑心的人就射中他的心肝。"说完就把神箭放走了。

智能的神箭飞回去，插到阿鲁-莫日根夫人的门前。阿鲁-莫日根把神箭拔出来，拔出神箭的地方有一股泉水喷涌而出。阿鲁-莫日根夫人知道了格斯尔不回来，于是对茹格姆-高娃夫人说："如今我去征讨魔王贡布可汗，如果他的军队不多，我就屠杀并俘虏一些军队回来如何？"茹格姆-高娃夫人同意了。就这样，阿鲁-莫日根夫人出征魔王贡布可汗了。嘉萨-席克尔的夫人格姆孙哈屯、苏米尔的夫人钟根达理也随阿鲁-莫日根出征蟒古思。阿鲁-莫日根夫人出发时在一只手中握了一根白色手杖，格姆孙夫人也在一只手中握了一根白色手杖，钟根达理夫人携带了全部武器。

阿鲁-莫日根夫人出发时向天上诸神做了祈祷："无上的释迦牟尼佛，霍尔穆斯塔腾格里父亲，那布莎-古尔查祖母，胜慧三神姊，全心全意关照我们的哥哥阿敏萨黑克齐，分辨善恶不差秋毫的弟弟特古斯朝克图，指点前行的道路的山神父亲，模仿询问的毛阿固实，当波占卜师统辖一切的圣主格斯尔可汗，占领图尔莫黑巴拉嘎孙的父亲母亲，哥哥嘉萨，你们请听我的祈祷。我向你们祷告的理由是：如今我担心圣主格斯尔可汗的故乡落入他人之手，而我自己不惜生命出征讨伐魔鬼贡布可汗。圣主一心二用，忘了来世因果，把亲人和故乡移出内心，让两边的女人的欲望越来越强，身为可汗却把高贵的身份扔在地上，走上了黑暗的道路，不思光明正道，反而崇尚心中有鬼，我虽然是女人也不能袖手旁观，我心疼自己的生命活了一百岁有什么用？自古圣贤谁无死？我一个妇道人家还指望名垂青史吗？可汗都不思国家大事，妇道人家还要杞人忧天吗？可是，我内心越发不忍。既然圣主可汗不思国家安危，那就让我去寻找治国护国的办法吧。我这颗可怜的心为国为民劳顿，因此祈求你们护佑。"说完，阿鲁-莫日根夫人带头向天界诸神祈祷磕头。

众夫人的祈祷没有传到天界佛祖诸神那里，而是传到了胜慧三神姊的黄金案桌上。因为是女人的祈祷，所以未能到达佛祖案前。胜慧三神姊把阿鲁-莫日根夫人的祈祷带到释迦牟尼佛面前。她们先把祈祷的事情瞒起来不说，双手合十给佛祖磕头以后禀报道："佛祖，请您翻开九十九片八面镜的占卜书里查看一下。"释迦牟尼佛找来了占卜书查看以后说道："原来是阿鲁-莫日根夫人因为魔王贡布可汗的事由向我们祈祷了。"于是，胜慧三神姊就把阿鲁-莫日根夫人们的祈祷转达给佛祖。释迦牟尼佛降旨道："请阿鲁-莫日根去的时候像野驴一样轻盈地过去，回来的时候像杜鹃鸟一样愉快地凯旋。到了那里，不能迷惑，心要宽敞。请把金线、丝线、海水泡沫、火镜、铁梯、金钩、用黄金和绿松石制作的盾牌等宝物从天上降下去送给她们。"

胜慧三神姊变成杜鹃鸟从天上飞下来，向阿鲁-莫日根夫人传达了释迦牟尼佛的法谕。把带来的宝物交给阿鲁-莫日根夫人并吩咐说："佛祖的法谕，请你们去的时候像野驴一样轻盈地过去，回来的时候像杜鹃鸟一样愉快地凯旋。到了那里，不能迷惑，心要坚强。"阿鲁-莫日根夫人和另外两个夫人跪着接过宝物，并向天界诸神磕了九九八十一个头。胜慧三神姊便飞回天上去了。阿鲁-莫日根夫人要出发，阿南达巴图尔提出要跟着夫人去蟒古思的地方。阿鲁-莫日根同意阿南达巴图尔的要求，就把他放进自己的锦囊中带走了。

阿鲁-莫日根夫人一行人只用两个月的时间就走完了需要走二十一年的路程，来到了金山脚下。她们越过金山向前走，遇到了互相碰撞的两座红山。阿鲁-莫日根夫人来到两座红山前，取出金丝线，呼请释迦牟尼的曼陀罗，取出绢绒线，唱出礼仪的歌，赞美道："我们故乡的两座红山如果见到敌人就会咚咚地碰撞；如果见到三个美女就停止相撞，而互相礼让后退到很远的地方。这里的两座红山为什么也和我们故乡的红山一样啊?" 两座红山听了溢美之词,在向后退去的间隙,钟根达理夫人变成白雕,格姆孙-高娃、阿鲁-莫日根两位夫人变成山鹰,从两座山中间飞过去了。飞过两座山,格姆孙-高娃夫人对另外两位夫人说道:"这是敌人的山崖吗?" 两座山知道被三位夫人骗了,非常生气,想夹住她们将她们撞死,就从两边跑过来碰撞,结果两座山撞了个粉碎。

阿鲁-莫日根夫人一行人再往前走,见到了一座高山。高山旁边有一条无法渡过的大江。三位夫人来到大江岸边,取出海水泡沫,说道:"我们故乡的江河如果见到有人来,就会断成两截,给人让出一条路。这里的江水和我们故乡的江水何其相似啊!" 那条江水听了夫人的溢美之词就停止了流淌,让出了一条路。三位夫人就这样用智慧骗过了大江,从江中走了过去。

渡过了大江,三位夫人来到了一座生铁铸成的城堡前。城堡前有一百名士兵守护。苏米尔的夫人钟根达理请求阿鲁-莫日根夫人准许她过去对付这些士兵,阿鲁-莫日根夫人同意了。钟根达理夫人的头顶上栖息了一只鹦鹉,发辫上开满了美丽的莲花,身后升起了五色彩虹,手持一千庹长的棍棒,走到敌人中间。那些士兵见到夫人的绝世美色都惊呆了。他们就互相议论道:"这位夫人是哪个地方的美女?她是多么美丽动人啊!我们的可汗没有妻子。她和我们的可汗可是非常般配。" 士兵们这样议论的时候,钟根达理夫人早就知道了,于是对他们说道:"我是闪迪汗家里的一个婢女,我哪里称得上美女?最早的时候,山上长了一棵松树,人们都惊叹松树的秀美,但是后来松树周围长了许多其他的树,人们就说松树变得没有威风了;波浪荡漾的水中盛开的莲花美丽无比,人人见了都惊叹它的美,但是莲花旁边开了很多同样的花朵以后,人们就说莲花失去了国色天香;天上飞的天鹅认为没有人会射杀它,却不料被海东青瞬间冲过来捉走了；已经出嫁的姑娘以为不会再有人嘲笑自己，不料后襟却着火了；神通广大的大臣认为自己没有对手，不料被乡野民间的隐士鄙视了；天上飞的鸟雀认为没有人会射杀自己，不料落到田间却踩到铁夹子被夹死了；威震四方的将军认为没有人敢侵犯自己，不料自己镇守的灵州城①落入了他人的手中。天上飞的鹭鸶以为没有人能射杀自己，不料落在青海湖畔却被人射杀了；燕子以为上下翻飞是它的自由，在青瓦屋檐下筑巢也是它的自由，在奔跑的动物身边低飞是它的自由，自己孵卵自己育雏也是它的自由，不料却被藏在岩石缝隙的金蛇吞吃了；天上飞的天鹅以为春天飞越蒙古大地，秋天回到南方是它的自由，不料在青海湖畔三十七节芦苇中孵卵育雏时却被猛禽吃掉了。有人以为自己的大拇指有力，在贤臣才俊面前炫耀自己，不料却被妇道人家数落得体无完肤。你们为什么这样

---

① 原文作"türimekei balgasun"。《隆福寺格斯尔》中多次出现"türimekei bal-gasun"这个地名，这不是偶然的，而是有历史依据的。根据沈卫荣教授的研究，陈寅恪的一篇与蒙元史研究相关的论文《灵州宁夏榆林三城译名考》是中亚语文学研究的经典之作。地名，即地理位置和地理环境，对于历史和历史研究的重要意义自不待言，但"历史上往往有地名因其距离不远，事实相关，复经数种民族之语言辗转移译，以致名称淆混，虽治史学之专家，亦不能不为其所误者，如《蒙古源流》之灵州宁夏榆林等地名，是其一例"。《蒙古源流》中出现了 Turmegei、Temegetu 和 Irghai 等三个地理位置相近的地名，它们不但在《蒙古源流》的蒙古、满、汉三种语言版本的对译中就已出现混乱，而且，在《元朝秘史》《拉施德书》《圣武亲征录》《马可·波罗游记》和《元史》等各种文字的历史文献中，以不同语言和不同形式的名称出现，前辈学者如《蒙古源流》的辑校者和德文译者施密德（Isaac Jacob Schmidt，1779—1847）、《圣武亲征录》的校注者王国维、《马可波罗游记》的编注者亨利玉尔（Sir Henry Yule，1820—1889），还有《蒙兀儿史记》的作者屠寄（1856—1921）、《多桑蒙古史》的作者多桑（Abraham Constantin Mouradgea d'Ohsson，1779—1851）等，他们对这些地名的认知各有各的说法，也各有各的错误。在那个年代，经常有汉学家不懂蒙古文、波斯文，而蒙古学家则不懂汉文，故对这些名称的译写和确认都不得要领。陈寅恪通过对以上文本中出现的这些地名及其与它们相关的历史事件的仔细比照和考证，最后考订其各种不同的译名，确认 Turgegei 即灵州、Termegetu 是榆林、Irgai 为宁夏。——沈卫荣：《陈寅恪与佛教和西域语文学研究》，《清华大学学报》2021 年第 1 期。

惊叹于我的美貌？"说着把扛在肩上的褡裢取下来，把武器倒了出来。那些士兵见到堆满一地的武器被吓破了胆。他们嚷嚷道："这哪里是什么普通的女人啊？明明是十方圣主格斯尔可汗的三十个勇士来了。"于是他们喊着要杀死这个女人。钟根达理夫人把武器重新收进褡裢里，取了阴弓阳箭射那些士兵，并用一千庹长的棍棒扫了一阵，就把士兵全杀光了。为了试探阿鲁-莫日根夫人，钟根达理夫人制作了一顶有一千扇黄金天窗的轿子，用一千庹长的金丝线拴住了鹦鹉的腿，自己躲进轿子里。

阿鲁-莫日根夫人和格姆孙-高娃夫人赶过来不见钟根达理夫人，到处寻找的时候在河边看见了一顶轿子。"肯定在这顶轿子里。"过去一看，钟根达理夫人果然坐在里面。钟根达理夫人于是走出轿子拜见了阿鲁-莫日根夫人，并详细说了杀死敌人士兵的经过，阿鲁-莫日根夫人听了非常高兴。

阿鲁-莫日根夫人一行继续前行，来到了一座用生铁铸成的城堡。三位夫人到了城墙根，阿鲁-莫日根夫人试探了一下，原来是一座空城。城墙的高度正好和阿鲁-莫日根夫人带来的铁梯相等。她们正准备把铁梯架到城墙上攀爬的时候，城墙就自己粉碎了。从城堡里飞出一只蚊子，阿鲁-莫日根夫人就用金钩拍死了蚊子。

三位夫人继续前行，有一天来到了一座高山脚下，山林茂密，无路可走，一片漆黑。阿鲁-莫日根取出火镜照明探路，三人走出了深山。三人再前行，来到了一座长满荆棘丛的高山，在荆棘丛中住着一个婆罗门。那婆罗门手里握着一支枪，到处胡乱刺杀。阿鲁-莫日根夫人取出盾牌走在前面，钟根达理夫人走在后面用一千庹长的金棍一棍打死了那个婆罗门。

阿鲁-莫日根夫人一行人再往前走，就看到了魔王贡布可汗的城堡。阿鲁-莫日根夫人就把阿南达巴图尔从锦囊里取出来，问他道：

"这个蟒古思的姑母①长什么样子?"阿南达巴图尔就跪下来,禀报具备龙王神明的阿鲁-莫日根夫人:"那个蟒古思的母亲本身没有多少神通。她的心思敏捷,行动缓慢,坐下来就站不起来。蟒古思姑母相貌丑陋,右脸上有一颗红痣,左脸上有一颗白痣。这两颗痣是蟒古思姑母的灵魂。她满头白发,已经七十八岁了。她的两条腿很长,因此走路时迈的步很大。她手持一把铁制揉皮刀,放牧羊群的时候为了提防敌人来犯,常备一根一千庹长的金棍不离身。两个耳朵里经常有金蛇钻出缠绕,两只眼睛能辨认出从遥远地方来犯的敌人。她有隔夜睡的习惯,如果第一天夜里睡了,第二天夜里就不睡觉。"阿鲁-莫日根夫人听了很高兴,就召唤阿南达三次,阿南达就变小了,夫人把他重新装进锦囊里。

　三位夫人走到了蟒古思的城堡附近。阿鲁-莫日根夫人就按照阿南达巴图尔告诉她的话,变成了蟒古思的姑母,让格姆孙-高娃夫人变成了女蟒古思的年长女仆,钟根达理夫人变成了女蟒古思的年轻婢女。三个人来到了城堡门前,那里有八百个士兵把守城门。于是阿鲁-莫日根夫人垂下两道长长的眉毛,让两个脸颊变大变宽,让下巴垂下来快要拖到地,让头发变得雪白,变成一个快一百岁的老太太;让笔挺的腰身变成弯弓一样,把手中的白色手杖变成一千庹长的棍棒,几乎用双手伏地,蹒跚地走向蟒古思的城堡的门口。而把守城门的八百个士兵根本就不让阿鲁-莫日根她们靠近一步。他们训斥道:"你们是什么地方的人?叫什么名字?你们从哪里来?这世上的两条腿的人类从来不到我们这里来的。"那老婆婆就回答士兵们说:"你们问得对。我是蟒古思的姐姐。我两年没见我唯一的弟弟

---

①　原文作"manggusu-un eke"(蟒古思母亲),但是联系上下文,阿鲁-莫日根夫人问的应该是蟒古思的姑母而不是母亲。因为上文中阿南达巴图尔杀死的是蟒古思的姑母,所以知道蟒古思姑母的长相和品性,故译者将母亲改为姑母。

了，因此今天看他来了。① 最近瘟疫流行，我也染上了瘟疫，常被病痛折磨。我死前想见一见唯一的弟弟，因而过来了。我的唯一的儿子②今年三十七岁了。人不能预知自己的死，因为阎罗王不会派使者过来告诉他，所以我趁自己活着的时候想见一见唯一的儿子，于是就过来了。至于你们让不让我进去，你们自己决定。"八百个士兵听了，回答说："你先坐在这里等。我们进去向可汗禀报。你如果是我们可汗的姐姐，那就理所当然是我们大家的姐姐③。"说罢他们就进去向可汗通报了。

蟒古思的可汗听了士兵的话，心里想道："我没有这样的姐姐啊！这姐姐是从哪里来的?"就取来占卜书，翻开查看，原来在东北方向住着一个姑母④。于是对士兵说："请你们把她请进来。我要见见我的姑母。"那士兵对蟒古思可汗说道："您虽然是大家的可汗，但是你不能对唯一的姑母摆出可汗的架子，您还是出去迎接吧！"魔王贡布可汗对士兵说："我不能离开这个位置。你们出去把她请进来。我就在这里接见她。"士兵不能违背可汗的命令，因此出去把阿鲁-莫日根夫人变成的蟒古思姑母请了进来。

蟒古思的姑母进来以后说："我的弟弟⑤在哪里? 我要看看。"边说边把手搭在眼睛上做出寻觅的样子。蟒古思可汗站起来说："我在这里。"就走过来拥抱姑母行了见面礼。蟒古思可汗牵着姑母的手，请她坐到可汗宝座的台阶上，铺上黄缎垫子，请姑母坐在上面。

---

① 原文作 "bi manggusu-un egeči bui. bi hoyar jil boltal-a gagča degüü-ben üjey-e gejü yirelüge." 这里变成了蟒古思的姐姐。可见，原手抄本中的内容有出入。

② 原文作 "gagča köbegün minü"（唯一的儿子）。实际上是唯一的侄儿。

③ 原文作 "egeči"（姐姐）。

④ 原文作 "jegün hoyitu jüg-tür nigen abag-a egeči minü bai bülüge." 由此可见，这部分内容里的 "姐姐""姑母" 等实际上都是指蟒古思的姑母，以下不再一一标注。

⑤ 实际上是侄儿。

蟒古思可汗问道："跟您一起来的这两位是谁？您来这里有何贵干？"蟒古思姑母回答说："这是我家里的女仆。这两年来你为什么没有来见我？我这次来，一是我已经七十八岁了；一是瘟疫流行，常做噩梦。因此，我想见见唯一的侄子你，于是就过来了。"蟒古思可汗听了，说道："您说得对。我也是病了两三个月了。"姑母说道："现在瘟疫流行很严重。不过，我知道了你安然无恙就放心了。我现在可以回家去了。但是，你为什么一次都不去看望我呀？我已经老了，离安葬我的黑土越来越近，离生活一辈子的城堡越来越远了。因此，来看你的机会也越来越少了。"

蟒古思的姐姐又接着说道："我原来身体经常病痛，后来遇到了一位呼图克图喇嘛，请呼图克图喇嘛看病，喇嘛看了以后说我的灵魂受到了玷污，就让我拿出灵魂，给我灵魂念诵咒语驱邪除垢。因为那位喇嘛法力无边，念诵咒语驱邪，我的病瞬间就被治愈了。我的弟弟，你的灵魂是否也被污染了？"魔王贡布可汗回答姐姐说："我的灵魂没有被污染。"蟒古思的姑母有点不高兴地说："你如果不听我的话，以后你的病严重了，你可不能怪罪我。你都这把年纪了，我还有什么可教你的？你自己看着办吧！我们回家去。"蟒古思姑母说完起身，让两个女仆扶在两侧往外走。

蟒古思可汗就跟在后面出来了，叫人打开了四座宝库的大门，对姑母说道："你挑选自己喜欢的东西带回家吧！"姑母听了非常生气地说道："你连自己的灵魂都不给我拿出来看一眼，还送给这些没用的东西干什么？你已经把我当成了外人，我活着还有什么意思？还不如一死了之。"说罢就摔倒在地上，摔得满嘴都是土。蟒古思可汗见姑母真的生气伤心了，就将她扶起来，说道："姐姐你为什么这么生气？你有什么想说的就说出来。"姑母就"哎呦哎呦"叫着从地上站起来，说道："我要回家。我这身子骨，骨头已经单薄了，血液已经不再浓稠了，这次来好让你给我送终。"蟒古思可汗就安慰姑母说道："你为什么这样伤心伤身？还是好好保重你的身子骨吧。"蟒古思姑母说道："我的孩儿，你有所不知。俗话说，与其想明天吃什么，还不如今天有什么就吃什么。"蟒古思听了就说道："这有什么难的？"就把自己的灵魂取出来叫姑母看。原来那灵魂是这样的：打开黑色石头匣子，里面有一个白色石头匣子；打开白色石头匣子，里面有一个青色石头匣子；打开青色石头匣子，里面有一个黄色石头匣子；打开黄色石头匣子，里面有一个红色石头匣子。这样层层叠套的五色石头匣子里有一个金雕银镂的桶，桶里放了用五色绸缎层层包裹的灵魂；打开五色绸缎，里面有一个头盖骨做的碗；碗里有水，水中有一条金鱼、一只黑蜣螂、一只毒蜂、一只金蜘蛛、一条长角的蛇、一只母白鼠、一根粗金针和一根粗银针，这些就是蟒古思的所有灵魂。蟒古思就把这些灵魂都指给姑母，让她一览无余。

阿鲁-莫日根变成的蟒古思姑母问蟒古思可汗道："侄儿啊，你这个灵魂有几个符咒啊？你有多少种神通变化？你的脾气习惯是什么？请你告诉我。听说有一个可汗叫格斯尔，据说他出生的时候身上就披着人皮降生在人间。据说他还有三十个天生就力大无穷的勇士。听说那位格斯尔可汗变化无常，如果想变成树就长成一棵树，如果想变成草就长成一根草，谁也分辨不出来。侄儿啊，你要小心保管这些灵魂，千万别丢了。"蟒古思可汗说："姑母提醒得对。"姑母就说："我现在回去吧。"弟弟就说道①："我有变成五百种化身的本领；我的习惯是每天从家里出发时咆哮着跑出去，用四十八支犄角顶撞大地抛撒黑土，并到处寻找来犯的敌人；从外面回来的时候我希望遇到敌人并将其一举消灭，就不断呼出阵阵寒风，不停地

---

① 原文作"degüü anu kelebe"（弟弟说），明显是错误的。应该是侄儿说。

左右晃动着我的十八颗头颅，威风凛凛地回到家来。如果敌人来犯，我的十八个鼻子中就会有一个鼻子吸进寒风，我就提前预知准备迎战；如果没有来犯的敌人，我的十八张嘴里就有一张嘴冒着热气，说明一切平安。夜里睡觉的时候，如果我的嘴里说着'起来，起来'，实际上我正在睡觉。我睡熟后会从我的两个鼻孔①里飞出两只金蝇；如果我的嘴里说着'已经睡了'，实际上我正好睡醒要跳起来，那两只金蝇就会重新飞进我的鼻孔。另外两个鼻子里会蜿蜒爬出两条金蛇；我平时休息的时候另外两个鼻子里会不断滚落黑豆、白豆；你如果问这是什么，从另外两个鼻子里跑出金蜘蛛；如果说金蜘蛛跑出来就跑出来吧，另外两个鼻子里还会飞出两只金蛉子；正想着'这些孽虫都出来了'，另外两个鼻子里又飞出两只蚊子嗡嗡地到处飞；刚想到'这下好不容易都出来了'，另外两个鼻子里又跑出金蛙；还没有说完'出完了'，另外两个鼻子里又会跑出吉勒比虫②；心里想着'这毒虫罪孽大了'，另外两个鼻子里又飞出毒蜂来。我就心里想着'这些孽虫终于都出来了，让我好好休息一下'，这些出来的毒虫又重新跑回鼻孔里去了。这样折腾一番，我才能入睡，睡个安稳觉。到了中秋八月，我说'什么东西这么沉重？'我的十八颗头颅上的四十八只犄角会全部脱落；到了初春三月，我说'身上为什么这么柔软？我这些犄角该长出来了'，我所有的犄角就全部长出来。我就是这样无比幸福。东方有格斯尔嘎日布，北方有那钦可汗，南方有汉地的格日-贡玛可汗，西方有希日古拉金可汗，这些可汗如果知道我的灵魂的秘密和我的习惯就能杀死我，如果他

---

① 原文作"hoyar hamar"，是两个鼻子。本书译为"两个鼻孔"。

② 原文作"jilbi horuhai"，布和朝鲁、图娅校勘注释的《隆福寺格斯尔》（第350页）和斯钦孟和《格斯尔全书》（第一卷，第1481页）解释为"一种虫子"。"jilbi"指人和动物、光线等闪速移动。这里的 jilbi horuhai 指的是爬得快的多足虫子。

们不知道就无法杀死我。姑母你回家去吧，不要为我担心。"姑母听了很高兴，就准备起身回家，弟弟就送客到城堡门口。蟒古思姑母就让魔王贡布可汗回去，说道："你回去吧！可怕的敌人到处都有。不能让敌人知道了你的秘密。我已经看了你所有的灵魂，也听你说了你的脾气和习惯，我也放心了。你现在回去吧。"蟒古思就说："那就让这两只乌鸦护送你回家。"蟒古思姑母就顺着说："你说得对。"便带着两只乌鸦回家了。

阿鲁-莫日根夫人变成的蟒古思姑母一行人在回家途中到一户人家中做客。那户人家非常尊重蟒古思姑母，盛情款待了她们。蟒古思姑母拿出两颗宝贝，分别赏给两只乌鸦，并对乌鸦说："你们两个回去吧。这家主人会护送我们回家。"两只乌鸦频频点头说："你说得对。我们这就回去禀报可汗。"于是两只乌鸦飞回城堡，落到蟒古思可汗面前，说道："姑母在回家途中进了一户人家，在那里受到盛情款待。那户人家要护送姑母回家，因此我们两个就飞回来了。"魔王贡布可汗听了就高兴了，就在城堡中过着他的安乐日子。

阿鲁-莫日根夫人变成的蟒古思姑母从那户人家出来，走到一个没有人烟的地方，恢复了原形，回家来了。

这天，茹格姆-高娃夫人和往常一样带着大家登上金塔的顶上远眺出征的三个人回来的身影，并议论着"阿鲁-莫日根夫人、格姆孙-高娃夫人和钟根达理夫人会战胜蟒古思并洗劫蟒古思的财富凯旋"的时候，三位夫人已经来到大家跟前，拜见了茹格姆-高娃夫人和等待她们的大家，并一一禀报远征蟒古思的详细经过。茹格姆-高娃夫人和大家听了非常高兴。阿鲁-莫日根把战利品献给茹格姆-高娃夫人，茹格姆-高娃夫人接受后分发给三十个勇士。茹格姆-高娃夫人对阿鲁-莫日根夫人说："我不能像奖赏其他勇士那样奖赏你们三位。你们大家不要生我的气。苏米尔勇士的夫人钟根达理夫人、嘉萨-席克尔的夫人格姆孙-高娃夫人，你们三位出征蟒古思，屠杀了蟒古思的军队凯旋。你们大家应该向天界诸神祈祷谢恩！"阿鲁-莫日根等三位夫人，按照空行母的化身茹格姆-高娃夫人的话，向天界诸神祈祷，说道："我们三个变成魔王贡布可汗的姑母去了蟒古思的城堡，零距离靠近蟒古思可汗，屠杀了其军队，洗劫了其财富，托圣主格斯尔可汗的福平安归来并正在向你们祈祷谢恩。"

她们的祈祷借助风轮被传达到那布莎-古尔查祖母那里。那布莎-古尔查祖母悉数倾听了她们真诚的祷告，就取来宝贝珍珠衫、镶嵌绿松石的能够自己动弹的宝贝明镜、黑白相间的稀世宝物梳子、白天可以各种姿势坐卧的金椅子、夜晚令人安稳睡眠的银床、让人长寿的如意宝、对活着的人有益的头盖骨碗、助力长寿的无量寿佛药神佛、超度死人的阿比达佛经咒等，并叫来格斯尔可汗的胜慧三神姊，吩咐道："我的三个女儿，请你们把这些东西给阿鲁-莫日根夫人、格姆孙-高娃夫人、钟根达理夫人三位夫人送过去。"于是胜慧三神姊变成杜鹃鸟，驾着青云从天上飞下来，向阿鲁-莫日根夫人传达了那布莎-古尔查祖母的命令，并把带来的奖品一一交代了，又变成杜鹃鸟飞回天界去了。三位夫人跪了九次，向那布莎-古尔查老祖母磕了九九八十一次头谢恩，各自回家去了。

因为没有把战利品分给晁通，所以晁通诺彦来到茹格姆-高娃夫人跟前跪下来抱怨道："我虽然在这里拥有用不完的财富，但是我还要到阎罗王那里继续使用更多的财富。从蟒古思那里带来的战利品为什么不分给我？侄媳妇你要给我一个说法。"茹格姆-高娃夫人对晁通说道："叔叔你仔细听我说。恶人永远不会有好结果。听说好人到贤者面前虚心听取谆谆教诲，在乳汁海的上面、须弥山的脚下到处都能听到其善行；而恶人则是吃撑之后在路上横行霸道，其走过的地方草木枯败、一片狼藉。就你这个德行，哪会有什么好名声？

大丈夫应该去有德的贤者跟前学习功德，完善自己。很少有人能预测自己的命运。而恶人到了贤者面前则犹如投入火里一样怒火从心中烧起，手舞足蹈，自不量力，完全忘了山外有山、人上有人，仿佛自己自由飞翔到天上一样，以为自己超越了生死得到了永生，不料却被阎罗王叫到地狱里去了。这样的恶人哪里有什么好名声啊！叔叔你做过什么善事？你就像一阵旋风一卷而过，虽然逞威风却到了敌人面前就胆小畏怯夺路而逃①，其实你连一只青蛙都不如。你还有什么资格跟我们索要战利品？我们为什么要施舍给你战利品？好可汗就像太阳，好哈屯就像月亮，好儿子就像黑暗中点亮的灯，好女人就像琴音一样美妙、竹节一样秀丽。次劣的女人则是早晨起床后连头发都懒得梳就到处串门，饭来张口，填饱肚子，回到家就钻进被窝睡懒觉，呼噜打得震天动地。而懒汉则不去草原上放牧，只知道游手好闲，活得像行尸走肉，饿了像一阵风一样飞进家里向父母哭哭啼啼地讨要吃喝，最后给自己积攒下来的只是后悔懊恼。这样的人能有什么好结果呢？"晃通诺彦听了还辩解道："好汉生在这世界上，全是靠他自己。生一个好儿子，胜过十个懦夫；生一个好女儿，胜过十个差姑娘。如果大家心往一处想，做事瞬间自然成。如果压制好人，他就欲死不能，欲活不成，就像躺在路上无法选择生死的婆罗门。说我坏话的人，实际上跟这个是一个道理。昨天的围猎圈中闯进了一头美丽的白色母鹿，今天晚上的围猎圈中会闯进一头花斑额头的黑色公野牛。请你解释一下这个，如果不能解释，就说明你的智商和我一样。俗话说'男人再差也比最聪明的女人强'，这世上没有一个坏男人，而坏女人则很多。侄媳妇，你是否觉得自己比我强啊？"茹格姆–高娃夫人对晃通叔叔说道："请让头顶

---

① 原文作"ogulidču ečiged"。参见《隆福寺格斯尔》1989 年版（第 275 页）和《格斯尔全书》第一卷（第 320、1482 页）。

上的天界诸神也听听你说的这些话吧。这美丽的白色母鹿指的是我，而花斑额头的黑色公野牛则是你自己。我可没有与你这个叔叔争斗的意思。叔叔你如果认为自己是好人，你就多做一些善事；你如果承认自己是恶人，你就悄悄地回家。"于是晃通诺彦无话可说，自讨没趣地走了。

二十一年八月的一天，茹格姆-高娃夫人带着大家登上金塔说话聊天的时候，格斯尔的胜慧三神姊变成杜鹃鸟从天上飞下来，对宝贝三个夫人、嘉萨-席克尔、宝贝安冲以及众人说道："为了帮助我们的圣主格斯尔可汗恢复记忆，我们再去努力一下。"说完就飞过去了。

胜慧三神姊飞过去一看，格斯尔可汗、赛胡来-高娃夫人、赛罕斋姑娘、格日勒泰台吉、来查布的儿子萨仁-额尔德尼一群人坐在金塔底下晒太阳。嘉措-达拉-敖德神姊化作一只仙鹤，走到格斯尔可汗的身边，把挂在脖子上的一封信丢在格斯尔的怀中就离开了。圣主格斯尔可汗打开信一看，原来是他的三个同胞姐姐写给他的信，他们是同父同母所生，父亲是僧伦老人，母亲是苟萨-阿木尔吉拉。

赛胡来-高娃夫人发现了格斯尔读了信以后思念故乡，就给格斯尔的枣骝神驹的头上套上铁笼头，并用铁马绊牢牢地绊住其四条腿，将其关进密不透风的铁房子中，一天给点草料，一天就让饿着肚子，百般折磨枣骝神驹。

波阿-冬琼姐姐变成一只青鸟，趁格斯尔可汗坐在金塔底下的机会，使出魔法，从南边飘来一朵白云，从北边飘来一朵黑云，黑白两朵云在空中相遇相撞，雷电交加，下起倾盆大雨，使得格斯尔可汗连头都不敢抬，躲进金塔底下的黑漆漆的屋子里。赛胡来-高娃夫人这天没有到金塔底下来，因此被困在家中不能从屋子里出来；格斯尔可汗也不能从金塔底下出来跑回家，格斯尔就这样被困在暴雨中。他突然看见地上有一颗拳头大小的金色冰雹。格斯尔可汗就把冰雹捡起来一口吞进去，结果把足足吃了二十一年的黑色魔法食物全部吐出来了。于是，格斯尔可汗回忆起了自己的财富、牛羊牲畜和家业、《甘珠尔》《丹珠尔》两部大乘佛经、所有的黑炭、满足一切愿望的如意宝、宝贝茹格姆-高娃夫人、龙王的女儿阿鲁-莫日根夫人、马巴彦的女儿图门-吉日嘎朗夫人、乔姆孙-高娃夫人、贡-高娃夫人、三十个勇士、三百个先锋、枣骝神驹、三个鄂托克的人民，就说道："我为什么忘了这所有的一切？"并自言自语道："这只仙鹤与我的故乡吐伯特地方的仙鹤何其相似啊！"这样，圣主格斯尔可汗的记忆就全部恢复了。

枣骝神驹知道了自己的主人完全清醒了，想起了赛胡来-高娃夫人的所作所为，愤怒无比，怒火中烧，挣断了铁笼头，踢断了铁绊腿，撞碎了铁房子的门，跑到野马群里去了。胜慧三神姊见到格斯尔可汗完全苏醒过来了，于是向弟弟交代了一番，就飞回天上去了。

格斯尔可汗从金塔里出来，回到家中，对赛胡来-高娃夫人说道："喂，老婆！把我的所有武器拿过来，它们是否都生锈变钝了，我要看看。"赛胡来-高娃夫人回答说："就因为你这个骑着皮包骨的黑马的干瘪的黑男人来到了我们这个地方，疼爱我的父亲不幸被杀了。如果我们这个地方不好，只有你的故乡好，当时为什么头上的苍天打雷，脚下的大地震动三次，龙王呼啸三次，所有的树木都拦腰折断？这一切不是说明我们的故乡并不比你的故乡差，只是我们的部落命中注定要接受你做我们的可汗吗？可惜我只能来世再回到我的故乡，根据命运的安排，我这一辈子都要离开故乡随你走了。看得远想得多，那是圣主的使命；耽搁在这里忘了一切，那也是圣主的命运；不该犯错误的地方，犯了错误，也是圣主的命运；即使在黑暗的地方生活，我也跟着亲爱的圣主不弃不离。圣主，请你自己决定带我走还是把我遗弃在这里。至于我自己，实际上见到你之前就已经决定做你的婢女伺候你，早晨把图拉嘎里的灰掏出来扔到外面，为你挤牛奶。即使不在乎今生今世，也要顾虑来生才对。有朝一日我可能对你有用，因此我决定跟定了圣主你。如果不造孽，可得菩提道；如果不懊悔，可见忠诚心；如果不发怒，可断罪孽缘，我要跟着格斯尔可汗。即使不能名列夫人行列，我也要跟随姐姐服侍圣主。为了亲爱的圣主，我心永不后悔。只要我不懈努力，我也会有朝一日进入夫人的行列。我就跟定了格斯尔可汗。"格斯尔可汗听完后说道："喂，老婆！快把武器拿过来！"赛胡来-高娃夫人就把藏了很久的武器拿出来交给了格斯尔可汗。格斯尔可汗接过武器，用马粪蛋擦拭了整整一个月，才把生锈的武器擦亮。

这时天上还落着几滴雨，夹杂着冰雹。格日勒泰台吉和嘉萨的侄子萨仁-额尔德尼也捡起落在地上的冰雹，一口吞下去，马上把足足吃了二十一年的黑色魔法食物统统吐出来了。他们也和格斯尔可汗一样，恢复了记忆，想起了故乡的一切。格斯尔可汗他们整整一个月没有再吃黑色魔法食物，因此再也没有失去记忆。

且说十方圣主格斯尔可汗要移驾自己的故乡，向天界诸神做了祈祷，一把火烧了二十一颗头颅的蟒古思罗刹可汗的城堡，根除了蟒古思的子孙后代，带上蟒古思所有的财富，骑上巨大如山的花斑马，于二十一年的十八日，带着赛胡来-高娃夫人和赛罕斋姑娘，踏上了返回故乡的路途。

格斯尔可汗来到砍倒金杨树的地方，见到了几匹野马在草原上奔跑，而且枣骝神驹也在它们中间。格斯尔可汗取下阴弓阳箭，一箭穿透了跑在最前面的野马，又准备一箭射断枣骝神驹的四蹄，正在开弓搭箭的时候枣骝神驹自己跑过来，靠近巨大如山的花斑马，用头扶着自己的主人，流着眼泪对圣主格斯尔可汗哭诉道："我从出生到现在，从来没有痛苦过。在你三十五岁的时候，阿日鲁-高娃夫人曾经折磨过我一次，但是与这次赛胡来-高娃夫人的折磨相比，简直是小巫见大巫。茹格姆-高娃夫人为了让我变得光彩夺目，还用黄金给我做了肚带的扣环；为了让我的脊背舒适，在马鞍下面给我垫了绸缎鞍垫，用柏木给我做了雕花的马鞍；冬天怕我脊背受寒，用貂皮给我做了苫盖；为了让我爬山不减速，用金子给我做了攀胸；为了便于我下坡，她加固了鞦鞴；为了让我快快长膘，她每天用青稞喂我三次；夏天的时候让我自由走到草原上吃最肥美的草，饮最甘甜的水。我虽然是牲畜，但是她每天牵着我去甘泉饮三次泉水，每天还喂我三次葡萄和冰糖。而如今赛胡来-高娃夫人把我关在密不透风的铁房子里，百般折磨我。她和茹格姆-高娃夫人太不一样了。这是我对你生气的原因。"圣主格斯尔可汗听了骏马的抱怨，安慰道："我的枣骝神驹生气得有道理。"就饱饱地喂了它三次，骑上枣骝神驹走了。

　　格斯尔可汗一行人在途中来到一座巨大的白色毡房前。进了毡房，见到了一个只有一尺高的占卜师坐在那里。见到来者是十方圣主格斯尔可汗，占卜师就起身出来迎接。占卜师问道："圣主格斯尔可汗您这是从哪里来？"格斯尔可汗回答说："我按照你的占卜，去杀了二十一颗头颅的罗刹可汗，俘虏了他的部落，洗劫了他的财富，现在回到家乡来。这都是为了让你们过上幸福生活。"身高一尺的占卜师听了格斯尔可汗的话，就舍弃了牲畜和家业，跟着格斯尔可汗走了。

　　那时，留守故乡的茹格姆-高娃夫人和大家坐在一起，讨论了昨天做的梦。茹格姆-高娃夫人对赛因-色赫勒岱说："大家都做了这么美好的梦，是什么吉兆？是不是圣主要回来了？你去看看。"于是，赛因-色赫勒岱穿上铠甲，骑上淡黄马，带上所有的武器出发了。

　　圣主格斯尔可汗知道了赛因-色赫勒岱前来试探和迎接，于是快马加鞭扬起漫天的灰尘。而色赫勒岱也不是等闲之辈，早已知道了这就是圣主格斯尔可汗，于是埋伏在一片茂密的松树林中。等格斯尔来到松林边上，赛因-色赫勒岱从树林中钻出来喊道："我已经杀了萨布国的勇士赛因-色赫勒岱，抢了他的淡黄马。现在我要杀死格斯尔可汗，抢走他的枣骝神驹。"说完就抖动铠甲，发出锵锵的声音，煞是可怕。格斯尔见了吃了一惊，转身骑马逃跑，向前跑了几步，突然调转马头，直接向赛因-色赫勒岱冲过来。赛因-色赫勒岱没有想到格斯尔可汗会突然袭击他，于是拼命逃跑。格斯尔可汗知道赛因-色赫勒岱会逃之夭夭，于是从后面喊他回来。赛因-色赫勒岱掉转马头跑回来，从马背上下来拜见了格斯尔可汗，说道："圣主曾经吓唬过我一次。这次我也想吓唬一下圣主，没有想到反倒被圣主又吓唬了一次。"接着向圣主格斯尔报告了日落的地方的乌拉那河畔的魔王贡布可汗来侵犯格斯尔的国家，俘虏十三个部落的人民的事情；报告了达兰台-思钦报信、三十个勇士分成几组分批出征蟒古思、杀死蟒古思全部哨兵的事情，阿鲁-莫日根用妙计试探蟒古思灵魂秘密的事情。圣主格斯尔可汗听了非常高兴，于是和色赫勒岱一起快马加鞭回到故乡来了。

　　登上金塔等待圣主格斯尔可汗的宝贝三位夫人见到圣主格斯尔果然回来了，就高兴地从金塔上下来，远远地迎接格斯尔可汗，跪下磕头。见到三位夫人，赛胡来-高娃夫人下了马。以嘉萨-席克尔为首的三十个勇士磕头拜见了圣主，格斯尔可汗听了他们的诉说，非常高兴。就这样，九月二十一日，圣主回到了故乡，回到了茹格姆-高娃夫人身边，回到了自己部落的人民中间。那天所有的树叶都掉落下来，漫天飞舞，天鹅在乳汁海的上空飞翔，向温暖的南方飞去了。格斯尔可汗下令庆祝自己多年后回到故乡，要设盛大宴席举国欢庆。宝贝嘉萨-席克尔和众勇士听了都特别高兴。格斯尔可汗登上金塔，用法力变出鹦鹉歌唱、莲花盛开，于是百鸟都飞到金塔上来，百鸟鸣叫，色彩斑斓，好不快活！格斯尔请喇嘛们诵读了《甘珠尔》《丹珠尔》两部大乘佛经，举行了盛大的宴会。打开了宝库，奖赏了以嘉萨为首的众勇士，大家高兴地接受了奖赏，向圣主格斯尔可汗磕头谢恩。

赛胡来-高娃夫人和赛罕斋姑娘二人给茹格姆-高娃夫人磕头行了礼，赛胡来-高娃夫人说道："天界诸神和地上众生的万象，我也知道一些。虽然你是高贵的空行母化身，难道我就不是空行母化身吗？俗话说得好，山越高，山上的树木就越茂密；大海越宽广，海里的鱼类就越丰富；凡夫俗子想法多，国家大事议政多；诺彦周围大臣多，可汗身边贤者多。听说尊贵的夫人你有众多亲戚，我可能也沾点边，与你有亲属关系。我的母亲赛罕斋，是萨仁可汗的女儿，我的祖母是你的父亲森格斯鲁巴彦的姐姐，因此我和你是亲戚。"茹格姆-高娃夫人听了，摇头说："我除了舅舅，没有其他亲戚。我的亲生父亲也没有很多亲戚，只有一个女儿。"为辨别这女子说的话是真是假，他取来占卜书，翻开一看，原来赛胡来-高娃夫人所说的话是事实。于是，茹格姆-高娃夫人非常高兴，就把自己身上穿的珍珠衫脱下来给赛胡来-高娃夫人穿上。茹格姆-高娃夫人命人打开宝库，取来珍珠衫和如意宝赏给格日勒泰台吉、萨仁-额尔德尼二人，他们向茹格姆-高娃夫人磕头谢恩。

且说，格日勒泰-思钦来到格斯尔面前，跪下来说道："我们举行盛大宴会，庆祝您回到故乡，已经耽搁不少时间了。是否应该把当前最重要的事情提到日程上来？沉迷于享乐有什么好处呢？谈正事才对我们有益。古代的时候，青鹭在乳汁海边上耽溺于美好时光，却被其他鸟霸占了孵卵育雏的巢窝；黄莺在金杨树上筑巢孵卵后沉湎于小小的快乐，竟被大鹏金翅鸟从自己的巢中赶出来了；贤臣们沉溺于自己学识渊博，却被能够预知未来的饱学之士问住了；国王可汗沉湎于江山已定的成就，却没有料到祖国沦落到他人手中。难道等到兔子长角、金蛇生角，我们才能醒悟吗？难道等到金鱼长腿从乳汁海中跑出来，我们才能醒悟吗？难道等到犀牛头上生出金角，咆哮的老虎像猫一样爬树，我们才能醒悟过来吗？"听说横下一条心静坐七天清除杂念，人才能醒悟；听说国王可汗小心治理国家，远离内心黑暗的人，弘扬佛教像太阳普照世界，不忘历史，预知未来，扶贫济世，那时大家才能醒悟过来。圣主格斯尔可汗听了格日勒泰-思钦充满智慧的话，降旨道："你说得完全正确。我们出征吧！大家准备武器！"于是，三十个勇士各自回到家中，把武器搬出来，准备出征作战。

圣主格斯尔可汗终于要出征讨伐魔王贡布可汗了。他骑上了枣骝神驹，穿上了闪闪发光的珍宝铠甲，高贵的头上戴上了享誉世界的头盔，背上黄金箭筒，带上镶嵌一万颗星星的盾牌、具足智慧的如意宝、细长白翎火箭、侦探敌情时用来占卜的九颗珊瑚、神通宝刀、闪电护背旗、捕捉太阳的金套索、捕捉月亮的银套索、招魂用的锦囊、追回逃到远方的灵魂的神箭。

聚足一千五百种神通的圣主格斯尔可汗准备停当，派遣使者传三十个勇士速来集合。以宝贝嘉萨为首的三十个勇士接到圣旨后非常高兴，百鸟朝凤般从四面八方飞奔到圣主跟前来了。勇士们问道："圣主叫我们来做什么？"圣主格斯尔可汗降旨道："我现在要出征魔王贡布可汗。阿鲁-莫日根夫人、漂亮的莫日根侍卫、苏米尔的儿子格日勒泰-思钦跟着我一起去。嘉萨哥哥你带领其他勇士明年出发，到了蟒古思的城堡附近后发出信号（打雷三次）告诉我你们到了；如果那时我已经杀了蟒古思，你们就会听到五条龙呼啸；如果我还没有杀掉蟒古思，你们会看到一缕青烟。我们先去扫除蟒古思的障碍①。"嘉萨等勇士们听了说道："我们跟着圣主去会帮助圣主杀敌人。如果圣主这次不带我们去，我们就在圣主需要的时候去吧！"

圣主格斯尔可汗煨桑三次，向天界诸神做了祈祷。圣主格斯尔出征的时候，头顶上的苍天阵阵响雷，脚下的黄金大地阵阵震动，一千条巨龙呼啸，圣主头顶上出现五色彩虹，身上辐射出万道霞光。圣主格斯尔可汗的鼻孔里冒出滚滚烟雾，每一根头发都燃起熊熊火焰，嘴里吐着甘露般的气息，枣骝神驹全身被神火笼罩，四蹄踩到之处迸出阵阵火花。

来查布跪在圣主格斯尔可汗出征的路上，说道："圣主，你带阿鲁-莫日根夫人出征我不管。你如果带英俊的莫日根侍卫我可不答应。我们两人从小一起长大，并且跟随阿鲁-莫日根夫人左右到今天。"格斯尔可汗听了以后同意了来查布的话，不带格日勒泰-思钦一行人了，只带阿鲁-莫日根夫人一个人出发。

格斯尔可汗和阿鲁-莫日根夫人二人仅用三个月的时间就走完了二十一年才能走完的路程，来到雪山脚下，却不见任何敌人的踪迹。他们接着往前走，来到阿鲁-莫日根夫人架起铁梯探查过的城堡处，也不见一个敌人。再往前走，来到一条大河的边上，也不见任何敌人的踪迹。过了大江，他们就来到了蟒古思的城堡。阿鲁-莫日根夫人变成了蟒古思的姑母。格斯尔可汗变成了八岁的孩子。格斯尔可汗让枣骝神驹变成了蟒古思姑母的女仆，让神箭变成了钟根达理夫人变过的那个婢女，将所有的武器都装进锦囊中。

---

① 原文作"manggus-un barča-yi abuy-a"。《策旺格斯尔》作"manggus-i bariju-abuy-a"。

四个人就来到蟒古思城堡的城门前，阿鲁-莫日根夫人和从前一样，由女仆和婢女从两侧扶着蹒跚走到门口，守门的士兵叫住她们，不放她们进去。蟒古思的姑母对守门的士兵说："我是你们的姑母啊！你们这么快就不认识我了吗？"士兵听了，仔细看了看，说："原来是姑母来了。"就跑进去禀报自己的蟒古思可汗，说道："我们的姑母来了，要见你。"蟒古思可汗听了吃了一惊，叫道："哎呀呀！你们为什么不快快进来？"就跑出去迎接，牵着姑母的手，一边问："我的姑母，你这次来有什么事情吗？"一边将她请进屋里来，在宝座上铺上黄缎垫子，请姑母坐在上面。姑母坐下来说道："哎呀，我的侄儿，你从来不去看望你年迈的姑母。你是否觉得今天看不如明天看——干脆不看算了？你老姑母已经离躺在墓穴里的日子越来越近，离热气腾腾的生活越来越远了。自从那天来看了你回去之后，一想到你我就坐立不安，无时无刻不惦记你。因此就看你来了。"

蟒古思可汗问姑母："姑母，这是哪里来的孩子？"

蟒古思姑母回答说："侄儿，你不知道。我有一天叫这个该死的婢女到北边的山上去挑甜美的泉水来，这婢女提来了一桶泉水，给我说了下面的话。据她说，她去北山挑泉水，山上遇到了一个可怕的婆罗门（鬼），她就不敢到泉边提水了，转身跑回家，不料鬼从后面追过来抓住她并要跟她交媾，她虽然不愿意但是仍顺从了鬼，做了夫妻的勾当。我听了都替她害臊，就骂她：'难道你是六亲不认的锉刀①吗？难道你是不懂人生苦难的三岁婴儿吗？难道你是不分种群

---

① 原文作"törügsen-iyen ülü tanihu hagurai"。锉刀是用钢材制作的工具，用来锉光铁等金属表面，钢和铁本身都是金属，属于同类，而用锉刀来锉光铁等金属物质就是"同类相残"。这句话指的正是锉刀六亲不认，锉光同类金属。其他抄本中还做"temür-iyen ülü tanihu hagurai"。

的黑猩猩①吗？难道你是分不清分娩和排泄的猴子吗？'我就这样骂着狠狠地揍了她一顿。八日那天，她说肚子疼，就回家生了一个孩子。我当时想，虽然这个孩子对我这个老骨头没有什么用，但是对你可能有所帮助，于是就把他养育成人了。"蟒古思可汗听了问姑母："姑母，你给他取什么名字了？"姑母回答说："因为是这个不检点的婢女生的孩子，所以给他取名叫作'路上捡来的查布恰齐'。"蟒古思可汗听了很高兴，就说道："姑母，你把查布恰齐这个孩子送给我吧！我抚养他长大成人。"这样，姑母就把格斯尔可汗变成的八岁孩子送给蟒古思可汗了。蟒古思可汗收养了这个孩子，把他的名字改成"地上捡来的呼和台-思钦"。蟒古思可汗说道："姑母，你抱怨我不能去看望你，你说得对。姑母你有所不知。我身为可汗，不能抛下国家大事和城堡不管，到处走动。因此，我不能前去看望姑母。姑母这次辛苦来看我，您的心意我领了。"

蟒古思可汗收养了那个孩子之后向全国各地发布指令，要求大家接到指令速来集合。从特斯凯、德斯凯勇士开始，众人从四面八方赶到蟒古思的城堡，问蟒古思可汗："为什么叫我们来？"蟒古思可汗说道："我收养了一个孩子，因此想举行一个盛大的宴会。"达兰台-思钦早就知道了其中的秘密，就高兴地说道："白捡来一个儿子，应该好好庆祝才对。"

而特斯凯巴图尔则心生狐疑，问蟒古思可汗道："谁给您带来这个孩子的？我听说，十方圣主格斯尔可汗见到草就能变成草，见到树就能变成树。听说，格斯尔出生的时候身上就披着人皮，咬着海

---

① 原文作"küi-ben ülü medekü har-a görügesün bilü"，这里的"küi"指的应该是"种、群、根"。不分种群实际上就是杂交和乱伦，以此来骂婢女与不是同类的鬼交合生了孩子。斯钦孟和《格斯尔全书》（第一卷，第1484页）正确解释"küi"为"亲属关系"。

螺般洁白的四十五颗牙齿，睁着一只眼睛，紧闭着一只眼睛，伸着一条腿，蜷着一条腿，举着一只手，握着一只手。从一岁开始到三十五岁，征服了天下所有的敌人。格斯尔的三十个勇士屠杀了锡莱河三汗的军队，嘉萨-席克尔更是屠杀无数，做尽坏事。后来，嘉萨在黄河边上喝水的时候，我的叔叔希曼必儒札从后面袭击，用刀砍死了嘉萨。三十个勇士听到嘉萨被杀的消息，就为他报仇，变成六匹狼追杀我的叔叔，却统统被我的叔叔希曼必儒札杀光了。再后来，伯通、乌兰尼敦、苏米尔、安冲、色赫勒岱、巴姆-苏尔扎、叉尔根老人，格斯尔的这些得力干将都被我们的军队杀死了。"

达兰台-思钦反驳特斯凯巴图尔的话说："你的意思是这个孩子是从格斯尔他们那里过来的？他们是什么时代的人啊！他们早就被锡莱河三汗杀绝，他们的灵魂都到天上去很多年了。他们如果还活着，能让我落入你们的手中吗？我们唯一的姑母带这个孩子来，送给可汗，让孩子在可汗无聊的时候给他带来一些快乐有什么不对？而你却这样说姑母的坏话，到底是什么目的？你既然这样怀疑这个幼小的孩子，那我们就把他杀了吧！杀这个孩子还不容易吗？虽然那个格斯尔带着三十个勇士来侵犯我们，我们的可汗难道没有神通本领对付他吗？我说的是实话，你不要生气。特斯凯、德斯凯两位英雄勇敢杀敌的时候难道就没有达拉泰-乌仁和我的功劳吗？你们大家都在家中闲坐却为什么突然这样说？"

蟒古思听了，频频点头称赞达兰台-思钦说得有道理。蟒古思的姑母听了特斯凯、德斯凯两位英雄的话，做出非常生气的样子，说道："我一直把你们两个当作心肝宝贝来宠爱。你们今天却把我当成战场上俘虏来的贱女人，这到底是为什么？我以为自己是可汗的姑母，你们却把我当成什么人了？"蟒古思可汗听了，觉得姑母发火发得有道理，于是好言劝说："你们说这么多干什么？我们还是举行宴会吧!"听了蟒古思可汗的话,双方不再争论了。

可汗的宴会开始了。在宴席上,特斯凯、德斯凯两位勇士坐在右侧的最上位;达兰台-思钦和达拉泰-乌仁坐在左侧的最上位。呼和台-思钦坐在蟒古思可汗的后面。

宴席上的食物原来是由叫作萨日玛的大臣分发给大家的,但是今天人多,萨日玛大臣一人忙不过来,大家很是着急。呼和台-思钦就对蟒古思可汗说道:"你的大臣不会分发食物,我去帮他分发食物吧!"可汗说道:"我的大臣都做不过来的差事,你一个小孩子怎么会?还是别去了。"呼和台-思钦对蟒古思可汗说道:"即使我一瞬间分发给大家,我也得不到什么好名声;即使做不好,我也没有什么坏名声。我就去试一试吧。如果我分发好了,反而使可汗的美名远扬。"蟒古思可汗听了,就答应了。

于是孩子走到萨日玛大臣身边,从他手中接过为宴会准备的美味佳肴,悄悄地向自己的神做了祈祷,一瞬间美食分发到了每一个人手里。大家对呼和台-思钦称赞不已。

宴会举行中,蟒古思可汗问大家:"有没有人出来摔跤给大家助兴?"于是有两个人甩着手出来,走到可汗面前开始摔跤。两个人摔了半天,谁也没有摔倒谁,最后各自回到席位。这时,呼和台-思钦对蟒古思可汗说:"我跟他们摔一跤如何?"蟒古思可汗摆手说道:"他们都是出了名的大力士,你哪能跟他们摔跤?罢了吧!"呼和台-思钦说道:"父亲说得对。只是这两个人在我面前摔跤的时候,我浑身筋骨酸痛,特别是双腿抽筋,如果跟他们摔一跤出出汗,可能就会舒服了。"

回到席位坐下的大臣听了呼和台-思钦和蟒古思可汗的对话,说道:"这个孩子小小年纪却敢于向我们这样的大力士挑战,真是不可思议。出来,我们摔一跤!"于是蟒古思可汗也同意了他们的要求,允许孩子和大力士摔跤。呼和台-思钦走到刚才摔跤的两个大力士面前，心里默默地向天界的释迦牟尼佛和所有神灵祈祷，嘴上却说："贡布可汗的神灵保佑我！"并举起两只手准备摔跤。而两个大力士对蟒古思可汗说道："我们不能跟这个孩子摔跤。一是，他是你的儿子；二是，孩子太小，如果我们把他摔死了就麻烦了。"听了两个大力士的话，孩子非常生气，就说道："如果我被你们两个摔死了，那是我的命，我不抱怨；如果你们两个摔不死，我也就领略了你们两个的力气；如果可汗的神灵保佑我，我摔倒你们两个取胜，我就能美名远扬，也为父亲争得荣誉。你们如果把我摔死了，没有罪；你们如果摔不死我，就让我一举成名。"两个大力士听了，对大家说道："孩子，头顶上的天神都听见了你说的话，不仅仅是我们听到了。摔跤就摔跤吧！"其中，叫作塔拉拜搏克的大力士对蟒古思可汗说道："可汗，你这个儿子要跟我们摔跤。并且说，如果我们摔死了他，我们没有罪。虽然他这么说，但是没有你的命令，我们不敢跟他摔跤。"蟒古思可汗听了说道："你们说得有道理。呼和台-思钦你别跟他们两个摔跤了。你如果被他们两个摔倒了不好。"呼和台-思钦对蟒古思可汗说："可汗父亲的劝说有道理。不过，你也可以再找一个跟我年龄相仿的孩子收养当儿子呀！"蟒古思可汗听了，觉得没有理由阻挡孩子摔跤了，就只好同意了。

孩子非常高兴，给蟒古思可汗磕了头，就和塔拉拜搏克摔起跤来。圣主格斯尔可汗变成的男孩一脚踩在大海的岸上，一只脚踩在大山脚下，和大力士塔拉拜搏克摔跤。塔拉拜搏克在肩膀上披了两张湿鹿皮，呼和台-思钦一把将那鹿皮拽过来，把两张湿鹿皮拧断了。只一瞬间的工夫，呼和台-思钦抓住塔拉拜搏克，将其举过头顶狠狠地摔到地上，塔拉拜搏克胸腔破裂、脑浆迸出，一命呜呼。大家看到后，目瞪口呆，难以置信，纷纷议论道："塔拉拜搏克说大话了，吃了自己的亏。"而蟒古思可汗则暗自高兴。

另一个大力士尼斯库搏克见到自己的同伴被一个八岁的孩子摔死，非常愤怒，咬牙切齿地盘算着复仇，就甩着双手，打哈欠伸懒腰。呼和台-思钦见了，大声说道："这厮好像也想跟我摔跤。"就走到大力士面前挑战。尼斯库搏克说道："我们两个来个你死我活，就按照刚才塔拉拜搏克的规则摔一跤。"于是，尼斯库搏克和呼和台-思钦摔起跤来。

两个人摔跤摔得势均力敌，不相上下。一会儿，尼斯库搏克的腿在动，一会儿呼和台-思钦的腿在动。当呼和台-思钦的腿动的时候，特斯凯巴图尔和德斯凯巴图尔喊道："呼和台-思钦你要被摔倒了，停止摔跤吧！"呼和台-思钦回答他们说："没有关系，听天由命吧！"就继续摔跤。突然，呼和台-思钦抓起尼斯库搏克举过头上，直接摔到胡舒齐搏克的身上，尼斯库搏克如一块岩石撞击着胡舒齐搏克，两个大力士粉身碎骨，双双一命呜呼。大家见了，更是害怕得心惊肉跳，纷纷为大力士惋惜，议论道："刚才的胡舒齐搏克又吃了说大话的亏。看人不能只看外表，在这个孩子面前成人大力士只不过是个空壳。"于是，蟒古思可汗和众人对呼和台-思钦赞不绝口。三个大力士的亲人们非常悲伤。而达兰台-思钦和被蟒古思可汗俘虏过变成蟒古思部落民的格斯尔旧部子民们虽然脸上做出惋惜的表情，内心却无比喜悦，暗暗地为格斯尔可汗变成的呼和台-思钦点赞。

大家纷纷劝说呼和台-思钦不要再摔跤了，摔跤准会再出人命。呼和台-思钦说道："你们以为我是寻觅食物不得的雄鹰吗？你们以为我是饿扁肚子颠跑在山野的野狼吗？你们以为我是不识人的老虎吗？[①] 你们以为我是听不懂人言的凶煞恶鬼吗？你们可不能用嘴巴杀

---

① 原文作"识人的老虎"，而《策旺格斯尔》中为"不识人的老虎"。《隆福寺格斯尔》中的内容有误，这里做了修改。

人啊！"说完就回到蟒古思可汗身边坐下了。魔王贡布可汗对孩子说道："我的呼和台-思钦，你和大力士们摔跤也累了，回家休息去吧！"

蟒古思可汗问达兰台-思钦道："我的这个呼和台-思钦，是一个把别人手中的福分抢过来占为己有的人。你看如何？"达兰台-思钦回答说："我看这孩子长大以后会成为一个了不起的人物。可汗你说也罢，不说也罢，这个孩子绝对不会让可汗的名声和国家大业受损。我们悄悄地观察了一下这个孩子，这孩子有点像苍天有根的用三张牛皮做箭筒、用三岁牛的皮子编马鞭的德智具足的金刚萨埵。"蟒古思可汗听了很高兴，说道："你说得正合我意。"这时特斯凯和德斯凯两位勇士插话说："可汗你听我们说。我们看这个孩子，如果对你没有二心则好，如果对你不好很可能是可怕的祸根。"

正当达兰台-思钦和特斯凯、德斯凯在蟒古思可汗面前争论得不可开交的时候，呼和台-思钦跑过来说："你们两位哥哥也听我说几句吧。两个哥哥这样那样地议论我干什么？如果格斯尔可汗来犯，他如何能越过我父亲的岗哨来到这里？如果那个格斯尔来了，我们还不是有很多军队吗？我虽然年龄小，但是我希望快快长大为父亲效劳，你们却这样那样地议论我是什么意思？在古代，有一头野牦牛在初秋时节走遍树林和草甸寻找茂盛的牧草，却陷入泥沼中失去了生命；大臣咬牙切齿地等待挑衅他的对手，却被人用双刃剑杀死了；长在山坡上的树过于信任坚固的岩石，却被大火烧尽了；有人觉得自己的学问没有对手，却遇到苦难和病痛，被阎罗王的使者牵走了；呼图克图喇嘛以为自己得到了神的法力，能够占卜生死、命运，却最后落了一场空。我们为生逢盛世的可汗父亲效劳，对这个世界有什么不好呢？"听了呼和台-思钦的这番话，以特斯凯、德斯凯巴图尔为首的大家都称赞孩子说得有道理。以释迦牟尼佛为首的天界诸神听到了，也非常高兴。

蟒古思的姑母提出要回家。蟒古思可汗劝姑母说："你不要回去了，就留在这个儿子身边吧。或者干脆留下来别走了。"姑母听了蟒古思可汗的话就留下来不走了。大家都各自回家去了。

第二天早晨，蟒古思对呼和台-思钦说："我要到西边去打猎。"孩子说："父亲的主意好。"于是蟒古思可汗就到西边狩猎去了。蟒古思走了之后，呼和台-思钦放了大火，把蟒古思的城堡烧了。达兰台-思钦和特斯凯、德斯凯勇士等人都带着士兵过来灭火。到西边狩猎的蟒古思可汗突然看见自己的城堡燃起熊熊大火，叫道："这是哪里的火？"就甩开长腿、迈开大步，呼出阵阵冷风，带着呼啸的寒风，跑回家来，却见到火势已经无法控制住了。呼和台-思钦跑进火海中，脸上沾满了灰，跑来跑去灭火，忙得不可开交。蟒古思可汗见到自己的城堡、一生积累的所有财宝毁于一旦，就只有惋惜的份儿，突然叫道："我的儿子呼和台-思钦跑到哪里去了？"呼和台-思钦听到后增加了法力，把大火扑灭了。

蟒古思可汗问大家："这场火是什么引起的？"众人回答说："我们不知道。是不是上天降下的火灾啊？"呼和台-思钦说道："父亲你出去狩猎后我就回去睡觉了。我不知道是什么人放了这火。或者是从天上降下的火灾。"说完便大声哭起来。达兰台-思钦劝住呼和台-思钦，说道："这场火又不是你放的，你哭什么呀？"蟒古思可汗也从一边劝住，说："别哭了，哭什么？都成这样了，哭有什么用？"蟒古思的姑母手持一根棍子要打呼和台-思钦。呼和台-思钦假装受委屈，哭丧着脸说："哎呀呀，你为什么打我？这火是天火，难道是我放的火吗？"说完就哭得更厉害了。特斯凯、德斯凯两位勇士也劝住了蟒古思的姑母，说："这不是人放的火，是天上的雷火。"听了大家的议论，蟒古思可汗也不再惋惜，但是越想越伤心，默默流泪，劝呼和台-思钦说："孩子，我们俩没有福分啊！所有财富都被大火烧尽了。不知道我的灵魂烧坏了没有？"说完就赶紧把埋在底下的灵魂挖出来看，看到灵魂全部安然无恙，这才放了心，重新把灵魂埋进土里。呼和台-思钦知道了蟒古思灵魂的秘密，嘴上连连说："我们这是何来的苦难啊！"心里却暗自高兴。大家也都各自散去了。

有一天，蟒古思对呼和台-思钦提出："我们来选拔神箭手吧！"呼和台-思钦赞同了蟒古思可汗的意见，说："您说得对。我们请神箭手过来比试比试吧！"于是蟒古思可汗宣布了选拔神箭手的决定，有五个神箭手各自带着弓箭来到蟒古思可汗面前，磕头拜见后问道："可汗叫我们来做什么？"蟒古思可汗对他们说："我们很久没有举行比赛了。今天把你们叫来比试比试谁的箭法最好。"那五个神箭手听了非常激动，提出马上比赛射箭。呼和台-思钦从旁边劝阻说："可汗父亲，就几个人比赛射箭不够热闹，还是举国上下都集中到可汗城堡面前，举行盛大的射箭比赛才好。"

于是，蟒古思可汗再一次发出命令，请各地的庶民都集中到可汗城堡来观看射箭比赛，并叫五个神箭手做好准备。这时，呼和台-思钦提出要求，要和五个神箭手比赛射箭。蟒古思可汗同意了呼和台-思钦的要求，呼和台-思钦返回去取来自己的弓箭。五个神箭手见了呼和台-思钦也参加比赛，就劝道："哎呀！孩子，你身体还没有长好，血液还没有变浓，怎么能跟我们一起比赛射箭呢？你还是回家玩去吧！"呼和台-思钦说道："我和你们一起参加比赛射箭又有何妨？如果我射得好，那就是可汗父亲的美名远扬，如果我射不好，我是个小孩，大家也不会说什么。"那几个神箭手就只好答应让呼和台-思钦跟他们比赛射箭。呼和台-思钦问他们："我们比赛射箭，你们赌什么？"神箭手们说："你是我们可汗的儿子，你先说赌什么吧！"呼和台－思钦就说："我们比赛谁的箭射得最远。射得最远的神箭手，奖励他最好的骏马和猎狗。而神箭手的称号就交给今天来的各位大臣决定吧。"大家都同意呼和台－思钦的话，神箭手们就按照这个比赛规则开始射箭了。

五个神箭手中的两个先向天射了箭。两个神箭手早晨拉弓射去的箭直到中午都不见踪影，所有的人都纷纷议论："这两个神箭手射的箭多么远啊！这么久了还不见下来。"大家正在议论的时候，两支箭从天上嗖嗖地飞下来，一支箭射中特斯凯巴图尔的头，一支箭射中了自己主人的头，顿时两人的头脑浆迸出，一命呜呼。大家都万分惋惜，议论道："神箭手打赌比赛射箭，特斯凯巴图尔看热闹送了命真是可惜，为了打赌赢得人家的好猎狗却葬送了性命的神箭手真是可惜。"呼和台－思钦见此情景，做出十分惋惜的样子，哭着说："这样的神箭手，我们还能再遇到吗？可惜呀可惜！"他对剩下的神箭手们说："我们停止射箭比赛吧。"而三个神箭手都不答应，说："他们两个又不是我们射死的，我们为什么要停止比赛？"于是呼和台－思钦说道："那我们谁先射？"三个神箭手异口同声地说道："我们先射。"

三个神箭手同时开弓向天上射箭。三支箭一直等到太阳快落山的时候才从天上呼啸而落，直接射中蟒古思可汗的右肩膀，又从肩膀一直穿透到右脚心。蟒古思可汗被箭射中倒在地上挣扎不起，三个神箭手大吃一惊，知道闯下大祸，于是魂不守舍地说道："这下我们必死无疑了。"看射箭比赛的众人见到可汗被箭射伤，更是一片哗然。呼和台－思钦见到蟒古思可汗被射伤，就说道："如果你们三个神箭手不打赌射箭，我的父亲怎么会被箭射伤？哎呀呀，现在该怎么办才好？"说着就晕死过去，过了很长时间才苏醒过来，又接着说："这三个神箭手是想射死我的父亲。苍天有眼却为什么不管？"

又哭了一阵，就要跟三个神箭手算账，拼个你死我活。呼和台-思钦说道："你们射箭应该朝着该射的方向射，为什么却偏偏射中我的父亲？"三个神箭手为自己辩护说："我们三个是打赌射箭，我们怎能射自己的可汗？不过事已至此，你要杀我们还是保留我们的性命，你自己决定吧！"

蟒古思可汗这时苏醒过来，听到了三个神箭手的话，劝呼和台-思钦道："我的伤势没有大碍，你不要伤心，他们也不是故意射我的。俗话说，好强争斗是男人的本性，妒忌多疑是女人的本性。现在该轮到你射箭了。"于是呼和台-思钦开弓搭箭，向天上射去了一支箭。早晨太阳升起来时射的箭，到了晚上太阳落山以后才从天上飞下来，落在众人围观射箭腾出来的空地中央。把箭拔出来一看，箭杆染满了鲜血。原来是格斯尔的胜慧三神姊在空中用大鹏金翅鸟的羽毛阻挡了那支箭，因此染上了大鹏金翅鸟的鲜血。此前的五个神箭手射的箭，也是胜慧三神姊在半空中截留并说了咒语："谁射的箭就射中谁。或者射中裁判比赛的人。"第一次两支箭射中特斯凯巴图尔和神箭手本人原来是这个原因。所有的人见了箭杆上的血，都说道："这支箭可能射中了一个心怀不善的人。"圣主格斯尔可汗的胜慧三神姊早就知道特斯凯勇士和百发百中的神箭手两个人是蟒古思可汗的得力帮手，因此杀死这两个人就等于除掉了格斯尔的两个强敌。

射箭比赛也到此结束了，大家都四散而去。这时，德斯凯巴图尔来到蟒古思可汗面前说："可汗，怎么处理我的哥哥特斯凯巴图尔的尸体？"可汗下命令说："把特斯凯巴图尔和神箭手二人的尸体埋葬在菩提树底下，以便让他们的灵魂升入天堂。"于是，德斯凯巴图尔把哥哥的尸体交给达拉泰-乌仁说："你把这两个人的尸体装进精美的盒子里埋到菩提树底下。"

达拉泰-乌仁把两个人的尸体运到山沟里，说了可以给魔王贡布可汗带来凶兆的各种咒语，祈祷说："让我们圣主格斯尔可汗的军队越来越骁勇善战，让这两个人的后代从此不再出现英雄好汉。"说完挖了两个深坑，把两个人的尸体头朝下、两脚朝天地放进坑里，填土埋葬了。达拉泰-乌仁办完事，回到德斯凯巴图尔身边，告诉他自己已经圆满地完成了任务。德斯凯巴图尔很高兴，为了表示感激，就把自己身上穿的可以满足一切愿望的如意宝衬衫赏给达拉泰-乌仁。达拉泰-乌仁跪下来磕头谢恩接受了宝衫，在磕头谢恩的时候他心里暗暗说着："我不是给你磕头，我是给天上的释迦牟尼佛磕头；我不是跪在你的脚下，而是跪在我的圣主格斯尔可汗的脚下。"

达拉泰-乌仁转身回到蟒古思可汗面前，说道："国王可汗子民多，掌权大臣财富多，身心不正的人朋友少，吝啬鬼寿命不长。如果互相摩擦、互相顶撞，什么东西都可以粉碎成灰尘；如果互相商量、互相帮助，国家就会繁荣强盛；如果和睦相处，对可汗有益；如果坚定内心不动摇，就会得到可汗的重用，解脱坠落地狱的命运。我们的宠臣被人杀了，我们怎能袖手旁观呢？我们到哪里能找到特斯凯巴图尔那样的勇士？我们还是叫杀死特斯凯巴图尔的人用自己的生命去偿还特斯凯勇士宝贵的生命吧！"魔王贡布可汗听了，对达拉泰-乌仁说道："你这是气话。他们这些神箭手都是打赌比赛射箭而出了人命，我们不能让人家偿命。如果不是打赌，那就是另一种情况了。我们怎能用五个人的命抵一个人的命呢？而且，他们都是我的神箭手。"达拉泰-乌仁只好说："可汗说得有道理。"说完就回去了。

有一天，呼和台-思钦对蟒古思可汗说："我来了之后还没有到一户人家做过客。今天我去大臣家拜访如何？"可汗父亲就答应了呼和台-思钦的要求，让他去大臣家拜访。

魔王贡布可汗的国家里有一个叫嘎如孙扎的人，他有五种特殊本领。这个人的食粮是一升米，他的灵魂是节节高白茅草。呼和台-思钦到了嘎如孙扎家里，坐到他的右侧。嘎如孙扎格外敬重蟒古思可汗的养子，就问呼和台-思钦："你从哪里来？可汗的儿子能到我们家里来做客太让我们惊喜了！"呼和台-思钦回答说："你问得有道理。我来到可汗父亲这里以后还没到一个大臣家里做过客。我今天来你们家拜访，一是想认识认识你们家，二是以后我们要常来往，认认门。"嘎如孙扎听了频频点头，说道："你说得对，我们应该多多来往。"就赶紧叫来了自己的兄弟们，准备了盛大的宴席。

主人在金杯里斟满了美味的阿乳扎酒敬呼和台-思钦，呼和台-思钦接过酒杯，用无名指蘸着阿乳扎酒弹向天空，向天界的释迦牟尼佛、霍尔穆斯塔腾格里父亲、那布莎-古尔查祖母、伙伴三个腾格里、胜慧三神姊、哥哥阿敏萨黑克齐、弟弟特古斯朝克图敬献三三献祭。

呼和台-思钦的祈祷正好到达了释迦牟尼佛面前的桌子上。释迦牟尼佛接过献祭和祈祷，唤来瓦其日巴尼佛、瓦其日达拉（金刚度母）、摩诃萨对、大日如来、莲花生、千手观音、比卢遮那、无量寿佛，给七位佛献上了施舍，并说道："你们自己决定怎么帮助下凡到人间的唯一儿子吧！"于是，呼和台-思钦酒杯里的酒就瞬间不见了。

呼和台-思钦对嘎如孙扎说："我的酒喝完了，该你喝酒了。"嘎如孙扎喝了杯中的酒，再斟一杯酒敬呼和台-思钦。呼和台-思钦接过酒杯，给龙王和大地献祭，金杯里的阿乳扎酒又瞬间消失了。呼和台-思钦说道："我已经喝了。现在该轮到你喝了。"就把金杯还给主人。嘎如孙扎也把自己金杯中的酒一口喝了，顷刻间醉倒了，醉得不省人事。呼和台-思钦见到嘎如孙扎醉倒了，就对大家说："时间不早了，我也该回家了。"于是众人也各自回家去了。呼和台-思钦等大家都走了，就把嘎如孙扎的灵魂节节高白茅草找出来烧了。眨眼的工夫，白茅草被烧成灰烬，一升食粮也被烧成一堆灰。嘎如孙扎发现灵魂被烧成灰烬，想化身逃走，但是因为醉如烂泥，无法动弹，就栽倒在地上死了。原来，这个嘎如孙扎如果日后在沙场上与格斯尔可汗相遇，就会打败格斯尔可汗，会让格斯尔可汗从枣骝神驹的背上摔下来。所以，格斯尔可汗使了妙计，用阿乳扎酒灌醉他，然后消灭他的灵魂杀死了他。众人哪里知道变成呼和台-思钦的格斯尔可汗已经除掉了嘎如孙扎，只有达兰台-思钦知道。

　　呼和台-思钦一路哭着跑回去，到蟒古思可汗面前说道："父亲可汗，我原本想到特斯凯巴图尔家里去慰问，正在寻找他家的时候见到了一顶巨大的毡房，我心想这一定是特斯凯巴图尔的家，就进去了，没有想到是嘎如孙扎的家。嘎如孙扎见我这个不速之客却受宠若惊，紧紧握着我的双手不放我走，还叫来了他的众兄弟准备了盛大宴席，热情款待了我。他在一瞬间像变魔术一样做出很多美食，摆到我的面前。我对嘎如孙扎说：'你这样费心做什么？我也吃不了多少。'嘎如孙扎却生了气，对我说：'你也不是天天来我们家做客，我们可汗唯一的心肝宝贝儿子从来没有来过我们家，今天突然来做客，我怎么能不高兴？'就在金杯里斟了阿乳扎酒给我敬酒，我也回敬了他两杯酒。谁知道他喝了两杯酒就醉倒了，躺了一会儿突然醒来想站起来，却绊倒在图拉嘎（火撑子）上，衣服就着火了，节节高白茅草和一升食粮也被大火烧成灰烬。嘎如孙扎死了，我特别难过，就跑回来告诉父亲您。"蟒古思可汗听了，安慰呼和台-思钦说："你别哭了。嘎如孙扎死就死吧，你不要为他难过，也许是天降火灾，或者是嘎如孙扎命中注定就该死。"呼和台-思钦听了蟒古思可汗的劝说，就说："那我就听父亲可汗的话，不去想他了。"就停止了哭泣。

且说，第二十四年马年鼠月蛇日鼠时（子月巳日子时），嘉萨带领三十个勇士拜见三位夫人，提出要前往蟒古思地方协助圣主格斯尔可汗镇压魔王贡布可汗。宝贝三位夫人同意了嘉萨和众勇士的要求，说道："你们该动身出发了。圣主格斯尔去蟒古思的地方已经过了一年的光景了。"

当嘉萨带领三十个勇士出发的时候，茹格姆-高娃夫人问道："难道你们不留一个勇士在家中保护大家吗？"嘉萨听了，觉得有道理，就点名巴尔斯-巴特尔的儿子青毕昔日勒图和巴姆-苏尔扎两人留下来保护三位夫人和家乡。但是两位勇士却跪在嘉萨面前说："难道我们两个比其他人差吗？为什么不带我们去？"嘉萨回答说："不是我不愿意带你们去。而是茹格姆-高娃夫人这边需要你们两个留下来保护她们。如果你们两个非去不可，那就去问茹格姆-高娃夫人同意不同意。"听嘉萨这么一说，两个勇士互相商量说："既然不让我们去，我们就只能服从，我们也不是不能去。不仅仅是远方的魔王贡布可汗是敌人，其实我们还要提防随时随刻来犯的近在咫尺的敌人。"两个勇士想通了，就留下来了。

宝贝嘉萨带着大家出发，走出一个逾缮那的路程，向天界诸神做了祈祷。嘉萨的祈祷到达了释迦牟尼佛的面前。

嘉萨继续向前走了没多久，宝贝安冲就赶过来，叩见嘉萨说："这次出征别让晁通叔叔去了。"嘉萨同意安冲的话，就叫晁通叔叔过来，让他返回去了。晁通虽然一万个不愿意，但是没有办法，不高兴地回家了。

嘉萨继续向前行军，胜慧三神姊变成杜鹃鸟从天上飞下来，对嘉萨说道："你们去的时候奔着白色雪山去，到了雪山你们就知道怎么做了。再往前走就是蟒古思的疆土，那里不干净，我们就不去了。"说完就飞上天了。

嘉萨带着众勇士来到了白色雪山脚下，放眼瞭望，不见任何敌人。再往前走，就看见了魔王贡布可汗的城堡。众勇士就先到原先阿鲁-莫日根夫人架铁梯翻过去的生铁铸成的城堡中住下来。

且说，有一天呼和台-思钦对魔王贡布可汗说道："我听人说，明天是吉日。我们两个互相之间不要说不好的话，我们一心一意地诵经学佛吧！"蟒古思可汗同意了呼和台-思钦的话。

第二天，快到中午的时候呼和台-思钦来到蟒古思可汗面前，说道："可汗父亲，我昨天夜里做了一个噩梦。不知道是什么征兆？我们的岗哨是否一切安好？我想去看看，你给我派军队来，我带军队去巡逻。"蟒古思可汗听了不同意，说："我们没有军队了，你也别去。"就劝住了呼和台-思钦。

这时，突然从一千个逾缮那远的地方传来闪电，火光冲天，并且大地震动了三次。呼和台-思钦知道嘉萨他们到了，就瞒过蟒古思可汗，在十五日那天打开了金色的天窗，从天窗射出一道光，嘉萨见了，知道圣主格斯尔可汗安然无恙，就告诉了大家，大家议论道："我们的圣主在蟒古思的城堡一切安好。"

天上出现了五色彩虹，头顶上的天空阵阵雷鸣，脚下的大地震动了三次，这令魔王贡布可汗、德斯凯巴图尔和其他人都大吃一惊，不知道发生了什么事，就派人叫来达兰台-思钦问个究竟。

达兰台-思钦来到蟒古思可汗面前，问道："刚才你们听到震天动地的巨大响声了吗？"蟒古思可汗反问达兰台-思钦道："我们听到了，不知道是什么征兆，所以才叫你来。你倒反过来问我们。"

达兰台-思钦说道："我想，东方有一个格斯尔-嘎日布-东日布可汗。他从天上下凡人间的时候带来了三十个勇士。听说他带兵行军的时候，经过的地方，树木被折断，石头被粉碎，大地震动不止。我想，一定是这个有罪孽的格斯尔可汗来了。我们现在带着军队去迎接作战吧!"蟒古思可汗同意了达兰台-思钦的分析,把军队交给了达兰台-思钦。达兰台-思钦就带着大军队出发了。

呼和台-思钦对蟒古思可汗说:"我也跟着大军队去吧。我看看他们打仗,如果他们打败敌人,我就在旁边助威,如果他们打得不好,我就教他们打败敌人。"蟒古思可汗听了,也同意了呼和台-思钦的要求。于是呼和台-思钦就追着大军队过去了。

这时,蟒古思姑母过来对魔王贡布可汗说:"我也回家去吧。我来了已经两年了。我也不知道家里的财产和牲畜成什么样了,为了看我唯一的侄儿,我在这里已经住了很长一段时间了。昨天夜里我做了一个不好的梦。我听说那个罪孽深重的格斯尔可汗具有了各种神通。说不定,趁我不在家的时候他过来把我的家产都洗劫一空了。"蟒古思可汗听了,说道:"姑母说得对。现在世态动荡,你还是赶紧回去吧。"于是,蟒古思的姑母和原来一样,被婢女从腋下扶着走出蟒古思的城堡,来到没有人烟的地方,骂道:"你父亲的头颅,你母亲的脑袋①,谁是你的亲戚?"就恢复了阿鲁-莫日根夫人原形,然后去和嘉萨的大部队会合了。

嘉萨知道格斯尔可汗和阿鲁-莫日根夫人已经分两路过来,于是就发出了雷鸣三次、闪电三次的暗号。达兰台-思钦见到闪电雷鸣,知道这是暗号,就选择了一个地方让自己的军队扎营。德斯凯巴图尔也另选了一处地方扎营。

呼和台-思钦来到两个军营之间的海日斯图泉水的上游,把达兰台-思钦和德斯凯巴图尔二人叫过来。他们两个过来,问呼和台-思钦:"你叫我们过来有什么事情?"

呼和台-思钦下令道:"你们今天不为我效劳什么时候效劳?我

---

① 原文作"türü",实际上就是"türügüü"(头领、穗子)。后面出现的"hadug-san tariyan-u türü(türügüü)"是"被收割的庄稼的穗子"的意思。

们不知道格斯尔的底细。听说，他能够在转眼间把敌人变成灰烬，能够在眨眼的工夫把敌人变成黑炭。你们两位听着，我们不能驻扎在这里不动，我是被父亲可汗派来指挥你们的军队的。达兰台-思钦做我的右翼，德斯凯巴图尔做我的左翼，我在中间做先锋。"两个人听了也只好服从呼和台-思钦。

于是，呼和台-思钦的头顶上出现五色彩虹，额头上显现摩诃噶刺大黑天神的法相。他打开锦囊，取出所有武器，恢复了圣主格斯尔可汗的原形，鼻孔里冒出滚滚烟雾，尊贵的头顶上有一千条巨龙呼啸，苍天响雷阵阵，脚下的黄金大地震动三次，两耳后面辐射出万道霞光，从大拇指发出强有力的电光，两条龙缠绕在上面上下舞动，枣骝神驹的四蹄踩到之处迸出阵阵火花，鬃毛上大鹏金翅鸟飞翔跳跃，马背上金萤、银萤飞旋，骏马的每一根汗毛都燃起熊熊火光。格斯尔可汗一跃跳上马背，金色的大地再一次震动，一瞬间出现三亿三千三百三十万三千三百人的巨大阵容的军队，地上涌出甘美的泉水。

这天，天高气爽，人心舒畅。格斯尔可汗说道：

愿一切生灵在六道轮回中转生自尝因果到达彼岸；

三十个勇士，请你们自己像飞鸟的两个翅膀一样在我两侧助战杀敌；

三十匹铁青马，请你们奔跑的时候像天上飞的火箭一样呼啸着冲向敌人；

我在你们前面的时候给你们做盾牌挡住刀枪和弓箭；

我在你们身后的时候像坚硬的岩石一样做你们的靠山；

你们和敌人作战时如果寡不敌众就向我祈祷，我会给你们增添无穷的力量；

我是你们力大无穷的格斯尔可汗呀！

遇到酷热的天气饥渴难耐的时候请你们向我祈祷，我会让大地涌出清泉、形成湖水，让你们畅饮甜美的甘露；

我是满足你们一切愿望的格斯尔可汗呀！

你们与凶猛的敌人战斗时心里向我祈祷，我来保护你们把敌人打得粉碎；

我是让你们坚定的心达到目的的格斯尔可汗呀！

当你们骨头变薄①、血液变浓稠、身体衰老的时候请你们向我祈祷，

我会把释迦牟尼佛赐福的食物和甘露送给你们，让你们身强力壮、精神焕发；

当你们在征战途中身心疲倦、灰心绝望的时候，我不是用火镜照亮黑暗的山让你们走出去的格斯尔可汗吗？

当绿叶长肥、青草茂盛、布谷鸟鸣叫、山野遍绿，你们思绪万千的时候向我祈祷，我会让你们顿生慈悲心，一心向往佛缘正果，因为我是呼图克图格斯尔可汗；

当你们拼命作战，遇到强敌利刃的危险时，我会甩出金套索、银套索，用九叉铁索捆住敌人，我会把自己的力量增加到你们的力量上从而让你们力大无穷。

我是具有一千五百种神通的浑身充满一千条巨龙力量的格斯尔可汗。

我的三十个勇士，当你们渴的时候请喝这个湖的水。

请达兰台–思钦自己作出决定，扬弃黑暗的道路，离开海日斯图河，走到宽广光明的路。

---

① 原文作"minggirejü"，是"变薄"的方言。

于是，达兰台-思钦抛弃了为蟒古思可汗效劳的心，坚定不移地跟定了格斯尔可汗。

大家都在心里想着尽快向敌人宣战时，不料人中雄鹰苏米尔的儿子格日勒泰-思钦、宝贝嘉萨的儿子来查布二人突然说了一句："我们要等到什么时候？"然后头顶上显现五色彩虹，肩膀上大鹏金翅鸟扑打双翅，跳上马背杀进了魔王贡布可汗的军队中。

宝贝嘉萨见到两个勇士已经鲁莽地杀进敌人的军队，连忙喊道："喂！你们两个等一等。圣主格斯尔就在前面。我们大家一起杀过去。"但是说时迟那时快，两个勇士哪里肯听嘉萨的话，早已经策马杀过去了。

大家看来查布的背影，只见头顶上出现五色彩虹，额头上显现火曼陀罗（火坛城）①，有三条龙缠绕全身，骑乘的铁青马四蹄溅起朵朵火花。

格日勒泰-思钦紧跟在来查布后面，头顶上显现瓦其日巴尼佛的法相，浑身发出火光，骑乘的粉嘴枣骝马四蹄溅起火星，鼻孔冒出滚滚烟雾，全身毛发闪烁着火光。两位勇士手中挥动着寒光凛凛的武器，提着大刀向敌人的头砍过去，向外砍的时候像割干净的庄稼一样，敌人的头穗子般齐刷刷地落地，弯刀再收回来的时候敌人的头就像割尽的庄稼一样一个都不留。来查布跑过的地方，树木被折断，石头被粉碎，大地裂开，苍天打雷，大地震动，金色大地摇摇欲坠。格日勒泰-思钦更像野火燎原，挥动大刀砍向敌人的头，向外

---

① 原文作"manglai ečegen gal mandal egüsgejü"。众人是从来查布后面看他的背影的，按道理是看不见来查布的额头的。因此，这种描述是描写格斯尔英雄形象的固定格式的再次套用，没有注意到视角和角度的更换。这段内容的角度是众人从后面看来查布的背影，而对来查布的描写则是从正面看的视角。

砍的时候像被收割的庄稼一样，敌人的头齐刷刷地落地，弯刀再收回来的时候敌人的头像割尽的庄稼一样一个都不留。格日勒泰-思钦的粉嘴枣骝马奔跑的时候，马蹄声像千军万马的马蹄声。格日勒泰-思钦的坐骑扬起了铺天盖地的尘土，魔王贡布可汗的军队谁也看不清谁，只是互相推搡，乱成了热锅里的蚂蚁。

魔王贡布可汗的军队纷纷议论道："这里到底发生了什么？这两个人跑过的地方，树木被折断，石头被粉碎，他们是多么可怕的敌人啊！虽然他们只是两个人，但是他们冲过来的时候却像千军万马，势不可当。这哪里是什么呼和台-思钦，明明是可怕的格斯尔可汗啊！这罪孽的战争全部都是我们可汗的姑母引起的。我们的可汗当时根本听不进去特斯凯、德斯凯两位勇士的劝告，现在灾难就来了。无法承受的苦难已经落在我们的头上，抬不动的罪孽已经压在我们的身上，我们已经无法摆脱坠入地狱的命运，我们大家已经落入阎罗王的手中。"他们连连喊道："达兰台-思钦你千万要小心！达兰台-思钦你千万要小心！"

而达兰台-思钦则回话说："去你父亲的头！去你母亲的首！谁是你的亲戚？我是你的什么人？我要和圣主格斯尔可汗会合了。"说罢就带领自己部落的军队离开了蟒古思可汗的大军，与格斯尔的军队会合了。

来查布和格日勒泰-思钦还在敌军中拼杀。来查布杀死了十万人，口渴的时候，他从铁青马上跳下来喝了一口泉水再跃上马背继续拼杀，又杀了九万零二百人，想起要给叉尔根老头助力，就退出了战场。

格日勒泰-思钦杀死了一亿零两万人，口渴的时候，他从粉嘴枣骝马上跳下来喝了一口泉水再跃上马背继续拼杀，又杀了一千人，因为箭筒里的箭都用完了，就退出了战场。

接下来，叉尔根老头和达兰台-思钦二人杀进敌军中，又是大地隆隆响动，巨龙阵阵呼啸。叉尔根老头砍死了一万人，口渴的时候骑在大象般巨大的金米草黄马上从怀里掏出金套索，套住了整个湖，将整个湖拽过来，喝了一口湖水，再把湖放回去。他们重新杀进敌军中，又杀了两万人，考虑到给来查布助力，就退出了战场。

达兰台-思钦杀死了一万个人，活捉了德斯凯巴图尔，正好在退出战场的时候遇到了魔王贡布可汗的勇士锡勒泰-莫日根。锡勒泰-莫日根骂道："我们一直把你当作自己人，没有想到你是该死的敌人的心腹。我今天如果做不到生吃你的肉，我就不是勇士！我要活捉你押送到可汗面前。"如此这般咬牙切齿地说完之后，锡勒泰-莫日根从达兰台-思钦背后连射了两支箭。达兰台-思钦用嘉萨送给他的钢刀一刀砍断锡勒泰-莫日根的右臂，又射了一支火箭，杀死了锡勒泰-莫日根。因为伤势严重，达兰台-思钦匆匆退出战场，与圣主格斯尔的军队会合了。

在其后，巴尔斯-巴特尔、格日勒泰台吉二人杀进敌军中。勇士头顶上显现出金刚菩萨的法相，额头上辐射出曼殊室利菩提萨陀的法光，青龙呼啸在全身周围，跑过去的时候大地阵阵震动，石头被粉碎，树木被折断，铁青马的四蹄溅起火星，鼻孔冒出滚滚浓烟，像投过去的石头般跳进敌人的军队中。两个勇士互相商量道："我们直接冲进敌军的中央，用火箭射敌军，用大刀砍敌军，不用骑着马横冲直撞。"于是下了马，让骏马自己回去，两个勇士则徒步作战，勇杀敌军。他们挥动着寒光凛凛的武器，像猛虎般咆哮跳跃，杀伤无数敌人。他们在马背上作战时已经杀死了三万个敌人，徒步作战杀死了两万九千个敌人。正在向前冲的时候遇到了嘎如孙扎的哥哥、蟒古思可汗的勇士哈萨克巴图尔。

哈萨克巴图尔心里想着："这两个人多么可怕！"就咬牙切齿地

满腔仇恨地迎过来，和巴尔斯-巴特尔搏斗起来。胡舒齐搏克的叔叔浩斯巴图尔也跑过来助力，与格日勒泰台吉搏斗。

这时，圣主格斯尔可汗通过神算知道了巴尔斯-巴特尔、格日勒泰台吉二人遇到了敌人的两个勇士，就从箭筒里取出两支箭，口诵咒语射过去，分别射中了两个人的一只眼睛，于是敌人勇士的力量就被大大削弱了。

格日勒泰台吉向天界诸神做了祈祷，一只脚蹬在红色岩石上，另一只脚顶住金杨树，举起大力士浩斯巴图尔，在地上摔了三次，抛了出去。格日勒泰台吉取出一支火箭准备射向浩斯巴图尔，不料浩斯巴图尔也瞬间掏出朱砂红箭，一箭射穿了格日勒泰台吉的右肋。格日勒泰台吉倒下去的时候，浩斯巴图尔掏出黄金匕首，想一刀捅死格日勒泰台吉，就飞跑过去。格日勒泰台吉再抽出一支火箭射穿了浩斯巴图尔的另一只眼睛，浩斯巴图尔就倒地死了。原来那个人的力量相当于蟒古思可汗的一个化身，如果不射死他会带来巨大的危险。

浓黑的鲜血从格日勒泰台吉的右肋喷涌而出，格日勒泰台吉脱下衬衫包扎了右肋伤口，跳上马背，对着敌人的军队高声喊话道："你们再派十个浩斯巴图尔一样的勇士也不是我的对手。我把你们浩斯巴图尔的头砍下来挂在骏马的脖子上当了穗缨。你们的勇士刀砍和箭射，简直就像两个女人打架，互相用剪刀刺对方；简直就像没有角的两只山羊互相顶撞一样。我叫肋骨漏风英雄①。你们还有没有好汉出来向我挑战？"

这时，巴尔斯-巴特尔和哈萨克巴图尔两人扭打在一起，一会儿

---

① 原文作 "arug seimekei bagatur"。"arug" 是蒙古族人用柳条编制的背篓，用于装捡来的牛粪。"seimekei" 一般指织品稀疏、薄。这里，格日勒泰台吉自我讽刺肋骨被浩斯巴图尔射穿了以后像背篓一样有了洞。

巴尔斯-巴特尔占上风，一会儿哈萨克巴图尔占上风，难分上下。巴尔斯-巴特尔向天界诸神做了祈祷，掏出火箭射穿了哈萨克巴图尔的右肋，并趁机用脚绊倒了他。巴尔斯-巴特尔知道德斯凯巴图尔会带领全部军队来助战哈萨克巴图尔，一瞬间用钢刀砍下了哈萨克巴图尔的头，挂在铁青马的脖子上做了穗缨。

巴尔斯-巴特尔骑上铁青马继续杀过去，只见格日勒泰台吉挥着大刀砍向迎面而来的敌军，德斯凯巴图尔射向格日勒泰台吉，巴尔斯-巴特尔就挥刀向德斯凯巴图尔砍去，德斯凯巴图尔也转过身射了巴尔斯-巴特尔一箭。

见到他们这样混战，宝贝安冲对圣主格斯尔可汗说道："我们的两个勇士已经与敌人拼杀了很长一段时间。我去助战。"就跳上马背，骑在马背上煨桑，向天界诸神做了祈祷。于是，头顶上的苍天隆隆雷鸣，巨龙呼啸，出现了五色彩虹。一千条龙打着闪电，金色大地震动不已。铁青马的嘴和鼻子冒着滚滚浓烟，四蹄踩着熊熊火焰，跃跃欲试，如果缰绳一松就会像箭一样飞出去。这时，圣主格斯尔可汗下命令道："你赶紧过去助战。我们两个勇士中的一个快被敌人打死了，你赶紧像旋风一样快快过去！让我的一万颗星星保护你。"

于是，安冲风风火火杀进敌军中，身上散发出一万颗星星的光，手中握着火焰，冲向敌方的勇士。格日勒泰台吉受伤了，但是仍然和德斯凯巴图尔你死我活地搏斗着。锡勒泰巴图尔的弟弟萨日勒巴图尔和德斯凯巴图尔见到安冲来助战，就双双逃跑了。格日勒泰台吉从后面射了一箭，射穿了逃跑的萨日勒巴图尔的右肋[①]。巴尔斯-巴特尔也射了一箭，射穿了萨日勒巴图尔的左肋。德斯凯巴图尔和

---

①　从背后射穿逃跑的人的右肋，实际上是视角有问题，这也是运用现成套语引起的问题。

萨日勒巴图尔怒火中烧，返身回来，见到格日勒泰台吉还在向前闯，已经杀了一千个人。德斯凯巴图尔就射了一箭，射穿了格日勒泰台吉的一只眼睛。

格日勒泰台吉倒下去的时候说道："我死就死了，但是我的子孙后代不会放过你的。无论何时，具有高山上行走的猛虎、大海深处跳跃的巨鱼的神通的安冲会替我报仇的。"说完这句话格日勒泰台吉就死了。

安冲勇士冲进敌军中，一箭射穿了德斯凯巴图尔的左肋。

德斯凯巴图尔知道安冲来了，自己无法对付，再加上伤口疼痛难忍，就从地上找了空心的青草截断，当作军号吹响，收了自己的军队，想逃回城中，但是安冲已经骑着铁青马快马加鞭赶过来，跳进军队中，砍倒了十万人。又见巴尔斯-巴特尔徒步追赶德斯凯巴图尔的军队，风风火火地砍杀过来，但是因为日影消失、夜幕降临，加上极度疲劳，巴尔斯-巴特尔就转身离开战场回来了。

现在只剩下安冲一个人孤军奋战，想活捉德斯凯巴图尔，但德斯凯巴图尔还在负隅顽抗，活捉还不是很容易。

安冲浑身放射出一万颗星星的光，身边带着一千条巨龙呼啸，正在寻找德斯凯巴图尔的时候，德斯凯巴图尔举着一千斤重的大铁棒想一棍打死安冲就放马冲过来，而安冲也举着名叫万颗星的、能够自己动弹杀敌的、通晓七十二种语言的、永不卷刃的钢刀想把德斯凯勇士劈成两半，靠过来的时候，德斯凯巴图尔突然取出弓箭向安冲射出箭雨。

敌人的军队想捉住安冲黑压压逼过来的时候，苏米尔的儿子格日勒泰-思钦向圣主格斯尔可汗禀报道："现在派我上战场吧！前面去的三个勇士杀敌作战已经很长一段时间了。让我去见安冲，一起把战利品运回来吧！"说完，格日勒泰-思钦就带着一千条巨龙的呼啸，不带其他武器，只带一个金钩，冲进敌人的军队中。此时，安冲独自一人已经杀了一百万人，口渴的时候从铁青马的背上俯下身喝一口湖水，继续杀敌。格日勒泰－思钦没有认出巴尔斯－巴特尔，以为是敌人，就想活捉他，正准备偷袭的时候巴尔斯－巴特尔突然向敌人的方向跑了。安冲从他们后面追来，遇到格日勒泰－思钦，两人相见了。安冲问："你去哪里了？这不是巴尔斯－巴特尔吗？"这时巴尔斯－巴特尔才稍稍醒悟过来，跪在安冲面前说："我不认人，主要是杀敌作战，脸上溅满了敌人的鲜血，知道的人明白这是人血，不知道的人以为这是泥巴呢。我想到泉边喝水却没有力气走路了。我要稍作休息。你有没有葡萄和冰糖？如果有就给我一点吃吧。"安冲就把佛祖赐福的食物取出来递给巴尔斯－巴特尔。巴尔斯－巴特尔吃了，体力马上恢复如初。格日勒泰－思钦说道："你们两个现在就上马，敌人已经越逼越近了。"巴尔斯－巴特尔说："我的格日勒泰－思钦，你这个傻瓜不知道情况。"格日勒泰－思钦把自己骑乘的枣骝马交给巴尔斯－巴特尔骑，巴尔斯－巴特尔拒绝说："你把马给我骑，难道你自己徒步作战吗？"格日勒泰－思钦说道："我这匹马重要还是你的身体重要？当年在罗刹可汗的孟根托布其河畔，你的儿子青毕昔日勒图曾经救过我一命。我今天是报答你的救命之恩。"于是，巴尔斯－巴特尔就骑了格日勒泰－思钦的马，追上了安冲。

格日勒泰－思钦徒步前行，正好巴尔斯－巴特尔的铁青马迎着格日勒泰－思钦跑过来了。格日勒泰－思钦就骑上巴尔斯－巴特尔的铁青马，追上宝贝安冲和巴尔斯－巴特尔。三个勇士风风火火冲进敌人军队中，安冲杀了两千人，巴尔斯－巴特尔杀了一千人，两人因为口渴就从战场退出来了。巴尔斯－巴特尔共计杀了十万个敌人。

格日勒泰－思钦杀死了三万人，还在继续拼杀的时候遇到了德斯凯巴图尔。德斯凯巴图尔心里盘算着用计谋活捉巴尔斯－巴特尔，于是就和巴尔斯-巴特尔搏斗起来。格日勒泰-思钦向天上诸神做了祈祷，看透了德斯凯巴图尔想活捉他的心思，就用手中的大刀向德斯凯巴图尔狠狠地砍去。德斯凯巴图尔说："你不是想活捉我吗？"就用火箭射了巴尔斯-巴特尔，但是巴尔斯-巴特尔毫发未损。格日勒泰-思钦也用火箭射了德斯凯巴图尔，德斯凯巴图尔也毫发未损。这时，宝贝安冲冲过来准备活捉德斯凯巴图尔，但是沙日勒巴图尔也从旁边射火箭抵抗，保护德斯凯巴图尔。一时间，巴尔斯-巴特尔赶过来，和沙日勒巴图尔搏斗起来。这期间，宝贝安冲已经活捉了德斯凯巴图尔，用德斯凯巴图尔的腰带紧紧地捆绑了他的左手和身体，牵着他的右手，把他放到巨大如山的花斑马上，冲出敌人的军队，回到自己的军营来了。

敌人的军队有一半人已经吓破了胆，纷纷议论道："可惜我们的德斯凯巴图尔被活捉了，我们没有任何希望了。"并劝沙日勒巴图尔道："你什么时候要保护我们呀？"还没有说完，巴尔斯-巴特尔就冲过来挥动钢刀砍沙日勒巴图尔，沙日勒巴图尔见情况不妙，竟自顾自地逃跑了。

巴尔斯-巴特尔杀死了一个敌人，与安冲、格日勒泰-思钦会合了。三个人就去寻找格日勒泰台吉的尸体，来到一棵菩提树底下，见到了格日勒泰台吉的坐骑银鬃公马保护着自己主人的尸体，不停地驱赶着企图啄食勇士的两只眼睛的两只乌鸦和撕咬勇士尸体的两匹野狼。银鬃公马认出了安冲，就跑过来哭诉道："我的主人杀死了一万两千人，从我的背上摔下去，我才发现他死了。"骏马说完泪流不止。

安冲把格日勒泰台吉的灵魂寄附在一只雄鹰身上，雄鹰就飞上了天，再把格日勒泰台吉的尸骨装进锦囊中，三个勇士就回到圣主格斯尔可汗的军营来了。

　　下一批英雄上了战场。巴姆-苏尔扎、那钦双呼尔、查干哈日查盖、宝贝朱拉四位勇士携带武器，骑上骏马，带着五条巨龙的呼啸奔向沙场。千手观音的化身在朱拉巴图尔的头顶守护，大海里的巨鱼守护朱拉巴图尔的全身。朱拉巴图尔手中握的阴阳箭放射出万道霞光，身上穿的铠甲火光四射，骑乘的骏马四蹄踩着九色彩虹，每一根毛发都具足护法神的日月魔力，口鼻冒着滚滚浓烟冲进敌人军队中，一阵用火箭射敌人，一阵用钢刀砍敌人，杀伤无数。另外三个勇士也用火箭射杀敌人，紧跟在朱拉巴图尔后面。

　　朱拉巴图尔单枪匹马冲进敌军，杀死了二十万个敌人，口渴了就从马背上下来，走到泉边喝水的时候，魔王贡布可汗手下的勇士嘎拉珠-索豁尔齐-思钦骑着乌溜溜的黑马，想偷偷袭击杀死朱拉巴图尔，就沿着树林边上让马放轻脚步悄悄靠近。而宝贝朱拉巴图尔早就通过神算知道敌人将偷袭，就当作没有看见，头也不回。过了一会，朱拉知道了嘎拉珠-索豁尔齐-思钦转身返回去，就从他背后放了一箭，嘎拉珠-索豁尔齐-思钦却毫发未损。

　　嘎拉珠-索豁尔齐-思钦回过头，对朱拉巴图尔喊道："你这个毛头小子请听我说，你这个稚嫩的孩子请看我射箭，我让你见识见识我乌溜溜的黑马的速度。你是格斯尔身边的勇士安冲的儿子，我也是西日门可汗哈日门夫人生的九岁英雄嘎拉珠-索豁尔齐-思钦。古话说'不要和圣贤打赌，不要和权贵斗争'。我也不想和你过不去。不过，鹦鹉珍惜自己的羽毛，好汉珍惜自己的名声。在你头顶上正好飞过四只天鹅，一只是祖父，一只是父亲，一只是母亲，一只是刚破壳孵出的小天鹅。你这个混蛋如果真有本事，请一支箭射下你头顶上的四只天鹅。你如果射不中就是孬种。"

　　朱拉巴图尔说："嘎拉珠-索豁尔齐-思钦你这个混蛋，请你好好听我说。你是从羊粪砖里出来的白花花的蛆虫，你是挂在山洞里的蝙蝠，你是祸害庄稼的蝗虫。你看见我手中的武器没有？你连一只青蛙都不如，还想和我比高低。小心我让你的脑袋从身体上搬家。在你头顶上跑着一只没有腿的黑虫，还有一只乌黑的黑虫、一只吃屎的黑虫，还有一只夜里出行的萤火虫。你这个像白天无法见太阳所以只能夜里出来的萤火虫一样的家伙，连话都不会说，所以才说这样的话。我现在解你刚才问的谜语。我头顶上飞过的四只天鹅，飞在最前面的天鹅是我的祖父叉尔根；公天鹅是我的父亲安冲，是用坚硬的榆木给我做摇篮的父亲；母天鹅是怀胎十月，辛苦生育我的母亲，夜夜起来用乳汁哺育我的母亲，你的鬼子母母亲怎么能和我的母亲相提并论？破壳孵出的天鹅当然指的就是我自己了，不过怎能和你这个小崽子相提并论？好了，我已经解释了你说的谜语了，你现在解释我刚才说的话吧。"

嘎拉珠-索豁尔齐-思钦听了非常生气，就解释说："你说的没有腿的黑虫，是骂我是没有灵魂的胆小鬼；乌黑的黑虫，骂的是我们的可汗心胸狭窄；吃屎的黑虫，或者是推动粪蛋的屎壳郎，骂的是特斯凯巴图尔打赌送了命；臭萤火虫，骂的是我的身体。你说你有母亲，难道我就没有母亲吗？你这个混蛋也听听我说的话。我的母亲每天早晨醒来还来不及洗脸洗手就抱起我哺乳；我的父亲担心我长得不够笔直就用榆木给我做了摇篮；每到中午烈日当头，母亲不顾自己汗流浃背把我抱在怀里给我遮阳；父亲祝福我以后子孙繁荣，就用杉木给我做了摇篮；每到夜晚，因担心我受风着凉，父亲就把我抱到火炉边取暖；母亲每天都期待着我快快长大成为顶天立地的男子汉。我现在就想杀了你，把你的头砍下来挂在黄骠马的脖子上做穗缨，于是就带了弓箭过来了。"

朱拉巴图尔听了，冷笑着说："你说的这一通话，简直就跟今天吃了一升米的猪狗没有两样。传说，八年没有生牛犊的花母牛吃了乃兰查河源头的油蒿，好不容易生了小牛犊，但是小牛犊却在深山老林里瞎跑，最终被虎狼吃掉了。难道你现在就要像那只小牛犊一样被我活捉回去吗？"

嘎拉珠-索豁尔齐-思钦听了，感觉受到了极大的侮辱，就心里琢磨着一箭射穿朱拉巴图尔的膀胱，而朱拉巴图尔早就猜透了嘎拉珠-索豁尔齐-思钦的心思，因此嘎拉珠-索豁尔齐-思钦开弓射箭时，朱拉巴图尔就踩在马镫上微微起身，嘎拉珠-索豁尔齐-思钦的箭就从朱拉巴图尔的胯下飞过去了。因为射空了，嘎拉珠-索豁尔齐-思钦羞愧难当，只好眼巴巴地看着朱拉巴图尔。朱拉巴图尔讽刺说："你不是要砍下我的头挂在你的马脖子上做穗缨吗？"说着就把火箭搭在弓弦上，他先做出要射嘎拉珠-索豁尔齐-思钦马脖子的动作，突然抬起弓箭一箭射穿了嘎拉珠-索豁尔齐-思钦的小腹，射穿了其膀胱。嘎拉珠-索豁尔齐-思钦说了一句"我的生命已经到尽头了！"然后就一命呜呼了。

朱拉巴图尔砍下嘎拉珠-索豁尔齐-思钦的头，挂在马脖子上做了穗缨，就去找其他勇士了。巴姆-苏尔扎杀死了三万个敌人回来了。查干哈日查盖杀死了九万个敌人，为了给赛因-色赫勒岱助一臂之力就突出重围回来了。那钦-双呼尔杀死了一万个敌人退出了战场。朱拉巴图尔再次杀进敌军中，杀死了两万人，为了早点回去见圣主格斯尔可汗就退出了战场。

下一批上战场的是六位勇士：那仁-额尔德尼、青毕昔日勒图、巴姆西胡尔扎、英俊的莫日根侍卫、乌兰尼敦、萨仁巴图尔。六位勇士向圣主格斯尔可汗提出上战场的请求，圣主格斯尔同意了他们的要求。

巴姆西胡尔扎做前锋，勇士们头顶上都出现了五色彩虹，所有的武器都闪烁着火光，冲进敌人的军队中所向无敌。

巴姆西胡尔扎杀死了一千个敌人，因为口渴，从战场退了出来。

在他后面，乌兰尼敦瞪着一双碗口大的血红眼睛，张着一张铜盘大的血盆大口，呼啸着冲进去，一口气杀死了九万个敌人，把剩下的敌人留给嘉萨屠杀，就退出了战场。

来查布的儿子萨仁-额尔德尼放射出日月的光华，发出一千条巨龙的呼啸声，头顶上显现出菩提呼图克的法相，放开骑乘的秀脖灰白马的缰绳，冲进敌阵，用火箭扫射了一阵敌人，并取出能够侦探暗地明处的所有敌人的信箭，口诵咒语射出去了。信箭正好射中了沙日勒巴图尔铠甲的缝隙，从左肋射进去，从右肋穿出去了。萨仁-额尔德尼手持当年在阿拉坦托布其河畔驻扎时圣主格斯尔可汗赐给他的钢刀，冲进敌人千万人的军队中，劈头盖脸地左右砍杀，杀死了十九万两千人。萨仁-额尔德尼走过的地方，石头被粉碎，树木被折断，头顶上的苍天隆隆雷鸣，金色的大地阵阵震动，萨仁-额尔德尼用二十条巨龙的力量砍杀敌人，逼近了蟒古思的城堡。萨仁-额尔德尼心里想道："是否蟒古思出来了？"就回头砍杀敌人军队往回走。这时，魔王贡布可汗的一个叫作西日米的大臣见到萨仁-额尔德尼杀死了蟒古思的无数军队，就手持魔法的钢刀悄悄地从萨仁-额尔德尼身后追来了。萨仁-额尔德尼因为口渴，下马在泉边喝水，没有察觉敌人悄悄靠近。西日米大臣悄悄地从后面过来把萨仁-额尔德尼一刀拦腰砍断了。萨仁-额尔德尼说道："我父亲会替我向你报仇，或者我爷爷会替我向你报仇，也会把你拦腰砍断。"说完就转生到佛界去了。萨仁-额尔德尼杀死了一百万两千个敌人。

西日米大臣准备砍下萨仁-额尔德尼的头，挂在骏马的脖子上做穗缨，那仁-额尔德尼骑着马，举着一万斤重的生铁棒，冲进敌人的军队中，用火箭一箭拦腰射穿西日米大臣，并一口气杀死了九万人。

那仁-额尔德尼从敌军中冲出来，心里想道："萨仁-额尔德尼去哪里了？是否被魔王可汗的军队俘虏了？或者与我擦肩而过，和乌兰尼敦会合了？三条沟那边有个人，难道他被那个人杀害了？我已经一箭射死了那个人。他肯定在那里。不管怎么样，我都要去看看。"

那仁-额尔德尼哭着走到三条沟，西日米大臣还没有死，奄奄一息地躺在那里。那仁-额尔德尼就一刀把西日米大臣的头砍下来，那仁-额尔德尼把萨仁-额尔德尼的灵魂寄附在雄鹰身上，雄鹰飞到天界去了，把萨仁-额尔德尼的尸骨装进锦囊中，骑上马，返回来与乌兰尼敦会合了。

英俊的莫日根侍卫杀死了一千三百个敌人，把剩下的敌人留给阿鲁-莫日根夫人，就退出了战场。

青毕昔日勒图杀死了三千五百个敌人，一直杀到口渴，才从战场退出来。

接下来，苏布地巴图尔、丹迪巴图尔、达兰台巴图尔、赛因-色赫勒岱、格图勒格齐-托雷五位勇士来到圣主格斯尔可汗面前请战。圣主格斯尔同意了他们的请求，于是他们就发出一千条巨龙的呼啸声，头顶上出现五色彩虹，冲进敌人的军队中。

苏布地巴图尔杀死了五百个敌人，考虑到日后征战那钦可汗时还要用计谋杀死蟒古思的岗哨就退出战场回来了。

赛因-色赫勒岱狠狠地抽了一下淡黄马，一跃跳进敌人的军队中，杀死了两百个敌人，转身返回时正好遇到了魔王贡布可汗的大力士赤伦搏克。达兰台-思钦知道赤伦搏克这个人，于是对赛因-色赫勒岱说道："你别动手。这人我了解，我来收拾他。"两人说着，丹迪巴图尔徒步跑过去想活捉赤伦搏克，恰好遇到魔王贡布可汗的沙日勒巴图尔也赶过来助战赤伦搏克，格图勒格齐-托雷用火箭扫射，赤伦搏克无法抵挡，过来和丹迪巴图尔搏斗起来了。

赛因-色赫勒岱用火箭一箭射穿了沙日勒巴图尔，不料沙日勒巴图尔反而力气倍增，把赤伦搏克抢回去了。

赛因-色赫勒岱从他们后面射去一箭射穿了赤伦搏克，赤伦搏克就挣扎着倒下去了。就在此时，格图勒格齐-托雷骑着铁青马追了过来，一箭射穿沙日勒巴图尔的左肋，沙日勒巴图尔转身逃走，跑进自己的军队去了。

沙日勒巴图尔说道："我本来是去为我们的赤伦搏克助战的，没想到那些罪孽深重的敌人已经把我们的赤伦搏克杀死了。我接着想，既然这样，我就把赤伦搏克的尸首抢回来吧，不料敌人向我逼来，用三岁孩子玩耍的玩具弓箭射了我，我面对他们射的箭毫发未损，于是就回来和你们会合了。他们肯定已经把赤伦搏克的头砍下来挂在马脖子上做穗缨了，你们大家都要千万小心。从我们这里叛逃的达兰台-思钦已经投入他们的怀抱中。我如果活捉他，一定要生吃他的肉，除此之外没有解恨的办法。"

沙日勒巴图尔正在说着的时候，达兰台-思钦快马加鞭冲进敌人的军队中，杀死了一千人。沙日勒巴图尔看见达兰台-思钦，就喊道："我现在可以向你报仇了！"就冲了过去。而达兰台-思钦发现自己箭筒里的箭都射完了，就退出了战场。

丹迪巴图尔杀死了两千个敌人就回来了。

格图勒格齐-托雷杀死了一千三百个敌人，后来口渴了，就退出战场回来了。

达拉泰-乌仁、达兰台-思钦、阿斯米诺彦、戎萨、阿尔衮巴图尔、人中的雄鹰苏米尔六位勇士向圣主格斯尔可汗提出出征蟒古思。圣主降旨道："人中的雄鹰、具足火神神通的宝贝苏米尔，你们不可拖延时间，速战速回！你们风风火火地冲过去，把敌人的军队打得粉碎，让敌人变成一片散沙，变成一团尘土再回来。"

于是，苏米尔巴图尔头顶上显现出瓦其日巴尼佛的法相，额头上出现摩诃噶刺大黑天神的法相，身上增添了二十五条龙的巨大力量，宝贵的头颅上大鹏金翅鸟扑打着双翅，出现五色彩虹，口鼻散发出金刚神光，骑乘的乌溜溜的黑马四蹄迸出火花，鼻子喷出滚滚浓烟，嘴里吐出一股青烟，苏米尔巴图尔一跃而上，骑上骏马出发了。

宝贝安冲煨桑为出征勇士们祈祷，头上的苍天响雷阵阵，地下的龙王发出三阵呼啸，脚下的金色大地三次震动，一时间天地扬起滚滚尘土。勇士们就这样浩浩荡荡、排山倒海地出发了。

在阿尔衮巴图尔和苏米尔二人正在商量作战方案的时候，苏米尔的坐骑带着主人径直冲向敌人军队，苏米尔拽住缰绳也拉不住骏马向前飞跑，阿萨迈诺彦在后面喊："喂，苏米尔！等等！"但也无济于事，他已经跑进敌人军队中去了。戎萨他们互相说道："我们只好紧跟苏米尔杀过去了！"就策马冲过去了。

苏米尔单枪匹马杀死了一亿个敌人，其他勇士赶过去看苏米尔，只见苏米尔浴血奋战，被杀的敌人的鲜血溅了苏米尔一身，骑乘的乌溜溜的黑马变成了火红的骏马。见到浑身上下火光四射的苏米尔，以魔王贡布可汗的沙日勒巴图尔、锡勒泰－莫日根为首的军队都吓破了胆子，纷纷议论道："这个人多么可怕啊！我们看到的虽然只是一个人，但是他走过的地方，石头被粉碎，树木被折断，把我们的可怜军队都杀光了。他一个人骑马冲杀的阵势胜过千军万马。我们怎么能和他对抗？我们还是回去向可汗报告吧！"

苏米尔巴图尔追上沙日勒巴图尔和锡勒泰－莫日根，用火箭射穿了两人的肋骨，沙日勒巴图尔和锡勒泰－莫日根两人却安然无恙。

戎萨、阿尔衮巴图尔两人从后面追赶过来，戎萨杀死了一千个敌人后退出了战场，阿尔衮巴图尔杀死了九万个敌人后退出了战场。

宝贝苏米尔想活捉沙日勒巴图尔，就紧追不舍地不断用弓箭射击他。沙日勒巴图尔也回头射苏米尔，苏米尔却毫发未损。这时，锡勒泰-莫日根过来和苏米尔搏斗起来了。苏米尔想到有一个办法，对两个人说道："你们两个魔王可汗的大臣守着我干什么？根除十方十恶之根源的圣主格斯尔可汗已经站在沙日勒巴图尔后面了。"那两人听了，心里想道："这家伙说的话是不是真的？"于是，沙日勒巴图尔回头看格斯尔是否已经站在自己身后。锡勒泰-莫日根也同样回头看，寻找格斯尔是否也从自己背后袭击过来。锡勒泰-莫日根刚转过头，苏米尔就迅速掏出圣主格斯尔可汗赐给自己的金匕首切断了锡勒泰-莫日根寄存灵魂的大拇指。锡勒泰-莫日根只说了一句"我的命数已尽了"！就死了。这个锡勒泰-莫日根的力量相当于两个蟒古思的力量，因此苏米尔才用计谋杀死他。

苏米尔杀了锡勒泰-莫日根，沙日勒巴图尔冲过来要给锡勒泰-莫日根报仇。苏米尔对沙日勒巴图尔说道："你反反复复追我来，难道是想跟我借火箭吗？实际上我早就可以杀死你，只是想到我杀了你也得不到好汉的名声，所以才一直没有杀你。而你现在又追过来自己找死，那我就不客气了。"苏米尔用火箭射了沙日勒巴图尔，沙日勒巴图尔却毫发未损，并说道："你这家伙就是苏米尔吗？现在该我来射你了。"说着就射了一箭，却没有射中。苏米尔激怒沙日勒巴图尔，说道："你就是沙日勒？看来你是害怕我害怕到连箭都射歪了。我就是砍下你的脑袋挂在马脖子上做穗缨的人。你问我是谁？实际上我就是手中捏着你的灵魂出生的、如黑纹虎一样凶猛的好汉中的好汉宝贝嘉萨-席克尔。你可别惊慌！"苏米尔巴图尔说完哈哈大笑，不理沙日勒巴图尔，放慢已经被敌人的鲜血染成火红骏马的脚步，不急不忙地和阿萨迈诺彦会合去了。

阿萨迈诺彦骑着红沙马冲进敌军中，杀了两百人，继续向前，骏马却抬起前腿直立不让他射箭，他没有办法，只得退出战场回来了。

达兰台-思钦和达拉泰-乌仁两人也分别骑着赛因-色赫勒岱从蟒古思手中抢来的两匹白马冲进敌军，各自杀死了一百个敌人，退出了战场。

这样，六位勇士会合在一起，回去禀报格斯尔可汗去了。

莫日根-特莫纳、伯通、具有龙王神通的阿南达巴图尔、晁通的儿子阿拉坦、宝贝呼鲁赤巴图尔、辉巴图尔以及在高山上行走的黑纹虎、大海深处游走的巨鱼一样的嘉萨-席克尔出征蟒古思了。

宝贝嘉萨-席克尔出征讨伐敌人，头顶上出现九色彩虹，两只大鹏金翅鸟在肩膀上拍打双翅飞翔，天神在身体周围护卫，鹦鹉和孔雀在身前身后飞舞，发出一千条巨龙的呼啸声，让头上的苍天响雷阵阵，让脚下的金色大地阵阵震动，额头上显现出金刚萨埵的法相，口鼻喷出千手摩诃噶剌的熊熊火焰，长着翅膀的铁青马的四蹄迸出朵朵火花，每一根毛发都闪着火光，口鼻冒着滚滚浓烟，两个鼻孔钻出金蛇飞舞。嘉萨腰上佩带巨大的箭筒，插上通晓人类语言的神箭，穿上珍宝火红铠甲，斜挎拉不断、掰不弯的乌黑强劲的弓，来到圣主格斯尔可汗面前，告诉他他要出征了。

圣主格斯尔可汗对嘉萨说道："你就尽情杀敌，什么时候想回来就回来。你比其他勇士要更加谨慎行事。等你们去了之后，三百个先锋、大塔尤、小塔尤、大鼓风手、小鼓风手再上战场。最后，我来压阵。其他勇士就跟在我的后面鱼贯而出，上战场。我上阵，把你留下来的敌人打得魂飞魄散，然后再去收拾魔王贡布可汗。你不要着急。敌人的阵地已经动摇了，你也不要为那点敌人劳顿自己的身体。"

嘉萨-席克尔对圣主格斯尔可汗说道："悬崖上飞舞的蝴蝶怎能知道自己可能一瞬间丧命？吃饱了撑的贡布可汗嚣张地说自己没有对手，怎能知道他的末日已经来临？俗话说，羊羔肉要趁热吃，男子汉要趁年轻。"

叉尔根老头也对圣主格斯尔可汗说道："我虽然老了，但是我也想重返沙场，跟着嘉萨杀一会儿敌人，分享这战争的盛宴。"而圣主格斯尔可汗拒绝道："叉尔根老爷，请听我的劝说。一是，你已经老了；二是，你已经杀过一次敌人了，现在就免了吧。"叉尔根老头听了，不甘心地说道："圣主劝阻我上战场有道理。你叔叔我确实是老了，骨头变薄了，血液变浓稠了。我已经举不起手杖，我的骏马已经驮不动马鞍了。我还能再活六十五岁吗？我只想再为圣主效劳，就让我参加这场战争吧！"

朱拉巴图尔就从一旁帮助格斯尔劝说祖父道："爷爷你听我的话，不要固执。爷爷你上了战场，你的孩子们怎能安心？我们难道要活一千岁吗？爷爷你就别去了，别人以为你没有儿子和孙子，只好自己上战场作战。你已经老了，放宽心好好休养身体才是正事。"听了朱拉巴图尔的一席话，从圣主格斯尔开始，大家都感动得哭成一片。在圣主格斯尔可汗哭的时候，金色大地感动得震动了三次。格斯尔可汗命安冲煨桑三次，才让天地平静下来。

叉尔根老头说道："我的八岁孙子和九岁孙子，你们听我说。你们四个孙子劝阻我有道理。你们是担心我赴战场作战被敌人杀了，因此不让我去。我虽然是骨头变薄了，血液变浓稠了，已经老得不行了，但是这种关键时刻我还留着这把老骨头干什么？我是想和四

个宠爱的孙子一起并肩作战，勇敢杀敌，让孙子们也看到爷爷的风
范，想喝一口这场战争盛宴的血红的茶。既然我的四个孙子这样劝
说我，我怎能不听？参加这场战争，如果我打赢了，就来见圣主；
如果打不赢，喝一口战争盛宴的血红茶就退出来，这样我死了也瞑
目了。你们四个孙子这样苦口婆心地劝说，我就不去了。"叉尔根老
头就决定不上战场了。于是，大家深受感动，没有一个不流眼泪
的。金色大地和蓝色苍天又震动了三次。地上跑的动物没有一个
不哭泣，天上飞的鸟没有一只不哭泣，天地间众生感动不已、哭
泣不已。圣主格斯尔只好亲自煨桑，安慰了天地众生，这才让世
界回归了平静。

嘉萨冲进敌军，就像收割庄稼一样挥刀砍杀敌人，伯通从后面
赶上来，提醒嘉萨道："注意！有强敌埋伏在你经过的路上。"

在他们的后面，阿南达巴图尔砍杀了几个敌人，阿拉坦也砍杀
了几个敌人，呼鲁赤巴图尔也掏出宝葫芦屠杀敌人。

伯通来到三条沟，砍杀藏在那里的敌军，魔鬼可汗的军队都被
吓破了胆子，沙日勒巴图尔和吉斯-霍日格赤二人悄悄地商量道：
"我们现在没谱了。我们的其他军队也在寻找我们的过程中都迷路
了，在这滚滚红尘中我们什么都看不清楚，该怎么办才好？"这时，
嘉萨和阿南达巴图尔二人绕过密不透风的树林，悄悄来到他们的后
面，嘉萨一箭射穿了吉斯-霍日格赤的肋骨，阿南达巴图尔一箭射穿
了沙日勒巴图尔的右肋。但是敌人的两个勇士毫发未损。他们说道：
"哎呀呀！这支箭是从哪里射过来的？"他们转过身来看见嘉萨等人
说道："哎呀呀！原来是罪孽深重的嘉萨和魔鬼龙王的女儿阿鲁-莫
日根那条恶虫的侄子、大海里的蛤蜊两个人来偷袭我们了。吉斯-霍
日格赤你赶紧射死他们，我们都快死绝了。我们听信达兰台-思钦和
达拉泰-乌仁的谎话错失良机了。我们的可汗，你现在要尝到小时候

叫鼻涕虫觉如的圣主格斯尔的钢刀的滋味了。那个阿鲁-莫日根夫人变成你的姑母，掌掴我们的嘴脸，你却毫无察觉，我们的可汗你真是心胸已经被堵死了。可汗啊，你很快要尝到阿南达巴图尔的箭的厉害了。什么呼和台-思钦，跟我们要聪明，全是骗人的。现在可汗你尝到哈布图-莫日根可汗的神箭的苦头了。我们的特斯凯巴图尔、德斯凯巴图尔、锡勒泰、嘎拉珠-索豁尔赤-思钦、嘎如孙扎、西日米大臣、浩斯巴图尔、胡舒齐-莫日根、尼斯库搏克、塔拉拜搏克、阿嘎如-莫日根、格苏嘎-莫日根、阿日嘎木吉-莫日根、哈萨克巴图尔都奉劝过你，但是你把他们的苦心都当耳边风了。你不听大家的劝告，现在只能挠着你长满疥疮的脑袋，等待格斯尔过来扒你的皮，给他的勇士们制作装铠甲的皮套，满足三十个勇士的欲望。你的宝藏也会被格斯尔放一把火烧成灰烬。我诅咒当年让你当可汗的那个混蛋也得到和你一样的报应。达兰台-思钦、达拉泰-乌仁你们欺骗了我们，我们的子孙后代也绝不会放过你们，总会有一天砍死你们。该死的格斯尔、阿鲁-莫日根来到你的身边，你把他们当作姑母和养子，却丝毫没有发现。我们还要这样的愚蠢的可汗做什么？我们回去把这样的可汗杀了吧！"

沙日勒巴图尔射了嘉萨一箭，吉斯-霍日格赤射了阿南达巴图尔一箭。嘉萨和阿南达巴图尔毫发未损。嘉萨用火箭射断了沙日勒巴图尔的右腿，沙日勒巴图尔躺在地上挣扎的时候又射了嘉萨一箭，嘉萨因早有防备而躲过去了，说道："现在该我射了。"就用火箭一弓双箭，射穿了沙日勒巴图尔的两只眼睛。阿南达巴图尔也用火箭射穿了沙日勒巴图尔的肋骨，又射断了吉斯-霍日格赤的手。沙日勒巴图尔因为双眼被射穿了，只能在地上打滚挣扎。吉斯-霍日格赤因为右手被射断了，所以再没有反抗的力气了。他们两个这样挣扎的时候，嘉萨过来活捉了沙日勒巴图尔，阿南达巴图尔活捉了吉斯-霍日格赤。

嘉萨用刀砍沙日勒巴图尔，沙日勒巴图尔却安然无恙，反而和嘉萨扭打起来。嘉萨心里想道："这家伙的灵魂可能在两只眼睛里。"就用火箭射穿了沙日勒巴图尔的两只眼睛，但是沙日勒巴图尔还是没有死去，只是因为双目失明，摸索着到处横冲直撞。伯通过来也射了沙日勒巴图尔一箭，沙日勒巴图尔仍不死；晁通的儿子阿拉坦射了沙日勒巴图尔一箭，但也无济于事。

嘉萨很是不解："这家伙的灵魂到底在哪里？"他用刑拷问沙日勒巴图尔，沙日勒巴图尔守口如瓶，反而骂道："你们对我用刑，日后你们的子孙后代也免不了沦落到我的境地；今天你们都来射我，以后我的子孙后代也会这样射你们的。"嘉萨就一刀砍下了沙日勒巴图尔的双手，沙日勒巴图尔虽然没有了双手但仍不死。于是，嘉萨在心里想道："让圣主赐给我宝刀来解决他吧！"就把通晓人类语言的魔法钢刀从沙日勒巴图尔的头顶上扔了下去，宝刀直接割掉了沙日勒巴图尔的两只耳朵，沙日勒巴图尔就咒骂道："嘉萨、阿南达、伯通、阿拉坦，你们听着！去你们父亲的头、母亲的首！连我一个你们都杀不了，嘴巴却这么硬。你们从格斯尔开始，从百岁老人到三岁儿童全来了也杀不死我们的可汗的。"说完就死了。

且说，圣主格斯尔可汗戴上金头盔，用青稞喂了三次枣骝神驹，又给枣骝神驹吃了葡萄和冰糖，还加了佛祖赐福的食物，这才启程。

圣主格斯尔可汗向天界诸神和四面八方的神灵祈祷道："至高无上的释迦牟尼佛，头上佑护的霍尔穆斯塔腾格里父亲，那布莎-古尔查祖母，安达三个腾格里，哥哥阿敏萨黑克齐，弟弟特古斯朝克图，走在我前面做我的使者、走在我的后面做我的靠山、不论我走到哪里都像药师佛一样保护我的胜慧三神姊，毛阿固实，当波占卜师，山神敖瓦工吉德，父亲僧伦，母亲苟萨-阿木尔吉拉，三十个勇士，三百个先锋，呼斯楞敖包，当我刚生下来时切断我脐带的乳汁海边上两座红岩旁边的白色石头，包住我脐带的节节高白茅草，《丹珠尔》《甘珠尔》两部大乘佛经，所有的黑炭，一百个人搭建的巨大的白色毡房，我的魔法神弓，我的魔法神箭，以两座红岩为标志的百花滩，神奇的三个月亮湖，金塔，叫作'麻雀喉咙'的地方，太平梁，观音菩萨庙，白草滩，荆棘河，阿拉坦托布其、孟根托布其两条河，乃兰查河，北海日斯图山，南海日斯图山，锡莱河的萨里德敖包，不分春夏秋冬、终年暴风雪不断的白色雪山，呼图克图白山，金山，三个山洞，释迦牟尼佛以身喂雌虎的金塔，黄草滩，上都开平府，黄河，红门，松树林，海日斯泰河，巴胡河，杭爱-哈尔忽纳山，阿嘎如草原，三条圣泉，所有的草原、大河、大山，请你们保佑我。"格斯尔就用奶酒酿了阿乳扎，用阿乳扎酿成了霍乳扎，用霍乳扎酿了宝乳扎，用宝乳扎酿了希乳扎，用希乳扎酿了马乳巴，用马乳巴酿了德比斯古日，用德比斯古日酿了通希古日，把这九种美酒献给天地十方神灵祈祷。

格斯尔的献祭和祈祷到达了那布莎-古尔查祖母的面前。祖母品尝了格斯尔献祭的美酒，因为酒劲大而微醺，坐在宝座上。

圣主格斯尔可汗自己也喝了一口美酒，跪下来向天界诸神祷告道："我这次祈祷的原因是，我带着三十个勇士和三百个先锋去讨伐住在落日脚下、红帽山后面、擎天柱南面、乌拉那河岸边的骑着巨大如山的花马的十八颗头颅上长着四十八只犄角的魔王贡布可汗。过去，我出征到阿拉坦托布其、孟根托布其两条河流域，全凭腾格里父亲的神力，杀死了有二十一颗头颅的罗刹可汗，娶了赛罕斋夫人生的赛胡来-高娃姑娘。我现在要去征服魔王贡布可汗。"

格斯尔献祭的美酒到达了释迦牟尼佛面前的金桌上。于是，释迦牟尼佛说道："这祈祷的又是谁?"原来是下凡到人间的格斯尔献祭给释迦牟尼佛并祈祷佛祖保护他。

释迦牟尼佛接了献祭,献给了所有的佛。面对剩下的美酒献祭,释迦牟尼佛说道："我怎能一个人享用? 大家一起享用吧!"就给格斯尔的霍尔穆斯塔腾格里父亲、那布莎-古尔查祖母、安达三个腾格里、胜慧三神姊、哥哥阿敏萨黑克齐、弟弟特古斯朝克图每人分了一滴,送过去了。

霍尔穆斯塔腾格里知道了,就接过献祭的美酒品尝了。天界诸神都用慈悲的心品尝了格斯尔可汗献祭的美酒。

那布莎-古尔查祖母把胜慧三神姊叫到面前,交代说："三个女儿,你们听我说。请你们转告我下凡到人间的唯一的孩子格斯尔听。这次出征魔王贡布可汗千万不要着急,千万要小心,敌人的根基已经动摇了,全靠你自己的神通本领了。自己去想杀死蟒古思的办法。胜慧三神姊也不能轻易杀死那个蟒古思,也不能帮助你杀死蟒古思。那个蟒古思吃了高山底下压着的石头下面的有着黑色脚印(行为黑暗)并互相蚕食的虫子,那个蟒古思的灵魂就变成了饿鬼和毒虫,因此极其肮脏、污秽不堪。我的心是菩提心,但我只能从天上时刻关照你,没有其他办法身体力行地去帮助你。你去的时候风风火火,回来的时候像凶猛的老虎、饿扁肚子的野狼、没有寻找到食物的雄鹰。因为蟒古思的地方肮脏不洁,你的胜慧三神姊、哥哥阿敏萨黑克齐、弟弟特古斯朝克图谁都不能前去帮助你消灭蟒古思。因此,你们自己多加小心,谨慎行事。"于是,从祖母开始,天界诸神都祝福了格斯尔:"请十方三时佛保佑你们,请天界诸神保佑你们,请中界龙王保佑你们,请下界金色大地的所有神灵保佑你们,请所有的神灵时刻在你左右保佑你。出征敌人时你的胜慧三神姊会变成杜鹃鸟陪你走一程。在黑暗中赶路时火镜会照耀你脚下的路。祝你骑马下坡的时候马肚带牢固不松，祝你前后两个安桥坚固不散，祝你长着翅膀的枣骝神驹像鸟儿一样飞奔，祝你的三十个勇士个个像猛虎一样给你助战！"并叫胜慧三神姊把赐福的食物、葡萄、冰糖、镇压敌人满足一切愿望的如意宝给格斯尔可汗捎过去了。

格斯尔对三十个勇士说道："你们看看我亲爱的三个姐姐为什么这样满脸喜悦地过来了？"三十个勇士见了，人人高兴，等待胜慧三神姊从天上飞下来。

胜慧三神姊来到格斯尔面前，一一传达了至高无上的释迦牟尼佛的法旨、那布莎-古尔查祖母的教谕、安达三个腾格里以及大家的嘱托，并把那布莎-古尔查祖母赐给的食物和宝物交给格斯尔，然后就变成杜鹃鸟飞回天上去了。

于是，圣主格斯尔可汗煨桑后，出发了。

格斯尔可汗宝贵的头顶上显现出千手狮首菩萨法相，额头上显现出千手怒吼摩诃噶剌神相，宝贵的头顶上两只大鹏金翅鸟飞舞、一千条巨龙呼啸，出现九色彩虹，浑身闪着金刚火焰，左右带领着各种神灵，金嘴里吐出阴阳火曼陀罗（坛城），骑乘的枣骝神驹四蹄迸出朵朵火花，每一根毛发都闪着火光，鼻孔冒着滚滚浓烟，圣主格斯尔可汗像黑纹虎一样向着敌人的方向出发了。三十个勇士在圣主格斯尔可汗的两侧排成雄鹰的两个翅膀，紧跟着圣主出征了。头顶上的苍天隆隆作响，犹如一千条巨龙咆哮，脚下的金色大地阵阵震动，格斯尔可汗一行人飞奔而去。

格斯尔可汗来到菩提树底下，看到阿勒泰-思钦、阿拉泰巴图尔、希迪巴图尔迎接格斯尔，变幻出千万军队阵容；再过去，又看见了宝贝嘉萨、伯通、阿南达巴图尔、赫岱巴图尔、阿拉坦额尔德尼、呼鲁赤巴图尔在等候圣主。

趁格斯尔可汗还没有到，宝贝嘉萨再次冲进敌军中砍杀了一阵，宝贝呼鲁赤巴图尔也掏出宝葫芦，冲进敌军中，带着熊熊火光砍杀了一阵。等格斯尔可汗赶到，宝贝嘉萨和伯通迎上来，叩拜了圣主，嘉萨-席克尔一一禀报了战争的经过。圣主听了非常高兴，对嘉萨说道："高山上行走的黑纹虎，大海深处游走的巨鱼，嘉萨哥哥你辛苦了！你休息一下吧！"嘉萨跪下来请求格斯尔可汗允许他和圣主一同去和蟒古思作战。圣主答应了，问道："再过去，还有敌人吗？"嘉萨回答说："我们已经把遇到的敌人全部消灭了。可能还有一部分敌人藏起来了，我们没有发现。请圣主亲自前往消灭。"

圣主格斯尔可汗正准备出发，苏米尔的儿子格日勒泰-思钦来到圣主面前，跪下来说道："金杨树枝繁叶茂，是因为树根深扎土壤，只要树根不死，千万个树枝就长出来；那个蟒古思可汗虽然有千万军队，但是圣主也有千万化身，不用去寻找藏身暗处的军队，而是要去消灭蟒古思本身。您来之前，我们砍杀敌人，骑乘的骏马的四蹄已经被敌人的血染红了，现在蟒古思可汗还能剩下多少军队？我们现在就奔着高高的金杨树去吧。我们跟在您的后面去杀最后的敌人。"

于是，圣主格斯尔可汗就带着勇士们奔着蟒古思的城堡去了。

那个蟒古思可汗见到自己的军队全被杀死了，就万事以防备为主，加固保护灵魂。蟒古思知道格斯尔马上来到了，因此紧闭城门并层层加固。

圣主格斯尔可汗通过神算知道了蟒古思可汗嘴里念叨着"可惜我的军队"，于是让头顶上的苍天打雷闪电隆隆作响，让龙神咆哮不止，魔王贡布可汗就从座位上跳起来，说："这是发生什么事了？"说完就跳上巨大如山的花斑马的背上，跑到城门处，并震天动地地咆哮着对守兵说道："你们都要注意防备，我出去一下。我回来的时候会变成大鹏金翅鸟，你们见到我马上打开城门。格斯尔可汗可能变成金喜鹊从我后面追来，你们用黄金布鲁棒打击金喜鹊，千万不能让他进来。如果谁把金喜鹊放进来，我绝不饶恕他。我出去和鼻涕虫觉如大战一场。如果我战胜了格斯尔，我就高兴地喊三次'硕克，硕克'；如果我被格斯尔打败了，我就咆哮三次，回到城堡来。"于是蟒古思就跑出城门迎战格斯尔去了。

蟒古思可汗呼着"古如，古如"的冷风，嘴里吐着"吱吱"的滚滚浓烟，跑到格斯尔面前，立刻变成一棵巨大的树。

圣主格斯尔可汗早就知道了蟒古思的把戏，对三十个勇士说道："你们都小心，我来收拾这棵树吧。"于是来到树底下，说道："这棵树的树荫多么凉爽啊！"就坐下来，三十个勇士也按照顺序鱼贯而至。格斯尔取出金斧头砍树干，这棵树就像人一样发出"哼哼"的呻吟声。格斯尔说道："我说这棵树的树荫多么凉爽啊，这棵树却像人一样'哼哼'叫。大家注意，树还发出人的声音到底是什么原因？"说完又砍了一阵，蟒古思可汗受不了了，就恢复成蟒古思本人，和格斯尔搏斗起来。蟒古思和格斯尔扭打在一起，实力相当，正在二人打得不相上下的时候，嘉萨用火箭射中了蟒古思的右肋，蟒古思却安然无恙。蟒古思张开血盆大口准备吞掉格斯尔，格斯尔命令嘉萨道："嘉萨哥哥，你去蟒古思的城堡，中午之前找出蟒古思埋在地里的灵魂，那个灵魂藏在一块巨大的黑色石头里。打碎黑色石头，里面有白色石头；打碎白色石头，里面有青色石头；打碎青色石头，里面有黄色石头；黄色石头包着五色绸缎。其他的我就不多说了，你自己看到了就会明白。"说完继续和蟒古思搏斗，并抽出九庹长的钢刀砍向蟒古思，蟒古思吓破了胆子，就变成大鹏金翅鸟，趁机逃走，咆哮三声，向自己的城堡逃去。圣主格斯尔从蟒古思后面放了一支火箭，嘉萨也放了一支火箭，蟒古思就逃进城堡里去了。

圣主格斯尔也变成大鹏金翅鸟飞进城堡去了，变成喜鹊①的假灵魂飞到城门，守城门的人挥动布鲁棒打喜鹊，绝不让喜鹊钻进城门。那只喜鹊飞回来，落在嘉萨面前的一棵树上。宝贝嘉萨认出了喜鹊，就到树底下去了。

蟒古思进了城堡，坐到宝座上休息。

格斯尔变成的大鹏金翅鸟就飞到蟒古思宫殿东边的一棵菩提树上，打开荷包，从里面取出各种宝物，摆在地上，变幻出千万人的样子。蟒古思见了，说道："这是不是该死的格斯尔来了？"他看了又看，嘴里吐着黑烟，确定是格斯尔，就向格斯尔变成的大鹏金翅鸟栖息的菩提树走来了。

格斯尔知道了蟒古思的心思，就又变成大鹏金翅鸟向西飞过去，到了蟒古思的家，恢复成格斯尔本人，然后放了一把火，把蟒古思所有的财宝烧成灰烬了。

圣主格斯尔可汗一瞬间就把蟒古思的灵魂挖出来，在埋藏灵魂的洞里放了一把火。

蟒古思突然有不好的征兆，就赶紧追赶格斯尔的士兵，而那些士兵则顺着一股青烟飞快地升到天上去了。

"我真是做了徒劳无功的事情。当初为什么不听特斯凯、德斯凯两位忠臣的话呢？达兰台-思钦和达拉泰-乌仁两个人真是把我骗惨了。"蟒古思回家后，见到家里已经变成火海，就叫喊着："哎呀呀，该死的！这是从哪里着起来的大火？我的灵魂是否被大火烧了？"说着就哀叹着跑回家去了。

圣主格斯尔可汗知道蟒古思回来了，就又变成鸟飞回东边的菩提树上，再变幻出一支千万人的军队。

---

①　原文作"čagjagai"。《隆福寺格斯尔》中把"喜鹊"写作"šagajagai""čagjagai"。

蟒古思看到千万人的军队，说道："那肯定是格斯尔的军队，我去消灭他们。"说着就跑过去，不料军队却顺着一股青烟到天上去了。

"我回家来，看见了熊熊大火。我纳闷这是哪里着起来的大火，我赶到家里时，所有的财宝却已被烧成灰烬。哎呀呀，这是什么苦难？这是什么凶兆？这火是天降火灾还是可恨的格斯尔放的火？或者是那钦可汗放的火？还是妖魔放的火？或者是汉地可汗放的火？我为什么现在灾难缠身？这是什么命运啊？看看我的灵魂是否被烧了？"说着蟒古思就跑到自己埋藏灵魂的地方，只见铺天盖地的黄蚂蚁爬满了埋灵魂的洞。蟒古思见到这种情形就晕过去了。于是格斯尔就一箭射穿了蟒古思的右肋。

蟒古思叫苦道："我的灵魂去哪里了？被哪个妖魔鬼怪偷走了？哪个罪该万死的可汗盗去了？这是什么凶兆啊？肯定又是格斯尔干的。如果是其他人，是不敢冒犯我们的。哎呀呀，该死的！早知道这样，我为什么还离开这里到外面去？我的灵魂落入了别人的手中，这可怎么办？肯定是该死的格斯尔盗取了我的灵魂。我到门外和鼻涕虫觉如决一死战吧！"说完就变成大鹏金翅鸟飞到城堡外面去了。

以宝贝嘉萨、苏米尔、伯通为首的勇士们拉弓搭箭等待蟒古思出来，蟒古思呼着冷风，震动着金色大地，从城堡里出来了。

朱拉巴图尔就变成圣主格斯尔模样的红脸大汉，把淡黄马变成格斯尔的枣骝神驹，手里握着弓箭迎着蟒古思过去，瞄准蟒古思射出一支火箭，蟒古思见了，吓破胆子，回头逃走了。"这是格斯尔在射我。那是哪个妖魔鬼怪把我的灵魂盗走了？难道是我自己的士兵把我的灵魂藏起来了？我要把他们统统杀了。"

蟒古思百思不得其解，漫无目的地走着的时候，圣主格斯尔变成一个红脸大汉，骑着枣骝神驹，手持弓箭，准备去猎兔子，见到蟒古思变成一头白额白鼻梁的公牛向东走了，就变成一个八岁孩子从公牛后面追过去了。蟒古思看见孩子，想一口吞下孩子，猛扑过来，孩子和蟒古思就搏斗起来了。

变成八岁孩子的圣主格斯尔可汗向天界诸神做了祈祷，一只脚踩在乳汁海的岸上，一只脚踩在雪山上，变成红脸大汉，和蟒古思摔起跤来。

正在格斯尔和蟒古思摔跤不相上下的时候，格日勒泰-思钦和宝贝安冲赶到，用火箭射向蟒古思，并从马背上下来，助力圣主格斯尔，和蟒古思扭打起来。

这时，宝贝嘉萨也赶到了，用火箭射穿了蟒古思的两只眼睛。蟒古思就拼尽全力逃跑了。阿萨迈诺彦骑着铁青马追上蟒古思，一箭射穿了蟒古思的右肋。紧接着，青毕昔日勒图也射去一支火箭，射穿了蟒古思的胸口。接着，又有乌兰尼敦用火箭射穿了蟒古思的胸口，他下了马，和蟒古思搏斗起来。

巴尔斯-巴特尔和来查布也过来了，直接和蟒古思搏斗起来。

蟒古思虽然没有了眼睛，但是力气依然不减，一会儿蟒古思占上风，一会儿巴尔斯-巴特尔和来查布占上风。

于是，圣主格斯尔将蟒古思摔倒，骑在蟒古思身上，说道："你赶快告诉我你的灵魂咒语。"蟒古思回答说："圣主格斯尔啊，我只恨你杀光了我的军队，我一点都不担心自己的生命。你只有知道了我的灵魂咒语，才能杀死我；你如果得不到我的灵魂密咒，就消灭不了我的生命。我是不会被你战胜的。"

格斯尔可汗被蟒古思的话激怒了，把蟒古思的灵魂取出来，扔到大火中，并说咒语道："古如，古如，索哈！"装蟒古思灵魂的匣子就自动打开了。

格斯尔可汗再念咒语道："古如，古如，拉克沙！"青色石头匣子就自动打开了。

格斯尔可汗再念咒语道："咿呀咿呀，舒如，舒如，拉克沙！"红色石头匣子就自动打开了。

格斯尔可汗再念咒语道："阿嘎如，阿嘎如，塔斯！"黄色石头匣子就自动打开了。

格斯尔可汗一看，里面有一个桶，把桶扔进火里烧了一会儿，桶就自动打开了，桶里的五色绸缎包裹也自动打开了，从里面飞出一只毒蜂向格斯尔可汗猛扑过来。格斯尔掏出金套索和银套索准备捉住毒蜂，毒蜂却飞走了。

格斯尔可汗把雄鸟的鼻血、雌鸟的乳汁、雏鸟的眼泪滴在蟒古思的灵魂上，毒蜂、金蝇、金蜘蛛、母白鼠、金蛇全被毒死了。现在只剩下金针、银针了。

蟒古思这时已经奄奄一息，对格斯尔可汗说道："我诅咒你和我一样被人用万刀砍死，我诅咒你的三十个勇士被千万人百般折磨致死，我诅咒你抱在怀里的五六个夫人有一天投入他人的怀抱。我今天虽然不能杀死你，但是我的子孙后代不会放过你的。我是没有听取特斯凯、德斯凯两位大臣的忠告，你的达兰台-思钦和达拉泰-乌仁把我骗惨了。我诅咒你的脑袋被千万人乱刀砍下，我是没有听取所有忠臣奉劝的愚蠢的人，我诅咒你格斯尔被千刀万剐！"格斯尔被蟒古思如此谩骂，实在无法忍受，正要放出艾鼬时，突然看见从蟒古思鼻孔里钻出金蛇等各种毒虫，知道蟒古思的灵魂要逃走，就把所有的黑炭都堆在一起放了一把大火，蟒古思的全部宝物就被烧成灰烬了。

蟒古思无力挣扎，正躺在地上奄奄一息的时候，胜慧三神姊从天上叫道："圣主格斯尔可汗弟弟！你赶紧杀死那个蟒古思，如果时间长了，蟒古思的生命又变牢固了，你就不能杀死他了。"说完又飞回天上了。

于是，圣主格斯尔可汗就取出镇压蟒古思的两个宝物，把蟒古思和蟒古思的子孙后代斩草除根了。

圣主格斯尔可汗回到了故乡。

圣主格斯尔可汗和三十个勇士过上了幸福的生活。

第十三章
镇压豹尾那钦可汗之部

　　那时，在落日的脚下，在红帽山的后面，在乌拉那河的岸边住着一个有十八颗头颅、长着四十八只犄角的魔王贡布可汗。根除十方十恶之根的圣主莫日根格斯尔可汗想杀死那魔王，便率领三十名勇士、三百名先锋，到那魔王的领土，与阿鲁-莫日根夫人、格姆孙-高娃夫人、钟根达里夫人一起，将那有着一千五百种化身的魔王贡布可汗杀死，放火把蟒古思的九百六十座楼宇城堡和城中的一切烧成灰烬，杀死数不尽的士兵，收缴他的全部财产，又收了达兰台-思钦和达拉泰-乌仁为臣，杀了特斯凯，逮捕德斯凯并用重刑惩罚，又将那国庶民收为教徒，率领三十名勇士，回到自己广阔的家乡，让家乡的一切如日中天，将澈澈尔格纳河，黄金宝塔，阿拉坦托布其，孟根托布其，《甘珠尔》《丹珠尔》两部大乘经，建设白色毡房宫殿，用金色支柱和丝绵线包了毡房，将一切维修、更新。让森格斯鲁巴彦的女儿茹格姆-高娃留在身边。在菩提树旁给龙王之女阿鲁-莫日根夫人建造了洁白的毡房宫殿，让她驻扎；在莲花池旁给马巴颜的女儿金色大地的化身阿日鲁-高娃建造了洁白的毡房宫殿；在红岩旁边给乔姆孙-高娃夫人建造了洁白的毡房宫殿；在白塔旁边给贡玛可汗的女儿贡玛夫人建造了洁白的毡房宫殿；在观世音菩萨旁给赛罕斋哈屯所生的赛胡来-高娃夫人建造了洁白的毡房宫殿。她们居住的地方十分偏僻。格斯尔让天下兴旺，照亮玉石般坚固的属国，让人们享受幸福生活，此为第十章。①

这时，鹦鹉等各类飞禽从四面八方赶来，寒冷的天气变得温暖，暴风雪顿时消失，无水之处涌出甘泉，不毛之地长出莲花。格斯尔可汗举行如大海般浩大的宴席。这时，居住于北方荒芜地区的哈日古那山的那钦可汗觉得自己没有一个美丽的夫人，想娶一个美人做夫人，便召集四十四蒙古、五十二户人家、一百零八位将领、二十八个部落、五十三亿士兵、三百个国师大臣，向所有将军、大臣问道：

> 俗话说一个人应该娶十位好夫人，
>
> 一个好夫人能使其产生十个菩提心。
>
> 说一个国王应该娶三十三位夫人。
>
> 有一位好夫人就会使其忠心耿耿。
>
> 三十万臣民们你们可知这个道理？

听可汗说完，朱思泰-思钦从众人中一跃而起，跪在可汗面前，说道："珍宝一般的可汗您听我说。要生一个好儿子，两分功德归哥哥，一分功德归姐姐，半分到一分功德归弟弟，剩下的一分功德归妹妹。这些功德一个好男儿是可以回报的。父亲如佛祖，他的两分功德是不可能回报的。母亲的十分功德中，也就能够回报一分而已，剩余九分，连半分都无力回报，因为母亲如菩萨空行母。哥哥的一份功德，只能回报一半罢了，剩余一半是无法回报的，能报答一日

---

① 原文如此，此处的章节序号与前文不符。

却不可能报答三百日。（哥哥）如同佛祖的徒弟一样。对妹妹的功劳，若心怀衷心，也许是能回报的，能报答一时，却不可能回报三个月，姐姐妹妹如同莲花和日月之光。一个好可汗诞生，将有无数国师、大臣聚集于手下，牲畜遍布于高山荒野，并将娶到无数聪慧的夫人。让自己的思想传遍世间，好的影响如大海般浩瀚；即便留在家中，也将福佑众生，收起十分菩提心。若有一位贤臣被大汗重用，他将在可汗面前妥当办事，将善意传播天下，对坏人也好心扶持，因而能够名扬天下。若出了一个奸臣，在可汗面前弄虚作假、欺压众人、不分是非、颠倒黑白、仗势欺人；若诞生了一个昏君将不能治理国家，遭邻国侵略，门前无一良臣，其财富、牲畜都将为大火所烧，贪婪之心胜过一切好意；若有了一位坏夫人，如同把一片好心埋在深洞里，十分菩提心一分也没还。对他人所属心生贪念无一好处。我听说那根除十方十恶之根的圣主莫日根格斯尔可汗乃从上天降生人间，据说他有五六位空行母夫人。锡莱河可汗有三个女儿，其中，次女摩诃玛雅姿色过人，另外两个女儿则趴在地上，数黑豆子、白豆子度日。北方的圣主成吉思汗有一个女儿，光芒四射、艳压月亮。位于释迦牟尼佛祖之子摩诃萨埵舍身饲虎的宝塔旁边的唐古特国希都日古汗有一位夫人叫固日贝金-高娃。在西方大海边上，须弥山的那头有一位萨仁南迪汗，有一个身怀神力的女儿萨杜瓦。这些夫人、公主一个都不可娶，贪图他人所属没有好处。可汗你听我的，不要出征了，不要折腾大军，派他们去异国他乡了。可汗您的怀中不是有一位相貌出众的美丽的夫人吗？在他国可汗看来，你那位夫人所生的乃胡来-高娃岂不美色过人？对你的英名、对夫人和美丽的公主，别人不都赞不绝口吗？不要为了抢别人的东西，反而使自己美貌的夫人和公主被别人抢去了。那格斯尔据说是带着三十名勇士、三百名先锋，从天上降生人间的。他有很多夫人，在别人看来个个光鲜亮丽，还有胜慧三神姊。据说格斯尔降生的时候披着人皮，怒瞪右眼，圆睁左眼，举着右手，攥着左拳，抬着右脚，伸着左腿，咬紧白海螺般的四十五颗牙，一副掌握着众生祸福的样子，所以你不可以去抢他的夫人。”

那钦可汗说：“你说的这些我可不听。让我们去把格斯尔杀死，把他的夫人抢过来吧！他虽然有三十名勇士，难道我们就没有数不尽的士兵吗？格斯尔力大无穷，难道我们就没有千种化身吗？生为男人，说出一句话便不再动摇；生为公马，只受一次鞭策便不再彷徨。我话已出口，怎能像女人一样出尔反尔？生为男人，终有一死，再坚固的青铜之城也有发出吱嘎声的时候；生为公马，也有绊腿的时候；生为女人，亦有心生不忠之心的时候。我岂能怕得一死？这么多士兵，岂能怕他们死光？我们若是得个病死去，此生还值得一提吗？如今我们年轻力壮，我必须跟他比试比试。”说完，他给三十万大臣颁布了敕令。

彻德克-格日苏-莫日根的儿子八岁的辛迪巴图尔看到敕令，跪在可汗面前，说：“世上的两个可汗，总要争夺天下。两个凡夫相遇，也要一争高低。可汗要出征是对的。请准许我在可汗派兵之前去为您探探路。我要去格斯尔那里，跟他一比雌雄，甘愿战死沙场！”那钦可汗赞许辛迪巴图尔的话。可汗为出征做准备，召集大军逐一点兵，竟有无数之多。待一一点完了数，可汗发布命令道：“我的士兵们，你们先回各自的家，把武器擦亮。凡是十三岁以上的人一律出兵。”朱思泰-思钦听了那命令，跪在可汗面前说：“我们带这些小孩子做什么？可汗您要是带着这么多孩子，哭天喊地的，格斯尔可汗和他的那些三十勇士以及庶民见了，岂不笑话我们说：‘哎呀！那钦可汗居然让小孩子们冒充士兵来打仗！居然让这些孩子做挡箭牌！’若是十方圣主格斯尔可汗领着大军队向我们冲过来，我们从哪边突围？我们是让您突围还是让孩子们突围呢？还是我们自己突围呢？可汗请您三思。你的大兵也要笑话您说：'哎呀！那钦可汗这是没有士兵了吗？'与其让他们笑话，不如我们自己去吧！"听朱思泰-思钦如此禀报，可汗同意了他的话，对大臣们下了命令，不再带孩子们出征，让他们解散，各自回家。

那时，根除十方十恶之根的圣主莫日根格斯尔可汗，用神灵得知那钦可汗率领大军来侵，写了金笔敕令发给三十名勇士。三十名勇士收到敕令，如鸟羽般从四处聚集而来。

如同高山上行走的黑纹虎、深海里遨游的巨鱼的嘉萨-席克尔带领三十名勇士、三百名先锋们来到格斯尔面前，跪下问道："圣主为何事召集我们？"圣主下令道："我召集你们的理由是，北方杭爱-哈尔忽纳山旁边的一条大河边有一个长着豹子尾巴的人，我想率领你们去猎杀他。据说那条河里，上天、龙王、大地之水在沸腾，炎热无比，须弥山上大风呼啸，寒冷无比。松柏摇晃着甩落叶子。"苏米尔的儿子、三岁的格日勒泰-思钦跪在圣主面前，说："你们大家都听我说。圣主的命令中说：北方是一个暴风雪呼啸的寒冷的地方。在森林中行走二十一年才能到达杭爱-哈尔忽纳山。那长有豹子尾巴的魔鬼是那钦可汗。所谓上天、龙王嬉戏，是说三亿五百万个士兵，这些士兵是冲着我们来的。如同流水在沸腾，说的是那钦可汗的格日苏-莫日根之子辛迪。枝叶茂盛的松柏摇晃着甩落叶子，指的是那钦可汗对我们圣主的五六位空行母垂涎三尺。须弥山在寒冷中颤抖，是指我们从天上降生的三十名勇士和三百名先锋。说在起风，说的是那钦可汗的头颅已松动，迫不及待地要被我们斩下来。我们与圣主同行，我们怕谁？即使再来一个那钦可汗我们也一点都不会畏惧。谁是男人，谁是女人？还有我们三十名勇士在；我们也要在头顶呈现着五色彩虹，哈哈大笑着与那辛迪巴图尔搏斗而死。怎能袖手旁观？"从圣主开始，众人对格日勒泰-思钦的话大加赞扬。圣主下令道："三岁的格日勒泰-思钦，你不要着急。我们事先把事情商量好，筹备妥当，不可小看敌人。如果贸然出征，到那里之后可能就会后悔不已。好好商量，没有坏处。那钦可汗手下的一个叫辛迪的毛孩子，大腿像蝗虫一样细，脑袋像小鸟一样小，命像毛细血管一样脆弱，居然领了几个兵朝我们走来。"

这时，胜慧三神姊从天上化身杜鹃鸟飞了下来，对圣主说："释迦牟尼的指令，让你杀了魔王贡布可汗，收其所有，让众生过上幸福生活。当初，曾嘱咐你到阿拉坦托布其河、孟根托布其河之后不要滞留，你却滞留了二十一年之久。这次你一定把握好来去的时间，莫要贪图享福。听众人说，北方有个那钦可汗，那罪孽满贯的可汗还有一千种化身、三亿五百万个士兵。那国的辛迪巴图尔据说出生时手持阿尔海、沙尔海两位勇士①的长剑。据说那魔王是个可怕的敌人，其化身如灰色巨蟒般威力无穷。他有三十位大臣，离我们有二十一年的路程。那地方有杭爱-哈尔忽纳山、深林、荆棘湖、一座魔塔、灵丹盐泉、三眼神泉。你们在这些地方行走的时候希望天上诸神保佑你们。祝你们向北去时观世音保佑你们，向东去时各路菩萨保佑你们，向南去时莲花生大师②保佑你们，向西去时大龙王保佑你们，向中央去时释迦牟尼佛祖保佑你们。祝你们的头顶有数不尽的神佛保佑你们。你要迅速也要谨慎。身为君主为国家，良臣为君主，为天下太平而降生人间的鼻涕虫，你转世生在人间就是人间的亮点，要爱惜随你一同降生人间的三十名勇士，他们是为了在你劳累时给你增添力量而被派到人间的。你的胜慧三神姊在你出生之前生为杜

---

① 阿尔海、沙尔海是第九章"镇压多黑古尔洲昂都拉姆可汗之部"中敌方昂都拉姆可汗手下的两名勇士。

② 原文作"badm-a sambau-a"，梵语 Padmasambhava 的音译。

鹃鸟①。祝一千五百种化身将如同无数条龙一样伴你左右，祝你哥哥嘉萨-席克尔的儿子来查布之子萨仁-额尔德尼，在你去那钦可汗之处的时候为你助一臂之力，祝万事如你所愿，但愿长着豹子尾巴的魔王远离你们，我们会在天上用青烟给你增添神力，为你助威。"

圣主莫日根格斯尔可汗跪下，说："我怎能轻易遗忘胜慧三神姊的教诲，一定铭记在心。我将一直在心中祈祷，一定毫不吝惜我的肉身，全力奋战。"说完，便向天上诸神跪下叩首；站起身，又九次叩首；之后又向胜慧三神姊叩首三回。三十名勇士也向天上的诸神叩首九回。叩首礼毕，三神姊又向他们叮嘱一番，变成杜鹃鸟，飞回天上。

待三神姊回到天上，圣主莫日根格斯尔可汗发布命令道："你们都分别去一趟那钦可汗那里，遇到岗哨就探测一下他们力量究竟如何。有几个盗匪正向我们走来，你们去把他们杀了。【那钦可汗的】岗哨有千人护卫军、两只老虎、两条灰色的蟒蛇。再往前走，有两只能够探知敌人的乌鸦，它们是给它们的可汗打探报信的。再往前走，有一棵神树，那棵树乍一看是一个人，那是那钦可汗终年祭祀的神树，若祭祀被中断，可汗的梦境就会变得混沌不清。如果那棵树遭到他人的玷污，可汗就会浑身疼痛三个月。再往前走，还有【三只甲壳虫】在站岗，它们能精确无误地探知敌人的到来，会丢弃触角，到可汗面前点三次头，可汗看到它那样点头，便知道敌人来了。再往前，还有一个岗哨，是勇士辛迪的父亲格日苏-彻德克，他能丝毫不差地察觉敌人的到来，并冲向敌人左右乱砍。再往前走，还有刀剑不入的萨优嘎敦勇士。在那之后的交给我就行了，这些岗

---

① 此处似有误。在《格斯尔》中的"格斯尔诞生之部"中，格斯尔的三神姊在他之前出生，但并不是生为杜鹃鸟。

哨你们一定要谨慎处理。”

　　如宝一般的至亲嘉萨-席克尔跪在圣主面前，说道：“我们自初次见面时起，便如琴音、竹节般亲密无间。我们的三十匹神驹都如同飞鸟之羽翼般相遇如故。敌人与我们相遇，那是他们的灾难。我们怕什么？只要与圣主你在一起，即使来了千万个妖魔鬼怪我们也不怕。我们在圣主面前效力，那也是我们的福分，在心中默念着天上诸神才好。那钦可汗纵然有一千种化身，你不是有一千五百种化身吗？你的化身岂不更加神威？我们跟随着你去，一定能把那那钦可汗活捉在囊中。生为男人，为了圣主你而生；我们三十名勇士都是跟随你来的。男子汉要趁年轻，羊羔肉要趁热吃，女人要在有心时，公马要在未驯时，嫁人的女子要趁年轻，宠溺的孩子靠父母，有学识的徒弟托师傅的福。我们这些人为谁而战？我们的夫人都是随你的夫人空行母化身而生的。我们难道是不认生铁的锉刀、六亲不认的野狗、六亲不认的晃通叔叔吗？让我们闯进敌军，斩杀一番吧！”

　　圣主回道：“如高山上行走的黑纹虎、大海深处游走的巨鱼般勇猛的嘉萨-席克尔，你教诲①得极是。等我们抽签确定之后，便按照签的顺序依次出征吧！”三十名勇士全部表示赞同。圣主莫日根格斯尔可汗叫人为所有勇士做好了金签，【交给六位空行母夫人】。

　　六位天仙夫人收齐金签，对圣主说：“我们要抽签了。被抽中者，无论是谁，都要服从，不许反悔。我们也不说太多了，愿三十名勇士们去敌人领地时让敌人闻风丧胆，回来时如飞鸟般速速归来。”

　　这时，圣主用酒酿成了阿乳扎，用阿乳扎酿成了霍乳扎，用霍

───────────

　　① 　原文作“surugsan”（学习），有误。译者参考《策旺格斯尔》，译为 surgagsan（教诲）。

乳扎酿成了宝乳扎，用宝乳扎酿成了希乳扎，用希乳扎酿成了玛乳巴，用玛乳扎酿成了米乳巴，用米乳巴酿成了梯哈巴，用梯哈巴酿成了德比斯古日，用德比斯古日酿成了通希古日，用这几种久酿的酒品向上界诸天神祭祀并叩首，并在心中默默祈祷出征北方那钦可汗之事。他们的祈祷就到达了那布莎-古尔查祖母那里，落在祖母面前的金坛上。

那布莎-古尔查祖母因心生慈悲，品尝了他们洒祭祈祷的酒，喝到微醺。祖母①叫三神姊过来。神姊们来到祖母面前，问道："祖母，你为何叫我们来？"祖母下令道："我的三个孙女啊！降生到人间成为可汗的我儿要出征有一千种化身的北方那钦可汗。他在祷告中问我：'一是，出征时要从哪条路走？二是，是不是所有勇士们都去赴战？是不是要抽签来选择勇士们？我自己应不应该去赴战？应该选哪年、哪月、哪日、何时启程？'他的这些祈祷都落在我的金坛上。所以请你们三个孙女下凡去一趟人间，告诉他：'自己要等勇士们出征后最后出发，三十名勇士要依次抽签，依次派出。让他们请六位金色空行母每次抽六个签。让勇士们出征时快去快回！去时路程需要二十一年。龙年龙月龙日龙时出征，选好第一位勇士启程的时辰就好，随后的出征者不需要再看日子、时辰。前面的勇士回来后再派出下一个即可。因为那钦可汗所在的地方布满了乌烟瘴气，所以我们没法看清他的岗哨，怕是会有很多妖魔鬼怪。'"三神姊中的二姐嘉措-达拉-敖德神姊听完祖母的命令，化身为一只杜鹃鸟，伴随着右旋海螺号角之声，朝着圣主莫日根格斯尔的屋顶飞了过去。

圣主看到神姊到来，向三十名勇士说道："我们的神姊为何从天上下来了？"听了这话，从宝贝嘉萨开始，所有人都高兴万分，跪下

---

① 原文为"eke-ni"（她们的母亲），指代有误，应为祖母。

叩首迎接。当圣主跪下叩首时，神姊呼啸而下，将那布莎-古尔查祖母的教诲统统向鼻涕虫觉如弟弟传达完毕。圣主听了感动万分，跪下叩首九回，三十名勇士们也叩首九回。圣主莫日根格斯尔可汗双手合十，感谢神姊专程下来传达指令和教诲。之后，神姊变回杜鹃鸟飞回了天上。

神姊返回之后，茹格姆-高娃夫人说："祖母命令我们选龙年、龙月、龙日、龙时派出第一位勇士，还说选好第一位勇士启程的时间，之后出发的勇士就不用再看日子和时辰了。如今正是龙年龙月龙日龙时，我们现在抓紧时间抽签吧！"说完，她拿起金色的签筒一摇，摇出来的是阿勒泰-思钦的签；阿鲁-莫日根再摇，抽出了巴尔斯-巴特尔之子青毕昔日勒图的签；图门-吉日嘎朗夫人摇的是博迪巴图尔的签；贡-高娃夫人摇的是伯通的签；乔姆孙-高娃夫人摇的是希迪巴图尔；赛胡来-高娃夫人摇的是勇士苏米尔之子格日勒泰-思钦的签。六位勇士跪在圣主面前，请求立即出发。圣主对他们发令道："你们出征极好。你们去敌人那里后不要久留，速速回来。如果遇见名叫色赫勒岱的勇士，不要杀他。若碰到朱思泰-思钦也不要杀。你们要像旋风一样速速过去，回来时如老虎般呼啸而来。"说完，【圣主命人】从库中取出珍珠衫给勇士们穿上。六位勇士穿了，纷纷跪谢圣主，又向其他诸神一一跪谢告别后启程。三位神姊中的嘉措-达拉-敖德从天上化成杜鹃鸟下来，对六位勇士下令道："你们去时走森林中的道路。"说完飞回了天上。

六位勇士中，通晓万兽语言的伯通带头启程。他们把二十一年的路程缩短为五个月，到了那钦可汗的领地周边，在一日之程外扎了营，又往前走到一座丘陵之上，向四处遥望，发现周围荒无人烟。伯通又往前走，走到一棵枝叶茂盛的树下，坐在下面乘凉，仍然没有敌人的影子。六人便到高山顶上住了一个月，又说又唱。

　　那时，那钦可汗的勇士辛迪对可汗说："我去格斯尔那里看看。如果遇到了格斯尔的手下，我就跟他们拼死搏斗。如果我的运势好，我就取胜回来；如果我的运势不好，我就去阎罗王那里报到。若是我被可汗的福分保佑，那么无论碰到什么敌人，我都会一刀把他们砍死，并把他们的妻儿抢夺过来。请可汗赐予我一千个士兵。"可汗说："我的勇士，你要出征那很好。"辛迪巴图尔叩谢可汗，擦拭并携带好武器，骑上花斑马启程。他在马背上驮载了千斤重的铁砧子，在后鞍桥上又驮载一口袋豆子。如果不驮载铁砧子和豆子，他们的骏马奔跑的时候会带着主人飞到天上去。身穿镶嵌日月的叫作"齐仑"的铠甲，挎上制作精细的箭筒，领着一千个士兵，跳上马，走上森林中的道路。他登上两座红岩上，四处张望，看有没有敌人过来。

　　通晓万兽语言的莫日根特布纳、勇猛的伯通得知了，对其他几位勇士说："你们可知一个大腿像蝗虫腿一样细、脑袋像小鸟一样小、外形还没有长成九分的辛迪勇士想与我们要长剑玩。"当宝贝般的伯通如此说完，阿勒泰-思钦说："没关系伯通哥哥，这小屁孩过来找我们又如何？难道他就比我们厉害吗？都是一样的人，他带了一千人，但你不是也有很多种化身吗？我们不是也能跟随你变化吗？我们都冲上去，对方如果力量薄弱，我们便去抢夺一番；如果他们人少，我们便把他们活捉过来；如果他们人多，我们就四处砍一砍。说那么多做什么？让圣主的苏鲁定保佑我们吧！"他们如此说着，三岁的格日勒泰-思钦说："我来时没有带着妻儿来，只身一人过来的。男人的本事，在于跟敌人战斗并战死沙场。上有佛祖父亲、空行母母亲，回天之路就是我思钦的归宿。我率先与敌人搏斗。你们陪着你们哭闹的妻儿，从我后面慢慢跟上来。我是没带妻儿的人，我先过去。"阿勒泰-思钦说："格日勒泰-思钦小毛孩你听我说，俗话说敌人对生命有害，阎罗王吞噬人命。牦牛比其他野兽雄壮，河马有独角却算不得牛类。十部典经指明升仙之道。勇士你所说的话，我作为朋友可以顺从，但其他人未必能顺从。我们年龄更长，心属佛道，心宽如恒河。格日勒泰-思钦你怎能说出我们带着妻儿来出征这种毫无根据的话？我们六人都是作为格斯尔圣主的勇士来跟敌人搏斗的。我想杀死辛迪，不是为了争名气。你如果没有意见，我们俩比试比试；你若不同意，我们回去见圣主。【如果你赢了】我们就让妻儿哭着回去。"格日勒泰-思钦心里知道是自己说错了话，忙向阿勒泰-思钦跪下认错，阿勒泰-思钦也急忙跪下回礼。格日勒泰-思钦跪着说："我是想和敌人搏斗，太着急了。觉得你们怎么走得那么慢，所以心生怨气，才会说出那样的话。

> 树木点缀了高山；
> 巨鱼点缀了大海深处；
> 日月点缀了宇宙；
> 繁星点缀了天空；
> 至高无上的圣主点缀了我们这洲。

只想在有生之年，过一过做一名英雄好汉的瘾。"两人正在说这些的时候，巴姆-苏尔扎之子博迪化身成一个美丽的妇女，青毕昔日勒图化身为一个漂亮的女孩，伯通化身为百岁老人，希迪化身为七十八岁的老婆子。他们又把所有骏马变成骡子、毛驴，把所有武器变小，装进了布袋里。其他勇士们仔细查看伯通，发现他下巴上的胡须在大风中飘向两边，满头的白头发在风中飘飞，挂的拐杖就像天界诸佛的锡杖，背着的布袋就像《甘珠尔》《丹珠尔》两部大乘经上的金色字迹。伯通又查看博迪的样貌：乌黑的头发足有一庹长，散下来时在大风中向两侧飘逸。再看希迪：头发花白，低下头时如百岁老人一般，手中的拐杖如威龙缠绕的手杖。四人相互审视完，便出发了。阿勒泰-思钦、格日勒泰-思钦二人作为后卫，留在山顶守护。

老头①往前走到一条被称作奈日仑的路上，一只大雁在他们的头顶盘旋，还嘲笑伯通，唱道："此时此刻，这里真的没有一个幸福的人。这老头、老婆子没吃的没喝的，亲人朋友都离他们而去。他们就是一些乞丐，来到这里要饭，还想杀了谁？"听到那只鸟居然嘲笑自己，伯通心中盘算怎么把它捉住杀掉，于是对同伴们说："那只鸟居然骂我们，肯定是那钦可汗的耳目，你们快去把它杀了！"伯通又对着鸟唱道："哎呀！美丽的大雁你听我说，看你的头和喙，是一只多么美丽的大雁！如果想与我们做伙伴，就从树上飞下来吧！看你全身，也是一只无比美丽的大雁，要是想一起抵抗仇敌，就从树上飞下来吧！你的两个羽翼和尾翼看起来如此美丽，你若是想取得升仙之道，就请从树上飞下来。看你周身的羽翼，真是像诸佛般的大雁，若是怜悯我这糟老头就请飞下来，到我们身边来。在我们家乡也有一只大雁，它看到人就会飞下来。大家看到它飞下来，就会纷纷赞扬它的美丽、大方。我看你，似乎也是和那只大雁一样的神鸟。我们想赶上你但没有那么快的速度，想把你抓住却没有那样的神力，你若有怜悯之心，就请你飞下来。你这只鸟一定是天界的神鸟，我能把你怎样？"那只鸟听了，果然从树上飞下来，落在伯通的右肩膀上。伯通一把将它抓住，想着："你也有被我活捉的一天。"正准备把它杀死，那只大雁却哭着说："你如果想捕杀我不难，用马鬃、马尾做套索就可以套住我。我浑身就一把肉，烧了也就一点灰烬，没有什么可惋惜的。但是我有一个好消息要告诉你。俗话说杀人前先

---

① 这里指的是伯通所变的老头子。

让人说完话，你在杀死我之前让我说几句话吧！"听了鸟的话，伯通等了片刻。大雁又说："我本来生活在距离那钦可汗的北疆一个月路程远的地方，在一个名叫色日勒特-杭汗的富豪之子萨楞海所住的双胡尔山中。我来到这里寻找食物的时候，被朱思泰-思钦收养并悉心照顾。后来我长大了，他就把我放了回去。朱思泰-思钦一直想助根除十方十恶之根的圣主莫日根格斯尔可汗助一臂之力。他原本是从前锡莱河三汗中的黄帐汗手下一个叫作希吉日-毕希的大臣。那时，圣主莫日根格斯尔可汗去有十二颗头颅的蟒古思的家乡，锡莱河三汗趁机去把他的金色空行母夫人和所有财富抢劫一空并带了回去。后来又趁着圣主不在家乡，把他手下的勇士们都杀光了。当时，如高山上行走的老虎、如大海里游走的巨鱼般的嘉萨-席克尔看见勇士们一个一个战死沙场，从家中昏昏沉沉地走过来，在丘陵上痛哭，准备决一死战。他闯进敌军中，也不幸身亡。原来是敌人看见嘉萨非常害怕，都退到两边躲了起来。嘉萨横扫敌军，砍死无数士兵。然而，他由于身上没带水，口渴得不行，就弯腰喝被鲜血染红的水。希曼必儒札从背后走来，用一棵树作掩护，砍下了嘉萨的头。敌方军队中一个叫作希吉日-毕希的人把嘉萨的头颅拿走了。这个人后来在那钦可汗那里转世为朱思泰-思钦。这朱思泰-思钦就是我的主人。当时金色空行母身边一个人都没有，正不知所措，锡莱河三汗冲过来想掳走茹格姆-高娃夫人，阿鲁-莫日根夫人气恼不已，四处砍伐，砍死了好多个士兵。这时她摸了一下箭筒，发现已经没有箭了，向四处张望，但周围一个同伙都没有。阿鲁-莫日根只好走上布达拉山，坐在观世音庙旁边，诸佛开始议论纷纷。阿鲁-莫日根走上布达拉山上，茹格姆-高娃夫人只好化身一只雉鸡，飞上蓝天。白帐可汗化身白色老鹰追了上去。茹格姆-高娃夫人又化身空行母，黄帐可汗变成刚噶鸟穷追不舍。茹格姆-高娃夫人没办法，又化身为六百只猴子，黑帐可汗的化身又追了上来，她动弹不了，只得束手就擒。金色空行母只好随他们而去，路上恰好看见希吉日-毕希手捧嘉萨的头颅，便向他求得了嘉萨的头颅。那时我是一只青色老鹰，金色空行母见了我，手举嘉萨的头颅招手三轮，把他的灵魂托付在我身上。我为了助圣主一臂之力，也为了不让宝贝嘉萨的灵魂坠入地狱之底，便接受了嘉萨的灵魂，将其紧紧夹在双翼缝隙中，让其与我的灵魂相伴左右。我往返飞行，却找不到食物，累得举不起两个翅膀，便坐在呼斯楞敖包后面查黑仑河查黑仑泉那里的一棵树上。正在那时，圣主莫日根格斯尔可汗从那边经过，我认出了他满面红光的面容，叫了三回'喂，格斯尔！'圣主听见了，心想：'这荒无人烟的地方，到底谁在召唤我。好奇怪！'他回头看见了我这只青色老鹰，听我解释嘉萨灵魂转移的事情后，圣主召唤三回，把嘉萨的灵魂分离出去，让他转生到诸神之中。圣主念我驮载其哥哥灵魂的功劳，心生怜悯之心，把我放了。他放我走，又给我吃了有法力的食物。我依靠那食物的法力，在富豪之子所住的双胡尔山脚下萨拉达河岸上，搭建巢穴，生卵育稚。六月初五早上，蛋壳破裂，孵出了小鸟。六月二十九日，朱思泰-思钦过来，把我们母子一并捉走，带回家里养，七月初八把我们放飞。那时我还是一只青色老鹰。如今，我化成了大雁，寻找食物，碰到了你们四人。我看您是一位年事很高的老人。"听了大雁如此倾诉，宝贝伯通又对其他三人转述了大雁说的话，说："哎呀，你们三人听听，这只雁所说的话真好听！可怜，他还在为我们而努力。"大家都怜悯不已，将身上携带的有法力的食物取出来给它吃。

正在这时，敌方的勇士辛迪率领一千个精兵，一路探寻着他们的踪迹走过来。伯通以神明得知了，问大雁道："这辛迪勇士法力如何？"大雁回道："那家伙能有什么法力。只是了解我们罢了。他可以化身为一条灰色蟒蛇，没有别的本事了。我很了解他。你跟我说实话，你是哪里的人，是哪个可汗的手下？我看你，是不是十方圣主莫日根格斯尔可汗手下的大臣？"老人听了便说："我就是十方圣主莫日根格斯尔可汗的手下、通晓万兽语言的伯通。你跟我倾诉了那些事，所以我对你非常信任。我们家乡有两座红岩。跟着我的这位老婆子其实是勇士希迪。还有博迪、青毕昔日乐图，后面还有格日勒泰-思钦、阿勒泰-思钦两人，留在丘陵上打掩护。圣主莫日根格斯尔可汗、嘉萨等人都在家乡。我们六人是冲着那钦可汗来的。那钦可汗有多少士兵？是多是少？请你仔细跟我们说说。"那只大雁说："你问这个问题是问对了。你们先坐下稍候，我到辛迪勇士那里去看看。我飞到蓝天上，去一趟那钦可汗那里。"

大雁没去那钦可汗那边，而是到勇士辛迪上方来回转了几圈，回来对伯通说："我去探查了辛迪。他骑着一匹花马，身穿齐伦石头铠甲，带来的军队有一千人，已经离我们不远了。你们快快前进。我再去探查一下那钦可汗。"说完又飞走了。伯通赞同大雁的话，迎着辛迪赶来的方向走去。

老头边哭边走，老婆子也跟着哭哭啼啼地走，女儿反而唱起歌来，老头和老婆子假装骂女儿，说："你这个该死的女儿，还唱歌，我们碰到什么好事了吗？还不乖乖走你的路。这该死的乞丐还唱什么歌？"边说边假装用拐杖打她。女儿被打后哭了起来，冲着老婆子说："是我让你们变成乞丐的吗？是天上的雷火流下来的火焰把你们财产、牲畜都烧光了，把你们变成乞丐的吧？为什么要打我？"

从远处走来的辛迪心想："哎呀！这地方以前从来没有人类出现过，这是怎么回事？【这些人】说的话这么悲惨，他们是什么地方的乞丐啊？不管怎样，我先过去看看再说。"于是，辛迪用力一跳，跳到老头面前，问他："哎，老头、老婆子、女孩，你们三人是哪里的人？你们来这里做什么？叫什么名字？你们乞讨什么呢？为何要打女儿？"老头说："我是这孩子的父亲。我妻子和女儿到了冬天就挨饿受冻，到了夏天就又渴又饿。夏天和冬天都没有衣服穿。我原来有很多牲畜，有一次天上打了雷，雷劈下来，把我们的财产、牲畜都烧光了。我在朱勒格图查干草原上住了几年，靠向他人乞讨食物过日子。但是如果一辈子在那里乞讨，怕会被别人取笑一辈子。我自己也觉得不能一直在那里乞讨了，所以想到别的地方，找个有慈悲之心的可汗的地方去谋生。我们赶着路，路上碰到一个老头子，他给我们指路，说：'老头你得往北去。那里有一个很有慈悲心的可汗叫那钦可汗。老头老婆子你俩到那里找吃的。那是一个很有名望的可汗，有很多的宝库，而且对你们一点都不会吝啬的。他手下有很多善良的大臣。你一定要奔那位可汗去。'我就按那个老头说的话过来了。我们可汗的名字叫蒙日哥-格日苏-彻德克，我们家乡已经荒废了。我的名字叫玛塔尔-朱盖（意为鄂蜂），我老婆子叫那钦-齐齐日格（游隼小雀），我女儿叫乃胡来。这位大臣，你先问了我，现在我问你，你是哪里来的？家乡在哪里？来这里意图何在？"

老头子提问后，辛迪回复道："是我先问的你，现在我只好也回答你。我知道你的情况了。我的名字叫没有鼻勒缰绳的公驼，我们可汗的名字叫那日巴-萨日布，家乡叫百花盛开的草原，我的这些士兵里有叫作通晓万兽语言的被誉为莫日根-特布纳伯通，还有希迪、博迪、格日勒泰-思钦、阿拉泰、青毕昔日勒图等人。我准备把你们杀了，把博迪、希迪、伯通、格日勒泰-思钦、阿拉泰、青毕昔日勒图的坐骑抢回去。我就是想把你们都杀死，让格斯尔痛不欲生。你化身成一个女人，以为我不知道。这里也有一个像茹格姆-高娃的女人，你就徒步跟我比赛吧！"说着，抽出挎在腰间的剑，跑了过来，宝贝伯通也抽出剑，变回本人，挥着剑准备迎战。辛迪率领的一千精兵也拔剑来助战，青毕昔日勒图等也变回了本人，双方混战了起来。敌人乱成一团，你我不分，纷纷落荒而逃。青毕昔日勒图紧追敌人，边追边砍，脚下擦出耀眼的火星。三位勇士骑上马也追了上去，敌人心想："我们回去也是死，在这也是死，不如决一死战吧。"于是他们边跑边拉弓向追上来的两位勇士射箭。辛迪心想："这事已经没谱了，不如下马再说吧！"于是，他跳下马，与伯通搏斗起来。两人势均力敌，一会儿辛迪略胜一筹，一会儿伯通略胜一筹。这时，辛迪又加一把威力，战斗时光芒四射。伯通看了，也加了把威力，也是光芒四射。突然，辛迪被绊倒了，伯通趁机将他的右手砍下，辛迪却一点都不在乎。两人下马，酣战起来。有时伯通略胜一筹，有时辛迪略胜一筹。

这时，希迪、博迪、青毕昔日勒图三人把那一拨敌人都追着杀光了，又返回来跳下马，与敌人混战起来。他们砍了辛迪，辛迪一点都不在乎。辛迪再看他们，头、脸、手、脚全染成了血红色。伯通并不知道其他勇士们在给他助力。伯通时而胜出、时而被打败。勇士们又砍又射箭，辛迪却毫发无损。

伯通从搏斗中脱身，骑上马开弓搭箭，射辛迪巴图尔。辛迪不能承受伯通的箭法，便朝自己的花马挥手三遍，把它叫过来，装进皮夹子里。他自己化身一条灰纹蛇，正要跳上去缠住伯通的脖子，苏米尔的儿子、三岁的格日勒泰-思钦就冲了过去。他的头顶上出现五色彩虹，额头上幻化出麻诃噶剌佛（大黑天神）的法相，骑乘的枣骝神驹胞弟花白神驹四蹄冒烟，【主人】口鼻冒出滚滚火焰，发出二十条神龙的巨大神力，射出火箭。格日勒泰-思钦又抽出不卷刃的大刀，将那条蛇砍成了两截。

被砍成两截之后的辛迪又变回本人，撇下伯通，和格日勒泰-思钦搏斗起来。伯通便从他身后射箭，在飞箭中的辛迪却更加火力旺盛起来。格日勒泰-思钦对伯通说："你们不要用蛮力与他搏斗。这个人不是一般人，你们先应付他，我向上界诸神祈祷。"说完，他向上界诸神祈祷道："上界释迦牟尼佛祖、山神敖瓦工吉德、格斯尔-嘎日布-冬日布、六位占卜师，请你们变成六匹狼下来，把这辛迪撕成几片扔到四处吧！让他转瞬间变成灰烬、变成黑炭吧！赐予我们更多的力量吧！"说完，他便向诸佛叩首。

辛迪见了，心想："谁能看到你的祈祷。你有你的可汗，我也有我的可汗。你有你的腾格里，我也有我的腾格里！"于是他也找个机会溜走，学着格日勒泰-思钦的样子祈祷起来，说："咕噜咕噜，太阳、月亮、腾格里、星星、龙王父亲绍克绍克！"祈祷完了，辛迪返回战场。伯通向他射了一支箭。那支箭从辛迪的腋下穿过去。阿勒泰-思钦又抽支箭射去，那支箭从辛迪的后背穿过去。

这时，来查布之子萨仁-额尔德尼禀报那布莎-古尔查祖母说要从天上下凡，祖母回复道："你要下去是对的，但你要速去速回。"萨仁-额尔德尼遂从天上飞下来，从天上俯瞰一眼，发现伯通、格日勒泰-思钦、博迪、阿拉泰、青毕昔日勒图等人正在和敌人搏斗，便抽出闪电火箭，向辛迪射了出去。那箭呼啸而来，格斯尔的勇士们也大吃一惊。辛迪不知飞来何物，手忙脚乱地挡住头部，两支箭呼啸而来，射中了辛迪的两个大拇指。大拇指被射中后，辛迪便挣扎着倒地。伯通等急忙抽出剑，把他的两只手砍断。辛迪咒骂道："去你父亲的头颅，去你母亲的脑袋！愿你们的女人、儿孙都将走我的后路！我父亲必定讨伐你们，为我报仇！你们已罪孽满贯！"骂完便死去了。

他们杀死了辛迪，收缴了他的所有财产和三千匹马，并从中选出最好的马杀了，献祭给天上诸神并跪下叩首、祈祷。伯通说："我们现在该回去了吧？"阿勒泰-思钦说："我们应该遵照圣主的指令

返回家乡了。"听阿拉泰这么说，博迪说道："我们难道只杀一个人
就回去?"青毕昔日勒图说："回去的好。圣主不是嘱咐我们不要去
太久吗?"格日勒泰–思钦说："我们再前进，前方情况不甚明了。
博迪说得对①。我们六人杀伐得还少吗? 还是回去的好。我们六个还
是回去吧!"正在此时，从天上飞来一封金笔书信，正好落在格日勒
泰–思钦和伯通二人面前。原来那是萨仁–额尔德尼投下来的信。由
于他没有圣上的指令，不得擅自下凡，便从天上扔下了这封金笔书
信。格日勒泰–思钦拿起书信，跪下来宣读。信里写道：

　　在诸佛中唯有释迦牟尼至高无上；

　　在诸神中唯有霍尔穆斯塔、那布莎–古尔查祖母至高无上；

　　繁星点缀了天空；

　　在繁星中七星最明亮；

　　日月点缀了宇宙；

　　在这宇宙的上下天神之中唯有从天而降的天子至高无上；

　　在十方可汗之中唯有威勒布图格齐统辖一切；

　　在众多部落之中三十勇士最为神勇；

　　在众多空行母之中三神姊无与伦比；

　　在众多大海和江河中唯有恒河、黄河源远流长；

　　在众多泉水之中唯有格斯尔枣骝神驹踩出来的青海湖最
美丽；

　　在众多山丘之中唯有乳海中央绿树葱葱的须弥山最雄伟；

　　在众多树木之中唯有拉茶格日树最美；

　　在众多岩石中唯有切断格斯尔脐带的坚硬的黑色石头最

---

①　原文此处逻辑混乱，其实格日勒泰–思钦的想法与博迪相反。

珍贵；

在众多草原之中唯有百花盛开的草原最美丽宽广；

在众多佛塔寺院中唯有佛法白塔观世音塔最为神圣。

你们都返回吧。我生在上界。我飞到那钦可汗上方，想个办法。你们回吧。我能从天上射死辛迪，只因圣主的神威。

伯通等人得知辛迪的灵魂都在他的大拇指里，便拿着金笔书信，回到丘陵之上，互相说道："若不是格日勒泰-思钦、伯通二人那样杀死辛迪，他就会变得像有着千种化身的蟒古思一样凶猛无比。原来这一切皆因圣主的神威、萨仁-额尔德尼的法力保佑。"

那时，萨仁-额尔德尼在天上飞到那钦可汗的城堡上方，盘旋几圈，听到那钦可汗问众臣说："我们的辛迪怎么到现在还不回来？"朱思泰-思钦跪下对可汗回道："辛迪走之前曾对我说，'少说得一年，久一点可能需要两年。我想要么投奔另一个可汗，要么转生到天界吧，这里不是我要生活的地方'。"那钦可汗道："我们的辛迪不可能有那样的想法。到底是怎么回事呢？我已失去十分功力。你们众臣去找找他吧。是不是恶毒的格斯尔可汗的耳目来了？还是从别处来了敌人？你们去看个究竟。"

听可汗那么说，勇士拉德纳说："可汗说得极是。"勇士呼鲁格等人想要出征，问可汗道："我们带领多少士兵去呢？"可汗说："你们领一万个士兵去。"可汗说完，拉德纳、呼鲁格等勇士高兴地叩首谢恩。可汗嘱咐他们说："你们二人去的时候速速地去，回来时快快回来。"两个勇士便回家备武器，准备启程。

那时，大雁在那钦可汗上方回旋，得知了呼鲁格与拉德纳准备出兵，便掉头返回，准备向伯通、格日勒泰-思钦、青毕昔日勒图、阿拉泰、博迪等人通风报信。天上的萨仁-额尔德尼看见了大雁，从

234

后面追赶过去，把它捉住并质问起来。那大雁将对伯通倾诉的一番话又诉说了一遍。萨仁–额尔德尼听了大雁如此一番话，得知它身上曾寄托了爷爷的灵魂，悲伤地痛哭起来。在那哭声中，电闪雷鸣，巨龙呼啸，大地震动起来。那时，所有鸟禽啼鸣。这次相聚正值龙年腊月时分。萨仁–额尔德尼将释迦牟尼所赐金色唾液给大雁吃，在那唾液的法力下，大雁得以转世，生为孔雀之王。它转生后向萨仁–额尔德尼跪谢。这就是为什么孔雀的两个翅膀和尾巴上长满了"眼睛"的原因。萨仁–额尔德尼对孔雀说："如今我没有天界的指令，不能擅自下凡到人间瞻部洲，所以请你带着这天书，把它从那钦可汗的白色毡房宫殿的天窗扔进去。"孔雀按萨仁–额尔德尼的话，飞向那钦可汗的城堡。

孔雀飞走之后，萨仁–额尔德尼返回霍尔穆斯塔身边。他向霍尔穆斯塔腾格里父亲、那布莎–古尔查祖母跪拜并禀报道："父母之命已经一一办妥。"又到释迦牟尼面前叩拜，方坐下。

孔雀在那钦可汗的白色宫殿上方盘旋，并把天书从宫殿天窗扔了进去。那钦可汗的女儿乃胡来–高娃和夫人彻辰齐齐日格听到天书掉下的声音大吃一惊。可汗说："哎呀！哎呀！这是怎么回事？我的宫殿一年到头从不抖动，现在为什么抖动了一下？"他抬头一看，原来有一封书信卡在了柱子的顶端。他对夫人说："我们天窗上有一封书信，你把它拿过来。"可汗的夫人把那封书信取下来递给了可汗。可汗一看，信上写着："咕噜咕噜，太阳月亮、上天、繁星、地母、父亲巨龙那日布、祖母硕克硕克。"书信的结尾还写道："辛迪勇士已转世生在天界。我的那钦可汗务必小心，不要中计。根除十方十恶之根的圣主莫日根格斯尔可汗不是有千百种化身吗？他可能要过来讨伐了。哪里的可汗都有可能来侵犯。"

可汗看完那封信，十分高兴，对夫人说："哪里的可汗来了我们都不用怕。原来我们的父母、祖父母都转世生在天界，我居然一直都不知道。如今我知道了。我原本以为他们都去了地狱。从此以后，我要多多祈祷。"说完，便朝着"祖父那日布、祖母硕克硕克"跪下叩首。可汗召集所有大臣，举办浩瀚如海的宴席，说："你们听我说，如今我们什么都不用怕了。我们的祖父、祖母都转生在天界。领着一千人去打探敌情的辛迪也已经转世，生在祖父母身边，给我们寄来了这封天书。"说着，把那份天书传给大家看。所有人看了那份天书后，都高兴万分。朱思泰-思钦从众臣中站起身，说："得知我们的勇士辛迪已转世到天上，如果我们也能有幸转世到天界，到祖父母身边，那多好！看来现在我们不用害怕了。"可汗对他说道："朱思泰-思钦你不要着急。我们两人的命数长久。我们现在就去，把格斯尔可汗杀了，把他的所有财产和他的五六位夫人都抢过来，还有他用金粉抄写的《甘珠尔》《丹珠尔》两部大乘经、能实现所有愿望的如意宝，把这些都抢过来。我们可以派呼鲁格、拉德纳两人出征格斯尔可汗，有什么不可以？"听可汗说完，朱思泰-思钦说："让我们的勇士们稍候片刻吧！现在去，我们心里都没有数。等别人来入侵时，我们再出手才好。我们再等辛迪一个月吧！"可汗与其他所有人都同意再等一个月。呼鲁格、拉德纳二人不再出兵。白色大雁探知了这一切，掉头返回。

伯通在山顶上环视四周，说："我们该回去了。"他穿上齐伦铠甲，骑着花白马，从山顶上走了下来。那钦可汗心想着辛迪已升天，十分高兴。萨仁-额尔德尼若没把辛迪杀死，他便会变得如同有着一百种化身的蟒古思一样凶猛。

根除十方十恶之根的圣主莫日根格斯尔可汗带领六位夫人等人，登上法力无边的白塔眺望远处，心里想着六位勇士为何滞留这么久。只见伯通、阿勒泰-思钦等六人缩短二十一年的路程，在蛇年腊月时，震动天地地赶着无数马群，欢唱着走来。圣主得知他们即将归来，对嘉萨-席克尔哥哥说："我们派去的六位勇士正在返回的路上。"由嘉萨起头、其余人随后纷纷问："在哪里？在哪里？"伯通等六位勇士却已经走到圣主面前，向他禀报了杀死辛迪，萨仁-额尔德尼来相助，以及嘉萨灵魂托付大雁来相助等事情的经过，并把全部战利品献给圣主。圣主等人听了他们的话，十分欢喜。他们对伯通、阿拉泰、巴尔斯-巴图尔之子青毕昔日勒图、博迪、希迪、格日勒泰-思钦等人赞赏有加。圣主又将所穿珍珠衫脱下来分给每人穿。六位勇士穿上珍珠衫，向圣主九次叩首，又向查尔根老人、嘉萨、三十名勇士叩拜。圣主将伯通带来的齐伦铠甲赐给色赫勒岱，将冠军花白马赐给达拉泰-思钦；长矛赐给阿拉泰勇士，荷包赐给班珠尔，从三千匹马中挑选了最好的马分给嘉萨、叉尔根老人以及宝贝安冲、苏米尔等人，又把剩下的战利品分发给三百名先锋。三十名勇士、三百名先锋得到圣主所赐，纷纷向圣主叩谢。

这时，夫人们一一抽了签：茹格姆-高娃夫人抽到了巴尔斯-巴特尔；阿鲁-莫日根抽到了苏布地巴图尔；图门-吉日嘎朗抽到了阿拉泰巴图尔；乔姆孙-高娃抽到了晃通诺彦之子阿拉坦。四人来向圣主叩首道别。圣主道："你们四人去时要像鹳鸟一般冲过去，回来时如同猎鹰般飞回来。不要滞留。杀死一两个敌人就好，小心不要中了敌人的奸计。如旋风般冲进敌营，横扫两圈就回来。"巴尔斯-巴特尔走之前，向上界诸神祈祷："圣上释迦牟尼佛祖、霍尔穆斯塔腾格里父亲、那布莎-古尔查祖母、安达三个腾格里、哥哥阿敏萨黑克齐、弟弟特古斯朝克图、胜慧三神姊、山神敖瓦工吉德保佑我！"说完叩首九次。

四位勇士向伯通等人回来的方向出发，胜慧三神姊化身杜鹃鸟飞了下来，对巴尔斯-巴特尔说："你们四人去时快快地去，砍杀敌人一番就回来。"说完，又飞回天上。四位勇士从后面叩首九次，然后朝深林中的道路走去。

巴尔斯-巴特尔等人将二十一年的路程缩短成十二个月，于马年一月二十五日走到丘陵之上眺望，发现了叫作查布奇林山谷的三口甘泉。他们好奇泉水从哪里涌出，一看原来是从萨仁-额尔德尼扔下金笔天书的地方喷出来的。阿拉泰巴图尔又环视四周，发现一具尸骨，苏布地巴图尔观察一番发现是辛迪的尸骨：双眼大如火团，鼻子和嘴如同石磙，手脚如铁砧，毛发如三股编的绳，身躯巨如柳树。原来是伯通把它立起来，用来诅咒那钦可汗的。苏布地巴图尔从另一个战死的士兵身上扯下一条还没烂掉的裤子，把它套在那具尸体上，用来玷污、诅咒那钦可汗。

之后，四个人接着赶路，看到一座山，山上有一座塔。他们朝着那座塔走去，走上塔顶一看，有两只老虎横躺在前方路上，等着准备一口吞掉前来的敌人。巴尔斯-巴特尔用神明得知此事，对苏布地巴图尔、阿拉泰巴图尔、阿拉坦等人说："你们知道吗？前方路上躺着一条獒犬，我们去把它杀了！"听了巴尔斯-巴特尔的话，苏布地巴图尔说："没错！我化身一个老头，巴尔斯-巴特尔你不是有法力吗？你化身一头母鹿吧！阿拉泰巴图尔你化身一头野牛吧！"按照苏布地巴图尔的话，阿拉泰巴图尔变成一头野牛，走到老虎身边假装吃草。野牛躺下时，两只老虎一跃而起，赶走了它，又返回来冲向苏布地巴图尔。这时，巴尔斯-巴特尔化身一头母鹿，冲过去和他们厮打起来。阿拉坦抽出弓箭，将那只老虎一箭射穿。这时，另一只老虎冲向阿拉坦，苏布地巴图尔迎面而上。阿拉泰巴图尔也变回本人，过来与老虎搏斗。巴尔斯-巴特尔在头顶上显现出五色彩虹，大吼一声，随着一阵呼啸，用利剑将那只老虎砍死，又把另一只老虎砍死。若不是四位勇士杀死了两只老虎，格斯尔等人就无法到那钦可汗的城堡。巴尔斯-巴特尔对其他勇士说："我们难道就这么空手而归吗？我们再去攻打一个部落，把马群赶走吧!"阿拉泰巴图尔十分赞同。晃通的儿子阿拉坦说："你们说得似乎很对，但是我觉得我们不该违背圣主的命令。几匹马算什么，我们去了一定是抢回一万匹马，但是那样的话一定会有人给那钦可汗报信。不如我们赶紧返回吧。"苏布地巴图尔等人觉得阿拉坦说的话有道理，于是从塔上走下来，准备原路返回。

那时，根除十方十恶之根的圣主莫日根格斯尔可汗带领所有人，站在法力无边的白塔上眺望远处，看四位勇士何时返回。巴尔斯-巴特尔等人将二十一年的路程缩短为十个月，于当年即马年十月返回到家乡，跪拜圣主，并将所有经过禀报给圣主。圣主听了，十分欢喜，举办盛大宴席，又从仓库里取来珍珠衫，给四位勇士每人分了一件。勇士们穿上珍珠衫，向圣主叩谢三回，又向全部勇士们叩拜。

这时，夫人们又抽了签。贡玛-高娃夫人抽到了阿南达巴图尔，赛胡来-高娃抽到了班珠尔，茹格姆-高娃抽到了色赫勒岱之子格日勒泰台吉，阿鲁-莫日根抽到了达拉泰-思钦，图门-吉日嘎朗抽到了戎萨之子查干-哈日查盖。

五位勇士正要出发，晃通报告圣主要出征。圣主回道："叔叔你说要出征是好事。但是你去了又做坏事，怕会扫了其他勇士们的兴。所以叔叔你还是别去了。再说，这次没有抽中你的签，下次抽到了你的签你再去，抽不到就免了。让这五位勇士们去吧。"晃通说："我要去。你一直不相信我，这次我一定痛改前非，立功回来。以前我是经常坑蒙拐骗，但这次如果去不了【那将是我终身的遗憾】。如今我已经九十岁了，不可能再活一百年，只想为圣主和三十名勇士出一份力。我想参加这次血宴再死，把我的尸骨交给你。

我的马已经咬不动草；

晁通我已经啃不动肉；

岩石般的骨骼已变薄；

浓浓的黑血已变稀；

宝贵的身躯已老去；

就想在圣主您面前喝够一次鲜血红茶。

我一直带在身上的折剑自己出鞘。

它出鞘必要杀死一方仇敌，

我猜是要砍那钦可汗的头吧。"

这时，阿拉坦走来劝他道："父亲你听我说，你的折剑出鞘，圣主和所有人都不会相信你的。别说别人不信，连您的儿子我都不相信你。你最多是想去抢回一个夫人吧？一个人会坏掉万人的好事。你曾害过多少人，你的哪件好事我们能忘记？你就像不认识铁的锉刀、六亲不认的狗。你都忘了自己的出身，你一直以来做的那些坑蒙拐骗的事何时能弥补完？这些勇士难道不如你吗？你很厉害吗？他们马上要启程，你自认为比他们厉害吗？哪个勇士没有被你骗过？哪个勇士没有被你害得失去性命？你的折剑出鞘，只能是要你自己的脑袋吧？还能杀了谁？之前你为什么要去凑热闹？父亲你能不能不要再骗人了？圣主格斯尔可汗心怀宽广，才一直包容你，不是吗？不然你早就因自己所造的罪孽而死去，你的脑袋早已经挂起来做警示了。只是因为圣主和三十名勇士心地善良，才一直包容你。父亲，你为何没事提这些要求，还耽误即将启程的勇士们？圣主你何必还相信他的话？"圣主莫日根格斯尔对阿拉坦大加赞扬，晁通羞得不敢再吱声，站起来对自己的儿子阿拉坦说："你说得非常正确，我确实做了很多错事。从此以后，我去不去战场，都听你的话、圣主的命令。我就是想着自己老了，想喝够鲜血红茶再辞别，把尸骨留给你们。既然儿子你劝阻，我就不去了。"

五位勇士即将启程，兴奋地对圣主叩首道别，又对天上的诸神叩首并祈祷。班珠尔等人的祈祷到达了那布莎-古尔查祖母那里。

班珠尔等人跨上云青飞马，背上箭筒，插好弓箭。他们正要出发，圣主下令道："你们五位勇士去时如饥饿的雄鹰般冲过去，回来时高唱胜利之歌凯旋。"正在这时，胜慧三神姊之一、二姐嘉措-达拉-敖德又从天上下来，对五位勇士下令道："五位勇士们，你们快快去，速速回，不要久留，如旋风般横扫几番就回来。"姐姐如此嘱托完，便回到天上。班珠尔在后面叩谢，五人沿着巴尔斯-巴特尔走过的道路前进。

他们将二十一年的路程缩短为八个月，羊年一月到达了丘陵下。五人走上山顶四处瞭望，周围荒无人烟。再往前去，看到三口甘泉在翻涌。阿南达巴图尔去查看，原来是萨仁-额尔德尼扔下金笔天书之处涌出了泉水。再往前去，看到一个人在那里站立不动。格日勒泰台吉仔细一看，是一具尸体，原来是辛迪的尸骨。格日勒泰台吉把自己的靴子脱下来，套在辛迪的头上，对那钦可汗做了诅咒。再往前去，走到一座塔前。五个人走上塔顶一看，原来是巴尔斯-巴特尔登上眺望过远处的塔。再往前走，走到了巴尔斯-巴特尔杀死两只老虎的地方。再往前走，遇到一座石山。走到山上一看，有两条灰纹蟒蛇横躺在路上，等着吞食来人。

阿南达看见那条蛇，对其他勇士们说："你们可知道，前方路上躺着两条灰纹蛇，我们怎么杀它们好？"查干-哈日查盖说道："阿南达，那没关系，无大碍，我来对付它。"班珠尔巴图尔回道："可我们等你太久不回来怎么办？"查干-哈日查盖说："我们从这条路过去。你们稍等片刻，我先去，在那条蛇旁边躺下，蛇见了一定会来缠绕我。那时你快快过去，把剑悬挂在上方，两条蛇便会断成两半。到时我就抽出身，与你们会合。"听了查干-哈日查盖的话，其他勇士们都表示同意。

【查干-哈日查盖】便穿上火红的盔甲，头顶上冒着火焰，走到蛇的旁边躺了下来。两条蛇急忙过来想要缠绕他。查干-哈日查盖全身散发火光，两条蛇疼痛难忍。它们吐舌舔嘴，准备把查干-哈日查盖一口吞掉，班珠尔、阿南达、格日勒泰台吉，达拉泰-思钦四人拔了剑冲上去，用剑挑起两条蛇，蛇瞬间断成两半。若不是他们这么杀死了两条蛇，查干-哈日查盖就会被它们一口吞掉。就这样，两条蛇试图杀死查干-哈日查盖，反而丢了自己的性命。两条蛇的头和尾还在蠕动，阿南达看到，抓起蛇的头和尾，用力甩了几下，那两条蛇方才断了气。

班珠尔巴图尔、阿南达、达拉泰-思钦、格日勒泰-思钦、查干-哈日查盖五人叙述着杀死蛇的过程，爬到山顶高塔之上，四处眺望，发现四处均无人烟。阿南达巴图尔说："我们再前进一段，把下一个岗哨杀死了，把他们的马群赶来吧。要不然，空手回去有什么脸见我们的圣主呢？况且三十名勇士们①也会笑话我们的。"班珠尔巴图尔说："没错。"

于是他们接着赶路，走到杉树成林的一片草原上，看到一万匹马在那片草原上一边吃着油蒿一边慢悠悠地走。【他们中的一个勇士问道：】"我们用什么办法赶着它们回去呢？"达拉泰-思钦说："我有个简单的办法。你们在这里坐着，我去看看。那片杉树林中有两只乌鸦，是那钦可汗的岗哨。圣主不是赐给我金丝网吗？带着金丝网，把它们捉回来。如果碰到别人，我不是还有嘉萨哥哥上次给我

---

① 原文误，此处应为"其他勇士们"。

的钢刀吗？我就用这把钢刀把他砍死。"大家同意达拉泰-思钦的主意。查干-哈日查盖说："我变成一只鸟，假装在你放了金丝网的树上坐下。乌鸦也会跟着过来坐下的，到那时你把金丝网拉上去，把两只乌鸦捉住并杀掉。那两只乌鸦可能会变身。班珠尔巴图尔你化身为一个老头，格日勒泰台吉①化身为一个小孩，搀扶着老头。"然后又对阿南达说："你不是我们龙王的化身吗？让五条巨龙现身下雨，两只乌鸦翅膀淋湿了就飞不高了，达拉泰-思钦趁机把它射死。"大家都同意查干-哈日查盖的主意。

达拉泰-思钦丢下自己的马，化身为一个三岁小男孩，走向马群边的一棵菩提树。达拉泰-思钦走到那棵树下，睁一只眼，闭一只眼，靠着树，假装睡过去。这时，查干-哈日查盖飞过来坐在树上啼叫。

有两只乌鸦坐在丘陵上的一棵枯萎的杉树上四处张望，查看是否有敌人到来。它们听到查干-哈日查盖化身的鸟鸣叫的声音，便一起飞了过来，坐在菩提树上。阿南达下来后，天上出现五色彩虹，云雾缭绕，尘土随雨而下。班珠尔、格日勒泰-思钦两人化身为一个老头和搀扶老头的小孩走上前，还变出一片阴霾笼罩四周。两只乌鸦在那片阴霾和纷飞的尘土中已分不清敌我。本想飞回去给可汗报信，却卡在达拉泰-思钦的网上飞不动了。查干-哈日查盖也被套在网里。

达拉泰-思钦把三只鸟抓来，问它们："你们是哪个可汗的岗哨？"查干-哈日查盖赶在两只乌鸦的前面，说："我是魔王贡布可汗的岗哨。我们可汗派我来打探那钦可汗和格斯尔可汗的情况。我骗你做什么？我不会变成人，也不会骗人。"

---

① 台吉，源自汉语中的"太子"，原本指"皇子"，这里是对格日勒泰-思钦的尊称。

两只乌鸦心里想："既然这猎鹰说了实话，我们两个也招了吧。"达拉泰-思钦说鹰（查干-哈日查盖）已说了实话，便把它放走，鹰对他感恩戴德，叩谢完飞走。两只乌鸦心想："我们也说实话吧，也许也能放我们走。"便说道："我们俩是那钦可汗的岗哨。他说南方有汉地的格日-贡玛可汗，西方有魔王贡布可汗，中间是恶毒的格斯尔可汗，东方有格日格苏泰汗。那钦可汗怕这些敌人来偷袭，便让我们在这里站岗当耳目。这地方从来没有什么人烟，我们的可汗没有什么化身。我们俩是他的三种化身。他的士兵很少。我们后面还有丹迪-布日固德勇士在站岗，他率领着三千个士兵。"达拉泰-思钦听完两只乌鸦的话，大家齐心协力烧了三层火，把两只乌鸦推到大火中间。乌鸦在大火中难以忍受，到处蹦跳，被烧光了翅膀。乌鸦设法从最里层的大火中逃了出去，却被中间一层大火烧掉双腿；又设法逃过中间一层，最后在外层大火中被烧死了。若不是用大火烧死它们，它们的尸体便会飞到那钦可汗身边给他报信。

达拉泰-思钦、班珠尔巴图尔、阿南达巴图尔、格日勒泰台吉、查干-哈日查盖就这样用计杀死了乌鸦，登上丘陵叙旧，又向四处看了看，发现没有其他敌人，便从丘陵上下来了。

阿南达发出五条巨龙之声，走过去把吃着油蒿的马群赶了过来，与班珠尔等人会合。他们从马群中挑选了一匹好马，将其献祭给天上诸神并祈祷叩谢，返回家乡。那钦可汗并不知他们赶着马群回去了，他的威力不知不觉少了三分。

根除十方十恶之根的莫日根格斯尔可汗登上魔法白塔，向远处眺望，不知派去的五位勇士何时能返回。班珠尔等人将二十一年的路程大大缩短，日夜兼程，于猴年一月十五日回到家乡，向格斯尔可汗诉说了所有事情的经过，包括如何杀死两条蛇、两只乌鸦等，并献上抢回来的一万匹马。格斯尔高兴万分，将身上穿的珍珠衫脱下来，给五位勇士每人分了一件。班珠尔巴图尔等人穿上珍珠衫后叩谢了圣主三回，又叩拜三十名勇士①和六位夫人，三十名勇士也回礼叩拜。圣主召集所有勇士们，举行盛大宴席。

这时，茹格姆-高娃等夫人又抽签了。茹格姆-高娃抽到了蓝斑猎鹰般的安冲之子朱拉，阿鲁-莫日根抽到了宝贝来查布，图门-吉日嘎朗抽到了巴姆-苏尔扎，贡-高娃抽到了如在高山上跳跃的黑纹虎、大海里遨游的巨鱼般的嘉萨-席克尔，乔姆孙-高娃抽到了达拉泰-乌仁。六位勇士激动地叩谢格斯尔。圣主下令道："如宝贝般亲密的哥哥，你们去时变成大鹏金翅鸟，把敌人砍成灰烬，回来时变成刚噶鸟，如旋风般席卷而归。哥哥，不要久留。"

宝贝嘉萨跨上云青马，披上神奇盔甲，头戴月亮头盔，跨上纯钢宝剑。其他五位勇士也跟着备好装备、武器，跨上马准备出发。嘉萨带头向上苍诸神祈祷道："霍尔穆斯塔腾格里父亲、那布莎-古尔查祖母、安达三个腾格里、哥哥阿敏萨黑克齐、弟弟特古斯朝克图、胜慧三神姊，我们要启程去敌国，向你们祈祷，希望保佑我们路途平安。"并跪下叩首。他们的祈祷落在祖母那里，祖母便把三神姊叫来，嘱咐了所有事项并让她们下凡转达。生在人间的圣主莫日根格斯尔可汗等人得知神姊化成杜鹃鸟，从天而降，便率领大家跪着迎接。神姊到了，对嘉萨下令道："我的嘉萨，你们去时如同神仙般速速过去，如旋风般刮一刮便回来，不要久留。我们不能去那里，

> 不要走黑色的道路，
> 走佛陀的白色的道路；
> 不要走黄色的道路，

---

① 原文误，此处应为"向其他勇士们叩拜"。

要走释迦牟尼佛祖的白色的道路；

不要走现实的道路，

要走圣主的白色的道路；

走十方白色的道路，

活捉那钦可汗回来。

说完，三神姊化身杜鹃鸟飞回了天上。

嘉萨、巴姆-苏尔扎、来查布、戎萨、朱拉、达拉泰-乌仁六位勇士叩首道别，煨桑三次。六人于猴年一月启程出发，将二十一年的路程走了五个月便到达了，走到丘陵上一看没有人影，再往前走了三个月，看到有三口泉，泉水喷涌不断。嘉萨观察一番，发现是他的孙子萨仁-额尔德尼投掷金书的地方涌出了甘泉。再往前走，他们看到一个立着的死人，是伯通杀死的辛迪的尸骨。再往前走，走到一座山前，山上有一座塔。他们登上去一看，是巴尔斯-巴特尔杀死两只老虎的地方。

再往前走，是班珠尔巴图尔杀死两条灰纹蛇的两块红色岩石。再往前走，是班珠尔杀死两只乌鸦的杉树林和丘陵。再往前走，走到一片荒无人烟的地方，有一座黑色的高山。山的前方有一个土坡，嘉萨等人走到土坡上一看，前面高山附近有一个人。嘉萨对巴姆-苏尔扎等人说："五位勇士，那个人叫丹迪-布日固德。他有三千个士兵。我将变成一只大鹏金翅鸟飞过去。朱拉负责前方黑色的山，巴姆-苏尔扎化身为一个老头。巴姆-苏尔扎向戎萨、来查布、我和朱拉等人的马挥手三遍，把它们缩小，装进荷包里。戎萨、来查布、达拉泰-思钦、朱拉你们四人把黑色的山照亮并爬过去。我先飞过去坐在一棵枯树上。巴姆-苏尔扎你在我后面跟着。丹迪一定会发现我们，并率领他的三千士兵，到西边河口跟我们打仗。丹迪会留一个分身跟我搏斗，派另一个分身变成老鹰去给可汗报信。你们四人爬过山，到他前方的狭路上躺着，小心中计。"说完，他化身为一只大鹏金翅鸟，飞到一棵枯树上。

嘉萨走了以后，巴姆-苏尔扎向那些马挥手三遍，【把它们缩小了】装进荷包里，然后自己化身成百岁老头，走到那棵枯树下坐下。丹迪看到了，对士兵下令道："你们可知来者是格斯尔派来的，算上他的哥哥嘉萨、巴姆-苏尔扎、戎萨这三个勇士，一共来了六位勇士。你们三千士兵跟我一起去战斗吧。我派一个分身去给可汗报信。这些该死的敌人来侵犯我们，我们就不得安宁了。"说完，自己朝大鹏金翅鸟飞去。

当丹迪正要飞过黑色的山时被朱拉发现了。朱拉叫随行的三人快走，并把黑色的山照得明亮，然后迅速到丹迪前方的狭路上躺下。来查布、朱拉二人盯着等老鹰的出现，戎萨、达拉泰-乌仁看守后方，查看后方是否有敌方援兵到来。

丹迪不知这些，派一个分身化成老鹰飞走了，留一个分身向枯树下的老头走去。路上，丹迪又心想："我这么去，没准会中了他们的计。还是先回去商量对策吧。"便半路返回，对三千个士兵说："你们坐着，我一个分身变成老鹰去给我们的可汗报信了。我们可汗收到信，一定会给我们派来更多的援兵。援兵来了我们才能打败他们，否则我们无法对付他们。我观察了一下，枯树上的大鹏金翅鸟就是嘉萨-席克尔，他的力量可抵二十条巨龙。坐在树下的老头是巴姆-苏尔扎，他的话如面粉一样软，那大鹏金翅也是嘴甜。他坐的垫子是阿鲁-莫日根夫人的金丝荷包袋，里面装了五六匹马，还有他们的武器。不知道到底来了几个人，只看到戎萨、巴姆-苏尔扎、嘉萨等人。好奇怪，他们的马和武器都装在那荷包里。我们人少，还不能对付他们，等等援兵到来吧。如果他们来不了，我们再说。"听了丹迪的话，一个士兵说："你说的这些可要吓死我们了，我们力量才多大？嘉萨的力气有多大，不用你说，我们早已听说过。其他勇士有多厉害我们也不知道。无论如何，我们还是等大军来吧。"丹迪说："你们说得对。只是怕我们可汗的天下要被别人侵占了。可汗为一个国家而生，平民为自己的名声而活。嘉萨和格斯尔有一千五百个化身，我们可汗难道没有吗？但如今我们也没有其他分身了。只能等大军了。"

大鹏金翅鸟探听到了他们所有的对话。来查布、光神化身朱拉回头说："小心老鹰可能在黑暗中飞过去。"正在此时，一只乌黑的老鹰飞过。来查布、朱拉二人看到了，趁老鹰飞过时用金丝网把它套住，并点燃了三层火。老鹰心想："他们要把我烧死在这里。我死了倒无妨，只是丹迪勇士也会因此而死去，真是太遗憾了。而且我就这么等死，岂不是有辱我们那钦可汗的名声。我试着让灰烬飞走吧。虽然我自己去不了，我的余烬能飞过去不也是一样吗？"于是，老鹰便试着扬起灰烬。来查布看到了，抓起老鹰，抡三圈扔进了火堆，老鹰被烧得精光。四位勇士杀死了老鹰之后，发出耀眼的光芒，照亮了黑暗的山。他们走到山顶，四处张望，发现一个敌人的影子都没有，便坐在山顶上叙旧。

因为那老鹰的死去，丹迪巴图尔的力气降了三分。丹迪巴图尔对士兵们说："我怎么突然没力气了，怎么回事？我们派去的老鹰不知道怎么样了？我们的援兵怎么一直不来，怎么回事呢？"这时，大鹏金翅鸟拍拍翅膀，准备飞走。丹迪说："看来他们要与我们战斗了。我们都前去迎战吧！"士兵们都赞成他的话。

巴姆-苏尔扎变回本人，跨上他的云青飞马，心想着："这丹迪真是个忠臣"，想去试探一下。坐在树上的大鹏金翅鸟，瞒过丹迪的眼睛，越过他飞到河口，让军队排好队。丹迪再抬头看树上，发现大鹏金翅鸟已经不见了。他大叫："哎呀！这鸟到哪里去了？"他向四处张望，发现西边的河口边站着很多士兵。他心想："与其跟这个巴姆-苏尔扎打，不如去打嘉萨吧。我的军队中，一千五百人跟我一起去打嘉萨，另一千五百人去打巴姆-苏尔扎。巴姆-苏尔扎力气很小，你们把他给我活捉回来。"嘉萨把一个虚体留在原地，真身偷偷地来到巴姆-苏尔扎身边，藏在树后。丹迪不知道嘉萨的到来，嘱咐完自己的士兵，便率领其中一千五百人，奔嘉萨（的虚体）走去。

来查布、戎萨、朱拉、达拉泰-乌仁等人如同四面八方飞来的鸟一样聚集而来，与嘉萨、巴姆-苏尔扎会合。巴姆-苏尔扎打开荷包，放出大家的马。嘉萨等人骑上马，发出二十条巨龙之声，身后显现出五色彩虹，震天动地地向一千五百名士兵冲过去，一瞬间天地合一，分不清界限，尘土和雨点随风纷飞。一千五百人分不清你我，乱成一团，嘉萨把那些士兵全部砍死，又从丹迪后方追了过去。

丹迪领着军队，杀气冲天地奔着河口的军队冲了过去，谁知那军队却突然变成一缕青烟升上了天。丹迪追也追不上，大喊："哎呀！是格斯尔来了！"说罢准备回去找自己一千五百人的军队，突然前方出现了一堆人马，如同兽群一般冲过来。丹迪大喊："哎呀！这难道是我的士兵杀了巴姆-苏尔扎回来了吗？"他仔细观察了一下，发现不是自己的军队。【嘉萨】冲进敌方军队，军队已分不清你我，互相乱砍。来查布、朱拉冲进去，砍了一通。嘉萨和丹迪二人下了马，赤手搏斗起来。另外五个勇士也从两边冲了上去，丹迪仓皇而逃。嘉萨从后面追，发现丹迪的灵魂在他的两只眼中。来查布听见了，想："这正是给我父亲助力的机会。"于是，来查布在其父亲还在瞄准之际，抢先用火箭把丹迪的两只眼射穿了。被来查布射中眼睛后，丹迪诅咒着死去。勇士们互相说着："如果不是嘉萨，我们杀不了丹迪。原来他的灵魂在眼睛里。"丹迪死后，那钦可汗的威力降了十分。

勇士们赶走了三万匹马和丹迪的黑色巨马，走上黑色山顶，四处张望，不见一个敌人的影子。他们叙说着杀死丹迪的过程，又从马群中选了一匹马杀了，献祭给天上诸神，跪下叩首并祈祷。之后，当年七月二十四日，在热气上升、冷气下降之时，嘉萨-席克尔等人返程回到家乡，这是第十六章。①

那时，根除十方十恶之根的圣主莫日根格斯尔可汗带领着六位夫人、身具龙王之威力的三十名勇士一起登上法力无边的白塔，眺望远处，看到如高山上跳跃的黑纹虎、大海里遨游的巨鱼一般的嘉萨等勇士们赶着三万匹马和丹迪勇士的黑色巨马从远处飞奔而来，马蹄声震天动地，扬起漫天尘土。十方圣主莫日根格斯尔可汗用神明得知了，对三十名勇士说道："亲爱的哥哥嘉萨他们要回来了。"所有勇士和六位夫人都很高兴。

嘉萨等人走了三个月，于当年十月初八佛陀下凡之日回到家乡，嘉萨-席克尔、巴姆-苏尔扎、来查布、戎萨、朱拉、达拉泰-乌仁等人一齐跪拜圣主，向他禀报所有事情的经过，并把战利品献给圣主。圣主高兴万分，将自己光芒四射的珍珠衫拿来，给哥哥嘉萨、来查布、朱拉、戎萨、达拉泰-乌仁、巴姆-苏尔扎六位勇士每人分了一件。嘉萨-席克尔穿上珍珠衫，跪谢圣主，又向天上诸神、六位空行母夫人叩首三回。六位勇士叩谢完，格斯尔从他们带来的三万匹马中选出三千匹好马，将其余的马分给三百名先锋、三个鄂托克的功臣。三十名勇士、三百名先锋等都向圣主跪谢。圣主将黑色巨马送给安冲，把所有盔甲分给巴尔斯-巴特尔，两位勇士跪谢圣主。晁通什么都没有分到。

---

① 此处章节序号与前文不符。

阿鲁-莫日根、格姆孙-高娃以及三十名勇士的妻子中的额尔德尼-格日勒泰夫人、钟根达里夫人、来查布夫人曼达里高娃、乔姆孙-高娃夫人六位夫人跪在圣主面前，说："不用再抽签了，让我们出征吧！"圣主莫日根格斯尔听了，说："你们想要出征是很好。但是你们出征，难道让勇士们待在家里吗？我的阿鲁-莫日根夫人，你们还是别去了。凶恶的敌人很多，那里又肮脏又险恶。"阿鲁-莫日根跪着回答道："我们的圣主，你说的话非常有理。但我们六个夫人要出征，有重要的事情要做。上个月，我做了个好梦：

> 梦见乳海中莲花盛开；
> 梦见须弥山上青烟升腾；
> 梦见坚韧的竹竿分节；
> 梦见威武的圣主名扬天下；
> 梦见蓝天上升起太阳；
> 梦见胜慧三神姊如箭一般飞下来叫我们出征；
> 梦见无根的竹子断掉；
> 梦见断掉的竹子横躺在地上；
> 梦见我们欢宴三日。"

说完，阿鲁-莫日根夫人站起身。圣主听了，说："身具龙王化身的阿鲁-莫日根夫人，你所说乳海中盛开莲花，那是我们查布奇林泉水中长出的莲花；须弥山上升腾青烟，那是我们三十名勇士；坚韧的竹竿分节，那是神仙树；威武的圣主名扬天下，那是我的化身；蓝天上升起太阳，那是我们用大火闪电把那钦可汗杀了，名声高扬；胜慧三神姊如射出的箭般飞下来叫你们出征，那是嘉萨哥哥带头，向敌人出征；无根的竹子断掉，那是【敌方的神树】被污秽玷污而倒下；断掉的竹子横躺在地上，那是那钦可汗在地上躺着；欢宴三日，那是那钦可汗在病榻上躺三个月。所谓重要的事，就是去把没用的枯树砍掉。夫人若要助我一臂之力，那就去吧！"

这时，神姊嘉措-达拉-敖德化身杜鹃鸟，从青空飞下来。圣主得知神姊要来，准备了一把黄金宝座。神姊下来，坐在了黄金宝座上。根除十方十恶之根的圣主莫日根格斯尔可汗、嘉萨、晁通诺彦等人带头，席地而坐。神姊下令道："天上的霍尔穆斯塔腾格里父亲、那布莎-古尔查祖母让我传旨：跟敌人打斗时，暂时不要派出勇士们；那敌人很厉害，只有弟媳阿鲁-莫日根才可以将他打败，其他勇士们不知道镇压敌人的办法，所以这次你要派媳妇阿鲁-莫日根去，并让嘉萨夫人、苏米尔夫人、来查布夫人、巴姆西胡尔扎夫人、乔姆孙-高娃夫人随她一起去。如今敌人力气已被大大削弱，所以无大碍。等阿鲁-莫日根回来后，圣主再亲自率领勇士们出征。这次我来的目的就是传达这个命令。"圣主听了，双手合十，向胜慧三神姊（应为一个神姊）叩首九回。

神姊又对阿鲁-莫日根说："弟媳，你去时要化作威武的菩萨，来时要化作智慧的菩萨。到了敌人那里，速速地杀完敌人凯旋。阿鲁-莫日根，你要带领乔姆孙-高娃夫人、嘉萨哥哥的夫人、从天上下凡的手握众敌之魂的苏米尔夫人钟根达里、神气压住巴姆西胡尔扎之威力的格日勒泰-高娃夫人，镇压邪恶，照亮黑暗，此外还有会用魔食迷惑好人的法力无边的来查布夫人、曼达里高娃等人。用什么办法由你自己决定，务必谨慎行事。"说完，变成杜鹃鸟，返回天上。

看到六位夫人要出征，三十名勇士忍不住纷纷抱怨，说："应该是我们去才对。我们当初从天上转世，生在人间，就是为了给霍尔穆斯塔的儿子您和六位夫人效力。现在变成夫人们为我们效力了吗？

我们还坐着干什么？我们生为男人，是为了使异教徒步入正道，使正道的人增添力量，把敌人砍成灰烬，把盗贼驯服，把长着豹子尾巴的怪兽斩草除根，把入侵的来者打得粉身碎骨。我们三十名勇士降生时，发出猛虎般的呼啸声，如巨龙般划出青烟，与您一同降生。"嘉萨-席克尔等人如此说完，圣主回嘉萨道："三十名勇士，你们想要出征那很好。但你们何必着急？往后的时间还很长远。白色的麦子割不完，邪恶的敌人杀不完。你们还年轻，敌人的脚步还远，你们何必着急？何况，我们怎能违背天界的命令？"嘉萨等人回道："圣主说得是。如果我们的夫人想去，那就让她们去吧。我们以后再去。我们还不算老，敌人也不可能杀得完。"来查布跪下说："圣主，让我去吧。以前我与身具龙王化身的婶母一起去过有十五颗头颅的蟒古思可汗那里，那时婶母是把我装在她黄金荷包袋里带走的。这次，我也想给婶母和身具菩萨化身的乔姆孙-高娃婶母助力。"圣主道："来查布所说的话有道理，那你就去吧。"其他勇士们纷纷说："来查布都去两次了！"对他羡慕无比。

阿鲁-莫日根骑了云青飞马，挎上钢刀，佩带金荷包，背上金箭筒和黄羊皮面的弓，披上红叶铠甲，插上白羽箭，手握金鞭，头顶上出现万道彩虹，额头显现出大黑天神的法相，口鼻散发出菩提萨托神光，骑乘的云青飞马四蹄冒出烟火。

乔姆孙-高娃夫人骑上云青飞马，挎上砍死千人而不卷刃的钢刀和金斧子，穿上闪闪发光的铠甲，背上箭筒，挎上闪电硬弓，插上针茅般的箭矢，头顶聚集了很多鹦鹉，额前栖息着凤鸟①，口鼻中喷出火花。

格姆孙-高娃夫人披上珍珠铠甲，背上箭筒，插上花白老鹰的羽

---

① 原文作"galbingg-a"。

毛做羽的箭，带上有黄金把手的水磨硬弓，手握花色鞭子，骑上云青飞马，奔驰而去，扬起漫天尘埃。孔雀在她的头顶盘旋，巨龙在天空中呼啸，所骑云青飞马四蹄发出火光。

钟根达里夫人披上百种补丁拼接而成的铠甲，手握金茅，背上如意宝箭筒，插入通晓人言的箭矢，挎上他人无法触碰的硬弓和无人能对抗的宝刀，拿上火宝、水晶宝，手握活宝般的鞭子，骑上冲进敌军丝毫不退缩的高头大黑马驹，奔驰而去。她的头顶显现五色彩虹，额间显现千佛法相，口中喷射出声如狮吼的菩萨之火，所骑马驹的四蹄迸射火花，口鼻中冒出云霭。

曼达里高娃夫人披上闪电铠甲，背上阿日衮（圣洁的）箭筒和阿尕如弓，插上黄金箭矢，手持活宝长矛和月光斧子，骑上云青飞马，威武的样子与格姆孙-高娃夫人一样。

额尔德尼-格日勒泰夫人骑上云青飞马，披上火红铠甲，背上魔法箭筒，插上如意宝白羽箭，带上黄金钩，挎上牛角制作的火烧硬弓和钢刀，手握鞭子，头顶上显现大黑天神之相，嘴中散发出宝生佛①之光。

夫人们正要出发，晁通诺彦给圣主跪下，说："我跟侄媳们一起到那钦可汗那里杀敌去，或把那钦可汗活捉来。我给儿媳们探路。敌人若是垂涎我们的夫人们，我就上去把他一刀砍死。没有敌人的时候，我充当盾牌，口渴时我给端水，饥饿时我给找食物，害怕时我来助力，饥饿难耐时我把高山顶上吃草籽的野驴杀了给她们充饥，需要探查敌人时我把松柳搬来给她们作掩护，碰到长着豹子尾巴的敌人，我一刀把他砍死。"圣主回道："叔叔要出征是好事。"阿鲁-莫日根说："叔叔要去是好事。对这人只说一件罪孽，其他事不必多

---

① 原文作"radn-a sambhu-a"，源自梵语，汉语音译为罗怛曩三婆缚，是密教金刚界五佛之一。

说。叔叔你要去则必须心怀善意。"阿鲁-莫日根心里明白，晁通去了必要作孽。

　　那日，正值阿拉坦没在家，圣主莫日根格斯尔把他派去了别的地方——若是阿拉坦在，就会拦住晁通了。圣主对晁通叔叔嘱咐道："叔叔你已接近百岁，已是叉尔根叔叔的年龄了。为何要在众生之中坏我的名声？如今你我的名声已不小。我从小消灭了那么多敌人，按理说早就可以把你灭掉，为什么要一直留你在身边？我也可以用黑色魔食毒死你，或是把你罪孽满盈的身躯挂起来示众。只是我一直不忍心，也不想坏了自己的名声，因为心里念着你是我的叔叔，所以才一直留你在身边。你的好事我都不会忘记。生为男人，通常是为财富、牲畜、孩子、亲友而活。而父母对孩子付出一切；母亲十月怀胎，用乳汁哺乳长大；黑夜起来哺乳，还怕你受冷，随时把你挪到干的床铺上，自己躺在湿冷的地方，凌晨又起来哺乳，傍晚怕你哭泣，又来哄你，给你哺乳；十月怀胎时为你计划未来，待你出生后又盼着你长大，怕你受冷，抱在怀中；晚上又怕你被压到，把周围的槐树连根拔起，把柳条砍掉，把杨树拔掉，把松树都铲掉；热天流着汗，冷时不怕辛苦地喂你热乳汁，这就是空行母母亲、佛陀父亲。做儿女的，不知何时才能报答父母之恩，一生为父母祈祷、效力；生为将臣，为可汗效力；生为诺彦，为有个好名声，不怀二意；为得正道，为夫人效力。叔叔你难道是不知好坏，不考虑自己的名声和国家安危的蠢人吗？如今你要出征，是不是又要作孽而归？我派你可以，不派你也可以。因为你求了两次，我就派你去吧。你要好自为之，不要再成众人的笑柄。生为男人，为何要被人耻笑？叔叔请不要再作孽，不要坏我的名声。"晁通跪着说："圣主你说得极是。圣主你听我说，如今我一定好自为之，好好行事。若再惹是生非，就让圣主您的九庹纯钢宝刀来定夺吧。圣主你不要哀痛。听了你的话，我的内心十分伤痛，【你的话】我都已铭记在心。"听晁通如此说完，三十名勇士们都嘲笑他道："我们的叔叔怎么这么好！他一件坏事都不做是绝不可能的，你们看着。这人①会带头做的。"

来查布骑上云青飞马，披上火红、闪亮的铠甲，带上自行瞄准的纤细白羽箭、黄羊皮面水磨硬弓，闪电箭筒和钢刀跳上马。晁通也跨上花马，带上黄褐色箭筒、折刀、白羽箭、黑色硬弓。

晁通、来查布、阿鲁－莫日根夫人、乔姆孙－高娃夫人、钟根达里夫人等八人备好一切装备，阿鲁－莫日根带头向上界诸神祈祷道："山神、占卜师毛阿固实和当波、圣上释迦牟尼佛祖、霍尔穆斯塔腾格里父亲、那布莎－古尔查祖母、安达三个腾格里、哥哥阿敏萨黑克齐、弟弟特古斯朝克图、胜慧三神姊、山神敖瓦工吉德、六位占卜师、大塔尤、小塔尤、大鼓风手、小鼓风手，还有人间根除十方十恶之根的圣主莫日根格斯尔可汗，亲爱的嘉萨哥哥，金色空行母茹格姆－高娃夫人、贡－高娃夫人、赛胡来－高娃夫人、三十名勇士、三百名先锋、三个鄂托克保佑！"三跪三叩首。

他们的祈祷如金羊拐一样，正好落在那布莎－古尔查祖母面前的金扣子案台上。祭祀的食品闻起来，一种是香甜的，一种是苦涩的，祖母便得知是谁在祈祷。她叫来胜慧三神姊，三神姊问为何叫她们，祖母道："去好好嘱咐晁通。他是你们一千五百种化身之一，而且他能警醒他人所寐、提醒他人所忘。路上犯了什么事，有儿媳在，无大碍。他要去就去吧。"

胜慧三神姊化身杜鹃鸟下来，给阿鲁－莫日根传达了那布莎－古尔查祖母的命令，然后又飞回天上。姐姐走了以后，阿鲁－莫日根夫人带头给神姊叩首。圣主下令道："你们去时散发着光芒去，到了那

---

① 原文作"nagaqaitu kümün"，同前一页中的"nagagatu kümün"。

里把敌人砍杀殆尽，烧成黑炭，回来时如同大鹏金翅鸟一般飞回来。不要久留，不要怠慢。"来查布看着晁通，心想："看我找个没水的地方，把你扔下去，让大家都看看。以前你让我受折磨，这回我得报仇。"

当年十月初九，阿鲁-莫日根带领其他人，走上了嘉萨-席克尔回来的那条道路。晁通诺彦和来查布二人赶着八百只羊走在阿鲁-莫日根前面。阿鲁-莫日根等六位夫人跟在他们后面。晁通诺彦无法探知夫人们的心思。阿鲁-莫日根心中清楚，便说要去找水，没日没夜地走了一个月，没让晁通睡觉，又走了七天七夜没让晁通吃饭。

晁通诺彦受不了了，对侄媳说："侄媳妇，你们跟着我走是对的，只是叔叔我已经走不动了。再不吃东西我就要饿死了，而且我已经很久没睡觉了，我的眼睛感到刺痛。我们在这里休息吧。"来查布说："叔叔你出来前怎么跟圣主说的，不是说要把敌人砍光，活捉那钦可汗，把他的妻儿都抢过来吗？难道是别人说的吗？是叔叔你说的吧？叔叔你不要再这样作孽了。你是女人吗？不往前冲去杀敌，而来搅和我们做什么？女人一样走着都没事，你怎么受不了呢？难道六位夫人是男人吗？女人都没说饿了、累了，叔叔你怎么会这样？"晁通对来查布说："侄子你说得都对。但我实在没力气了，我要在这里歇息一会儿。"

钟根达里高娃夫人把马粪蛋变成美食，扔在晁通面前。阿鲁-莫日根说道："我们在这休息片刻，吃点东西吧。"来查布等都赞同，所有人坐下来，把带来的甘露美食拿出来给乔姆孙-高娃、曼达里高娃、钟根达里高娃、额尔德尼-格日勒泰高娃、来查布等人分着吃了，因晁通的心眼太坏，所以没给晁通诺彦吃。

阿鲁-莫日根吃完美食，说："对于七天七夜没吃饭的人，地上那些美食吃起来该有多香。来查布你拿起来吃吧，别以为是马粪蛋。"晁通心想："在来查布捡起来之前我先捡起来吃吧！一是已经饥肠辘辘，二是没睡觉累得很。"他抢在来查布之前，把马粪蛋变的美食捡起来吃掉，心想："哎呀！这是什么东西！吃起来这么粗糙、难吃，难道是马粪吗？这到底是什么食物？"

阿鲁-莫日根说："叔叔你心里可能在怀疑那食物是不是马粪，那其实是释迦牟尼佛祖扔下的甘露美食。叔叔你也不给尊长、手下分一分，不让我们尝一尝，就全吃完了，你是多么自私啊！那食物本是堆积如山，我们却都没品尝到，叔叔这个两面人也看不到我们。你的那些好事，一件都不可能忘记。叔叔你居然完全不考虑你的六个儿媳妇①。都说你以前想把儿媳妇抢来据为己有，欺负来查布，看来都是事实。"

晁通回道："侄媳妇教训得极是。我没想到别人，可能是饥饿或劳累所致，一口气吃完了食物，现在懊悔得很。没给你们品尝，这是我的错。但那食物太难闻了。在我肚子里已经搅成了三块疙瘩，很难受。"

乔姆孙-高娃说："叔叔你怎么这么糊涂？我们如今能够顺利行进，靠的是什么力量？你居然说上界释迦牟尼佛祖赏赐的食物难吃。对你来说，现在还有谁是好的？你到底怎么回事？"

晁通诺彦说："侄媳妇说得很对。我那时年纪小、身体弱、心智不成熟。那时的事能跟现在比吗？那时我贪玩，而且年龄还小。"他心想："我本想在这些儿媳妇中找一个人来暧昧，这来查布不会是来给我捣乱的吧。阿鲁-莫日根心里肯定明白。我把来查布支开到别处，再勾引一个儿媳妇。"

阿鲁-莫日根、乔姆孙-高娃、格姆孙-高娃等都清楚晁通的坏

---

① 原文误，应为侄媳妇。后面几处也应为侄媳妇，不再一一标注。

心思，说："我们叔叔现在休息好了，也充饥了，我们现在该出发了。"晃通回道："现在是该出发了。"阿鲁-莫日根带头，从他们歇息的奈日勒草原启程。来查布对阿鲁-莫日根说："夫人你们先走，我和叔叔在后面走。"阿鲁-莫日根明白他的意思，说："你说得极是。"她便和夫人们走在前面。晃通诺彦和来查布走在后面。

两人走着，看见路上有个马绊皮扣，来查布说："哎呀！这里居然有一个绝好的美食。七天七夜没吃东西的人，吃起来一定特别美味！这肯定是用八只山羊的奶做的酸奶酪吧，叔叔你吃吧！"晃通诺彦听了，抢先捡起马绊皮扣。来查布说："叔叔你可能会以为那是马绊皮扣，其实是用八只山羊的奶做的酸奶酪，吃吧！"晃通心想："来查布以前看管八只羔羊，别人都说他把羊奶酸奶酪都藏起来了，看来他一直藏着呢。"他把马绊皮扣吃掉，心想怎么会这么硬，接着往前走。

走着走着，看见路上有一块石磙。来查布将那石磙变成了一块宝石胸坠，说道："哎呀！这是我们阿鲁-莫日根戴的胸坠，她怎么弄丢了呢？这里可是藏着让死人复活、让饥饿的人填饱肚子的宝石，还能给七天七夜饿肚子的人找来美食呢。"来查布捡起来，找了找穿线的孔，假装要把它背在身上。晃通心想："我来背这个胸坠吧，一是没有食物吃的时候这可是一个好东西；二是杀敌人的时候背着它更放心；三是假如我杀不了敌人，回到家乡时可以拿这个宝石作为战利品，博得圣主的信任；四是把这胸坠送给侄媳妇阿鲁-莫日根的时候，还能跟她暧昧一番。"他对来查布说："我的侄子，叔叔是大人，让叔叔来背吧！"来查布回道："叔叔要背是很好，但不要对我抱怨说它太重。"来查布说着，给晃通指了指石头上面穿线的孔。晃通回道："这回我是碰到了个厉害的，这胸坠好重。"晃通背起石磙，奋力往前走，想赶上阿鲁-莫日根夫人，可怎么追都追不上她们。阿鲁-莫日根知道晁通诺彦在追赶她们却赶不上。

来查布看着晁通流着汗，使出浑身的劲赶路，心中暗暗发笑，心想："以前你折腾我们的仇，如今终于可以报了。"

不一会儿，晁通背不动了，对来查布说："我的侄子，这胸坠怎么这么重，不会是该死的石磙吧？到底怎么回事？怎么会这么重？这不是儿媳妇阿鲁-莫日根的胸坠，应该是石头吧！你在骗我吧？你快给我解开，绳子系得太紧了。"来查布说："叔叔你听我说，你做的那些好事我都记着呢，怎能给你解开？你的那些罪孽我怎能忘记？以前你是怎么折磨我的，现在只是让你还债而已。叔叔，你出来的时候是怎么跟圣主说的？圣主又是怎么嘱咐你的？你的坏心思就不能改改吗？你有什么脸勾引你的儿媳妇？你怎么不知羞耻呢？你若不是我的叔叔，看我怎么收拾你。我们还是别做亲戚了，谁能把那把九度钢剑给我？"说着，来查布挥起身上带的钢剑，晁通诺彦吓得浑身哆嗦，连忙跪下给来查布磕头，求他饶命，来查布也急忙跪下回礼。晁通对来查布说："你教训得对。我只是撒了一下野。无论我说不说，我怎么可能娶我的侄媳妇呢，若真是那样，我有什么脸面见圣主？都是我的错。我的侄子，你杀还是不杀我，你自己决定吧。"来查布心想："与其现在跟敌人作战的时候跟他斗，不如先杀死敌人，回去跟圣主汇报了这事，让圣主定夺吧。现在还是抓紧赶路吧。"来查布把捆在晁通后背上的石磙解下来，把它扔在路边。晁通十分高兴，说："你再让我背着石磙我就要死了。那胸坠原来就是石磙。我以后一定好自为之。"来查布、晁通二人赶上了夫人们。

来查布对阿鲁-莫日根夫人说："我们怎么和这样的叔叔一起走？"阿鲁-莫日根夫人说："他想怎么勾引我呢？他有什么脸面想要勾引我？叔叔，你怎么毫无羞耻之心？没准你还会对我们使坏。来查布，你说得极是，我们把他装在荷包里吧。"她卸下金荷包，叫晁通过来，晁通不知原委，急忙跑过去，问道："侄媳妇叫我有什么事?"阿鲁–莫日根回道："我们俩交心吧!"晁通听了，说："哎呀!侄媳妇你说什么? 天与地能合为一体吗?"阿鲁–莫日根向晁通挥手三次，把他装进了黄金荷包袋里，交给来查布，来查布把它带在身上。

阿鲁–莫日根领着大家往前走，于鸡年五月初二走到了丘陵上。阿鲁–莫日根、乔姆孙–高娃等人向四处眺望，连敌人的影子都没有发现；再往前走，他们遇到了三口泉子；再往前走，他们遇到了辛迪的尸体；再往前走，是巴尔斯–巴特尔打斗的地方，横着一棵被身具千万条巨龙之威力、如高山上行走的黑纹虎、大海里遨游的巨鱼般的嘉萨和巴姆–苏尔扎打倒的枯树；再往前走，是腾迪巴图尔的尸骨，仔细一看，他的尸体与辛迪一样，一看就是被嘉萨所杀；再往前走，是朱拉用亮光照亮的黑色的山。苏米尔的夫人、三岁的格日勒泰–思钦的母亲钟根达里夫人用水晶宝照亮了黑色的山。走过了山，便是戎萨、朱拉、来查布、达拉泰–乌仁等人藏身并用计杀死丹迪的化身老鹰的地方。

来查布跪下对六位夫人说："到此为止是我与父亲等六人一同走过的路，再往前的路我就不知道了。"六位夫人听了来查布说的那些故事，很是震惊。再往前走，还是没有一个敌人的影子。

一行人便继续走，走到一座山前。那座山很高，阿鲁–莫日根等人爬上山顶一看，那是一座令人无法伸出手脚的寒冷无比的山。夫人们向前方瞻望，发现有一个人在前方草原上奔跑。阿鲁–莫日根仔细看那人，原来是那钦可汗无论冬夏常年祭祀的神树。大家讨论该如何是好，乔姆孙–高娃说："我们去给它祭祀，你变成那钦可汗宠爱的女儿乃胡来–高娃，我们化身为八个随从。我们去的时候它会以为那钦可汗的女儿来了，变回神树。我们就把它砍掉。"阿鲁–莫日根赞成了她的主意。阿鲁-莫日根说："我们没见过乃胡来的样子，也不知道这树该在哪一天祭祀。"

那时，那钦可汗宠爱的女儿对父母说："自出生到现在，我从没见过布达拉山、杉树山和柳树山，父母可否让我去看看？听人说，那两座山上盛开着美丽无比的莲花并种植着各种果树。我想去看看。"父母说："你一个女孩，又不是男孩，一个女孩无端嬉笑、到处跑，不怕别人耻笑吗？还是别去了。"听到父母劝阻，女孩说："父母做得对。我在人们居住的地方到处跑，定会被人耻笑。但我去看看莲花，看看花果、鹦鹉、孔雀，谁会耻笑我呢？让我去吧。"父母听了女儿的话后同意了。

乃胡来姑娘高兴地向父母叩首告别，带着八个随从侍女，向莲花盛开，鹦鹉、孔雀聚集的花果山走去。姑娘走上山顶一看，那果然是一座花果山：鹦鹉、孔雀纷飞，百花盛开，美丽无比。姑娘看着莲花，突然悲伤起来，泪流如雨，说道："我活了二十岁都没有自由地生活过。"

萨仁-额尔德尼拜见了释迦牟尼，跪在霍尔穆斯塔腾格里和那布莎-古尔查祖母面前，说："让我去协助一下降生人间的威勒布图格齐吧。以前我曾下去协助过一次，如今我还得再去一次。再者，我想去给阿鲁-莫日根祖母、格姆孙-高娃夫人、生母曼达里高娃夫人、额尔德尼-格日勒泰高娃夫人、生父来查布助一臂之力。"上界霍尔穆斯塔腾格里父亲、那布莎-古尔查祖母等下令道："你要下去这很好。你去就去，你所去之处，必皆顺利。你下去后抓紧去助力，给圣主莫日根格斯尔可汗效力。他不是你们唯一的人间最高领袖吗？遇到敌人就砍掉，遇到长着豹子尾巴的恶魔，就斩草除根吧！"萨仁-额尔德尼听取霍尔穆斯塔腾格里、那布莎-古尔查祖母、安达三个腾格里的命令，立即准备去人间。祖母从天界三个马群中选了云青飞马，又给他备好了黄金箭筒、活如意宝箭矢、钢刀、黄羊角制作的水磨硬弓，赐予他千万条巨龙的力量和所有能想到的化身。

萨仁-额尔德尼在天空中盘旋，看到北方那钦可汗宠爱的女儿在布达拉山顶上悲痛地哭泣，便朝她飞了过去。路上看到阿鲁-莫日根等人坐在杉树林的山上。他决定先去布达拉山上看看正在哭泣的女孩，便飞了过去。

萨仁-额尔德尼飞到了女孩上方，在空中看了看，扔下了一封金书。金书正好落在女孩的怀里。乃胡来-高娃吃了一惊，叫道："哎呀！这是什么东西？"她捡起来一看，是一封金书。打开金书，只见上面写着："姑娘，你因为二十岁了还没有嫁人而哭泣是对的。你不要哭泣了，因为你会遇到一个好男人。八个随从也不要哭泣了，你们会遇到一个好可汗。那便是根除十方十恶之根的圣主莫日根格斯尔可汗。你不要嫁给别人。圣主将统治整个瞻部洲，根除豹子尾巴。你若有别的想法，今晚便会死去；你若一心为格斯尔可汗，必有好报偿。这事不要告诉你的父母。他们知道了，你也会在今晚死去。"乃胡来-高娃心里正想着："我为什么要嫁给他"，突然昏倒在地。八个随从侍女痛哭起来，说："我们姐姐做事不妥当。天书没有个来头，肯定是上苍送来的吧。我们还是按照那书信行事吧！"又互相商量道："我们跟姐姐说说，还是让她嫁给格斯尔吧！"她们把姐姐抬起来，乃胡来苏醒一阵、昏迷一阵。随从趁她清醒时劝她道："姐姐你昏倒是因为违背了那书信里的指令。我们若扔下你回去，我们的父母会骂我们的。姐姐你还是嫁给格斯尔可汗吧！"乃胡来-高娃心想："我不嫁给格斯尔，就要这么昏迷，那就嫁给他吧。"她念头一转，便不再昏迷了。于是，她说："你们说得有道理。看来我如果不嫁给格斯尔，就会死掉。我在这里等待格斯尔可汗，不再违背天书里所说的指令。我们也别跟父母说这件事了。"她问随从侍女的意见，她们说："姐姐决定吧，我们哪里知道。姐姐有了好去处，我们八个侍女也会跟着享福，不差吃喝。遇到好可汗，你也会名扬天下，那也是我们八个人的福气。"姑娘说："那你们不要跟父母说。"侍女们说："我们没有那种想法，我们想的都跟你想的一样。我们早就听说格斯尔可汗有很多化身，我们不知道什么时候能见到格斯尔，又怎么会背叛你呢？"听随从侍女们这么说，乃胡来-高娃说："你们若真不跟父母说，那就舔着我小指的血发誓。"又说道："我也知道，十方圣主格斯尔可汗有一千五百种化身，有三十名勇士。我以前就想做一个为格斯尔挤牛奶的婢女，每天早晨为他倒炉灰的女佣。"说着，把小指割破，滴了血，递给侍女们。侍女们都很善良，都舔着血发了誓。

这时，萨仁-额尔德尼又扔下一封天书，又落在乃胡来的怀里。乃胡来-高娃说："哎呀！这是什么？"打开一看，是一封书信，上面写道："你要在心中向我祈祷。你发的誓很好。我是你的曾祖父，我叫尼日布。你要嫁给格斯尔，否则你就会短命。你到无论冬夏常年祭祀的神树下，在那里你会看到一个征兆。你听我的话，一定会长命百岁，幸福吉祥。不听我的话，今晚就会死去。这件事不可对你父母说。"萨仁-额尔德尼送去那封信后便回到天上。乃胡来-高娃看完，告诉了随从侍女们。八个侍女说："姐姐，你听我们说，之前的话难道是别人说的吗？后来的才是我们自己说的话吗？我们已经发誓了，还不够吗？我们还是快回去吧。回到家，跟可汗父亲和哈屯母亲说一下，再去祭祀神树去吧！"姐姐听了，表示赞许，准备回家。乃胡来-高娃又一次叫她们发誓，女孩们说："姐姐你不相信我们，我们跪着向上天发誓。"女孩们向上天跪下，说："我们若有别的心思，请上天立即惩罚我们。"听八个随从侍女如此说完，乃胡来-高娃说："我也没日没夜、一心一意想念着格斯尔。"女孩们回到家，什么都没说。

阿鲁-莫日根对其他夫人们说："我们离开这里吧。"这时，萨仁-额尔德尼从天上扔下一封天书。那封天书恰好落在阿鲁-莫日根面前。阿鲁-莫日根打开书信一看，信里说："我是来查布的儿子，曼达里高娃夫人所生的萨仁-额尔德尼。我遵照上界的命令，为了给根除十方十恶之根的圣主莫日根格斯尔、爷爷嘉萨、七位空行母夫人、生父来查布、三十名勇士助一臂之力，从天上来到瞻部洲。"

阿鲁-莫日根夫人心想："哎呀！这是怎么回事？我们哪里来的七个夫人？不是六个吗？难道天上要掉下一个夫人吗？谁知道呢？"

萨仁-额尔德尼如蓝斑老鹰从天上呼啸而来。下来后，到阿鲁-莫日根面前跪下，并诉说了所发生的事情经过。所有人听了，高兴万分，阿鲁-莫日根把身上穿的珍珠衫赐给了萨仁-额尔德尼，萨仁-额尔德尼穿上后向阿鲁-莫日根叩谢。乔姆孙-高娃夫人说这是天大的喜讯，将自己穿的珍珠衫脱下来，也赠给了萨仁-额尔德尼的父亲来查布。来查布穿上珍珠衫，叩谢乔姆孙-高娃夫人。阿鲁-莫日根观察了萨仁-额尔德尼：他的身体像如意宝，力量如二十条龙，化身如聚齐各种魔法，面貌如闪亮的光，声音如洪亮的金刚铃，姿态如呼啸的黑纹虎，相貌如千手观音。

阿鲁-莫日根正观察，萨仁-额尔德尼说："婶母①你变成观世音菩萨，我们变成八个随从吧。明天是神树的祭祀日。要用什么方法，夫人你来决定。"阿鲁-莫日根听了，方醒悟过来，赶紧变成了乃胡来-高娃的模样。乔姆孙-高娃夫人、格姆孙-高娃夫人、钟根达里高娃夫人、额尔德尼-格日勒泰高娃夫人、曼达里高娃夫人、来查布、萨仁-额尔德尼准备化身为八个随从，一看，还缺一个人，纷纷

----

① 实为其父亲的婶母，因此此处应为祖母。下文均应为祖母，不再一一标注。

问道："怎么回事？难道数错了？"这时，来查布拿出黄金荷包袋。阿鲁-莫日根说："来查布，你不要拿出来，他又不是什么好人。"又问萨仁-额尔德尼："你从天上扔下的天书里说有七个夫人，我还在奇怪，还有一个是谁呢？"萨仁-额尔德尼回道："我说七个夫人，是说等我们杀死了那钦可汗，圣主娶了他的女儿乃胡来-高娃，不就七个了吗？我在天上看到了乃胡来-高娃姑娘的长相，还叫她在心中默念圣主并发了誓。"听了萨仁-额尔德尼的话，大家都高兴万分。

阿鲁-莫日根化身并带头出发，后面跟着七个随从侍女。那个人看见她们到来，变成了一棵树。树一边摇晃着，一边心想："前方来者是我们可汗宠爱的女儿吗？如果是我们可汗宠爱的女儿，应该从北方来，这些人为何从南方来？等接近时我要仔细看看。"阿鲁-莫日根等人走到那棵树下，假装代其父亲前来祭祀，跪下叩首九次，再坐下休息。阿鲁-莫日根对侍女们说："明天不是祭祀之日吗？你们今晚要沐浴净身。"那棵树听了阿鲁-莫日根的话，心想："说话的语气跟我们可汗的女儿一样，样貌美丽，应该就是她了。否则怎会知道祭祀的日子？这女孩知道明天是祭祀日。但为何只有她过来而其他大臣都没有来？"阿鲁-莫日根用神明得知了树的心思。她在树旁睡了一晚，那棵树便深信不疑，不再摇晃。夫人发现树不再摇晃，便叫醒了其他夫人们，说："乔姆孙-高娃、曼达里高娃、额尔德尼-格日勒泰高娃你们三个快快起来。"额尔德尼-格日勒泰高娃夫人、乔姆孙-高娃夫人、曼达里高娃夫人都从睡梦中惊醒，掏出黄金斧子，在半夜之前把那棵树砍断。在夫人们快砍到树心时，钟根达里高娃夫人也起来用黄金钩弄倒了树。阿鲁-莫日根在树上跨过三回，玷污了树。乔姆孙-高娃、曼达里高娃、格姆孙-高娃、额尔德尼-格日勒泰高娃、钟根达里高娃也从树上跨过，使树瞬间枯萎，树叶全部掉光。萨仁-额尔德尼、来查布二人是男人，所以没有跨，因为男人不肮脏；女人虽为空行母化身，但体内有脏水。大家把那棵树弄倒，扔进火里烧掉了。阿鲁-莫日根想再前进，萨仁-额尔德尼说："婶母，你在这里等候，必会听到一些消息。"阿鲁-莫日根按萨仁-额尔德尼的话，回到杉树林的冷山山顶，环视四周。

那钦可汗的梦境突然变得混沌，浑身疼痛三日，便叫来连烤肉的味道都不放过的敏锐无比的占卜师来占卜。占卜师说："可汗，有女人玷污了你的灵魂。要问哪个灵魂，就是林山边站岗的那棵树。敌人的夫人们来了，把树砍倒了，还玷污了树。所以可汗你会疼痛三个月。喇嘛高僧也治不了你这个病，只有去祭祀那棵树，你的病才能自愈。"

乃胡来-高娃姑娘骂占卜师道："你这个满口胡言的骗子，你的占卜什么时候灵验过？现在，谁敢来侵犯我汗父的灵魂？别说侵犯我们的神灵，即便只是来到我们这里也是不可能的。我们这里荒无人烟，你这算什么占卜？天界的星星有多少颗？你来我们家时走了多少步？这瞻部洲的可汗是谁？什么牛没有角？什么山上没有野牛？什么河里没有鱼？什么人没有妻子？什么牛没有牛犊？什么动物没有蹄子？什么女人没有丈夫？什么虫子没有臭味？什么女人没有儿子？什么人是好人？什么人是坏人？现在是什么人的天下？现在、过去和将来都是谁的天下？你祖父、曾祖父都是在哪里出生的？十大屠夫都是谁？什么人没有头发？谁会死？谁不会死？怎能说这种毫无根据的谎话？什么女人能来玷污我们可汗的灵魂？叫什么名字？"占卜师不再占卜。他想反驳，但因为对方是可汗的女儿，不能反驳，只好闭嘴。乃胡来-高娃知道占卜师已算出一切，因而故意那样呵斥了他。

乃胡来-高娃对父亲说："与其和这个占卜师浪费口舌，不如去祭祀我们的神树吧！"可汗说："让我们的勇士拉德纳去祭祀吧！"

姑娘说："不管占卜师怎么说，你去祭祀神树都对你的病有好处。勇士拉德纳又不是你的亲生儿子，他会真心实意地为你祭祀吗？他不可能跟你亲生孩子一样。谁知他有几分真心、几分假意，女儿是不相信。你的病已经很严重，还是让女儿亲自去祭祀吧！母亲会好好照顾你，搀扶你进出。女儿替你祭祀神树。让朱思泰-思钦和我一起去吧！他是个很谨慎的老头子。别的勇士就不用去了。让这个占卜师走吧！"八个随从听了姑娘的话，把占卜师赶了出去。姑娘问父母道："你们为什么不作声？到底怎么了？"可汗心想："我怎能派一个女儿家去祭祀神树？可是除了女儿，谁又能替我去祭祀神树呢，她要去就去吧。"于是他便对女儿说："我的女儿，你现在就去好好祭祀一下神树。等你回来以后我会把你许配到一个好人家，一定给你找个好去处。"乃胡来听了，装出很高兴的样子。看女儿高兴，可汗父亲和哈屯母亲对她更加深信不疑，并不知他们的女儿将要嫁给根除十方十恶之根的圣主莫日根格斯尔可汗。所有大臣也都不知道她在说谎。

父母叫她立即出发。乃胡来-高娃嫌父母脾气恶劣，说道："他们不是我亲生母亲、父亲，我就是一个养女。即使是亲生父亲，也是狼心狗肺；即使是亲生母亲，也是油嘴滑舌。坏母亲就像浮在水上的酥油。他们能把我许配到什么好地方。离开亲生父母给随便的一个人做女儿，不如嫁给一个好人，让我父母安心，我自己也享一享片刻的幸福，而不辜负父母的名声。他们让我一直在身边陪侍到二十岁，现在能给我找什么好去处。估计是配给什么穷乞丐，或是还想自己使唤我。"占卜师说："我们整个国家里唯一一个日月光辉一样的乃胡来-高娃，你为何要生气？你想嫁给格斯尔可汗的心思我全知道了。我不会算错的。"姑娘回道："我自己的事我自己知道。"她把朱思泰-思钦叫来，朱思泰-思钦来了问姑娘："可汗的掌上明珠乃胡来-高娃姑娘你为何叫我?"姑娘说:"把这个占卜师带出去杀了。他居然与我作对。父亲如此病重,他却跑过来胡说,还反复跟我作对。"

朱思泰-思钦心里明白了,按姑娘的话,把占卜师带到山间峡谷杀了。占卜师死了,人们纷纷相传,说占卜师说了不合时宜的话、与人作对,招来祸端。那钦可汗的养女乃胡来-高娃好不容易摆脱了哈屯母亲和可汗父亲,领着八个随从,假装要去祭祀父亲的神树。

鸡年六月二十五日,乃胡来-高娃与朱思泰-思钦一起出发,路上经过萨尤敦勇士处,萨尤敦看到乃胡来-高娃到来,心想:"一定是什么人生病了,不知我们的大臣们都还好吗?受宠的可汗女儿来了,这是怎么回事?她是为何事而来呢?"萨尤敦去迎接姑娘,说:"尊贵的姑娘,你怎么来了?"姑娘说:"我的可汗父亲生病了,有人说是他的神灵被玷污,叫女儿去祭祀神树。听了那人的话,我不能再怠慢,我正要去祭祀神树。"她又假装嘱咐萨尤敦:"你要多加小心,可能会有敌人来侵犯。"萨尤敦勇士不知道姑娘是在骗他。

乃胡来-高娃又往前去,路上还有辛迪勇士的父亲格日苏-彻德克莫日根在站岗,她顺路便去了他那里。勇士得知姑娘要来,前来迎接,也问姑娘为何而来,姑娘如前作答。姑娘又接着往前走,还有三只有犄角的黑虫在站岗,姑娘说:"这恶心的虫子真是该死。我去把它们杀了。"三只虫见乃胡来带着八个随从侍女过来,互相说:"我们可汗宠爱的女儿怎么来了?出了什么事?"姑娘到了,烧了火,把虫子扔进火里烧死了。如果乃胡来不这样杀死它们,别的敌人就无法杀死它们。姑娘又接着往前走。

那时,阿鲁-莫日根说:"我们要一直待在这里吗?得往前走走了。"萨仁-额尔德尼跪下说道:"我们将有一件大喜事。我之前不是说很快就会有七个空行母吗?我说的话即将成真。有人来跟我说那钦可汗的女儿乃胡来-高娃想要嫁给我们格斯尔可汗。"阿鲁-莫日根夫人、乔姆孙-高娃夫人说："生为好汗，得娶三十三个夫人。可汗别说一个，娶一百零八个也不嫌多。这是好事。少了不好，多了是好事。只要真心诚意地来，我们便封她为忠诚空行母。"

正说着，鸡年九月二十九日，乃胡来-高娃来到神树所在的地方，四处寻找却没有找到神树，心想："我难道忘记了信中的内容？这是怎么回事？"她再次打开那封书信，信中还是那些内容。她坐下，看到东南方高山顶上发出白、红、绿、蓝、黄五色光，上方聚集了鹦鹉、孔雀等鸟。乃胡来看到了，心想："哎呀！好美丽的光，书信中说会有征兆向我预示，想来这就是那征兆了。"她起身向发光的地方走去。

阿鲁-莫日根、乔姆孙-高娃夫人等看到乃胡来走来，十分高兴。乃胡来-高娃姑娘说："你们是哪个可汗的属下，从哪里来的？为何而来？名字叫什么？是谁的女儿？丈夫是谁？家乡在哪里？是哪个部落的？父母是否还健在？我们这地方从无人烟。你们七人是怎么来的？"阿鲁-莫日根夫人回答道："你既然问了，我就回答你。我丈夫是个乞丐；我们部落没有可汗；我们家乡叫百花盛开的草原；我名字叫作阿鲁-莫日根；我们习俗属于吐蕃习俗；父亲是龙，母亲是水；我的父母都健在；我们都是妇人，我们是奔着那钦可汗来的。"乃胡来-高娃姑娘说："虽然是我问的你们，但我也告诉你们我的情况。我这次来，是奔着根除十方十恶之根的圣主莫日根格斯尔可汗来的。我的名字叫乃胡来-高娃。我父亲是却日苏，母亲是巴德玛-格日勒图，继父是那钦可汗，继母是彻辰-齐齐日格。我没有哥哥姐姐，没有弟弟妹妹。我来的目的，就是找名扬天下的可汗和衷心赤诚的哈屯并服侍他们，有奶牛就去挤奶，去打水、倒炉灰，端茶倒水，打洗手洗脚的水，早起去大山上拾柴，傍晚铺床盖被。

继父、继母一直叫我陪到二十五岁，我很气恼，所以我是怀着一颗赤诚的心和坚定的意志，跨过植被、树林、峡谷、大海，一心奔着乔姆孙-高娃夫人来的，她是我的表姐。父母在我们幼小时转世成佛，他们那时还是优婆塞、优婆夷①，我四岁时就不分昼夜地烧佛灯、向佛经叩首祈祷。我没有夭折，全因我父母的恩德，且他们信奉佛经。我舅舅、舅母名叫却荣-格日勒泰-思钦，为那钦可汗手下色赫勒岱巴图尔家放羊的思钦-巴鲁的妻子伊斯哈鲁所生，出生时浑身散发着光芒。我的舅舅、舅母，思钦-巴鲁、伊斯哈鲁二人养着我，而那钦可汗却因为膝下无子，把我抢来收养了。我与其被这么收养，不如找个地方去死好了。一直这样怎么行，这么想也不是什么羞耻的事。不如跟随慈悲的夫人们。有人给我送来一封天书，我就按照书信所说，想寻找圣主莫日根格斯尔可汗并嫁给他。现在我也不知道该往哪里去了，还是跟着姐姐们走吧。"

　　阿鲁-莫日根夫人听了乃胡来-高娃的话，惊叹不已。她仔细观察了姑娘，觉得她确实与圣主有缘，容颜如日月之光，头上如鹦鹉啼鸣，双肩上如金蛉子盘旋，在月光下看似乎会凝结，在阳光下看似乎会融化，夜里散发的光下能守千匹马，守护神如如意珍宝，具足佛经的空行母之化身。阿鲁-莫日根对姑娘赞赏有加。乔姆孙-高娃夫人掏出九十九面占卜书，发现果然有一个表妹，于是与姑娘认了亲，说："原来你我二人是姐妹，你就跟着我们吧！"乃胡来-高娃欢喜万分，跪谢了阿鲁-莫日根，又对表姐格姆孙-高娃夫人②、钟根达里-高娃夫人、曼达里高娃夫人、额尔德尼-格日勒泰高娃夫

---

　　①　优婆塞、优婆夷来自梵文。优婆塞指在家信佛、行佛道并受了三皈依的男子，优婆夷指在家信佛的女子。

　　②　原文此处有误，依据《策旺格斯尔》内容，文中此处落下了乔姆孙-高娃，造成了人物混乱。

人以及萨仁-额尔德尼和来查布进行叩谢。

乃胡来-高娃看着六位夫人的容颜，很是惊叹。六位夫人看了跟随乃胡来-高娃的八个随从，也惊叹不已。乃胡来-高娃跪下诉说了那钦可汗的种种恶行，夫人们听了痛哭起来，在哭号声中雷声轰鸣，巨龙呼啸，大地震动。这时，朱思泰-思钦从后方赶来，向阿鲁-莫日根叩拜，并诉说了所有事情。阿鲁-莫日根认识了朱思泰-思钦，她领着大家坐在山顶上。朱思泰-思钦说："你们坐在这里做什么？还是赶紧回到圣主身边才好。我们可汗的将领可能会跟着乃胡来-高娃姑娘和我追上来。我们还是赶紧走，去拜见圣主吧。"其他人都说好。

阿鲁-莫日根带头从冷山上下来，萨仁-额尔德尼对阿鲁-莫日根说："我下来是为了助圣主一臂之力，如今任务已经完成了。也给亲爱的祖母、父母、夫人们效了力。"夫人们对他大加赞扬，说："萨仁-额尔德尼你说得对。若不是你，谁能带领乃胡来-高娃姑娘过来？"

阿鲁-莫日根夫人若不来，乃胡来也不可能到来。阿鲁-莫日根等人于鸡年八月出发，计划十月二十六日到达。圣主莫日根格斯尔可汗与三个金色空行母、三十名勇士纷纷说："出征的六位夫人、来查布等人怎么去这么久还不回？现在也该回来了。"他们登上法力无边的白塔，向远处眺望，发现夫人们正在返回途中。来查布对阿鲁-莫日根夫人说："我去给圣主禀报一下好消息，我儿子回来了，那钦可汗的养女怀着赤诚的心前来拜见，朱思泰-思钦也前来效力。"阿鲁-莫日根、乔姆孙-高娃等人都赞同他的想法。

圣主坐在宝塔之上，来查布显示出五色彩虹，发出二十条巨龙的声音走了过来。圣主用神明得知，下令道："你们知不知道，来查布带着好消息马上到来。"金色空行母说："什么好消息？"格斯尔回道："我们又添了一个夫人，勇士们又添一勇士，嘉萨哥哥的孙子、来查布的儿子从天上下来为我们助力。那钦可汗的天下马上就要倒塌了，我们圣主的天下将更加坚固，他的属国即将属于我们，那钦可汗的福分将转到我们手里，还增添了八个随从侍女。"三十名勇士们正在欢喜时，来查布将萨仁-额尔德尼带领忠诚的乃胡来-高娃姑娘到来，八个随从侍女与朱思泰-思钦的到来，善良的姑娘所哭诉的一切事情，以及她在路上如何杀死三条虫子、如何摆脱大汉父亲和哈屯母亲走出来等一切经过一一汇报，圣主等所有人皆大欢喜。

这时，阿鲁-莫日根带头于鸡年十月二十六日到来，与来查布一样诉说了一遍，并叩首三次。乃胡来-高娃、朱思泰-思钦、萨仁-额尔德尼等人也都叩首拜见圣主。圣主将颜色鲜亮的如意宝衣衫拿出来给所有人穿上，众人又一次叩谢。

圣主举行了如大海般的喜宴，十月二十六日娶忠诚的乃胡来-高娃姑娘为妻。

来查布打开荷包放晁通出来，晁通叩见圣主，别过脸坐下。圣主知道了晁通所作的罪孽，十分生气，抽出宝剑想要一刀砍下去，众人来劝阻。夫人们对乃胡来-高娃赞不绝口。

圣主想要趁那钦可汗生病时袭击他，于是带领所有勇士们出征。【他】跨上枣骝神驹，背上万星璀璨的箭筒，身披闪亮的黑色铠甲，戴上享誉世界的头盔，挎上智慧之弓，带上九庹黑色钢刀，插上猎鹰羽毛做的白羽箭，拿上九股铁索套和黄金荷包、捕捉太阳的黄金套索、捕捉月亮的白银套索、绿宝石铜宝石盾牌和装饰，下令道："来查布、苏米尔之子格日勒泰-思钦、苏布地、巴姆-苏尔扎四人守护家园，其他勇士们与我一同出征。你要好好看管晁通叔叔。"来查布听了便挥手三回，把晁通装进了金荷包。

圣主整装待发。三十名勇士看圣主，比以往更添几分威严。圣主像往常一样，向天上诸神祈祷，祈祷落在那布莎-古尔查祖母的案台上。祖母收到祈祷，叫来神姊代她传旨。胜慧三神姊化身杜鹃鸟，从天上下凡，到圣主弟弟那里，并传旨道："我们唯一至高无上的可汗，你去时如一只黑纹虎般过去，如收割麦穗一般砍下敌人的头，把他们降服。小心行事，不要出差错。"说完，胜慧三神姊飞回天上。

根除十方十恶之根的圣主莫日根格斯尔可汗带领三十名勇士、三百名先锋，于鸡年十二月十五日早上煨桑。他发出千条巨龙之声，震动天地，显现出千佛之法相和千色彩虹，枣骝神驹口鼻中喷出火焰，头上群鸟聚集，云雾弥漫，万兽跟随，头上显现瓦其日巴尼佛的法相。【圣主格斯尔可汗】如黑纹虎般往前冲，三十名勇士如羽翼般在后方跟随。圣主大大缩短二十一年的路程，于狗年白月①到达丘陵之顶，又走了一个月到达冷山。到山顶上稍作休息，然后环视四周。三十名勇士催促圣主早日冲到敌人的疆域。

那钦可汗的将臣跪在可汗面前，禀报道："我们派去的乃胡来-高娃姑娘到现在还没有回来。你的病至今还未好转，怎么回事？我们的岗哨没有一个前来报信。我们还是领兵去看看吧！"那钦可汗生病卧床，说道："我这病早该痊愈了，这一定是发生了什么事。我们女儿和朱思泰-思钦早该回来了，你们要去是对的，我们的力量已被大大削弱了，我的化身已少了一千个。一直这么等着，可就要败光了。你们快去吧！"于是，拉德纳勇士、呼鲁格勇士、色赫勒岱、色日赫勒泰、呼莫日根、希迪六人准备出发。

这时，有一个人来到门前，说："格斯尔可汗为了趁那钦可汗病痛时将他活捉，率领三十名勇士过来了。"以可汗为首的所有人大吃

---

① 白月即蒙古族的新年。

一惊，惊呼道："这是怎么回事？哎呀！之前派去的傻瓜们呢？"

根除十方十恶之根的圣主莫日根格斯尔可汗带领三十名勇士，逼近城门，叫可汗出来迎战。萨尤敦和彻德克-格日苏两人出来，苏米尔勇士说要上前迎战，圣主同意了。苏米尔骑上高头大黑马冲了上去，对方两个勇士不知所措，转身逃跑，回到可汗面前，说："哎呀！死到临头了。对面来了一个勇士，马蹄下岩石破碎、树木断裂，雷声轰鸣，巨龙呼啸，我们难以应对，只好跑回来。"可汗听了领着大军，来到格斯尔前方的朱勒格图查干草原上，建了八层军营驻扎。苏米尔返回与格斯尔会合。

格斯尔用神灵得知两个敌方勇士已逃跑，说："三十名勇士们，你们不要惊慌。饥渴难耐的时候请你们向我祈祷，我是能够让你们解渴的格斯尔可汗呀！劳累困顿的时候请你们向我祈祷，我是能解除劳累的格斯尔可汗呀！力量不足的时候请你们向我祈祷，我是能够给你们增添力量的格斯尔可汗呀！无能为力的时候请你们向我祈祷，我是能以云雾援助你们的格斯尔可汗呀！我的三十名勇士，你们一定要小心谨慎，不要中计。"嘉萨说："我们绝不违背圣主的命令。什么敌人能使我们中计？我们也战胜过不少可汗了，能有什么事？我们一定把病痛的那钦可汗活捉过来。敌人力量已被削弱。"朱思泰-思钦禀报道："我了解敌人的情况。那钦可汗有三个神灵，我知道它们在哪里。"

孔雀可汗飞来，同萨仁-额尔德尼、伯通二人一样向圣主汇报了一遍。圣主将身上携带的释迦牟尼佛祖所赐甘露喂给它吃，又给嘉萨吃了甘露。那鸟吃了甘露后有了神奇法力。

安冲冲了上去，身后显现出漫天的云雾。他冲进敌军中间，杀死了三千人。希迪、乌兰尼敦冲了进去，又杀了三千人。随后，众人之先锋呼日乐泰布日固德、鹰之利爪苏米尔冲了进去，天地混为一体，敌人们分不清你我，乱成一团。他们杀了十万人。那钦可汗的勇士色赫勒岱迎了上来，他们见了，说："你算什么勇士？去你父亲的头！"然后冲上去与他搏斗。这时格日勒泰台吉来助力，从色赫勒岱后方将其砍死。如果不是他那样杀死了色赫勒岱，就会被他反杀。四人又杀了十万零两千人，然后才回到军营。

嘉萨、巴姆-苏尔扎、达来诺尔、格图勒格齐托雷、萨仁-额尔德尼、班珠尔巴图尔等人冲进去，不分好坏，横扫一番，发出光芒，卷起土雨，敌人在烈火与尘土中难以忍耐，四处逃窜。嘉萨-席克尔一人杀死了二十万人。萨仁-额尔德尼又杀了十万人。朱拉杀了两千人，其他勇士们又分别杀死数千人。那钦可汗的勇士拉德纳对呼鲁格说："这敌人是何许人，怎么那么厉害！我们的士兵们都被杀光了，你快上场。"

圣主得知他们加入，便派阿南达、阿勒泰-思钦、阿拉泰巴图尔、阿拉坦、查干-哈日查盖、那钦-双呼尔、达兰台-思钦、达拉泰-乌仁、巴尔斯-巴特尔、青毕昔日勒图、伯通、戎萨十二人上场，为嘉萨助力。他们上场时，天地混为一体，拉德纳、呼鲁格率领全部军队迎战，双方酣战许久。圣主亲自率领天神的两个儿子、呼噜其巴图尔、达兰台-思钦、达拉泰-乌仁、朱思泰-思钦、三百名先锋、大塔尤、小塔尤、大鼓风手、小鼓风手、乌努钦-塔尤、阿斯-塔尤、阿萨迈诺彦等人冲上战场。圣主头顶显现天上诸神法相，群鸟啼鸣，雷声轰隆，千万条巨龙呼啸，大地震动。

圣主上场后，那钦可汗也上来迎战。敌人们分不出你我，只能互相砍杀。嘉萨、萨仁-额尔德尼二人奋力砍杀敌人，敌人的头颅如刚收割的麦穗一样倒向一边。草原上血流成河。

当圣主与那钦可汗单打独斗时，安冲、苏米尔、乌兰尼敦、希迪、格日勒泰台吉等人率领剩余军队从敌军后方袭击。敌人承受不了，不得不四处逃窜。呼噜赤巴图尔拿出宝葫芦，将剩余士兵烧成灰烬。

安冲一人又杀死一万人，苏米尔杀死三五万六千人，像饥饿的猎鹰般向四处审视，看到圣主与那钦可汗在搏斗，嘉萨、达来诺尔、朱拉在与拉德纳搏斗，萨仁-额尔德尼、那仁-额尔德尼与呼鲁格、其其格、其其纳等人在另一边搏斗，巴姆-苏尔扎、巴日巴图尔与萨尤敦、格日苏莫日根在查黑拉干河边搏斗，青毕昔日勒图、阿拉泰-思钦、查干-哈日查盖、那钦-哈日查盖、那钦-双呼尔、格图勒格齐托雷、阿勒泰-思钦等人与希迪思钦、呼莫日根搏斗，阿拉坦、达拉泰-乌仁、伯通、戎萨等人在追着砍杀四处逃窜的士兵，三百名先锋、六个占卜师如同河流一样围在圣主周围。未见朱思泰-思钦，天神的二子、博迪、呼噜其巴图尔、达兰台-思钦、达拉泰-乌仁、阿萨迈诺彦等人冲向那钦可汗的三百座宝塔城堡，砍杀了剩余的士兵，点燃了大火。苏米尔和赛因-色赫勒岱去给萨仁-额尔德尼助力、安冲去给嘉萨助力、乌兰尼敦给朱拉助力、格日勒泰台吉去给巴日巴图尔助力、希迪去给众勇士助力。圣主用神明看到他们四处奔波、搏斗，心中向天上的诸神默默祈祷，乞求援助他杀死那钦可汗，并抽出九庹黑色纯钢宝刀砍了那钦可汗一刀，那钦可汗却丝毫不当回事，还时不时战胜圣主。萨仁-额尔德尼、苏米尔二人头顶显现五色彩虹，一下砍死呼鲁格巴图尔，因担心圣主被砍伤，回到圣主身边为其助力。

嘉萨、安冲二人也默默向天上诸神祈祷，一举杀死了拉德纳，也因担心圣主被砍伤，回到圣主身边为其助力。勇士们如同城墙一样围住圣主。朱拉、阿南达、色赫勒岱也一举杀死了萨尤敦、彻德克、格日苏、希迪思钦、呼莫日根等人，也因担心圣主被乱刀砍伤，飞速冲到圣主身边。杀光了士兵的勇士们也从四处聚集而来。

朱思泰-思钦知道那钦可汗的三个神灵在融化一千个铁砧制成的巨大石板之下，便到三百座宝塔城堡下寻找，终于找到那块石板。他用力举起石板，下面有一条斑纹蛇、一根金针、一根银针、一只金蜘蛛。朱思泰-思钦捡起它们，回到圣主身边一看，两人还在搏斗，嘉萨等人如同两翼般排在两边。朱思泰-思钦走过去，把金蛇扔进大火中，蛇蠕动身体，那钦可汗更是添了几分力气。萨仁-额尔德尼在熊熊烈火中拿出宝刀，把蛇砍成两半，又用双手甩掉蛇的头和尾。朱思泰-思钦又把金针、银针、金蜘蛛都扔进大火里，在大火中来回踩三遍。那钦可汗还没有倒下。朱思泰-思钦用金钩扎了金蜘蛛。那钦可汗开始垂死挣扎，想在死之前砍死格斯尔汗，拼尽全力举起钢刀，嘉萨砍断了他的双手，朱拉用火箭射穿了他的双眼。朱思泰-思钦又把金针掰弯，诅咒道："希鲁希鲁，咕噜咕噜，硕克硕克。"那钦可汗终于栽倒在地上。朱思泰-思钦又把银针掰弯诅咒他，那钦可汗死前诅咒道："格斯尔你的子孙会步我的后尘，你的三十个勇士会和我的勇士一样被砍死，你的夫人会钻进别人的被窝。朱思泰-思钦你把我骗得好惨，愿乃胡来与格斯尔决裂，成为别人的妻子。"朱思泰-思钦说："去你父亲的头，去你母亲的脑门。你算我们的什么人？那钦可汗你傻吗？你是嫌这里不好，觉得地狱美丽无边，盼着去地狱吧？"说着，举起刀，砍死了他。

根除十方十恶之根的圣主莫日根格斯尔可汗搏斗了两天两夜，于狗年五月二十七日杀死了那钦可汗和四亿五千万士兵，根除那钦可汗的子孙，又到三百座宝塔中夺取了那钦可汗的妻子、儿孙，率领三十名勇士到了城堡中，煨桑三次，镇住了那钦可汗的城堡。那里瞬间涌出了泉水，群鸟聚集，万兽从四处赶来，树木成林。圣主为此地取名"云雾弥漫的草原"，并使那片土地平安富饶，使政教繁荣，使庶民步入正道，让全民享受幸福生活。【此外，圣主还在此地】建起很多寺庙，请来诸佛入驻。若是没有萨仁-额尔德尼、朱思泰-思钦、乃胡来-高娃、孔雀汗、阿鲁-莫日根夫人、乔姆孙-高娃夫人等人，就不可能杀死那钦可汗。格斯尔汗把那钦可汗的琪钦-齐齐日格夫人赐给了萨仁-额尔德尼，把萨尤敦的夫人赐给了查干-哈日查盖，把拉德纳勇士的夫人赐给了朱拉，把呼鲁格勇士的夫人赐给了格日勒泰-思钦，把希迪思钦的夫人赐给了格日勒泰-思钦，把呼莫日根的夫人赐给了那仁-额尔德尼，把彻德克-格日苏-莫日根的夫人赐给了达来诺尔，把希迪巴图尔的夫人赐给了青毕昔日勒图，把丹迪勇士的夫人赐给了博迪，把色赫勒岱的夫人赐给了格伊古勒齐-托雷，把萨仁莫日根的夫人赐给了格图勒格齐-托雷，把伊斯哈鲁莫日根的夫人赐给了额尔德尼，把阿日亚思钦的夫人赐给了赫岱，把巴鲁-思钦的夫人赐给了那钦-双呼尔，把可汗仓库中的所有宝藏分给了三十名勇士、三百名先锋。

圣主使天下如日中天，所有勇士们跪谢圣主。圣主征服了那片土地。根除十方十恶之根的圣主莫日根格斯尔可汗于狗年六月初八率领三十名勇士，踏上回乡的征程，一路煨桑，回到萨仁-额尔德尼投下金书的地方，建立观世音菩萨之庙，塑造佛像，建了曼陀罗。将涌出的泉水称为查布奇林泉，把身上携带的甘露洒在泉口，又煨桑三次，那钦可汗的"云雾弥漫的草原"发出了耀眼的光芒。圣主率领三十名勇士，头顶显现出千条巨龙，如同巨虎呼啸着奔跑，回到了家乡。

金色空行母、阿鲁-莫日根、贡-高娃、乔姆孙-高娃、赛胡来-高娃、忠诚的乃胡来-高娃、金色空行母以及格姆孙-高娃等人登上法力无边的宝塔之顶，眺望远处。圣主发出巨虎呼啸之声、扬起漫天红尘，从远处飞驰而来，对六位夫人诉说了所有事情的经过。夫人们、格日勒泰-思钦、苏布地、巴姆-苏尔扎、来查布等人听闻杀死那钦可汗的经过，欢喜万分。来查布从荷包中放出了晁通，晁通跪拜众人。

圣主拿出珍珠衫，发给叉尔根老人等人，只有晁通没有分到。所有人跪谢圣主。格斯尔可汗将苏米尔带来的呼鲁格勇士夫人赐给了格日勒泰-思钦，格日勒泰-思钦跪谢圣主。晁通诺彦无脸见人，悄悄回了家。

圣主战胜了那钦可汗，领着三十名勇士，向天上祖母、霍尔穆斯塔腾格里、释迦牟尼佛祖、安达三个腾格里、胜慧三神姊叩谢九次。根除十方十恶之根的圣主莫日根格斯尔可汗杀死那钦可汗，娶了乃胡来-高娃夫人，收走了所有财富，举行盛大的宴席，与三十名勇士共享喜悦。他修建了寺庙，更新了《甘珠尔》《丹珠尔》两部大乘经、黑炭宝，建立火曼陀罗，使天下如升起的太阳般红火，又修建了巨大的白色毡房宫殿，聚集天下鹦鹉等各种飞禽，杀死那钦可汗，将带着八个随从的忠诚的乃胡来-高娃娶为夫人，此为第十七章。

愿在这辈子和往后的来世中，父母、万物生灵都能得以解脱，升天成佛。圣主旨意：格斯尔此章的听众、信众们，若以佛经之道，增添信仰，则必有福报焉。

后　记

　　《十方圣主格斯尔可汗传》由上下两册组成。上册是 1716 年的北京木刻本，由我和哈达奇刚先生于 2016 年合作翻译，由作家出版社出版发行，这次做了修订；下册是《隆福寺格斯尔》，由我和我的学生玉兰博士合作翻译完成。1956 年，内蒙古人民出版社出版由 7 章本北京木刻版《格斯尔》和 6 章本《隆福寺格斯尔》组成的《格斯尔》（上、下），成为各种改编本（包括蒙古语和汉语简写本）依据的底本，从而这 13 章格斯尔史诗的故事也被当作蒙古文《格斯尔》的核心篇章得到读者和社会的认可。虽然 1960 年人民文学出版社出版了由桑杰扎布先生翻译的北京木刻本《格斯尔》，2018 年上海古籍出版社出版的《格萨尔全书》第 28 卷收入了齐玉花翻译的北京木刻版《格斯尔》和董晓荣翻译的《隆福寺格斯尔》，但是迄今为止国内还没有独立出版过 13 章本《十方圣主格斯尔可汗传》，并且以往的翻译中不免存在一些遗憾和问题。承蒙"亮丽内蒙古"重点图书出版工程将《格斯尔》列入重点翻译出版项目，我们对北京木刻版《十方圣主格斯尔可汗传》汉译本做了修订，并花费近一年多的时间翻译了《隆福寺格斯尔》，最终完成《十方圣主格斯尔可汗传》上下册的完美合璧。

　　《隆福寺格斯尔》是我和我的学生玉兰一起翻译完成的。玉兰是我指导的博士，她的博士论文研究的是《策旺格斯尔》，在去年7月博士论文答辩时，玉兰已完成了《策旺格斯尔》第八章、第九章的翻译，这两章与《隆福寺格斯尔》中的第八章、第九章对应程度高。因此，在我接手本项目之后，请玉兰协助我完成《隆福寺格斯尔》的翻译工作。《隆福寺格斯尔》里篇幅最长的一章即第十二章的翻译工作由我承担，其余篇章全部由玉兰翻译完成。玉兰还撰写了下册的译序。我对全文进行了统稿、修订，并对北京木刻版《格斯尔》和《隆福寺格斯尔》译本进行术语统一等工作。

从开始翻译北京木刻版《格斯尔》到翻译完成《隆福寺格斯尔》，最终出版两卷本《十方圣主格斯尔可汗传》，我们得到了许多热爱《格斯尔》史诗和热爱民族文化的各界人士的关心和支持。本书上册是内蒙古自治区抢救保护《格斯尔》课题"北京版《格斯尔》汉译校注本"（编号：NG1305）的最终成果，在翻译工作中得到了内蒙古自治区少数民族古籍与《格斯尔》征集研究室各位的大力支持，在出版过程中得到了作家出版社领导和责任编辑李宏伟的大力支持。"亮丽内蒙古"重点图书出版工程决定翻译出版《格斯尔》时，内蒙古自治区少数民族古籍与《格斯尔》征集研究室又作出决定把翻译任务交给我，苏雅拉图主任不仅布置了任务，而且还经常督促和鼓励我们的工作。因为疫情等原因，翻译工作断断续续进行了近两年，终于完成了，也该给关心这项工作的各位领导说一声"作业完成了"。内蒙古人民出版社吉日木图社长亲自抓本书的翻译出版工作，这两年他问我的最多的也是本书翻译进度。责任编辑王静、段瑞昕为本书的编辑出版付出了很多心血。

再一次感谢我的合作者——蒙古族著名翻译家哈达奇刚和我的学生玉兰博士、萨其仁贵博士和秀云博士，特别是玉兰为本书的翻译出版作出了不可替代的贡献。更加欣慰的是玉兰的翻译让我看到了蒙古族英雄史诗的翻译研究"后继有人"的美好前景。

最后，还是重复一下自己 2016 年写过的话，作为本书后记的结束语：我的导师钟敬文先生 1984 年在全国第四次《格萨尔》工作会议上的讲话中指出："从更高的翻译文学的要求来看，(《格萨尔》)汉译的本子不能使我们满足，翻译要求信、达、雅，雅是很难做到的，人民的雅和作家的雅也不完全一样。但汉译本是一定要出的，我想应该有两种本子，一种是文学性的、艺术性较高的、经过相当整理的本子；另一种是科学版本，应该是最忠实的版本。"① 本书翻译的北京木刻版《格斯尔》和《隆福寺格斯尔》就是科学版本，没有整理和改编，直接根据木刻本逐字逐句翻译了原文，目的就是为了给国内读者和《格斯尔》《格萨尔》研究者提供一个可信的汉译本。我们相信，研究相关问题和蒙藏《格萨（斯）尔》的学者可以逐字逐句直接引用这个汉译本，可以通过汉译本的引文直接找到对应的北京木刻本和《隆福寺格斯尔》手抄本的原文。另外，我们忠实翻译原文的同时，也尽量保留了《格斯尔》的语言风格，那就是朴实、幽默，但不失史诗的庄严。至于"雅"和译本所达到的艺术水平，我们就交给读者和学术同行去品评了。

陈岗龙

2021 年 7 月 5 日

---

① 《钟敬文同志在全国第四次〈格萨尔〉工作会议上的讲话》，载《格萨尔学集成》第一卷，甘肃民族出版社 1990 年版，第 61 页。